Karl-May-Weltkarte, Orient
Die Ziffern bezeichnen die Handlungsorte der Karl-May-Bände 1-88
Mercator Projektion
90
120
150
60
30
0
30
11
30
40
11
46
11
84
30
82
46
11
82
30
38
W

KARL MAY'S GESAMMELTE WERKE

BAND 58

DER SPION VON ORTRY

KARL-MAY-VERLAG
BAMBERG · RADEBEUL

DER SPION VON ORTRY

ROMAN
VON
KARL MAY

422. TAUSEND

KARL-MAY-VERLAG
BAMBERG·RADEBEUL

INHALT

Der vorliegende Roman spielt im Jahr 1870 und ist der dritte Teil des von Karl May in den Jahren 1883/1884 geschriebenen zweiten Münchmeyer-Romans „Die Liebe des Ulanen" (Bde. 56-59 der Ges. Werke). Über die Entstehungsgeschichte, den Werdegang und die Geschicke der fünf Münchmeyer-Romane findet man Näheres in Band 34 der GW „ICH" und in den Sonderbänden „Karl-May-Bibliografie 1913-1945" und „Der geschliffene Diamant".

Herausgegeben von Dr. Euchar Albrecht Schmid

Deckelbild: Carl Lindeberg

Druck: Fuldaer Verlagsanstalt
ISBN 978-3-7802-0058-7

1. Ich ging im Walde so für mich hin...

Die Schlote des Eisenwerks von Ortry schickten dicke Rauchschwaden zum blauen Himmel und der Belegschaft hatte sich eine starke Erregung bemächtigt. Denn es war ein wichtiger Tag – heute sollte, wie man munkelte, die geheimnisvolle Besichtigung der Anlagen durch einen Vertrauten des Kaisers Napoleon erfolgen.

Aber auch sonst schien eine merkwürdige Spannung in der Luft zu liegen.

Marion hatte den Grafen Rallion bei seiner Ankunft auf Schloss Ortry kühl begrüßt und keine Veranlassung zur Annahme gegeben, dass sie sich freue, den Vater ihres künftigen Verlobten zu sehen. Er erhielt die besten Gemächer des Schlosses angewiesen, während Caligny, der angebliche Maler, die Wohnung des ermordeten Fabrikleiters bezog.

Es wurde zunächst ein kurzer Imbiss eingenommen und dann begab sich der alte Kapitän mit den beiden Rallions zum Werk. Caligny, der sich zu langweilen begann, schritt nach dem Garten, um das Schloss zu skizzieren.

Dort saß auf einer Bank, gerade an der besten Stelle zum Zeichnen, Doktor Müller mit einem Buch. Er erhob sich höflich und mit dem Ausdruck des höchsten Erstaunens. War das ein Spiel der Natur? Dieser Maler sah dem Diener Fritz zum Verwechseln ähnlich.

Caligny fiel diese Verwunderung auf.

„Sie scheinen unangenehm berührt zu sein, dass ich Sie störe? Wen habe ich um Entschuldigung zu bitten, Monsieur?“

„Ich bin der Erzieher des jungen Barons.“

„Und ich bin Maler, mit dem Grafen Rallion hier angekommen. Ich gedachte von dieser Bank aus das Schloss zu zeichnen, aber ich belästige Sie.“

„Nehmen Sie Platz!“, entgegnete der Deutsche höflich. „Mein Name ist Müller.“

„Und der meinige Haller. Ich bin ein Deutscher und Sie auch, wie ich zu meiner Freude aus Ihrem Namen schließe."

„Allerdings. Meine Heimat ist Leipzig."

„Die meinige Stuttgart."

Beide täuschten einander. Sie waren gezwungen, die Orte zu nennen, die auf ihren Papieren angegeben waren. Der Franzose war ein liebenswürdiger Gesellschafter und Müller fühlte sich bereits nach kurzer Unterhaltung angenehm von ihm berührt, bis die Unterhaltung auf Berlin kam – zufällig, dachte Müller; denn er hatte nicht bemerken können, dass Haller sie mit Absicht darauf gelenkt hatte.

„Waren Sie schon einmal in der Hauptstadt Preußens?"

„Öfters", antwortete Müller.

„Das lässt sich denken, da sie von Ihrer Vaterstadt aus ja sehr leicht zu erreichen ist. Sind Sie in Berlin einigermaßen bekannt?"

„So ziemlich."

„Auch in Militärkreisen?"

„Leidlich. Ich hatte als Erzieher Gelegenheit, zahlreiche Offiziere kennen zu lernen."

„Ah, so sagen Sie mir, ob Ihnen der Name Greifenklau bekannt ist."

Fast hätte Müller durch eine rasche Bewegung sein Erstaunen verraten. Er beherrschte sich jedoch und erwiderte mit nachdenklicher Miene:

„Greifenklau? Hm, den Namen müsste ich kennen! Ah, jetzt besinne ich mich! Ein alter Rittmeister aus Blüchers Zeit führt diesen Namen."

„Richtig!", meinte Haller mit französischer Lebhaftigkeit. „Hat dieser Veteran einen Sohn?"

„Jetzt nicht mehr; aber einen Enkel, wenn ich mich recht entsinne."

„Jawohl, ein Enkel war es! Ist dieser nicht Oberleutnant bei den Ulanen?"

„Soviel ich weiß, ja."

„Man sagt, er sei ein ausgezeichneter Offizier, der vom Großen Generalstab mit wichtigen Arbeiten beschäftigt werde."

„Möglich. Ich als Nichtmilitär habe kein Urteil darüber."

„Kennen Sie die Verhältnisse des Greifenklau näher?"

„Es mag wohl sein, dass ich früher von ihm gehört habe, doch ist es leicht zu entschuldigen, wenn mir jetzt nichts mehr erinnerlich ist. Sie haben Veranlassung, sich nach ihm zu erkundigen?"

„Ja. Ich beabsichtige baldigst nach Berlin zu gehen. Dort möchte ich die Bekanntschaft des Oberleutnants machen. Sie begreifen, dass es mir sehr angenehm wäre, bereits jetzt etwas über ihn zu hören."

„Ah, Sie haben also Gründe, die Bekanntschaft gerade dieses Mannes zu suchen?"

„Jawohl. Er wurde mir sehr warm empfohlen."

„Darf ich fragen, von wem?"

„Vom Grafen Rallion", fuhr es dem Franzosen heraus. Er ahnte aber sofort, dass er jetzt eine Dummheit begangen hatte, und fügte, um seine Worte begreiflicher zu machen, schnell hinzu: „Der Graf hat nämlich früher in Berlin sehr freundschaftliche Beziehungen zu ihm gepflogen."

Damit aber hatte der Franzose den Karren noch tiefer verfahren. Müller erinnerte sich jetzt der militärisch straffen Haltung, mit der der Maler in den Garten getreten war, er sah den wohlgepflegten Schnurrbart, die kurz verschnittenen Haare, und war nun mit sich über den Mann im Reinen. Darum meinte er mit einem leichten Lächeln:

„Soviel ich mich entsinne, ist Oberleutnant von Greifenklau kein so genannter Gesellschaftsmensch. Der Dienst geht ihm über alles, er liebt die Wissenschaft und infolgedessen die Einsamkeit. Es mag schwer sein, sich bei ihm einzuführen."

„Ich hoffe, dass es mir gelingen wird, seine Freundschaft zu erlangen. Aus welchen Personen besteht seine Familie außer dem Großvater?"

„Aus seiner Mutter und seiner Schwester."
„Ist diese Schwester hübsch?"
„Ich glaube. Ich habe Bekannte, die von ihr sogar als von einer Schönheit sprechen."
„Ein Grund mehr, die Bekanntschaft Greifenklaus zu suchen. Ich bin Ihnen herzlich dankbar für die Auskunft, die Sie mir erteilten."
„Und ich bedauere sehr, nicht im Stande gewesen zu sein, Ihnen mehr zu sagen. Ich will Ihnen gern wünschen, dass Sie sich nicht enttäuscht fühlen."
Er verbeugte sich höflich und ging dem Park zu. Diese Begegnung gab ihm zu denken. War dieser Maler wirklich ein Deutscher? War er überhaupt Maler? Er war mit Rallion, dem Deutschenhasser, gekommen, und zwar aus Metz, dem militärischen Ameisenhaufen. Weshalb wollte er als Maler in Berlin gerade die Bekanntschaft des Oberleutnants von Greifenklau machen? Warum die Lüge, dass Graf Rallion Greifenklau kenne? Wenn dieser Haller kein Maler, sondern Offizier war, so hieß er jedenfalls auch anders und ging als geheimer Sendling nach Berlin. In diesem Fall...
Müller wurde gerade jetzt aus seinem Nachdenken aufgestört, denn eine liebliche Stimme erklang:
„Bon jour, monsieur le docteur! Haben Sie Baronesse Marion nicht gesehen?"
Er blickte auf. Nanon stand neben ihm. Sie trug ein helles Kleid und ihr freundliches Gesichtchen wurde von einem breitrandigen Gartenhut beschattet. Ihr Haar hing in zwei dicken Zöpfen über den Rücken herab.
„Leider nicht, Mademoiselle."
„Sie soll mit Alexander in den Park gegangen sein. Ich suche sie."
„Vielleicht ist sie nach dem alten Turm."
Sie sah ihn fragend an. Es wäre wohl geraten gewesen, sie zu begleiten, um ihr den Turm zu zeigen; aber er war innerlich zu beschäftigt, um ernsthaft darüber nachzuden-

ken, ob er als Erzieher die Verpflichtung habe, auch in diesem Fall den Ritter zu spielen. Nanon bemerkte dies und warf mit einem trotzigen Schmollen das Köpfchen zurück.

„Ich danke Ihnen. Vielleicht finde ich den Turm."

Damit schritt sie dem Wald entgegen. Dort dufteten bereits die Maien, und zahllose Blüten hingen an den Sträuchern. Sie schlüpfte von Baum zu Baum, von Strauch zu Strauch; bald hatte sie einen Vogel, bald einen Käfer, bald einen früh erwachten Schmetterling zu beobachten. Immer tiefer und tiefer drang sie in den Wald, bis sie endlich aufatmend stehen blieb.

„Mon dieu, was ist denn das?", dachte sie. „Ich glaube gar, hier ist der Weg zu Ende." Sie wendete sich um und fügte laut hinzu: „Ach! Wo bin ich? Wo ist das Schloss? Und wo ist der alte Turm, den ich suche? Ich habe mich ganz und gar verlaufen."

So war es auch. Sie suchte nun nach dem richtigen Weg, aber sie fand überhaupt keinen. Sie ging weiter und weiter und verirrte sich immer mehr. Allmählich ward sie müde und setzte sich nieder, um auszuruhen, bis sie bemerkte, dass sie keine Zeit versäumen dürfe. Sie brach also wieder auf und suchte von neuem. Endlich fand sie einen schmalen Pfad, aber er verlief sich im Wald, als sie ihm folgte. Sie kehrte zurück und gelangte an einen Kreuzweg, wandte sich nach rechts, ging eine Viertelstunde lang und musste dann zu ihrem Herzeleid sehen, dass auch dieser Weg zwischen Sträuchern und Büschen ein Ende nahm. Nun wurde es ihr angst. Sie kehrte abermals um und begann zu rufen. Aber niemand antwortete: Sie befand sich ganz allein im tiefen Wald.

„Daran ist nur dieser Monsieur Müller schuld!", rief sie fast weinend. „Warum sind die Deutschen nicht so ritterlich wie die Franzosen?"

Und immer weiter eilte sie und immer lauter rief sie. Da – war das wirklich eine menschliche Stimme? Nanon blieb stehen, um zu horchen. Ja, aus weiter Ferne drang eine

Antwort herüber. Die Verirrte rief wiederholt und die Antwort kam immer näher, bis endlich ein Mann durch die Büsche brach. Er hatte eine dunkle Hose und eine blaue Bluse an und trug einen großen Sack auf der Schulter – es war Fritz.

Als Nanon ihn erblickte, schlug sie vor Freude die Hände zusammen.

„Ah, welch ein Glück, Monsieur – wie war gleich Ihr Name?“

„Guten Tag, gnädiges Fräulein!“, grüßte er höflich, indem er den Hut zog. „Schneeberg, Friedrich Schneeberg heiße ich. Aber wie kommen Sie so tief in den Wald?“

„Ich bin in die Irre gegangen. Wollen Sie nicht mein Retter sein – zum zweiten Mal, lieber Monsieur Schneeberg?“

„Oh, wie gern, Mademoiselle! Ich wollte, ich dürfte Sie hundertmal retten!“

„Das wäre denn doch zu viel verlangt. Ist es noch weit bis zum alten Turm?“, fragte sie.

„Man müsste eine volle Stunde gehen.“

„Und bis zum Schloss?“

„Geradeso weit, Mademoiselle.“

„Ach, das kann ich nicht mehr schaffen!“, klagte sie. „Ich bin so ermüdet, ich muss mich vorher etwas ausruhen.“

Ihr Blick suchte nach einem passenden Plätzchen. Da warf Fritz den Sack zu Boden.

„Hier ist ein Sitz, wie er weicher nicht sein kann, Mademoiselle.“

„Dieser Sack? Was ist darin?“

„Kostbare Pflanzen“, entgegnete er mit komischer Wichtigkeit. „Sie haben wohl gehört, dass ich bei Doktor Bertrand als Pflanzensammler angestellt bin.“

„Ja, ich erinnere mich. Sind Sie denn ein solch guter Botaniker?“

„Das versteht sich!“, lachte er. „Salomo kannte bloß den Ysop und die Zeder, ich aber kenne einige Gewächse mehr.“

„Wenn aber diese Pflanzen einen medizinischen Zweck haben, darf ich mich doch unmöglich darauf setzen!"

„Warum nicht, Mademoiselle? Der Medizin tut dies nicht den geringsten Schaden. Der Sack steckt voll Preiselbeerkraut, Schafgarbe, Weidenblätter und Huflattich. Einen sehr guten Tee wird das freilich nicht geben, aber ein desto besseres Polster. Setzen Sie sich getrost! Es wächst ja noch eine ganze Menge von diesem Zeug im Wald."

„Nun wohl, so muss ich Ihnen den Willen tun."

Sie ließ sich auf den weichen Sack nieder; der Hut hing ihr am Band im Nacken, und nun blickten ihre blauen Augen so freundlich zu ihm empor, dass es ihm warm ums Herz wurde.

„Aber nun müssen auch Sie sich setzen, mein lieber Monsieur Schneeberg", forderte sie ihn auf.

Er gehorchte und lagerte sich ihr zu Füßen im Moos.

„So, jetzt wollen wir ruhen und plaudern", fuhr sie fort. „Aber wovon? Ah, da fällt mir gleich ein, dass ich Sie fragen wollte, wie Ihre Familie zu dem Namen Schneeberg gekommen ist? Das ist für eine französische Zunge so schwer auszusprechen; das klingt so eisig, dass man dabei frieren möchte. Stammen Sie etwa aus Sibirien?"

„Meine Familie?", sagte er in einem schwermütigen Ton. „Ich habe keine Angehörigen: Ich bin ein Findelkind."

„Ein Findelkind? Sie Armer! Wie ist dies denn zugegangen?"

„Das will ich Ihnen erzählen: Da wohnte ein armer Holzhacker zwischen den Bergen, der hatte eine Frau und sechs Kinder, aber nicht genug zu essen für sie alle; der wanderte eines Tages vom Gebirge hinab in die Stadt, um für seine letzte Mark Brot für die Seinen zu holen. Als er spät in der Nacht zurückkam, brachte er das Brot und dazu einen kleinen Jungen, den er auf der einsamen Straße bei einer hohen Schneewehe wimmern gehört hatte. Das war ich. Er machte Anzeige, aber es fand sich niemand, mich zurückzufordern. Der Holzhacker war ein braver Mann und behielt mich. Man hatte aus meinen dürftigen Sprachbrocken herausgefunden, dass ich Fritz heiße. Das war aber auch alles. Und da ich bei einem Berg von Schnee gelegen hatte, nannte man mich kurzerhand Friedrich Schneeberg. Mein Pflegevater starb, seine Frau folgte ihm kurze Zeit darauf und ich kam mit den anderen Kindern ins Armenhaus. Dort bin ich aufgewachsen, ohne Liebe, ohne alles, was ein Kind glücklich macht. Ich habe in meinem Leben nur einen einzigen Menschen gefunden, der mir Liebe und Güte erwiesen hat."

„Wer war das?"

„Mein Oberleutnant."

„Ah, Sie waren Soldat?"

„Ja, Kavallerist."

„Aber welchen Beruf hatten Sie vorher gelernt?"

„Zuerst bin ich zu einem Bader in die Lehre gegangen." Und mit einem trüben Lächeln setzte er hinzu: „Sie sehen, Mademoiselle, dass ich fast nichts in der menschlichen Gesellschaft bin."

Da blickte Nanon ihn beinahe zornig an.

„Wo denken Sie hin, Monsieur? Sie mit Ihrem Mut und Ihrem braven Herzen wären unnütz? Sie haben mir das Leben gerettet! Sie haben mich auf Ihren Armen aus den Fluten getragen; das ist gerade genug getan. Millionen leben und sterben, ohne dass ihnen ein Mensch das Leben verdankt. Sie fühlen jedenfalls Befähigung zu etwas Größerem in sich, als Sie jetzt sind. Wer sagt Ihnen denn, dass Sie kein höheres Ziel erreichen werden?"

Sie hatte sich in einen solchen Eifer hineingeredet, dass ihre Augen blitzten und ihre Wangen glühten. Es war ihr ein Bedürfnis, ihn zu überzeugen, dass er mehr wert sei, als er selbst denke.

„Sie haben Recht. Zanken Sie mich nur immer tüchtig aus! Ich bin der glücklichste Mensch; ich tausche mit keinem anderen, denn ich habe das herrlichste Wesen der Welt auf meinen Armen getragen."

Sie blickte ihn zweifelnd an. Die Unterhaltung schien eine Wendung nehmen zu wollen, die sie nicht erwartet hatte. Darum sagte sie schnell:

„Nun aber kommen Sie! Wir haben lang genug ausgeruht und es wird Zeit, dass ich zum Schloss gehe."

Fritz erhob sich. Die beiden schritten eine Zeit lang schweigend durch den Wald, bis Marions Freundin die Stille unterbrach.

„Haben Sie denn keine Ahnung, wessen Kind Sie gewesen sein könnten?"

„Nein, nicht die mindeste."

„Hat sich in der Kleidung, die Sie trugen, kein Zeichen gefunden? Haben Sie nichts bei sich gehabt, was der Vermutung über Ihre Herkunft einen Anhalt geben könnte? Sind keine Erkundigungen eingezogen worden?"

„Ich habe in einem Pelzchen gesteckt, das ganz aufgeweicht gewesen ist. Im Hemdchen und Unterkleidchen waren Zeichen; da aber alles nass war, so hat meine Pflegemutter die Sachen am Ofen aufgehängt, um sie zu trocknen. Plötzlich ist beim Öffnen der Ofentür durch einen starken Windstoß in die Esse die Flamme aus der Feuerung geschlagen und hat alles verzehrt. Außerdem hat ein dünnes, goldenes Kettchen an meinem Hals gehangen, mit einem großen Zahn, wohl infolge des Aberglaubens, dass solche Mittel das Zahnen der Kinder erleichtern. Dieser Zahn war..."

Nanon war in höchster Überraschung stehen geblieben.

„Dieser Zahn war ein Löwenzahn?", unterbrach sie ihn rasch in einem Ton, aus dem die Angst erklang, dass Fritz ihre Frage verneinen werde.

„Ich traf einst den berühmten Naturforscher Alfred Brehm", antwortete er, „das heißt, ich hatte ihn zu bedienen und wagte es, ihm den Zahn zu zeigen. Er erklärte ihn sofort für den Reißzahn eines Löwen."

Da schlug sie die Hände zusammen und rief:

„Mein Gott! Ist das möglich? Der Reißzahn eines Löwen! Haben Sie den Zahn noch?"

„Ja. Ich trage ihn stets am Hals."
„Zeigen Sie ihn mir, bitte!"
„Haben Sie einen Grund, Mademoiselle, dass Sie so drängen?"
„Jawohl, einen sehr triftigen Grund!"
Fritz öffnete die Bluse und die Weste, nestelte ein wenig am Hals und brachte dann ein feines, dünnes Goldkettchen zum Vorschein, woran ein großer, gelblichweißer, nach der Spitze zu leicht gebogener Zahn hing. Nanon nahm ihn und betrachtete ihn.
„Verstehen Sie etwas von Wappenkunde?", fragte sie dann.
„Nein, nichts", entgegnete er.
„Nun, so schauen Sie einmal her! Welche Form hat die goldene Fassung des Zahns?"
„Sie bildet eine Krone, Mademoiselle."
„Ja. Es ist ganz genau eine Grafenkrone mit Perlenzacken, und – ah!"
Sie betrachtete den Zahn genauer und untersuchte, mit welcher Festigkeit er in der Fassung steckte. Dann stieß sie einen Ruf der Überraschung aus.
„Sehen Sie, Monsieur, dass der Zahn sich drehen lässt? Haben Sie das noch nie versucht?"
„Nein, niemals", antwortete er, mit Spannung auf ihre Finger blickend, die an dem Gegenstand herumarbeiteten.
„Jetzt!", rief sie. „Jetzt geht es! Der Zahn ist mit einem Gewinde versehen und lässt sich abschrauben. Hier, blicken Sie her!"
Es gelang ihr, den Zahn aus der Krone zu lösen, und nun zeigte sich eine Merkwürdigkeit: Die natürliche Höhlung des Zahnes war erweitert worden und enthielt ein feines Elfenbeinplättchen, dessen eine Seite das wunderbar künstlerisch ausgeführte Bildchen einer sehr schönen, jungen Frau zeigte. Darunter standen die Buchstaben und Zahlen H. v. E. 1848. Die andere Seite enthielt den Kopf eines stattlichen Mannes, und darunter war zu lesen: K. v. E. 1848.

Nanon betrachtete das Bild der Dame sehr aufmerksam.

„Sie ist es, ja, sie ist es! Ich kenne sie wieder, obgleich sie älter aussah als hier auf dem Bild. Monsieur Schneeberg, diese Frau muss Ihre Mutter sein und der Herr Ihr Vater!"

Fritz stand da ohne Bewegung. Er wusste nicht, wie ihm geschah. Eine Grafenkrone – und diese beiden Personen sollten seine Eltern sein? Es war ihm, als hätte er einen Schlag vor den Kopf bekommen.

„Sie kennen diese Dame?"

„Ja und nein, Monsieur", entgegnete Nanon. „Es war in Paris während einer Abendunterhaltung, wo mir eine sehr schöne Dame auffiel, die in Schwarz gekleidet ging. Ich erkundigte mich, wer sie sei, und man sagte es mir. Leider habe ich den Namen wieder vergessen. Sie war eine Deutsche, und zwar die Frau eines preußischen Generals. Ich erfuhr, dass sie stets in Schwarz gehe, weil sie den Verlust zweier Kinder betrauere."

„Die gestorben waren?"

„Nein, sie waren ihr auf einer Reise abhanden gekommen und nicht wieder zu finden gewesen. Etwas Weiteres konnte ich nicht erfahren. Man erwähnte nur, es sei sehr zu verwundern, dass die Verschwundenen nirgends entdeckt wurden, denn ihre Kleidchen seien gezeichnet gewesen und jeder der Zwillinge habe einen Löwenzahn an einem feinen Goldkettchen am Hals getragen; es sei also zu vermuten, dass ein Verbrechen vorliege."

„Den Ort, wo die Kinder verloren gegangen sind, wissen Sie nicht?"

„Nein. Ich habe mit der Dame selber nicht gesprochen, und das, was ich ihnen jetzt erzählte, erfuhr ich so nebenbei, wie die Unterhaltung oft vom einen aufs andere springt. Seit jenem Abend sind bereits zwei Jahre vergangen und doch sagte man mir, dass die Dame schon damals mehr als fünfzehn Jahre getrauert habe."

„Wenn Sie doch den Namen wüssten, Mademoiselle!", stieß Fritz hervor.

„Ich werde ihn erfahren, ganz gewiss! Ich werde an die Dame schreiben, die damals die Gesellschaft gab. Verlassen Sie sich darauf, dass ich noch heute den Brief absende!"

„Ich danke Ihnen, Mademoiselle! Seit der Zeit, da ich denken lernte, habe ich mich gesehnt, meine Eltern zu finden. Ich habe mitten im Weg im Schnee gelegen, bin also wohl aus einem Schlitten verloren worden. Stets habe ich mir gesagt, dass meine Eltern einen immer währenden Kummer im Herzen tragen müssen. Deshalb habe ich oft Gott gebeten, mich wieder mit ihnen zusammenzuführen. Danach, ob sie reich oder arm, vornehm oder gering sind, habe ich nie gefragt. Ja, ich gestehe Ihnen, dass es mir lieber sein würde, der Sohn eines niedrigen, als der eines vornehmen Mannes zu sein, da ich die Bildung nicht genossen habe, die mich befähigt, einer höheren Lebensstellung zu genügen. Ich habe die Hoffnung niemals sinken lassen. Der erste Fingerzeig auf der Suche nach den Eltern wird mir jetzt durch Sie – mein liebes, liebes Fräulein!"

Seine Worte hatten einen innigen Klang und seine Augen waren mit einem dankerfüllten Ausdruck auf Nanon gerichtet. Sie reichte ihm die Kette mit dem Löwenzahn zurück.

„Sie sagten, Sie haben oft gebetet. Es scheint, dass Gott Ihr Gebet erhört hat. Ich bin so gespannt auf die Antwort meiner Gastgeberin, als ob ich selber das verlorene Kind sei, das seine Eltern sucht. Wo aber kann ich Sie finden, um Ihnen den Bescheid mitzuteilen?"

„Bei Doktor Bertrand, bei dem ich wohne, Mademoiselle."

„Gut! Sie sollen nicht lang auf mich zu warten haben. Jetzt aber kommen Sie, damit ich endlich den Weg nach dem Schloss finde!"

Fritz barg das Elfenbeinplättchen wieder in der Zahnhöhlung und hängte die Kette wieder um. Bald erreichten sie einen gebahnten Weg; aber er verließ Nanon nicht, bevor sie sich dem Schloss auf Sehweite genähert hatten.

Dort nahmen die beiden Abschied voneinander.

Als die Freundin Marions hinter den Bäumen und Sträuchern des Parkes verschwunden war, drehte sich der Kräutersammler um und kehrte langsam und sinnend in den Wald zurück. Eine Menge von Empfindungen stürmte auf ihn ein. Löwenzahn, Grafenkrone, preußischer General, Paris, Abendunterhaltung. Dort hatte Nanon seine Mutter gesehen, dieselbe Nanon, die vorhin im Wald auf dem Kräutersack – o weh: Er hatte ja in seiner Begeisterung den schönen, guten Kräutersack liegen lassen! Also flugs zurück an die Stelle, wo er mit Nanon gesessen hatte.

Dort fand er das Bündel. Er hob es jedoch nicht sogleich auf, sondern warf sich daneben ins Moos. Und nun stellte er sich vor, dass auch sie wieder da vor ihm auf dem Kräutersack hockte. Er sah die sanften Züge ihres Gesichts, den kindlichen Blick ihrer blauen Augen, er hörte den seelenvollen Ton ihrer Stimme und vergegenwärtigte sich jedes Wort, das sie gesprochen hatte. Er schloss die Augen und träumte von ihr, träumte so lang, dass er fast erschrak, als er die Augen öffnete und bemerkte, dass es bereits zu dunkeln begann.

„Fritz, Fritz“, sagte er zu sich, „da liegst du und vergisst deine Pflicht. Du musst ja nach dem Turm, um dort deinen Posten zu beziehen! Vorwärts, mein Junge, das Sinnen führt zu nichts; es muss gehandelt sein!“

Er erhob sich, warf den Sack auf die Schulter und verließ den Ort.

Aber er war doch noch nicht ganz Herr seiner Gedanken; denn er ging in ganz anderer Richtung fort, als notwendig gewesen wäre, um das alte Gemäuer zu erreichen. Zunächst bemerkte er seinen Irrtum nicht. Es war schnell dunkel geworden und daher im Wald eine Täuschung leicht möglich. Nach längerer Zeit jedoch blieb er stehen, um sich zu besinnen.

„Was ist denn das?“, murmelte er. „Ich bin bereits eine halbe Stunde gelaufen und müsste also schon längst irgendeinen Weg erreicht oder gekreuzt haben. Ich hoffe doch nicht, dass ich im Kreis herumrenne!"

Er eilte weiter. Immer tiefer senkte sich die Nacht und zugleich nahm der Wald an Dichte zu. Fritz konnte die Bäume nur noch durch das Gefühl voneinander unterscheiden und musste sich oft bücken, um unter den niederen Ästen hinwegzukommen.

„Ja, ich habe mich richtig verlaufen", dachte er. „Soll ich umkehren? Nein, das würde die Sache nur verschlimmern; denn den Ort, von dem ich ausgegangen bin, finde ich in dieser Finsternis doch nicht wieder. Dieser Forst ist kein unendlicher Urwald; wenn ich immer geradeaus gehe, komme ich doch endlich heraus. Also weiter!"

Er hielt sich in der eingeschlagenen Richtung. Freilich musste er sich forttasten und konnte also keine raschen Schritte machen. So war er weit über eine Stunde gewandert, als sich plötzlich der Wald öffnete und den mit Sternen besäten Himmel sehen ließ. Fritz blieb stehen, um sich umzuschauen.

Sonderbar – gerade vor ihm, zwanzig Schritte von ihm entfernt, erhob sich eine hohe, dunkle Masse. Er ging darauf zu und tastete vorsichtig. Es war eine steinerne Mauer, die er fühlte. Er blickte an ihr empor gegen den Sternenhimmel und gewahrte, dass ihre obere Linie unregelmäßig verlief. Hier und da auf der Erde liegendes Geröll ließ ihn erkennen, dass er vor einer Ruine stand. Die des Turms aber war es nicht, das erkannte er bald.

Das Gemäuer war hoch und schien sich auch nach rechts und links hinzuziehen; er vermutete, dass es die Rückwand eines ausgedehnten Bauwerks sei. Er wendete sich zur Seite und schritt an der Mauer hin. Der umherliegende Schutt machte ihm das Gehen schwer und er erreichte die Ecke, ohne einen Eingang oder eine sonstige Öffnung bemerkt zu haben. Jetzt bog er nach der anderen Seite ein. Ein Blick nach oben belehrte ihn, dass das Gebäude hier noch höher war. Es zeigte mehrere übereinander liegende Fensterreihen, die aber keine Glasscheiben mehr enthielten. Hier auf dieser Seite schien das Mauerwerk besser erhalten zu sein, denn auf dem Boden lagen keine Trümmer und nur zuweilen stieß der Fuß an einen herabgefallenen Steinbrocken; sonst fühlte Fritz nichts als weiches Gras, das seinen Gang fast unhörbar machte. So war er eine bedeutende Strecke diesseits der Mauer hingegangen; da war es ihm, als ob er nahende Schritte vernehme. Sofort sprang er von der Mauer fort und hinüber unter die Bäume, wo er nicht entdeckt werden konnte.

Bald sah er, dass er sich nicht getäuscht hatte; denn kaum hatte er sich niedergeduckt, als er drei Gestalten bemerkte, die näher kamen, gerade aus der Richtung, aus der auch er erschienen war. Vorher hatte er nur den Schall ihrer Schritte gehört, jetzt aber verstand er auch ihre Stimmen.

„Heute hätte ich nicht erwartet, das Zeichen auf der Linde zu sehen", sagte der eine.

„Es muss eine außergewöhnliche Veranlassung sein, die den Alten treibt, uns zusammenkommen zu lassen", bemerkte der andere.

„Ich vermute den Grund", meinte der Dritte.

„Nun, was mag es sein?"

„Der Alte hat vornehmen Besuch bekommen. Ich war in Thionville und sah, wie er ihn abholte. Er saß mit zwei Herren im Wagen und mehrere Diener folgten in der zweiten Kutsche. Das steht jedenfalls in Beziehung zu unserer Versammlung."

Damit waren sie vorübergeschritten und Fritz konnte nichts weiter verstehen. Aber er hatte doch gehört, dass hier eine geheime Zusammenkunft stattfinden solle, und hielt es für wichtig, mehr darüber zu erfahren. Darum versteckte er sein Bündel unter einer jungen Buche, deren niedere Äste sich fast bis zum Boden erstreckten, sodass man den Sack nicht entdecken konnte. Sodann fühlte er in die Taschen, um sich zu überzeugen, dass er seine Waffen noch bei sich habe, und folgte den drei Männern.

Er war ihnen nur eine kleine Strecke nachgegangen, als er einen Anruf hörte, auf den die drei Stimmen dieselbe Antwort zu geben schienen. Im nächsten Augenblick waren die Schritte verklungen, er konnte sie trotz allem Lauschen nicht mehr vernehmen.

Was war das? Stand hier ein Posten?

Der Horcher glitt vorwärts. Da erklang vor ihm ein leises Räuspern, er hielt an. Eine breite, dunkle Stelle in der Mauer des Gebäudes ließ ihn vermuten, dass sich hier ein Torweg befinde. Dort stand jedenfalls der Mann, der soeben einen Hustenreiz unterdrückt hatte. Fritz trat wieder hinüber unter die Bäume und huschte weiter, bis er sich dem Tor gegenüber befand.

Nun erblickte er eine breite Durchfahrt, in deren zurückliegendem Teil eine Blendlaterne einen schwachen Lichtkreis erzeugte, der eher im Stande war, die Finsternis noch dichter erscheinen zu lassen, als sie zu erhellen. Diese Durchfahrt war mit keinem Torflügel versehen und gegen den Schein der Blendlaterne zeichnete sich die Gestalt eines Mannes ab, der im Eingang stand und mit einem Gewehr bewaffnet war.

Fritz hatte die Beobachtung kaum gemacht, als er wieder Schritte hörte. Sie kamen von der anderen Seite her. Ein Mann näherte sich. Als er das Tor erreichte, fragte die Wache:

„Qui vive – wer da?"

„Un défenseur de la France – ein Verteidiger Frankreichs", lautete die Antwort.

„Il passe – er kann eintreten."

Auf diesen Bescheid des Postens trat der Ankömmling ein, durchschritt die Durchfahrt und verschwand dann im Dunkel des hinter ihr liegenden Raumes.

Fritz fragte sich, was nun zu tun sei. Es handelte sich wahrscheinlich um eine geheime Zusammenkunft, die jedenfalls politischer Natur war. Um etwas Näheres zu erfahren, musste man die Leute belauschen, und um das auszuführen, musste man eintreten. Die Hauptsache war, zu wissen, ob die Losung, die er soeben gehört hatte, für alle galt.

Der Lauscher setzte sich nieder und wartete. Es kamen in kurzer Zeit von rechts und links mehrere Leute, die alle in der Weise angerufen wurden und genauso antworteten, wie er vorhin gehört hatte. Da trat er kurz entschlossen unter den Bäumen hervor und schritt auf den Eingang zu.

„Qui vive – wer da?“, fragte der Posten wiederum.

„Un défenseur de la France.“

„Il passe.“

Fritz trat ein, schritt durch den Gang, bei der Laterne vorbei und befand sich nun in einem großen viereckigen Hof, der rings von hohen Gebäuden umgeben zu sein schien. Bei weiterer Aufmerksamkeit bemerkte er, dass an den vier Ecken das dunkle Mauerwerk höher emporragte, als es an den Seiten der Fall war.

Er beschloss, zunächst den Hof vorsichtig zu umschleichen. Dabei überzeugte er sich, dass einst an jeder Ecke ein Turm gestanden hatte. Alle vier waren mit einem schmalen Eingang versehen. So groß das Viereck aber auch war und so viele Fenster es auch hatte, keins davon war erleuchtet.

Wohin gingen alle die Leute, die er auch jetzt noch kommen hörte? Er bemerkte, dass sie im Eingang eines dieser Türme verschwanden. Tief unten sah er ein Licht glänzen.

Gab es da unten auch ein Losungswort? Das musste er erfahren. Er legte sich hart am Eingang auf den Boden und wartete. Nach einer Weile kam einer dahergeschritten. Während er eintrat, fiel der Lichtschein auf sein Gesicht und da bemerkte Fritz, dass der Mann eine schwarze Maske trug.

Er horchte. Als der Mann mehrere Schritte gegangen war, ertönte die Frage:

„La légitimation?“

„Je meurs pour la patrie – ich sterbe fürs Vaterland!"
„Avance – vorwärts!"
Fritz blieb noch eine Weile liegen und beobachtete, dass alle Ankommenden schwarze Masken trugen. Es waren immer dieselben Worte, mit denen sie angerufen wurden und die sie erwiderten. Dann verschwanden sie im Hintergrund.
„Ach, wenn ich auch eine Larve hätte, so wäre alles gut! Es ist fast gewiss, dass die Maske gar nicht abgelegt wird, damit die Verschwörer sich nicht untereinander erkennen. Das würde mir völlige Sicherheit bieten. Aber, beim Teufel, ist es denn so ganz unmöglich, sich ein solches Ding zu verschaffen? Pah! Ich nehme einen dieser Kerle bei der Gurgel, dann habe ich ja sogleich das, was ich brauche."
Gesagt, getan. Er erhob sich und huschte etwas weiter zurück, sodass er sich gerade in der Mitte zwischen dem Haupttor und dem Turm befand. Dort duckte er sich nieder. Bereits nach wenigen Augenblicken nahte ein Mann. Fritz ließ ihn vorüber, erhob sich schnell hinter ihm, packte ihn mit beiden Händen an der Kehle und drückte sie so fest zusammen, dass er keinen Laut ausstoßen konnte. Fritz trug den Bewusstlosen in die entfernteste Ecke. Dort untersuchte er ihn. Der Mann trug die gebräuchliche Bluse, die mit einem Gürtel um die Hüften befestigt war. Fritz nahm den Gürtel und zerschnitt ihn in drei lange Riemen, mit denen er die Arme und Beine des Mannes fesselte. Dann nahm er dem Gebundenen die Maske ab und steckte ihm sein eigenes Taschentuch in den Mund. Die Maske band er nun sich selber vor und schritt dem Turm zu.
Der Posten im Gang fragte:
„La légitimation?"
„Je meurs pour la patrie."
„Avance!"
Fritz befand sich jetzt in einem engen Gang, der in gewissen Entfernungen von Lampen erleuchtet war und an

einer Treppe endete, die in die Tiefe führte. Er stieg hinab und gelangte durch einen ähnlichen Gang an eine Tür, die nur angelehnt war. Er öffnete und betrat einen großen unterirdischen Saal, worin sich zahlreiche Menschen, alle maskiert, aufhielten. Der Raum war von vier großen Leuchtern gut erhellt. An der Rückwand gab es eine Erhöhung, auf der einige Stühle standen.

Die Anwesenden verhielten sich schweigsam und erwarteten bewegungslos, was da kommen werde.

Nach und nach trafen immer mehr ein, sodass der Saal bald gefüllt war. Jetzt schritt einer der Anwesenden zur Tür und verschloss sie.

Sofort ertönte eine Glocke und im Hintergrund öffnete sich eine zweite Tür. Drei Männer traten herein und bestiegen die Erhöhung. Zwei von ihnen nahmen auf den Stühlen Platz, der dritte aber blieb stehen. Es dünkte Fritz, als ob unter der schwarzen Maske die Spitzen eines eisgrauen Schnurrbartes hervorlugten. Kein Zweifel – es war Kapitän Richemonte.

Die Glocke ertönte abermals und der Alte begann:

„Ich habe heute das Zeichen zur Versammlung gegeben, um euch zu sagen, dass endlich die Zeit gekommen ist, zur Tat zu schreiten. Diese Tat erfordert Vorübungen und so habe ich den Entschluss gefasst, euch die Waffen...“

Er hielt plötzlich inne und lauschte. Man hatte drei rasche Schläge gehört, die am vorderen Eingang ertönten. Die Schläge wiederholten sich und erzeugten eine seltsame Unruhe unter der Versammlung.

Der Posten, der am Haupteingang stand, hatte nämlich geglaubt, seiner Pflicht genügt zu haben, und sich, als seiner Meinung nach der letzte Mann eingetreten war, in den Hof begeben wollen, als noch einer erschien. Dieser wurde von ihm angeredet wie die anderen und gab die vorgeschriebene Antwort. Er musste also eingelassen werden. Aber der Posten schüttelte den Kopf.

„Sollte ich mich verzählt haben?“, murmelte er. „Es ist

einer zu viel eingetreten. Ich werde doch nach dem Turm gehen, mich zu erkundigen."

Er schritt in den Hof und blieb stehen, um zu horchen; da war es ihm, als ob er ein unterdrücktes Stöhnen vernehme.

„Was ist das? Das klingt ja gerade, als ob einer ersticke. Die Töne kommen von dort herüber."

Der Posten nahm sein Gewehr in Anschlag und schritt in die dem Versammlungsturm gegenüberliegende Ecke.

Das Stöhnen war immer vernehmlicher geworden und nun sah er eine dunkle Masse vor sich liegen. Er bückte sich und erkannte, dass hier ein Mensch am Boden lag.

„Ah, gefesselt und geknebelt?", staunte er. „Warte einmal!"

Er zog dem Mann das Tuch aus dem Mund und fragte ihn:

„Bist du ein Bruder?"

„Mein Gott, ja!"

„Aber zum Teufel, wie bist du dann in diese Lage geraten?"

„Ich war an dir vorüber und ging nach dem Turm; da fasste mich jemand von hinten und drückte mir den Hals so fest zusammen, dass ich die Besinnung verlor. Als ich wieder zu mir kam, lag ich gefesselt und geknebelt hier in der Ecke. Glücklicherweise konnte ich durch die Nase stöhnen. Du hast das gehört. Eile und melde, dass ein Verrat im Werk ist!"

„Donnerwetter! Aber wo ist deine Maske?"

„Sie ist mir abgenommen worden."

„Ah, er hat keine mitgehabt und brauchte sie, um in die Versammlung zu gelangen. Das ist ein gefährlicher Mensch!"

Er löste die Riemen des Gefesselten und nun eilten die zwei dem Turm zu. Dort erkannten die beiden Posten beim Schein des Lichts den gefesselt Gewesenen. Es war ein Bewohner der Umgegend, gegen den man kein Misstrauen hegen konnte.

„Geh heim", rieten sie ihm, „damit die anderen dich

nicht erblicken, da du jetzt keine Maske mehr hast! Wir werden sogleich Meldung machen."

Während jener sich entfernte, eilten sie durch Gänge und Treppen hinunter und gaben an der verschlossenen Tür durch drei Schläge das Zeichen, das für solche Fälle vereinbart worden war. Der alte Kapitän hielt in seiner Rede inne, und als die Schläge sich wiederholten, stieg er von der Erhöhung herab und durchschritt den Saal, um nach dem Eingang zu gelangen. Derselbe Mann, der die Tür vorhin verschlossen hatte, öffnete ihm und ließ ihn hinaus. Keiner der Anwesenden sprach ein Wort, obgleich sich doch alle wohl in höchster Spannung befanden.

Fritz hatte einen Platz gerade in der Mitte der einen Mauerseite gefunden. Es war ihm nicht wohl zu Mute. Sollte er fliehen? Er hätte draußen einen Kampf zu bestehen gehabt und wäre von der ganzen Versammlung verfolgt worden. Übrigens war es ja noch gar nicht gewiss, dass die Störung sich auf ihn bezog; sie konnte eine ganz andere Veranlassung haben. Er beschloss also zu warten, dachte aber nach, auf welche Weise er sich retten könne, wenn man wirklich entdeckt habe, dass sich ein Eindringling im Saal befand.

Er musste sich sagen, dass der Eingang in diesem Fall verschlossen werde. Vielleicht blieb jedoch die Tür offen, durch die jene drei eingetreten waren, die die Leiter dieser Zusammenkunft zu sein schienen.

Wie aber diese Tür erreichen? Er blickte sich forschend im Saal um und machte eine Entdeckung, die ihn mit Freude erfüllte. Die vier Leuchter nämlich, die den Raum erhellten, hingen an Schnuren, die an der Decke hinliefen und sich an der Seitenmauer an einem Nagel vereinigten, der kaum drei Schritte von Fritz entfernt war. Das war ein günstiger Umstand. Er schob sich, während der alte Kapitän sich draußen von dem Posten berichten ließ, langsam an der Mauer hin und kam so zu stehen, dass er den Nagel mit einem schnellen Griff erreichen konnte.

Endlich trat der Alte wieder ein. Auf seinen Wink wurde die Tür wieder verschlossen und die beiden Posten pflanzten sich mit ihren Gewehren vor ihr auf. Der Kapitän schritt auf die Erhöhung zu und erklärte:

„Niemand verlässt seinen Platz! Einer der Unsrigen ist droben im Hof überfallen und so gewürgt worden, dass er die Besinnung verloren hat. Man hat ihn gefesselt und geknebelt und ihm die Maske abgenommen. Der Täter befindet sich unter uns; denn im Gang ist die Zahl der Unsrigen richtig gewesen, während am Tor einer zu viel eingetreten ist."

Er machte eine Pause, die von keinem Laut unterbrochen wurde, und fuhr dann fort:

„Ich habe bisher Gründe gehabt, Vorkehrungen zu treffen, dass keiner von euch den anderen kennt; darum gebot ich, dass ein jeder mit einer Maske erscheine. Diese Gründe bestehen auch heute noch; ich kann also nicht verlangen, dass die Versammlung die Masken abnehme; aber ich kenne jeden einzelnen von euch genau. Es mag einer nach dem anderen herbeikommen und hier bei mir seine Maske lüften; der Verräter wird auf diese Weise entdeckt und unschädlich gemacht. Tretet in geordnete Reihen zusammen! Jeder mag seinen Nachbar beaufsichtigen, damit es dem Fremden nicht gelingt, sich unter die zu stellen, die sich hier bei mir als Brüder ausgewiesen haben!"

Infolge dieses Befehls entstand eine Bewegung im Saal, die dem Deutschen Gelegenheit gab, seinen Vorsatz auszuführen. Während die Anwesenden sich Mühe gaben, in Reih und Glied zu gelangen, erhob er mit einer gedankenschnellen Bewegung den Arm – ein kräftiger Ruck, und der Nagel fuhr aus der Wand. In demselben Augenblick stürzten sämtliche vier Leuchter von der Decke auf die Köpfe der darunter Befindlichen.

Die Flammen ergriffen die Kleider der Verletzten. Eine ungeheure Verwirrung entstand. Mit den geordneten Reihen war es aus.

„Sauve qui peut – rette sich, wer kann!“, riefen hundert Stimmen.

Man drängte nach der Tür und der Kapitän sah ein, dass Mord und Totschlag entstehen werde, wenn er die Versammlung zwänge, hierzubleiben. Er rief also den Posten zu:

„Öffnet den Eingang!“

Die Tür wurde aufgeschlossen und nun entstand dort ein fürchterliches Gedränge, da jeder der Erste sein wollte, der der Gefahr entrann. Nur wenige Besonnene eilten zu den Brennenden, um ihnen beizustehen und die Flammen zu löschen.

Fritz hatte zunächst die Absicht gehegt, sobald die Leuchter stürzten, sich nach jener Tür zurückzuziehen, durch die der Alte eingetreten war; er wusste zwar nicht, wohin sie führte, aber sie gewährte wenigstens die Hoffnung auf einen Rettungsweg; natürlich gab er diese Absicht auf, als er den Befehl des Alten hörte, die andere Tür zu öffnen. Nun war ja die Gefahr vorüber. Er schloss sich also denen an, die die Kraft ihrer Ellbogen in Anwendung brachten, um rasch aus dem Saal zu kommen.

Richemonte hatte kaum den soeben erwähnten Befehl gegeben, so erhob sich der eine seiner Begleiter und sagte im Ton des Vorwurfs:

„Aber den Verräter sollten Sie auf keinen Fall entwischen lassen!“

Es war die Stimme des alten Grafen Rallion, der heute mit Caligny nach Ortry gekommen war. Der Dritte war sein Sohn, der Oberst.

„Keine Sorge!“, entgegnete der Kapitän. „Folgen Sie mir rasch, meine Herren!“

Er sprang von den beiden gefolgt, zu der rückwärtigen Tür hinaus, die hinter ihnen verschlossen wurde. Jenseits führte eine schmale Treppe empor. In einer Nische stand eine Lampe. Der Kapitän ergriff sie und eilte die Stufen hinauf. Sie führten zu einer Steinplatte, die der Alte zur Seite schob. Beim Schein des Lichts sahen die beiden

Rallions, dass sie sich in einem öden Gemach befanden, das drei Fenster hatte, die aber ohne Glas und Rahmen waren. Richemonte blies die Lampe aus.

„Rasch durchs Fenster hinaus in den Hof und nach dem Tor! Wir kommen eher als die anderen. Ich habe ein besonderes Passwort für den Ausgang: Es heißt ‚Bonaparte'. Jeder, der fort will, muss es sagen. Der es nicht weiß, ist der Eindringling. Damit es schneller geht, helfen Sie mir beide!"

Ein Sprung durch das ziemlich tief liegende Fenster brachte sie auf den Hof und eben, als die ersten der Verschworenen aus dem Turm traten, hatten die drei das Tor erreicht.

„Halt!", rief der Alte den herbeiströmenden Männern entgegen. „Ein jeder hat das Ausgangswort einem von uns dreien zu sagen, aber so leise, dass es der Spion nicht hören kann. Vorwärts!"

Fritz befand sich unter den Vordersten. Wäre er jetzt umgekehrt, so hätte er Verdacht erweckt; man hätte ihn sicher sogleich gepackt. Er griff in die Tasche, zog sein Messer und ließ sich von den hinter ihm Folgenden ganz willig vorwärts schieben. Bereits hatten mehrere das Passwort gesagt und gehen dürfen, da kam er vor dem alten Rallion zu stehen. Er wollte sich an diesem vorüberdrängen, aber der Graf fasste ihn.

„Halt, Mann, das Wort!", gebot er.

Fritz beugte sich an des Fragenden Ohr, als ob er es ihm zuflüstern wolle, versuchte aber dabei, sich durch einen plötzlichen Ruck loszureißen. Der Graf jedoch hatte Verdacht gefasst und hielt ihn bei der Bluse fest.

„Das ist er! Haltet ihn!"

Sein Sohn, der Oberst, streckte sofort beide Hände nach Fritz aus, ließ sie aber mit einem lauten Aufschrei sinken; denn das Messer des Deutschen war ihm quer übers Gesicht gefahren. Ein Stich in die Hand des Grafen zwang auch diesen, die Bluse loszulassen, und somit war Fritz frei. Obgleich sich die Hände aller nach ihm ausstreckten, gelang es doch keinem, ihn wieder zu greifen. Er sprang davon und in den Wald hinein.

„Ihm nach!“, befahl Richemonte.

Jetzt war vom Passwort keine Rede mehr, denn alle stürmten dem Flüchtigen nach. Dieser aber hatte keine sonderliche Angst vor seinen Verfolgern. Es galt nur, seinen Kräutersack in Sicherheit zu bringen; denn fand man ihn, so konnte leicht erraten werden, wer der Spion gewesen sei. Er sprang also mit weiten Sätzen an der Mauer hin und dann zu den Bäumen hinüber, riss den Sack unter der Buche hervor und eilte noch einige Schritte tiefer in den Wald hinein. Dann aber sagte er sich, dass jedes Geräusch die Franzosen nur auf seine Fährte bringen müsse; er kroch also in ein vor ihm liegendes Dickicht hinein und verhielt sich ruhig.

Er hörte die Schritte der Verfolger und ihre Rufe. Einige Male war man ziemlich nah, bald aber lag der Wald in scheinbar ununterbrochener Ruhe da. Doch war Fritz vorsichtig genug, vorläufig in seinem Schlupfwinkel zu verharren. Er legte sich den weichen Sack unter den Kopf, streckte sich so bequem aus, wie die Sträucher es gestatteten, und überlegte:

„Was für ein Gemäuer ist diese Ruine? Wenn ich fortlaufe, werde ich nicht wissen, wo ich gewesen bin. Darum bleibe ich liegen bis morgen früh und sehe mir das Ding bei Tageslicht an.“

2. Schach dem König!

Müller hatte während des Tages viel an den Maler denken müssen, der so unvorsichtig gewesen war, sich nach dem Oberleutnant von Greifenklau zu erkundigen. Er hatte am Nachmittag mit Alexander einen Spaziergang gemacht und dann das Abendessen allein auf seinem Zimmer verzehrt. Hierauf verlöschte er seine Lampe und wartete.

Der Kapitän war mit seinen Begleitern nach dem Eisenwerk gegangen; die dort geltende Arbeitszeit war bereits verflossen und Müller konnte von seinem Fenster aus beobachten, dass man alle Lichter verlöscht hatte. Wo blieben die drei Männer? Jedenfalls hatten sie die heimlichen Niederlagen aufgesucht, um sie einer Besichtigung zu unterziehen. Wo aber befanden sich diese Lager? Es gehörte zur Aufgabe Müllers, sie ausfindig zu machen. Aber konnte er etwas entdecken, wenn er hier sitzen blieb, um die Rückkehr jener zu erwarten? War es nicht besser, in den geheimen Gang einzudringen, worin sich die Vorräte vielleicht befanden?

Übrigens hatte er sich vorgenommen, den Maler zu belauschen. Er kannte ja die Einrichtung des Zimmers, das dieser bewohnte. Es dünkte ihn leicht, über die Person und die Absichten des so genannten Herrn Haller etwas Näheres in Erfahrung zu bringen.

Wartete der Deutsche noch länger, so ging Haller vielleicht schlafen, und dann war nichts zu erreichen. Er erhob sich und lauschte zum Fenster hinaus. Überall herrschte größte Stille. So konnte er also seinen Gang wagen.

Vorher traf er dieselben Vorbereitungen wie früher. Er legte den Buckel ab, verkleidete sich und steckte die beiden Revolver und die Blendlaterne in die Tasche. Dann stieg er zum Fenster hinaus, glitt über das Dach und kletterte am Blitzableiter hinab. Als er am Zimmer des Alten vorüberkam, war es darin dunkel.

In dem Augenblick aber, als Müller den Fußboden erreichte, legte sich eine Hand auf seine Schulter. Er drehte sich blitzschnell um und griff nach seiner Waffe.

„Pst, keine Sorge!“, flüsterte es. „Ich tue Ihnen nichts, ich will nur mit Ihnen sprechen.“

„Wer sind Sie?“, fragte Müller.

„Das werden Sie erfahren. Kommen Sie!“

Der Mann sprach die Mundart des südlichen Frankreichs. Soweit Müller erkennen konnte, trug jener weite Hosen, die bis an die Knie reichten, einen Gürtel und auf dem Kopf einen Fes; er ging also ähnlich wie die Zuaven gekleidet.

„Sind Sie Soldat?“, forschte Müller.

„Nein. Kommen Sie nur!“

Müller hielt es für geraten, mit dem geheimnisvollen Mann zu gehen. Der Fremde schritt gerade vom Schloss ab, hinaus nach den Feldern. Dort hielt er an einem Rain inne, setzte sich nieder und fragte:

„Wer sind Sie?“

„Vielleicht erfahren Sie es, vielleicht auch nicht. Wer sind denn Sie?“

„Sie erfahren das auch vielleicht. Doch da Sie mir nicht sagen wollen, wer Sie sind, so werden Sie mir wohl sagen, was Sie sind.“

„Unter Umständen werden Sie dies auch erfahren.“

„Ich weiß es bereits.“

„Nun?“

„Sie sind einer, der in die Fenster anderer Leute steigt, um sich zu holen, was ihm gefällt.“

Ah, dieser Mann hielt ihn für einen Einbrecher, weil er beobachtet hatte, dass er am Blitzableiter heruntergeklettert war; das machte Müller Spaß und er beschloss, den Fremden bei diesem Glauben zu lassen.

„Haben Sie etwas dagegen?“

„Nein. Sie scheinen ein kühner Mann zu sein.“

„Das bringt mein Handwerk mit sich“, lachte Müller.

„Ich liebe den Mut und die Entschlossenheit. Wissen Sie, dass ich Ihnen sehr schaden kann?"

„Hm! Wieso?"

„Ich könnte Sie festnehmen und den Diebstahl anzeigen."

„Sie machen mir Angst."

„Haben Sie keine Sorge; ich werde es nicht tun, wenn ich sehe, dass Sie dankbar sind."

Diese Worte wurden in einem Ton gesprochen, der Zutrauen erwecken sollte. Müller ging darauf ein.

„Wenn Sie schweigen wollen, so dürfen Sie auf mich rechnen."

„Gut; ich hoffe, dass Sie Verstand haben. Wohnen Sie hier in der Nähe?"

„In Ortry."

„Kennen Sie die Umgegend des Schlosses und eine Ruine, die man den alten Turm nennt?"

„Ja."

„So ist alles gut. Sie sind ein Mann, der nicht wählerisch in dem ist, was er tut, wenn es nur etwas einbringt. Wollen Sie sich ein schönes Stück Geld verdienen?"

Müller musste sich Mühe geben, ein Lachen zu unterdrücken.

„Sehr gern!"

„Nun, ich biete Ihnen für die Arbeit von drei Stunden hundert Francs."

„Alle Wetter, das wäre leidlich bezahlt!"

„Das denke ich auch. Und doch biete ich Ihnen außerdem hundert Francs, wenn Sie noch einen Mann besorgen, auf den ich mich verlassen kann."

„Vielleicht ist es möglich. Nur muss ich wissen, worum es sich handelt."

„Das sollen Sie hören. Ich wünsche, ein Grab geöffnet zu sehen."

„Ein Grab?", stutzte Müller. „Ein richtiges Grab? Hier auf dem Kirchhof?"

„Das werden Sie noch erfahren. Vorher müssen Sie mir sagen, ob Sie mir dienen wollen und einen zweiten Mann mitbringen können.“

„Ja“, erwiderte Müller langsam, „was mich betrifft, so fürchte ich mich nicht, ein Grab aufzubrechen, und ich wüsste wohl auch einen, der für hundert Francs bereit wäre, das Abenteuer mitzumachen. Bevor ich aber einen festen Entschluss fasse, muss ich wissen, um welches Grab es sich handelt.“

Er vermutete, es gelte die Öffnung irgendeines Erbbegräbnisses, um die Leiche zu berauben. Ein solcher Vorschlag war sehr leicht möglich, da der Fremde ihn ja für einen Einbrecher hielt. Dieser aber entgegnete:

„Wir sprachen von dem alten Turm. Sind Sie einmal dort gewesen?“

„Ja.“

„Haben Sie bemerkt, dass ein Grab in seiner Nähe liegt?“

„Ja. Es wird, glaube ich, das Heidengrab genannt.“

„So ist es. Wissen Sie wohl auch, wer dort begraben liegt?“

„Gewiss. Die erste Gemahlin des Barons de Sainte-Marie.“

„Nun gut, dieses Grab wollen wir öffnen.“

Müller fuhr erstaunt empor.

„Ah, Sie denken, man habe der Baronin Geschmeide mit in die Erde gegeben?“

„Nein. Es handelt sich nur um die Leiche selber. Ich will die Gebeine der Verstorbenen haben und werde sie mit mir fortnehmen.“

Das war erstaunlich! Wer war dieser Mann? In welchem Verhältnis stand er zu der Toten, dass er danach trachtete, ihre Überreste zu besitzen? Das Zusammentreffen mit ihm konnte für Müller von überaus wichtiger Bedeutung sein. Darum beschloss er, sich ihm willfährig zu zeigen.

„Sie zahlen also zweihundert Francs, wenn ich mich dieser Arbeit unterziehen und noch einen Gehilfen mitbringen werde?“

„Ja. Sobald das Grab geöffnet ist, erhalten Sie das Geld. Wollen Sie?"

„Ich will."

„Nun gut! Wann passt es Ihnen? Morgen Abend wäre mir die liebste Zeit. Kommen Sie eine Stunde vor Mitternacht mit Ihrem Kameraden ans Grab! Ich werde auf Sie warten. Schwören Sie, dass Sie mich nicht verraten wollen!"

„Ich schwöre Ihnen in meinem Namen und im Namen meines Kameraden, dass wir Ihnen redlich beistehen werden, Ihre Absicht zu erreichen."

„Allah akbar! Ich gewinne Vertrauen zu Ihnen und will Ihnen nun auch mitteilen, wer ich bin. Ich nenne mich Abu Hassan, der Zauberer und bin Leiter einer Künstlertruppe, die morgen in Thionville eine Vorstellung geben wird."

„Und warum wollen Sie die Gebeine der verstorbenen Baronin besitzen?"

„Das werde ich Ihnen erklären, nachdem ich Sie als treu und verschwiegen erkannt habe."

„Wer soll das Handwerkszeug besorgen? Sie oder ich?"

„Sie. Ich werde nur den Kasten mitbringen, der die Gebeine aufnehmen soll, und gebe Ihnen außerdem zu bedenken, dass ich ein Moslem bin, der sich verunreinigt, wenn er die Überreste eines Toten anrührt. Ich werde mit graben helfen, aber die Gebeine haben Sie in den Kasten zu tun."

Der Zauberer griff in die Tasche und zog einen Beutel hervor.

„Hier gebe ich Ihnen hundert Francs", sagte er. „Die anderen hundert werden Sie erhalten, sobald wir morgen fertig sind."

Müller schob die ausgestreckte Hand mit dem Geld zurück.

„Behalten Sie für heute das Geld! Ich pflege erst dann den Lohn anzunehmen, wenn ich die Arbeit vollendet habe."

„Allah il Allah! Sie sind ein ehrlicher Mann, obgleich Sie ein Christ und ein Spitzbube sind. Erst jetzt bin ich überzeugt, dass Sie mich nicht betrügen werden. Gute Nacht!“

Der Fremde ging und Müller blieb zurück, benommen von dem Ereignis, das sich so unerwartet abgespielt hatte. Wer hätte das denken können! Er, der deutsche Edelmann, hatte sich von einem umherziehenden Gaukler als Leichenräuber anwerben lassen...

Er rechnete bei dieser abenteuerlichen Angelegenheit auf die Hilfe Schneebergs, den er bereits morgen am Vormittag benachrichtigen musste, denn Fritz allein konnte die erforderlichen Vorbereitungen treffen und das notwendige Werkzeug verschaffen, ohne Verdacht zu erregen.

Nun schlich sich Müller nach dem Park zurück.

Er musste sich nach dem Häuschen begeben, das er einige Male umschritt, um zu beobachten, ob sich niemand darin befinde. Dann trat er ein und zog die Tür hinter sich zu, brannte die Laterne an, öffnete die geheime Tür, trat zwischen die Doppelwand und verschloss den Eingang wieder.

Jetzt stieg er die Treppe hinab und erreichte den Gang. Die linker Hand liegende Tür war fest verschlossen, wie das vorige Mal. Müller schritt also zur rechten Hand in den Stollen hinein, steckte aber seine Laterne dabei in die Tasche. Es war sonst leicht möglich, dass er sich durch ihren Schein verriet. Er hatte den unterirdischen Gang genugsam kennen gelernt, um zu wissen, dass man sich nur an der Mauer fortzutasten brauche, um ohne Schaden ins Schloss zu gelangen.

Freilich kam er im Finstern langsamer vorwärts, als wenn er sich der Laterne bedient hätte, aber die Zeit war ihm doch nicht lang geworden, bis er an der Erweiterung des Ganges bemerkte, dass er zu Ende sei. Jetzt zog er die Laterne hervor und griff zugleich nach der Uhr. Es war gerade Mitternacht.

Da war nun freilich keine große Hoffnung vorhanden, den Maler noch belauschen zu können, da dieser sich jedenfalls bereits zur Ruhe begeben hatte. Aber dennoch stieg Müller die Treppe hinan, die er sich von seinem vorigen Ausflug her gemerkt hatte. –

*

Um dieselbe Zeit war Fritz seinen Verfolgern glücklich entkommen und der alte Kapitän mit den beiden verwundeten Rallions in der Ruine zurückgeblieben. Dem Oberst strömte das Blut in einem breiten Strahl aus dem Gesicht. Sein Vater, der einen Stich durch den Handteller erhalten hatte, fragte:

„Gibt es hier jemand, der etwas von Wundbehandlung versteht?"

„Ich selbst", beruhigte ihn Richemonte. „Es ist gut, dass wir einen Vorrat von Verbandszeug und dazugehörigen Medikamenten angelegt haben. Ich muss übrigens nach den Verbrannten sehen, die sich jedenfalls noch im Saal befinden. Kampferwasser wird ihnen die Schmerzen stillen."

„Kapitän, ich gebe Ihnen ein Geschenk von tausend Francs für die Person, die den Kerl herausfindet, dem wir diese Störung zu verdanken haben."

„Und ich selber lege noch tausend Francs dazu", sagte der Alte grimmig. „Doch kommen Sie! Ich muss zunächst meine Lampe holen."

Er führte sie über den Hof hinweg zu einem Tor, das sich in der Hauptfront öffnete, schritt mit ihnen durch einige Zimmer, bis er in jenen Raum gelangte, durch dessen Fenster sie gesprungen waren. Hier stand noch die ausgelöschte Lampe. Der Kapitän brannte sie an und hieß die Rallions die Treppe hinabsteigen. Er folgte ihnen und brachte die Steinplatte wieder in ihre Lage. So kamen sie aus dem Gang in den Saal.

Dort waren die Flammen erloschen. Es herrschte tiefe Finsternis, aber trotzdem befanden sich noch Leute hier. Es waren die durch Brandwunden Beschädigten und eine Anzahl Heilgebliebener, die sich um die Verletzten bemühten.

Die Lampe des Alten brachte Licht. Die Verwundeten stöhnten und baten um Hilfe.

Richemonte setzte die Lampe nieder und verschwand für kurze Zeit durch die rückwärtige Tür. Bald brachte er eine Anzahl Lichte und Verbandszeug. Der Oberst war der Erste, der behandelt wurde, dann kam dessen Vater an die Reihe.

Die Wunden der Verbrannten waren nicht gefährlich, aber desto schmerzhafter. Der Alte verband sie so gut wie möglich und überließ es den Gesunden, die Kranken nach Hause zu geleiten. Bis sie sich entfernt hatten, ging er ab und zu, um die Eingänge zu verschließen; dann meinte er zu den Rallions, die sich noch allein im Saal aufhielten:

„Durch die unterirdischen Gänge können wir nicht zum Schloss zurückkehren."

„Warum nicht?", fragte der Graf.

„Weil wir es durchs Haupttor verlassen haben und weil man Ihre Verletzung morgen sehen wird, sie aber nicht begreifen könnte."

„Aber womit wollen wir sie erklären?"

„Das ist sehr leicht! Wir sind im Dunkel über eine Wiese gegangen, da hat eine Sense gelegen. Der Oberst ist auf den Stiel getreten und so schlug ihm das Sensenblatt quer über das Gesicht. Ihnen aber, Graf, ist die Spitze in die Hand geraten. Kommen Sie! Wir müssen uns sputen; denn es fällt mir ein, dass Sie Ihrem Maler noch heute seine Verhaltensmaßregeln geben wollen."

Sie verließen die Ruine und wanderten durch den Wald zum Schloss, das sie erreichten, als Müller kaum seine eigentümliche Unterredung mit Hassan, dem Zauberer, begonnen hatte.

Es erregte die Verwunderung der Dienerschaft, die Herren so spät heimkehren zu sehen, und dieses Erstaunen wurde natürlich noch gesteigert, als Richemonte mit knappen Worten den Unglücksfall mit der Sense schilderte.

Die Damen waren zur Ruhe gegangen, die Herren begaben sich in ihre Zimmer; vorher aber ließ der Graf dem Maler sagen, dass er ihn in drei Viertelstunden noch aufzusuchen gedenke. In seiner Wohnung nahm er Papier und Briefumschläge hervor und schrieb gegen eine halbe Stunde lang. Dann steckte er die Briefe in ihre Umhüllungen, ohne sie zu verschließen, und begab sich zwei Treppen höher, wo der Maler sein Zimmer hatte und ihn noch erwartete.

Haller, oder vielmehr Caligny, erhob sich sehr höflich beim Eintritt des Grafen und bot ihm einen Sessel an. Der Graf nahm gerade in demselben Augenblick Platz, in dem hinter der Wand Müller seine Laterne in die Tasche steckte und die Täfelung, die die geheime Tür bildete, ein wenig zur Seite schob, wodurch er das Zimmer überblicken konnte.

„Ich komme, Ihnen Ihre Vorschriften zu übergeben, mein lieber Rittmeister“, begann der Graf. „Die Hauptsache ist, dass Sie bereits morgen früh abreisen können.“

Caligny verbeugte sich.

„Es wird Ihnen durch diese Papiere der Weg geebnet werden. Übrigens verweise ich Sie nochmals auf das, was wir bereits am Morgen besprachen. Haben Sie sich den Namen des Offiziers gemerkt?“

„Ja. Oberleutnant Richard von Greifenklau.“

„Richtig! Sie gewinnen seine Freundschaft und suchen ihn auszuforschen. Ist er sehr zurückhaltend, so erwähnte ich bereits, dass er Verwandte...“

„Er hat eine Schwester“, fiel Caligny schnell ein.

„Ah! Woher wissen Sie das?“

„Es gibt einen Hauslehrer hier, einen Deutschen, der die Familie kennt.“

Die Stirn des Grafen verfinsterte sich.

„Sie haben mit diesem Mann gesprochen?“, fragte er.

„Ja."

„Ich muss doch nicht etwa befürchten, dass Sie sich in einer Weise unterhalten haben, die diesen Menschen auf allerlei Vermutungen bringen könnte?"

Die Wangen des Rittmeisters röteten sich denn doch ein wenig, aber scheinbar gekränkt antwortete er:

„Ich denke, niemals Veranlassung gegeben zu haben, mich für plauderhaft und unvorsichtig zu halten!"

Der Graf nickte.

„Ich will Ihnen glauben. Übrigens ist dieser Lehrer auf jeden Fall ein unbedeutender Mensch, von dem man nicht zu sprechen braucht. Hier haben Sie noch einige Schriftstücke, die Ihnen von Nutzen sein werden. Sie wissen: Wie die Arbeit, so der Lohn. Ich hoffe, dass Sie Ortry bereits verlassen haben werden, wenn ich erwache. Darum werden wir uns jetzt verabschieden, mein lieber Caligny."

Er reichte ihm die Hand und entfernte sich.

Nun sah Caligny die Papiere durch und ging noch einige Minuten im Zimmer auf und ab. Dann hörte Müller ihn die Worte sagen:

„Jetzt aber endlich zur Ruhe! Es ist spät und ich muss früh erwachen."

Er schob die Schriftstücke auf dem Tisch zusammen, entkleidete sich und legte sich zu Bett, nachdem er die Lampe ausgelöscht hatte.

„Also deshalb fragte er nach mir!", dachte Müller. „Diese Herren scheinen zu wissen, dass ich Vertrauen genieße. Werde ihnen den Weg noch besser ebnen, als die vier Briefe es tun."

Er wartete, bis ein ruhiges, schnarchendes Atmen ihm die Überzeugung gab, dass der Franzose fest eingeschlafen war. Jetzt schob er die Täfelung weiter auf, sodass er eintreten konnte, schlich zum Tisch hin, nahm sämtliche Papiere an sich und kehrte in den Gang zurück. Nachdem er die geheime Tür wieder verschlossen hatte, zog er sein Notizbuch und die Laterne hervor und schrieb alles ab.

Dann schlüpfte er nochmals in Hallers Zimmer, legte die Papiere an ihren Platz und entfernte sich.

Rasch stieg er die Treppe hinab und eilte durch den Gang nach dem Parkhäuschen. Er war mit den Ergebnissen des heutigen Abends höchst zufrieden. Sie gaben ihm Gelegenheit, sich für sein Land verdient zu machen und auch seine persönlichen Angelegenheiten vorteilhaft zu verfolgen.

Als er das Schloss erreicht hatte und am Blitzableiter emporkletterte, bemerkte er im Zimmer des Alten noch Licht. Er warf einen Blick durch das geschlossene Fenster und fuhr erschrocken zurück; denn hart daran stand der Kapitän, mit dem Rücken nach ihm gekehrt. Er hatte ein geheimes Fach seines Schreibtisches geöffnet und hielt ein Paket Banknoten in der Hand, deren Nummern er zu mustern schien.

Müller konnte ihm über die Schulter blicken und sah, dass all diese Wertpapiere gezeichnet waren. Er erkannte deutlich die Anfangsbuchstaben der Namen und prägte sich einige der Nummern ein. Es war kein Zweifel, er sah hier die Banknoten, die Richemonte dem Fabrikleiter abgenommen hatte.

Der Doktor beobachtete deutlich, dass der Kapitän die Noten in das geheime Fach zurücklegte und es mit einer verborgenen Feder schloss. Er passte so genau auf, dass er überzeugt war, dieses Fach leicht auffinden und öffnen zu können. Dann kletterte er zum Dach empor.

In seinem Zimmer legte er, bevor er Licht anbrannte, die Verkleidung an, da er ja keinen Augenblick sicher davor war, von dem alten Schleicher durch die Glastafel beobachtet zu werden.

Alsdann schrieb er zunächst die Banknotennummern auf, die er sich gemerkt hatte; dann nahm er sein Notizbuch hervor und verfasste einige Briefe. Als er diese versiegelt hatte, setzte er sich vor einige große leere Bogen mit der Miene eines Mannes, der an eine sehr wichtige Arbeit geht. Seine Feder flog über das Papier, die Bogen füllten sich, neue kamen hinzu, und als er geendet hatte, waren so viele Seiten beschrieben, dass er selbst über die bedeutende Zahl erstaunte.

„Das ist schnell genug gegangen", lächelte er. „Ich habe aber auch niemals eine Arbeit mit solcher Lust getan wie diese hier. Ich hoffe, sie wird den Eindruck machen, für den sie berechnet ist."

Er legte den Entwurf beiseite. Er trug die Überschrift: „Beweis, dass vor Verlauf eines Jahrzehnts kein Krieg mit Frankreich zu befürchten steht. Auf Veranlassung des Großen Generalstabs geliefert von Oberleutnant Richard von Greifenklau."

Nun endlich griff er zum letzten Mal zur Feder. Er schrieb folgenden Brief:

„Meine gute Emma!

Ihr werdet schon längst eine Nachricht von mir erwartet haben und sollt sie auch nächster Tage erhalten, ausführlich, wie Ihr es ja stets von mir gewohnt seid. Jetzt aber habe ich zu solcher Vollständigkeit noch nicht die hinreichende Zeit; ja, ich fand noch nicht einmal die Muße, an Mutter und Großvater zu schreiben.

Diese Zeilen gelten Dir, weil mich die höchste Notwendigkeit dazu drängt, dir für einen gewiss zu erwartenden Fall die nötigen Unterweisungen zu erteilen. Ein französischer Rittmeister, namens Bernard Caligny, kommt nämlich als Landschaftsmaler Haller nach Berlin, um sich um meine Freundschaft zu bewerben und mich über die Anschauungen unserer Staatsmänner und Heerführer auszuhorchen. Ich bin überzeugt, dass Frankreich bereits in wenigen Wochen den Krieg erklären wird, und ebenso sicher weiß ich, dass wir im Stande sind, den so leichtsinnig hingeworfenen Fehdehandschuh ohne Befürchtung aufzuheben, aber es handelt sich darum, den geheimen Sendling irrezuführen, gerade so, wie er uns zu täuschen trachtet. Daher übersende ich Dir das beifolgende Schreiben.

Haller, oder genauer Caligny, beabsichtigt nämlich, falls seine Bemühungen bei mir erfolglos sein sollten, Deine Zuneigung zu gewinnen, um so viel wie möglich durch Dich zu erfahren. Du wirst ihm sagen müssen, dass ich mich in Litauen auf Besuch bei einem Verwandten befinde. Infolgedessen wird er sich bei Dir nach meiner Tätigkeit, nach meinen Arbeiten erkundigen, und Du wirst Dir da die Erlaubnis abschmeicheln lassen, das beiliegende Schreiben lesen zu dürfen. Alles Übrige überlasse ich Deiner weiblichen Klugheit und bitte Dich, mich über den Erfolg sofort brieflich zu benachrichtigen. Ich stehe mit ähnlichen Arbeiten zur Verfügung und ersuche dich, Dein Schreiben an meinen Fritz zu richten, nämlich ‚Friedrich Schneeberg, Herboriseur (Kräutersammler) in Stellung bei Herrn Doktor Bertrand in Thionville'. Er wird ihn mir richtig zustellen. Hier darf ich nicht wagen, Briefe aus Berlin zu empfangen.

Indem ich Dich ersuche, Mama und Großpapa von mir herzlichst zu grüßen, verspreche ich ihnen einen baldigen, langen Brief und sende Dir den innigsten, brüderlichsten Kuss

Dein Richard.

Nachschrift. Ich habe meine Dresden-Blasewitzer Dame unerwartet gefunden.“

Müller las die Zeilen noch einmal durch und verschloss sie dann nebst dem Schriftstück in einem geräumigen Umschlag. Die Nacht war bereits vorüber und der Morgen brach herein. Deshalb legte er sich auf das Sofa, um beizeiten wieder aufzuwachen.

Er mochte kaum ein Stündchen geschlafen haben, als ihn der Schall von Hufschlägen aufweckte. Sofort erhob er sich und trat ans Fenster. Es war ein Wagen angespannt worden und soeben stieg der Maler ein, um sich nach dem Bahnhof von Diedenhofen fahren zu lassen.

Müller nahm wieder auf dem Sofa Platz und schlief zum zweiten Mal ein. Er erwachte von einer überlauten, kreischenden Musik und warf den ersten Blick auf seine Uhr;

es war wahrhaftig bereits neun Uhr! Dann sah er durchs Fenster hinunter in den Schlosshof. Dort standen sechs abenteuerlich gekleidete Musikanten, die sich bemühten, mit zwei Klarinetten, einem Horn, einer Oboe, einer Posaune und einer Trommel eine Art von Marsch zu Gehör zu bringen. In der Nähe hielten auf Pferden vier bühnenmäßig aufgeputzte Personen, drei Männer und auch eine Frau. Als der Marsch beendet war, erhob der Trommler seine Stimme und verkündete, dass heute Nachmittag zwei Uhr Thionville nebst Umgegend das ungeahnte Glück haben werde, eine weltberühmte Künstlertruppe anzustaunen.

Die Leistungen wurden unter den hochtrabendsten Namen aufgezählt, und da in dieser Gegend sich nur höchst selten einmal eine solche Gesellschaft blicken ließ, so war es kein Wunder, dass sämtliche Schlossbedienstete zusammenliefen und auch die Herrschaften ans Fenster traten, um die ‚Künstler' in Augenschein zu nehmen.

Ganz in der Nähe der wunderlich aufgeputzten Reiter stand Alexander. Er hatte seine Freude an den Leuten und fragte, als der Trommler geendet hatte:

„Was kostet die Entrittskarte?"

„Nummerierte vordere Reihe fünf Francs, hintere Reihe vier Francs, erster Platz drei Francs, zweiter zwei, dritter einen Franc und Stehplatz außerhalb der Schranke einen halben Franc", antwortete der Mann geläufig. „Wollen Sie einige Karten nehmen, gnädiger Herr? Wenn Sie sie jetzt erstehen, erhalten Sie die besten Plätze von Nummer eins an."

Er hatte mit geübtem Auge erkannt, dass der Frager der Sohn der Herrschaft sei, und solch einem Lieblingssöhnchen vermögen die Eltern nicht zu widerstehen.

„Fünf Karten vordere Reihe!", forderte Alexander.

Er hatte nicht darauf geachtet, dass die Baronin oben das Fenster öffnete und ihm winkte. Er zog seine Börse, die trotz seiner Jugend stets wohlgefüllt war, und bezahlte fünfundzwanzig Francs. Die Künstler zogen befriedigt ab.

Nach kurzer Zeit klopfte es an Doktor Müllers Tür und Alexander trat herein. Sein Gesicht war vor Freude gerötet.

„Guten Morgen, Monsieur Müller. Haben Sie die Künstler gesehen?", fragte er.

„Ja."

„Ich habe fünf Karten genommen. Hier ist eine. Sie fahren natürlich mit, Monsieur?"

„Ah! Ich? Wer außerdem?"

„Mama, Marion und Mademoiselle Nanon."

„Und wenn ich nun ablehne?"

„Oh, Sie lehnen nicht ab", behauptete Alexander, „das sehe ich Ihrem Gesicht an."

„Ja, ich werde dir die Freude nicht verderben, mein lieber Alexander."

„Ich danke Ihnen! Und wissen Sie, was Mama Ihnen sagen lässt?"

„Nun?"

„Sie sollen mit ihr und mir in einem Wagen Platz nehmen; im anderen fahren Marion und Nanon. Aber ich muss fort, denn bei einer solchen Veranlassung sind Vorbereitungen zu treffen."

Er eilte weg. Müller war es nicht unlieb, diesen Abu Hassan in seinen Kunstleistungen kennen zu lernen; aber fast verdutzt machte ihn die Einladung der Baronin, mit in ihrem Wagen Platz zu nehmen. Welchen Grund hatte sie dazu? War es die Anerkennung für die Liebe, die er Alexander eingeflößt hatte? –

Müller schritt nachdenklich im Zimmer auf und ab, trat an den Spiegel, um sich zu betrachten, und fand, dass seine künstliche Hautfarbe an Tiefe verloren hatte. Er nahm ein Fläschchen, das Nussschalenabsud enthielt, tauchte den Pinsel hinein und bestrich sich Gesicht, Hals und Hände von neuem mit dieser die Haut verdunkelnden Feuchtigkeit, die nicht wenig dazu beigetragen hatte, sein Äußeres zu verändern.

Hierauf musterte er durchs Fenster die Frühlingslandschaft.

„Ah, was ist das?", fragte er sich. „Da draußen unter der Linde liegt einer. Ist das Fritz? Ich muss sogleich das Fernrohr nehmen, um mich zu überzeugen."

Er holte es, öffnete die Fensterflügel und richtete es nach der Linde hinüber. Da sah er deutlich seinen Fritz gleichfalls mit dem Fernrohr ausspähen. Schneeberg erkannte auch ihn, denn er zog den Hut und grüßte. Er hatte jedenfalls etwas Wichtiges zu berichten.

Müller nahm sein Taschentuch und winkte damit. Sofort erhob sich Fritz, um nach dem Wald zu gehen.

Der Doktor verließ das Schloss, nachdem er die nachts geschriebenen Briefe zu sich gesteckt hatte. Er schlenderte durch den Park, nahm aber dann einen schnellen Schritt an und eilte dem Wald zu, wo an der verabredeten Stelle Fritz aus den Büschen trat.

„Guten Morgen, Herr Doktor!", grüßte er. „Ausgeschlafen?"

„Wenig geschlafen."

„Ich gar nicht."

„Gar nicht? Ah, du hast Wache gehalten?"

„Ja, aber nicht da, wo ich sollte, sondern in einer alten Ruine, wo die Verschwörer zusammenkommen und wo ich beinahe das Leben eingebüßt hätte."

„Erzähle!"

„Nicht hier, sondern etwas tiefer im Wald."

Sie schritten weiter zwischen die Bäume hinein und nun berichtete Fritz sein nächtliches Abenteuer.

Als er geendet hatte, zeigte Müllers Gesicht einen erstaunten Ausdruck.

„Sonderbar, dass ich von dieser Ruine noch nichts gehört habe! Wie es scheint, sind die von uns gesuchten Vorräte dort zu finden, während wir annahmen, dass sie in der Nähe des alten Turms versteckt seien. Ist es weit bis zu der Ruine?"

„Oh, kaum so weit wie bis zum Turm."

„So führe mich hin, ich muss sie sehen!"

Sie gingen und unterwegs ließ sich Müller Verschiedenes ausführlicher berichten.

„Also einen eisgrauen Schnurrbart hatte der Redner?", fragte er.

„Ja; die Spitzen lugten unter der Maske hervor. Als der Mann meine Anwesenheit entdeckt hatte, fletschte er die Zähne wie ein Bullenbeißer, der jemand anspringen will."

„Er ist's, der alte Kapitän von Schloss Ortry. Und wenn mich nicht alles trügt, so waren die beiden anderen der Graf Rallion mit seinem Sohn, dem Oberst, der die Baronesse Marion zur Frau haben will."

„Den Teufel soll er kriegen!", zürnte Fritz. „Die ist für einen anderen bestimmt."

„Hm. – Aber, Mensch, was hättest du denn gemacht, wenn die Tür nicht wieder geöffnet worden wäre?"

„So wäre ich durch die hintere Tür entsprungen."

„Aber wohin?"

„Das weiß der liebe Gott, ich nicht!"

„Du wärst jedenfalls in einen unterirdischen Gang geraten und hättest da, wenn du nicht vorher entdeckt worden wärst, auf erbärmliche Weise verhungern können!"

„Ah, Unkraut vergeht nicht. Und ein Unkräutersammler erst recht nicht!"

Fritz hatte sich die Richtung, wo er die Ruine zu suchen hatte, sorgsam eingeprägt. Als sie an der Vorderseite entlang gingen, an der sich die Einfahrt befand, erkannte Müller, dass der Bau ein Kloster gewesen sein müsse.

Sie durchschritten die Durchfahrt, doch sprang Fritz zurück, um sich vorher einige Kienäpfel zu holen; denn ohne Licht konnte man da unten im Saal nichts erkennen.

Im großen Hof zeigte er seinem Herrn den Ort, wo er den Mann überfallen, und die Turmecke, wo er ihn gefesselt hatte. Dann traten beide durch die Torpforte ein und schlichen den Gang hinab. Fritz machte den Führer, da er die Beleuchtungskörper für unten aufsparen wollte. Sie gelangten an die Treppe und in den unteren Gang. Die Tür zum Saal war nicht verschlossen. Sie traten ein.

Jetzt zog Fritz seine Kienäpfel und ein Zündhölzchen hervor und brannte einen an. Das dunkelgelbe, rauchige Licht konnte nur wenig Helle verbreiten, aber sie erkannten doch, dass hier noch nicht aufgeräumt worden war. Die Scherben der zerbrochenen Leuchter lagen zertreten am Boden.

„Es ist besser, Fritz", sagte Müller, „du gehst hinaus, während ich das alte Gemäuer untersuche. Es könnte doch sein, dass sich hier noch jemand befindet, und es ist nicht gut, uns zusammen zu sehen."

Kaum war Fritz draußen, da öffnete sich die hintere Tür und herein trat der alte Kapitän mit einer großen Laterne und einem – Besen in der Hand.

Er erkannte Müller auf den ersten Blick. Ein schneller Gedanke durchzuckte ihn.

Was wollte Müller hier? Er war ein Deutscher. War er vielleicht der gestrige Eindringling?

Mit raschen Schritten trat der Alte auf Müller zu.

„Monsieur, was tun Sie hier?"

Müller hatte sich schnell gefasst.

„Etwas sehr Reizvolles: Ich durchstöbere diese Ruine. Hätte ich von ihrem Dasein gewusst, so hätte ich mir auch eine Laterne mitgebracht, wie Sie, Herr Kapitän!"

Diese harmlose Antwort beschwichtigte den Alten.

„Sie haben nichts von ihr gewusst?"

„Bis vor wenigen Minuten!"

Richemonte musterte seinen Hauslehrer in neu erwachtem Misstrauen vom Kopf bis zu den Füßen.

„Hören Sie mal, ich liebe nicht, dass meine Angestellten hier überall herumschnüffeln. Sie haben genug zu tun, wenn Sie sich mit Alexander beschäftigen."

Dies war in einem so höhnischen Ton gesprochen, dass Müller ein schärferes Wort auf die Lippen kam.

„Verbieten Sie mir vielleicht, diese Ruine zu besuchen?"
Richemonte trat erstaunt einen Schritt zurück und setzte die Laterne zu Boden.
„Monsieur Müller, wie kommen Sie mir vor! Wer ist es, der hier Fragen zu stellen hat?"
„Ein Lebender jedenfalls nicht, sondern nur die Toten, denen dieses Kloster einst gehörte. Hier im Reich des Verfalls ist ein jeder dem anderen gleich."
Diese Antwort verblüffte den Kapitän. Er meinte etwas ruhiger:
„Sie sind hier fremd; ich durfte mich wohl wundern, dass ich Sie gerade hier an diesem Ort fand."
Müller suchte den Verdacht des Alten vollends zu zerstreuen und es gelang ihm, sich das Aussehen vollkommener Harmlosigkeit zu geben.
„Ich litt gestern an Blutandrang nach dem Kopf, weshalb ich mich sehr zeitig schlafen legte. Da aber die Zimmerluft das Übel verschlimmert hat, so machte ich einen Spaziergang durch den Wald, um ein seltenes Kraut zu suchen, Sonnentau, einen vorzüglichen Tee. Ich schätze das kleine, empfindsame Gewächs, das zu den Fleisch fressenden Pflanzen gehört und das schon oft seine ausgezeichnete Heilwirkung bewiesen hat. So kam ich tief in den Wald hinein und stand plötzlich vor der Ruine."
„Von der Sie noch nichts gehört hatten?"
„Kein Wort!"
„Können Sie mir dies auf Ehre versichern?"
„Ich gebe mein Ehrenwort, bis vor kurzer Zeit vom Dasein dieser Ruine nicht das Geringste gewusst zu haben. Aber wozu dieses Verhör? Wozu diese Laterne und dieser Besen? Herrscht hier vielleicht ein Räuberhauptmann, ein menschenfressender Riese? Hat hier nicht jeder freien Zutritt, der Altertümer liebt?"
„Wissen Sie, dass die Ruine auf meinem Grund und Boden liegt?"
„Ich weiß es nicht, aber ich kann es mir denken."

„Nun gut, ich bin der Grundherr und ich verbiete Ihnen, jemals dieses Kloster wieder zu betreten."

„Und Fremde dürfen Zutritt nehmen?"

„Wer sagt Ihnen, dass Leute hier gewesen sind?"

„Blicken Sie zu Boden! Sehen Sie nicht, dass diese Spuren noch ganz frisch sind?"

„Das geht Sie nichts an. Sie können das gar nicht beurteilen. Ich bin der Herr. Packen Sie sich hinaus!"

Müller zuckte kaltblütig die Achseln.

„Mir ist es sehr gleich, wer zu urteilen hat. Draußen aber wird man auch urteilen, nämlich über die Sonderlichkeit, dass ein Kapitän der Kaisergarde hier den Besen handhabt, und über andere Dinge, die fast vermuten lassen, dass hier nicht alles in Ordnung ist."

Da sprang Richemonte wütend auf Müller zu und fasste ihn am Arm.

„Monsieur, was wollen Sie mit Ihren Andeutungen sagen, he?"

„Nichts weiter, als dass ich Ihrem Befehl, diesen Ort zu verlassen, zwar gehorche, aber darauf bestehen muss, fernerhin in anderer Weise angesprochen zu werden. Ein deutscher Doktor der Philosophie steht in gesellschaftlicher und geistiger Beziehung keineswegs unter einem französischen Kapitän der Kaisergarde."

„Ah, das wagen Sie!", knirschte der Alte. „Ich werde Sie fortjagen."

„Pah, das können Sie nicht. Sie sind der Herr Kapitän Richemonte, mein Vertrag aber ist mit Herrn Baron de Sainte-Marie abgeschlossen. Adieu, Herr Kapitän!"

Er ging.

„Ah, gehen Sie!", rief ihm Richemonte nach. „Ich werde nachher mit Ihnen sprechen!"

Draußen im Wald traf Müller nach kaum zweihundert Schritt auf Fritz und berichtete ihm.

„Jetzt haben Sie sich einen unversöhnlichen Feind geschaffen", sagte Fritz.

„Jedenfalls!“

„Er wird Sie fortjagen.“

„Ich werde nicht gehen.“

„Er wird Ihnen die Lösung Ihrer Aufgabe unmöglich machen!“

„Ich habe ihn nicht zu fürchten, obgleich er alles zu beherrschen meint. Denken wir nicht an ihn! Ich habe dir etwas Wichtigeres zu sagen. Kannst du unbemerkt Hacken und Schaufeln für heute Abend besorgen?“

„Sehr leicht!“

„Wir werden ein Grab öffnen.“

„Donnerwetter! Das klingt ja schauerlich!“

„Kennst du den Zauberer Abu Hassan, der heute in Thionville Vorstellung gibt?“

„Ja. Er wohnt im Gasthof, Doktor Bertrand gegenüber. Es ist eine Frau bei seiner Truppe, die mir heute eine förmliche Liebeserklärung gemacht hat.“

„Glücklicher Mann, die Liebe einer Künstlerin zu erringen!“

„Hm, die Kunst ist in ihr bereits ziemlich alt geworden, Herr Doktor!“

„Desto größere Anerkennung verdient sie. Aber bleiben wir bei der Sache. Abu Hassan ist jedenfalls ein Orientale; die erste Frau des Barons stammte auch aus dem Orient. Beide müssen in irgendeiner Beziehung zueinander gestanden haben, denn er will sich ihre Gebeine holen.“

„Was haben Sie und was habe ich mit diesem Abu Hassan und diesen orientalischen Gebeinen zu tun?“

„Wir sollen sie ihm mit aus der Erde hacken.“

„Warum denn gerade wir?“

„Ja, die Veranlassung ist spaßig. Ich stieg gestern Abend am Blitzableiter herab, während er aus irgendeinem Grund um das Schloss herumstrich. Er hielt mich für einen Einbrecher. Und da ein solcher sich wohl zu einer widerrechtlichen Öffnung eines Grabes dingen lässt, so bot er mir zweihundert Francs, falls ich ihm behilflich sei, das Heidengrab zu öffnen, und noch einen Arbeiter mitbringen wolle."

„Und Sie haben das wirklich angenommen?"

„Ja. Ich vermute, dass die Baronin gar nicht gestorben ist und also auch nicht begraben worden sein kann. Entweder ist das Grab leer oder es enthält eine andere Leiche. Ich muss mich überzeugen und werde also heute Abend dort sein."

„Ich bin dabei."

„Richte es also ein, dass du noch vor elf mit den Werkzeugen am Grab eintriffst. Für morgen habe ich einen Weg für dich. Hier sind Briefe. Du gehst mit ihnen über die Grenze und gibst sie drüben auf der ersten deutschen Postanstalt ab. Ich traue hier nicht recht und vermute, dass sie mir geöffnet werden könnten."

Er gab dem Diener die Schriftstücke und dann trennten sich die beiden.

Als Müller das Schloss erreichte, war es schon über zwölf Uhr. Ein Diener sagte ihm, der Herr Kapitän habe soeben befohlen, den Doktor Müller zu ihm zu schicken, sobald er von seinem Spaziergang zurückgekehrt sei.

Also befand sich der Kapitän bereits daheim. Das war für den Deutschen ein unanfechtbarer Beweis, dass zwischen dem Schloss und der Klosterruine ein kurzer unterirdischer Weg vorhanden sei. Müller begab sich in größter Seelenruhe zum Schlossherrn. Er trug sich mit einem kecken Plan. Verbrecher sind meist abergläubisch. Sollte er nicht versuchen, den greisen Sünder, der selber seine gesamte Umgebung durch allerlei Humbug nasführte, mit grobem Firlefanz einzuschüchtern? Er hatte so viele Trümpfe in der Hand, dass er das verwegene Spiel wagen konnte.

Der Kapitän saß am Schreibtisch. Als Müller eintrat, erhob er sich und warf die Feder auf den Tisch.

„Monsieur, ich habe Sie zu mir kommen lassen, um Ihnen das zwischen mir und Ihnen bestehende Verhältnis einmal klarzumachen."

Er befand sich augenscheinlich in einem Zustand hochgradiger Erregung.

„Einverstanden. Auch ich liebe die Klarheit und werde gern das Meine beitragen, um zu ihr zu gelangen."

Der Alte tat, als ob er die Kampfbereitschaft, die in diesen Worten lag, nicht bemerkte, und fuhr in rücksichtslosestem Ton fort:

„Sie haben sich vorhin in der Ruine eine Sprache erlaubt, die ich nicht dulden kann. Ich habe Sie jetzt einfach zu fragen, ob Sie mich als Ihren Herrn anerkennen, dem Sie unbedingt gehorchen. Antworten Sie kurz: ja oder nein?"

„Nein!"

„So jage ich Sie zum Teufel!", brauste Richemonte auf.

„Ich weiß bis heute nicht, wo sich die Wohnung dieses ehrenwerten Monsieurs befindet. Ich werde auch überhaupt nicht gehen, wenn Sie mich fortschicken; denn Sie haben kein Recht dazu."

„Sie widerstehen mir?"

„Ja! Ich bin von Baron de Sainte-Marie angestellt und nicht von Ihnen!"

„Oho! Ich habe an seiner Stelle den Vertrag unterzeichnet und ich werde an seiner Stelle auch die Ausweisung unterschreiben."

„Versuchen Sie es! Sie werden sehen, dass Sie damit nichts erreichen, Herr Kapitän."

So war dem Alten noch keiner gekommen. Er fletschte die Zähne, trat auf den Verwegenen zu und rief mit dröhnender Stimme:

„So werde ich Sie eigenhändig hinauswerfen."

Müller lächelte.

„Oder die Pistole nehmen und mich erschießen, wie den Fabrikdirektor."

Da fuhr der Alte zurück, als habe er ein Gespenst gesehen.

„Herr!", donnerte er. „Soll ich Sie zermalmen?"

„Das würde Ihnen schwer werden. Mir wird es nie einfallen, eine Quittung auszustellen, die Sie dann mit der Erklärung ausfüllen, dass ich mich selbst morde, weil ich Ihre Gelder unterschlagen habe, die Sie doch den Augenblick vorher in echten, leider aber gezeichneten Banknoten einsteckten."

Jetzt stutzte Richemonte doch. Er war so betroffen, dass er kein Wort hervorbrachte.

„Ich hätte Ihnen", fuhr Müller fort, „wirklich die Klugheit zugetraut, mit einem Mann meines Schlages richtig zu sprechen, aber ich sehe leider, dass ich mich täusche. Ein Mann der Wissenschaft, zumal meiner Wissenschaft, fürchtet keinen Menschen."

„Ihrer Wissenschaft? Welche Wissenschaft nennen Sie denn so besonders die Ihrige?"

„Die Magie, die Schwarzkunst."

„Die Schwarzkunst? Unsinn! Reden Sie zu den alten Weibern von der Schwarzkunst, aber nicht zu mir! Mit diesem Schwindel bringen Sie mich nicht zum Fürchten, Monsieur Müller."

Er hatte seine Fassung wiedergewonnen und blickte Müller finster an.

„Sie irren. Haben Sie einmal vom Erdspiegel etwas gehört, worin derjenige, der es versteht, alles sehen kann, was er will, selbst die tiefsten Geheimnisse eines Menschen?"

„Unsinn und abermals Unsinn!"

„Ich werde Ihnen das Gegenteil beweisen. Ich wollte beobachten, was Sie taten, und blickte in meinen Spiegel. Da sah ich Sie durch eine Stelle der Täfelung ins Gemach des Direktors treten; ich sah ihn das Geld aufzählen, ich sah ihn die Quittung ausstellen, ich sah Sie dann, am Schreibtisch sitzend, diese ausfüllen, ich sah Sie weiter in den Hintergrund des Zimmers treten, während er am Schreibtisch las, was Sie geschrieben hatten; ich sah, wie er wütend aufsprang, wie aus Ihrer Pistole der Schuss blitzte, wie Sie dem Toten die Waffe in die Hand drückten, wie Sie das Schreiben so legten, dass es bemerkt werden musste, wie Sie in Ihre Wohnung gingen, das Geld verbargen und sich schnell umkleideten, um den Glauben zu erwecken, als seien Sie soeben erst erwacht. Mein Erdspiegel zeigte mir bereits vorher die Leitung, darum fand ich sie sogleich."

Während dieser Worte war eine schreckliche Veränderung mit dem Alten vorgegangen. Seine Augen waren vor Angst eingesunken, seine Wangen erbleicht. Dieser Bursche schilderte den Hergang so genau, als ob er selber dabei gewesen wäre...

„Oh!", stöhnte er.

„Und so sehe ich noch jetzt das geraubte Gut, das Sie dort im geheimen Fach hinter dem dritten Kasten verborgen halten; ein leiser Druck genügt, um die Feder zu öffnen. Soll ich es Ihnen zeigen?"

Er trat näher.

„Nein, nein!", schrie der Alte entsetzt, während er seine Arme abwehrend ausstreckte.

„Ich erkenne sogar die Nummern der Noten", fuhr Müller fort. „Sie sind 10468, 17391, 21869 und so weiter, und darauf befinden sich die Anfangsbuchstaben der Firmen, von denen sie der Direktor erhielt. Sagen Sie selbst, ob der Erdspiegel ein solcher Unsinn ist, wie Sie sich auszudrücken beliebten!"

„Und das soll ich glauben?"

„Zweifeln Sie immerhin daran, ganz wie es Ihnen beliebt. Sie haben mir gedroht, mich hinauszuwerfen. Nun wohl, so werde ich Sie zwar nicht hinauswerfen, aber von Polizeibeamten hinausführen lassen. Das Blut des Direktors schreit zum Himmel, ich kann beweisen, wer sein Mörder ist, und die Baronin soll den heimlich Geliebten gerächt sehen."

Richemonte reckte sich.

„Auch das wissen Sie! Was verlangen Sie eigentlich von mir?"

„Sehr wenig. Ich verlange Ihre Unterschrift unter einer Bescheinigung, dass Sie der Mörder des Direktors sind."

„Sie sind wahnsinnig!", rief der Kapitän.

„Hören Sie mich in Ruhe an! Sie geben mir diese Unterschrift, die Sie mit Ihrem Siegel und Ihrem Stempel versehen. Ich bewahre sie auf, bis ich von hier freiwillig abgehe. Scheiden wir im Guten, so erhalten Sie die Unterschrift zurück und niemand wird erfahren, was Sie taten. Scheiden wir im Bösen, so kommt die Schrift in die Hände der Baronin. Ich gebe Ihnen fünf Minuten Bedenkzeit. Sind diese verflossen, ohne dass Sie sich zu der Unterschrift bequemen, so lasse ich die Polizei kommen. Ich brauche meine Beweise nicht; es genügt einfach die Tatsache, dass man die Noten bei Ihnen finden wird, während Sie in den Akten niederlegten, der Direktor habe sie unterschlagen." Er blickte auf die Uhr. „Also fünf Minuten: Sie beginnen jetzt!"

Der Alte sah sich gefangen. Nur eine Rettung gab es: diesen Deutschen niederzuschießen, gerade wie den Fabrikdirektor.

Die Hand des Kapitäns näherte sich dem Kasten, worin er seine Waffen liegen hatte; da aber griff Müller in seine Tasche und zog den Revolver hervor.

„Die Hand vom Kasten – oder ich schieße Sie nieder, wie ein Raubtier das verdient! Drei Minuten sind vorüber – Sie haben nur noch zwei!"

Da langte Richemonte nach dem Kasten mit dem Geheimfach, um die Banknoten herauszunehmen. Er wollte sie vernichten, dann gab es keinen Beweis mehr gegen ihn.

Aber Müller durchschaute ihn.

„Halt – mich überlisten Sie nicht! Sie haben noch eine halbe Minute Zeit, dann klingle ich die Dienerschaft zusammen. In deren Gegenwart dürfen Sie die Noten herausnehmen, eher nicht."

Er blickte nach der Uhr.

„Fünf Minuten um!"

Bei diesen Worten fasste er den Glockenzug und läutete. Da sprang der Kapitän auf.

„Halt! Ich unterschreibe!"

„Was ich angeben werde?"

„Ja!", knirschte er.

In diesem Augenblick trat der Diener ein. Der Kapitän blickte gespannt auf Müller, aber dieser wandte sich gleichmütig nach der Tür.

„Der Herr Kapitän lässt Ihnen sagen, dass ich als Erzieher des Barons Alexander das Recht beanspruchen kann, an der Familientafel zu speisen. Es ist also von jetzt an für mich dort zu decken!"

Der Diener verbeugte sich und verschwand.

„Sie sind ein Teufel!"

„Schimpfen Sie nicht, sondern schreiben Sie, sonst..."

„Verdammt!"

Er nahm Papier und Feder. Müller spielte in der Tasche mit seinem Revolver und sagte folgende Zeilen an:

„Ich gestehe hiermit ein, dass mein Fabrikdirektor Metroy kein Selbstmörder ist, sondern von mir erschossen wurde. Die Banknoten, die er nach meiner Aussage unterschlagen haben soll, hat er mir fünf Minuten vor dem tödlichen Schuss ausgezahlt.

Ortry, den 19. Mai 1870.

Albin Richemonte, Kapitän."

Der Wortlaut dieses Eingeständnisses gefiel dem Kapitän nicht. Er widersprach und bat zwischendurch; es half ihm nichts, Müller beharrte eisern auf seinem Vorsatz.

Da biss der Kapitän wütend die Zähne zusammen, setzte seinen Namenszug darunter und warf die Feder hin. In seinem scharfen Hirn jagten Rachegedanken.

„Ich werde ihn beobachten, wenn er nachher geht", dachte er. „Ich werde sehen, wo er das Papier verbirgt. Ich werde es mir holen und die Banknoten an einem anderen Ort verstecken!"

Endlich hielt Müller das Papier unterschrieben und gesiegelt in der Hand. Der Alte erhob sich.

„Nun sind wir wohl fertig? Sie können gehen!“

Müller blieb aber stehen und beobachtete ihn mit stillem Lächeln.

„Nun, ich denke, wir sind fertig?“, wiederholte der Alte lauernd.

„Allerdings, bis auf eine kurze Bemerkung. Ich bin überzeugt, dass Sie mich noch immer zu niedrig einschätzen. Ihre Haltung und Ihr veränderter Ton sind eine Unvorsichtigkeit; denn sie lassen mich vermuten, dass Sie noch immer glauben, mich überlisten zu können. Ich weiß, in welcher Weise dies nur geschehen kann: Sie werden durch ein gewisses matt geschliffenes Glas beobachten, wohin ich das Papier lege, und es mir dann stehlen. Oder Sie machen es noch kürzer: Sie schießen mir eine Kugel durch den Kopf; das ist gründlich gehandelt. Aber da muss ich Ihnen nun leider sagen: Ich fahre nachher nach Thionville. Von da aus geht ein Eilbote mit diesem Papier nach meiner Heimat, wo es sorgsam aufbewahrt sein wird. Widerfährt mir bei Ihnen hier das geringste Leid, so wandert das Papier zum Staatsanwalt. Was dann folgt, das können Sie sich ausmalen, nachdem ich Sie jetzt verlassen habe. Adieu, Herr Kapitän! Ich habe Ihnen Schach geboten: Tun Sie einen Zug, so sind Sie matt!“

3. Die Seiltänzerin

In Thionville befand sich gegenüber dem Haus, worin Doktor Bertrand seine Wohnung aufgeschlagen hatte, ein Gasthof, der besonders von den Angehörigen des Mittelstandes besucht wurde. Dort wohnte auch der Zauberer Abu Hassan mit seiner Künstlertruppe. Keiner von seinen Leuten wusste, woher ihr Führer eigentlich stammte, und keiner kannte die Quellen, aus denen er schöpfte. Mochte die Einnahme noch so karg sein, Hassan hatte immer Geld, die Mitglieder seiner Truppe zu bezahlen.

In dem Stübchen, das an die große Gaststube stieß, saß Fritz Schneeberg bei einem Glas Wein, neben ihm eine der Künstlerinnen. Sie mochte zwar erst in den dreißiger Jahren stehen, doch wirkte sie bedeutend älter. Ihr Gesicht zeugte von ungezügelten Leidenschaften, aber Puder und Schminke gaben ihr ein nicht reizloses Aussehen. Sie war bereits für die Vorstellung gekleidet. Trotz ihrer vollen Gestalt war sie die Seilkünstlerin der Truppe und selbst der sonst so lobeskarge Leiter zollte ihren Leistungen stets Anerkennung.

Jetzt saß sie neben Fritz Schneeberg und verschlang ihn fast mit den Augen.

„Nur einen einzigen Kuss, Goldjunge!"

„Was hast du nur von einem Kuss? Ein Schluck Wein ist besser als tausend Küsse."

„Hast du etwa schon eine Geliebte?"

„Leider nein."

„Nun, warum sperrst du dich? Ich will dich haben und ich muss dich haben! Du siehst jemand aus meinen Mädchenjahren so täuschend ähnlich, dass es mir ist, als müsse ich an dir gutmachen, was ich als Kind an ihm verbrochen habe."

„Verbrochen? Wer war das?"

„Das geht dich nichts an. Und dennoch erzähle ich es dir, wenn du mir einen Kuss gibst."

„Ich mag es nicht erfahren!"

„Was bildest du dir eigentlich ein?", rief sie. „Was bist du denn? Ein Kräutermann, und ich bin eine Künstlerin, an deren jeden Finger sich gern zehn Männer hängen."

„Oho, schneide nicht auf!"

„Aufschneiden? Ah, warum will mich denn der Bajazzo heiraten, he? Warum schwört er mir Rache, wenn ich seine Bewerbung zurückweise?"

„Nun, jedenfalls, weil er sich auch an einem deiner Finger aufhängen will!"

„Nein, deshalb nicht, sondern weil er weiß, dass er ein riesiges Geld mit mir verdienen kann. Die Männer und Burschen sind alle vernarrt in mich."

„So hat dieser Bajazzo weder Liebe zu dir noch irgendein Ehrgefühl."

„Das fällt ihm auch beides nicht ein. Er ist ja eigentlich mein Stiefvater."

„Alle Teufel! Wie alt ist er denn?"

„Weit über fünfzig. Meine Mutter, seine zweite Frau, ist früh gestorben, und von dieser Zeit an hat er mich in der Welt herumgeschleppt. Als ich Kind war, hat er meine kleine Löhnung stets in seine Tasche gesteckt; als ich größer und klüger wurde, hielt ich meine eigene Kasse. Das will er ändern. Ich soll seine Frau werden, damit er es wieder machen kann wie früher. Aber er bringt es nicht so weit, der Trunkenbold. Doch lassen wir ihn! Komm her, Schatz!"

Sie wollte ihn fassen; Fritz packte sie bei den Ellbogen und schob sie von sich ab.

„Sei vernünftig!", rief er und riss sich los. Dabei blieb aber seine Bluse in ihrer Hand und öffnete sich.

„Du bist ja eine ganz gefährliche Katze! – Meine schöne neue Bluse hast du zerrissen!"

Sie hörte seine Worte nicht; sie stand unbeweglich vor ihm und starrte nach seinem Hals.

„Was hast du, dass du mich so entsetzt anstarrst?", staunte er.

„Dieser Zahn, oh, dieser Zahn! – Zeig ihn schnell her!"

Sie griff nach der Kette, zog den Zahn näher und betrachtete ihn mit funkelnden Augen.

„Was ist's mit dem Zahn?"

„Er ist's, er ist's! Es ist der eine! Mensch, du siehst ihm so ähnlich, dem die beiden Zwillingsknaben geraubt wurden! Diese Ähnlichkeit ist mir sogleich aufgefallen; ich war ein junges Mädchen, und die geraubten Knaben können nicht viel älter sein als du jetzt. Sag, woher hast du diesen Zahn?"

„Von meinen Eltern", sagte er aufhorchend.

„Wer waren sie?"

„Das weiß ich nicht, ich bin ein Findelkind."

„Ein Findelkind!", schrie sie auf. „Wo hat man dich gefunden?"

„In der Nähe eines Dorfes bei Neidenburg in Ostpreußen."

Fritz glaubte, ihr die Wahrheit sagen zu dürfen. Nanon aber, so sehr er sie auch anbetete, hatte er erzählt, dass er zwischen den Bergen, also wohl in der Schweiz, gefunden worden sei, weil er in der Umgegend für einen Schweizer gehalten werden sollte.

„Bei Neidenburg! – Du bist's! Oh, nun kann ich dich zwingen, mich liebzuhaben; denn ich weiß ein Geheimnis, das mir deine Liebe verschaffen muss!"

„Was für ein Geheimnis?"

„Sag erst, ob du mein sein willst! Nur dann will ich dir sagen, wer deine Eltern sind!"

„Meine Eltern? Kennst du sie?"

„Ja – ihr wart Zwillingsbrüder und wurdet bei Osnabrück geraubt auf Befehl eines hohen Herrn, der den Räuber reich belohnte. Später aber gingt ihr verloren, du bei Neidenburg und der andere – ah, was schwatz ich da! Dich will ich, dich! Dann sag ich dir, wer du bist!"

Tief betroffen schüttelte er den Kopf.

„Ich mache dich zu einem Grafensohn", lockte sie.

„Lass mich!"

„Verdammter Hartkopf! Willst du denn mit aller Gewalt ein armseliger Kräutersammler bleiben?“

In diesem Augenblick trat der Bajazzo hastig ein. Er sah ihre Erregung und deutete sie falsch.

„Was macht ihr da, he? Jetzt eben schlägt es zwei und die Vorstellung soll anfangen. Wie siehst du aus, Dirne! Pack dich! Und dieses Bürschchen da werde ich bei den Ohren nehmen und...“

Er hielt mitten im Satz inne. Sein Blick war auf die Kette und den Zahn gefallen. Er war angetrunken, aber dennoch erbleichte er. Ohne seine Schimpfreden fortzusetzen, drehte er sich um und verließ das Stübchen.

„Was war so plötzlich mit ihm?“, fragte Fritz.

„Er sah den Zahn wie ich! Nach der Vorstellung sprechen wir weiter. Jetzt muss ich weg. Überlege dir inzwischen, ob du mein sein willst, wenn ich dir eine Grafenkrone dafür gebe!“

Sie ließ Fritz in größter Erregung zurück. Voll krauser Gedanken ging er, im nahen Laden sich eine neue Bluse zu kaufen.

Als er das Geschäft verließ, kamen zwei Wagen herangerollt. Im ersten erblickte er Müller und im zweiten Nanon, für die Übrigen hatte er keine Augen. Beide grüßten ihn freundlich, und nun nahm er sich vor, mit Nanon zu sprechen, sobald es nur irgend möglich zu machen war.

Unterdessen war die Seiltänzerin in den Ankleideraum getreten, der im Hinterhaus des Gasthofs lag. Alle anderen Künstler befanden sich bereits auf dem Vorstellungsplatz, nur der Hanswurst wartete auf die Stieftochter.

Als sie eintrat, führte er gerade die fast geleerte Flasche an den Mund. Er trank sie aus und warf sie zu Boden, dass die Scherben umherflogen.

„Verdammte Liebelei mit diesem jungen Affen!“

„Geht das dich etwas an?“, fragte sie schnippisch, während sie einen Kasten öffnete, um ein anderes Fähnchen herauszunehmen.

„Mich?", meinte er erbost. „Ja, mich am allermeisten! Bin ich nicht dein Bräutigam?"

„Bräutigam!", spottete sie. „Der sitzt drinnen im Stübchen."

„Der? Ah, der Lump, der Pflanzensucher!"

„Nein, sondern der Edelmann, der Grafensohn. Ich hab's wohl gemerkt, auch du hast den Zahn gesehen."

„Willst du schweigen, verfluchte Dirne? Ich glaube, du willst uns an den Galgen reden!"

„Mich nicht, aber dich! Ich kann nicht bestraft werden. Ich musste dir gehorchen, ich habe nur Wache gestanden und war noch ein Kind. Ich bin ihm gut und mache ihn zum Grafen."

„Oho, da bin ich auch noch da, ich!"

Er trat näher an sie heran. Sie gab ihm einen Stoß und rief:

„Pack dich, du stinkst wie ein Fass!"

Der Mann stürzte nieder. Aber mit der Gewandtheit eines Akrobaten war er wieder hoch und im gleichen Augenblick brannte eine schallende Ohrfeige in ihrem Gesicht. Sie stieß einen heiseren Wutschrei aus und stürzte sich auf ihn. Er hielt ihr trotz seiner Trunkenheit Stand. Sie rauften, schlugen und bissen sich so lange, bis ein Mitglied der Truppe erschien und sie mit dem Bemerken auseinander riss, dass die Vorstellung gleich beginne; Abu Hassan befehle, dass sie sofort kommen sollten.

Der Bote entfernte sich sofort wieder. Die Seilkünstlerin kochte vor Zorn, der Bajazzo glühte vor Eifersucht.

„Warte nur", drohte sie ergrimmt, „das tränke ich dir ein, du Kinderräuber! Ich bringe dich ins Zuchthaus; dann bin ich dich los." Und mit erhöhter fast überschnappender Stimme fügte sie hinzu: „Warte nur die Vorstellung ab, dann kommt er, ich habe ihn bestellt. Ich sage ihm alles! Dann wird er mein, du aber spinnst Wolle hinter engen Mauern!"

Sie warf noch ein langes Tuch über, da sie durch einige

Gassen gehen musste, gab ihm einen letzten Stoß, dass er an die Wand taumelte und eilte fort. Er starrte ihr nach und schüttelte die Faust.

„Noch gibt's ein Mittel, du undankbare Dirne! Ich hab' es schon oft im Kopf gehabt und nicht ausgeführt. Doch jetzt sehe ich, sie hält's mit anderen und mich schafft sie ins Zuchthaus. Gut, heut ist's genug, heut wird's gemacht. Der Teufel soll sie holen!"

Und in dem Kasten herumwühlend, grübelte er weiter.

„Ich habe sie oft genug gewarnt, jetzt ist's zu Ende! Da sind Kleider und dort steht die Kasse des Direktors. Hahahaha! Mich ins Zuchthaus bringen! Wir wollen sehen, wer gewinnt!"

Als er sich alles zurechtgelegt hatte, verließ er den Ankleideraum, zog den Schlüssel ab und steckte ihn in eine Mauerritze, da er in seinen Trikots keine Tasche hatte. Dann begab er sich zum Festplatz.

Hier begann soeben die Vorstellung, der auch Müller mit seinem Pflegling und dessen Mutter beiwohnte.

Ein hohes Turmseil weckte die Erwartung der Zuschauer. Daneben waren mehrere tiefere Seile gezogen. Es gab ein Schwebereck und außerdem die ganze Aufmachung für Hochturner, die bei solchen Schaustellungen gewöhnlich in Anwendung kommt. Zur ebenen Erde waren große Teppiche ausgebreitet, auf denen die Lustigmacher ihre Späße zu treiben hatten. Die größte Aufmerksamkeit aber erregte ein hohes Gerüst, auf dem Abu Hassan, der orientalische Zauberer, seine unbegreiflichen Künste, die den Glanz- und Schlusspunkt der Vorstellung bildeten, vorführen sollte.

Als der Bajazzo erschien, turnten einige der Künstler auf dem niedrigen Seil, alsdann folgte ein komisches Zwischenspiel, bei dem er die Hauptrolle hatte. Er mochte noch so sehr betrunken sein, während der ‚Arbeit' besaß der Branntwein keine Gewalt über ihn.

Nun kam das erste Betreten des Turmseils. Die Künstlerin lehnte nachlässig an der Leiter, die zur Höhe führte.

Sie warf das Tuch ab und stieg empor. Droben lag die Schwebestange; sie ergriff sie und überzeugte sich, ob die vom Hauptseil nach unten laufenden Halteseile scharf angezogen seien. An diesen Seilen standen ihre Kollegen, unter ihnen auch der Bajazzo. Er hatte sich einen bestimmten Platz mit Absicht auserwählt. Gerade über ihm war die Stelle, wo sie sich frei niederzulegen pflegte. Sie streckte dann Arme und Beine von sich und hielt die Stange auf der Stirn im Gleichgewicht.

Jetzt schien alles in bester Ordnung zu sein – sie betrat das Seil. Es begann in einer Höhe von vielleicht fünfzehn Metern und stieg dann bis zwanzig Meter empor. Die Künstlerin erklomm diese Bahn unter allerlei kühnen Abwechslungen in Schritt und Sprung. Dann ging sie rückwärts wieder herab. Es war eine schwierige Aufgabe; ein Fehltritt hätte sie zum Sturz in die Tiefe gebracht, aber das Wagnis gelang.

Fast in der Mitte des Seils drehte sie sich mit einem verwegenen Sprung um. Ein rauschender Beifall war zu hören. Sie ließ ihn verklingen und bedankte sich durch eine Verneigung. Dann kniete sie langsam nieder, gerade über dem Bajazzo, der das Halteseil mit aller Kraft anzog. Seine Augen glühten. Jetzt setzte sie sich auf das Seil und ließ sich dann langsam hintenüber sinken. Als sie, lang ausgestreckt, das Gleichgewicht gefunden hatte, hob sie das eine Ende der Stange auf die Stirn und begann zu balancieren. Sodann streckte sie zunächst die Arme und später die Beine empor, ohne dass die Stange oder sie selber aus dem Gleichgewicht gekommen wären. Stürmischer Beifall erscholl.

Auf diesen Augenblick hatte der Bajazzo gewartet. Gedankenschnell sein Halteseil nachlassend und wieder anziehend, sodass der Vorgang nur von einem scharfen und aufmerksamen Kennerauge bemerkt werden konnte, erteilte er dem Hauptseil eine plötzliche, scharfe Erschütterung. Ein schriller Aufschrei der Künstlerin übertönte den Beifall; die Stange neigte sich, erst langsam und dann schneller, und stürzte im nächsten Augenblick herunter. Die Akrobatin versuchte, mit den Händen das Seil zu erhaschen – sie griff in die Luft, flog herab und schlug mit einem dumpfen Krach gerade neben dem Bajazzo auf die Erde nieder.

Dieser stand scheinbar wie vom Donner gerührt, dann aber schlug er sich die Hände vor das Gesicht und warf sich laut jammernd neben der Verunglückten nieder.

Zugleich aber legte sich eine Hand Abu Hassans schwer auf seine Schulter.

„Mörder! Ich habe es gesehen, es war Absicht. Ich lasse dich festnehmen."

Der Bajazzo tat, als höre er nicht. Das Publikum drängte in Massen herbei; er ließ sich mit Absicht zurückdrängen und eilte dann mit dem Ruf „ein Arzt, ein Arzt" davon.

Er erreichte unangefochten das Gasthaus. Im Nu hatte er sich die Schminke abgewaschen, ebenso schnell flogen ihm die zurechtgelegten Kleider auf den Leib. Dann stülpte er einen Hut auf, ergriff die Kasse und trat aus der Kammer. Er verschloss sie und schleuderte den Schlüssel in das nahe Jauchenfass. Für ihn war es ein Leichtes, sich im Garten über den Zaun zu schwingen, und nun befand er sich auf der Wiese im Freien. Er gelangte zu einem Gebüsch, das ihn den Blicken etwaiger Verfolger entzog, und rannte dann dem nahen Wald zu.

Es hätte seiner großen Eile und Vorsicht übrigens gar nicht bedurft. Im ganzen Umkreis konnte man an diesem Tag kein einziges menschliches Wesen erblicken. Alle Einwohner waren in der Stadt geblieben, die Leute aus der Umgegend herbeigeströmt, um die Vorstellung zu besuchen, die nach der verlockenden Ankündigung versprochen hatte, alles, was bisher in dieser Richtung geboten worden war, bei Weitem zu übertreffen.

Auf dem Festplatz herrschte maßlose Aufregung, es drängte sich Mensch an Mensch. Die drei Mann Stadtpolizisten konnten nichts ausrichten, bis endlich die Besatzung ihre Schuldigkeit begriff und nach und nach Ruhe stiftete und Ordnung ins Gewühl brachte.

Die Herrschaften von Ortry waren so klug gewesen, dem Rat Müllers zu folgen. Sie hatten schleunigst die Wagen bestiegen und die Stadt verlassen.

Noch immer lag die Verunglückte auf derselben Stelle. Ein Volkshaufen umgab sie und zwei Männer knieten bei ihr, Doktor Bertrand und Fritz.

„Wie steht es?"

„Schlecht, wie zu erwarten war", antwortete der Arzt. „Wenn sie überhaupt zu sich kommt, so ist es nur, um sofort für ewig einzuschlafen."

Die Künstlerin bewegte den Kopf und schlug die Augen auf. Ihr verschleierter Blick fiel auf das ihr nahe Gesicht des Pflanzensammlers. Sie schien ihn zu erkennen, denn ihr Auge belebte sich und ihre Züge machten eine vergebliche Anstrengung, ein freundliches Lächeln hervorzubringen. Dann bewegten sich ihre Lippen. Die beiden Männer beugten sich über sie und hörten deutlich die Worte:

„General – Kunz von Eschenrode – Vater – rauben lassen Graf – Jules Rallion – Vetter Hedwig – Bajazzo bezahlt – ah!"

Sie konnte nicht weitersprechen. Blutiger Schaum trat ihr vor den Mund, ihre Augen brachen, ein Zittern ging durch die zerschmetterten Glieder, der eine Arm versuchte sich noch einmal zu erheben, als ob er sich an Fritz anklammern wolle, er sank aber nieder, ein leiser werdendes Röcheln – sie war tot.

Zögernd entfernten sich die Umstehenden.

„Was haben die Worte und die Namen zu bedeuten?", fragte Doktor Bertrand.

„Sie bezogen sich auf mich."

„Ah, Sie kannten sie wohl?"

„Nein, doch sprach ich vor der Vorstellung mit ihr im Gasthof. Sie wollte mir hernach etwas Wichtiges mitteilen. Noch an der Schwelle des Todes hat sie sich an ihr

Versprechen erinnert und es erfüllt, unvollständig zwar, aber doch immer so, dass ich zufrieden sein kann. Was wird mit ihrem Leichnam werden?"

„Er kommt ins Totenhaus und sodann muss man mit dem Direktor Abu Hassan sprechen."

„Der wird im Gasthof sein. Ich gehe hin, ihn zu suchen."

Als Fritz dort ankam, ließ der Direktor die Tür zum Kleiderraum eben von einem Schlosser öffnen und es ergab sich, dass die Tageskasse fehlte und mit ihr der gute Anzug eines Künstlers der Truppe.

„Der Bajazzo ist entflohen", sagte Hassan. „Er ist der Mörder, ich habe es gesehen. Er muss verfolgt werden, ich werde sogleich zur Polizei laufen."

Auch Fritz war sehr viel daran gelegen, dass man des Flüchtigen habhaft werde. Doch wollte er nicht eher einen Schritt tun, als bis er Nanon und Müller ins Vertrauen gezogen hatte. Und bei diesem Gedanken fiel ihm die Leichengräberei ein, die für heute Nacht festgesetzt war und wozu er ja die Werkzeuge zu besorgen hatte.

Hierbei bot sich gut Gelegenheit, mit dem Doktor zu sprechen, und so beschloss er denn, schon im Voraus die Geräte hinauszuschaffen und in der Nähe des Grabes zu verstecken, um dann nach dem Schloss zu gehen und auf Müller zu warten. Auf dem Weg zum alten Turm hatten sie Zeit, sich mit Fritzens Angelegenheit zu befassen, der Müller bestimmt seine ganze Teilnahme schenken würde.

Der Wirt des Gasthofs lieh gern zwei Hacken und zwei Schaufeln her. Fritz warf sie bereits zur Dämmerungszeit über die Schulter und wanderte hinaus nach dem Wald von Ortry. Es war schon dunkel geworden, als er ihn erreichte. Er versteckte das Werkzeug neben dem Grab unter die Büsche und schritt sodann zum Schloss.

Dort sah er in Müllers Zimmer Licht brennen. Es war noch lange Zeit bis Mitternacht und so zog er sich eine Strecke zurück und setzte sich an einer Stelle nieder, von der aus er Müllers Fenster beobachten konnte.

So saß er und überflog mit seinen Blicken die Vorderseite des Schlosses. Hinter welchem Fenster wohnte Nanon? Dachte sie nur den hundertsten Teil so oft an ihn wie er an sie? Welch ein Unterschied zwischen ihr, der Reinen, und der Seiltänzerin! Welches Glück, die Liebe eines solchen Wesens zu erringen...

Da kamen ihm die Worte der Sterbenden wieder in den Sinn. Wie hatten sie gelautet? „General – Kunz von Eschenrode – Vater – rauben lassen Graf – Jules Rallion – Vetter Hedwig – Bajazzo – bezahlt..."

Was hatten diese Worte zu bedeuten? Gab es einen General, der Kunz von Eschenrode hieß? Waren ihm die beiden Knaben geraubt worden? Ja, es standen unter dem Bild in der Zahnhöhlung die Buchstaben K. v. E. War Graf Jules Rallion es gewesen, der die Knaben hatte rauben lassen? War dieser Rallion der Vetter von Hedwig? Wer war diese Hedwig? War sie vielleicht die Frau des Generals? Es standen ja unter dem weiblichen Bild die Buchstaben H. v. E. War der Bajazzo es gewesen, der die Knaben geraubt hatte? Von wem war er bezahlt worden? Von diesem Vetter, also vom Grafen Rallion? Das waren die Fragen, die Fritz sich vorlegte.

Er sah ein, dass für ihn die Möglichkeit vorhanden sei, seinem Leben von jetzt an eine neue, ungeahnte Richtung zu geben. Am meisten beschäftigte ihn der Umstand, dass ihm der Name „von Eschenrode" nicht unbekannt war.

Sein Herr, der Oberleutnant von Greifenklau, hatte einen Oheim, der diesen Namen trug und sogar General war, auch Kunz hieß, wie Fritz sich besann. Die Generalin von Eschenrode war die Schwester der Frau von Greifenklau. Der General hatte keine Kinder, das wusste Fritz, und was die Generalin betraf, so hatte er sie zwar noch nie gesehen, aber es war ihm bekannt, dass sie stets in tiefer Trauer gehe.

Er nahm sich jetzt vor, seinem Herrn alles zu erzählen. Von ihm konnte er den besten Aufschluss erkalten und wartete darum mit Ungeduld auf sein Erscheinen.

Müller saß indessen in seiner Stube und schrieb. Um nicht beobachtet werden zu können, hatte er ein dickes Papierblatt auf das Glas geklebt, durch das der alte Kapitän in das Zimmer zu blicken vermochte. Er ließ es dort auch kleben, als er fertig war, stieg dann, nachdem er sich umgekleidet hatte, zum Fenster hinaus, kroch über das Dach hinüber und kletterte am Blitzableiter hinab.

Fritz hatte ihn kommen sehen und schlich sich herbei.

„Bist du schon lange hier?"

„Eine ziemliche Weile, Herr Doktor. Ich kam eher, weil sich ein Wetter zusammenbraut und – weil ich glaubte, Ihnen etwas mitteilen zu müssen."

„Etwas Wichtiges für unsere Aufgabe?"

„Etwas Wichtiges, ja, aber wohl nur für mich, Herr Doktor."

„Ah, so ist es eine persönliche Angelegenheit?"

„Ja, nichts anderes."

„Nun, so wollen wir erst die Nähe des Schlosses verlassen, da mir natürlich daran liegen muss, unbemerkt zu bleiben. Hier, nimm zuvor diese Papiere! Sie gehören mit zu denen, die du über die Grenze zu schaffen hast. Und nun komm!"

Sie schritten miteinander rasch davon. Dann aber, als sie sich im Freien befanden und annehmen konnten, dass sie unbeobachtet seien, sagte Müller:

„Nun schieß los, Fritz!"

„Da muss ich vor allen Dingen bitten, mir nichts übel zu nehmen, Herr Doktor. Bevor ich zur Sache komme, möchte ich erst einige Fragen aussprechen, die Verwandte von Ihnen betreffen."

„So frag zu!"

„Nicht wahr, der Herr General von Eschenrode, Exzellenz, ist Ihr Verwandter?"

„Ja. Er ist mein Oheim."

„Die Frau Gemahlin ist die Schwester Ihrer Frau Mutter?"

„Ja. War dir das noch nicht bekannt?"

„Nicht genau. Ich habe Sie ja stets nur in der Garnison bedient und bin mit Ihren Verwandten also nie in Berührung gekommen. Gestatten Sie mir die fernere Frage, ob der Herr General Kinder hat?"

„Nein."

„Er hat auch niemals welche gehabt?"

„O doch, nämlich ein Zwillingspaar, zwei Knaben; sie sind ihm aber auf unbegreifliche Weise abhanden gekommen. Er glaubte an einen Raub und hat keine Anstrengung gescheut, das Dunkel aufzuklären, doch leider vergebens. Die Tante trägt seit jener Zeit nur Schwarz, und auch der Oheim hält sich nicht nur von jedem Vergnügen fern, sondern er meidet auch allen Umgang, der nicht dienstlich notwendig ist."

Fritz schwieg. In ihm stürmte es und er fasste sich an den Kopf, ob er dies alles denn nicht nur träume. Dieses Schweigen dauerte Müller zu lange.

„Welchen Grund hast du zu dieser Erkundigung?"

„Oh", antwortete Fritz stockend, „ich halte es für möglich, dass die verschwundenen Knaben sich wieder finden, wenigstens einer von ihnen."

„Diese Möglichkeit ist natürlich vorhanden", meinte Müller erstaunt. „Aber wie kommst gerade du dazu, das zu betonen?"

„Weil es mir scheint, als ob ich zufällig etwas über einen der Knaben erfahren habe."

„Wirklich?" fragte Müller überrascht. „Das wäre geradezu ein Wunder zu nennen! Aber es gibt Schickungen, über die man erstaunen muss. Ich habe hier ein Beispiel davon erlebt. Du weißt, dass auch mein Vater vor Jahren spurlos verschollen ist; keine Nachforschung hat uns Nutzen gebracht, und hier in Ortry habe ich etwas erlauscht, das geeignet ist, Licht in dieses Dunkel zu werfen."

„Finden Sie eine Spur von dem Verschollenen, so will ich Ihnen dies von ganzem Herzen gönnen, Herr Doktor“, sagte Fritz. „Außergewöhnlich wäre es allerdings, wenn auch gerade hier in Ortry eine Fährte sich öffnete, auf der die beiden gesuchten Knaben zu finden sind. Haben sie denn nicht ein Zeichen an sich gehabt, woran sie zu erkennen gewesen wären?“

„An ihrem Körper nicht, aber ihre Kleider sind gezeichnet gewesen und am Hals hat jeder ein Kettchen gehabt mit einem Löwenzahn, in dessen Innern sich die Bildchen der Eltern befanden. Bei Zwillingen lässt sich nicht gut von einem Unterschied des Alters sprechen, da dieser meist nur Minuten beträgt, doch einer ist immerhin der ältere; dieser hatte den rechten und der andere, der jüngere, den linken Reißzahn. Der Oheim war nämlich einmal in Algerien gewesen und hat dort einen außergewöhnlich großen, männlichen Löwen erlegt. Die Araber sind sehr abergläubisch. Sie sagen, ein Sohn werde ein starker und tapferer Mann, wenn man ihm einen Löwenzahn anhänge. Dieser Ansicht ist der Onkel gefolgt, freilich nicht aus Aberglauben, sondern mehr aus Laune. Es hat nicht ein jeder das Glück, von sich sagen zu können, dass er den König der Tiere erlegt habe, und deshalb ist ein solcher Zahn für den Sohn eines Löwentöters ein wertvolles Andenken an den Mut des Vaters.“

„Wo sind die beiden Knaben verloren gegangen?“

„In oder bei Osnabrück“, antwortete Müller.

„Alle Teufel! Diesen Ort hat mir die Tänzerin ebenfalls genannt. Später hat man mich dann weit im Osten in der Nähe von Groß Scharnau bei Neidenburg aufgefunden: Wie Sie wissen, bin ich ein Findelkind.“

„Wahrhaftig, ja!“

„Man hat mich bei einem Berg von Schnee gefunden und mir deshalb den Namen Schneeberg gegeben.“

„Ich besinne mich, du hast mir das ja schon erzählt. Aber, um Gottes willen, du willst doch nicht sagen, dass es zwischen deiner Auffindung und dem Verlust jener Knaben irgendeinen Zusammenhang gibt?“

„Vielleicht ist dieser Zusammenhang doch vorhanden, Herr Doktor. Sie kennen mich, ich will nicht aufdringlich sein; aber ich wäre ganz glücklich, wenn es mir gelänge, meine Eltern zu finden. Ob diese nun arm oder reich, bürgerlich oder vornehm sind, das ist mir ganz gleich, wenn nur die Sehnsucht nach ihnen erwidert wird!"

„Aber, Mensch, was redest du da für dummes Zeug! Jeder Vater und jede Mutter wird froh sein, ein verlorenes Kind wieder zu finden. Aber woraus schließt du...?"

„Weil ich einen Löwenzahn trage, und zwar den aus der rechten Kieferseite!", fiel ihm Fritz erregt ins Wort.

„Großer Gott, ist's möglich? Du...?"

„Ja!"

„Du hast ihn noch?"

„Ich trage ihn hier am Hals."

„Und die Bilder sind darin?"

„Sie sind darin."

„Das hast du gewusst und mir niemals gesagt?"

„Oh, bitte, Herr Doktor, ich habe von den Bildern nichts gewusst; erst gestern hat mich Mademoiselle Nanon auf den Inhalt des Zahns aufmerksam gemacht."

„Mademoiselle Nanon? Was weiß sie von dem Löwenzahn?"

„Sie hat in Paris eine Dame gesehen, von der erzählt wurde, dass sie stets in Trauer gehe, weil sie ihre Zwillingsknaben verloren und nicht wieder gefunden habe; ein jedes der Kinder hat an einer dünnen, goldenen Kette einen Löwenzahn getragen. Gestern traf ich Nanon im Wald; sie erblickte den Zahn und besann sich sofort auf jene Dame. Als sie weiter hörte, dass ich ein Findling sei, nahm sie sogleich an, dass ich einer der beiden Knaben sein müsse. Sie besah sich den Zahn genauer: Da fand es sich, dass er aus der Grafenkrone, in die er gefasst ist, herausgeschraubt werden kann – und nun entdeckten wir die beiden Bildchen."

„Hat sie die fremde Dame gekannt?"

„Nein. Aber sie hat mir versprochen, sich sogleich zu erkundigen, wer sie gewesen ist. Ich glaube, sie hat bereits heute deshalb nach Paris geschrieben."

„Ja, die Tante ist zuweilen in Paris, das stimmt. Möglich, dass sie bei einer solchen Gelegenheit von Nanon gesehen worden ist. Stimmte denn das Bild mit der Dame?"

„Ja, Mademoiselle erkannte sie sofort."

„Nun, dann ist's nicht notwendig, nach Paris zu schreiben. Fritz, Fritz, du weißt, dass ich große Stücke auf dich halte!"

Er fasste seine Hände.

„Oh, Herr Doktor, in einer Beziehung möchte es mir fast leid tun, zu hören, dass meine Eltern vornehme Leute sind, denn ich versichere..."

„Dummes Zeug! Ich weiß, was du sagen willst, und ich verstehe dich; aber du bist wenigstens gerade soviel wert wie irgendein Junker oder Edelmann. Sollte sich einer meiner beiden Vettern wirklich wieder finden, so ist es mir doch lieber, du bist es, als dass es ein anderer ist. Du kannst also den Zahn öffnen?"

„Ja."

„Zeig ihn mir! Ich werde meine Laterne anbrennen."

Er strich ein Zündholz an, steckte damit das Licht in Brand und beleuchtete dann die Bilder, die Fritz ihm zeigte.

„Es ist kein Zweifel, sie sind es!", sagte Müller. „Es sind meine Verwandten. Mensch, du bist wahrhaftig mein Vetter. Komm her, lass dich umarmen!"

Er blies aus Vorsicht die Laterne aus, steckte sie wieder in die Tasche und streckte dann die Arme aus, um den Diener an sich zu ziehen. Fritz trat einen Schritt zurück.

„Halt, Herr Doktor, warten wir noch! Der Zahn ist zwar gefunden, aber es fragt sich doch, ob ich auch der richtige Eigentümer bin. Der Zahn erklärt und beweist noch nicht genug, obgleich ich dem General, wie er damals gewesen ist, sehr ähnlich sehen muss, da die Seiltänzerin diese Ähnlichkeit sofort erkannte."

„Die Seiltänzerin? Welche?“

„Die heute verunglückt ist.“

„Lauter Rätsel!“

„Ja, und zwar ein ganz seltsames. Ich glaube nämlich fast, dass einer der Hanswurste es ist, der mich geraubt hat, mich und den Zwillingsbruder.“

„Das klingt ja gerade wie in einem Märchen! Erzähl!“

Fritz berichtete ihm alles, was geschehen war. Als er geendet hatte, meinte Müller:

„Nun gibt es für mich keinen Zweifel mehr: Du bist mein Vetter! – Ich werde dich von jetzt an als solchen betrachten, obgleich wir uns mit Rücksicht auf unsere Aufgabe vor anderen nicht kennen dürfen. Es gilt vor allen Dingen, des entwischten Bajazzos habhaft zu werden. Ich werde die geeigneten Schritte tun. Bis dahin aber wollen wir das tiefste Stillschweigen beobachten. Nur der Entflohene kann Auskunft geben, und ehe wir ihn haben, lässt es sich schwer beweisen, dass du der Sohn des Generals bist.“

„Das ist auch meine Meinung“, sagte Fritz. „Bitte tun Sie, was Ihnen angebracht erscheint. Ich weiß, dass ich mich auf Sie verlassen kann.“

„Ja, das kannst du, mein Junge! Ich verspreche dir, mich so zu bemühen, als ob ich selber der Findling sei. Nun aber lass uns eilen, ans Grab zu kommen; dieser Abu Hassan wird wohl schon auf uns warten.“

„Sollte von ihm nichts über seinen Untergebenen zu erfahren sein?“

„Diese Frage legte auch ich mir soeben vor. Wir werden sehen, ob er etwas weiß, was wir gebrauchen können. Jetzt komm!“ –

Sie hatten schon längst den Wald erreicht, auf dessen Hauptweg sie bisher langsam dahingeschritten waren. Jetzt beeilten sie sich und bogen in einen schmalen Richtweg ein, der sie rasch in die Nähe des Ziels führte.

Als sie dort anlangten, erhob sich hinter einem Stein eine dunkle Gestalt.

„Wer ist es, der hier kommt?“, wurde gefragt.
Müller erkannte sofort die Stimme.
„Abu Hassan, deine Freunde sind es.“
„Nennt hier meinen Namen nicht wieder! Man muss bei einem Werk, wie es das unsrige ist, sehr vorsichtig sein. Habt ihr Werkzeuge mitgebracht?“
„Ja, sie liegen in der Nähe“, antwortete Fritz.
„So hole sie, damit wir beginnen! Wir müssen uns sputen, sonst erreicht uns das Wetter, ehe wir fertig werden. Eine Laterne habe ich selber bei mir.“
Fritz brachte die Hacken und Schaufeln herbei und dann wurden die Laternen angebrannt. Ihr schwacher Schein fiel auf den Hügel und den dahinter aufstrebenden Felsen. Es wehte ein leiser Lufthauch, in dem die Lichter zu flackern begannen. Dadurch schien es, als ob die Felsen und Bäume der Umgebung Leben empfangen hätten. Die dunklen Schatten und die hellen Streiflichter bewegten sich und zuckten durcheinander. Die Sträucher nahmen seltsame Gestalten an, die drohend ihre Arme erhoben und zornig über die Verwegenheit der drei Männer die Köpfe schüttelten. Es hätte sich nicht ein jeder dazu geeignet, zur Mitternachtsstunde in der Tiefe des Waldes, in der Nähe eines so verrufenen Gemäuers ein Grab zu öffnen, um eine Leiche zu entführen.
„Ich nehme an, man soll nicht bemerken, dass das Grab geöffnet worden ist?“, fragte Müller.
„Kein Mensch soll es erfahren“, antwortete Hassan.
„So müssen wir den Rasen des Hügels vorsichtig abstechen, um ihn wieder anlegen zu können. Und ferner müssen wir alle Erdkrumen und alle Spuren entfernen, die unser Werk verraten könnten.“
Sie begannen die Arbeit.
Zunächst wurde der Rasen sorgsam abgehoben und zur Seite gelegt und dann die Erde des Hügels entfernt. Sie schaufelten sie auf eine breite Felsenfläche, die in der Nähe lag und keine Spur von Pflanzenwuchs trug. Dann erst

ging es über das eigentliche Grab her. Sie arbeiteten mit aller Anstrengung, aber dennoch währte es fast zwei Stunden, bevor sie in die Tiefe gelangten, in der auf Kirchhöfen die Särge zu stehen pflegen. Nun gebrauchten sie die Hacken mit größter Behutsamkeit, bis endlich ein dumpfer Ton anzeigte, dass sie den Sarg getroffen hatten.

Bald sahen sie das entfärbte, aber noch wohlerhaltene und feste Holz hervorschimmern. Sie schaufelten die Erde rund um den Sarg hinweg und versuchten sodann, ihn herauszuheben. Er war erstaunlich schwer.

„Lassen wir ihn unten“, meinte Müller. „Es genügt ja, ihn zu öffnen.“

Hassan war einverstanden. Und nun zeigte es sich, dass der Sarg sehr fest zugeschraubt war. Ein Taschenmesser diente als Schraubenzieher, ein mangelhaftes Werkzeug, aber es genügte doch. Endlich gab der Deckel nach. Müller stand unten und die beiden anderen Männer leuchteten ihm mit den Laternen von oben herab.

Der Doktor befand sich vielleicht in einer ebenso großen Spannung wie Abu Hassan selbst. Er hatte vermutet, ja, es war ihm fast zur Gewissheit geworden, dass der Sarg leer sei. Aber dagegen sprach doch dessen Schwere.

„Den Deckel auf!“, keuchte der Beduine.

Müller folgte dieser Aufforderung. Er fasste den Deckel beim Kopfende an und hob ihn empor. Sechs Augen blickten mit gespannter Erwartung nieder. Sie sahen keine Gebeine, sie erblickten halb verfaulte Sägespäne und Steine, mit denen der Sarg gefüllt war.

„Allah akbar – Gott ist groß!“, rief Abu Hassan überrascht. „Was ist das?“

„Ein Betrug, ein großartiger Betrug!“, erklärte Fritz. „Die Baronin ist hier nicht begraben worden!“

Müller lehnte den Deckel an die Wand des Grabes, beugte sich nieder und untersuchte den Inhalt des Sarges.

„Ich fühle den Boden“, sagte er, „es ist nichts da als Sägespäne und Steine.“

„So hat man ein Blendwerk getrieben mit Liama, der Tochter unserer Zelte", sagte der Beduine grimmig. „Meine Augen sehen das Verbrechen und meine Blicke erkennen die Täuschung. Ich schwöre bei Allah, dass..."

Er hielt erschrocken inne. Ein mächtiger Donnerschlag erschütterte die Erde und ein blendender Blitz durchzuckte die Nacht. Die Augen der drei Männer waren von der Helligkeit fast geblendet, und als die Umgebung wieder im Dunkel lag, gewahrten sie eine hohe, weiße Frauengestalt tief verschleiert durch die Büsche dem Grab zuschweben.

„Allah akbar!", flüsterte Abu Hassan. „Es ist der Geist Liamas!" Ein Schauer ging ihm durch die Glieder.

Die drei Männer standen wie gebannt. Ganz deutlich im Aufflammen des nächsten Blitzes erkannten sie jetzt die Umrisse der Gestalt. Sie sahen nun auch, dass sie nicht schwebte, sondern ging; mit den gleichen ruhigen Schritten strebte sie dem Kopfende des Grabes zu, mit denen sie damals im Turm an Marion und Müller vorübergeglitten war.

Müller hatte sich wieder gefasst.

„Kein Geist – sie ist noch Fleisch und Blut! – Sie lebt – ich werde es dir beweisen!", rief er unterdrückt.

Er sprang aus der Grube und streckte den Arm aus, um sie zu fassen. Aber ein neuer Blitz blendete ihn. Er griff in die Luft und sein Fuß blieb in einer Wurzel hängen. Er stolperte und stürzte vornüber.

Bevor er sich zu erheben vermochte, war die Gestalt verschwunden.

Das Gewitter entlud sich mit solcher Heftigkeit, dass den abergläubischen Mohammedaner das Grausen übermannte.

„Der Scheitan[1] ist da! Flieht, sonst seid ihr verloren!", schrie Abu Hassan. Dann warf er die Laterne fort und rannte in den Wald.

Im strömenden Regen blieben Müller und Fritz allein am Grab zurück.

[1] Der Teufel

„Was war das?“, flüsterte Fritz.

„Glaubst du an Gespenster?“, antwortete Müller, während er den Schieber seiner Laterne schloss und sie zu sich steckte.

„Fällt mir nicht ein. – Wie ich Sie kenne, werden Sie mir diese sonderbare Geschichte schon erklären können. – Füllen wir das Grab wieder zu?“

„Nein. Ich fürchte, man beobachtet uns. Denn wo dieser ‚Geist‘ herumschwebt, können sich auch leicht Menschen aufhalten. Bis jetzt wird man uns wohl kaum erkannt haben. Das geschähe aber sicherlich, wenn wir hier noch länger verweilen. Lassen wir die Arbeit, das Grab zuzuschütten, denen, die dieses Verbrechen ausgesonnen haben! – Ich weiß etwas Besseres, was wir tun können. Nimm das Werkzeug und komm!“

4. Im dunkelsten Paris

In einer der engen Pariser Nebengassen, die die Rue de Poissonniers mit der Chaussee de Clignancourt verbinden, lag eine jener unheimlichen Gaststätten, deren Dasein nur darum von der Polizei geduldet wird, weil sie als Mausefallen benutzt werden. Solche Kneipen bleiben lange Zeit scheinbar unbeaufsichtigt, aber dann stellen sich eines schönen Abends unvermutet Sicherheitsbeamte ein, um einen Fang zu machen.

Der Wirt dieser Kneipe, ein verschlagener und ebenso verwegener Mensch, war Dieb und Hehler zugleich, aber niemals gelang es der Polizei, ihn so zu fassen, dass man ihn hätte bestrafen können. Seine Gäste waren Leute, die mit den Gesetzen mehr oder weniger in Widerspruch geraten waren, und sie wurden von Kellnerinnen bedient, deren Gewerbe man kaum mehr zweideutig nennen konnte.

Das Haus hatte eine sehr schmale Straßenseite und nie zeigte diese des Abends ein erleuchtetes Fenster. Es schien ganz unbewohnt zu sein, außer dem Keller, worin sich die Gastwirtschaft befand, zu der man eine Reihe gebrechlicher Stufen hinabsteigen musste.

Dieser Keller war lang und eng. Man hatte ihn in verschiedene Räume geteilt, deren vordersten die Gäste innehatten. Nur Leute, denen der Wirt ein besonderes Vertrauen schenkte, durften auch die anderen betreten.

Heute saß vielleicht ein Dutzend Männer an einer Tafel. Jeder hatte ein großes Glas mit scharfem Schnaps vor sich stehen. Die Unterhaltung floss träge dahin. Der Wirt hatte sich bis jetzt nicht gezeigt. Das Äußere der beiden Kellnerinnen ließ auf ein völlig zerrüttetes Schicksal schließen. Die eine, Betty, saß zwischen den Männern und tat von Zeit zu Zeit einen tüchtigen Zug aus ihrem Glas. Die andere, Sally, hockte in einer Ecke, hatte den Kopf in die Hand gestützt, sodass ihr Gesicht im Schatten lag, und schien nicht bei guter Laune zu sein.

„Was ist denn mit der Sally?", wandte sich einer an Betty. „Sie sieht ja aus, als hätte sie von Père Chattemite[1] den Abschied bekommen."

„Den Abschied? Oh, der ist ihr sicher genug! Vater Heimlich ist sowieso erbost, weil sie in letzter Zeit so ungeheuer spröde tut!"

„Spröde?" Der Frager lachte schallend auf. „Die Sally und spröde?"

Das Mädchen zuckte die Achseln.

„Seitdem sie einen Anbeter hat..."

„Einen Anbeter? Donnerwetter! Wer ist der Kerl? Kenn' ich ihn?"

„Nein. Du bist ja längere Zeit nicht hier gewesen, Bajazzo. Ein Fremder, der erst seit einigen Wochen hier verkehrt."

„Dann ist Vater Heimlich sehr unvorsichtig geworden!"

„Wieso?"

„Nun, einen Fremden lässt man doch nicht so schnell warm werden, dass er uns Stammgästen das Mädel wegschnappt."

„Oh, er schnappt noch anderes weg!"

„Was?"

„Geld."

„Ah! Er spielt?"

„Ja, und zwar sehr gut."

„Bei euch? Da oben?"

Dabei machte der Frager eine geheimnisvolle Fingerbewegung zur Decke.

„Natürlich da oben."

„Das scheint mir sehr gewagt, ihn da einzuweihen! Ist er einer der Unsrigen?"

„Natürlich. Er ist ein ‚Changeur'."

Dieses Wort bedeutet eigentlich Geldwechsler, war aber hier im Sinn eines Wechselfälschers gemeint.

„Ein ‚Changeur'? Ja, dann kann er sich schon ein hohes Spielchen erlauben! Wie heißt er?"

[1] Vater Schleicher, Vater Heimlich

„Er sagt es nicht. Wir nennen ihn nur den ‚Changeur'. Er ist sehr vorsichtig. Sally aber nennt ihn ihren Artur."

„Woher kommt er?"

„Er sagt, er stamme aus den Pyrenäen."

„Stimmt das?"

„Jedenfalls. Er hat ganz die Aussprache, die in Foix oder Roussillon gebräuchlich ist. Übrigens ist er kein Spaßverderber; er gibt gewöhnlich das, was er im Spiel gewinnt, wieder zum Besten."

„Da ist er mein Mann! Das liebe ich. Ein gescheiter Mensch, der aus den Taschen der Reichen lebt, darf gegen seine armen Kameraden nicht knausern. Wird er heute kommen?"

„Das ist unbestimmt. Er ist seit einigen Tagen nicht hier gewesen. Darum macht die Sally ein solches Gesicht. Sie denkt, er sei ihr untreu geworden."

„Was wäre das weiter! Ist es der nicht, so ist es jener. Komm, Sally, trink mit mir!"

Aber Sally machte eine abwehrende Bewegung. Darum wendete er sich zu Betty:

„Bei Gott, du hast Recht! Sie ist spröde – der Teufel hole die Frauenzimmer!"

„Seit wann bist du denn so schlecht auf die Weiber zu sprechen, Bajazzo?", lachte ein anderer. „Du, der du jeder Schürze nachläufst! Sogar deiner eigenen Stieftochter. Wo hast du sie übrigens?"

Der Alte erbleichte und seine Augen erhielten einen eigentümlichen, ängstlichen Schimmer.

„Ich habe sie nicht mehr", sagte er unsicher.

„Nicht mehr? Wo steckt sie denn?"

„Sie ist tot."

„Tot? Dieses gesunde, kräftige Mädel ist tot? Woran ist sie denn gestorben?"

„Sie ist vom Seil gestürzt."

„Und gleich tot?"

„Sofort. Das war noch ein Glück. Sie hatte alle Rippen und Glieder gebrochen."

„Und wo?"

„In Thionville. Aber ich mag von dieser Geschichte nichts mehr hören."

„Warst du da noch bei der Truppe des Zauberers Abu Hassan?"

„Ja."

„Warum hast du sie verlassen? Er zahlte doch gut."

„Ich mochte nichts mehr vom Geschäft wissen, nachdem ich so elenderweise um das Mädchen gekommen war."

„Und was treibst du nun?"

„Was geht's dich an? Kümmere du dich um deine Angelegenheiten, aber nicht um die meinigen! Jetzt habe ich mich zur Ruhe gesetzt."

„Nee, mein Junge, das glaub' ich nicht!"

„Nicht? – Warum nicht?", fragte der Bajazzo in giftigem Ton.

„Weil dazu Geld gehört."

„Nun, wer sagt dir denn, dass ich keins habe?"

Der andere machte ein erstauntes Gesicht.

„Ah! Du hast Geld? Das ist etwas anderes! Aber wissen möchte ich doch, wie du so plötzlich reich geworden bist. So lang ich dich kenne, ist dir alles durch die Gurgel geflossen. Erspart hast du dir keinen Centime. Ich denke mir, du hast irgendeinen Teufelsstreich verübt."

„Wenn es so wäre, was geht's dich an?"

„Richtig! Mich geht's gar nichts an. Aber ich hoffe, dass du deinen Freunden einige Flaschen anbieten wirst, da du jetzt so gut bei Kasse bist."

„Fällt mir nicht ein. Ich habe nicht so viel Geld, wie du vielleicht denkst, und muss damit langen, bis ich wieder eine neue Stellung habe."

„Geizhals! Eigentlich hast du, da du so lange nicht hier gewesen bist, wieder Einstand zu zahlen, und so denke ich – na, er soll dir erlassen bleiben; denn da kommt einer, der nicht so knauserig ist wie du!"

Bei diesen Worten drehte er sich nach der Tür, durch

die ein neuer Gast eingetreten war. Es war ein junger, vielleicht achtundzwanzigjähriger Mann mit angenehmen, männlich schönen Gesichtszügen. Das kurz verschnittene Haar war ebenso wie der volle Schnurrbart von tiefschwarzer Farbe, gegen die die helle Haut auffallend abstach. Seine Gestalt war nicht zu hoch, aber breit und kräftig gebaut. Er machte trotz dem einfachen Anzug, dessen Hauptteil in einer blauen Leinwandbluse bestand, einen guten, fast möchte man sagen, an diesem Ort vornehmen Eindruck.

„Ah, der ‚Changeur'! Willkommen! Warum bist du in den letzten Tagen nicht da gewesen?"

Alle schüttelten ihm die Hand. Sally war mit einem lauten Freudenschrei aufgesprungen und ließ ihm kaum Zeit, auf Gruß und Frage zu antworten.

„Endlich kommst du!", jubelte sie, während sie beide Arme um ihn schlang. „Wo bist du während dieser langen Zeit gewesen?"

„Lange Zeit?", fragte er unter gezwungenem Lächeln. „Es sind ja nur drei Tage!"

„Eine Ewigkeit für meine Sehnsucht. Warum bist du nicht gekommen?"

„Geschäfte!", antwortete er unter leichtem Achselzucken.

„Sind sie dir geglückt?"

„Wie stets."

„Ja, du bist ein kluger Kopf!", meinte sie stolz. „Du wirst dich nie erwischen lassen. Komm! Du musst mir erzählen."

Sie wollte ihn zu ihrem vorigen Sitz ziehen, er aber wehrte ab.

„Später, Sally! Ich darf die Kameraden nicht vernachlässigen; auch habe ich vor allen Dingen Durst. Gib mir Wein, aber vom guten! Verstanden? Und diesen Messieurs bringst du drei Flaschen Absinth. Sie trinken dieses starke Zeug lieber. Wenn man gute Geschäfte gemacht hat, muss man auch die Kameraden leben lassen."

„Siehst du, Bajazzo, dass der ‚Changeur' anständig ist?",

fragte der frühere Wortführer. „Er lässt auffahren, nachdem er kaum eingetreten ist."

Der ‚Changeur' nahm bei den Übrigen Platz, während Sally sich schmollend entfernte, um das Verlangte herbeizuholen.

„Bajazzo?", forschte er, den Alten betrachtend. „Ein neuer Kamerad?"

„Ja. Ein alter Sünder, dem man Vertrauen schenken kann!"

„In was arbeitet er?"

„In allem. Er nimmt, was er bekommen kann. Der Mann war zuletzt bei der Truppe eines maurischen Gauklers, den man Abu Hassan, den Zauberer, nennt. Dort ist seine Stieftochter, die Turmseilkünstlerin, vom Seil gestürzt und hat den Hals gebrochen, und seitdem hat er die Gesellschaft verlassen. Ah, da kommt der Wein und Absinth. Lasst uns anstoßen! Wer weiß, wie lang wir noch beisammen sind!"

„Hast du Angst, dass man dich erwischt und einsteckt?", spottete Betty.

„Halt's Maul, Betty! Es handelt sich hier um ganz andere Dinge."

Er schenkte sich und den anderen ein und erhob sich dann.

„Stoßt an!", forderte er sie auf. „Der alte Kapitän soll leben!"

Sie stießen zwar mit an, waren aber über diesen unerwarteten Trinkspruch so erstaunt, dass sie zu trinken zögerten.

„Der alte Kapitän? Wer ist das, Levier?", fragte einer von ihnen.

Das französische Wort levier bedeutet Brechwerkzeug, Brecheisen. Diesen Beinamen trug der Mann: eine deutliche Erklärung seines Handwerks, das er betrieb.

„Wer der alte Kapitän ist?", meinte er. „Ich habe ihn auch noch nicht gesehen, aber wahrscheinlich werden wir ihn bald kennen lernen. Dann blüht unser Weizen; dann wird es viel besser für uns, als es jetzt ist. Darauf könnt ihr euch verlassen."

„Wieso? Rede! Sprich!“, erscholl es von allen Seiten.

Auch Sally kam herbei, um die Sache mit anzuhören. Sie setzte sich neben den ‚Changeur‘ und legte ihm vertraulich die Hand auf die Schulter. Er zuckte bei der Berührung leicht zusammen, ließ aber sonst weiter nicht merken, ob diese Annäherung ihm angenehm sei oder nicht.

„Nun“, begann ‚Brecheisen‘ seine Erklärung mit wichtiger Miene, „ihr wisst doch, dass der Marschall Niel schon längst unserem Heer eine neue Ordnung gegeben hat?“

„Selbstverständlich weiß man das!“, antwortete sein Nach bar.

„Ja, du vor allen Dingen musst das wissen, Rossignol. Du warst ja ganze drei Monate Soldat, und wenn du nicht lange Finger gemacht hättest...“

Rossignol heißt Nachtigall, aber auch Dietrich.

„Ja, sie meinten, das verstoße gegen die Soldatenehre!“, lachte Rossignol. „Dummheit und Ehre! Ich kam auf diese Weise am bequemsten vom Militärdienst frei. Aber fahr doch fort, Brecheisen!“

„Nun“, fuhr Levier fort, „schon als im Jahre 1867 wegen der luxemburgischen Frage der Tanz beginnen sollte, bildeten sich Schützengesellschaften, die den Namen Sociétés des Franktireur erhielten. Die Sache schlief leider damals ein, denn dieser Bismarck wagte es, uns einen Strich durch die Rechnung zu machen. Jetzt aber ist alle Aussicht vorhanden, dass diese Gesellschaften Arbeit erhalten werden.“

„Wieso denn?“

„Das fragst du noch? Weißt du denn, was man unter einem Franktireur versteht?“

„Nun, einen Franzosen, der das Recht hat, jeden Prussien niederzuschießen.“

„Das ist richtig und doch auch falsch. Schon jeder Soldat der Linie und der Kerntruppen wäre dann ein Franktireur. Man beabsichtigt allerdings, Gesellschaften von freien Schützen zu bilden und sie den verschiedenen Heeresabschnitten beizufügen. Kein Völkerrecht kann ihnen etwas anhaben. Selbst wenn man sie ergreift, müssen sie als Kriegsgefangene behandelt werden, die man ordentlich verpflegt und nach dem Friedensschluss wieder freilässt. Aber ich meine, es ist sehr gut, für das Vaterland zu kämpfen; noch besser und gescheiter aber ist es, für sich selber ein wenig den Freischützen zu spielen. Nicht wahr, Dietrich?"

„Das denke ich auch!"

„Es wird noch viele geben, die ebenso denken; sie werden nicht so dumm sein, sich dem Heer anzuschließen, um für geringere Löhnung und elendes Kommissbrot sich totschießen zu lassen, sondern sie werden eigene Rotten bilden und vor allen Dingen auf ihren persönlichen Vorteil sehen."

„Nicht übel. Aber das geht ja nur dann, wenn wir Krieg führen."

„Nun, den werden wir wohl bald haben!"

„Mit wem?"

„Mit wem anders als mit diesen Deutschen, an denen wir Rache für Sadowa nehmen werden!"

„Was geht uns Franzosen Sadowa an!"

„Du bist ein Dummkopf! Stehen wir nicht an der Spitze der Gesittung oder..."

„Ja", unterbrach ihn Rossignol lachend, „wir stehen an der Spitze der Gesittung, denn du heißt ‚Brecheisen' und mich nennt man ‚Dietrich'!"

„Mach keine albernen Witze! Selbst in unserem Handwerk sind wir den Deutschen weit überlegen. Der Deutsche ist ein Tölpel in jeder Beziehung. Er bekommt seine Weine und Trachten, seine Seiden und Lederwaren, seine Seifen und wohlriechenden Wasser, seine ganze Bildung von uns. Wir sind seine Herren. Und doch hat er es gewagt, mit Österreich Krieg zu führen und Frieden zu schließen, ohne uns zu fragen. Seitdem hat er unsere Politik auf jede mögliche Art und Weise durchkreuzt. Wir wollen Rache für Sadowa und er muss Hiebe kriegen! Ich sage euch, dass so etwas in der Luft liegt. Wohin man kommt, hört man von weiter nichts als von Depeschenwechsel und Krieg sprechen. Und macht man Augen und Ohren auf, so hört man nicht nur, sondern man sieht auch, dass überall heimliche Anstalten getroffen werden, die sich nur auf den baldigen Kriegsausbruch..."

„Und das steht mit deinem alten Kapitän in Beziehung?"

„Natürlich! Er wird einer der Anführer der Franktireurs sein."

„So muss man ihn kennen lernen. Wo wohnt er und wie heißt er?"

„Er wohnt auf Schloss Ortry bei Thionville und heißt Albin Richemonte. Er schickt jetzt im Stillen Leute herum und einer davon hat mich beauftragt, für ihn zu werben."

„Alle Donner! Das klingt ja recht ernsthaft!", rief Dietrich.

„Ernsthaft ist es auch. Er hat in den Nachbarbezirken schon angeworben und nun, wie ich sagte, seine Sendlinge nach Paris geschickt, um weitere Teilnehmer zu gewinnen. Nach Stand und Vergangenheit wird nicht gefragt, auch nach dem Alter nicht; jedoch wird vorausgesetzt, dass sich nur tüchtige Kerls melden. Wenn ihr wollt, so werde ich den Unterhändler morgen mitbringen."

„Bring ihn mit! Bring ihn mit!", lautete die Entscheidung aller.

Auch der ‚Changeur' stimmte begeistert mit ein. Er hatte der Auseinandersetzung mit größter Aufmerksamkeit gelauscht.

Es wurde noch eine Zeit lang über die Gewissheit, dass man bald Krieg haben werde, gesprochen, dann trat der Wirt, Vater Heimlich, aus dem anderen Raum ein. Er setzte sich zu seinen Gästen und nahm einige Minuten an deren Gespräch teil. Bald aber gab er Sally einen verstohlenen Wink.

Das Mädchen verstand ihn sofort; der ‚Changeur' hatte ihn auch bemerkt, tat aber so, als ob er nicht hingesehen habe.

Sally erhob sich und brachte ihrem Herrn ein Glas; dann nahm sie ihren Sitz an dem Eckplatz, auf dem sie sich vorher befunden hatte, wieder ein. Der ‚Changeur' war überzeugt, dass diese scheinbar unabsichtliche Anordnung ihm allein gelte. Man wollte ihn vom Tisch entfernen.

Dass er richtig geahnt hatte, zeigte sich in kurzem. Sally winkte ihm, sich zu ihr zu setzen. Er berechnete, dass es am klügsten sei, ihr zu folgen. Darum nahm er seinen Wein, verließ den Tisch und begab sich zu ihr. Als er dabei einen heimlich forschenden Blick auf den Wirt warf, bemerkte er ein befriedigtes Lächeln auf dessen Gesicht.

Aber auch ‚Brecheisen' hatte den ganzen Vorgang beobachtet und verstanden. Er neigte sich zu dem Wirt und fragte leise:

„Warum soll der ‚Changeur' vom Tisch fort, Vater Heimlich?"

„Frag jetzt nicht!", antwortete der Wirt. „Er merkt sonst, dass wir von ihm sprechen."

In diesem Augenblick traten mehrere neue Gäste ein. Sie setzten sich an einen anderen Tisch, wurden da von Sally bedient und sprachen dabei so laut untereinander, dass der Wirt nicht mehr befürchtete, vom ‚Changeur' gehört zu werden; darum sagte er, zwar leise, aber doch so, dass er von den bei ihm Sitzenden verstanden werden konnte:

„Ich traue ihm nicht."

„Weshalb nicht?", fragte Dietrich.

„Er ist mir zu vornehm. Er hat etwas an sich, was mir sagt, dass er nicht zu uns gehört. Ich halte ihn für einen Geheimpolizisten."

„Unsinn! Dass er selbst die Polizei zu scheuen hat, weiß ich sicher."

„Wieso?"

„Habt ihr euch seinen Bart und seine Haare einmal genau angesehen? Sie scheinen schwarz zu sein, sind es aber nicht. Ich habe sie heute wieder scharf geprüft. Zwischen dem Schwarzen und der Haut sind sie, allerdings kaum zu bemerken, von hellerer Farbe. Ich meine, dass Haar und Bart blond sind. Er hat sie seit einigen Tagen nicht nachgefärbt. Wäre diese Verstellung nötig, wenn er mit der Polizei auf gutem Fuß stünde?"

„Das beweist noch nichts. Er kann das Haar gefärbt haben, um nicht zufällig von einem der Unsrigen, der ihn einmal gesehen hat, erkannt zu werden. Hat der ‚Changeur' jemals aufrichtig gesagt, wo er ein Geschäft gemacht habe?"

„Allerdings nicht. Er hat das auch nicht nötig. Niemand wird ihm das abverlangen."

„Oder habt ihr vielleicht mal etwas gehört, was darauf schließen lässt, dass er wirklich ‚Changeur' ist, das heißt, dass er nur vom Wechselfälschen lebt? Solche Fälschungen kommen in Paris massenhaft vor, das ist ja wahr; aber stets ist der Täter eine den Beteiligten bekannte Persönlichkeit. Dass es jedoch hier einen Menschen gibt, der sich nur auf dieses Fach legt und stets unentdeckt bleibt, dafür habe ich noch kein einziges Anzeichen bemerken können. Ihr seid noch jung und habt die Schule noch nicht durchgemacht, die ich hinter mir habe. Mich täuscht man nicht so leicht. Wisst ihr denn etwa, wo er wohnt? Hat er euch das gesagt?"

„Ja", antwortete Brecheisen. „Er wohnt in der Rue de Paradis."

„Welche Nummer und wie viel Treppen?"

„Wir haben so weit nicht gefragt. Wir wissen nur, dass er von hier nie weiter einkehrt, sondern stets nach Hause geht und dann allemal diese Richtung auch wirklich einschlägt."

„Wir müssen uns klar über ihn werden. Wir müssen ihn beobachten. Willst du das übernehmen?"

„Ja", erwiderte Brecheisen. „Ich bin aber überzeugt, wir

werden nur bemerken, dass er uns nicht täuscht. Er hat ein feines Aussehen und Auftreten, aber das gehört ja zu seinem Fach. Du meinst, Vater Heimlich, dass ich ihm nachspüren soll?"

„Ja. Wenn du siehst, dass er wirklich in der Paradiesstraße wohnt, so trittst du nach einer Weile bei ihm ein und erkundigst dich beim Torhüter nach ihm."

„Ich vermute, dass dieser Mann sich weigern wird, mir Auskunft zu erteilen."

„Meinst du wirklich?", fragte der Wirt im Ton der Überlegenheit. „Da kennst du mich sehr schlecht. Was ich will, das führe ich aus; ich habe die Mittel dazu. Hat die Polizei ihre heimlichen Verbündeten unter uns, die uns von Zeit zu Zeit verraten, so habe ich meinen Vertrauensmann bei der Polizei, der mir zu Diensten steht. So komme ich niemals zur Anzeige oder in Strafe. Ist etwas gegen mich oder meine Freunde im Werk, so werde ich sofort benachrichtigt."

„Wenn das wirklich so ist, so bist du ein ungewöhnlicher Schlaukopf, Vater Heimlich!"

„Es kostet mich einiges Geld. Ihr könnt euch natürlich denken, dass ich meinen Vertrauensmann gut besolden muss. Um keinen Verdacht zu erregen, lasse ich zuweilen irgendeinen müßigen Bummler, der nicht zu uns gehört, bei mir abfangen. Das macht mir keinen Schaden, sondern es bringt mir nur Nutzen, weil ich damit den Herren des Sicherheitsdienstes Sand in die Augen streue. Daher will ich mir auch über diesen ‚Changeur' klar werden, um zu wissen, wie ich ihn zu behandeln habe. Verdient er mein Vertrauen nicht, so benachrichtige ich die Polizei, dass ein Mensch, den ich für einen Schwindler halte und der sich selbst für einen Fälscher ausgibt, bei mir verkehrt. Er wird dann festgenommen."

„Du vergisst, Vater Heimlich, dass er sich nicht offen einen ‚Changeur' genannt hat. Er hat es uns nur ahnen lassen und duldet es nebenbei, dass wir ihn so nennen."

„Das ist gleich. Mein Freund von der Polizei hat mich in den Besitz von einigen Marken gesetzt. Ich gebe dir eine davon. Du wirst dich bei dem Pförtner also als Geheimpolizist ausweisen können und er ist infolgedessen gezwungen, dir Rede und Antwort zu stehen."

„Wie? Du hast Marken?", fragte der Einbrecher erstaunt. „Ausgezeichnet! Mit einer solchen Münze ist man ja vollkommen sicher!"

„Das ist nicht gesagt. Sobald man sie in unrechten Händen findet, würde man auch rasch entdecken, von wem die Marken stammen. Ich wende sie daher nur zu ungefährlichen Zwecken an. Du wirst also dem ‚Changeur' nachschleichen, dann aber sofort hierher zurückkehren, um mir die Marke wiederzubringen."

„Wann soll das geschehen? Heute noch?"

„Ja. Ich mag nicht länger im Unklaren über ihn sein!"

„Aber wir wollten doch hernach..."

„Wir haben noch anderthalb Stunden bis zum Schluss der Oper", unterbrach ihn der Wirt. „Es ist also möglich, dass er sich bereits vorher entfernt. Er wird heute nämlich nicht Karten spielen; denn ich habe dafür gesorgt, dass die Leute, mit denen er oben sein Spiel zu machen pflegt, nicht kommen."

„Sehr schlau."

„Oh, ich musste das nicht bloß seinetwegen tun, sondern auch unseres Unternehmens wegen. Ich erleide dadurch, da mir das Spiel viel einbringt, eine Einbuße; aber wenn unser Schlag gelingt, so werden wir ein riesiges Geld einheimsen."

„Ist der alte General wirklich so reich?"

„Er besitzt Millionen. Die Dame ist seine einzige Verwandte, seine Enkelin. Er hängt sehr an ihr und wird in Verzweiflung sein, wenn er hört, dass sie verschwunden ist. Hunderttausend Francs wird er zahlen, um sie wiederzubekommen."

„Eine ungeheure Summe!", meinte Dietrich und seine Augen leuchteten gierig. „Aber das Unternehmen ist auch gefahrvoll."

Der Bajazzo hatte bisher schweigend zugehört.

„Ihr wollt doch nicht etwa die Enkelin eines Generals entführen?", fragte er jetzt.

„Warum nicht?", antwortete der Wirt.

„Sprechen wir lieber nicht davon!", riet Brecheisen. „Wer gibt uns Gewähr, dass dieser alte Bajazzo uns nicht verrät?"

Der Wirt machte hierauf eine eigentümliche Handbewegung und sagte dann in einem höchst selbstbewussten Ton:

„Keine Sorge! Der Alte ist uns sicher. Ich bürge für ihn, ich selber! Ist das genug?"

„Diese Bürgschaft nehmen wir an, Vater Heimlich. Aber du bist seiner auch wirklich sicher?"

„So sicher wie meiner selbst. Nicht wahr, Bajazzo? – Denkst du noch an den Knaben mit dem Löwenzahn damals? Das kann uns auch noch ein schönes Geld einbringen!"

Der Bajazzo erwiderte schnell und mit ängstlicher Miene:

„Still, still! Ich mag jetzt davon nichts hören. Wir sprechen später darüber. Ich bin deswegen nach Paris gekommen. Redet lieber von eurer heutigen Angelegenheit! Das scheint mir wichtiger zu sein!"

„Hast Recht, Alter!", nickte der Wirt. Und sich wieder zu den anderen wendend, fuhr er fort: „Ein jeder von euch hat seinen Posten, und ich habe mich überzeugt, dass sie wirklich nach der Oper fährt. Das ist eigentlich alles, was zu sagen ist. Du, Brecheisen, machst den Fiakerkutscher. Das Geschirr wird zur rechten Zeit bereitstehen. Die Nummer ist schon aufgeklebt und wird dann wieder entfernt. So wird die Polizei irregeführt. Perücken und Bärte findet ihr im hinteren Zimmer, und an der Mauer wird die Pforte zur rechten Zeit offen sein. Gelingt der Streich, so teilen wir; es liegt in eurem eigenen Nutzen, euch Mühe zu geben. Jetzt genug davon!"

Er erhob sich und trat zu den Gästen, die zuletzt angekommen waren. Dabei warf er einen Blick nach dem ‚Changeur'. Er fühlte sich beruhigt, denn der Fälscher saß mit dem Rücken gegen den Tisch, an dem er erst gesessen hatte, und zwar in ein Damespiel vertieft, womit Sally und er die Zeit vertrieben. Jedenfalls hatte er also auf den Wirt und die anderen gar nicht geachtet.

Und doch täuschte sich Vater Heimlich.

Als der ‚Changeur' sich zu Sally gesetzt hatte, war sie herangerückt und hatte, ihm heiß in die Augen blickend, gesagt:

„Endlich habe ich dich allein für mich! Du Böser! Warum wolltest du nicht gleich zu mir kommen?"

Er schüttelte den Kopf.

„Was für ein Recht hast du dazu, mich bei dir zu haben?"

„Das Recht der Liebe!"

„Mir machst du nicht weis, dass du mich liebst!"

Sie zog erstaunt den Kopf zurück und sah ihn forschend an.

„Du glaubst nicht, dass ich dich liebe? Hast du Gründe dazu?"

„Ja!", antwortete er kurz und ernst.

„Welche?"

„Vor allen Dingen einen: Du hältst zu Vater Heimlich mehr als zu mir!"

„Ich stehe in seinem Dienst, also muss ich ihm gehorchen."

„Auch gegen mich?"

„Gegen dich, Artur? Was habe ich gegen dich getan?"

„Er wollte, dass ich fortgehen sollte. Er winkte dir und du riefst mich hierher. Du hilfst ihm gegen mich. Ist das nicht so?"

„Nein! Es war das nur eine Geschäftsrücksicht. Er hat mit den anderen irgendein Unternehmen zu besprechen. Du solltest nichts davon hören. Das ist alles."

„Was für ein Geschäft ist das?"
„Ich weiß es nicht!"
„Ah, du verschweigst es mir! Und da soll ich an Liebe glauben?"
Sie sah sich in die Enge getrieben.
„Artur, ich habe dich so lieb, dass ich für dich sterben könnte. Das würde mir nicht schwer werden, denn dieses Leben ist mir doch zur Last. Es geschieht sehr viel in diesem Haus, was niemand wissen und erfahren darf. Selbst ich weiß nicht alles; aber das wenige, was ich weiß, würde ich dir nicht verschweigen, wenn ich sähe, dass ich dir nicht zuwider wäre. Als ich dich jedoch stets so kalt sah, während andere ganz anders sind, so dachte ich, dass mein Herr doch Recht haben könnte."
„Recht? Worin?"
„Er hält dich für einen Geheimpolizisten. Er traut dir nicht."
„Da ist er kein sehr scharfsinniger Mann. Er traut mir nicht? Also deshalb musste ich den Tisch verlassen?"
„Ja, deshalb!"
„Er hätte mich unbesorgt sitzen lassen können. Solange er mir nicht schadet, hat er auch von mir nichts Schlimmes zu erwarten. Aber neugierig bin ich doch, zu wissen, was es ist, weshalb man mich fortschickte."
„Ich weiß es auch nicht. Ich kann dir anvertrauen, dass er einer der berüchtigsten Hehler der Hauptstadt ist, aber beweisen könnte selbst ich ihm nichts. Er duldet niemals, dass man ihn beobachtet. Um ein solches Geschäft scheint es sich auch heute zu handeln."
„So geht es mich nichts an. Schweigen wir also darüber!"
„Daraus ersehe ich, dass du kein Geheimer bist, denn ein solcher würde mich so weit wie möglich ausfragen. – Wenn Vater Heimlich eine Sendung gestohlener Waren erwartet, so ölt er stets zuvor die Angeln der alten Tür, die sich hinten in der Mauer befindet."
„Das hat er heute also auch getan?"

„Ja. Ferner verbietet er uns, das Schenklokal zu verlassen. Erst wenn die Ware geborgen und der Hof wieder leer ist, meldet er, dass wir nun hinaus dürfen."

„Dieses Verbot hat er auch heute ausgesprochen?"

„Ja. Wir dürfen nicht einmal die Treppe hinauf. Er muss eine ungewöhnlich bedeutende Sendung erwarten, denn er hat ein Zimmer des dritten Stocks ausgeräumt. Sonderbarerweise aber hat er einige Möbel hineingesetzt."

„Ich befürchte, dass er zu viel wagt und trotz seiner List doch einmal erwischt wird. Es sollte mir leid tun, wenn auch du dann in Verdacht kämst."

„Täte dir das wirklich leid?", fragte sie erfreut. „Natürlich würden auch wir festgenommen, wenn man ihn ergreift. Aber man würde uns doch laufen lassen müssen."

„Ich würde lieber vorher laufen."

„Wohin? Wer nimmt mich auf? Von einem Mädchen meines Standes mag kein Mensch etwas wissen. Wir sind verloren. Wer rettet uns? Ich habe niemand, der sich meiner erbarmt."

Tränen waren ihr in die Augen getreten. Er fühlte sich ergriffen und sagte in leiser Zurückhaltung:

„Hast du nicht mich?"

„Dich? O ja, an dich würde ich glauben. Dir traue ich zu, dass du mir helfen möchtest. Aber es wäre ja Wahnsinn, zu glauben, dass du mich zu dir nehmen wolltest."

„Ich sehe, dass du verständig bist, Sally. Du liebst mich und ich hege aufrichtige Teilnahme für dich, aber unsere Wege führen uns auseinander. Dennoch werde ich dich bitten, eine Summe von mir anzunehmen, die es dir erleichtert, in eine andere Bahn zu kommen und vielleicht auch eine glückliche und geachtete Frau zu werden."

Sie war bleich geworden. Ihr Blick ruhte auf ihm mit einem Ausdruck, den er nicht verstand. Was für Regungen kämpften in ihrem Innern miteinander? Hatte sie vielleicht doch einen Augenblick geglaubt, dass sie die Frau dieses Mannes werden könne, den sie ja auch nur für einen mit den Gesetzen Zerfallenen halten musste? Langsam kehrte die Farbe wieder in ihr Gesicht zurück. Sie ergriff seine Hände.

„Wolltest du das wirklich tun, Artur, wirklich?"

„Ja", antwortete er einfach.

Da legte sie die Hände zusammen und blickte ihm mit rührender Dankbarkeit ins Gesicht.

„O mein Gott, so könnte ich zu meinem Bruder gehen!"

„Wie? Du hast einen Bruder?"

„Ja. Wir waren Waisenkinder und wurden von einer alten Frau erzogen, mit der wir betteln gehen mussten. Mein Schicksal kennst du. Mein Bruder war glücklicher. Er entfloh dem Weib, weit fort von Paris, und wurde Knecht auf einem Gut. Da ist er noch. Vielleicht bringt er es so weit, dass ich dort einen Dienst finde."

„Das wollen wir uns überlegen. Morgen komme ich wieder und werde dir Bescheid sagen. Jetzt wollen wir nach dieser Aufregung ein kurzes, beruhigendes Spielchen machen."

Er griff nach dem Damebrett auf dem nahen Fenstersims und begann die Steine zu ordnen. Zwei Gründe hatte er dazu. Einmal wollte er von dem jetzigen Gesprächsstoff ablenken und sodann sagte er sich, dass es ihm während des Spiels vielleicht gelingen werde, etwas von der leisen Unterhaltung zu hören, die hinter ihm geführt wurde.

Sally spielte leidlich. Sie war glücklich, bei dem Geliebten sitzen zu dürfen, und hatte nichts gegen seinen Vorschlag einzuwenden. Er war ihr im Brettspiel weit überlegen, aber dennoch tat er vor jedem Zug, als ob er ihn reiflich überlegen müsse. Während dieser Augenblicke lauschte er aufmerksam hinter sich und es gelang ihm auch, einiges zu erhaschen.

„Ist der alte General wirklich so reich?", hörte er fragen.

„...hunderttausend Francs wird er zahlen, um sie wiederzubekommen", lautete die Antwort, deren ersten Teil er nicht hatte verstehen können.

„...eines Generals entführen?“

Jetzt musste der ‚Changeur‘ einen Zug tun. Sally sprach einige Worte und erst dann hörte er hinter sich wieder die flüsternde Stimme des Wirts:

„...Fiakerkutscher – Nummer aufgeklebt – Perücken und Bärte – so teilen wir – eigenen Nutzen...“

Dies waren lauter Worte und Satzteile, die für ihn keinen Zusammenhang hatten. Er konnte nicht unterscheiden, ob etwas Vergangenes erzählt oder etwas Zukünftiges verabredet werde; aber doch machten die Worte den Eindruck auf ihn, dass sie wert seien, gemerkt zu werden.

Der Wirt hatte sich erhoben, trat erst an den anderen Tisch und nachher zu ihm:

„So ist's recht, ‚Changeur‘! Unterhalte dich mit der Sally! Nach dem Spielzimmer wirst du heute ja doch nicht kommen.“

„Warum nicht?“

„Weil heute nicht gespielt wird. Die Kameraden haben abgesagt.“

„Mir recht. Ich hatte überhaupt nicht die Absicht, lange hierzubleiben. Ich gehe heim.“

„O nein, bleibe noch hier!“, bat Sally.

„Bis dieses Spiel zu Ende ist; dann gehe ich. Ich bin müde und muss schlafen.“

„Aber morgen kommst du wieder? Ganz bestimmt?“

„Ja.“

Der Wirt war an den Schenktisch getreten. Niemand blickte jetzt her. Da ergriff sie seine Hand, drückte sie an ihre Lippen und flüsterte:

„Diesen Kuss, diesen einzigen, musst du mir erlauben! Er ist besser als der, den ich immer von dir haben wollte!“

Er bezahlte seine Zeche und ging. Kaum war er zur Tür hinaus, so trat der Wirt vom Schenktisch, wo er in einem Kästchen gesucht hatte, zu Brecheisen.

„Hier die Polizeimarke. Schnell nach! Spute dich, dass du ihn nicht aus den Augen verlierst!“

5. Die Enkelin des Generals

Der ‚Changeur' schritt langsam die Straße entlang. Zwischen zwei Laternen, wo die Beleuchtung nur sehr spärlich war, da in diesem entlegenen Stadtteil die Lampen weiter auseinander standen als im Innern der Stadt, warf er, ohne stehen zu bleiben, einen raschen Blick zurück. Ungefähr fünfzig Schritte hinter sich bemerkte er einen Mann, mit einer Bluse bekleidet und einem breitkrempigen Hut auf dem Kopf. Der Mann kam gerade an einer Laterne vorüber, deren Schein hell auf ihn fiel.

„Das ist Brecheisen!", murmelte der ‚Changeur'. „Er wird mir folgen, um zu sehen, ob ich wirklich an dem Ort wohne, den ich angegeben habe."

Er schritt weiter und machte an den Ecken die Feststellung, dass Brecheisen sich wirklich hinter ihm hielt. So gelangte er in die Rue de Paradis und an das Haus, worin er wohnte. Vor diesem brannte eine Laterne und auch der Flur war von Gas erleuchtet. Er grüßte den Pförtner, der an seinem offenen Fensterchen saß, und begab sich dann nach dem Hof. Im Hinterhaus schritt er die beiden Treppen hinauf und stand nun vor zwei nahe nebeneinander liegenden Türen. An beiden war je eine Visitenkarte befestigt. Auf der einen stand ‚Artur Valley, Schreiber', und auf der anderen war ‚Guillaume Fredoq, Theaterfriseur' zu lesen.

Er zog einen Schlüssel hervor und öffnete die erste Tür. Das Zimmer war finster, bald aber hatte er ein Licht angebrannt. Jetzt zog er den Schlüssel von außen ab und verriegelte die Tür von innen. Das Stübchen war nur spärlich ausgestattet. Aus ihm führte eine verschlossene Seitentür nach dem zweiten Zimmer, an dessen Tür der andere Name gestanden hatte. Er öffnete diese Seitentür und trat in den anderen Raum.

„So!", lächelte er vor sich hin. „Adieu, Herr Schreiber Artur Valley! Jetzt habe ich die Ehre, der Theaterfriseur Guillaume Fredoq zu sein!"

Er öffnete einen Kleiderschrank, zog einen anderen Anzug an, setzte eine schwarze Perücke auf und legte sich einen ebenso schwarzen Backenbart an. Eine Brille vollendete die Verwandlung. Nachdem er einen nach der neuesten Form gearbeiteten Hut aufgesetzt und ein zierliches Stöckchen aus der Ecke genommen hatte, steckte er zwei kleine Halbkugeln aus Kautschuk in den Mund, die eine rechts und die andere links.

Nun löschte er das Licht aus und verließ das Zimmer durch die Tür, an der der Name Fredoq stand. Als er hinter sich geschlossen hatte, waren seit seinem Eintritt durch die erste Tür kaum fünf Minuten vergangen.

Mit weltmännischer Lässigkeit schaukelte er die Treppe hinab und über den Hof hinüber. Als er den Flur erreichte, stand Brecheisen noch am Fenster des Pförtners.

Der Einbrecher hatte erst einige Minuten verstreichen lassen, bevor er den Pförtner in dem selbstbewusst höflichen Ton, der der Polizei eigen zu sein pflegt, gegrüßt und die Frage ausgesprochen hatte:

„Ach, mein Lieber, kennen Sie vielleicht den jungen Mann, der vor drei Minuten von der Straße kam?"

„Ja", antwortete der Pförtner, während er den Blusenmann mit nicht sehr großer Ehrfurcht musterte. „Warum sollte ich ihn nicht kennen? Er wohnt ja in diesem Haus."

„Im Vorderhaus?"

„Nein, sondern hinten."

„Wie ist sein Name?"

„Oh, Monsieur, wollen Sie mir nicht vorher sagen, wer Sie sind? Ich habe das Recht, zu erfahren, wer sich nach den Bewohnern des Hauses erkundigt."

Brecheisen zog würdevoll seine Marke hervor und hielt sie dem Türhüter vors Gesicht.

„Genügt Ihnen das?"

Sofort verbeugte sich der Pförtner und entgegnete in einem um vieles höflicheren Ton.

„Gewiss genügt das, gewiss, Monsieur! Ich bin natürlich

zu jeder Auskunft, die ich zu geben vermag, gern bereit. Bitte fragen Sie!“

„Wie heißt also der junge Mann?“

„Artur Valley. So steht es hier auf der Bewohnerliste.“

„Was ist er?“

„Schreiber.“

„Seit wann wohnt er hier?“

„Seit vielleicht zwei Wochen erst.“

„Hat er viel Verkehr im Haus?“

„Nein. Er empfängt nie Besuch und hält sich stets allein.“

„Aber er geht viel aus?“

„Täglich einmal.“

„Ist er des Nachts oft außer Haus?“

„Nie. Er kommt um die jetzige Zeit oder noch früher und geht erst am anderen Tag zur Zeit der Dämmerung aus, ganz entgegengesetzt seinem liederlichen Nachbarn, diesem Theaterfriseur Fredoq, der um die gegenwärtige Zeit ausgeht und des anderen Tags zur Dämmerzeit erst wiederkommt. Ich hoffe nicht, dass Sie einen unliebsamen Grund haben, sich nach dem netten jungen Mann zu erkundigen!“

„O nein. Er ging an mir vorbei und eine Ähnlichkeit verleitete mich, ihn mit einem anderen zu verwechseln.“

In diesem Augenblick tänzelte der ‚Changeur‘ an ihnen vorüber und zum Tor hinaus. Er pfiff ein Liedchen vor sich hin, schien sich nicht um sie zu bekümmern, kam aber unverweilt wieder bis ans Tor zurück und sagte:

„Heda, Alter! Wenn jemand nach mir fragen sollte, ich bin fort!“

„Sehr wohl, Monsieur Fredoq!“

Keiner hatte den Vorübergehenden erkannt. Auch seine Stimme hatte infolge der Kautschukkügelchen anders geklungen. Als er verschwunden war, meinte der Pförtner:

„Das war der Friseur. ‚Heda, Alter!‘ ruft er mich. Wie freundlich dagegen dieser brave Monsieur Valley grüßt!“

„Nicht jeder hat die gleiche Bildung, mein Lieber", antwortete Brecheisen. „Nehmen Sie meinen Dank für Ihre freundliche Auskunft. Gute Nacht!"

„Gute Nacht!"

Der Einbrecher begab sich nach der Kneipe zurück und setzte sich wieder bei seinen Genossen nieder. Der Wirt kam sofort herbei, um seine Marke zurückzunehmen.

„Nun, was hast du erfahren?"

„Dass wir ihm trauen können. Er kommt an jedem Abend regelmäßig nach Hause und geht erst zur Dämmerzeit des nächsten Tages wieder aus. Das könnte er nicht, wenn er ein Polizist wäre. Er hält sich ganz einsam und ich denke, dass er diese Abgeschiedenheit zur Anfertigung seiner gefälschten Papiere benutzt."

„Na, dann hab' ich mich eben geirrt. Aber macht, dass ihr mit eurem Absinth fertig werdet! Es wird bald Zeit, euch anzukleiden und euch auf eure Posten zu begeben."

Unterdessen war der ‚Changeur' bis zum nächsten Halteplatz der Fiaker gegangen.

„Nach der Großen Oper!", befahl er und sprang in einen Wagen.

Er fuhr die Straßen der Faubourg Saint Denis hinab, bog dann rechts in die Boulevards Bonne Nouvelle, Poissonnière und Montmartre ein und hielt nun vor der Großen Oper, die sich mit der anderen Seite an die Straße Lepelletier lehnte und später, im Oktober 1873, vom Feuer zerstört wurde. Sie fand ihre Auferstehung in prächtiger Form am Boulevard des Capucines.

Nachdem er ausgestiegen war, den Kutscher bezahlt hatte und nun in das berühmte Gebäude trat, zeigte er eine ganz andere Haltung als vorher dem Pförtner gegenüber. Der Kutscher hatte in der Eile gar nicht bemerkt, welch eine Verwandlung mit dem Fahrgast vorgegangen war – Perücke und Vollbart fehlten. Der gute Anzug stand ihm ausgezeichnet. Er glich in seinem ganzen Wesen einem Mann, der sich bewusst ist, den besten Kreisen anzugehören.

Im Innern des Musentempels bemerkte er, dass Zwischenakt war, und begab sich sogleich nach der Wandelhalle, wo Herren und Damen teils auf und ab schritten, teils in Gruppen plaudernd beisammen standen.

Sein Blick ging forschend umher und dann flog ein Lächeln des Glücks und der Befriedigung über sein hübsches Antlitz. Er hatte gefunden, was er suchte. Zwei Damen standen in lebhaftem Gespräch, eine ältere und eine jüngere. Von der ersten war weiter nichts zu sagen, als dass sie ein sehr würdiges Aussehen hatte; bei der jüngeren aber musste jeder Blick, der auf sie fiel, unwillkürlich verweilen.

Sie war von Mittelgröße, eine echte Französin, dunkelblond und vornehm gekleidet. Das Haar war nur mit einer Rose geschmückt, eine dunkle Knospe duftete am Busen. Die geistvollen und doch kindlich frohen Augen, die klare, reine Stirn, die feine Nase, der schalkhaft geschnittene Mund, die zarte Rundung der mit leichtem Rot überhauchten Wangen, das alles machte einen bezaubernden Eindruck.

Sie schien nicht zu merken, dass aller Augen sich an ihrer Schönheit weideten. Sie stand völlig unbefangen da – und doch, zwei Augen hatte sie bemerkt, zwei Augen, die sich mit einem großen, strahlenden Blick auf sie gerichtet hatten – und da schlug sie errötend die langen, schweren Wimpern nieder.

Diese Augen gehörten dem ‚Changeur'.

Langsam und nah schritt er an ihr vorüber. Kein Mensch hätte sagen können, dass er sie beachte und sie ihn. Er hatte ja mit diesem herrlichen Wesen noch kein einziges Wort gesprochen, sondern sie nur bei früheren Vorstellungen gesehen in der Loge des ersten Rangs, die an die seinige stieß. Er bestellte am Buffet eine kleine Erfrischung und sie eine Minute später auch. Ihre Blicke trafen sich nicht. Dann ertönte das Zeichen, dass in kurzer Zeit der neue Aufzug beginnen werde. Sie ging und er folgte ihr.

Auf dem Gang, der vom Foyer zu den Logen führte, sah er eine Rosenknospe liegen. Es war die, die sie an ihrem Kleid getragen. Er hob sie mit einer Hast auf, als sei er ein armer Diamantenwäscher und habe einen kostbaren Edelstein gefunden. Er drückte die Rose an die Lippen und trat in seine Loge.

Seine Nachbarin befand sich allein in der ihrigen. Sie schien nicht zu ihm herüberzublicken, er durfte sie ja auch gar nicht grüßen. Aber warum flog ihr gerade jetzt eine so tiefe Röte über Stirn und Wangen, sodass sie das Batisttuch ans Gesicht hob? Hatte sie bemerkt, dass ihre Rose jetzt einen Platz an seiner Brust gefunden? Hatte sie diese Blume ohne ihr Wissen verloren oder war ihre Hand einem Befehl des Herzens gefolgt, um dem hinter ihr Schreitenden ein duftendes Zeichen zu geben? –

Da erhob der Kapellmeister den Taktstock und der Aufzug begann.

Was die Musiker spielten, was die Künstler und Künstlerinnen sangen, er hörte es nicht. Erst als ein stürmisches Beifallsklatschen ihm sagte, dass die Vorstellung ihr Ende erreicht habe, gab er sich Mühe, den Seelenzustand von sich abzuschütteln, für den er selber keine Bezeichnung zu finden vermochte. Er erhob sich.

Drüben in der Nachbarloge legte ein Diener seiner jungen Herrin einen Umhang über die Schultern. Dann ging sie.

Als er hinaustrat, war sie bereits fort. Er ließ sich widerstandslos vom Gedränge der Menge erfassen und die breiten Treppen hinunter auf die Straße treiben. Dort nahm er einen Wagen, um sich nach seiner eigentlichen Wohnung in der Rue Richelieu bringen zu lassen.

Die junge Dame, die einen solchen Eindruck auf ihn gemacht hatte, war unten in das auf sie harrende Gefährt gestiegen und der Diener hatte sich hinten aufgestellt. Im Galopp fuhr der Kutscher von dannen. Er bemerkte nicht, dass ein Fiaker ihm fast auf dem Fuß folgte. Dessen Pferd konnte kein gewöhnlicher Droschkengaul sein, sonst hätte es nicht eine solche Schnelligkeit entwickeln können.

Zwei Straßen weiter, da, wo es jetzt nur noch vereinzelte Fußgänger gab, standen vier Männer, zwei hüben und zwei drüben auf dem Gehsteig. Sie hielten die beiden Enden eines dünnen, aber festen Seils, das quer über die Straße reichte, in den Händen. Da hörten sie das laute Rasseln von zwei Wagen, die sich mit großer Geschwindigkeit näherten.

„Aufgepasst!", rief der eine hinüber zu den beiden anderen.

„Werden sie es auch wirklich sein?", antwortete es herüber.

„Ja. Horch, das Zeichen!"

Der Lenker des Fiakers klatschte viermal laut mit der Peitsche. Die vier Männer zogen das Seil fest. Die Pferde des herrschaftlichen Wagens kamen im schnellsten Lauf heran, rannten gegen das Seil, verfingen sich und stürzten zu Boden. Die Deichsel brach ab, der Wagen erlitt einen gewaltigen Stoß und blieb dann stehen. Der Kutscher war vom Bock gerissen und der Diener hinten von seinem Tritt geschleudert worden. In den Doppelschrei, den sie ausstießen, mischte sich der laute Schreckensruf der Dame.

In demselben Augenblick hielt der Fiaker neben dem Gewirr von Wagen, Pferden, Kutscher und Diener, die beide noch nicht Zeit gefunden hatten, sich wieder aufzuraffen.

„Herein!", rief der Lenker des Fiakers.

Die Dame stieß einen zweiten Schrei aus, es war ein Hilferuf. Vier starke Arme hatten sie erfasst. Sie wurde im Nu aus den Kissen ihres Wagens gerissen und hinüber in den Fiaker gezogen, in den die beiden Männer nachsprangen.

„Fort!", gebot der eine.

Der Wagen setzte sich in Bewegung und jagte rasenden Laufs davon. Zwei harte, knochige Hände pressten der Überraschten einen Knebel in den Mund. Sie wollte sich wehren, doch Arme und Beine wurden ihr mit Stricken gefesselt. Man hörte nur noch ein kurzes, durch den Knebel unterdrücktes Stöhnen, dann war es still.

„Wie steht's?", fragte der Kutscher, sich rückwärts wendend, während er das Pferd unaufhaltsam ausgreifen ließ.

„Gut!", wurde geantwortet. „Sie ist ohnmächtig."

„Das können wir uns nicht besser wünschen."

„Es hat überhaupt alles prachtvoll geklappt. Die hunderttausend Francs sind so gut wie verdient!" –

*

Als die Ohnmächtige wieder zum Bewusstsein kam, vermochte sie noch immer nicht ihre Arme und Füße zu bewegen. Sie befand sich in einem kleinen Stübchen, worin außer den nackten, kahlen und schmutzigen Wänden nichts zu sehen war als ein elender Tisch und ein noch elenderer Stuhl. Auf dem Tisch steckte in dem Hals einer Flasche ein stinkend brennendes Talglicht. Die Tür schien verschlossen zu sein. Gefesselt war die Gefangene an zwei eiserne Haken, die unterhalb Knie und Schulterhöhe in die Mauer getrieben waren.

Das Gedächtnis kehrte ihr nur langsam zurück. Gewaltsam kämpfte sie ihren Schreck nieder und zwang sich zu ruhigem Erinnern. Sie dachte an die Große Oper und an den, den sie dort bereits einige Male in der Nachbarloge gesehen hatte. Sie kannte ihn nicht. Wer war er? Dann war sie nach Hause gefahren und unterwegs aus dem Wagen gerissen, in einen anderen gebracht und dort gefesselt worden. Damit war sie bei der Gegenwart angelangt. Was wollte man mit ihr? Wo befand sie sich? Wer waren die Männer, die sich ihrer bemächtigt hatten?

Man hatte sie auf eine ebenso abgefeimte wie gewaltsame Weise ergriffen und hierher gebracht. Sie sann und sann, um sich einer Person ihrer Bekanntschaft zu erinnern, die sie eines solchen Vorgehens für fähig halten und der sie Veranlassung dazu gegeben haben könnte. Vergebens, es fiel ihr niemand ein.

Sie erinnerte sich abgewiesener Anbeter – aber einen wirklichen Feind, der Grund zu einer solchen Tat besitzen konnte, hatte sie nicht. Eine entsetzliche Angst erfasste sie und diese wuchs, je weniger sie eine Erklärung dafür fand, dass man sich in einer so rohen Weise ihrer Person versichert hatte.

Sie war keineswegs ein furchtsames Menschenkind, aber ihre jetzige Lage flößte ihr doch ein Gefühl ein, für das der Ausdruck Besorgnis zu schwach ist.

Da vernahm sie draußen an der Tür ein Geräusch. Man entfernte ein Vorlegeschloss, eine Eisenstange klirrte und dann wurde die Tür geöffnet. Ein Mann trat ein. Man konnte seine Gestalt ebenso wenig wie sein Gesicht erkennen, denn der Körper war in einen alten, abgetragenen Domino gehüllt und das Gesicht war hinter einer Larve verborgen.

Er schloss die Tür hinter sich, betrachtete die Gefesselte eine Weile wortlos und nahm dann auf dem Stuhl Platz.

Sie wollte sprechen, sie wollte ihn mit Fragen und Vorwürfen überschütten, aber ihr Herz klopfte zu ungestüm, sie rang nach Atem.

„Ich warne Sie, Ella von Perret, so laut zu sprechen, dass es weiter gehört werden kann als bis zu diesem Stuhl!“, sagte der Mann. „Auch warne ich Sie, irgendeinen Vorwurf oder eine Schmähung zu äußern. Es würde Ihre Lage nur verschlimmern!“

Jetzt endlich fand sie Atem und damit die Fähigkeit zum Sprechen.

„Was wollen Sie von mir und weshalb haben Sie sich meiner bemächtigt?“

„Das sollen Sie hören. Ich habe Sie nur um eines Geldgeschäfts willen zu mir bringen lassen. Warum ich dabei gerade auf Sie gekommen bin, das brauchen wir nicht zu erörtern. Ich habe eine nicht unbedeutende Summe Geldes nötig; aber ich bin arm und darum kann oder will mir niemand so viel beschaffen, wie ich brauche. Es gibt reiche Leute, die die Summe recht gut entbehren können, ohne den Verlust zu empfinden. Aber welcher Reiche verschenkt sein Geld freiwillig? Man muss ihn dazu zwingen!"

„Wie viel bedürfen Sie?", erkundigte sie sich.

„Warten Sie!", antwortete er. „Es muss alles hübsch der Ordnung nach gesagt werden. Ganz zufällig erfuhr ich, dass Ihr Großvater, der General Perret, steinreich ist, dass Sie nicht nur seine einzige Erbin, sondern auch sein Liebling sind. Ich bin stets kurz entschlossen: Der Plan war fertig. Ich ließ Sie beobachten und erfuhr, dass Sie heute zur Oper fahren würden; meine Leute lauerten Ihren Wagen ab, überfielen Sie und brachten Sie hierher. Sie wissen nun, weshalb Sie hier sind und was ich will."

„Gut – also wie viel brauchen Sie?", wiederholte sie. Er wiegte den Kopf hin und her.

„Ich sage Ihnen im Voraus, dass ich von der Summe nicht einen Centime abhandeln lassen werde. Ich muss rund hunderttausend Francs haben."

Sie erschrak doch ein wenig und zögerte zu antworten, darum fragte er:

„Nun, wie steht's? Was sagen Sie dazu?"

„Sie fordern sehr viel!"

„Ich fordere es von einem Mann, der es bezahlen kann."

„Und wenn er es nicht geben will?"

„So sind Sie am dritten Tag eine Leiche!"

Es lief ihr bei dieser Drohung eiskalt über den Rücken.

„Unmensch!", stieß sie hervor.

„O nein! Ich bin ein sehr rücksichtsvoller Mann; das sehen Sie ja aus der höflichen Weise, in der ich mit Ihnen verkehre. Also geben Sie mir eine Antwort!"

„Gut. Großpapa wird zahlen!"

„Ich sehe, dass Sie nicht nur eine vornehme und schöne, sondern auch eine verständige Dame sind. Ihr Großvater muss natürlich benachrichtigt werden. Das hat auf eine Art zu geschehen, die mich keiner Gefahr aussetzt, ebenso die Auszahlung des Geldes. Sie haben keinen Siegelring anstecken?"

„Nein."

„So werden Sie schreiben. Vorher aber muss ich Ihnen einiges sagen. Sobald ich nämlich merke, dass Ihr Großvater die Polizei beauftragt, mir entgegenzuarbeiten, sind Sie verloren. Ich würde Sie dann selbst gegen Geld nicht mehr freigeben."

„Aber die Polizei wird schon nach mir suchen."

„Dagegen habe ich nichts. Nur Ihr Verwandter soll sich davon fern halten. Meine Anschrift wird natürlich nicht in Ihrem Brief stehen. Ich werde das Geld da und so in Empfang nehmen, wo und wie ich keine Gefahr für mich zu befürchten habe. Sie schreiben also, dass der General keine Nachforschungen anstellen und sodann, dass er übermorgen, vormittags Punkt zehn Uhr, sich zu Fuß und ohne Waffen auf der Straße von Poissy nach Saint Germain einfinden soll. Er hat das Taschentuch in der linken Hand zu halten und wird einem Reiter begegnen, der ihm eine von Ihnen geschriebene Quittung gibt, um dafür dort auf offener Straße das Geld in Empfang zu nehmen. Selbstverständlich nur Gold; er darf es in einem Köfferchen mitbringen. Wird bemerkt, dass geheime Vorbereitungen getroffen sind, den Reiter zu fangen, so schießt dieser Ihren Großvater nieder. Ist der General aber ehrlich, so werden Sie des Abends freigelassen."

„Sie treffen da Vorsichtsmaßregeln, denen ich auch die meinigen entgegensetzen möchte", bemerkte Ella von Perret.

„Sie? Vorsichtsmaßregeln?", fragte er verwundert.

„Sie erhalten des Vormittags das Geld. Wer aber bürgt mir dafür, dass ich dann des Abends auch wirklich auf freien Fuß gesetzt werde?"

„Mein Wort!"

„Ah, das Wort eines Räubers!“

„Mademoiselle“, sagte er drohend, „ich warne Sie!“

„Nun, wer um Geldes willen eine Dame raubt, kann leicht auf den Gedanken kommen, noch mehr zu verlangen. Wie leicht ist es Ihnen gemacht, noch einmal die gleiche Summe zu fordern, wenn Sie Hunderttausend empfangen und mich noch in Ihrer Gewalt haben.“

„Ich habe eine bestimmte Summe gefordert und werde nicht weniger nehmen, aber auch nicht mehr wollen.“

„Ich befinde mich in Ihrer Gewalt und kann leider nichts anderes tun als das, was Sie bestimmen. Wann soll ich schreiben?“

„Sogleich.“

„In Fesseln?“

„Ich werde Sie losbinden. Natürlich nur so lange, bis Sie mit dem Brief fertig sind.“

Er zog ein Fläschchen mit Tinte, eine Feder, Briefpapier und einen Briefumschlag hervor, legte das alles auf den Tisch und löste dann die Stricke.

6. *Ein wichtiger Fund*

Gleich nach Schluss der Oper hatte sich der ‚Changeur' nach seiner in der Rue Richelieu liegenden Wohnung verfügt. Das Haus, worin er sich eingemietet hatte, war ziemlich neu und glich einem Palast.

Als er eintrat, grüßte der Pförtner ehrerbietig. Eine Treppe hoch stand auf einem Porzellanschild der Name ‚Artur Belmonte'. Er zog die Glocke und ein junger Mann von vielleicht dreiundzwanzig Jahren, in dem man einen Diener vermuten konnte, öffnete und ließ ihn eintreten.

„Guten Abend, lieber Martin. War jemand da?"

„Nein, Herr Belmonte."

„Keine Anfrage?"

„Gar keine."

„Briefe?"

„Ein einziger. Der Poststempel lautet auf Meudon."

„Meudon?", wiederholte Belmonte mit freudiger Miene. „Ah, vielleicht doch vom Leiter der Geschützfabrik! Zeig her!"

Martin brachte den Brief, Belmonte öffnete ihn und las. Während des Lesens erheiterte sich sein Gesicht zusehends.

„Ja, er ist von ihm", sagte er dann. „Unser Wein aus Roussillon tut Wunder."

„Wird er welchen kaufen?"

„Wahrscheinlich! Zunächst soll ich ihn besuchen, um eine Probe durchzukosten. Morgen Vormittag oder bereits früh reise ich nach Meudon."

„Donnerwetter! Vielleicht lässt er Sie die Fabrik sehen, Herr Belmonte."

„Ich hoffe es."

„Dann bekommen Sie auch die berühmten Mitrailleusen zu Gesicht. Ich wollte, dass ich dabei sein könnte."

„Das überlass mir allein! Übrigens muss einer von uns beiden zu Hause bleiben."

Belmonte hatte seine südfranzösische Mundart gesprochen, der Diener aber ein so reines Französisch, dass man hätte meinen sollen, er müsse unbedingt ein geborener Pariser sein. Sein Herr vertauschte den Rock mit einer leichten Hausjacke.

„Du musst heute Abend noch auf das Telegrafenamt."

„So spät?", meinte Martin, wobei sein hübsches Gesicht den Ausdruck der Enttäuschung annahm.

„Ja, ich habe nämlich Wichtiges erfahren, was ich sogleich berichten muss."

„Wohl in Bezug auf den Krieg?", fragte Martin rasch.

„Ja, es handelt sich um die Bildung von Franktireurscharen und großen Waffenniederlagen."

Martin nahm schleunigst am Schreibtisch Platz, zog einen Bogen Papier hervor und griff zur Feder.

„Sie werden mir die Nachricht wie gewöhnlich ansagen?"

„Ja. Zünden wir uns aber zuvor eine Zigarre an!"

Es schien ein eigentümlich freundschaftliches Verhältnis zwischen diesen beiden zu herrschen, ein Verhältnis, das man nur aus ganz ungewöhnlichen Umständen herzuleiten vermochte. Die Vertraulichkeit zwischen ihnen hatte dabei keineswegs den Anstrich jener Zusammengehörigkeit, die man zwischen langjährigen Dienern und deren Herren zu beobachten pflegt.

Beide steckten sich eine Zigarre an, Martin wartete schreibfertig und Belmonte ging nachdenklich im Zimmer auf und ab. Dann begann das Diktat.

Wer aber geglaubt hätte, es verstehen oder gar belauschen zu können, der hätte sich geirrt, denn das, was Belmonte ansagte, waren keine Worte, sondern – Ziffern, und sogar sehr viele, lange Reihen von Ziffern. Die Anschrift bestand aus einem einfachen, bürgerlichen Vor- und Zunamen, lautend auf die Behrenstraße in Berlin.

Als Belmonte geendet hatte, sprang der Diener erregt auf.

„Ah, also Kapitän Richemonte heißt der Mann?", sagte er. „Waffenvorräte legt er an? Das ist von der allergrößten Wichtigkeit für uns."

„Natürlich! Ich bin neugierig, welche Anweisungen ich erhalten werde. Eigentlich ist es jetzt gefährlich, von Paris in Ziffern nach Berlin zu drahten. Man wird die Depesche scheinbar aufgeben, in Wirklichkeit sie aber erst dann befördern, wenn sie der Polizei zur Entzifferung vorgelegen hat. Doch da kann ich mich auf dich verlassen. Du bist ja ein Mann vom Fach, lieber Martin."

Der Diener machte ein überaus komisch pfiffiges Gesicht und antwortete:

„Ja, es soll diesen Franzosen etwas schwer werden, mich zu meiern, denn ich weiß mich zu..."

Er wurde von einer warnenden Gebärde seines Herrn unterbrochen. Dieser hatte sogar den Namen seines Dieners nicht deutsch, sondern französisch ausgesprochen. Martin aber hatte sich bei seinen letzten Worten in die deutsche Sprache verirrt.

„Pst! Pst!", meinte Belmonte. „Du sprichst dein gutes Französisch und ich rede die südliche Mundart. Ich bin Reisender eines Weinhauses und verkaufe am liebsten den in meiner südlichen Heimat wachsenden Roussillon, und du bist mein Diener, den ich während meiner Reise in Lyon angestellt habe. Dabei bleibt es. Französisch sprechen wir selbst dann, wenn wir unter vier Augen sind, damit wir auch sonst nie aus der Rolle fallen."

„Verzeihung, Monsieur Belmonte! Ich hatte sagen wollen, dass Sie sich in Beziehung auf die Drahtnachricht ganz auf mich verlassen können. Ein Fachmann liest sogar von fern die Depesche; er kennt das Ticken des Apparats genau, und ich weiß, ohne dabeizustehen, die Zeichen und Worte zusammenzusetzen. Ich werde eine Abschrift der Meldung nehmen."

„Wozu? Das ist gefährlich; wenn sie nun in falsche Hände kommt!"

„Das steht bei mir nicht zu befürchten. Es ist immerhin möglich, dass ich die Abschrift brauche, um den Postbeamten zu überführen."

„So nimm sie, aber vernichte sie später sofort!“

Martin setzte sich abermals nieder, um die Nachricht abzuschreiben. Als er fertig war, sagte er, sich erhebend:

„So, das ist gemacht! Vorher aber, ehe ich gehe, habe ich Ihnen etwas mitzuteilen, Herr Belmonte.“

„Etwas Wichtiges?“

„Ja, wichtig, nämlich für einen gewissen Besucher der Großen Oper in der Straße Lepelletier.“

Belmonte hob überrascht den Kopf.

„Nun, so sprich!“

„Ich habe nämlich genau erfahren, wer eine gewisse Dame ist, die gewöhnlich in der Loge neben der dieses gewissen Herrn zu sitzen pflegt.“

„Ah, wirklich? Ich gab dir diesen Auftrag, weil ich Gründe habe, mich nicht selber nach ihr zu erkundigen. Wer ist sie?“

„Eine Gräfin.“

„O weh!“

„Ja. Der gewisse Weinreisende ist nur Baron!“, lachte Martin.

„Ihre Eltern?“

„Hat keine.“

„Geschwister?“

„Auch keine. Sie hat nur einen einzigen Anverwandten, der ihr Großvater ist.“

„Was ist er?“

„General, aber im Ruhestand.“

„O weh!“

„Ja. Der gewisse Weinhändler ist aber nur Husarenrittmeister.“

„Wer ist sie?“

„Sie heißt Ella de Perret. Ihre Wohnung wissen Sie ja bereits. Reich sind die Leute, schwerreich sogar. Aber einen Fehler, einen sehr großen Fehler hat diese Dame leider.“

„Wirklich? Welcher Fehler wäre das?“

„Sie ist verlobt."

Belmonte verfärbte sich. Man merkte ihm an, dass er bei dieser Nachricht mehr als oberflächlich erschrocken war.

„Verlobt ist sie?", fragte er fast tonlos. „Weißt du, mit wem?"

„Mit einem gewissen Bernard de Caligny, Chef d'Escadron."

„Also ein Offizier! Weißt du etwas Näheres über diese Sache?"

„Nun, der alte General, Graf Perret, hat einen Schwager, den Grafen Caligny. Ferner hat der erste eine Enkelin und der zweite einen Sohn. Als die beiden noch Kinder waren, spielten sie zusammen öfters Mann und Frau, sie waren ja Verwandte. Und das hat die Alten auf den Gedanken gebracht, sie später miteinander zu verheiraten. Man weiß es nicht anders, als dass sie Mann und Frau werden!"

„Sind sie denn einverstanden?"

„Hm! Von einer Verlobung im strengen Sinn des Wortes weiß man noch nichts; sie sind eben, wie es ja öfters vorzukommen pflegt, bereits in ihrer Jugend miteinander versprochen worden. In gewissem Sinn kann man ja auch das eine Verlobung nennen."

„Eine unangenehme, sehr unangenehme Geschichte!"

„Unsinn, Monsieur Belmonte!", lachte Martin. „Verlieben und Verloben ist zweierlei. Warten wir das Ding nur ruhig ab!"

„Wo steckt denn dieser Bernard de Caligny?"

„Sie werden sich wundern, dass ich auf einmal so ziemlich allwissend geworden bin. Aber ich habe eine wunderbare Kneipe entdeckt, wo meist nur Bedienstete großer Herren zu verkehren pflegen. Da tut eine Flasche Wein die beste Wirkung. Da saß zum Beispiel der Leibdiener des alten Grafen Caligny und erzählte mir in seiner Weinlaune, der junge Caligny sei plötzlich zum Grafen Rallion nach Metz berufen worden. Und da saß ferner der Oberkoch des Grafen Rallion und erzählte mir, dass sein Herr nach Schloss Ortry gereist sei, also der junge Caligny wohl mit ihm."

„Ortry? Das ist ja derselbe Name, den wir nach Berlin erwähnten!"

„Das fiel mir eben auch auf. Ferner erzählte mir dieser dicke Oberkoch, dass Graf Rallion auf Befehl des Kaisers, der der Polizei nicht zu trauen scheint, in seinem Haus eine Abteilung für die Entzifferung aller zwischen Frankreich und Deutschland hin und her fliegenden Drahtmeldungen errichtet habe. Wird die unsrige beanstandet, so geht sie in diese Abteilung, aber nicht an die Polizei. Und sodann erzählte er mir, dass in der Hand Rallions, der ja ein erklärter Günstling des Kaisers ist, Fäden zusammenlaufen, von denen selbst die Minister keine Ahnung haben."

Belmonte machte ein ganz erstauntes, ja betretenes Gesicht.

„Welch eine Nachricht!", rief er. „Wenn das wahr wäre!"

„Es ist wahr!"

„Sei nicht zu sicher! Was kann ein Koch wissen!"

„Hm! Oft sehr viel. Vielleicht zuweilen mehr als der Herr selber. Wenn der Herr ein Feinschmecker ist, so beeinflusst der Koch seinen Magen, der Magen den Kopf und der Kopf die Gedanken und Handlungen. Das ist bei Graf Rallion und seinem Koch der Fall. Der Koch hat einen Neffen, und der hat wieder eine Schwester, ein großes Glück für uns."

„Wieso? Ich verstehe dich nicht."

„Nun, der Neffe ist vor einigen Jahren infolge des Einflusses seines Küchenoheims Geheimschreiber des Grafen geworden. Er kennt also alles, was in der bewussten Abteilung vorkommt."

„Ah! Wir müssen die Bekanntschaft dieses Neffen machen."

„Wer von uns beiden, Herr Belmonte? Sie oder ich?"

„Du natürlich!"
„Das – möcht ich nicht!"
„Warum nicht?", fragte Belmonte, die Brauen ein wenig zusammenziehend.
„Weil ich eine viel bessere Bekanntschaft vorgezogen habe."
Dabei machte Martin wiederum eins seiner verschmitzten Gesichter, dass Belmonte lachend sagte:
„Kerl, du hast jedenfalls wieder ein bisschen auf eigene Faust gearbeitet!"
„Möglich", nickte Martin. „Ich sagte doch bereits, dass dieser Neffe eine Schwester habe."
„Allerdings."
„Und diese Schwester ist ein nettes, liebes Mädchen, geradezu zum Anbeißen, Monsieur Belmonte!"
Belmonte lachte.
„Martin, du bist ein sauberer Kunde! Fast bereue ich, dem Sohn meines alten, braven Gutsverwalters eine solche Laufbahn eröffnet zu haben, nur weil er einst mein Lern- und Spielkamerad war. Du treibst alle möglichen Tollheiten, und ich beginne sogar zu vermuten, dass du jetzt zu allem anderen noch angefangen hast, den Mädels nachzulaufen."
„Einmal muss doch angefangen werden! – Ich habe ja leuchtende Beispiele vor mir. Meine Spielkameraden laufen ihrer Schönheiten wegen in die Große Oper; da ich aber nicht die Mittel besitze, mir einen teuren Theaterplatz zu mieten, so muss ich meiner Neigung auf minder glänzende Weise Rechnung tragen."
„Der Hieb war gut zurückgegeben. Ich gestehe, dass ich mich getroffen fühle. Also du hast mit der Schwester dieses Geheimschreibers bereits Bekanntschaft angeknüpft?"
„Ich mit ihr und sie mit mir. Es schien mir das vorteilhafter, als mich an ihn selbst zu machen. Er liebt den Wein und da kommt es öfters vor, dass er sich einen Käfer, einen Aal, einen Spitz oder gar einen Affen holt."

„In solchen Zeiten ist man mitteilsam. Du hättest also doch vielleicht besser getan, dich mit ihm bekannt zu machen."

„Habe es versucht, aber mit vollständigem Misserfolg. Dieser Mensch wird nämlich, wenn die Geister des Weines über ihn kommen, nicht mitteilsam, sondern verschlossener, als er vorher schon war. Er spricht kein Wort und stiert nur so vor sich hin. Solche Leute gibt's ja auch. Was ist da aus ihnen herauszuholen? Zudem brachte ich in Erfahrung, dass er oft aus der Abteilung des Grafen Rallion Entwürfe, Pläne und dergleichen mit nach Hause nimmt, um sie während der Zeit außerhalb der Dienststunden ins Reine zu schreiben. Der Kaiser verlangt, dass alle Eingaben an ihn sauber gefertigt sind, und da dachte ich, dass es wohl möglich sei, mit Hilfe der Schwester, aber natürlich ohne ihr Vorwissen, so etwas einmal in die Hand zu bekommen."

„Dazu aber musst du ja Eintritt in die Wohnung haben."

„Hab' ihn schon!", lachte Martin.

„Nanu?"

„Ja, ich war bereits einmal droben bei ihr, natürlich ohne Wissen des Bruders."

„Wo wohnen sie?"

„Sie bewohnen vier Zimmer und eine Küche eines zweiten Stockwerks. Im Haus gibt es keinen Türhüter und auch keinen Hausmann. Ein Dienstmädchen haben sie nicht, denn die gute Alice – so heißt sie nämlich – arbeitet und besorgt alles selbst. Erst kommt sein Arbeitszimmer, dann sein Schlafzimmer, dann die gute Stube und endlich das Zimmer von Alice. Die Küche hat sich in eine Ecke des Flurs verkrochen. Sonst noch etwas, Herr Belmonte?"

„Danke, mein Lieber! In welchem Zimmer warst du mit ihr?"

„Sehr vornehm! In der ‚guten Stube'!"

„Wann sollst du wiederkommen?"

„Das ist ja eben die verteufelte Geschichte! Ich sollte heute um neun Uhr eintreffen. Ihr Bruder, der Geheimschreiber, wollte halb neun Uhr ausgehen und da ließ sich erwarten, dass er erst zu später Stunde nach Hause kommen werde. Nun aber ist es zu spät."

„Das tut mir wirklich leid! Bei deiner Schlauheit und Gewandtheit hätte sich vermuten lassen, dass dein heutiger Besuch einigen Nutzen gehabt hätte."

„Vielleicht ist es doch noch Zeit!"

„So spät?"

„Ja. Wenn der Herr Schreiber einmal in der Kneipe sitzt, so sitzt er ordentlich. Und hat er gar ein bisschen zu tief ins Glas geguckt, so sitzt er nicht bloß, sondern er klebt."

„So versuch's! Ich werde selbst nach dem Telegrafenamt gehen."

„Bitte um Entschuldigung! Das mit der Depesche ist meine Sache. Ich bin Fachmann hierin und so wird es den Beamten dort nicht leicht, mir ein X für ein U vorzumachen. Auf dem Rückweg kann ich ja doch einmal nach Alice sehen. Sie wohnt am Weg. Haben Sie vielleicht noch eine Aufgabe für mich?"

„Nein. Geh immerhin! Ich weiß, dass ich dich nicht zur Vorsicht zu ermahnen brauche."

„Wär' auch zu spät!"

„Ich will doch nicht hoffen, dass du irgendeinen Fehler begangen hast?", fragte Belmonte, während er die Brauen emporzog.

„Einen sehr großen sogar! Der Fehler betrifft glücklicherweise nur mich; aber trotzdem meine ich, dass Ihre Warnung zur Vorsicht nicht übel angebracht gewesen ist. Ich lernte nämlich diese Alice nur kennen, um sie nach ihrem Bruder auszuforschen, ich wollte sie und ihn fangen; nun aber – habe ich meinen eigenen Angelhaken mitsamt der ganzen Köderfliege verschluckt. Ich selber bin gefangen."

Da lachte Belmonte erleichtert auf.

„So also ist es! Du bist wirklich verliebt?"

„Ich denke es. Ist man verliebt, wenn man den Krampf, das Schneiden und Grimmen im Herzen hat, statt im Magen? Ich habe da keine Erfahrung. Vielleicht können Sie mir eine bessere Auskunft geben, Monsieur Belmonte."

„Keine Anzüglichkeit! Frage deine Alice nach Auskunft; ich lehne es ab, Rat zu erteilen!"

„Nun wohl, so will ich meine Krankheit sich entwickeln lassen, ob zu meinem Heil oder Unheil, das wird sich zeigen."

„Kerl! Du wirst doch nicht gar auf den Gedanken kommen, eine Französin zu heiraten?"

„Warum nicht? Will man einmal ins Unglück hineintappen, dann ist es ganz gleich, ob es auf französische Manier oder auf deutsche Weise geschieht."

„Du bist unverbesserlich. Mach, dass du fortkommst!"

„Dachte es mir! Gehen Sie heute noch aus?"

„Nein, ich schlafe."

„So darf ich mir vielleicht Ihr kleines Laternchen einstecken, wenn Sie es nicht brauchen?"

„Wozu?"

„Das weiß ich noch nicht. Auf den Wegen, die ich wandle, ist es oft vorteilhaft, seine Fußstapfen beim Schein einer Laterne in den Pfefferkuchen zu drücken."

„Nimm sie, und gute Nacht, wenn wir uns heute nicht wieder sehen sollten."

„Gute Nacht, Monsieur Belmonte!"

Martin steckte die Depesche nebst der Abschrift zu sich, versah sich mit dem Laternchen und trat den Gang zum Telegrafenamt an. Es war jetzt geschlossen, aber gegen eine unbedeutende Erhöhung der Gebühr musste der Nachtbeamte zur Verfügung stehen. Dieser blickte verwundert über die Ziffern hin und meinte mürrisch:

„Verdammte Arbeit! Können Sie nicht in Worten drahten?"

„O ja, das kann ich!"

„Warum haben Sie es nicht getan?"

„Weil es mir freisteht, mich sowohl der Worte als auch der Ziffern zu bedienen. Und wenn ich irgendeinem Bekannten zehntausend Gedankenstriche zusenden will, so müssen Sie diese auf den Apparat übertragen. Übrigens habe ich mich für die Ziffer entschieden, weil nicht jeder zu wissen braucht, wie viel ich meinem Wichslieferer schuldig bin."

„Sie führen hier eine sehr ungewöhnliche Sprache. Ich werde sofort die Gebühr berechnen und dann die Nachricht abgehen lassen."

„Ich bitte um eine Bescheinigung, dass sie abgegangen ist."

„Die sollen Sie haben!"

Die Förmlichkeit wurde abgemacht, Martin bezahlte und erhielt die Bescheinigung ausgestellt. Aber anstatt sich zu entfernen, blieb er ruhig stehen. Der Beamte blickte ihm zornig ins Gesicht und fragte:

„Nun? Auf was warten Sie noch? Warum gehen Sie nicht?"

„Weil ich mir eine ergebene Frage gestatten muss. Ist die Nachricht schon abgegangen?"

„Herr, was denken Sie sich!", rief der Beamte zornig. „Meinen Sie etwa, dass es nur der Übergabe dieses Papiers bedarf, um dessen Inhalt nach Berlin zu übermitteln? So weit haben wir es denn doch noch nicht gebracht!"

„Ah, ich dachte, sie wäre bereits fort", meinte Martin unbefangen. „Hier auf meiner Bescheinigung steht, dass die Nachricht elf Uhr vier Minuten aufgegeben worden sei. Ich glaubte also ein Recht zu meiner Frage zu haben. Aber Sie geben doch zu, dass diese Bescheinigung eine Unwahrheit enthält, wenn meine Drahtnachricht sich noch unerledigt in Ihren Händen befindet?"

Der Beamte richtete seine Augen mit einem Ausdruck auf ihn, aus dem zu ersehen war, dass er sich in Ungewissheit darüber befinde, wie er ihn beurteilen solle. Er blickte die Depesche noch einmal durch und sagte dann barsch:

„Warten Sie!"

Nach diesen Worten entfernte er sich nachdenklich und trat in ein Nebenzimmer. Martin nickte lächelnd vor sich hin.

„Er wollte die Ziffern nach der Abteilung des Grafen Rallion zum Entziffern schicken, bevor er sie dem Apparat übergibt", sagte er zu sich. „Nun erkundigt er sich bei irgendeinem Vorgesetzten, was zu machen sei, da ich nicht von der Stelle gehe. Wie wird der Bescheid lauten? Natürlich wird man mich täuschen wollen und so tun, als ob man drahte. Schön! Das gibt mir Spaß."

Nach einiger Zeit kam der Beamte zurück.

„Wer ist denn dieser Herr Walther, an den die Drahtung gerichtet ist?"

„Ich weiß es nicht, werde es aber schleunigst erfahren."

„Wieso? Sie drahten an jemand, den Sie gar nicht kennen? Das ist mir unbegreiflich!"

„Mir nicht. Ich hörte vor einer Viertelstunde, dass in Berlin auf der Behrenstraße ein Mann wohnt, der Walther heißt. Ich habe niemals etwas von diesem Herrn gehört, das machte mich wissbegierig. Und da ich ahnte, dass auch Sie neugierig würden, so beschloss ich, ihn zu fragen, was und wer er eigentlich sei. Ich hätte das mit viel weniger Kosten brieflich tun können, um aber Ihre Neugier schleunigst zu befriedigen, zog ich ein Telegramm vor. Nun werden Sie wohl begreifen."

Jetzt endlich sah der Beamte ein, dass er es mit einem überlegenen Kopf zu tun habe. Er wollte in eine zornige Bemerkung ausbrechen, befürchtete aber eine nochmalige Zurechtweisung und sagte daher kurz:

„Sie täten weit besser, Ihre Gedanken bei sich zu behalten. Ich werde sofort aufgeben."

„Ich bitte darum, da bereits zehn Minuten über die Zeit vergangen sind, die Sie mir hier auf der Bescheinigung angegeben haben."

Der Beamte trat an den Apparat und setzte ihn in Bewegung. Das Ticken und Klappern begann und wurde einige

Male durch das Glockenzeichen unterbrochen. Nach einer Weile hörte es auf. Der Telegrafist trat auf Martin zu und sagte verärgert:

„So, jetzt ist's getan! Sie können sich entfernen!"

„Ich muss mir noch eine Bemerkung erlauben", meinte Martin im gleichmütigsten Ton. „Sie haben nicht nach Berlin, sondern nach Epernay gedrahtet. Das ist der Ort, bis zu dem die Leitung augenblicklich offen war."

Der Beamte machte ein bestürztes Gesicht. Es war ihm völlig unbegreiflich, wie Martin das so genau wissen könne.

„Monsieur, Sie beleidigen mich! Wie kommen Sie denn zu der sonderbaren Ansicht, dass Ihre Nachricht nicht abgegangen sei?", fragte er.

„Soll ich Ihnen etwa sagen, was Sie telegrafiert haben?", erwiderte Martin, sich zornig stellend.

„Nun? Ich bin begierig, es zu hören."

„Ja, Sie sollen es erfahren! Zunächst haben Sie angefragt, ob die Strecke frei sei, und dann lauteten Ihre Worte: ‚Lieber Kollege! Hier steht einer, der nach Berlin drahten lässt und nicht eher fortgeht, als bis er mich in Tätigkeit gesehen hat! Seine Nachricht ist in Zahlen gehalten, ich muss sie zum Entziffern einsenden. Um ihn nun glauben zu machen, dass sie abgeht, will ich mich mit Ihnen unterhalten.' Ah, Sie werden blass! Ich brauche also nicht weiter fortzufahren?"

Der Beamte stand da, als hätte ihn der Schlag gerührt.

„Mein Gott, wie können Sie das wissen?", stammelte er.

„Sie dauern mich. Dass ich Ihre Worte dem Apparat abgelauscht habe, muss Ihnen doch sagen, dass ich selbst ein erfahrener Kenner dieser Einrichtung bin, vielleicht ein besserer als Sie. Ich frage Sie ernstlich, ob meine Nachricht abgehen wird oder ob ich mich augenblicklich an die Behörde wenden soll!"

„Warten Sie!"

Er wollte sich wieder ins Nebenzimmer begeben, aber Martin hielt ihn mit den Worten auf:

„Halt! Sie wollen Erkundigungen einziehen. Sagen Sie bei dieser Gelegenheit, dass ich, während der Apparat in Tätigkeit ist, dabeistehen werde, um genau zu vergleichen."

Der Mann zog es vor, keine Antwort zu geben und entfernte sich. Bereits nach kurzer Zeit trat er mit einem anderen Beamten ein. Dieser warf einen finsteren, forschenden Blick auf Martin und fragte:

„Sie sind selbst bewandert im Telegrafieren?"

„Ja", lautete die Antwort.

„Wer sind Sie?"

„Monsieur, befinde ich mich gegenwärtig im Telegrafen- oder im Polizeiamt?"

„Nicht so hitzig! – Ich wollte nur gern wissen, wer der Mann ist, der uns so viel Stoff zur Unterhaltung gibt. Handelt es sich wirklich um eine rein geschäftliche Meldung?"

„Ich habe keine Veranlassung, mich abermals darüber zu äußern."

„Gut! Sie sollen Ihren Willen haben. Treten Sie näher und hören Sie! Ich werde die Nachricht selbst abgehen lassen."

Martin zog seine Abschrift hervor und verglich aufmerksam während der Apparat arbeitete. Als er zu Ende war, fragte der Beamte spöttisch:

„So. Sind Sie nun zufrieden? Werden Sie nun endlich gehen?"

„Ja. Zuvor jedoch mache ich die Bemerkung, dass ich Ihre Bescheinigung, die übrigens bereits jetzt nicht stimmt, sofort brieflich nach Berlin senden werde, um von dort aus Nachforschungen zu veranlassen, ob die soeben abgegangene Drahtung vielleicht unterwegs noch, nachdem ich mich von hier entfernt habe, von Ihnen aufgehalten wird. Ich warne Sie hiermit, dies zu tun. Gute Nacht!"

Er ging.

„Ein dreister Kerl!", hörte er hinter sich, noch bevor er die Tür wieder geschlossen hatte.

Draußen stellte er sich gegenüber in den Schatten eines Torweges, um aufzupassen.

„Sie haben“, dachte er, „meine Meldung unentziffert absenden müssen; nun aber werden sie den Zettel schleunigst nach der Abteilung des Grafen Rallion bringen, um doch noch zu erfahren, worum es sich handelt. Haha! Vergebliche Mühe. Unser Schlüssel ist so verzwickt, dass selbst ein Meister der Entzifferungskunst ihn nicht finden kann.“

Er hatte noch nicht zwei Minuten gestanden, da kam ein Mann aus dem Telegrafenamt heraus und lief eiligen Schrittes davon.

„Ah, das ist der Bote, der den Zettel hat! Viel Glück, ihr schlauen Leute! Ihr werdet euch vergeblich die Köpfe zerbrechen!“

Er ahnte nicht, wie bald er seine Schrift wieder vor die Augen bekommen sollte.

Jetzt entfernte auch er sich. Beschleunigten Schrittes kam er durch zwei Straßen und blieb da auf dem Bürgersteig stehen. Seine Blicke suchten die Fenster des zweiten Stockwerkes eines Hauses, dem gegenüber er hielt.

Da oben war noch ein Fenster erleuchtet, es stand offen und ein weiblicher Kopf erschien.

„Das ist Alice“, murmelte er. „Sie wird ihren Bruder erwarten. Oder sollte sie vielleicht meinen, dass ich doch noch kommen könne? Ich werde ihr zeigen, dass ich da bin.“

Er trat auf die Mitte der Straße und hustete einige Mal halblaut. Als er dies wiederholt hatte, bog sich der Kopf noch weiter heraus und eine unterdrückte Stimme fragte:

„Robert, bist du es?“

Das war der Name ihres Bruders.

„Nein!“

„Monsieur Martin?“

„Ja.“

„Warten Sie!“

Der Kopf verschwand. Martin trat zur Tür. Nach kurzer Zeit wurde in ihrem Schloss leise ein Schlüssel herumgedreht, sie öffnete sich und das Mädchen trat heraus.

„Ah, Sie Böser!“, flüsterte sie. „Ich habe so lange gewartet. Warum kamen Sie nicht?“

Er ergriff ihre Hand, zog sie an seine Lippen und antwortete ebenso leise:

„Und ich habe so lange wie auf der Folter gesessen. Ich sehnte mich nach Ihnen und konnte nicht fort.“

„Wo waren Sie? Was hielt Sie ab?“

„Es gab Berichte nach Haus zu senden. Monsieur Belmonte sagte an und ich musste schreiben. Erst vor zwei Minuten sind wir fertig geworden.“

„Dieser böse Belmonte!“

„Oh, ich bin sonst sehr zufrieden mit ihm, heute konnte er selber nicht anders. Werden Sie verzeihen?“

„Ich muss wohl. Aber ich darf nicht hier stehen. Man könnte kommen und mich überraschen. Waren da oben noch viele Fenster erleuchtet?“

„Nein, nur das Ihrige.“

„So sind alle Bewohner zur Ruhe gegangen. Ich werde das auch tun, nun ich Sie wenigstens gesehen habe.“

„O nein, tun Sie das noch nicht! Wann ging Ihr Herr Bruder fort?“

„Er war noch gar nicht hier, er ist seit Mittag nicht nach Hause gekommen. Ich hätte Sie also auch nicht oben bei mir empfangen können.“

„Auch jetzt nicht?“

„Nein. Er kann in jedem Augenblick nach Hause kommen.“

„Das befürchte ich nicht. Er hat viel und notwendig zu arbeiten gehabt, sodass er zum Abendessen doch zu spät gekommen wäre; daher hat er sicherlich vorgezogen, es in seiner Weinstube einzunehmen. Und Sie kennen ihn ja; ist er einmal dort, so hockt er bis nach Mitternacht.“

„Das ist leider wahr!“, seufzte sie.

„Darum bliebe uns immer ein Stündchen übrig, vielleicht auch zwei. Wollen Sie mich wirklich abweisen, nachdem ich mich so sehr nach Ihnen gesehnt habe?“

Sie schwieg nachdenklich und nach einer Weile sagte sie: „Ist es nicht eigentlich zu spät?“

„Misstrauen Sie mir etwa?“

„Glauben Sie nicht, dass ich Ihnen misstraue, Monsieur Martin! Wäre das der Fall, so wäre ich jetzt nicht heruntergekommen. Ich befürchte jedoch, dass mein Bruder zurückkehren und uns überraschen könnte.“

„Er würde mich nicht erwischen.“

„Wie wollten Sie das bewerkstelligen?“

„Oh, diese allerliebste Alice würde wohl irgendeine Weise ersinnen, auf die es mir möglich wäre, mich seinen Blicken zu entziehen! Vielleicht würde sie mir ein Versteck anweisen, aus dem ich mich dann erst entfernte, wenn er zur Ruhe gegangen ist.“

„Das ist immerhin bedenklich, Monsieur. Aber ich will es wagen, Sie heute nicht fortzuschicken, obgleich Mitternacht bereits nahe ist. Kommen Sie! Aber bitte, wir müssen sehr leise sein!“

Er trat in den nur spärlich erleuchteten Flur. Sie verschloss die Tür hinter ihm und dann stiegen sie geräuschlos die beiden Treppen empor. Die Wohnung, die sie betraten, war nicht prunkvoll eingerichtet, aber es glänzte alles von Sauberkeit.

Sie führte ihn in die kleine Stube. Dort nahm sie auf dem Sofa Platz und er auf einem Stuhl daneben. Jetzt, beim Schein der Lampe war zu sehen, dass Martin nicht ohne Geschmack gewählt hatte. Alice war ein hübsches Mädchen. Alles an ihr war schmuck und nett.

„Nun sagen Sie einmal, dass ich nichts wage, um Ihnen gefällig zu sein“, meinte sie scherzend.

„Ich wollte, ich könnte Ihnen beweisen, dass ich um Ihretwillen noch mehr wagen würde“, antwortete er. „Ich bin Ihnen herzlich dankbar. Vielleicht fügt es Gott, dass wir einst in einer ebenso traulichen Häuslichkeit beieinander sitzen, ohne Befürchtungen hegen zu müssen.“

Sie errötete leicht. Ihre Finger glitten wirr über die kleine Stickerei, die sie zur Hand genommen hatte; ihre Brust hob sich unter einem tiefen Atemzug.

„Gott ist es allein, den man um ein solches Glück zu bitten hat."

Da ergriff er schnell ihre Hand und zog sie zu sich heran.

„Würden Sie es wirklich für ein Glück halten, mit mir ein Heim Ihr eigen zu nennen?"

Sie schlug die Augen groß zu ihm auf.

„Monsieur Martin, ich habe keine Eltern mehr und mein Bruder bekümmert sich um mich nicht. Ich bin fast nur auf mich angewiesen und sehne mich doch nach jemand, der gut zu mir ist, dem ich vertrauen kann und dem es eine liebe Beschäftigung wäre, sich ein wenig um meine kleinen Gedanken und Empfindungen zu bemühen. Das hat bis jetzt noch niemand getan. Ich lebte einsam, bis Sie kamen und mir sagten, dass Sie gern an mich dächten. Dann habe ich mir vorgestellt, wie schön es sein würde, wenn Sie mir Vater, Mutter und Bruder ersetzen wollten: Ich würde glücklich sein. Ich sage Ihnen das aufrichtig und bitte Sie von ganzem Herzen, ebenso ehrlich zu mir zu sein. Ich fürchte mich vor dem Unglück des Lebens; aber an der Seite eines Kameraden würde mich alles Leid und alle Sorge angstlos lassen. Ihm würde ich gehören, nur ihm; für ihn würde ich schaffen und arbeiten. Würden Sie mit einer solchen Frau glücklich sein können, Monsieur Martin?"

Das war die Sprache eines reinen Herzens, eines warmen Gemüts. Martin fühlte sich davon sehr ergriffen. Er saß im nächsten Augenblick neben ihr und schlang seine beiden Arme um sie.

„Ja, mit einer solchen Frau würde ich sehr, sehr glücklich sein. Und dieses Glück werde ich nur bei Ihnen finden. Alice! Wollen Sie mir Ihr Herz schenken?"

„So lieben Sie mich? Wirklich, wirklich?", murmelte sie unter Tränen.

„Wie sehr, oh, wie sehr! Alice, du bist mein Leben. Ich

könnte allem entsagen, aber nur dir nicht! Willst du das glauben, Geliebte?"

„Ich glaube es!", flüsterte sie mit strahlendem Blick.

„Und wenn ich Paris verlassen muss und eine Zeit lang nicht wiederkommen kann, wirst du mir treu bleiben?"

„Immer und immer! Ich werde nur an dich denken und täglich und stündlich zu Gott beten, dass er dich recht bald wieder zu mir bringen möge."

So sprachen und flüsterten sie weiter. Für die Liebe hat ja selbst das sonst Wertloseste Bedeutung, wenn man nur die Stimme dessen hört, den man liebt. Sie achteten nur auf sich; sie hatten vergessen, dass die Zeit für den Unglücklichen Schneckenfüße, für den Glücklichen aber Flügel hat, bis Alice plötzlich aufhorchte.

Draußen an der Vorsaaltür wurde ein Schlüssel umgedreht. Das Mädchen wurde vor Schreck totenblass, es floh aus den Armen Martins und schlug die Hände angstvoll zusammen.

„Gott, mein Bruder! Was tun wir?"

„Ich verstecke mich!"

„Wohin aber so schnell?"

„Hier hinein!"

Er raffte seinen Hut vom Stuhl auf und öffnete die nächste Tür.

„Um Gottes willen, da nicht! Das ist ja seine Schlafstube!"

Ihre Warnung kam zu spät. Martin hatte die Tür schon hinter sich zugezogen. Der Raum war finster, aber beim Öffnen der Tür war ein Lichtstrahl hineingefallen und der junge Mann hatte die Möbel ziemlich deutlich erkennen können: ein Bett, ein Waschtisch, ein Spiegel, ein Kleiderschrank und außer drei Stühlen noch ein Tisch in der Mitte.

Da er es ehrlich mit der Geliebten meinte, sagte er sich, dass er eigentlich keine Veranlassung habe, ihren Bruder zu scheuen. Unter anderen Umständen wäre er ihm jedenfalls ruhig entgegengetreten, um ihm den Grund seiner Anwesenheit offen zu erklären. Hier aber war er nicht bloß der Geliebten wegen anwesend, er hatte sich nebenbei noch eine weitere Aufgabe gestellt.

Martin versuchte den Kleiderschrank: Er war verschlossen und der Schlüssel steckte nicht. Ob er in der nächsten Stube, dem Arbeitszimmer des Sekretärs, einen Zufluchtsort finden werde, war zweifelhaft; die Arbeitszimmer unverheirateter Männer sind gewöhnlich mit Möbeln nicht sehr überladen. Daher blieben ihm nur der Tisch und das Bett übrig.

Sich unter diesem zu verbergen, war eine ebenso unbequeme wie gefährliche Geschichte, aber über den Tisch lag eine große Decke ausgebreitet, deren Ecken bis auf den Fußboden nieder reichten. Er hob also eine auf, kroch darunter und machte es sich in sitzender Stellung zwischen den vier Beinen so bequem wie möglich.

Als ihr Bruder eintrat, hatte Alice ihren Schrecken noch nicht vollständig bemeistert, aber er bemerkte es nicht. Sein Gang war wankend und seine Augen zeigten einen trüben, gläsernen Glanz. Er befand sich jedenfalls in dem Zustand, den Martin dem ‚Changeur' gegenüber mit Käfer, Aal, Spitz und Affen bezeichnet hatte. Damit waren die Steigerungen der Betrunkenheit bezeichnet. Welcher Ausdruck hier der treffende sei, ob der kleine Käfer oder der große Affe, das war leicht zu erkennen. Der Schreiber hatte einen beträchtlichen Affen, einen Schimpansen, einen Orang-Utan oder gar einen riesenhaften Gorilla.

„Noch nicht schlafen?", brummte er. „Warum bist du denn noch auf?"

„Ich wollte dich erwarten", antwortete sie. „Du hast ja noch nicht zu Abend gespeist."

„Speist, Abend", stotterte er. „Habe gegessen – Weinstube – prachtvoller Wein – drei Flaschen, ah!"

Er taumelte auf die Tür seines Schlafzimmers zu, hinter der Martin verschwunden war. Alice bekam Angst, sie fasste ihn am Arm.

„Nimm doch hier erst noch ein wenig Platz!“

„Platz?“, fragte er, sie erstaunt anstierend. „Hier – erst noch! Warum? Oh!“

„Ich habe mit dir zu reden!“

„Reden? O – nein. Mag nicht – nicht reden. Kann nicht – nicht – mehr reden!“

Er fasste die Klinke, aber sie ließ ihn nicht los.

„Nur einen Augenblick setz dich hier nieder!“, bat sie.

„Au-Augenblick-blick? Ärgere mich nicht, Mädchen. Habe mich – schon – schon sehr – sehr genug geärgert-ärgert!“

„Worüber denn?“, fragte sie, indem sie den Versuch machte, ihn wenigstens durch das Gespräch noch eine kurze Zeit festzuhalten.

Da stellte er sich kerzengerade auf, sah sie zornig an und fuchtelte mit dem Stock, den er noch in der Hand hielt, wild um sich herum.

„Wo-rüber? Donnerwetter! Verdamm-dammte Depepesche! Kann der Teufel holen – holen!“

„Welche Depesche denn?“

„Hatte lange – lange gearbeitet-beitet. Sitze beim Glas Wein. Kommt der Kerl – Kerl Bürodiener. Noch eine Depesche-pesche angekommen, zum Entziff-ziffern. Kein Mensch mehr da gewesen. Muss sie also – also mir bringen. Depesche nach – Berlin-lin. Gebracht worden von – einem Kerl – frecher Kerl. Muss sie einmal – einmal ansehen-sehen.“

Er öffnete die Tür, sie konnte es nicht mehr verhindern und folgte ihm mit der Lampe. Er setzte sich sofort auf einen der Stühle. Ihre Augen schweiften angstvoll durchs Zimmer. Es war keine Spur von Martin zu erblicken. Sie glaubte infolgedessen, er müsse draußen in der Arbeitsstube seine Zuflucht gesucht haben. Nun galt es, den Bruder von deren Betreten abzuhalten.

Dieser kramte gähnend in seinen Taschen.

„Was suchst du?“, fragte Alice.

„Du? Du nicht! Ich suche!“, meinte er, sie verbessernd.
„Ja. Aber was denn?“
„Die – die De – die die De – Donnerwetter, die De-De-Depesche-pesche!“
„Hier wird sie sein.“
Sie zog aus seiner Seitentasche ein Schriftstück hervor. Das war aber keine Depesche, dazu war es zu dick.
„Depesche?“, fragte er. „Unsinn Das ist – ist ein Feldzugspla-plan gegen die Pr-Preußen – das braucht ein Mä-Mädel ni-nicht z-z-zu wissen!“
„Gegen die Preußen?“
„Ja“, nickte er. „Preu-reußen und Süddeut-deutschen.“
„Mein Gott! Gibt es denn Krieg?“
„Krieg, ja! Krieg – Sieg, Kei-keile und Revan-vanche! Aber pst! Still! Ruhig! Kein Mensch darf – darf es jetzt erfahren-fahren! Ich soll den Plan – Plan aufs Neue schrei-schreiben. Famos! Bismarck kriegt endlich Prü-rügel. Die Preu-reußen, die Bay-Bayern, die Württemberger-erger, Westfa-falen, die Sach-achsen und die Po-pommern. Alles kriegt Hie-Hiebe! Wo – wo – Donnerwetter, wo ist die De-Die-De-Diepesche?“
Sie half ihm suchen und brachte schließlich den Zettel, den Martin nach dem Telegrafenamt getragen hatte, in zerknittertem Zustand aus seiner Westentasche hervor.
„Ist sie das?“
„Ja – ja! Muss le-le-lesen, entziff-siff-schiff-schiffern.“
Er klaubte den Zettel mühsam auseinander und rückte mit Lebensgefahr seinen Stuhl zum Tisch.
„Aber“, meinte die Schwester, „du wirst doch nicht noch lesen und arbeiten wollen?“
„Wa-rum nicht? Muss – muss! Pflich-licht. Muss morgen wissen – was in der De-Depesche steht!“
„Leg dich doch lieber schlafen!“, riet sie ihm.
Sie hatte die ganz richtige Ansicht, dass Martin desto eher entkommen könne, je früher ihr Bruder schlafen gehe.
„Schla-lafen? Nein! Ich bin nicht schlä-läfrig! Ich muss

die De-De-Diepesche heu-heute noch entziff-ziff-liff-liffern."

„Aber du kannst ja kaum mehr lallen!"

„Lall – !" Er warf ihr einen zornigen Blick zu. „Lallen? Ich nicht – nicht mehr lall – ! Ich, der Sek-sekre-kretär des Grafen Ralli-lion! Mä-mädchen, pack dich hi-naus!"

Er stand vom Stuhl auf, packte sie an und schob sie trotz ihrem Widerstreben zu der noch offenen Tür hinaus. Und als sie sich den Eintritt wieder erzwingen wollte, rief er grimmig:

„Mach mich nicht – nicht zo-zornig! Hinaus mit dir – dir; ich muss arbei-bei-beiten."

Bei diesen Worten drehte er den Schlüssel um und schob sogar den Riegel vor. Er hatte sich und Martin eingeschlossen.

„Wo – wo – ist die De-Depesche?", fragte er dann.

Sie war ihm entfallen und lag am Boden. Er suchte eine Weile, fand sie aber nicht. Dies ermüdete ihn. Das mühsame und in seinem Zustand gefährliche Bücken hatte die Geister des Weins in doppelte Aufregung versetzt.

„Fort! Weg!", meinte er. „Werde morgen su-suchen und sie morgen entziff-liff-liffern. Ah!"

Er gähnte, wankte zum Bett und warf sich in voller Kleidung darauf nieder. Alice klopfte noch einige Male an die Tür, vergebens. Er antwortete nicht. Er drehte sich von einer Seite auf die andere und verfiel zuletzt in den tiefen Schlaf, den ein tüchtiger Rausch mit sich bringt.

Martin hatte in seinem Versteck alles mit angehört. Er ahnte, dass von seiner eigenen Depesche die Rede sei, und als er den Zettel am Boden liegen sah, war er sogar davon überzeugt. Aber es war auch von Krieg die Rede. Was war damit gemeint? Bot sich ihm hier etwa gar ein Fund von Wichtigkeit?

Er lugte unter der Tischdecke hervor. Der Schläfer regte sich nicht. Langsam und vorsichtig kroch Martin heraus und richtete sich auf. Da auf dem Tisch lag das Schriftstück. Auf die Gefahr hin, ertappt zu werden, griff er danach und schlug eine Seite auf.

Es durchzuckte ihn wie ein elektrischer Schlag. Er war noch jung, aber entschlossen und besonnen wie ein Alter. Diesen Entwurf durfte er nicht mitnehmen; aber wie nun, wenn es ihm gelang, eine Abschrift davon zu fertigen? Er klinkte leise an der Tür, die nach dem Arbeitszimmer führte. Sie öffnete sich, ohne ein Geräusch zu verursachen.

Er hatte sein Laternchen mit, aber dessen Licht reichte nicht aus. Die Lampe konnte ihm ohnehin hier gefährlich werden. Ihr Schein konnte den Schläfer wecken, der jedenfalls ruhig weiterschlief, wenn es im Zimmer dunkel war. Er ergriff sie samt dem Entwurf und schlich sich ins Arbeitszimmer.

Dort gab es, wie er vermutet hatte, nicht viele Möbel. Ein Schreibtisch, ein Büchergestell und einige Stühle, das war alles, was er erblickte. Er setzte die Lampe auf den Tisch, auf dem zehnmal mehr Papier lag, als er brauchte, und zog dann die Tür leise hinter sich zu, die er verriegelte, nachdem er aus Vorsicht den Schlüssel drüben abgezogen und hüben wieder angesteckt hatte.

Er ließ sich nieder und begann zunächst zu lesen. Falls er erwischt wurde, war es gut, wenn er wenigstens den Inhalt kannte. Als er zu Ende war, verklärte sich sein Gesicht.

Welch ein Fund! Diese Blätter waren von unendlichem Wert!

Einige Augenblicke später flog der Stift in Kurzschrift über das Papier. Viertelstunden vergingen, eine Stunde und noch eine, und als Martin zu Ende war, zog er die Uhr.

„Zwei und eine Viertelstunde habe ich geschrieben“, murmelte er. „Das war eine Riesenarbeit; ich habe fast den Krampf in der Hand. Nun aber fort! Wo wird die arme Alice sein? Sicher schläft sie nicht, sondern wartet auf mich.“

Er faltete seine Abschrift zusammen und steckte sie mit dem Gefühl zu sich, als ob es lauter Tausendtalerscheine seien. Dann brachte er auf dem Schreibtisch alles in die gehörige Ordnung, löschte die Lampe, riegelte die Tür leise auf, steckte den Schlüssel wieder um und lauschte. Der Betrunkene schlief noch und schnarchte leise. Martin setzte die Lampe auf den Tisch und legte das Schriftstück daneben. Dann öffnete er die Tür, die nach der guten Stube führte. Als er hinausgetreten war, hörte er ein leises Räuspern.

„Martin?"

„Ja?"

„Gott sei Dank!"

„Du hast auf mich gewartet?"

„Ja, und was für eine Angst habe ich ausgestanden! Ich glaubte, er würde dich entdecken. Wo hast du gesteckt?"

„Unter dem Tisch in seiner Schlafstube."

„O weh, welch eine unbequeme Stellung! Aber ich war im Schlafzimmer und hab' dich nicht bemerkt! Warum kamst du nicht eher?"

Er musste eine Unwahrheit sagen, um ihre Seele nicht zu belasten.

„Es war unmöglich. Er hatte den Zettel fallen lassen, wollte ihn aufheben und fiel nun selbst hin. Da blieb er an der Tür liegen, sodass ich sie nicht öffnen konnte. Schließlich kam ich auf den Gedanken, ihn durch leise Stöße nach und nach zu wecken. Es gelang. Er raffte sich auf und legte sich auf das Bett. Dann erst konnte ich fort."

„Er schläft fest?"

„Ja, sehr fest."

„So kannst du dich also unbemerkt entfernen?"

„Wir sind vollständig sicher. Nun aber hast du Arme auf den Schlaf verzichten müssen. Erlaubst du mir, dass ich gehe?"

„Ja. Ich werde dich bis zur Tür begleiten."

Sie führte ihn hinunter zur Haustür. Der Morgen begann zu grauen. –

Als er seine Wohnung erreichte, war es schon ziemlich hell geworden und der Türhüter, der öffnen musste, machte ein erstauntes Gesicht. Er hatte noch nicht bemerkt, dass dieser Hausbewohner ein solcher Nachtschwärmer sei.

Oben in der Wohnung angekommen, begab er sich sofort ins Schlafzimmer seines Herrn, der sogleich erwachte, als er eintrat.

„Martin, du?“

„Ja. Entschuldigung, dass ich Sie stören muss!“

„Ich lasse mich sehr gern stören – denn wenn du mich weckst, hast du mir sicherlich etwas Wichtiges mitzuteilen!“

„Sie haben es erraten. Nicht wahr, Sie können Kurzschrift lesen?“

„Spaßt du schon wieder? Wir haben uns ja beide zusammen genug damit abgerackert!“

„Nun, so wollen wir diese Übung fortsetzen!“

„Muss das gleich sein?“

„Sofort!“

„Hallo! – Wohl ein bedeutsamer Fund? Nicht wahr, mein Junge?“

„Ja. Ich will die Lampe anzünden. Es ist zwar bereits Tag, aber durch die dichten Vorhänge kann das Morgenlicht doch nicht herein.“

Während er dies tat, erhob sich Belmonte. Über dem Ankleiden fragte er nach der Drahtnachricht und Martin erzählte, was er erlebt hatte.

„Aber woher kommst du so spät?“, fragte dann Belmonte.

„Das raten Sie nicht? Es hängt mit dem ‚Fund‘ zusammen.“

Er zog die Blätter aus der Tasche und reichte sie ihm hin. Belmonte überflog eine Seite und warf einen erstaunten Blick auf Martin.

„Das scheint ja außergewöhnlich!“, sagte er.

„Das ist es auch! Außergewöhnlich, von Anfang bis zu Ende!“

Der ‚Changeur‘ begann zu lesen. Je weiter er kam, desto aufmerksamer wurde er, desto mehr Ausrufe des Staunens und der Verwunderung stieß er aus. Und als er zu Ende war, sprang er vom Stuhl auf.

„Mensch, woher hast du diesen – diesen…?“
„Sie meinen, wo ich diesen Diebstahl begangen habe?“
„Das ist mir einerlei. Antworte!“
„Bei Alice.“
„Alice! – Wer ist Alice?“
„Bei meinem Mädchen.“
„Wie? Bei diesem Mädchen? Ah, der Bruder ist ja Geheimschreiber beim Grafen Rallion. Erzähle!“
Martin berichtete. Belmonte schritt dabei im Zimmer auf und ab. Nachdem der Diener zu Ende war, blieb er vor ihm stehen und sagte:
„Kerl, du bist ein Glückspilz! Dieser Fund wird dir reiche Früchte bringen. Hier gibt es kein Säumen. Das Schriftstück muss abgeschrieben und sogleich nach Haus gesandt werden. Einer bringt zu lange zu, wir werden beide sofort beginnen. Vorwärts, zur Feder!“
Sie teilten sich in die Blätter und waren bald in die Arbeit vertieft, dass sie für nichts anderes Augen hatten. Selbst als die Zeitungen kamen, wurden sie unbeachtet beiseite geworfen. Sie brachten bis weit in den Vormittag mit Übertragen zu, dann wurde die Reinschrift sorgfältig eingepackt und Belmonte trug sie selbst fort, um sie der Person zu bringen, die für solche Fälle in Bereitschaft stand. Das Schriftstück hatte einen zu hohen Wert, als dass man es der Post hätte anvertrauen können. Es musste durch einen sicheren, zuverlässigen Eilboten befördert werden.
Als Belmonte von diesem kurzen Gang zurückgekehrt war, bereitete er sich auf die Fahrt nach Meudon vor. Eben wollte er aufbrechen, als der Telegrafenbote eintrat. Er brachte schon die Antwort auf die gestrige Drahtmeldung. Sie war in Mainz aufgegeben worden und lautete:

„Herrn Artur Belmonte,

Paris, Rue Richelieu 12.

Reichenberger Rotwein nicht gebraucht, bereits vortrefflich versorgt. Aber möglichst schnell Risparger Auslese und dann sofort Metzheimer Berg und Tal in bester Auswahl.

Albrecht, Weingroßhandlung."

Belmonte las Martin die Nachricht vor. Der Diener schüttelte den Kopf.

„Und das soll die Antwort auf unser Zifferntelegramm sein?"

„Natürlich!"

„Es kommt ja aus Mainz!"

„Das ist sehr klug. Es kommt aus Berlin, ist aber in Mainz übernommen, damit die hiesigen Beamten irregeleitet werden und nicht denken sollen, dass beide Drahtungen im Zusammenhang stehen."

„Nun, das ist freilich zu begreifen; aus dem Inhalt aber werde der Teufel klug, ich nicht."

„So muss ich ihn dir erklären. Von welcher Person handelte unsere Meldung?"

„Von dem alten Kapitän Richemonte."

„Wie würdest du diesen Namen ins Deutsche übersetzen?"

„In das Wort Reichenberg."

„Nun, hier steht, dass Reichenberger Rotwein nicht gebraucht werde und man bereits vortrefflich versehen sei."

„Donnerwetter! Ich beginne zu verstehen!"

„Was?"

„Man kennt diesen Richemonte bereits und hat vortreffliche Maßregeln getroffen. Habe ich Recht?"

„Ja. Aber nun weiter: Es wird möglichst schnell Risparger Auslese verlangt. Auslese bedeutet für uns natürlich eine Auswahl unserer Beobachtungen. Was aber soll das Wort Risparger?"

„Da ist mein Latein am Ende!"

„Weshalb? So schwer ist die Erklärung doch nicht. Wie viele Silben hat Paris?"

„Zwei!"

„Setze die erste hinter die zweite."

„Rispa – ah, Risparger Auslese! Jetzt habe ich es."

„Schön! Das dritte Wort wird dir nicht so sehr viel zu schaffen machen wie die anderen."

„Metzheimer? Ich denke, dass hier nur die erste Silbe gilt."

„Das ist jedenfalls das Richtige: Metz. Und Berg und Tal – was soll das bedeuten?"

„Nicht bloß Stadt und Festung Metz, sondern auch die ganze Umgegend."

„Wie würdest du also die Antwort deuten?"

„Wir brauchen uns um diesen Richemonte nicht bekümmern, da man bereits vortrefflich dafür gesorgt hat, dass dieser Mann nicht mit der Nase an den Wolken hängen bleibt. Aber wir sollen möglichst schnell mitteilen, was wir über Paris wissen. Und endlich sollen wir dann sofort nach Metz gehen, um uns dieser Festung nebst ihrer Umgebung liebevoll anzunehmen."

„Ja, so wird es wohl sein."

„Wann reisen wir von hier ab?"

„In kürzester Zeit. Die Hauptsache hast du getan. Durch deinen Fund sind die Karten des Feindes aufgedeckt. Ich will mir heute nur noch die Mitrailleusen anschauen, dann sind die Berichte im Handumdrehen erledigt!"

7. Dietrich und Brecheisen

Nachdem Belmonte sich entfernt hatte, fand Martin Gelegenheit, nach den Zeitungen zu greifen. Er pflegte nur das Politische und Wissenschaftliche zu lesen, aber bereits als er das erste Blatt wendete, fielen ihm einige fett gedruckte Zeilen auf, die in der Spalte ‚Polizeibericht' zu lesen waren. Sein Auge flog halb unachtsam darüber hin. Da aber traf es einen Namen, der ihn aufmerken ließ.

„Gräfin Ella von Perret?", sagte er vor sich hin. „Das ist ja die heimlich Angeschmachtete meines Ritt – wollte sagen meines famosen Weinreisenden! Was ist denn mit der los?"

Aber kaum hatte er die letzte Zeile verschlungen, so schlug er mit der Faust auf den Tisch.

„Höllenteufelschockmillionenhagelwett – – ist das wirklich wahr? Hier mitten in dem großen Dorf, das sie den Mittelpunkt der Welt nennen, wird eine Dame, eine Komtesse, eine Generalsenkelin, unsere heimlich Verehrte aus dem Wagen gerissen, in eine Droschke geworfen, die die Nummer 996 hat, und irgendwohin geschleppt? Steht es denn auch in den anderen Zeitungen? Ich muss doch sofort nachsehen!"

Hastig nahm er sie zur Hand und fand die Meldung in allen übrigen Blättern.

„Es ist wahr!", rief er. „Sie ist fort, glattweg von der Straße geraubt! Und die Polizei, was hat sie herausgebracht? Dass die Droschke eine gefälschte Nummer gehabt hat; die richtige Nummer hat nachgewiesen, dass sie sich um die Zeit in einem anderen Stadtteil mit der Beförderung von zwei alten Damen abgeplagt hat. Ist das alles? Ja! Die Polizei hat alle Maßnahmen getroffen – so heißt's hinterher immer! Und unterdessen geht das arme Ding zu Grunde oder wird zu einer Ehe mit irgendeinem Menschen gezwungen oder auf irgendeine andere Weise abgemurkst. Der Teufel soll mich holen, wenn ich da ruhig zusehe! Da muss ich dabei sein! Ich mache mich auch auf die Beine! Finde ich eine Spur – hm – und finde ich nichts, so kann ich doch wenigstens meinem Herrn, wenn er von Meudon kommt, sagen, dass ich die Beine nicht müßig in den Schoß gelegt habe."

Es dunkelte bereits, als Martin zurückkehrte. Seine Forschungen waren natürlich ergebnislos verlaufen, und er wartete deshalb mit Sehnsucht auf die Heimkehr seines Herrn. Bald hörte er einen Wagen unten vor der Tür halten und eilte hinaus. Es war Belmonte. Er sah seinen Diener vor der Vorsaaltür stehen und rief ihm schon von weitem zu:

„Spät zurück! Nicht wahr? Aber es war dafür auch ein sehr glücklicher Ausflug!"

Er sah ganz so aus, als ob er mit dem Ergebnis seiner Reise durchaus zufrieden sei. Sie traten ein, und nun erst, als sie im Zimmer standen, fragte Martin:

„Haben Sie den Direktor getroffen?"

„Ja. Wir haben tüchtig geprobt und getrunken. Darüber ging ihm das Herz auf, und ich kehre mit reicher Ausbeute zurück. Ich wollte heute wieder in die Oper, aber daraus kann nichts werden, da ich zu Papier bringen muss, was ich mir in Gegenwart anderer nicht aufzeichnen durfte."

„Hm! Aus der Oper wäre auf keinen Fall etwas geworden."

„Wieso? Du ziehst ja eine Grimasse, als ob ein Unglück geschehen sei."

„Wissen Sie wirklich noch nichts?"

„Nein!"

„So lesen Sie hier!"

Belmonte las. Er wurde bleich und fuhr sich mit beiden Händen nach den Schläfen. Dann schlug er sich vor die Stirn und schritt fieberhaft erregt hin und her. Endlich sagte er:

„Hunderttausend Francs wird er bezahlen, um sie wiederzubekommen – Fiakerkutscher – Nummer aufgeklebt!"

Er wiederholte einen Teil dessen, was er gestern bei Vater Heimlich von der Unterredung erlauscht hatte. Martin dachte, er rede irr vor Schreck.

„Monsieur Belmonte“, sagte er, „es ist wohl noch nicht alles verloren. Zwar bin auch ich umsonst hin und her gerannt, um eine Spur oder einen guten Gedanken zu finden, aber...“

„Unsinn!“, unterbrach ihn sein Herr. „Lade unsere Revolver und mach dich fertig zum Ausgehen! Ich weiß, wo die Komtesse steckt, und werde sie befreien. Ich eile jetzt zum General, ihrem Großvater, mit dem ich vorher sprechen muss; dann aber werden wir sofort aufbrechen.“

Er hatte bereits die Klinke in der Hand und war mit den letzten Worten zur Tür hinaus. Martin aber stand inmitten des Zimmers und wusste nicht, was er denken sollte. Woher konnte sein Herr wissen, wer die Enkelin des Generals geraubt und wohin man sie dann geschafft hatte?

„Na zermartern wir uns den Kopf nicht“, überlegte er. „Solch ein windiger Weinreisender kriecht schließlich in allen Ecken und Winkeln von Paris herum. Vielleicht kennt er Orte, wo man so hübsche Vögel einzusperren und zu zähmen pflegt, und will nun da nach der Komtesse suchen. Alle Teufel! Die Revolver soll ich laden! Vier Stück haben wir, zwei Totschläger auch. Er hat sie angeschafft, weil gewisse Kneipen, in denen wir aus- und eingehen, ganz allerliebst verrufen sind. Da ist so eine Waffe zuweilen schon nützlich. Ich werde also die Revolver laden und auch die Totschläger hervorsuchen. Dieses Paris ist eine höchst sonderbare Gegend; aber da ich einmal Naturmensch bin, so muss ich sie genießen, wie sie eben ist.“

Der ‚Changeur‘ hatte unterdessen seinen Gang angetreten. Er schritt in höchster Eile der Straße zu, wo, wie er wusste, der alte General de Perret wohnte. Dessen Haus war ein palastähnliches Gebäude; unter dem geöffneten Tor stand der Pförtner, den Stock mit dem üblichen großen, vergoldeten Knauf in der Hand.

„Ist Seine Exzellenz, der Herr General daheim?“, fragte er ihn.

Der Türhüter musterte ihn mit misstrauischen Blicken, doch schien das vornehme Äußere des ‚Changeurs‘ seine Besorgnis zu zerstreuen.

„Was wollen Sie?“

„Ich habe mit ihm zu sprechen.“

„Das wird schwer gehen. Nach dem Unglück, das unserem Haus widerfahren ist, sind wir gezwungen, bei der Annahme von Besuchen sehr vorsichtig zu sein. Melden Sie sich eine Treppe hoch durch den Kammerdiener!“

Belmonte folgte dieser Aufforderung. Auch der Kammerdiener machte Schwierigkeiten; da jedoch der ‚Changeur‘ erklärte, dass die Ursache seines Besuches von höchster Wichtigkeit sei, so wurde die Karte, die er überreichte, endlich angenommen. Der Diener las den Namen, zuckte die Achseln und meinte:

„Ein Weinkauf ist niemals von solcher Wichtigkeit, wie Sie es darzustellen suchen.“

„Es handelt sich nicht um Wein und Ähnliches. Ich habe auch keine Zeit, Ihnen eine lange Erklärung zu geben. Melden Sie mich oder ich bin gezwungen, mir den Zutritt selber zu suchen!“

„Sie scheinen ein kurz entschlossener Mann zu sein. Ich werde versuchen, ob der Herr General geneigt ist, Sie zu empfangen.“

Er ging und kehrte nach einiger Zeit mit der Weisung zurück, dass Belmonte eintreten könne. Er begleitete ihn durch einige Räume und öffnete dann eine Tür zum Arbeitszimmer des Grafen. Der alte Herr saß vor einem Tisch, der mit Geldrollen bedeckt war. Sie hatten jedenfalls die Bestimmung, in ein offenes Köfferchen zu wandern, das daneben stand. Der General war ein schöner Greis, dessen Züge jedoch durch das Ereignis des gestrigen Abends verdüstert waren. Er musterte den Eintretenden und erwiderte dessen tiefe Verbeugung mit einem leichten Kopfnicken.

„Sie sind Weinhändler, wie ich sehe. Was wünschen Sie, Monsieur?"

„Zunächst, Exzellenz, meinen Dank, dass Sie einen Unbekannten empfangen. Ich komme nicht in der Absicht, ein Geschäft mit Ihnen abzuschließen – es ist vielmehr eine ungleich wichtigere Angelegenheit, die mich zu Ihnen führt."

Der General zog die Brauen zusammen und ließ seinen Blick abermals sehr scharf an Belmonte herabgleiten.

„Sprechen Sie, Monsieur!"

„Sie haben gestern Ihre einzige Enkeltochter verloren..."

„Ja. Doch hoffe ich nicht für immer", fiel der General schnell und beinahe in scharfem Ton ein.

„Ich hoffe dies ebenso. Darf ich mir vielleicht die Frage gestatten, in welcher Weise Sie die Komtesse aus der Lage, in der sie sich befindet, befreien wollen?"

Jetzt nahm das Gesicht des Grafen einen wirklich finsteren Ausdruck an.

„Monsieur, eigentlich sollte ich Sie sofort festnehmen lassen; aber da ich meine Enkeltochter zu sehr liebe, um sie einer Verschlimmerung ihrer unglücklichen Lage auszusetzen, so will ich mich zur Ruhe zwingen."

Jetzt kam Belmonte eine Ahnung, wie die Worte und das Benehmen des Grafen zu verstehen seien.

„Sie halten mich für einen der Täter?"

„Aufrichtig gestanden, ja!"

„Der die Kühnheit oder vielmehr Frechheit besitzt, auf diese Weise erfahren zu wollen, welche Maßnahmen Sie beabsichtigen?"

„Natürlich!"

„Sie irren sich!"

„Wirklich?", fragte der General beinahe spöttisch.

„Ja. Es ist eine Folge meines Berufs, dass ich mich zuweilen auch in zweifelhafte Gastwirtschaften, ja, sogar Spelunken bemühe, um dort eine Probe meiner Ware abzusetzen. Ich war gestern an einem solchen Ort. Es verkehren vorzugsweise Verbrecher dort. Ich hatte Gelegenheit, abgerissene Worte einer sehr eigentümlichen Unterhaltung zu erlauschen. Heute war ich auf dem Land. Soeben kehrte ich zurück und erfuhr, was gestern nach dem Schluss der Oper geschehen ist. Das, was ich gestern erlauschte, stimmte so genau zu der ruchlosen Tat, dass ich überzeugt bin, den Ort zu kennen, wohin man die Komtesse gebracht hat."

„Sie sprechen sehr gut, aber Sie erreichen Ihren Zweck doch nicht. Sie wollen mich prüfen und ich gehe darauf ein, indem ich Ihnen erkläre, dass Sie unbesorgt sein können. Ich habe völlig davon abgesehen, die Hilfe der Polizei in Anspruch zu nehmen; denn ich will nicht auch das Leben meines Kindes in Gefahr bringen. Sie sehen, hier steht bereits das Köfferchen, in das ich die hunderttausend Francs zählen werde."

„Hunderttausend Francs!", rief Belmonte. „Ein solches Lösegeld hat man von Ihnen verlangt?"

„Sie wissen das ebenso gut wie ich! Ich werde mich in eigener Person zur bestimmten Zeit an dem Ortsteil einstellen, der im Brief angegeben ist."

„Ah! Einen Brief hat man Ihnen geschrieben!"

„Monsieur, geben Sie sich keine Mühe, mich zu täuschen! Wollen wir denken, dass es sich einfach um ein Tauschgeschäft handelt, dessen Abschluss ich so bald wie möglich erreichen möchte! Bringen Sie mir mein Kind noch heute Abend und ich gebe Ihnen mein Ehrenwort als Edelmann und Offizier, dass ich Ihnen noch fünftausend Francs über die ausgemachte Summe auszahlen und dann in Zukunft Ihre Sicherheit niemals in irgendeine Gefahr bringen werde."

„Exzellenz, ich bitte Sie um des Himmels willen, mir zu glauben, dass Ihre Ansicht über mich irrig ist. Ich habe erlauscht, dass eine Dame geraubt werden soll und dass man ein Lösegeld verlangen will; das ist alles!"

„Warum haben Sie nicht sofort Anzeige erstattet? Sie

haben das unterlassen – ein Umstand, der nicht geeignet ist, Ihnen mein Vertrauen zu erwerben."

„Die einzelnen, abgerissenen Worte, die ich vernahm, waren so zusammenhanglos, dass ich Ihren Sinn unmöglich erfassen konnte."

„Aber jetzt verstehen Sie diesen Sinn?"

„Nachdem die Tat geschehen ist, konnte er mir erst klar werden."

„Ich glaube Ihnen nicht!"

„Ich schwöre Ihnen bei Gott und meiner Ehre zu, dass ich es aufrichtig mit Ihnen meine!"

„Hat ein Verbrecher Ehre? Glaubt ein Verbrecher an Gott?"

Das war eine harte Geduldsprobe. Belmontes Augen leuchteten zornig auf, doch beherrschte er sich.

„Sind Sie überzeugt, dass man Ihnen die Dame zurückgeben wird?"

„Ja, gegen die verlangte Summe natürlich!"

„Ich glaube es nicht."

Der Graf erschrak.

„Aus welchem Grund?"

„Die Dame wird die Räuber kennen und diese werden sich nicht einer Gefahr aussetzen, indem sie die Geraubte freigeben und von ihr früher oder später einmal gesehen und angezeigt werden. Ich bin überzeugt, dass man unter dem Vorgeben, die Komtesse doch endlich freizulassen, eine Summe nach der anderen von Ihnen fordern wird. Sie werden zahlen und wieder zahlen, aber Ihre Enkelin nie wieder sehen."

Der General war totenbleich geworden; er sah ein, dass diese Darstellung keineswegs aller Gründe entbehre.

„Das ist eine Möglichkeit", gab er zu, „die man ins Auge fassen muss. Das, was Sie da sagen, erweckt den Schein, als ob Sie es ehrlich mit mir meinten. Wo haben Sie die Worte belauscht, von denen Sie sprachen?"

„In einem Bier- und Weinkeller der Vorstadt La Chapelle."

„Wie heißt der Wirt?"
„Man nennt ihn Vater Heimlich."
„Das scheint ein Beiname zu sein. Den richtigen Namen kennen Sie nicht?"
„Nein."
„Wer waren die Leute, die Sie belauschten?"
Belmonte erzählte so viel, wie er erzählen durfte. Der Graf hörte ihm aufmerksam zu.
„Sie können es ehrlich meinen, doch ist auch das Gegenteil denkbar. In beiden Fällen ist es geraten, vorsichtig zu sein. Einstweilen sehe ich von allen Gewaltmaßregeln ab. Zahle ich die hunderttausend Francs, so werde ich dadurch noch keineswegs arm. Warten wir also ab, wie der morgige Tag verläuft! Weshalb überhaupt diese Teilnahme mit mir und meinem Kind?"
Durfte Belmonte die Wahrheit sagen? Nein.
„Exzellenz, ich bin ein ehrlicher Kerl und hasse das Laster und das Verbrechen. Als Mitglied der menschlichen Gesellschaft habe ich die Pflicht, beide zu bekämpfen."
„Das ist eine sehr lobenswerte Gesinnung. Vielleicht nehme ich Sie beim Wort. Für heute aber kann ich keine andere als die schon ausgesprochene Entscheidung treffen."
„Sie werden also die Summe wirklich bezahlen?"
„Ja."
„Und wenn die Komtesse zurückkehrt?"
„Werde ich schweigen."
„Wenn man Sie aber betrügt?"
„So sehe ich ein, dass Sie es ehrlich gemeint haben, und Sie werden der Erste sein, an den ich mich wende. Auf Ihrer Karte fehlt die Angabe Ihrer Wohnung, Monsieur Belmonte. Wollen Sie das nachholen? Da steht Tinte."
Als der ‚Changeur' dieser Aufforderung nachgekommen war, fuhr Graf Perret fort:
„Unsere Unterhaltung ist also soweit beendet, dass Sie mir nur noch ein Versprechen zu geben haben."

„Ich werde es geben, falls ich es für zweckmäßig erachte."
„Immer einen Vorbehalt! Sie geben mir die Hand darauf, dass Sie von dem, was Sie wissen, der Polizei nicht eher etwas sagen, als bis Sie einsehen, dass ich ohne diese nichts erreichen kann."
Er hielt Belmonte die Hand entgegen.
„Gut, das kann ich versprechen", antwortete Artur, während er einschlug. „Ich bin überzeugt, dass Eure Exzellenz mich in kurzer Zeit nicht mehr zu denen rechnen werden, die ich bekämpfe!"
Der ‚Changeur' ging. Sein Plan war an dem Misstrauen des Grafen gescheitert.
Was sollte er nun beginnen? Auf dem Rückweg nach seiner Wohnung dachte er an die Gefahren, denen Ella von Perret ausgesetzt war. In einem Haus, worin Mädchen wie die beiden Kellnerinnen bedienten und fast nur der Abschaum der Menschheit verkehrte – was alles konnte da bis morgen geschehen!
„Nein!", sagte er zu sich. „Ich werde zwar das Wort halten, das ich gegeben habe, aber doch auch tun, was ich zu tun vermag. Wenn es in meiner Macht liegt, soll das herrliche Wesen sich keine Sekunde zu lang in den Händen dieser Ungeheuer befinden. Martin ist schlau und mutig, er soll mir helfen."
Als er nach Haus zurückkehrte, hatte der Diener längst mit großer Spannung auf ihn gewartet.
„Nun Monsieur Belmonte", fragte er, „kann der Tanz endlich losgehen?"
„Ja."
„Der General macht mit?"
„Nein. Er misstraut mir."
„Hol ihn der Satanas!"
„Er glaubt, dass ich zu den Räubern gehöre und nur gekommen sei, um zu erfahren, ob er das Geld zahlen oder andere Maßnahmen ergreifen will."
„Geld?"

„Ah, du weißt es ja ebenso wenig, wie ich es wusste. Ich muss dir das Nähere erläutern."

Er erzählte nun, was ihm gestern im Branntweinkeller begegnet war, und fügte daran die Unterredung mit dem Grafen Perret. Martin hob die Schultern.

„Nach dem, was ich gehört habe, ist es dem Grafen nicht zu verargen, dass er Ihnen nicht traut. Aber hunderttausend Francs! Kreuzmillionenschockdonnerwetter! Wie viele Schuhzwecken könnte man dafür kaufen, wenn man sich diesen Sparpfennig verdiente!"

„Das geht nicht!"

„Nein, aus reiner Selbstachtung nicht! Aber gut, so machen wir es eben umsonst und heiraten dann das Mädchen. Dann sind die hunderttausend Francs doch noch unser."

„Martin, Martin!"

„Schon gut, Monsieur Belmonte. Sie meinen, ich soll zwischen meine Ausdrücke einige Ellen Ehrerbietung einschieben? Das soll von jetzt an geschehen. Also, was haben Sie ehrerbietigst zu tun beschlossen?"

„Du bist unverbesserlich! Ich werde sehen, ob es nicht möglich ist, die Dame auch ohne Hilfe der Polizei zu befreien."

„Warum soll das nicht möglich sein? Der Martin ist dabei, und wo der seine Hand im Spiel hat, da ist stets das Glück in schuldigster Hochachtung und tiefster Untertänigkeit vorhanden!"

„Mensch, scherze jetzt nicht! Die Hauptsache ist natürlich, dass sich meine Vermutung bestätigt, ich meine, dass die Komtesse sich wirklich bei Vater Heimlich befindet."

„Ich möchte nicht daran zweifeln."

„Ich auch nicht."

„So müssen wir einen Feldzugsplan entwerfen."

„Das ist unmöglich, da wir die Umstände ja gar nicht kennen, mit denen wir zu rechnen haben. Weißt du die Kneipe?"

„Ich kenne sie nur aus der Beschreibung, die Sie mir von ihr gegeben haben."

„Wirst du sie ohne mich finden?"

„Wir gehen nicht miteinander?"

„Nein. Wir dürfen uns nicht kennen, müssen aber in steter Fühlung bleiben, um gegebenenfalls eingreifen zu können."

„Gut, ich greife ein!"

„Unsinn! – Wir dürfen uns auch nicht zueinander setzen."

„Woher soll da die Fühlung kommen?"

„Die wird von Sally besorgt werden."

„Ah! Das ist mir lieb! Solche Fühlung ist bestimmt angenehmer als Tornister an Tornister und die Ellbogen dazwischen. Sie glauben also, diesem Mädchen vertrauen zu dürfen?"

„Ich hoffe es. Hast du die Revolver geladen?"

„Alle vier. Dort auf dem Tisch liegen sie und daneben die beiden Totschläger."

„Das ist gut. An die habe ich nicht gedacht, obgleich sie viel zweckmäßiger sind als Schusswaffen. Damit lässt sich prächtig und geräuschlos arbeiten."

„Sehr wahr! Wir befinden uns heute zwar auf sehr guten und lobenswerten Wegen; aber dennoch ist es immer besser für uns, unbemerkt zu bleiben. Die Polizei würde uns zwar zu Hilfe kommen, uns vielleicht eine Verdiensturkunde ausfertigen lassen, aber sie könnte doch wohl auch einige unbequeme Fragen an uns richten, die am besten unausgesprochen bleiben."

„Was das betrifft, so brauchen wir solche Fragen nicht zu fürchten. Ich bin mit ausgezeichneten Ausweisen versehen."

„Ich bin in dieser Kellerkneipe noch niemals gewesen. Darf ich um eine Beschreibung der Räumlichkeiten bitten, damit ich weiß, woran ich bin?"

„Sobald du die Stufen hinabgehst, betrittst du den eigentlichen Schankraum. Dort kann ein jeder verkehren. Durch eine Tür kommt man dann in einen zweiten Raum, wo sich Stammgäste und andere Bevorzugte aufhalten dürfen. Daran stößt linker Hand ein kleines Seitengemach, in das sich der Wirt mit seinen Vertrauten zurückzuziehen pflegt, wenn er mit ihnen eine heimliche Besprechung hat. Von der zweiten Wirtsstube aus liegt weiter nach hinten eine Kammer, worin allerhand Gerätschaften und leere Fässer aufbewahrt werden und aus der eine steinerne Treppe nach dem Hof und nach dem Innern des Hauses empor führt. Hier gelangt man auch durch eine starke, mit Eisen beschlagene Tür in den tiefen Hinterkeller hinab."

„Schön. Und das Innere des Hauses?"

„Ist mir unbekannt. Ich kenne nur ein Zimmer des ersten Stockwerks, das nach dem Hof hinaus liegt, unser Spielzimmer."

„Gut. Wir werden jedenfalls auch die Laterne mitnehmen müssen."

„Allerdings. Weiter lässt sich nichts vorbereiten. Wir müssen uns nach dem Augenblick richten."

„Und wann brechen wir auf?"

„Sofort!"

„Ah! Da fällt mir ein, dass wir doch die Hauptsache vergessen haben. Wenn man mich nun fragt, wer ich bin?"

„Wirklich! Daran dachte ich nicht, das ist ein kitzliger Punkt. Für einen ehrlichen Kerl darfst du dich nicht ausgeben."

„Das ist mir Wurst. Ich habe heute all mein Ehrgefühl verloren und will ein Spitzbube werden."

„Aber was für einer?"

„Vielleicht ein Überziehermarder?"

„Ist nichts!"

„Ein ausgewiesener Flüchtling aus Sibirien?"

„Unsinn! Du gibst dir irgendeinen Namen und bist nach der Hauptstadt gekommen, weil du..."

„Weil – ah, ich hab's!", unterbrach ihn der Diener. „Sie

erzählten ja, dass Franktireurs angeworben werden sollen! Ich bin also nach Paris gereist, weil ich munkeln gehört habe, dass man hier Leute sucht, die zu diesem Geschäft passen."

„Das mag gehen. Also Glückauf!"

Martin schritt zur Tür hinaus, wohlgemut und trällernd, als ob es sich darum handle, eine Vergnügungsfahrt anzutreten.

Sein Herr folgte ihm bald. Er hatte zwei Revolver, den Totschläger und das Laternchen eingesteckt. Zunächst begab er sich nach seiner zweiten Wohnung, in deren Nähe er sich wieder in den Friseur Fredoq verwandelte und dessen tänzelnden Schritt annahm.

Als er stolz am Türhüter vorüberging, murmelte dieser ärgerlich in den Bart:

„Dieser Mensch kann nicht grüßen! Gestern Abend fort und jetzt erst wieder zurück! Wo mag sich der Kerl herumtreiben? Da lobe ich mir seinen Nachbar, der seit gestern Abend noch nicht ausgegangen ist. Jetzt nun wird er wohl bald ein wenig Luft schöpfen. Das ist ihm zu gönnen."

Wirklich kam dieser Nachbar bereits nach einigen Minuten herab.

„Spazieren, Monsieur?", fragte der Pförtner freundlich.

„Ja, mein Lieber. Aber nicht lange. Man hat zu arbeiten."

„Sie scheinen mit Ihrem Nachbar gar nicht zu verkehren?"

„Wieso?"

„Wenn er kommt, so gehen Sie, und wenn Sie erscheinen, so verschwindet er."

„Wir sprechen gar nicht miteinander. Auf Wiedersehen!"

„Wiedersehen!"

*

Als Belmonte in den Schankkeller trat, saßen nur zwei Gäste im vorderen Raum. Er kannte sie nicht. Sollte Martin so zuversichtlich gewesen und sogleich ins nächste Zimmer getreten sein, aus dem ein wüstes Schreien und Lachen heraus scholl?

Eine Kellnerin war auch nicht zu sehen. Beide waren wohl augenblicklich beschäftigt. Bald aber nahte Sally, die sich sehr freute, als sie ihn erblickte. Er hatte sich in die Ecke zurückgezogen, wo er gestern mit ihr Dame spielte, und verlangte eine Flasche Wein. Nachdem sie ihm diese gebracht hatte, nahm sie an seiner Seite Platz.

„Hast du denn Zeit, heute hier bei mir zu sitzen?“, fragte er.

„Warum nicht?“

„Weil drin viele Gäste zu sein scheinen.“

„Gerade deshalb kann ich abkommen. Heute gibt's viel Trinkgeld; da sieht Betty es gern, wenn ich ihr allein die Gäste überlasse.“

„Viel Trinkgeld? Was ist denn los?“

„Man wirbt Franktireurs. Es geht hoch her und man trinkt nur guten Wein.“

„Ich verstehe das nicht! Es ist noch gar kein Krieg erklärt und da denkt man schon an Franktireurs. Gibt es denn Leute, die sich anwerben lassen?“

„Ja. Der Werber des alten Kapitäns ist tagsüber sehr tätig gewesen. Jetzt kommen sie nach und nach herbei. Der Letzte traf vor kaum einer Viertelstunde ein und sitzt nun auch bei ihnen.“

„Kennst du ihn?“

„Nein. Er wurde gefragt. Es ist ein verkrachter Student der Philosophie aus Tours. Er hat bereits mit allen Brüderschaft getrunken und zu diesem Zweck ein ganzes Dutzend Flaschen Wein gegeben. Bei jedem Schluck singt er eine lateinische Strophe. Horch, da wieder!“

Der Changeur lauschte und hörte die biegsame Stimme Martins, der jetzt ein altes Kneiplied sang. Er musste lächeln; Martin wollte ihn jedenfalls hören lassen, wo er sich befand.

„Was heißt das?“, erkundigte sich das Mädchen.

„Kommt ein Ochs in fremdes Land, wird er gleich als Rind erkannt."

„Sonderbar! Diese Studenten sind eigentümliche Menschen. Er ist überhaupt ein hübscher, allerliebster Junge!"

„Wo ist der Wirt?"

„In der Seitenstube. Brecheisen, Dietrich und noch drei sitzen bei ihm. Sie trinken schweren Wein und scheinen über außergewöhnliche Geheimnisse zu verhandeln. Vater Heimlich bedient selber. Weder ich noch Betty dürfen hinein."

„Hat man gestern oben noch gespielt?"

„Nein. Aber bemerkt habe ich, dass man irgendetwas durch das Hoftor gebracht hat."

„Jedenfalls Ware!"

Das Mädchen zog ein Gesicht, als hätte es Zahnschmerzen.

„Nicht?", fragte er so unbefangen wie möglich.

„Ich darf nichts sagen."

„Pah! Wer zwingt dich zum Schweigen?"

„Der Wirt."

„Ich denke, du willst fort von hier?"

„Kann ich denn bei den Schulden, die ich vorher an Vater Heimlich zu bezahlen hätte? Fortzukommen wäre mir nur dann möglich, wenn du es gestern ernst gemeint hättest!"

„Ich habe es ernst gemeint, Sally. In solchen Sachen treibe ich niemals Scherz."

„Mein Gott! Wie glücklich wäre ich!", flüsterte sie, wobei ihre Augen aufleuchteten. „Bist du denn wohlhabend?"

„Hm, für eine gute Freundin habe ich immer einige Francs übrig."

„Ach, es ist mehr als nur einige Francs!"

„Wie viel bist du schuldig?"

„Über dreihundert. Und wenn ich zu meinem Bruder will, brauche ich doch auch noch einiges Geld. Also vierhundert Francs. Hätte ich sie, so könnte ich ein anderes Leben beginnen. So aber ist das doch unmöglich."

„Man darf nicht verzweifeln. Vierhundert Francs würde ich wohl noch für dich zusammenbringen."

Da haschte sie schnell nach seiner Hand.

„Oh, welch ein Glück! Ich wollte Tag und Nacht arbeiten, um dir diese Summe einst zurückzahlen zu können."

„Ich schenke sie dir – oder vielmehr, du könntest unter Umständen noch mehr erhalten."

Sie blickte ihn erstaunt an.

„Noch mehr? Das ist doch nur Scherz, lieber Artur!"

Er rückte ein wenig näher an sie heran.

„Ich scherze nicht. Ich kenne einen sehr reichen Mann, der sich freuen würde, wenn du ein gutes Mädchen werden wolltest. Er würde dir geben, was du zum Eintritt in ein besseres Leben bedarfst, nur müsstest du ihm beweisen, dass es dir voller Ernst ist. Er würde dir tausend Francs geben."

Sie legte die Hände zusammen wie jemand, dem man etwas Erstaunliches, Unbegreifliches gesagt hat.

„Tausend Francs?"

„Ja, gewiss!"

„So sag mir schnell, was ich machen soll!"

„Hast du heute die Zeitung gelesen?"

„Nein. Vater Heimlich leidet das nicht."

„Nun, ich will dir einmal mein ganzes Vertrauen schenken. Du zogst vorhin ein so eigenartiges Gesicht, als ich fragte, ob es Ware sei, die man gestern Abend durch das Hoftor gebracht habe. Was hatte das zu bedeuten?"

Da legte sie ihm die Hand auf die Schulter, sodass sie ihren Mund seinem Ohr nähern konnte.

„Ich will aufrichtig sein. Es war keine Ware!"

„Was denn?"

„Ein Frauenzimmer."

Der ‚Changeur' konnte seine Freude kaum verbergen, doch zwang er sich zu einem gleichgültigen Ton, während er vor sich hinbrummte:

„Seltsam! Vater Heimlich wird Besuch erhalten haben. Vielleicht eine Verwandte."

„O nein! Ich war neugierig und schlich mich hinauf, als er sein Schläfchen hielt. Ich lauschte an der Tür, die mit zwei Hängeschlössern versehen ist, und da hörte ich ein leises Weinen. Es war die Stimme eines jungen Mädchens."

„Hast du nicht angeklopft und gefragt?"

„Das darf ich nicht wagen. Ich bin ebenso leise fortgeschlichen, wie ich gekommen war."

Da nahm er, ungesehen von den beiden anderen Gästen, einige Scheine aus der Tasche und zeigte sie ihr.

„Sieh hier diese fünfhundert Francs! Die könntest du sofort als dein Eigentum einstecken, wenn du mir einen Gefallen tun wolltest."

Ihre Augen wurden größer. Es wurde ihr hier eine Summe geboten, wie sie dergleichen noch niemals besessen hatte.

„Ist das wahr? Ist das wahr?", fragte sie.

„Ich will dein Glück! Glaub es mir!"

„Gut, ich will es glauben! Was soll ich tun, Artur?"

„So höre! Es ist gestern eine Dame geraubt worden, die Enkelin eines Grafen und Generals. Ich vermute, dass sie sich hier im Haus befindet. Die Polizei suchte bisher vergebens nach ihr, wird sie aber noch finden, und dann wird das Verderben auch dich mit erfassen."

„Gott, ich weiß ja gar nichts davon! Warum hat man sie geraubt?"

„Um ein Lösegeld zu erpressen."

„So haben es die fünf getan, die jetzt beim Wirt draußen sitzen."

„Man muss ihnen ihr Opfer entreißen. Gelingt dies mit deiner Hilfe, so darfst du auf eine hohe Belohnung rechnen."

Sie blickte lange schweigend vor sich nieder. Er sah ihr an, dass sich ihr Inneres in großer Aufregung befand.

„Vater Heimlich würde sich fürchterlich rächen."

„Das kann er nicht. Er wird unschädlich gemacht! Übrigens sollst du dieses Haus mit ihr verlassen."

Da hob sie schnell den Kopf.

„Ihr wollt mich mitnehmen?“

„Natürlich!“

„Und für mich sorgen? Ich meine, dafür sorgen, dass der Wirt sich nicht an mir rächen kann?“

„Ja. Entschließe dich!“

„Artur, ich möchte gern. Aber wenn wir ertappt werden?“

„Ich bin bewaffnet und habe einen Gehilfen mit.“

„Wer wäre das?“

„Der verkrachte Student da draußen. Er ist mein Diener.“

„Dein Diener? Hast du, der ‚Changeur‘, einen Bedienten?“

Er nickte ihr lächelnd zu.

„Ich bin kein ‚Changeur‘, kein Verbrecher. Ich habe das nur gesagt, um hier ungestört sitzen zu können. Wenn du tust, was ich von dir erbitte, so stehst du unter einem sicheren Schutz, mein liebes Kind!“

Sie blickte ihn verklärten Auges an.

„So bist du wohl ein vornehmer Herr?“

„Was ich bin, wirst du sehr bald erfahren, hier aber ist zu solchen Mitteilungen nicht der richtige Ort. Aus meiner Aufrichtigkeit musst du indes erkennen, welches Vertrauen ich zu dir habe.“

„Ja, ich fühle es. Und das macht mich glücklich. Sei, wer du immer seist, ich liebe dich und darum schmerzte es mich, dich unter den Verbrechern zu wissen. Wenn ich von dir träumte, erschienst du mir als hoch und rein, und nun ist dieser Traum zur Wirklichkeit geworden. Ja, Artur, ja, ich bin bereit zu tun, was du von mir verlangst. Warte einen Augenblick! Ich komme bald wieder.“

Sie verließ das Zimmer. Er brauchte nicht lange auf Sallys Rückkehr zu warten. Sie trat mit einer Hast ein, aus der er erkannte, dass etwas äußerst Wichtiges geschehen sei.

„Was ist?“

„Um Gottes willen, was soll da vor sich gehen?“, erwiderte sie. „Ich sah, dass Vater Heimlich einen Schlüssel

von seinem Bund losmachte und ihn Brecheisen und Dietrich gab. Diese beiden sind die Treppe hinaufgegangen."
„Und der Wirt?"
„Sitzt wieder am Tisch bei den anderen dreien."
„Was mögen sie oben wollen?"
„Sie können nur zu der Dame gegangen sein."
„Alle Teufel! So muss ich ihnen nach."
„Das ist gefährlich."
„Danach darf ich nicht fragen. Weiß der Wirt, dass ich hier bin?"
„Noch nicht."
„Kann er mich bemerken, wenn ich an der Tür vorübergehe?"
„Nein, sie haben sie geschlossen, damit niemand hören soll, was gesprochen wird."
„Und die anderen, die draußen sitzen? Sind viele Bekannte dabei?"
„Oh, nur einer, der Werber nämlich, der dich gestern gesehen hat."
„Er wird mich nicht beachten, wenn ich rasch an ihm vorübergehe. Der Bajazzo, der gestern bei uns saß, ist nicht hier?"
„Nein, er wollte erst morgen wiederkommen."
„Gut. So kann es noch glücken. Gib dem Studenten einen Wink! Wenn ich zu lange oben bin, so ist Gefahr vorhanden. Er soll mir dann zu Hilfe eilen."
„Aber du hast kein Licht."
„Ich habe eine kleine Laterne. Vorwärts!"
Er wollte fort, sie hielt ihn noch für einen Augenblick zurück.
„Und ich? Was soll ich tun?"
„Das kann ich jetzt nicht wissen. Schicke nur den Studenten nach und suche uns dann den Wirt und die Gäste fern zu halten! Wenn ich die Komtesse wirklich oben finde, so kann ich sie unmöglich durch diese Räume – gibt es keinen anderen Weg?"

„Hinten zum Hoftor hinaus. Aber da müsste man den Schlüssel haben. Die Mauer ist viel zu hoch."

„Wo ist der Schlüssel?"

„Vater Heimlich hat ihn am Bund."

„Ich muss ihn haben, und zwar um jeden Preis und möglichst schnell. Sag das dem Studenten!"

Bei diesen Worten schob er sie von sich und trat in den zweiten Raum. Dort saßen gegen dreißig Personen, lauter Galgengesichter. Sie kannten den ‚Changeur' nicht und waren übrigens so sehr mit sich selber beschäftigt, dass sie ihm nicht die mindeste Aufmerksamkeit schenkten. Er gelangte unaufgehalten an ihnen vorüber in den dritten Raum, von dem aus die Treppe empor führte.

Nur Martin hatte seinen Herrn scharf angesehen und im Vorbeigehen von ihm einen Wink hin nach der Kellnerin erhalten, die unter der geöffneten Tür stand. Er erhob sich, näherte sich ihr, schob sie in die vordere Stube zurück und zog die Tür hinter sich zu. Er bemerkte sofort, dass er die beiden Gäste nicht zu beachten brauche, denn sie waren ziemlich angetrunken.

„Haben Sie sich mit dem Herrn unterhalten, der soeben hier hinausging?", fragte er das Mädchen.

„Ja", antwortete sie schnell. „Sie sind doch sein Diener?"

„Ah, er hat sich Ihnen anvertraut?"

„Ich weiß alles."

„Werden Sie uns helfen?"

„Ganz gewiss! Ich glaube wirklich, dass die Dame oben steckt. Zwei der Räuber sind hinauf zu ihr und Monsieur Artur ist ihnen nach. Sie sollen schnell folgen und das Schlüsselbund mitbringen, das der Wirt am Schürzenband trägt."

Martin stieß ein kurzes, leises Lachen aus.

„So! Also das Schlüsselbund am Schürzenband! An dieser Schürze aber hängt unglücklicherweise eben der Wirt, der es sich nicht gefallen lassen wird, wenn ich ihn bitte, das Band aufknüpfen zu dürfen. Alle Wetter! Das Schlüsselbund am Schürzenband! Als ob das so etwas Leichtes und Einfaches sei!“

„Auch ich weiß da keinen Rat!“, sagte sie ängstlich.

„Auch Sie nicht?“, fragte er nachdenklich. „Hm, da muss ich sehen, dass ich Rat bei mir selber finde.“

„Aber eilen Sie, eilen Sie!“

„Warum? Wie viele sind hinauf?“

„Zwei.“

„Oh, dann hat es keine so große Eile. Mit zweien wird dieser verteufelte Monsieur Artur schon fertig werden. Sagen Sie mir lieber, auf welche Weise die Dame aus dem Haus gebracht werden soll.“

„Hinten zum Hoftor hinaus. Hier hindurch ist es unmöglich. Ich soll auch mitgehen.“

„Sie auch? Das dachte ich mir. Der heutige Abend wird zu Ihrem Glück sein! Lassen Sie uns also überlegen. Die Schürze hängt am Wirt, das Band an der Schürze, das Bund am Band und der Schlüssel zum Hoftor wohl am Bund?“

„Ja, freilich, Monsieur! Aber beeilen Sie sich doch, sonst könnte Ihrem Herrn ein Leid geschehen.“

Er sah ihr ruhig in die angstvollen Züge.

„Ah, pah! Dieser Monsieur Artur nimmt es schon mit den Banditen auf. Der Torschlüssel hängt also am Schlüsselbund, dieses am Schürzenband, dieses an der Schürze und diese am Wirt; also, wer den Schlüssel haben will, der muss vorher den Wirt haben. Nicht?“

„Mein Gott“, klagte sie, „ich begreife Sie nicht! Mir ist es nicht wie Scherz zu Mute.“

„Mir auch nicht; denn ich muss überlegen, wie ich nun zum Wirt komme. Ah, vielleicht hab’ ich’s! Ihre Kollegin hat uns den Wein aus dem Keller gebracht. Gibt es denn da unten nicht eine Sorte, die der Wirt unter seiner eigenen Aufsicht hat?“

„Ja. Es ist der Champagner.“

„Schön! Bestellen Sie mir ein halbes Dutzend von diesem Gemisch, aber schnell, weil Sie solche Eile haben.“

„Was wollen Sie tun?"

„Das werden Sie sehen! Passen Sie auf! Ich folge dem Wirt in den Keller. Wenn ich nun wieder heraufkomme, müssen Sie an der Treppe bereitstehen, mir nach oben zu folgen, natürlich mit einer Lampe. Nehmen Sie mit, was Sie hier haben und augenblicklich brauchen; denn Sie werden in diesem Paradies hier nicht mehr länger Engel sein."

Er kehrte in den anderen Raum auf seinen Platz zurück. Sally zitterte vor Angst und Aufregung. Sie trat in das Seitengemach, wo der Wirt mit seinen drei Verbündeten saß, und meldete, dass sechs Flaschen Champagner bestellt worden seien. Vater Heimlich erhob sich, um den Wein selber zu holen.

Kaum hatte er die dritte Abteilung betreten, so huschte ihm Martin nach. Er sah ihn eben noch mit dem Licht in der Tiefe des Kellers verschwinden. So leise wie möglich folgte er ihm. Auf der Sohle des Kellers angelangt, sah er ihn in der hintersten Ecke kauern, um die Flaschen aufzunehmen. Er zog den Totschläger hervor, schlich sich hinzu und versetzte dem Nichtsahnenden einen Hieb auf den Kopf, dass er sofort zusammenbrach.

„So, lieber Père Chattemite", murmelte er. „Tot bist du nicht, aber eine Weile wirst du doch suchen müssen, bevor du den ersten Gedanken findest. Bis dahin leih' ich mir deinen Schlüsselbund. Später kannst du ihn dir vom Tor holen."

Er band die Schlüssel los, verlöschte das Licht und tastete sich wieder hinauf. In der dritten Abteilung, wohin die Kellertreppe mündete und von wo aus man auch in den Hof und in die Stockwerke gelangte, erwartete ihn Sally mit einer Lampe in der Hand. Sie sah die Schlüssel und fragte bestürzt:

„Wo ist der Wirt, Monsieur?"

„Er beschäftigt sich mit dem großen Einmaleins. Wenn er es auswendig kann, kommt er herauf. Jetzt vorwärts, aber ganz leise, damit die Rotte Korah, Dathan und Abiram da unten nichts merkt!“

*

Vorher war Belmonte dieselbe Treppe emporgestiegen. Oben im Flur hatte er seine Laterne angebrannt und bei ihrem Schein leicht die weiter empor führenden Stufen gefunden. Obgleich ihm die Augenblicke kostbar erschienen, schlich er doch nur langsam vorwärts. Das Haus war alt. Die Treppensteine bröckelten und die Diele des Ganges bestand aus Brettern, die aus den Fugen gegangen waren und sehr leicht ein kreischendes Geräusch verursachen konnten. Das musste vermieden werden.

Er gelangte an die dritte Treppe und es war ihm, als ob er da oben sprechen hörte. Er steckte die Laterne ein, um sein Nahen nicht zu verraten, und tastete sich im Finstern hinauf. Da, als er den obersten Gang erreichte, erblickte er an der rechten Seite ein Lichtviereck – es entstand dadurch, dass in einem gegenüberliegenden Raum, der da geöffnet war, eine Lampe brannte. Er war am Ziel angelangt.

Leise, Schritt für Schritt, bewegte er sich vorwärts, bis er hinter der offenen Tür stand und zwischen ihr und dem Türgewände hindurchblicken konnte.

Da stand oder vielmehr hing Ella vor Ermattung in ihren Fesseln. Die Augen waren geschlossen, die Wangen bleich, ja, fast weiß wie Gips. Vor ihr standen Brecheisen und Dietrich, ihre Tabakspfeifen rauchend und die Schönheit der Gefangenen mit ihren Blicken verschlingend. Dabei warfen sie sich Bemerkungen zu, die die Gefesselte nicht zu verstehen schien, da ihr Aussehen vermuten ließ, dass sie ohnmächtig sei.

„Denkst du wirklich, dass wir sie für hunderttausend Francs hingeben?“, fragte Brecheisen.

„Fällt keinem Menschen ein!“

„Der Alte muss bluten, bis wir sein ganzes Vermögen haben. Und dann…“

„Was dann?“

Er schnalzte mit der Zunge.

„Dann wird sie unser!“

„Dann erst? Warum nicht jetzt schon? Wirklich ein feines Mädel! – Na, ich werd’ mir einen Vorschuss holen!“

Dietrich nahm die Pfeife aus den Zähnen, spie zur Seite, wischte sich mit dem Handrücken über die Lippen und spitzte sie zum Kuss. Dann trat er dicht an sein Opfer heran.

Da aber zeigte sich, dass Ella de Perret doch nicht besinnungslos gewesen. Sie war schwach, todmatt, und gegen die Blicke dieser Buben hatte sie kein anderes Mittel gehabt, als das des kleinen Käfers, der sich tot stellt, sobald er sich in Gefahr befindet. Sie hatte also die Augen geschlossen, aber sie hörte, was gesprochen wurde. Sie öffnete die Augen, hob den Kopf und rief:

„Zurück, Teufel! Dein…“

Sie sprach nicht weiter, denn hinter den beiden tauchte eine Gestalt auf, die einen Totschläger in der Hand trug. Der Schein der Lampe fiel hell auf diesen Mann. Welch ein Gesicht! Sie kannte es, sie hatte es gesehen in der Oper und es dann nicht wieder aus ihrem Gedächtnis und aus ihrem – Herzen gebracht. Ihr Atem stockte, ihre Pulse flogen. Sie wusste nicht: War es fürchterlicher Schreck oder ein unendliches Entzücken, dass ihr die Sprache versagte.

„Teufel?“, lachte Dietrich höhnisch auf. „Nun, mit so einer Teufelin muss es schön sein, Teufel zu sein!“

Er streckte die Arme aus.

„Halt!“, ertönte es hinter ihm. Die beiden fuhren erschrocken herum. Belmonte hatte die Tür herangezogen und die Hände in die Taschen gesteckt, sodass man den Totschläger nicht sehen konnte.

„Der ‚Changeur‘!“, rief Brecheisen.

„Donnerwetter, der ‚Changeur‘!“, fluchte auch Dietrich.

„Was willst du hier? Wer hat dir erlaubt, nach oben zu kommen?“

„Ich selbst habe mir die Erlaubnis gegeben, euch ein bisschen zu stören! Fahrt zum Teufel!“

Ein rascher Schritt, ein Aufschrei des Mädchens und zwei blitzschnelle Hiebe mit dem Totschläger – die beiden Verbrecher lagen am Boden. Jetzt wendete er sich Ella von Perret zu. Der Auftritt war zu viel für sie gewesen; sie hing ohnmächtig in den Fesseln. Er zog sein Messer, öffnete die feine, scharfe Klinge und zerschnitt die Stricke. Behutsam ließ er die Besinnungslose nieder gleiten. Dann trat er hinaus und schob die Tür heran.

Er nahm den Revolver zur Hand. War unten alles nach Wunsch gegangen? Oder war der Anschlag verraten worden? Leichte Schritte kamen die Treppe herauf; ein Lichtschein schwankte ihnen voran. Waren es Feinde oder war es Martin? Der ‚Changeur‘ war entschlossen, die Komtesse bis zum letzten Blutstropfen zu verteidigen – ah, da lugte Martins Kopf vorsichtig hinter der Treppenecke hervor.

„Heda! Wer dort?“, fragte Martin, während er zu gleicher Zeit die Hand mit dem gespannten Revolver zeigte.

„Belmonte, mein Junge!“

„Sie selber, Monsieur? O weh! Ich dachte, ein wenig in Bewegung kommen zu können! Sind die beiden futsch?“

„Sie wachen so leicht nicht wieder auf.“

„Das ist unangenehm. Ich hätte gern ein bisschen nachgeholfen.“

„Ah, da kommt ja auch die Sally! Wie steht es unten?“

„Sehr gut! Der Wirt ist auch futsch und die Gäste haben nichts bemerkt. Hier ist das Schlüsselbund, das ich Ihnen bringen sollte.“

„Wie hast du es erhalten?“

„Davon später! Wie steht es mit der Komtesse?“

„Sie ist ohnmächtig. Nach Wasser zu gehen, haben wir keine Zeit; wir dürfen keinen Augenblick länger verweilen. Sally, wo ist Ihre Stube?“

„Im zweiten Stock, gleich die erste Tür."
„Haben Sie einen Mantel oder ein Tuch?"
„Ein Umschlagetuch."
„Holen Sie es schnell!"
„Was soll ich noch mitnehmen?"
„Gar nichts. Sie werden alle Ihre Sachen später gewiss erhalten."

Sie führte den Auftrag schleunigst aus, teils wehmütig verwundert und teils etwas stolz darauf, dass er sie jetzt mit dem achtungsvolleren ‚Sie' angeredet hatte.

Er hüllte die Besinnungslose ein und nahm sie auf seine Arme.

„Sie leuchten, Sally, und du öffnest mit dem Schlüssel!", gebot er.

So gelangten sie hinunter in den Flur. Dort blieb der voranschreitende Martin stehen und lauschte.

„Im Keller ist man noch nichts gewahr geworden, wie es scheint", sagte er. „Wollen sehen, welcher Schlüssel zu dieser Hoftür gehört."

Während er suchte und Sally ihm leuchtete, war es Belmonte, als ob die Komtesse sich bewegt hätte. Er näherte seinen Kopf dem ihrigen und sah, dass ihre Augen offen standen. Er hätte gern ein Wort zu ihr gesprochen, zog es aber doch vor, zu schweigen.

Endlich gelang es Martin, zu öffnen. Ein Lufthauch kam ihm entgegen und verlöschte die Lampe.

„Schadet nichts", meinte Martin. „Werfen Sie den alten Gasometer weg, Sally! Ich gehe voran. Da vorn ist das Tor."

Die anderen folgten ihm. Sie hatten aber kaum einige Schritte getan, da stieß Martin einen lauten Schrei aus. Man hörte einen Fall und dann ein tiefes, zorniges Knurren.

„Mein Gott! Der Hund!", rief Sally.

„Gibt es hier einen Hofhund?", fragte Belmonte.

„Ja, ich habe gar nicht an ihn gedacht. Er ist eine fürchterliche Bestie."

„Locken Sie ihn an sich! Er wird Sie doch kennen?“

„Er gehorcht mir so wenig wie jedem Fremden. Herr Jesus! Er hat Monsieur Martin niedergerissen und gestellt!“

Es war so wie sie sagte. Martin lag an der Erde. Der Hund stand mit gefletschten Zähnen über ihm.

„Rühren Sie sich nicht!“, warnte Sally. „Er zerbeißt Ihnen sonst die Kehle!“

„Das ist schlimm!“, sagte Belmonte. „Wir können doch diese Kerle da drin im Keller nicht über uns kommen lassen.“

Er ließ seine Last langsam zur Erde gleiten und bückte sich selber auch möglichst tief nieder, um bei der im Hof herrschenden Finsternis den Hund erkennen zu können.

„Sie wollen sich doch nicht etwa an den Hund wagen?“, fragte die Kellnerin.

Er antwortete nicht; aber einen Augenblick später hörte man ein böses Knirschen, ein Krachen wie von Knochen und ein fürchterliches Heulen, das aber rasch in ein ersterbendes Röcheln überging.

„Jesus Maria!“, klagte Sally. „Jetzt bringt er beide um!“

„Nein“, ertönte die Stimme Martins, „sondern wir beide haben ihn umgebracht. Wo sind denn die Schlüssel? Ah, hier liegen sie. Nun aber rasch auf und davon!“

Belmonte hob Ella de Perret wieder vom Boden auf. Er konnte nicht sehen, ob sie die Augen noch offen hielt, fühlte aber, dass sie bewegungslos war.

Da klirrten die Riegel, das Tor gab nach, es öffnete sich und nun war nichts mehr zu befürchten.

„Jetzt schnell zur nächsten Polizeiwache, nachdem du wieder zugeschlossen hast!“, gebot Belmonte. „Erzähle, was geschehen ist, und lasse alle, die sich im Keller befinden, ausheben.“

„Wo treffe ich Sie dann?“

„Daheim.“

„Ich werde eilen! Na, so ein Wiedersehen mit Klingklang und Gloria!“

Er sprang davon. Sein Herr schritt mit Sally, die Komtesse auf den Armen, langsam durch das enge Gässchen hinauf, an dessen Mündung sich eine Droschkenhaltestelle befand. Hier stiegen sie in einen Wagen, um nach dem Palast des Generals zu fahren. Artur mochte die Gräfin nicht der Kellnerin anvertrauen; er legte sie vorsichtig neben sich in die Kissen und hielt ihre beiden Hände in den seinen.

Nach einiger Zeit war es ihm, als ob er einen leisen Druck fühle. Er neigte sich über sie.

„Sind Sie wieder wach, Komtesse?"

„Ja", hauchte sie.

„Haben Sie Schmerzen?"

„Nein. Ich bin nur matt, sehr matt!"

Sie ließ ihre Hände nicht aus den seinigen, als ob sie auf diese Stütze nicht verzichten könne. Nach einiger Zeit hielt der Wagen und Belmonte stieg aus.

„Bleiben Sie!", flüsterte er zurück. „Ich muss Seine Exzellenz erst vorbereiten."

Der Pförtner erkannte ihn wieder.

„Abermals zum Herrn General?", fragte er ihn.

„Ja. Der Herr Graf sind doch zu sprechen?"

„Versuchen Sie's!"

Belmonte sprang die Treppe hinauf und trat in den Vorraum ein. Dort war niemand vorhanden; im nächsten auch nicht, und so klopfte er an die Tür, die zum Zimmer des Generals führte. Ein lautes „Eintreten!" ließ sich hören.

Der alte Herr erhob sich überrascht, als er ihn erkannte.

„Monsieur Belmonte!", sagte er. „Sie wieder? Und zwar unangemeldet? Ah, ich verstehe! Sie wollen sich die hunderttausend nebst der übrigen Summe holen!"

„Sie irren von neuem. Ich will mir nichts holen, sondern ich bringe Ihnen etwas!"

„So erklären Sie, was – mein Gott, was ist das? Sie bluten ja ganz entsetzlich!"

Fast erschrocken blickte Belmonte an sich nieder und

nun erst bemerkte er, dass das Blut in schweren, dicken Tropfen aus seinem linken Ärmel zur Erde fiel. Er hatte bisher vor Aufregung nicht den mindesten Schmerz empfunden; aber in dem Augenblick, in dem er das Blut sah, fühlte er, dass er verwundet war.

„Entschuldigung, Exzellenz!", erwiderte er. „Ich wusste nicht, dass ich blute; sonst wäre ich nicht hier eingedrungen. Der Hund wird mich in den Arm gebissen haben."

„Welcher Hund?"

„Der mich verhindern wollte, Ihnen eine gute Nachricht zu bringen. Ich komme nämlich, Ihnen zu sagen, dass Sie die Komtesse noch heute Abend wieder sehen werden."

„Wirklich? Wäre das möglich?", rief der Graf freudig. „Sind ihre Peiniger geneigt, sie mir bereits heute zurückzugeben?"

„Ihre Peiniger? Ich glaube nicht – dass – dass diese – dass diese – ah, wie wird – wird...!"

Er konnte kein Wort mehr hervorbringen. Ein dicker Blutstrahl schoss ganz plötzlich aus seinem Ärmel hervor. Artur griff mit der Rechten nach der Lehne eines nahen Stuhls und verlor die Besinnung.

Nun war es ihm, als träumte er, dass er verbunden würde. Er hörte wie aus weiter Ferne laute Ausrufe und freudiges Schluchzen, dann verschwand diese Erscheinung.

Als er erwachte, lag er in einem kostbar ausgestatteten Zimmer auf einem Ruhebett. Er war angekleidet und trug den Arm, der ihn sehr schmerzte, in der Binde. Einige Augenblicke später war er wieder eingeschlafen.

*

Die Gäste des Vater Heimlich hatten keine Ahnung davon gehabt, was unter ihnen im Flaschenkeller und sodann über ihnen vorgegangen war, als endlich der Kellnerin Betty auffiel, dass Sally sich nicht sehen ließ und ebenso wenig der Student aus Tours. Auch wusste sie, dass ihr Herr in den Keller gegangen war, um Wein zu holen. Warum kam er nicht zurück? Befanden sich etwa alle drei da unten beim Wein?

Endlich stieg sie mit einem Licht die Kellertreppe hinab. Da hörte sie ein leises Stöhnen. Sie erschrak und eilte zurück zu den Gästen.

„Kommt schnell hinab in den Keller; da geht etwas vor!“

Bei dieser Botschaft verstummte die Unterhaltung sofort. Es wurden Lichter angebrannt und dann begab man sich hinab. Da lag der Wirt, noch halb besinnungslos, hielt die Hand an den Hinterkopf und wimmerte.

„Los – fasst an!“, sagte der Werber. „Er hat einen Hieb erhalten. Schafft ihn hinauf und reibt ihm die Stelle mit Branntwein ein! Wer mag das gewesen sein?“

„Sally fehlt“, meinte Betty.

„Sally? Die wird ihn doch nicht überfallen haben!“

„Auch der Student ist hinaus und noch nicht wieder zurück!“

„Wer weiß, wo er steckt! Er wird in die Sally vernarrt sein. Diese beiden sind es nicht gewesen.“

„Was wird's schon sein?“, sagte einer. „Vater Heimlich ist ganz einfach die Treppe hinabgestürzt.“

„Zur Treppe hinab und so weit da hinter? Das ist ganz unmöglich!“

„Er hat sich dorthin geschleppt.“

„Warten wir ab, bis er wieder zu sich kommt; dann werden wir es erfahren!“

Die Einreibung des Hinterkopfes, frisches Wasser in das Gesicht und eine tüchtige Prise Schnupftabak in die Nase brachten den Wirt bald zur Besinnung. Er blickte erst erstaunt um sich und fuhr sich mit der Hand tastend nach der schmerzenden Stelle. Da aber kehrte ihm das Gedächtnis zurück und sofort stand er auf.

„Wo ist der Student?“, fragte er.

„Er ist mit der Sally zur Treppe hinauf, wohl in den Hof“, antwortete Betty.

„Dort würde der Hund beide zerreißen. Der Kerl hat mir einen Hieb gegeben. Ich war gerade im Umdrehen, als er zuschlug, und habe ihn erkannt. Suchen wir ihn!"

Sie fanden die Hoftür verschlossen und erst jetzt merkte der Wirt, dass ihm die Schlüssel fehlten. Er nahm ein Licht und eilte in den Keller.

„Er hat mir die Schlüssel gestohlen! Er hat irgendetwas Schlimmes vor! Schnell, schnell, dass wir ihn noch erwischen!"

Er riss hinter den Fässern eine eiserne Brechstange hervor, mit deren Hilfe er die Hoftür aufsprengte. Draußen auf dem Hof lag der Hund erwürgt, außerdem waren ihm mehrere Rippen zertreten oder mit dem Knie zerstemmt worden. Das Ausgangstor war ebenfalls verschlossen.

Jetzt eilte Vater Heimlich nach oben; aber nur die drei, die an dem Mädchenraub teilgenommen hatten, durften ihm folgen. Dort fanden sie Brecheisen und Dietrich, die soeben aus ihrer Bewusstlosigkeit zu erwachen begannen; die Gefangene aber war fort.

„Teufel, wie kommt diese – horcht!"

Auf diese Worte des Wirts lauschten alle vier nach unten. Da hörte man den Ruf:

„Die Polizei, die Polizei! Hinten hinaus! Über die Mauer!"

„Wir sind verloren!", stöhnte der Wirt. „Nur die Flucht kann uns retten. Schnell zum Dachfenster hinaus und beim Nachbarn wieder hinein!"

*

Martin hatte sich dem Gebote seines Herrn zufolge nach der nächstliegenden Polizeiwache begeben. Dort war er mit großen Augen empfangen worden. Er hatte sich während des Ringens mit dem Hund im Hofschmutz herumgewälzt und besaß infolgedessen kein sehr empfehlendes Äußere.

„Was wünschen Sie?", fragte der Polizeioffizier.

„Haben Sie vielleicht bereits gehört, dass die Komtesse von Perret seit gestern Abend verschwunden ist?"

„Närrische Frage! Natürlich wissen wir das! Haben Sie etwa eine Spur von ihr?"

„Nein. Aber wir haben sie selbst, nämlich die Komtesse."

„Wer sind Sie?"

„Monsieur Artur Belmonte ist mein Herr und infolgedessen bin ich sein Diener."

„Können Sie sich ausweisen?"

„Ja, hier!"

Er zog eine Karte hervor und zeigte sie dem Beamten.

„Das reicht aus", meinte dieser. „Aber ich bitte sehr, mir Ihr Anliegen in geordneter Weise vorzutragen."

„Wie Sie wünschen, Monsieur. Ich werde also mein Anliegen in die beste Ordnung bringen, um es Ihnen vorzulegen. Da ich aber dazu wenigstens drei volle Tage brauche und jetzt die Zeit drängt, will ich Ihnen in aller Unordnung sagen, dass wir die Komtesse gefunden haben."

„Gefunden? Ah! Wieso?"

„Gefunden und befreit!"

„Wer sind diese wir?"

„Mein Herr und ich. Ist Ihnen die Budike des so genannten Vater Heimlich bekannt?"

„Natürlich. Dieser Mann wohnt ja in meinem Bezirk."

„Nun, bei ihm hat die Komtesse sich als Gefangene befunden. Wir haben sie soeben herausgeholt und mein Herr schickt mich zu Ihnen, die in der Kneipe anwesende Versammlung zu verhaften."

„Können Sie mir beweisen, dass sich die Komtesse de Perret wirklich dort befunden hat?"

„Fragen Sie die Dame!"

„Das erfordert so viel Zeit, dass uns bis dahin die Kerle entgehen würden."

„So lassen Sie sie ausreißen! Ich verschwinde auch."

Damit war er zur Tür hinaus. Und als der Beamte ihm nachrief, tat er gar nicht, als ob er es höre.

Der Polizist war sich aber seiner Pflicht bewusst. Er schickte sofort an einige der nahe liegenden Wachen nach Mannschaft, die in Zeit von einer Viertelstunde beisammen war. Aber bevor er mit diesen Leuten in den Keller eindrang, fanden die Hauptpersonen Zeit, sich in Sicherheit zu bringen. Die Festnahme der anderen konnte zu nichts führen.

8. Verspielt, Vater Heimlich!

Martin hatte die Weisung erhalten, sich nach Haus zu begeben. Er konnte es sich aber doch nicht versagen, einen kleinen Umweg zu machen, um am Palast des Generals vorüberzugehen. Er wollte wenigstens an der Zahl der erleuchteten Fenster sehen, welchen Eindruck die Rückkehr der Geretteten gemacht habe.

Als er den Pförtner bemerkte, kam ihm die Lust, sich im Ruhm seiner Taten zu sonnen. Er trat daher an ihn heran und grüßte sehr höflich:

„Sie entschuldigen, Monsieur, gehört dieser Palast dem Grafen de Perret?"

Der Pförtner setzte eine hochmütige Miene auf.

„Ja, Monsieur, er gehört uns!"

„Ist das der General, dessen Enkelin gestern Abend entführt wurde?"

„Ja."

„Hat man sie noch nicht wieder?"

„O ja, man hat sie wieder!"

„Das ist sehr hübsch. Ist sie selber wiedergekommen?"

„Nein. Man hat sie gebracht."

„Gebracht? Hm! Da muss es ihr auswärts nicht sehr gut gefallen haben!"

„Hören Sie, Monsieur, machen Sie, dass Sie selber nach auswärts verduften!"

„Oh, das hat noch gute Zeit. Ich stehe nämlich hier infolge meines Amts."

„Ah so! Was sind Sie denn?"

„Berichterstatter."

„Für welches Blatt?"

„Für eine türkische Zeitung in Konstantinopel. Es wurde mir dorther gemeldet, dass der Sultan die Absicht habe, einige Pariserinnen mausen zu lassen. Als ich nun hörte, dass Ihnen die gnädige Komtesse abhanden kam, so dachte ich sogleich, der Sultan stäke dahinter. Nun sie aber wieder da ist, werde ich sofort nach Konstantinopel drahten, dass dies nicht der Fall ist."

„Ganz recht. Es steckt vielmehr ein ganz gewöhnlicher Kneipenwirt dahinter. Er hat sie geraubt, um hunderttausend Francs Lösegeld zu erhalten. Das können Sie mit nach Konstantinopel berichten."

„Schön. Und was noch?"

„Dass die Polizei zu dumm gewesen ist, sie zu finden."

„Die Polizei? Ist die hier in Paris auch dumm? Ich dachte, bloß in Konstantinopel. Das muss ich mitteilen. Was aber noch?"

„Dass ein Weinhändler die Gnädige gerettet hat."

„Das ist hübsch von ihm! Das ist ein Beweis, dass es doch mitunter einen Weinhändler gibt, der Gefühl hat und ein menschliches Gemüt. Hat er es denn allein fertig gebracht?"

„Nein. Er hat seinen Diener mitgenommen. Ohne Vertrauensleute ist so ein Rettungswerk niemals zu vollbringen."

„Wo stecken denn nun die beiden Retter?"

„Der Diener hat sich verduftet..."

„O weh, ist er so duftig? Das muss ich nach Konstantinopel melden. Und der Herr?"

„Der liegt oben im Bett."

„Im – was?"

„Krank."

„Krank? Was fehlt ihm?"

„Ein Hund hat ihm den Arm zerbissen. Er hat viel Blut verloren, ohne es zu bemerken. Es muss ihm eine Ader, ein Arterium oder eine Ven – Ven..."

„Sie meinen vielleicht eine Venus?"

„Ja, ja, so wird man es wohl nennen. Er ist droben bei uns umgefallen und man hat den Arzt geholt."

„Ist das die Wahrheit oder auch so ein Arterium?"

„Wahrheit!"

„So muss ich schleunigst hinauf."

Er wollte fort, aber der Pförtner hielt ihn zurück.

„Was wollen Sie oben? Sie gehören nicht hinauf!"

„O doch! Ich bin nämlich der verduftete Diener, ohne den so ein Rettungswerk gar nicht unternommen werden kann."

Damit riss er sich los und eilte die Treppe empor. Er kam gerade zur rechten Zeit, beim Anlegen des Verbandes zu helfen. Sodann wurde er zum General gerufen.

Diesem war es lieb zu hören, dass der Diener Belmontes da sei. Von Martin konnte er Aufklärung über alles erhalten, besonders auch über Sally, die mit der Komtesse gekommen war, ohne dass man ihren Anteil an der rettenden Tat genau kannte.

Martin erzählte alles und der General bot ihm ein Zimmer an, er aber lehnte es ab. Er wusste seinen Herrn in guter Pflege und beschloss daher, nach Hause zu gehen.

Am nächsten Morgen hatte sich Belmonte soweit erholt, dass er anfragen ließ, ob der General geneigt sei, ihn zu empfangen, und erhielt sofort eine zustimmende Antwort. Er warf einen Blick in den Spiegel und durfte mit sich zufrieden sein. Dass er den linken Arm in der Binde trug, konnte ihm in den Augen des Generals doch nur als Empfehlung dienen.

Als er bei ihm eintrat, fand er Ella bei ihm. Sie war entzückend schön. Die körperlichen und seelischen Leiden des letzten Tages hatten sie angegriffen. Die Stricke, in denen sie fast mehr gehangen als gestanden hatte, mochten sie verletzt haben, aber der lebhafte Glanz ihrer Augen bewies, dass sie sich bereits auf dem Weg der Erholung befand.

Ein weißes Morgenkleid, von rosafarbenen Schleifen zusammengehalten, umhüllte ihren Körper. Sie lag in einem bequemen Lehnstuhl.

Der General erhob sich, sobald er ihn erblickte, kam ihm entgegen und reichte ihm die Hand.

„Willkommen, Monsieur Belmonte! Verzeihen Sie Ella,

dass sie sich nicht erhebt! Ich habe sie gebeten, sich zu schonen!“

Sie streckte ihm die Hand freudig entgegen.

„Mein Retter!“, flüsterte sie.

Er verneigte sich tief und ergriff die dargebotene Hand, um sie ehrfurchtsvoll an seine Lippen zu drücken.

Die herzliche Dankbarkeit, die Großvater und Enkelin beseelte, half schnell über das Förmliche und Steife einer ersten Vorstellung hinweg. Er musste erzählen, wie er zu der Ahnung gekommen sei, dass die Vermisste sich in der Spelunke befinde, die er nur aus geschäftlichen Rücksichten betreten haben konnte. Dann berichtete er weiter. Er tat, als ob man ihm und Martin nicht den mindesten Dank schulde, und suchte nur das, was die Kellnerin getan hatte, in das rechte Licht zu stellen.

Beide hörten ihm mit Spannung zu und blickten, als er geendet hatte, einander an, als wollten sie sich fragen:

„Ist das wirklich ein Weinreisender? Man möchte alles darauf wetten, dass er etwas Vornehmeres sei.“

Der Graf nickte vor sich hin.

„Sie sind nicht nur ein kühner, scharfsinniger und gewandter Mann, sondern, was bei mir noch mehr gilt, auch ein guter Mensch. Ihre Schilderung dieser Sally hat mich tief gerührt. Sie soll einstweilen bei mir bleiben und dann werde ich für sie sorgen. Wie aber kann ich Ihnen dankbar sein?“

Ella schüttelte den Kopf.

„Das ist unmöglich, Großvater! Er hat für mich sein Blut vergossen, er ist für mich zum Märtyrer geworden.“

„Und ich habe ihn schwer beleidigt und gekränkt, indem ich ihm kein Vertrauen schenkte. Das kann kaum vergeben werden. Ich darf Ihnen nur das Wort, aber nicht die Tat des Dankes anbieten. Doch würden Sie mir eine Freude bereiten, wenn Sie sich wenigstens entschlössen, sich meines Arztes, und zwar in meinem Haus zu bedienen.“

Artur verbeugte sich.

„Exzellenz, dieser Vorschlag ist ein Zeichen großer Herzensgüte und ehrt mich weit über mein Verdienst. Auch würde ich, um nicht undankbar zu erscheinen, ihn annehmen, wenn ich nicht gezwungen wäre, bereits in den nächsten Tagen Paris zu verlassen."

„Ah, Sie bleiben nicht hier! Aber macht nicht Ihre Wunde eine Verlängerung Ihres hiesigen Aufenthaltes notwendig? Sie sollten sich pflegen und erholen!"

„Die Verwundung ist keineswegs gefährlich. Es war nur der Blutverlust, der mir das Bewusstsein raubte."

„Ich ersuche Sie, diese Sache nicht leicht und meine Einladung nicht für eine bloße Höflichkeit zu nehmen."

„Ich bin überzeugt, dass Ihre Fürsorge ein Zeichen Ihres aufrichtigen und wohlwollenden Herzens ist; aber ich bin leider nicht im Stande, frei über mich und meine Zeit zu verfügen. Ich bin von meinem Haus mit dem Abschluss sehr wichtiger geschäftlicher Verbindungen beauftragt, auf deren Zustandekommen ein Versäumnis weniger Stunden verhindernd einwirken kann. Meine Abreise war für die nächsten Tage festgesetzt und ich sehe mich leider wirklich außer Stande, eine Änderung dieser Verfügung aus eigenmächtigem Entschluss eintreten zu lassen."

„Nun, wir haben kein Recht, in Sie zu dringen", meinte der General. „Wenn wir jetzt auf Sie verzichten müssen, so hoffen wir doch, Sie baldigst wieder zu sehen."

„Ich werde bei meiner Rückkehr nach Paris nicht versäumen, bei Ihnen vorzusprechen, Exzellenz!"

„Wir werden uns freuen, Sie bei uns zu begrüßen; doch muss ich Ihnen sagen, dass wir für die Sommermonate einen anderen Aufenthalt gewählt haben. Wir pflegen uns seit Jahren um diese Zeit auf Schloss Malineau bei Etain zurückzuziehen. Wohin werden Sie von hier aus gehen?"

„Nach Metz!"

„Ah, nach Metz! Sie beabsichtigen dort Verkäufe?"

„Ich hoffe dort einige größere Bestellungen zu erhalten."

„Haben Sie Verbindungen dort?"

„Noch nicht."

„Nun so kann ich vielleicht, wenn Sie es gestatten, Ihnen behilflich sein. Welche Weine führen Sie?"

„Meist die Sorten von Roussillon."

„Die kenne ich nicht. Sind sie gut?"

„Sehr! Besonders der weiße Maccabeo. Die roten Sorten sind gedeckt, dick und von überaus schöner Farbe."

„Eignen sie sich für medizinische und Verpflegungszwecke?"

„Außerordentlich, Exzellenz. Ich kann zum Beispiel für Genesende den Maccabeo dringend empfehlen."

„Das freut mich sehr. Ich habe einen Freund, den General Coffinières in Metz. Er ist zum Gouverneur dieser Festung ernannt worden. Man scheint Gründe zu haben, die dortigen Lager zu füllen, und Sie wissen, dass zur Versorgung eines solchen Platzes auch das Anschaffen der nötigen Weine gehört. Dürfte ich Ihnen eine Empfehlung an den General zur Verfügung stellen?"

Dieses Anerbieten war von großem Vorteil für Belmonte. Er verbeugte sich.

„Wie könnte ich eine solche Güte von mir weisen! Ich bin Ihnen außerordentlich verbunden!"

Nach einer nur noch kurzen Unterhaltung verabschiedete sich Artur. Er konnte nicht zurückgehalten werden, musste aber versprechen, dass er vor seiner Abreise noch wiederkommen werde, um sich den Brief an den Gouverneur von Metz einhändigen zu lassen. Er wurde im Wagen des Grafen nach Hause gebracht.

Zwei Tage benötigte Belmonte, um seine bisherigen Beobachtungen in Paris zusammenzufassen und niederzuschreiben, dann war er fertig zur Abreise. Vorher begab er sich indes seinem Versprechen gemäß zum General. Er wurde von ihm allein empfangen und erhielt den versprochenen Brief an den Befehlshaber von Metz. Perret teilte ihm mit, dass seine Enkelin sich heute nicht wohl fühle und daher das Zimmer hüte, doch erwarte sie, dass er sich zu ihr verfügen möge, damit es ihr möglich sei, ihm nochmals Dank zu sagen.

Belmonte verabschiedete sich also vom Grafen und ließ sich bei Ella melden.

Er hatte erwartet, sie als Kranke zu sehen. Aber als er eintrat, stand sie am Fenster und ihr Aussehen war so gut, als ob sie das böse Abenteuer vollständig überwunden habe.

Ihre Augen glänzten ihm warm entgegen. Sie reichte ihm die Hand, die er an seine Lippen zog, und sagte:

„Sie kommen, um zu gehen, Monsieur; aber ich hoffe, dass wir uns nicht für immer Lebewohl sagen."

„Ich werde glücklich sein, wenn das Schicksal mir erlaubt, Sie wieder zu sehen!"

„Hoffen wir es zuversichtlich! Und sollte es nicht sein, ich meine, nicht persönlich, so bitte ich doch wenigstens um die Erlaubnis, Ihnen eine andere Gelegenheit zu geben, mich zu sehen. Werden Sie die Güte haben, dies kleine Zeichen der Erinnerung von mir anzunehmen?"

Sie löste eine goldene Kette vom Hals. Daran hing eine kostbare, mit Diamanten besetzte Kapsel. Sie öffnete sie und hielt sie ihm entgegen. Er erblickte ihr Bild, wunderbar ähnlich auf Elfenbein gemalt.

Diese Gabe überraschte ihn so, dass er im ersten Augenblick keine Worte fand, seinen Gefühlen den rechten Ausdruck zu geben.

„Gnädigste Komtesse!", sagte er dann, während er einen Schritt zurücktrat. „Wie dürfte ich das annehmen?"

„Sie, der Retter meines Lebens?"

Sie hatte ihre Augen groß zu ihm aufgeschlagen. Sie stand vor ihm, nicht, als ob sie ihm die Gabe biete, sondern als Bittende. Er sah, dass seine Worte ihr wehtaten. In diesem Augenblick lag etwas in ihrem schönen Angesicht, was viel mehr als eine bloße Enttäuschung bedeutete. Es überkam ihn so wunderbar, er wusste nicht, woher er den Mut nahm, aber er griff in die Tasche und zog eine kleine Briefmappe hervor.

„Gnädige Komtesse, ich darf Sie nicht beleidigen; ich will Ihnen gehorchen, aber haben Sie die Gnade, mir die Bedingung zu gewähren, dass auch mein Bild bei Ihnen bleiben darf."

Da zuckte es hell über ihr Gesicht.

„Sie haben auch Ihr Bild? Gut, Monsieur, tauschen wir!"

Sie nahm das Lichtbild aus seiner und er die Kapsel aus ihrer Hand.

„Ich wage es nur, weil Sie es befehlen, Mademoiselle. Macht diese reiche Gabe es mir doch fast unmöglich, noch eine Bitte vorzutragen."

„Sie haben einen Wunsch? Schnell, lassen Sie mich ihn wissen!"

„Er betrifft die Braut meines Dieners."

„Ah, Ihr lustiger Martin hat eine Braut? Ist sie hier in Paris?"

„Ja. Hier auf dieser Karte ist ihre Wohnung angegeben. Sie ist ein liebes, braves Mädchen und hat auf der Welt bisher niemand gehabt als einen Bruder, auf den sie sich nicht verlassen kann. Man spricht von Krieg, es ist ihr angst. Gnädige Komtesse, ich möchte für Alice Ihren Schutz erbitten."

Sie nickte ihm heiter zu.

„Gern! Sie soll ihn haben. Ich werde so bald wie möglich mit ihr zu sprechen suchen. Und bei dieser Gelegenheit will ich nicht versäumen, Ihnen eine Mitteilung zu machen, die sich auf die Kellnerin Sally bezieht. Nicht wahr, sie war eine Art Schützling Ihrerseits?"

„Fast möchte man es so nennen. Ich bat sie um ihre Hilfe, als es galt, Sie den Händen des Wirts zu entreißen, und versprach..."

„Ich weiß! Großpapa hat dafür gesorgt, dass sie ihren Bruder aufsuchen kann, um ihm Gelegenheit zur Besserung seiner Lage zu bieten."

„Ich danke von Herzen, gnädigste Komtesse! So sind mir zwei Wünsche erfüllt anstatt des einen. Gott segne Sie!"

Er ergriff ihre Hand und drückte sie an die Lippen. Sie entzog sie ihm nicht, obgleich der Kuss etwas längere Zeit in Anspruch nahm, als es üblich ist. Dann ging er. Sie blickte ihm nach, als er über die Straße schritt, und ein tiefer Seufzer entrang sich ihrer Brust. Sie wusste selbst nicht, warum sie die Hand, in der sie noch sein Bild hielt, so fest und beschwichtigend auf ihr Herz drückte. –

*

Die Polizei hatte sich redlich Mühe gegeben, Vater Heimlichs habhaft zu werden. An allen Bahnhöfen und Stadtausgängen waren Posten aufgestellt; in allen verdächtigen Wirtschaften und Winkeln wurde gesucht, doch vergeblich. –

Auf der Rue de Nazaire stand ein hohes, vornehmes Gebäude, dessen Besitzer Mascaret hieß, aber allgemein unter dem Namen Roi des chiffonniers, der Lumpensammlerkönig, bekannt war.

Man erzählte sich von ihm, er sei als Knabe ebenfalls Lumpensammler gewesen und habe es durch Fleiß und Sparsamkeit, sowie später durch eine reiche Heirat zum Besitz eines großen Vermögens gebracht. Er besaß mehrere große Papierfabriken und hatte in seinem Dienst viele Hunderte von armen Teufeln, die Tag und Nacht Paris durchwanderten, um nach Lumpen und anderen Abfällen zu suchen.

Hinter dem herrlichen Garten seines Palastes zog sich eine enge, schmutzige Gasse hin. In ihr lagen einige Häuser, die ihm gehörten und als Lagerräume für die angesammelten Abfälle dienten.

Seine Lumpensammler kannten ihn; sonst aber gab es wenig Menschen, die sich rühmen konnten, mit ihm in nähere Berührung gekommen zu sein. Zwar fuhr er fast täglich in einem glänzenden Wagen spazieren; aber er hatte sich stets so weit in die Polster zurückgelegt, dass man sein Gesicht nur schwer zu erkennen vermochte. Dann saß allemal eine junge Dame von außergewöhnlicher Schönheit an seiner Seite von der man sagte, dass sie seine Tochter sei. Ihre Mutter, seine Frau, sei gestorben.

In einer der letzten Nächte hatte in dem engen Lumpengässchen wie immer ein reges Leben geherrscht. Der Lumpensammler von Paris arbeitet am liebsten während der Nacht, beim Schein einer kleinen Laterne. Er ist da keinem Fußgänger im Weg; die Straßenkehrer haben, sobald die Hauptstadt sich zur Ruhe gelegt hat, ihr Werk begonnen, infolgedessen liegen in gewissen Abständen Kehrichthaufen, die nun von den Lumpensammlern mit Gier durchsucht werden.

Wer seinen Korb oder seine Bütte gefüllt hat, der eilt zur Niederlage, um den Vorrat abzugeben und die Arbeit von neuem zu beginnen. Daher kommt es, dass in den abgelegenen Gässchen, in denen die Lumpensammler zusammentreffen, ein mehr als gewöhnlicher Verkehr herrscht, während in den anderen Stadtteilen das Wogen des Tages aufgehört hat.

In einem dieser Häuser saß im äußersten Winkel eines niedrigen und feuchten, gewölbeartigen Raums, der ganz von allerlei Abfällen gefüllt war, an einem alten Pult ein Mann, dessen Gesicht von zahlreichen Blatternarben bedeckt war. Er hatte ein großes Buch vor sich liegen, in das er lange Zahlenreihen eintrug.

Durch die Tür kamen und gingen Leute, die ihre gefüllten Körbe ausschütteten und sich dann entfernten, ohne von dem Mann beachtet zu werden.

Was sie zu reden hatten, das hatten sie bereits mit einem Angestellten besprochen, der sich in einem Vorderraum aufhielt.

Da trat ein Mann ein, der weder Korb noch Bütte auf dem Rücken trug. Er schritt langsam auf den Schreibenden zu und blieb dann in dessen Nähe stehen, um zu warten, bis er angeredet werde. Er wurde längere Zeit nicht bemerkt, bis endlich der am Pult Sitzende ein Blatt umzuschlagen hatte und sein Blick dabei auf den Wartenden fiel. Seine Gedanken waren so von Zahlen erfüllt, dass er zwar die Gestalt bemerkte, aber die Züge des Gesichts nicht unterschied, obgleich der Schein der Lampe hell genug war.

„Was gibt's?", fragte er kurz und mürrisch.

„Monsieur Mascaret?"

„Nun ja, Monsieur Mascaret bin ich. Also was gibt's?"

„Wollen Sie mich wirklich nicht kennen?"

Da richtete der Lumpenkönig seinen Blick schärfer auf den Fragenden. Seine Stirn zog sich in Falten.

„Donnerwetter!", sagte er. „Grigaut! Sie? Wie kommen Sie nach Paris?"

„Aus alter Anhänglichkeit, Monsieur."

„Schon gut! Ich denke, Sie sind bei der Truppe des Zauberes Hassan angestellt?"

„Ich war es. Meine Stieftochter starb und da gefiel es mir nicht länger."

„Sie ist tot? Schade ist es wohl nicht um sie. Sie war ein liederliches Geschöpf. Was aber wollen Sie nun in Paris?"

„Ich befinde mich bloß auf der Durchreise. Ich muss Ihnen sagen, dass mir leider die Mittel zur Weiterreise fehlen, und da dachte ich an unsere frühere Bekanntschaft."

Der Lumpenkönig räusperte sich.

„Sie war, wie ich mich erinnere, vorübergehend."

„Aber doch so innig, dass wir uns du nannten, obgleich Sie mich jetzt mit dem ehrenvollen Sie betiteln."

„Schon gut. Sie haben die verdammt üble Angewohnheit, sich stets dann, wenn Sie sich in Geldverlegenheit befinden, meiner zu erinnern. Sie können sich denken, dass mir das nicht sehr angenehm ist. Wenn Sie wünschen, dass ich Ihr Bankherr sein soll, so ersuche ich Sie vor allen Dingen, eine Summe bei mir zu hinterlegen, über die Sie sodann verfügen können."

„Das habe ich ja getan!", meinte der Bajazzo spitz. Der Lumpenmann warf einen erstaunten Blick auf ihn.

„Wie? Wann? Und welche Summe denn?“

„Ich habe die Erinnerung bei Ihnen hinterlegt und Sie werden zugeben, dass diese nicht ganz wertlos ist.“

„Ihr Grundsatz ist der des Raubes, der Bedrohung, der Nötigung. Ich habe keine Lust, länger von Ihren Verlegenheiten gelangweilt zu werden. Wie viel brauchen Sie?“

„Hm! So viel wie möglich!“

„Ja, das glaube ich Ihnen. Ich werde Ihnen zum letzten Mal aushelfen. Ich gebe Ihnen heute zweihundert Francs, und zwar mit der Bedingung, dass Sie nicht wiederkommen.“

Der Bajazzo stieß ein kurzes Lachen aus.

„Zweihundert Francs? Wie armselig! Geben Sie zweitausend, so verspreche ich Ihnen, dass Sie mich nicht wieder sehen werden.“

Der Lumpenkönig drehte sich weiter zu ihm herum und warf ihm einen stechenden Blick zu.

„Zweihundert, nicht mehr!“

„Monsieur Mascaret!“

„Schon gut. Es ist mein letztes Wort.“

„Monsieur – Lormelle!“

Der Bajazzo sprach diesen Namen langsam und mit Nachdruck aus. Der Mann am Pult fuhr erschrocken zusammen.

„Was ist das für ein Name?“, fragte er. „Wie kommen Sie dazu, mir diesen Namen zu geben?“

„Weil Sie ihn einst getragen haben. Sie hießen damals George de Lormelle. Ich entsinne mich dessen sehr genau.“

„Unsinn! Was fällt Ihnen ein! Sie reden irr!“

„Soll ich Ihnen einen Zeugen bringen?“

„Wen denn?“

„Vater Heimlich.“

Der Mann am Pult fuhr abermals erschrocken zusammen.

„Vater Heimlich?“, wiederholte er. „Wer ist das? Wer trägt diesen Namen? Was wissen Sie von dem Mann?“

Ein höhnisches Lächeln fuhr über das verkommene Gesicht des Hanswursts. Er näherte sich dem Pult und flüsterte, damit ja kein anderer es hören könne:

„Vater Heimlich ist mein Freund."

„Wieso?"

„Wir sind alte Bekannte und Verbündete. Wir haben keine Geheimnisse voreinander. Ich war gestern bei ihm. Wollen Sie den Beweis? Hören Sie!"

Er raunte dem Lumpenkönig einige Worte ins Ohr. Mascaret erblasste, fuhr mit dem ganzen Oberkörper zurück, als ob er ein Gespenst vor sich sähe, und zischte wütend:

„Der elende Verräter! Was hat er von dieser Sache zu sprechen! Ich werde ihn zur Rede stellen!"

„Tun Sie das meinetwegen! Was mich betrifft, so genügt es mir zu erfahren, ob Sie mich wirklich mit nur lumpigen zweihundert Francs abspeisen wollen."

„Nichts, gar nichts werde ich Ihnen geben!"

„Ah! Wirklich, Monsieur George de Lormelle? Wissen Sie, was ich in diesem Fall tun werde?"

„Ihr Tun und Lassen ist mir gleichgültig."

„Ah, wirklich? Wie nun, wenn ich zur Polizei gehe, um ihr eine bedeutsame Mitteilung zu machen?"

„Das werden Sie bleiben lassen."

„Doch wohl nicht. Ich werde vorher mit Vater Heimlich sprechen und dieser wird, als mein Freund, mich in den Stand..."

Er hielt inne und fuhr erschrocken zurück. Auch der Lumpenkönig machte eine Bewegung des Erstaunens, denn gerade neben ihm tauchte die Gestalt dessen auf, von dem der Bajazzo soeben gesprochen hatte: Vater Heimlich.

„Guten Abend, Monsieur Mascaret!", grüßte er.

„Vater Heimlich! Wo kommen Sie her?", fragte Mascaret.

„Dort zur Tür herein. Sie beide waren so sehr in Ihre Unterhaltung vertieft, dass Sie meine Schritte gar nicht gehört haben."

„Und was wollen Sie?"

„Ihren Schutz, Monsieur."

„Meinen Schutz? Alle Teufel! Ich will doch nicht etwa hoffen, dass Sie irgendeine Dummheit begangen haben, in die Sie mich mit verwickeln wollen?"

„Von einer Dummheit kann keine Rede sein, sondern höchstens von einem Unglück, von einem ganz verfluchten Unglück, das mir widerfahren ist. Ich hatte einen Streich vor, so klug, wie ich noch niemals einen unternommen habe, und gerade dieser Meisterstreich ist missglückt. Die Polizei drang in mein Haus, ich musste flüchten und bin nun gezwungen, mir ein Unterkommen zu suchen, wo ich für die nächsten Tage sicher bin."

Mascaret machte eine abwehrende Handbewegung.

„Ich hoffe, dass Sie eins finden werden."

„Gewiss, Monsieur. Ich bin sogar überzeugt, es bereits gefunden zu haben."

„Meinen Sie etwa hier bei mir?"

„Gewiss."

„Sie irren sich. Lassen Sie mich vor allen Dingen den Meisterstreich wissen, der Ihnen missglückt ist."

„Das ist gar nicht nötig. Sprechen wir nicht darüber!"

Der Bajazzo stieß den Wirt an.

„Du meinst wohl die Geschichte mit der Generalstochter?"

„Ja, freilich."

„Alle Teufel! Der Fang ist nicht geglückt?"

„Er war es. Wir bekamen sie gestern Abend in unsere Gewalt, morgen Vormittag wollte ihr Großvater hunderttausend Francs bezahlen, da aber kam heute ein Mensch, der im heimlichen Einvernehmen mit der Sally gestanden hat. Sie lockten mich in den Keller, wo ich einen Schlag gegen den Kopf erhielt, der mich besinnungslos machte. Dann befreiten sie die Gefangene und schlugen dabei Brecheisen und Dietrich nieder, die sich bei ihr befanden. Als ich wieder zu mir kam, war die Polizei bereits so nahe, dass mir kaum Zeit zur Flucht blieb."

Der Lumpenkrösus hatte diesem Bericht mit allen Zeichen des Schreckens zugehört.

„Was? Sie sind es gewesen? Sie haben den Raub ausgeführt, von dem alle Zeitungen erzählten?"

„Ja, ich war es", antwortete Vater Heimlich mit sichtbarem Stolz.

„Um Gottes willen, dann habe ich keinen Teil an Ihnen!"

„Das heißt, dass Sie mich fortschicken? Das wär eine Unvorsichtigkeit, die ich Ihnen nicht zutraue. Ich brauche ein Versteck und Sie können mir eins verschaffen. Zeigen Sie mir die Tür, so werde ich gefangen und dann habe ich auch keine Verpflichtung, länger über das zu schweigen, was ich von Ihnen weiß."

„Sie haben das Schweigen bereits gebrochen."

„Ich? Gegen wen?"

„Gegen diesen Menschen hier. Er kam, um mir eine Summe Geldes abzupressen, und glaubte, dies mit Hilfe des Geheimnisses zu erreichen, das Sie ihm mitgeteilt haben."

„Der Bajazzo? Ah, der ist ein Freund von mir. Wir brauchen einander nichts zu verschweigen. Übrigens darf ich in meiner gegenwärtigen Lage durch unnütze Unterhandlungen keine Zeit verlieren. Geben Sie mir Unterschlupf oder nicht?"

„Nein! Packt euch hinaus!"

Er hatte die Tür aufgestoßen und deutete auf die Gasse. Das steigerte den Grimm Vater Heimlichs.

„Hund!", rief er. „Du sollst uns nicht umsonst hinauswerfen! Da, nimm das zum Lohn!"

Er holte zum Schlag aus, aber der Lumpensammler war auf seiner Hut gewesen. Er sprang zurück und riss einen Revolver aus der Tasche, den er dem Wirt entgegenhielt.

„Ah, vergreifen wollt ihr euch an mir?", fragte er. „Noch einen einzigen Schritt, und ich schieße euch nieder. Wenn man euch erkennt, wird man mich belohnen, anstatt bestrafen. Ich sage ganz einfach, dass ihr einen Raubüberfall auf mich unternommen habt. Also geht oder ich schieße!"

Vater Heimlich sah sich machtlos. Er schäumte vor Wut. Er fasste seinen Genossen beim Arm.

„Komm, Bajazzo, lass ihn! Er hat in diesem Augenblick die Oberhand, aber er soll es büßen; dafür werden wir sorgen!"

Er zog ihn mit sich fort auf die Gasse hinaus. Draußen blickten sie sich vorsichtig um. Sie bemerkten nichts Verdächtiges und schritten weiter.

„Wohin aber wenden wir uns jetzt?", fragte der Bajazzo.

„Zum alten Piccard."

„Ah, zum Trödler?"

„Ja."

„Lebt er denn noch?"

„Der stirbt niemals. Er scheint das ewige Leben zu haben. Er ist mir zu Dank verpflichtet und ich bin überzeugt, dass er mir seine Hilfe nicht versagen wird. Vorwärts also!"

Er begann rascher als bisher auszuschreiten und der Bajazzo folgte ihm. So kamen sie glücklich durch einige Gässchen, ohne einem Polizisten zu begegnen, und endlich traten sie in den Flur eines armseligen Häuschens, wo allem Anschein nach ein Althändler wohnte.

Der Besitzer hatte das Eintreten der beiden Fremden vernommen und sah gespannt nach der Stubentür, die sich jetzt auftat.

Der Raum war von der Diele bis zur Decke hinauf mit allerlei Gerümpel angefüllt. Auf einer Bank saß der Eigentümer, ein alter, grauköpfiger Kerl, der noch vor Methusalem gelebt zu haben schien.

Kaum war der Blick dieses Mannes auf Vater Heimlich gefallen, so sprang er mit jugendlicher Beweglichkeit von seinem Sitz auf, riss die beiden in die Stube hinein, verriegelte die Tür und rief im Ton des Schreckens:

„Mein Gott, ist's möglich? Vater Heimlich! Du wagst es,

dich auf der Straße zu zeigen? Weißt du denn nicht, dass tausend Augen nach dir forschen?"

„Ich weiß es, alter Piccard. Wirst du mich verraten?"

„Was fällt dir ein?"

„Ich wusste es. Du wirst mir doch aus der Patsche helfen?"

„Gern, wenn ich kann. Was verlangst du von mir?"

„Ich musste in demselben Anzug fliehen, in dem ich im Keller steckte. Hast du keinen anderen, der mich unkenntlich macht?"

„Ich habe einen und werde ihn holen."

„Aber ich habe kein Geld."

„Das ist auch nicht nötig. Du wirst mich bezahlen, sobald es dir möglich ist. Und du, Bajazzo, bist auch wieder hier? Sieht man dir vielleicht auch auf die Finger?"

„Hm!", antwortete der Gefragte. „Auch ich habe gerade keine Veranlassung, mich viel blicken zu lassen."

„So macht euch aus der Stadt hinaus! Draußen auf dem Land seid ihr sicherer als hier."

Er suchte einen Anzug hervor und bald war der Wirt so ausgestattet, dass man ihn, wenigstens von Weitem, nicht erkennen konnte. Der Trödler schob sie zur Tür hinaus.

Die beiden suchten die einsamsten Wege auf und dank ihrer ausgezeichneten Kenntnis der Straßen entgingen sie der Wachsamkeit der Polizei und gelangten unangefochten aus der Stadt.

„Station Tharandt! Eine Minute Aufenthalt!“

So riefen die Schaffner, während sie eilfertig die Türen der Wagenabteile öffneten.

„Bier, Cognac, belegte Semmeln!“

So rief der Kellner, der einen Korb mit gefüllten Gläsern und sonstigen Erfrischungen längs des Zuges hinschaukelte.

Aus nebeneinander liegenden, aber getrennten Abteilen stiegen zwei Reisende. Der eine war hoch und kräftig gebaut, trug graue, eng anliegende Hosen, eine Samtjacke und einen so genannten Künstlerhut. Der andere war klein und ungewöhnlich dick, obgleich er, gerade wie der erste, nicht viel über zwanzig Jahre zählen mochte. Auf seinem Haupt saß ein riesiger Kalabreser, dessen Krempe hinreichte, eine ganze Familie gegen Regen oder Sonnenstich zu schützen.

Der Große drehte sich ins Abteil zurück und brachte daraus eine ziemlich umfangreiche Mappe und einen Regenschirm zum Vorschein. Der Dicke wendete sich ebenso, als seine Füße den Erdboden erreicht hatten, nach dem seinigen und zog gleichfalls eine riesige Mappe und einen Regenschirm hervor. Beide drehten sich, da es in diesem Augenblick zum dritten Mal läutete, hastig um, und bei dieser Gelegenheit fuhr der Große dem Dicken mit dem Regenschirm ins Gesicht und der Dicke dem Großen mit dem seinigen an den Leib.

„Herr, nehmen Sie sich in Acht!“, donnerte der mit dem Künstlerhut.

„Ich bin dreimal so dick wie Sie!“, antwortete der mit dem Kalabreser. „Ich bin also dreimal leichter zu bemerken als Sie – folglich sind Sie es, der nicht aufgepasst hat.“

„Esel!“

„Ja, ich bin ein dicker und Sie ein großer, das ist so klar wie Pudding!“

Sie schauten sich grimmig in die Gesichter. Da stieß die

Maschine einen schrillen Pfiff aus, die Wagen setzten sich in Bewegung; die beiden Fremden, die sehr nahe am Zug standen, sprangen erschrocken zurück und rissen, der eine von rechts, der andere von links, den Kellner um, der soeben an ihnen vorübereilen wollte. Gläser, Flaschen, Teller, belegte Semmeln, alles lag an der Erde.

Die beiden Reisenden waren zunächst sprachlos vor Schreck und Zorn; sie blickten einander wütend unter die Hutkrempen. Der Kellner raffte sich schnell auf.

„Meine Herren, dieses Unglück haben nur Sie angerichtet! Sechs Glas Lagerbier, fünf Cognacs, vier gestrichene Brötchen mit Schinken und Wiegebraten, nebst Flaschen, Gläsern und Tellern: Macht einen Taler, fünfundzwanzig Groschen und neun Pfennige!"

Schon streckte er bei diesen im Befehlston gesprochenen Worten beide Hände aus, um die Summe umgehend in Empfang zu nehmen.

„Sechs Glas Lagerbier?", rief der Künstler.

„Fünf Cognacs?", schrie der Kalabreser.

„Vier Brötchen?"

„Schinken und Wiegebraten?"

„Jawohl, meine Herren!", antwortete der Kellner. „Die Herrschaften sind Zeugen, dass Sie mich angestoßen haben, sodass ich das Gleichgewicht verlor."

Er deutete dabei auf die Zuschauermenge, die sich im Augenblick an dem Unglücksort versammelt hatte. Ein allgemeines Kopfnicken und Beifallsmurmeln gab ihm Recht.

„Ich war es nicht!", sagte der Große.

„Und ich noch viel weniger", meinte der Dicke zornig. „Mein Bauch hat keine Ecken, an denen Kellner hängen bleiben."

„Herr!"

„Herr!"

Der Kalabreser warf dem Künstler einen verächtlichen Blick zu und dieser machte darauf eine hochmütige Kopfbewegung.

„Ich heiße Haller und bin Maler!“
„Stubenmaler etwa?“
„Nein, Kunstmaler! Ich bin aus Stuttgart!“
Da heiterte sich das Gesicht des kleinen Dicken auf. Er sagte wesentlich milder:
„Herr, ich bin auch Maler!“
„Stubenmaler?“
„Nein, Kunstmaler. Mein Lieblingsfach sind Viehbilder.“
„Wo sind Sie her?“
„Aus Berlin.“
„Wie heißen Sie?“
„Kennen Sie meinen Namen noch nicht? Ich heiße Hieronymus Aurelius Schneffke. Wir sind also Kollegen, Herr!“
Jetzt war aller Groll aus dem Gesicht des Dicken gewichen. Das schien den Großen zu rühren.
„Ja, Kollegen“, nickte er.
„Was wollen Sie in Tharandt!“
„Die ‚Heiligen Hallen‘ bewundern.“
„Ich auch! Wollen wir uns einander anschließen, Herr Kollege?“
„Mir recht.“
„Gut! So wollen wir auch diesen Pechvogel gemeinsam bezahlen!“
„Ich mache mit“, willigte Haller ein.
„Das beträgt für einen von uns siebenundzwanzig Groschen neun und einen halben Pfennig. Den halben spielen wir auf dem Billard aus. Nicht?“
„Einverstanden!“
„Schön! Die Hand auf, Kellner! Hier ist Asche. Aber ein anderes Mal schwänzeln Sie nicht so nahe an uns vorüber, sintemalen man die Augen nicht auf dem Rücken hat; das ist doch so klar wie Pudding. Kommen Sie, mein bester Herr Kollege!“
Der Dicke nahm Mappe und Regenschirm unter den linken und der Lange beides unter den rechten Arm. Die

freien Arme aber schlangen sie ineinander und wanderten also dem Ort zu, von einem fröhlichen Gelächter der Zuschauer begleitet.

Haller hatte etwas Vornehmes, Adliges an sich; aber sein Gesicht zeigte einen offenen, gutmütigen Ausdruck. Er schien mit dem Dicken vollständig ausgesöhnt.

„Also aus Berlin sind Sie?“, fragte er im Gehen.

„Jawohl, Herr Kollege!“

„Sind Sie da bekannt?“

„Sehr sogar!“

„Kennen Sie eine Familie Greifenklau?“

„Ja, ganz gut! Die Leute wohnen in einer Nachbarstraße.“

„Ah, wirklich? Das trifft sich prächtig! Es ist ein Großvater da?“

„Das stimmt.“

„Und eine Tochter, ein sehr hübsches Mädchen?“

„Hübsch ist sie, ja“, meinte der Kalabreser, während er mit der Zunge schnalzte.

„Könnten Sie mich vielleicht in diese Familie einführen?“

„Mit dem größten Vergnügen, verehrtester Herr Kollege. Wann werden Sie nach Berlin kommen?“

„Ich fahre bereits morgen Vormittag hin.“

„Donnerwetter, ich auch! Wir passen zusammen. Uns hat das Schicksal für irgendeinen großen, erhabenen Zweck zusammengeführt.“

„Fast scheint es so.“

„Fahren wir morgen miteinander?“

„Gern!“

„Heute genießen wir Tharandts ‚Heilige Hallen‘ in Gemeinschaft.“

„Ist mir lieb.“

„Und jetzt schwenken wir hier in diese Kneipe ein, um unsere Bekanntschaft mit etwas Nassem zu befeuchten!“

„Ich schließe mich an.“

Sie traten in die Wirtschaft und ließen sich eine Flasche Wein geben. Der Kleine wollte das Vorrecht, sie zu bezahlen, für sich in Anspruch nehmen. Dieselbe Forderung aber erhob Haller auch und so kamen sie überein, jeder die Hälfte zu entrichten.

„Wie lange kennen Sie schon die Greifenklaus?“, fragte Haller, als das Gespräch in Fluss geraten war.

„Bereits seit langer Zeit.“

„Kommt Moltke zuweilen hin?“

„Moltke?“, fragte hierauf der Dicke äußerst verwundert. „Nein.“

„Oder Bismarck?“

„Nie.“

„Oder verkehren andere höhere Offiziere und Diplomaten dort?“

„Ich wüsste nicht, was die da wollten und sollten. Solche Leute kaufen ihre Handschuhe im Großen und Ganzen und lassen sie niemals färben.“

„Ihre Handschuhe?“

„Ja. Der Greifenklau ist Handschuhfärber.“

„Hand-schuh-färber?“

„Natürlich! Das ist so klar wie Pudding!“

„O weh! Ich meine eine ganz andere Familie Greifenklau: eine Offiziersfamilie.“

„Ah, so! Hm, die kenne ich nicht, so leid es mir tut!“

„Na, sie wird wohl zu finden sein.“

„Ganz gewiss! Wünschen Sie, dort eingeführt zu werden?“

„Ja. Ist man in Berlin leicht zugänglich?“

„Sehr leicht! – Essen wir erst, ehe wir nach den ‚Heiligen Hallen‘ gehen?“

„Ich habe schon ein zweites Frühstück genommen.“

„Ich mein drittes. Mit dem vierten kann ich ja noch warten, bis ich in den Wald komme. Da gibt es Schafgarbe, Sauerampfer und Brunnenkresse, meine Leibkompotts zum Schinkenbrot. Ich habe alle Taschen voll belegter Brötchen stecken. Bei einem Kunstausflug darf man nicht Not leiden.“

„Sie wollen heute zeichnen?“

„Ja, natürlich! Deshalb gehe ich in die ‚Heiligen Hallen‘.“

„Ich denke, Sie sind Tiermaler?“

„Das bin ich allerdings! Es wird sich wohl etwas Lebendiges sehen lassen, eine Blindschleiche, eine Kaulquappe oder eine Ausflüglerfamilie. Wollen wir aufbrechen?“

„Einverstanden!“

In Kurzem wanderten sie selbander den Weißeritzgrund hinauf und erreichten jenen herrlichen Buchenwald, den man mit dem treffenden Namen ‚Heilige Hallen‘ bezeichnet. Haller gab sich gemütlich und der kleine Dicke war ein liebenswürdiger Gesellschafter. Während der Unterhaltung erkannte Haller, dass er es keineswegs mit einem Stümper, sondern mit einem tüchtigen Künstler zu tun hatte.

„Sie haben so etwas Militärisch-Soldatisches an sich“, meinte der Kleine in seiner humoristischen Ausdrucksweise zu ihm. „Man könnte Sie für einen Offizier in Zivil nehmen. Sind Sie Soldat gewesen?“

„Ja.“

„Ich auch.“

„Sie?“, fragte Haller, während er die dicke Figur seines Begleiters erstaunt betrachtete.

„Jawohl! Ich habe es sogar bis zum Unteroffizier gebracht. Die Geschichte ist mir ungeheuer gut bekommen, wie Sie sehen. Mein Umfang bietet überzeugenden Beweis. Aber, bitte, schlagen wir uns doch ein bisschen seitwärts in die Büsche! Vielleicht findet sich eine hübsche Baumgruppe oder so etwas Ähnliches für unsere Stifte. Etwas mitnehmen muss ich!“

Er war, wie es sich zeigte, trotz seiner ungewöhnlichen Dicke ein guter Läufer und Steiger. Haller hatte einen recht ausgiebigen Schritt angenommen, aber der Kleine blieb ihm dennoch stets an der Seite.

Es war ein wunderschöner Tag. Draußen im Freien brannte die Sonne beinahe heiß hernieder, obgleich die

Jahreszeit noch nicht weit vorgeschritten war. Hier im Wald warf sie schimmernde Lichter durch die Zweige. Die Ränder des jungen Grüns färbten sich goldig. Waldesluft erquickte die Lungen, Vogelsang erscholl von den Zweigen.

Die beiden hielten unwillkürlich ihre Schritte an. Ganz in unmittelbarer Nähe, gerade vor ihnen, ließ sich eine Frauenstimme von besonderem Wohllaut vernehmen. Es war ein Alt mit einer eigentümlichen, silbernen Klangfarbe.

„Horchen Sie!", flüsterte der Kleine. „Das ist entweder vorgelesen oder vorgetragen. Das sind Verse. Lassen Sie uns einmal sehen, wer es ist!"

Sie wanden sich leise durch ein lichtes Buchengebüsch hindurch und standen nun am Rande eines kleinen Kessels. Unten auf dessen Sohle lagen einige mit Moos bewachsene Steine und da saßen zwei Frauen, ganz in ihre Beschäftigung vertieft.

Die eine war nicht mehr jung, aber man sah ihr an, dass sie sehr schön gewesen sein musste. Ihr bleiches Gesicht zeigte jenen Hauch der Schwermut, der die Folge eines still getragenen Leides ist.

Die andere war jung, eine wirkliche Schönheit, hoch und voll gebaut, mit blondem Haar und schneeiger Gesichtsfarbe. Ihr Gewand war schlicht. Selbst an dem Hut, den sie neben sich gelegt hatte, war weder Blume noch Schleife zu sehen. Sie hatte ein Buch in der Hand, aus dem sie vorlas.

„Eine Aristokratin vom reinsten Blut; das will ich wetten", raunte der Dicke seinem Begleiter zu.

„Und die Jüngere ist Gesellschafterin, Vorleserin", fügte der Lange hinzu.

„Möglich. Eine schöne Gruppe! Wollen wir?"

Er warf dabei einen bezeichnenden Blick auf seine Mappe.

„Ich möchte wohl", antwortete Haller, „aber hier können sie uns zu leicht bemerken."

„Kriechen wir da rechts hinüber. Dort hängt der Rand ein gutes Stück über, dahinter können wir uns verstecken."

Sie schlichen sich nach der angegebenen Stelle, machten es sich dort so bequem wie möglich und begannen zu zeichnen.

„Was mag es sein, was sie vorliest?", fragte Haller.

„Ich glaube, das Buch sind Geroks Palmblätter", erwiderte der Berliner. „Ja, horchen Sie! Jetzt liest sie den Frühlingsglauben":

„Und schau ich Gottes Welt im Frühlingslicht,
wenn junges Grün erglänzt auf allen Triften,
wenn Blütenschnee aus dürren Ästen bricht
und Lustgesang ertönt in blauen Lüften,
dann hoff' ich wieder, und noch glaub ich nicht
an die Erfüllung schon der letzten Schriften,
wo krachend unsre sündenmorsche Welt
in Flammen des Gerichts zusammenfällt."

„Herrlich, herrlich!", flüsterte der Kleine. „Diese Betonung, diese Innigkeit des Ausdrucks! Sehen Sie, wie ihre Wangen sich gerötet haben und wie – – Mohrenschockelement! Da geht, weiß Gott, die Reise los!"

In seiner Begeisterung hatte er sich aufgerichtet und zu weit vorgewagt. Das lockere, überhängende Erdreich, auf dem die beiden saßen, konnte die ungewöhnliche Last des Dicken nicht mehr halten, es gab nach und rutschte niederwärts.

„Hui! Hurra! Ich halte mich doch noch fest!"

Bei diesen Worten streckte der Kleine den Arm aus und erfasste, bereits im Abwärtsrutschen begriffen, das Bein seines Kollegen.

„Mille tonnerres!", rief dieser. „Sie reißen mich ja mit in die Lawine hinein! Halt, Dicker, halt! Brr! Eh!"

Ja, leider gab es kein Halten mehr, die Lawine fuhr zu Tal.

Die beiden Damen hatten keine Ahnung davon gehabt, dass sie beobachtet wurden. Der kleine Talkessel war ihnen zur Kirche geworden und das fromme Dichterwort zum Evangelium. Diese Andacht wurde nun durch die lauten Rufe, die über ihnen erschallten, gewaltsam gestört. Sie sprangen erschrocken von ihren Sitzen auf, und was sie da sahen, war keineswegs erbaulich.

Eine ganze Menge von Erde, Sand und Geröll ergoss sich vom Rand der Schlucht nach unten, und mitten in diesem Durcheinander kugelte und kollerte der Dicke schreiend, pustend und stöhnend mit hernieder. An jedem Busch, an jeder Wurzel, an der er vorübersauste, wollte er sich festhalten, doch vergebens. Daher die verschiedenen, schnell aufeinander folgenden Ausrufe des Schrecks, der Hoffnung, des Ärgers.

„Halt! He, hü, ho! Jetzt hab' ich's! Au waih! Es geht wieder weiter! Hurrje! Geht weg da unten, ihr Weibsen! Links, Dicker, weiter links, sonst brichst du Hals und Beine! So! Na, jetzt endlich nimmt's ein Ende!"

So kam er von oben heruntergefahren. Die Gewalt des Sturzes trieb ihn bis zu den beiden Damen hin, die kaum wussten, ob sie fliehen oder bleiben sollten. Gerade vor ihnen blieb er beschmutzt und bestaubt, mit zerrissenen Hosen liegen, streckte alle viere von sich und sagte:

„Ergebenster Diener, meine Damen! Wünsche, wohl geruht zu haben. Stelle mich Ihnen vor: Ich bin Hieronymus Aurelius Schneffke. Herrjesses, wer kommt denn da noch angesaust? Na, so ein Weihnachten!"

Haller hatte sich etwas länger zu halten vermocht, endlich aber doch dem verhängnisvollen Gesetz der Schwere nachgeben müssen. Jetzt kam er angestürmt und fuhr mit solcher Wucht gegen den Dicken an, dass dieser noch ein großes Stück fortkugelte und sich, bevor er liegen blieb, noch einmal überschlug.

Der Lange raffte sich so rasch wie möglich auf und machte den Damen eine Verbeugung. Er wollte sich beinahe beleidigt fühlen, als er auf dem Gesicht der jüngeren ein spöttisches Lächeln bemerkte.

„Reiß aus, Christlieb! Guck nur deine Hosen an! Vorn bei den Knien und hinten!“, rief ihm der Dicke zu.

Die engen Beinkleider Hallers waren noch viel schlimmer zugerichtet als die des Berliners. Er warf einen erschrockenen Blick nach unten, sah seine beiden Knie durch zwei fürchterliche Risse gucken, wendete sich schnell um und war im nächsten Augenblick hinter den Büschen verschwunden.

Jetzt raffte sich auch der Dicke auf. Er bot einen so komischen Anblick dar, dass die beiden Damen nur mit größter Mühe ernst bleiben konnten.

„Schneffke wollte ich vorhin sagen, meine Damen, da aber kam dieser Hans Taps angesaust und riss mir das Wort vom Mund weg. Hieronymus Aurelius Schneffke, Kunstmaler. Meine Besuchskarten werde ich wohl unterwegs verloren haben. Es ist eine heillose Geschichte. Sehen Sie sich nur meinen Regenschirm an, da liegt er! Der hat nur noch zerbrochene Knochen, die Haut ist ganz und gar verschwunden.“

Sein Skizzenbuch hatte die ganze Reise mitgemacht. Es lag am Boden, beschmutzt, zerrissen und zerzaust. Die jüngere Dame warf einen Blick darauf, bückte sich dann rasch und hob es auf, um das Blatt zu betrachten, das gerade obenauf gewesen war.

„Ah, sieh, Tantchen, das sind wir!“, sagte sie. „Das Schicksal hat glücklicherweise diesen Diebstahl auf das Schnellste bestraft. Komm, lass uns unseren Spaziergang fortsetzen!“

Sie riss die Skizze in kleine Stücke und streute diese umher, dann verließ sie mit der anderen Dame den Talkessel.

„Donnerwetter!“, brummte ihr der Dicke nach. „Stolz lobe ich mir die Spanierin! Mir brummt der Kopf wie eine Bassgeige. Wo mag nur dieser Herr Kollege stecken? Ah, da naht er!“

Haller kam jetzt aus den Büschen heraus.

„Verdammter Fall!“, fluchte er. „Schauderhaftes Ereignis! So ein Mädchen! So wunderbar schön! Mein Traumbild gefunden, endlich gefunden! Und dabei zerplatzt mir die Hose.“

„Das ist doch immer noch besser, als wenn Sie eine Hose gefunden hätten und dabei wäre das Traumbild zerplatzt. Da oben liegen Ihr Schirm und Ihre Mappe. Sie sind viel besser weggekommen als ich. Bei mir ist alles zum Teufel!“

„Ja, das ist ein Trost. Ich habe die Skizze dieses herrlichen Kopfes, dieser köstlichen Figur erobert. Wissen Sie nicht, wer die beiden waren?“

„Nein. Daran sind Sie ganz allein schuld.“

„Wieso?“

„Ich hatte gerade begonnen, mich ihnen nach allen Regeln der guten Lebensart vorzustellen, da kamen Sie geflogen und rissen mich aus der Rolle. Die Damen wären verpflichtet gewesen, mir auch ihre Namen zu nennen.“

„Es ist ja möglich, dass wir sie wieder sehen. Jetzt gilt es vor allen Dingen, uns wiederherzustellen. Es wird doch in Tharandt einen Schneider geben, der auf Lager hat, was wir brauchen.“

„Ich hoffe es. Aber Sie können sich auch in Tharandt nicht sehen lassen. Warum tragen Sie so enge Hosen!“

„So gehen wir einstweilen zu zweien und in der Nähe des Städtchens bleibe ich zurück und warte auf Sie.“

Sie reinigten sich, so gut es ging, und wanderten dann der Stadt zu. Haller blieb im Wald zurück und wurde später von dem Dicken in den Stand gesetzt, sich wieder vor Menschen sehen lassen zu können. Aber die Freude an dem Ausflug war ihnen verdorben. Sie beschlossen, mit dem nächsten Zug nach Dresden zu fahren, von wo aus sie anderntags nach Berlin dampfen wollten.

Auf dem Bahnhof waren beide gezwungen, einige Zeit auf den Zug zu warten.

„Welcher Klasse fahren wir denn, Verehrtester?“, fragte Schneffke.

„Ich werde die Karten sogleich besorgen."
Sie saßen in der Bahnwirtschaft und hatten sich jeder ein Bier geben lassen. Haller ging und brachte dann zwei Karten erster Klasse.
„Verdammt!", sagte der Berliner. „Diese Großzügigkeit ist mein Geldbeutel nicht gewöhnt."
„Aber der meinige! Sie haben gewünscht, dass wir uns bis Berlin aneinander schließen..."
„Auch in Berlin!", unterbrach ihn der Dicke. „Sie gefallen mir, obgleich sich Ihre Hosen nicht sehr haltbar betragen haben, und da ist es mir lieb, wenn wir uns auch in Berlin nicht ganz aus den Augen verlieren."
„Das ist mir recht, obgleich auch Ihre Hosen bei der Rutschpartie bedeutend gelitten haben. Aber wollen wir beisammenbleiben, so sind Sie gezwungen, sich in meine Art und Weise zu fügen. Ich fahre nur erster Klasse."
„Hm!", lachte der Dicke. „Welcher Klasse sind Sie denn da draußen im Wald gefahren? – Übrigens bitte ich, mir zu sagen, wo Sie in Dresden wohnen."
„Das weiß ich nicht. Ich kam, gerade wie Sie, von Chemnitz her und nahm nur bis Tharandt eine Karte, um die berühmten ‚Heiligen Hallen' in Augenschein zu nehmen. In Dresden bin ich noch gar nicht gewesen."
„Und ich kam aus dem Flöhatal, das seiner landschaftlichen Schönheiten wegen bekannt ist. Ich stieg hier aus, um das seltene Vergnügen zu haben, einmal ohne Schnee auf ebener Erde Schlitten zu fahren. Ich werde im Trompeterschlösschen wohnen."
„Ein Gasthof ersten Ranges?"
„Nein."
„Wer verkehrt da?"
„Der Mittelstand."
„Der Künstler gehört nicht zum Mittelstand. Ist Ihnen nicht ein vornehmes Haus bekannt?"
„Hotel de Saxe oder auch Hotel Stadt Rom am Neumarkt."

„So fahren wir nach dem Hotel de Saxe."
„Wie? Ich auch mit? Da soll mich Gott behüten!"
„Warum?"
„Weil leider mein Beutel zum Mittelstand gehört."
„Das ist kein Grund. Wir bleiben zusammen und die Rechnung werde ich begleichen."
„Dieses Vorspiel ist ausgezeichnet! Aber bester Herr Kollege, haben Sie denn wirklich Ihren Narren so an mir gefressen, dass Sie mir solche Opfer bringen?"
„Diese geringe Ausgabe ist überhaupt nicht der Rede wert; ich bin reichlich mit Reisegeld versehen. Sie gefallen mir und zudem bin ich noch nie in Berlin gewesen und sage mir daher, dass Sie mir dort vielleicht von Nutzen sein können."
„Soll ich Ihnen dort auch neue Hosen besorgen? Ich stelle mich sehr gern zur Verfügung. Dabei ist es ein wahres Glück, dass es dort keine ‚Heiligen Hallen' gibt. Ich liebe es zwar, zuweilen ein kleines Abenteuer zu erleben, aber eine Omnibusfahrt ohne Omnibus ist denn doch nicht gerade angenehm, zumal wenn man sich dabei vor Damen bloßstellt. Die Alte war auffallend; ein höchst feines, geistreiches, aristokratisches Gesicht! Die Gesellschafterin aber war noch bei weitem reizvoller. Hat sie Ihnen gefallen?"
Haller blickte nachdenklich vor sich hin, als ob er sich ihr Bild noch einmal vergegenwärtigen wolle.
„Sie ist eine hervorragende Schönheit!"
„Jawohl, hervorragend, das ist die richtige Bezeichnung! Donnerwetter! Wenn ich erstens wüsste, wer sie ist, und zweitens – ah! Hm!"
„Was zweitens?"
„Ob – – na na, ob sie bereits einen Liebsten hat oder nicht!"
„Sacré! Sind Sie verliebt in sie?"
Der Dicke fuhr sich mit beiden Händen über den Mund und schnalzte mit der Zunge.

„Verliebt meinen Sie? Das ist ein verteufelt unpoetisches Wort. Ich an Ihrer Stelle würde mich etwas anders ausdrücken."

„Wie denn zum Bespiel?"

„Nun, das kann ich augenblicklich auch nicht sofort sagen. Aber als ich da oben von der Höhe herabgesaust kam und gerade vor ihren Füßen halten blieb, da überkam es mich wie – wie – ja, jetzt habe ich es – wie Schiller in seiner Glocke. Sie stand da vor mir ‚herrlich in der Jugend Prangen, wie ein Gebild aus Himmelshöhn'; ich lag vor ihr auf jener menschlichen Gegend, auf die ungeratene Buben die meisten Prügel zu erhalten pflegen, und in diesem feierlichen Augenblick hätte ich ausrufen mögen, wie Schiller in der Glocke:

O zarte Sehnsucht, süßes Hoffen,
der ersten Liebe goldne Zeit!
Ich lieg vor dir, grad wie besoffen,
und du? Du lachst wie nicht gescheit!"

Haller brach bei dieser Poesie in schallendes Gelächter aus – nein, der Dicke, war köstlich. Der Kleine ließ seinem Gefährten Zeit, sich zu beruhigen, und meinte dann mit der ernsthaftesten Miene:

„Was lachen Sie? Glauben Sie etwa, dass meine Verse ein empfängliches, sehnsuchtsvolles Mädchenherz nicht zu rühren vermögen? Ich bin in Berlin als einer der größten Don Juans bekannt."

Der andere musterte ihn mit einem ungläubigen Blick.

„Sie? Ah! Wie viele Erfolge haben Sie zu verzeichnen?"

„Sehr viele! Die eine lacht mich aus, die andere zuckt die Achsel, die dritte lässt mich stehen und rauscht davon, und die vierte, Donnerwetter, wer kann sich das alles merken! Na, Sie werden mich schon noch kennen lernen. Aber diese Gesellschafterin, zu deren Füßen ich vorhin niedergesäuselt bin, die hat mir's angetan. Sollte ich sie jemals wieder treffen, so lasse ich eine Liebeserklärung vom Stapel, die sich gewaschen hat!"

„Viel Glück dabei, mein Lieber! Aber da ertönt das Zeichen. Lassen Sie uns aufbrechen, der Zug fährt bereits ein."

Sie begaben sich nach dem Bahnsteig und kletterten in ein Abteil erster Klasse.

Sie hatten gar nicht die zwei Damen bemerkt, die ganz in ihrer Nähe das Einlaufen des Zuges beobachtet hatten. Es waren dieselben, mit denen sie im Wald auf eine so ungewöhnliche Weise zusammengetroffen waren.

„Nehmen wir Frauenabteil?", fragte die Jüngere.

„Nein, liebe Emma."

Sie sahen ein Abteil erster Klasse offen stehen und stiegen ein, die Ältere voran.

„Donnerwetter!"

Der Dicke war es, der diesen Ruf ausgestoßen hatte. Die ältere Dame hörte es und erkannte ihn. Sie machte sofort Miene, wieder auszusteigen; aber ihre Gefährtin, die weder etwas gehört noch gesehen hatte, stand bereits auf dem Trittbrett und der Schaffner rief:

„Bitte schnell, meine Damen! Es läutet zum dritten Mal!"

Unter diesen Umständen gab es keine Wahl, man musste bleiben. Der Schaffner warf die Tür zu und der Zug setzte sich in Bewegung. Jetzt bemerkte auch die Jüngere, in welche Gesellschaft sie geraten waren. Ein Lächeln zuckte um ihren Mund, dann ließ sie den Schleier nieder, wie um anzudeuten, dass sie für niemand vorhanden sei.

Die beiden Herren saßen an dem einen und die Damen am anderen Fenster.

„Glückliches Vorzeichen!", flüsterte der Berliner. „Soll ich?"

„Was?", gab sein Gefährte zurück.

„Na, die Liebeserklärung!"

„Unsinn! Wollen Sie die Damen beleidigen?"

„Keineswegs. Ich verstehe mich ganz gut auf solche Sachen."

Er nahm eine feierliche Miene an, drehte sich nach den Damen hin, zupfte sich die Weste, die ein wenig empor gerutscht war, zurecht, räusperte sich verheißungsvoll und sagte:

„Darf ich Ihnen vielleicht meinen Platz anbieten, gnädige Frau? Sie fahren wohl nicht gern rückwärts?“

Seine Frage war in einem höflichen Ton gesprochen worden. Die ältere Dame konnte also nicht umhin zu antworten. Sie neigte den Kopf ein wenig.

„Ich danke! Ich bin nicht nervös.“

„Oh, ich auch nicht!“, fügte er sehr geistreich hinzu, während er einen siegessicheren Blick auf seinen Gefährten warf.

„Das habe ich bemerkt“, antwortete sie, wobei ein feines, spöttisches Lächeln über ihr Gesicht glitt.

„Sehr freundlich! Wo haben Sie das bemerkt, gnädige Frau?“

„Im Wald. Es ist Ihnen ganz gleich, auf welche Weise Sie fahren.“

„Nicht wahr?“, lachte er. „Ich brauche dazu weder Kutscher noch Pferde und Wagen, nicht einmal einen Zug. Ganz gewiss haben Sie unsere Fertigkeit bewundert. Ich muss annehmen, dass Ihnen das Vorkommnis ein wenig unerklärlich gewesen ist?“

„Ich gestehe das ein.“

„Darf ich Ihnen die Erklärung geben?“

„Ich bitte darum!“

Es hatte eigentlich nicht in ihrer Absicht gelegen, auf eine Unterhaltung einzugehen, aber ein Blick in das offene, ehrliche und gutmütige Gesicht des Dicken brachte sie zu dem Entschluss, ihm nicht wehzutun.

„Nun sehen Sie, gnädige Frau“, sagte er, „wir haben uns nämlich entschlossen, mit dem Rad zu fahren, haben aber die Maschinen noch nicht erhalten. Um nun keine Zeit zu verlieren, sind wir in den Wald gegangen, uns einstweilen einzuüben. Der Mensch muss findig sein. Wenn wir dann später die Räder erhalten, besitzen wir bereits so viel Fertigkeit, dass wir uns sofort aufsetzen können. Ich hoffe, dass auch Sie das zweckmäßig finden.“

„Ebenso zweckmäßig wie außergewöhnlich“, lachte sie.

„Das kann nicht auffallen, wir sind auch zwei seltene Menschen. Wir sind Künstler. Wenn ich mich nicht irre, habe ich bereits im Wald die Ehre gehabt, mich Ihnen vorzustellen?“

„Ja, mein Herr. Aber Ihr Name ist ebenso außergewöhnlich wie Ihre Person; ich muss Ihnen daher gestehen, dass ich ihn leider nicht behalten habe.“

„Sie haben ihn vergessen? Dieses Schicksal haben die meisten irdischen Größen zu erdulden; erst nach ihrem Tod setzt man ihnen Denkmäler. Ich werde mir aber erlauben, mein Andenken bereits jetzt zu Ehren zu bringen, indem ich Ihnen wiederhole, dass ich Hieronymus Aurelius Schneffke heiße.“

„Ich danke.“

Sie hielt die Sache für abgemacht, er aber blickte ihr so erwartungsvoll ins Gesicht, dass sie, innerlich im höchsten Grade belustigt, fortfuhr:

„Mein Name ist Eschenrode.“

Das war ihm nicht genug, darum fragte er:

„Auch Künstlerin? Vielleicht Malerin?“

„Leider nicht. Mein Mann ist General.“

Er fuhr zurück.

„Sapristi! General von Eschenrode etwa?“

„Ja.“

„Der ist ja Graf.“

„Soviel ich weiß, ja!“, nickte sie.

„Habe die Ehre, gnädige Frau Gräfin. Und wie es scheint, steht dieses Fräulein als Vorleserin und Gesellschafterin in Ihrem Dienst?“

Über das Gesicht der Generalin glitt ein schalkhaftes Lächeln.

„Sie haben es erraten. Fräulein Emma ist meine Vorleserin, meine liebste Gesellschafterin. Darf ich vielleicht fragen, welche Bilder Sie als Maler bevorzugen?“

Er nahm eine höchst wichtige Miene an.

„Ich bin zoologischer Künstler und habe mich ganz

besonders für jene Erscheinungen des Tierreichs entschieden, durch die die Natur den Gedanken der höchsten Schönheit und der ästhetischen Vollkommenheit verkörpert."

„Ah, welche Tiere sind das?"

„Die Krebse, Spinnen und Tausendfüßler."

Sie warf einen Blick auf ihn, in dem sich die Besorgnis aussprach, ob er bei Sinnen sei; er aber machte ein Gesicht, dem sie anmerkte, dass es sich nur um einen Scherz handele. Bereits wollte sie antworten, aber da kam ihr die Gefährtin zuvor, denn hinter dem Schleier hervor erklang die Frage:

„Gehörte Ihre heutige Leistung vielleicht auch diesem Gebiet an?"

„Welche, mein Fräulein?"

Man sah ihm die Befriedigung an, sie zum Sprechen gebracht zu haben.

„Als Sie vor mir zu ebener Erde – ausruhten, lag neben Ihnen das Bild eines Wesens, von dem ich erfahren möchte, ob Sie das auch zu den Spinnen und Tausendfüßlern rechnen, Herr – Herr Schneffke!"

Er wusste, dass sie die Skizze ihrer eigenen Person meinte, doch das brachte ihn nicht im Mindesten in Verlegenheit.

„Das ist eine ganz andere Art und nicht ich bin es, der dieses Bild gezeichnet hat."

„Ah! Wer sonst?"

„Ich habe meinem Herzen den Bleistift borgen müssen."

Da, endlich war sie heraus, die Liebeserklärung! Er strampelte vor Freude mit den dicken Beinen, faltete die Hände befriedigt über dem Bauch und warf seinem Gefährten einen stolzen, sieghaften Blick zu.

Ein kurzes, goldenes Lachen erscholl hinter dem Schleier.

„Ihr Herz zeichnet auch Gestalten?", fragte sie.

„Wie es scheint", antwortete er. „Ich habe bisher davon noch nichts gewusst. Sie sind das erste Wesen, an das es sich gewagt hat."

„Ich fühle mich ganz beglückt davon, Herr – Schneffke! Nicht wahr, so heißen Sie doch wohl?"

„Ja, Hieronymus Aurelius Schneffke. Das ist so gewiss und klar wie Pudding. Sapperlot, das ist jammerschade!"

Die Unterhaltung war nicht ungestört geführt, sondern oft durch das Geräusch der Räder und das Anhalten des Zuges an den kleinen Stationen unterbrochen worden. Jetzt waren sie auf dem Dresdener Bahnhof angelangt. Die Tür wurde geöffnet und man stieg aus.

Der Dicke wäre gern den Damen behilflich gewesen, saß aber leider auf der verkehrten Seite des Abteils. Doch sprang er, so rasch ihm seine Körperfülle gestattete, ihnen nach und fragte, den Hut ziehend:

„Befehlen die gnädige Frau vielleicht eine Droschke?"

Sie wollte diese Höflichkeit, die man vielleicht mit ebendemselben Recht eine Zudringlichkeit nennen konnte, zurückweisen, brachte dies aber bei den guten, treuen Augen, deren Blick er auf sie richtete, nicht fertig.

„Mein Herr, ich darf Sie doch nicht bemühen!", meinte sie.

„Warum nicht?"

„Hm!", lächelte sie, während sie ihn vom Kopf bis zu den Füßen betrachtete. „Ihr Körper ist zu einer solchen Anstrengung wohl schwerlich geschaffen."

„Weil ich nicht ganz und gar hager bin? Oh, mein Umfang stört mich nicht im Mindesten. Einer, der im Wald so überaus hurtige Radfahrübungen fertig bringt, wird wohl auch nach einer Droschke springen können. Sie sollen sehen, wie ich fliege!"

Er eilte davon mit einer Geschwindigkeit, die man ihm nicht zugetraut hätte. Von dem Polizisten, der am Ausgang stand, ließ er sich eine Nummer geben und suchte dann nach der Droschke, die sie führte. Dabei brummte er befriedigt vor sich hin:

„Auf diese Weise erfahre ich, nach welchem Gasthof oder Hotel sie fahren. Ein gescheiter Kerl darf eben kein dummer Esel sein; das ist so klar wie Pudding. Diese Gesellschafterin lasse ich mir auf keinen Fall wieder entlaufen."

Die Generalin hatte ihm lächelnd nachgeblickt und dabei an ihre Begleiterin die Frage gerichtet:

„Konnte ich es ihm abschlagen, liebe Emma?“

„Nein, Tante! Er ist ein guter Mensch, wenn auch wohl ein mittelmäßiger Geist.“

„Du hast ihn erobert!“

„So ist der heutige Tag der glücklichste meines Lebens“, scherzte Emma von Greifenklau. „Aber, was sagst du zu dem anderen?“

„Der erste Augenblick ist oft entscheidend, wenn es sich um die Beurteilung eines Menschen handelt. Hier möchte ich diese Regel nicht gelten lassen. Er macht auf mich den Eindruck eines ungewöhnlichen Mannes.“

„Diesen Eindruck hat er auf mich nicht hervorgebracht. Ich halte ihn im Gegenteil für einen – hm – einfachen Menschen. Ist dir nichts an ihm aufgefallen?“

„Was meinst du?“

„Seine Ähnlichkeit mit Fritz.“

„Mit Fritz? Welchen Fritz meinst du?“

„Fritz Schneeberg, den Begleiter meines Bruders.“

„Ich habe diesen Fritz nur einmal vorübergehend gesehen. Es ist möglich, dass er öfters in meine Nähe gekommen ist, aber ich habe ihn nicht bemerkt oder nicht beachtet. Aus der Ähnlichkeit mit Fritz darfst du aber doch noch nicht schließen, dass dieser Maler ein gewöhnlicher Charakter ist.“

„Geist hat er nicht. Er hat ja nicht einmal ein Wort gefunden, sich wegen des Schrecks zu entschuldigen, den er uns bereitet hat. Dieser dicke Hieronymus hat doch wenigstens einige drollige Witze darüber gemacht.“

„Und dennoch scheint mir der andere überaus anziehend. Vielleicht ist es deshalb, weil – weißt du, mein Mann fast dasselbe Äußere hatte, als er in diesen Jahren stand.“

„Wirklich? Nun, dann ist es erklärlich, dass du ihn verteidigst. Da ist die Droschke, Tante!“

Sie stiegen ein und bedankten sich bei dem Maler.

„Hotel de Saxe“, befahl die Generalin.
Hieronymus machte eine tiefe Verbeugung und blickte dem Wagen ein Weilchen nachdenklich nach.
„Ein famoses Mädchen“, brummte er. „Wie sie sich wohl als Frau Hieronymus Aurelius Schneffke ausnehmen würde? Emma heißt sie? Hm, kein übler Name! Emma heißt: die Emsige, die Fleißige. Sie könnte mir die Farben reiben.“
Da erhielt er einen Schlag auf die Schulter.
„Donnerwetter“, rief er, „welcher Flegel ist denn – ah, Sie sind es, Kollege! Holen Sie ein andermal etwas weniger aus, wenn Sie mich liebkosen wollen!“
„Und Sie, laufen Sie nicht jedem hübschen Lärvchen nach, wenn Sie in meiner Gesellschaft bleiben wollen!“, erwiderte Haller.
„Nennen Sie etwa dieses Fräulein Emma eine Larve?“
„Wen ich meine, das ist gleichgültig. Hier habe ich eine Droschkennummer! Lassen Sie uns nach dem Hotel de Saxe fahren.“
„Das werden wir vielleicht bleiben lassen.“
„Warum?“
„Die beiden Damen wohnen dort.“
„Ah! Fürchten Sie sich vor ihnen? Ich denke, Sie sind in die Vorleserin verliebt?“
„Verliebt? Pfui Teufel, abermals dieser unpassende Ausdruck, ihr Bild ist siegreich zu den Pforten meines Herzens eingezogen. So drücke ich mich aus. Ich möchte zwar höchst gern in ihrer beglückenden Nähe weilen, aber ich habe triftige Gründe, sie einstweilen noch in zarter Schamhaftigkeit zu fliehen.“
„So? Welche Gründe wären das?“
„Erstens die Art und Weise, wie die Bekanntschaft angeknüpft wurde, und zweitens mein gegenwärtiger äußerer Adam. Sehen Sie mich einmal an!“
„Nun, was ist an Ihnen zu sehen?“
„Diese verteufelte Rutschpartie hat meinen Anzug be-

deutend mitgenommen und ich habe augenblicklich nicht über Millionen zu verfügen, sodass ich mir einen neuen Gottfried kaufen könnte. Ich muss warten, bis ich nach Berlin zu meinem Kleiderschrank komme. Bis dahin muss ich die Sehnsucht meines liebenden Herzens in die dickste Pappschachtel stecken."

„Ich glaube, der Kleiderschrank wird Ihnen auch keine Stufe zum Glück werden. Diese Emma sah mir nicht so aus, als ob sie sich von einem Krebs- oder Spinnenmaler erobern ließe. Hier ist unsere Nummer. Steigen wir ein, wir fahren nach dem Hotel Stadt Rom."

Dort ließen sie sich zwei nebeneinander liegende Zimmer geben. Haller hatte den Gedanken, ins Theater zu gehen, und ließ sich zwei Karten holen.

„Was wird gegeben?", fragte der Dicke.

„Die Jungfrau von Orleans."

„Ich werde mitgehen, obgleich mir die Jungfrau von Tharandt bedeutend lieber ist. Übrigens habe ich mich unterwegs im Abteil schauderhaft über Sie geärgert."

„Warum?"

„Sie haben keinen Laut von sich gegeben. Was müssen die beiden Damen von mir denken!"

„Von Ihnen? Wenn ich schweigsam bin, ist das doch meine, nicht aber Ihre Sache."

„O doch! Ein Künstler, der sich in der Gesellschaft eines Menschen befindet, der nicht reden kann, ist selbst auch bloßgestellt."

„Pah! Sie hatten die Unterhaltung so geistreich eingeleitet, dass ich Ihnen auch den ganzen Ruhm und Genuss lassen wollte."

„Das lässt sich hören. Die Generalin ist ein Prachtfrauenzimmer. Ich bin überzeugt, dass meine Persönlichkeit einen bedeutenden Eindruck auf sie gemacht hat."

„Natürlich. Ihre Persönlichkeit wiegt ja auch schwer genug."

„Einen Zentner achtundneunzig Pfund. Das hat Nachdruck. Wenn nur diese Emma nicht verschleiert gewesen wäre! Ich war aber doch so glücklich zu bemerken, dass sie einige bewundernde Blicke auf mich geworfen hat. Wenn ich mich nicht täusche, so wird sie am längsten Vorleserin gewesen sein. Wissen Sie, was ich jetzt tun werde?"

„Dummheiten werden Sie machen, wie es ja alle Verliebten zu tun pflegen."

„Oho, gerade recht pfiffig werde ich sein. Ich spaziere nämlich jetzt nach dem Hotel de Saxe und suche dort zu erfahren, wie lange die Damen noch da wohnen."

„Dieser Gedanke ist nicht schlecht. Eilen Sie und fangen Sie es gescheit an!"

„So gescheit wenigstens wie jeder andere. Ein Trinkgeld tut manchmal Wunder."

Haller trat ans Fenster und blickte nachdenklich hinab. Er sah Leute unten gehen und dennoch sah er sie nicht. Sein Geist war drüben im Hotel de Saxe.

„Was ist's nur", fragte er sich, „was mich gezwungen hat, mein Auge immer wieder auf die Generalin zu richten? Mir war es ganz, als ob ich sie kenne, als ob ich sie bereits oft gesehen habe. Unbegreiflich! Es gibt Personen, die man lieben muss vom ersten Augenblick an. So geht es mir mit dieser Dame, für die ich viel tun könnte, um nur mit einem freundlichen Lächeln belohnt zu werden."

Er begann nachdenklich im Zimmer auf und ab zu schreiten.

„Und die andere", fuhr er fort, „ist wirklich wert, geliebt zu werden. Wäre sie nicht bloß Vorleserin und wäre ich nicht bereits verlobt, so könnte sie mir gefährlich werden. Ich weiß wirklich nicht, ob Ella von Perret schöner ist als sie."

Nach einer Weile kehrte der Dicke zurück. Er hatte den Türhüter im Hausflur des Hotels getroffen und die Unterhaltung mit einem Achtgroschenstück eingeleitet. Der Pförtner hatte das Geldstück genau betrachtet und dann gemeint:

„Hm, was soll ich damit?"

„Es gehört Ihnen. Ich schenke es Ihnen."

„Daran liegt mir nicht sehr viel, mein Herr!"

„Was? An einem Achtgroschenstück liegt Ihnen nichts? So ein Pförtner ist mir doch in meinem ganzen Leben noch nicht vorgekommen. Das ist so klar wie Pudding."

„Aber mir sind desto mehr solcher Achtgroschenstücke vorgekommen, sie gelten nichts."

„Nicht? Das wäre!"

„Hier, sehen Sie es sich an! Das stammt noch von dazumal aus dem Krieg, wo man mehr Kupfer als Silber zu dem Geld nahm."

„Zeigen Sie einmal her! Wirklich, Sie haben Recht. Na, das ist ein Versehen. Hier haben Sie ein anderes. Ich habe Sie nicht betrügen wollen."

Aber der Pförtner war nun doch misstrauisch geworden. Er betrachtete sich den Dicken genau und fragte dann:

„Danke! Womit kann ich also dienen?"

„Mit einer Auskunft. Nicht wahr, es wohnt eine Generalin von Eschenrode bei Ihnen?"

„Ja."

„Mit ihrer Vorleserin?"

„Vorleserin? Nicht dass ich wüsste!"

„Aber ich weiß es genau. Das Mädchen ist blond und eine hübsche Erscheinung."

„Hm! Ah! Gut!", lächelte der Mann. „Also das ist die Vorleserin? Ja, die ist mit hier."

„Ist noch jemand dabei?"

„Ein Diener."

„Der war ja aber heute nicht mit in Tharandt."

„Nein, er blieb zurück. Haben Sie die Damen in Tharandt getroffen?"

„Ja. Ich hatte die Ehre, ihnen in der schmeichelhaftesten Weise vorgestellt zu werden. Wissen Sie vielleicht, wie lange sie noch hier in Dresden bleiben?"

„Sie reisen, soviel ich weiß, bereits morgen Vormittag ab."

„Schön! Ist Ihnen vielleicht bekannt, woher die jüngere stammt?"

„Das weiß ich sogar genau. Ich kenne sie seit mehreren Jahren."

„Prächtig! Also woher ist sie?"

„Aus Dresden."

„Donnerwetter! Hat sie einen Liebsten?"

„Gehabt. Sie war verlobt."

„Hm. Mit wem denn?"

„Mit einem Seminardirektor a. D."

„Alle Teufel! Das muss doch ein sehr alter Kerl gewesen sein."

„Dreiundsiebzig Jahre."

„Was? Dreiundsiebzig? Und in den ist sie verliebt gewesen?"

„Warum nicht? Frauen haben ihre Mucken. Die eine will einen Jungen und die andere einen Alten. Es gibt blutjunge Mädels, die geradezu dafür schwärmen, einen Mann mit grauem Haar zu heiraten."

„Ja, ja, das habe ich auch erfahren. Ein volles, rotes, gesundes Gesicht mit grauem Haar ist anziehend. Also sie hat ihn nicht mehr?"

„Nein. Er ist ja tot."

„Nicht schade um den Mann! Seminardirektoren a. D. sind entbehrlich, besonders wenn sie rüstigen und werktätigen Leuten die hübschesten Mädchen vor der Nase wegschnappen wollen. Trauert sie um ihn?"

„Sie hat alle Ursache dazu. Er muss ein guter Kerl gewesen sein und sehr viel auf sie gehalten haben, denn er hat ihr sein ganzes Vermögen vermacht."

„Das wäre! Sie hat ihn beerbt? Wie viel?"

„Sechzigtausend Taler in Gold, Silber und Staatspapieren, ein Haus in der Zahnsgasse, eine Villa in Niederpoyritz und die Hälfte von einer Papierfabrik in der Nähe von Markneukirchen im Gebirge."

Der Dicke sperrte den Mund vor Erstaunen auf.

„Alle Wetter!", sagte er. „Ist der Kerl reich gewesen! Seminardirektoren sind doch gewöhnlich arme Teufel."

„Er soll das alles in der Hamburger und Braunschweiger Lotterie gewonnen haben."

„Ja, dann lässt es sich erklären. Also das alles, alles hat sie geerbt? Das ist der schönste Pudding, den es gibt."

„Sie ist ja eben gerade dieser Erbschaft wegen von Berlin hierher gekommen. Die Generalin hat sie begleitet, weil sie viel auf sie hält. Gestern Vormittag ist das Geld ausbezahlt worden."

„Und morgen schleppen sie es wohl nach Berlin?"

„Jedenfalls."

„Hat sie denn keine Verwandten?"
„Weder Kind noch Kegel."
„Na, Kinder wollte ich mir verbitten und Kegel sind auch nicht notwendig. Wenn sie gar niemand hat, so ist sie ja eine Partie, nach der man sich die Finger lecken möchte."
„Lecken Sie vielleicht auch?"
„An allen zehn."
„Das glaube ich. Wer sind Sie denn eigentlich?"
„Sehen Sie mir das nicht an?"
„Hm! Sie sehen ganz aus wie ein Schnapsbrenner."
„Unsinn! Ich bin fürstlich preußischer Generalsuperintendent jüngerer Linie; der von der älteren Linie ist etwas dünner als ich. Guten Tag, lieber Freund!"
Er ging davon. Der Pförtner blickte ihm kopfschüttelnd nach.
„Der? Generalsuperintendent? Der sieht mir nicht nach so etwas aus", murmelte er. „Aber in dem Ländchen Reuß könnte es schon möglich sein. Vermeiert habe ich ihn ordentlich."
Und der Dicke dachte bei sich:
„Ob das alles wohl auch wirklich stimmt? Der Kerl sah ganz so aus, als ob er flunkerte. Na, ich werde wohl Gelegenheit finden, dahinter zukommen."
Und als ihn dann Haller nach dem Erfolg seiner Erkundigung fragte, antwortete er:
„Morgen Vormittag fahren sie nach Berlin."
„Und wir auch? Hm, ich möchte es jetzt vermeiden, mit ihnen zusammenzutreffen. Unsere Schlittenpartie hat uns beinahe lächerlich gemacht. Am besten ist's, wir fahren bereits mit dem Frühzug."
Da schüttelte der Berliner sehr entschieden den Kopf.
„Das fällt mir gar nicht ein! Ich bin gewohnt auszuschlafen. Bei dem zu frühen Aufstehen geht die Gesundheit flöten."
„Morgenstund hat Gold im Mund!"
„Was nützt es mir, wenn sie es bloß im Maul hat, und

ich bekomme nichts davon in meinen Beutel? Langer Schlaf erzieht zur Sparsamkeit; denn solange man schläft, kann man kein Geld ausgeben."

„Aber wenn wir vormittags fahren, laufen wir Gefahr, auf dem Bahnhof und im Abteil mit den Damen zusammenzutreffen."

„So fahren wir am Nachmittag. Berlin läuft uns nicht fort; das ist so klar wie Pudding."

„Das mag sein. Auf einige Stunden kommt es nun wohl auch nicht an. Aber womit vertreiben wir uns die Zeit?"

„Wir gucken zum Fenster hinaus. Da wird auf dem Markt Gemüse und verschiedenes andere verkauft."

„Danke! Machen wir lieber einen Ausflug!"

„Wohin?"

„Ich kenne die Umgebung Dresdens nicht."

„Vielleicht nach Blasewitz?"

„Was ist da zu sehen?"

„Da gibt es Käsekeilchen und das Schillerdenkmal."

„Schön! Teilen wir die Genüsse: Sie die Keilchen und ich das Denkmal."

„Mein Anteil ist jedenfalls leichter zu verdauen als der Ihrige. Übrigens brauchen wir ja nicht zu laufen, sondern wir können mit der Droschke fahren."

„Das ist kein Vergnügen. Ich möchte am liebsten – hm, das geht nicht, da Sie dabei sind."

„Was?"

„Ich bin seit einiger Zeit nicht im Sattel gewesen. Am liebsten möchte ich reiten; Sie aber können das nicht."

Der Dicke fühlte sich durch die letzten Worte stark beleidigt. Dieser Kollege behauptete so ganz ohne Weiteres etwas, wovon er noch gar keine Kenntnis haben konnte.

„Ich nicht reiten?", meinte Schneffke. „Wer hat Ihnen denn das weisgemacht?"

„Sie, bei Ihrer Figur!"

„Oho! Meine Figur ist ganz genau die eines tüchtigen Kavalleristen. Es sind bereits Dickere geritten."

„Wo haben Sie es denn gelernt?“
„Schon als Kind auf dem Karussell.“
„Unsinn!“
„Und dann war ich in Berlin oft in der Reitbahn!“
„Das lässt sich schon eher hören. Sitzen Sie fest im Sattel?“
„Eisenfest wie Pudding.“
„Nun, so wollen wir es versuchen. Ich werde dem Hausknecht Befehl geben, für zehn Uhr zwei Pferde zu besorgen.“
„Schön! Das feurigste nehme ich. Sie sollen Ihre Freude und Verwunderung an mir haben.“
„Darüber lässt sich wohl noch sprechen. Ich liebe es nicht, auf einem Fleischergaul zu sitzen.Ihre Beinchen scheinen mir nicht geeignet, einen gehörigen Schenkeldruck auszuüben.“
„Das ist auch gar nicht nötig. Müssen es denn gerade die Schenkel sein? Ich drücke mein Pferd, womit es mir passt.“
Damit war diese Angelegenheit erledigt. Die Zeit bis zum Theater verging den beiden rasch. Sie hatten Karten zur ersten Rangloge und begaben sich kurz vor Beginn der Vorstellung in den Tempel der Kunst.
Der Kleine betrachtete den Platz, den seine Nummer angab, unter einem Kopfschütteln.
„Na, na!“, brummte er. „Da soll ich sitzen? Das wird sein, als ob ich in einer Kartoffelquetsche stäke.“
Er zwängte sich soviel wie möglich zusammen und setzte sich nieder.
„Geht's?“, fragte Haller.
„Gut nicht. Es ist mir zu Mute, als ob man mich in die Spanische Jungfrau gesteckt hätte. Ich muss mir von Zeit zu Zeit zu helfen suchen. Ich hoffe, dass wir keine Nachbarn erhalten. Wenn der Platz neben mir besetzt würde, so könnte ich mir Glück wünschen. Ein kräftiger Umfang ist unter Umständen ganz hübsch, zuweilen kann er aber auch unangenehm werden, wie das Beispiel lehrt.“

Kaum hatte er das Wort gesprochen, so wurde die Tür der Loge geöffnet und es traten drei Personen ein: zwei Damen und ein Diener. Die Damen waren verschleiert, sodass man ihre Züge nicht sogleich zu erkennen vermochte. Als sie die beiden Männer bemerkten, blieben sie einige Augenblicke flüsternd stehen.

„Teufel! Denen scheint es nicht zu passen, dass wir hier sitzen", raunte Schneffke seinem Nachbar zu.

Dieser antwortete erst, nachdem er einen forschenden Blick auf die Damen geworfen hatte.

„Kennen Sie die beiden?"

„Nein. Glauben Sie, dass ich jede Dresdener Apfelfrau kennen muss, noch dazu wenn sie verschleiert ist?"

„So erschrecken Sie nachher nur nicht!"

„Worüber denn?"

„Das werden Sie selber merken. Sie nahen."

„Hilf, Himmel! Ja, sie kommen her, neben mich. Gott sei meiner armen Seele gnädig!"

„Oder vielmehr Ihrem sterblichen Leichnam, der jedenfalls mehr Platz einnimmt als die Seele samt dem Geist, den Sie haben, bester Herr Kollege."

Während der Diener im Hintergrund der Loge Platz nahm, kamen die Damen herbei und setzten sich auf die Plätze, die zur Linken des Berliners lagen. Zu seiner Rechten saß Haller. Der arme Hieronymus stieß einen qualvollen Seufzer aus und machte sich so schmal wie möglich, dennoch aber quoll er höchst ansehnlich zu den Seitenlehnen heraus und die linke Seite seines Unterkörpers wurde ganz von der Kleidung der Dame, die neben ihm saß, verdeckt.

Sie hatte seinen Seufzer gehört und antwortete mit einem leichten Räuspern, das ihm ziemlich schnippisch zu klingen schien.

„Die macht sich gar über mein Elend lustig!", sann er. „Jetzt geht es noch. Wie aber soll es später werden, wenn die Wärme steigt! Ich wollte, diese Person wäre eine alte

Hypotenuse, damit ich nicht viel Federlesens mit ihr zu machen brauchte."

Aber dieser Wunsch sollte ihm nicht in Erfüllung gehen. Erst als sich der Vorhang hob, zogen die beiden Nachbarinnen ihre Schleier zurück. Schneffkes Augen waren auf die Bühne gerichtet, aber als er den ersten Blick seitwärts warf, erkannte er – die Generalin von Eschenrode und ihre schöne Vorleserin – und diese saß neben ihm.

Augenblicklich begann es ihm heiß zu werden.

„Donnerwetter!", dachte er. „Ist das Glück oder Unglück? Meine Manschetten sind nicht die allerweißesten, und der Kragen – pfui Teufel, die Rutschpartie hat mich ziemlich unscheinbar gemacht. Ich sehe aus, als ob ich in einer alten Kiste zwischen Schokoladenmehl und gemahlenem Kaffee gelegen hätte! Aber einen Trost gibt es doch: Die Liebe ist blind. Wenn sie mir gut ist, so wird sie von all dem nicht das Mindeste merken. Hätte ich mich doch wenigstens um Glacéhandschuhe bekümmert! Oh! Da gibt es Rettung!"

Haller hatte nämlich seine Glacéhandschuhe unbequem gefunden, einen ausgezogen und auf die Brüstung der Loge gelegt. Schneffke beobachtete seine Nachbarschaft, und als er glaubte, nicht bemerkt zu werden, griff er zu und eignete sich den Handschuh an. Zwar nahm es die Dauer des ganzen ersten Akts in Anspruch, bevor es ihm gelang, seine fetten Finger hineinzupressen, aber er brachte es doch fertig. Dann langte er mit einer möglichst zierlichen Handbewegung nach dem Theaterzettel, der vor ihm lag. In demselben Augenblick ging der Vorhang nieder, das Publikum klatschte Beifall und er hielt es für angezeigt, den Kunstschwärmer zu spielen und aus Leibeskräften zu klatschen. Da erklang es halblaut neben ihm:

„Vorsicht, Herr Schneffke! Er zerreißt ja! Er ist zu eng!"

Er wandte sich erstaunt seiner Nachbarin zu.

„Wer denn?"

„Der da!"

Dabei deutete sie auf seine Hand. Der Handschuh war bei dem Klatschen aus Rand und Band gegangen. Er hing fast ganz in Fetzen um die Finger.

„Sapristi!", sagte er. „Man hat mir eine zu enge Nummer geschickt!"

„Das ist beklagenswert! Was aber wird Ihr Herr Kollege sagen?"

„Warum dieser?"

„Er wird sich ärgern, dass er Ihnen den Handschuh nicht vorher erst gehörig ausgeweitet hat. Er konnte ihn noch einige Minuten länger an der Hand behalten."

Schneffke fühlte, dass er blutrot im Gesicht wurde. Sie hatte also gesehen, dass er den Handschuh gemaust hatte.

„Fräulein, Sie sind wirklich ein kleiner Teufel!", flüsterte er.

„Wird es Ihnen in meiner höllischen Nähe warm, Herr Tausendfußmaler?"

Es war ihm wirklich so warm, als ob sein Körper jetzt aus lauter Wellfleisch bestände. Er musste ihre Gedanken von dem unglückseligen Handschuh ablenken und fragte darum:

„Wie gefällt Ihnen die Jungfrau? Diese Pauline Ulrich spielt doch ausgezeichnet!"

„Fast so ausgezeichnet, wie Sie stibitzen. Fahren Sie auch mit dieser Handschuhnummer Rad?"

„Nein", antwortete er grimmig, „da ziehe ich Faust- und Pelzhandschuhe an. Aber sagen Sie einmal, Fräulein, ob Sie in Niederpoyritz bekannt sind?"

Sie blickte ihn verwundert an.

„Wie kommen Sie zu dieser Erkundigung? Ich war noch nie dort."

„Aber wohl in Markneukirchen im Erzgebirge?"

„Niemals!"

„Haben Sie hier in Dresden einen Seminardirektor a. D. gekannt, der kürzlich gestorben ist?"

„Nein."
„Dieser Schuft! Dieser Schurke!"
„Wer? Der Seminardirektor?"
„O nein! Der ist jedenfalls ein seelenguter Kerl gewesen. Ich meine den, der ihn heute hat sterben lassen."
„Herr Schneffke, es wird Ihnen wohl immer heißer?"
„So heiß wie einem Pudding!"
Der zweite Akt begann. Der Dicke sah fast nichts davon. Er war von dem Pförtner getäuscht worden, das ärgerte ihn. Noch mehr ärgerte ihn die Handschuhgeschichte. Und gerade jetzt bemerkte Haller, dass ihm sein Handschuh fehlte. Er beugte sich über die Brüstung vor, weil er annahm, er sei dort hinabgefallen. Da machte die Vorleserin eine so auffällige Handbewegung, dass Haller sich ihr unwillkürlich zuwendete; und bei dieser Gelegenheit fiel sein Blick auf Schneffkes Hand, an der die Lederfetzen hingen. Der Dicke hätte in den Erdboden sinken mögen. Der Schweiß brach ihm aus allen Poren; es war ihm, als ob er in einem Dampfbad sitze.
Doch endlich ging auch dieser Akt zu Ende. Haller benutzte das und flüsterte ihm zu:
„Was in aller Welt geht Sie denn mein Handschuh an?"
„Ein Versehen!", stammelte er.
„Unsinn! Sie haben glänzen wollen. Diese Vorleserin hat Ihnen den Kopf verdreht."
„Halten Sie nur jetzt den Mund! Ich will – ach, Gott sei Dank, sie stehen auf! Sie gehen nach der Wandelhalle! Ich verschwinde auch!"
Die Damen hatten sich erhoben und verließen die Loge.
„Sie wollen ihnen nach?", fragte Haller.
„Fällt mir nicht ein!"
„Wohin denn sonst?"
„Ich mache, dass ich fortkomme. Ich verdufte. Hier ist eine Hitze von sechsundneunzig Grad im Schatten, und das ist für meine jugendliche Beschaffenheit zu viel. Bleiben Sie noch hier?"

„Ja. Ich brauche nicht auszureißen, ich habe ein gutes Gewissen.“

„Wohl Ihnen! Viel Vergnügen!“

Schneffke ging und kehrte in sein Hotel zurück, wo er sich schleunigst zu Bett legte, um Haller bei dessen Heimkehr keine Gelegenheit zu irgendwelchen anzüglichen Bemerkungen zu geben.

Dieser hatte, als die Damen in die Loge getreten waren, sich höflich verbeugt, dann aber scheinbar keine Notiz von ihnen genommen, außer da, als Emma ihn durch die Handbewegung auf den schadhaften Handschuh aufmerksam machte. Er blieb auch weiterhin offensichtlich teilnahmslos gegen sie und bedachte sie erst am Schluss der Vorstellung wieder mit einer Verbeugung.

Als die Generalin mit der Nichte zu Hause angekommen war, sagte sie:

„Weißt du, dass du ein kleiner Kobold bist? Oder denkst du, dass ich die Handschuhgeschichte nicht bemerkt habe?“

„Ich bin sehr für diesen Spinnenmaler eingenommen, liebe Tante!“

„Der sein Herz an dich verloren hat!“

„So, dass er einen linken Handschuh borgt und ihn an die rechte Hand zieht. Er hält mich wirklich für deine Vorleserin!“

„Ich nehme weit mehr Anteil an dem anderen. Er hat das Äußere und das ganze Wesen eines Mannes aus vornehmen Kreisen. Es ist mir, als ob ich seit Jahren mit ihm bekannt gewesen sei. Er gab sich heute den Anschein, uns nicht zu beachten, und doch habe ich bemerkt, dass er uns weit mehr Aufmerksamkeit schenkte als der Bühne.“

„So haben wir beide eine Eroberung gemacht, ich den Hieronymus und du den – ach, wie mag er heißen?“

„Vielleicht erfahren wir es noch.“

„Du willst doch nicht sagen, du seist so für ihn eingenommen, dass es dich verlangt, seine Verhältnisse kennen zu lernen?“

Die Generalin antwortete erst nach einer Weile.

„Ja, gerade das will ich sagen. Ich habe selten einen Menschen getroffen, der einen ähnlichen Eindruck auf mich gemacht hätte. Eine innere Stimme sagt mir, dass ich ihn näher kennen lernen werde, und ich verlasse morgen Dresden mit der Überzeugung, dass ich diese zwei Maler nicht zum letzten Mal gesehen habe."

„Wann reisen wir?"

„Es war für früh bestimmt."

„Ist nicht ein kurzer Aufschub möglich, liebe Tante?"

„Wozu? Hast du etwas zu besorgen?"

„Eigentlich nicht. Ich möchte nur noch gern einen Spaziergang machen."

„Wegen eines Spaziergangs die Abreise verzögern?"

„Erlaube mir, dir das Rätsel zu lösen! Es gilt der Erinnerung an ein Erlebnis meines Bruders."

„Das klingt nur noch rätselhafter."

„Weil du nicht weißt, dass Richard eine Liebe hat."

„Eine Liebe? Kind, das ist mir allerdings neu! Richard, der Frauenfeind, der keine Gesellschaft besuchte und nur seinem Dienst und seinen Büchern zu leben schien? Der Heuchler!"

„Verzeih, liebe Tante! Es hat eine eigentümliche Bewandtnis mit dieser Liebe. Du weißt doch, dass er einige Zeit dienstlich in Dresden war?"

„Gewiss. Er hat ja den Auftrag zu dieser Reise von meinem Mann erhalten."

„Nun, auf einem Spazierritt nach Blasewitz ist ihm eine Dame begegnet..."

„In die er sich augenblicklich verliebt hat?", fiel die Generalin lächelnd ein.

„Ja. Es ist kaum glaublich. Sie im Wagen und er zu Pferd; er hat sie nur mit einem flüchtigen Blick gestreift und doch ist er seit diesem Augenblick..."

„Ja, ja, so ist die Liebe! So ging es auch mir und so ging es Kunz, als wir uns in Paris zum ersten Mal erblickten. So ist es auch meiner Schwester Ida und deinem Vater ergangen."

„Er hat natürlich nicht gewusst, wer sie ist", fuhr Emma von Greifenklau fort, „aber sie ist ihm keinen Augenblick mehr aus dem Sinn gekommen."

„Hat er nicht nach ihr geforscht?"

„Es ist vergeblich gewesen. Aber jetzt hat er sie gefunden, ganz plötzlich und unerwartet, wie er mir schreibt."

„Wo?"

„Ja, liebes Tantchen, weißt du denn eigentlich, wo er sich befindet?"

„Nein."

„Und der Onkel hat es dir nicht mitgeteilt?"

„Er hat mir kein Wort gesagt. Ist Richard dienstlich unterwegs?"

„Ja. Der Ort, wo er sich befindet, muss indes Geheimnis bleiben."

„So will ich dich auch nicht fragen, denn ich weiß, dass du doch nichts ausplaudern würdest. Aber was hat dies alles mit deinem Spaziergang nach Blasewitz zu schaffen?"

„Sehr viel. Dieser Spaziergang ist eine Handlung der Treue, der schwesterlichen Teilnahme. Ich will einmal den Weg gehen, den er damals geritten ist. Ich will den Ort sehen, wo er sein Herz verloren hat."

„Ah, das ist es? Nun, da darf ich dir nicht widerstreben. Wandern wir also nach Blasewitz; wir erreichen Berlin ja immer noch bei guter Tageszeit."

*

Der nächste Morgen war schön, sodass die Damen beschlossen, den Weg zu Fuß zu machen.

Einige Zeit darauf brachte ein Reitknecht zwei Pferde geführt, mit denen er vor dem Hotel der beiden Maler hielt. Schneffke hatte bereits gewartet und die Tiere vom Fenster aus sofort bemerkt. Er kam eiligst zu Haller und rief schon während des Türöffnens:

„Sie sind da, Herr Kollege!“
„Wer ist da?“
„Die Viecher!“
„Die Viecher?“
„Na, die Pferde.“
„Ach so! Wie ich sehe, sind Sie schon bereit? Mon Dieu, wo haben Sie denn diese fürchterlichen Sporen her?“
Der Dicke hatte den unteren Teil seiner Hosen in die Stiefelschäfte gesteckt und ein Paar ungeheure Sporen angeschnallt. In der Hand trug er eine mächtige Reitpeitsche.
„Von dem Altertumshändler da drüben in der Frauenstraße. Natürlich habe ich sie mir bloß geliehen. Zum Kaufen sind sie mir zu teuer. Es sind nämlich echte mexikanische; der Händler sagte, dass sie einst dem König Quatemozin gehört hätten.“
„Und das glauben Sie?“
„Unsinn! Sie gefallen mir; das ist genug. Donnerwetter! Ich werde Ihnen etwas vorreiten! Die ganze hohe Schule nehme ich durch, zuletzt mit verhängtem Zügel. Und damit ich dabei den Hut nicht verliere, habe ich ihn mit der Schnur hier fest auf den Kopf gebunden.“
Haller lachte ihm ins Gesicht.
„Sie sind ein ganz verwegener Kerl, wie es scheint. Tun Sie mir nur den Gefallen, Ihren Hals und Ihre Beine in Acht zu nehmen! Na, so kommen Sie!“
Er hatte hinter dem Rücken des guten Hieronymus Sorge getragen, dass diesem nicht etwa ein Vollbluthengst zur Verfügung gestellt werde. Als sie aus dem Tor traten, erblickten sie einen hübschen Braunen und daneben einen Schimmel, dem man die Sanftmut und Geduld eine ganze Meile weit anmerken konnte.
Schneffke trat in unternehmender Haltung zu dem Knecht.
„Welches ist das wildeste von den beiden?“
Der Knecht deutete auf den Schimmel.
„Der da. Er ist oft kaum zu bändigen. Es gehört ein sehr

erfahrener und gewandter Reiter dazu, im Sattel zu bleiben."

„Mich soll er nicht herunterwerfen. – Herr Kollege, ich kann nicht dulden, dass Sie sich in Gefahr begeben; ich nehme also den wilden Schimmel und lasse Ihnen den Braunen."

„Nicht doch!", warnte Haller. „Der Schimmel hat den Teufel im Leib. Der braucht Schenkeldruck."

Der Dicke stellte sich breitspurig vor ihn hin.

„Schenkeldruck? Donnerwetter! Betrachten Sie sich einmal diese Schenkel! Sind das etwa Sperlingswaden? Ich bin ja der reine Koloss von Rhodos. Wenn der Schimmel wirklich gedrückt sein will, so kann er es haben. Ich werde ihn quetschen, dass ihm die Seele knacken soll. Aufgestiegen also!"

Es kostete ihn Mühe, mit dem Fuß den Bügel zu erreichen; aber es gelang ihm doch, hinaufzuklettern, wo er sich dann ordentlich zurechtsetzte. Der Schimmel war sehr gut genährt. Das Tier und sein Reiter passten zueinander.

Auch Haller war aufgestiegen und hob die Hand.

„Vorwärts jetzt, durch die Rampische Straße!"

Er setzte den Braunen in Bewegung. Der Dicke tat dasselbe, zerrte aber an der verkehrten Seite. So kam es, dass der Schimmel sich erst einmal um seine eigene Achse drehte und dann in entgegengesetzter Richtung forttraben wollte. Haller blickte sich um.

„Herr Kollege, wollen Sie etwa durch das Marktgässchen reiten?"

„Das Marktgässchen? Fällt mir nicht ein! Ich dachte aber, das hier wäre die Rampische Straße. Komm, Schimmel, dreh dich wieder um, nach links, immer weiter links! So, und nun geradeaus, dort hinter dem Braunen her!"

Es war ihm gelungen, den Gaul richtig vor den Wind zu bringen; er erreichte Haller und ritt an dessen Seite weiter.

Die Leute blieben stehen, um den beiden nachzublicken. Es war dem Dicken unmöglich, die Beine in die gehörige

Lage zu bringen; er streckte sie gerade ab. Ein rascher Seitenschritt des Pferdes hätte ihn sofort aus dem Sattel gebracht. Er bemerkte, welche Aufmerksamkeit er erregte, daher sagte er in selbstgefälligem Ton zu Haller:

„Wir müssen doch ein höchst stattliches Reiterpaar abgeben, denn alle Leute staunen uns an."

„Mich weniger als Sie."

„Das ist auch meine Meinung. Aber sehen Sie nur, was für einen schneidigen Schenkeldruck ich habe!"

„Ausgezeichnet!", nickte Haller spöttisch.

„Ohne diesen Druck wäre ich aber auch sofort heidi. Dieser Schimmel ist ein ganz verfluchtes Vieh. Er will mit mir immer durch, bald rechts oder links, bald rückwärts oder vorwärts. Soeben wollte er hinten ausschlagen, und jetzt, ah, ich ahnte es doch gleich, jetzt wollte er vorn in die Höhe. Aber solche Unbotmäßigkeiten dulde ich einfach nicht. Das Vieh muss einsehen, dass es heute endlich einmal seinen Meister gefunden hat."

So ging es durch die Pillnitzer Straße und quer über die alte Vogelwiese nach Blasewitz zu. Plötzlich deutete Haller nach vorn.

„Teufel noch einmal! Kennen Sie die beiden, die dort gehen?"

„Die Frauenzimmer?"

„Ja."

„Die gehen mich nichts an. Ich habe jetzt keine Zeit, mit Damen zu liebäugeln. Ich darf den Schimmel nicht aus den Augen lassen."

„Aber einen Blick werden Sie doch wohl übrig haben, zumal für diese beiden. So sehen Sie nur hin!"

Der Dicke gehorchte.

„Die Generalin und ihre Vorleserin! Kollege, wollen wir ihnen einmal etwas vorreiten?"

Haller schüttelte scheinbar besorgt den Kopf und mahnte: „Der Schimmel, der schreckliche Schimmel!"

„Wieso?"

„Na, wenn der einmal im Zug ist, dann ist es aus."
„Unsinn! Ich gebe ihm Schenkeldruck. Also vorwärts! Trab oder Galopp?"
„Trab!"
„Schön! Die Gräfin soll einmal sehen, dass ein Spinnen- oder Krebsmaler ebenso fein zu Pferd sitzen kann wie ein General."
Haller ließ sein Pferd in Trab fallen und der Schimmel folgte freiwillig. Der Dicke hopste auf und nieder wie ein Mehlsack. Er rutschte bald nach vorn oder nach hinten, bald nach rechts oder nach links, doch gelang es ihm noch, im Sattel zu bleiben.
Jetzt waren die Damen nahe gekommen.
„Galopp jetzt, Galopp!", gebot Schneffke.
„Um Gottes willen nicht!"
„Pah! Ich fürchte mich vor dem Teufel nicht, viel weniger vor dem Schimmel. Da, da, da!"
Bei den letzten drei Silben holte er mit der Peitsche aus und gab dem Schimmel drei kräftige Hiebe über den Kopf. Gerade in diesem Augenblick wurden die Damen auf die Reiter aufmerksam; sie drehten sich um. Der Dicke wollte in stolzer Haltung an ihnen vorüber; aber – war der Schimmel die Schläge nicht gewöhnt oder hatte einer der Hiebe sein Auge getroffen, kurz und gut, das schwere Tier wagte einen Bogensprung.
„Mordio! Feurio! Hilfio!", brüllte Hieronymus, während er die Peitsche fallen, die Zügel fahren ließ und alle viere in die Lüfte streckte. Im nächsten Augenblick beschrieb er einen Bogen vom Pferd herab und kam gerade vor Emma auf den Teil seines Körpers zu sitzen, auf dem er gestern auch die unvergessliche Rutschfahrt gemacht hatte.
Das gab zwar einen tüchtigen Plumps und er fuhr mit den Händen angstvoll nach hinten, obgleich in jener Gegend keine Rippen zu brechen waren, doch fand er schnell die Geistesgegenwart wieder. Er legte die Hand militärisch an die Hutkrempe und grüßte:

„Ergebenster Diener, meine verehrtesten Damen! Der Gaul ist auf den Wink abgerichtet. Er hat mich zu Ihren Füßen niedergesetzt, damit es mir möglich sei, Ihnen meine Hochachtung zu beweisen. Nehmen Sie diesen reizenden Zwischenfall gütigst nur als das, was er wirklich ist, eine außergewöhnliche und darum umso wertvollere Huldigung, aus der Sie ersehen sollen, wie sehr ich Sie verehre."

Er wollte als weiteren Beweis seiner Hochachtung den Hut abnehmen, da dieser aber angebunden war, so ließ er es sein und erhob sich, um sich nach dem Schimmel umzublicken. Wahrhaftig! Dieser war durchgegangen, allerdings auf eine nur kurze Strecke. Haller war ihm nachgeritten und hatte ihn beim Zügel ergriffen.

Die beiden Damen hatten so gelacht, dass sie nicht antworten konnten. Schneffke nickte ihnen noch einmal freundlich zu und rannte dann Hals über Kopf dem Kameraden und dem Schimmel nach. Da er den Damen dabei die Stelle zukehrte, mit der er auf der Straße gelandet war und die sich voller Staub und Schmutz zeigte, so bot er ihnen einen ergötzlichen Anblick.

„Was fällt Ihnen denn zum Donnerwetter ein, den Gaul über den Kopf zu hauen!", rief ihm Haller entgegen.

„Was denn sonst? Soll ich etwa, wenn er nicht gehorcht, absteigen und ihn auf Pistolen oder Degen fordern?"

„Er ging doch ganz gut."

„Ja, aber ich wollte unbedingt herunter."

„Großartig, wie Ihnen das gelang! Steigen Sie wieder auf?"

„Natürlich! Zwar brummt mir die hintere Hemisphäre so, dass ich gar nicht fühlen werde, ob ich ein Pferd darunter habe, aber dafür will ich dem Gaul desto kräftiger beweisen, dass er einen vorzüglichen Reiter über sich hat."

Er kletterte wieder in den Sattel; der Ritt wurde fortgesetzt und nahm ein glückliches Ende, da Schneffke jetzt alle Vorsicht aufwendete.

*

Am Nachmittag dampften sie nach Berlin. Im Zug fanden sie keine Spur von den beiden Damen, da diese den vorhergehenden benutzt hatten.

„Was werden Sie beschließen?“, fragte Schneffke, als sie in Berlin angekommen waren. „Ich hoffe, dass Sie mit meiner Bude fürlieb nehmen, bis sich eine Wohnung für Sie gefunden hat.“

„Danke! Ich werde mir sofort eine mieten.“

Haller ging in die Bahnhofswirtschaft und ließ sich das Adressbuch geben. Dort suchte er zunächst, doch ohne den Dicken etwas davon merken zu lassen, den Namen Greifenklau auf, um dessen Wohnung zu erfahren. Dann nahm er die Zeitungen zur Hand, um die Wohnungsangebote zu lesen. Er fand gar bald, was er suchte, nämlich eine möblierte Wohnung in der Nähe Hugo von Greifenklaus.

Jetzt trennten sich die beiden Maler, nachdem Haller sich die Behausung seines dicken Freundes aufgeschrieben hatte. Dann begab er sich in einer Droschke nach der in dem Blatt bezeichneten Wohnung. Sie gehörte der Witwe eines Ministerialbeamten und genügte seinen Ansprüchen. Er mietete sich sofort ein und blieb auch gleich dort. Das Abendbrot wurde gemeinsam eingenommen, nachdem der Sohn der Witwe aus seinem Büro heimgekommen war. Besonders fiel Haller am Tisch ein reizendes, junges Mädchen mit Namen Madelon Köhler auf, die Stütze einer im selben Hause wohnenden älteren Witwe, der Gräfin von Hohenthal.

Da kam ihm ein plötzlicher Gedanke. Er hatte schon ein Gesicht gesehen, das dem ihrigen überaus ähnlich war.

„Sie haben eine Schwester, Fräulein?“, fragte er.

„Ja. Sie befindet sich als Freundin und Gesellschafterin bei einer Baronesse von Sainte-Marie. Wir sind trotz unseres deutschen Namens französische Untertanen.“

„Sie meinen die Baronesse Marion de Sainte-Marie?“

„Ja“, antwortete die junge Dame überrascht. „Ist sie Ihnen bekannt?“

„Sehr gut! Ich kenne auch Fräulein Nanon Köhler, Ihre Schwester."

„So sind Sie in Schloss Ortry gewesen?"

„Ja, ich hatte ein Bild des jungen Barons Alexander zu malen und war also geschäftlicherweise zu einem Aufenthalt gezwungen."

„Ah, da werde ich Sie später bitten, mir einiges zu erzählen. Wie schön, dass Sie meine Schwester kennen! Ich habe heute einen Brief von ihr erhalten. Ist Ihnen vielleicht ein Doktor Bertrand aus Thionville bekannt?"

„Ich kann mich nicht entsinnen."

„Dieser Arzt hat einen Kräutersammler..."

„Auch den kenne ich nicht."

„So, so! – Darf ich Sie auf ein wunderbares Spiel der Natur aufmerksam machen, mein Herr? Sie sind nämlich einem meiner Bekannten so ähnlich, dass man Sie auf das Leichteste miteinander verwechseln könnte."

„Wirklich? Wer ist es denn, dessen Ebenbild zu sein ich die Ehre habe?"

„Es ist ein Soldat, ein einfacher Diener, nämlich der Bursche des Herrn Oberleutnants Richard von Greifenklau."

Dieser Name packte Haller sofort.

„Greifenklau?", fragte er. „Kennen Sie diese Familie?"

„Sehr gut, und zwar von doppelter Seite. Nämlich der Sohn meiner gnädigen Dame, Rittmeister Artur von Hohenthal, von den Husaren, ist ein Freund des Herrn von Greifenklau, der ihn oft besucht. Und sodann ist Fräulein Emma von Greifenklau so freundlich, mich zu ihren näheren Bekannten zu rechnen."

„Dann können Sie mir wohl auch sagen, ob der Oberleutnant von Greifenklau ein Freund der Geselligkeit ist?"

„Ich bezweifle das. Er ist ein sehr ernster Charakter."

„So ist es nicht leicht, Anschluss an ihn zu finden?"

„Für einen Fremden halte ich es für schwierig. Er gehört zu den Menschen, die Lebensbefriedigung mehr nach innen als nach außen suchen."

„Er befindet sich gegenwärtig in Berlin?“

„Nein, er ist abwesend.“

„Würde es unbescheiden sein, nach dem Ort zu fragen, an dem er sich aufhält? Ich erkundige mich nämlich nicht ganz absichtslos.“

„Wie mir seine Schwester erzählte, hat er sich in letzter Zeit zu sehr angestrengt und einen Erholungsurlaub erhalten. Er befindet sich auf dem Gut eines Verwandten in Posen oder Litauen.“

„Ich danke! Aber seine Familie lebt hier in Berlin?“

„Ja. Zwar ist seine Schwester Emma abwesend, aber sie kehrt heute zurück.“

„Ist es schwer, Zutritt zu der Familie zu erhalten?“

„Sie öffnet ihre Tür nicht so leicht einem jeden, aber –“, dabei ließ sie ihr dunkles Auge freundlich forschend auf ihm ruhen, „ – hegen Sie irgendeine Teilnahme an dem Namen Greifenklau?“

„Ja, mein Fräulein! Ich möchte noch nicht davon sprechen, und darum ersuche ich Sie, Ihrer Freundin ja nichts zu verraten. Aber es wäre mir sehr willkommen, diese mir warm empfohlenen Personen kennen zu lernen.“

Er befand sich als Spion in Berlin, aber sein ganzes Wesen war nicht das eines Spürers. Sein Gesicht zeugte von Edelmut und Biederkeit.

Madelon nickte ihm freundlich zu.

„Künstler sind überall willkommener als andere Menschenkinder. Vielleicht gelingt es mir, Ihnen den Eintritt ins Haus meiner Freundin zu verschaffen.“

„Wie dankbar würde ich Ihnen sein, mein Fräulein!“

„Ich tue es gern. Vielleicht ist es möglich, Sie bereits morgen mit Emma bekannt zu machen. Kehrt sie heute von der Reise zurück, so macht sie mir morgen sicher ihren Besuch und wird auch nicht versäumen, hier auf eine Minute vorzusprechen. In diesem Fall und wenn Sie anwesend sind, wird es ja sogar unsere Pflicht sein, Sie ihr vorzustellen.“

„Ich werde auf alle Fälle zugegen sein, mein Fräulein, und wünsche mir baldigst eine Gelegenheit, mich Ihnen dankbar zeigen zu können."

Damit war der Teil der Abendunterhaltung, der ihn fesselte, erschöpft und Haller zog sich nach Kurzem in sein Schlafgemach zurück. Als er sich dort allein befand, überdachte er die Erlebnisse der letzten Tage, unter denen ihn seine heutige Begegnung mit der jungen Französin am meisten beschäftigte.

Er sagte sich zwar, dass er für sie nur deshalb eine so rege Teilnahme hege, weil sie ihm versprochen hatte, seine Bekanntschaft mit der Familie Greifenklau zu vermitteln; allein er täuschte sich damit nur selbst. Ihre reizende Persönlichkeit nahm sein Denken in noch viel höherem Grade in Anspruch als ihr Versprechen, ihn in dem Haus einzuführen, an das er von seinem Vorgesetzten gewiesen worden war.

Sie hatte einen Eindruck auf ihn gemacht, über den er sich noch nicht Rechenschaft geben konnte. Und doch zog er bereits einen Vergleich zwischen ihr und dem Wesen, das ihm seit langer Zeit zur Gattin bestimmt war.

„Warum gefällt mir doch dieses Mädchen besser als Ella von Perret?", fragte er sich. „Es gibt Menschen, die man schon beim ersten Zusammentreffen lieb haben muss. Ella ist reich und eine Schönheit ersten Ranges. Diese kleine, nette Madelon stammt jedenfalls aus einer armen, bürgerlichen Familie und kann eine eigentliche Schönheit nicht genannt werden. Aber doch – aber doch! Als ich die prächtige Gesellschafterin im Wald sitzen sah, entzückte sie mich; diese Madelon entzückt mich auch. Und doch, wie verschieden ist dieses Entzücken! Die Gesellschafterin begeisterte meine Augen, mein Schönheitsgefühl, da ich Maler bin, wenn auch nicht von Beruf, sondern nur aus Liebhaberei; die Französin aber macht einen Eindruck, der nicht nur auf das Auge wirkt; er geht tiefer. Hm, ich glaube, dieser süße Kolibri könnte einem gefährlich werden. Kolibri? Ja, bei Gott, das ist der richtige Ausdruck, um die Erscheinung dieses reizenden Mädchens zu kennzeichnen."

Aber mit diesem Selbstgespräch war der Gegenstand nicht erschöpft. Noch als er im Bett lag, dachte er an sie, und als er dann eingeschlafen war, erschien sie ihm im Traum mit goldig schillernden Flügeln.

„Wahrhaftig, sie ist mir im Traum erschienen!", dachte er, als er erwachte. „Dieser Kolibri wird mich wohl noch länger umflattern."

Als er seinen Kaffee getrunken hatte, schickte er sich zu einem Morgenspaziergang an. Er musste, um wirklich als Maler zu erscheinen, sich einige notwendige Geräte zulegen. Eben als er die untere Treppe hinabsteigen wollte, kam Madelon die Stufen herauf. Sie trug einen kleinen Korb am Arm und sah so frisch und munter aus wie der junge Morgen selbst. Er zog grüßend den Hut und blieb stehen, um sie an sich vorüber zu lassen.

„Guten Morgen, Herr Haller! Angenehm geruht?"

„Ich danke, ja, mein Fräulein."

„Das ist schön, das freut mich, denn es ist ein gutes Zeichen. Vielleicht haben Sie sogar geträumt?"

Sie blickte ihm schelmisch ins Gesicht und zeigte dabei ein so herziges Lächeln, dass er sie gleich auf der Stelle hätte küssen mögen.

„Allerdings habe ich geträumt", antwortete er.

„Wirklich? Wissen Sie, dass es Leute gibt, die sagen, dass der erste Traum in einer neuen Wohnung stets in Erfüllung gehe?"

„Ich habe davon gehört."

„Aber Sie glauben natürlich nicht daran! Die Herren sind ja meistens unverbesserliche Zweifler. War es etwas Angenehmes?"

„Ja. Ich träumte von einem kleinen, reizenden Kolibri, der mich umschwirrte und gar nicht von mir lassen wollte."

Ihr liebes Gesicht nahm plötzlich einen ernsten Ausdruck an. Ihr dunkles Auge schien größer zu werden, als sie sagte:

„Von einem Kolibri, einem becque-fleur, wie wir Franzosen den Vogel nennen? Dieses Wort hat eine nicht gewöhnliche Bedeutung für mich. Kolibri oder becque-fleur war der Kosename meiner armen, verstorbenen Mutter. ‚Mein kleiner, süßer Kolibri' hat der Vater sie genannt. Sie ist nämlich auch so klein gewesen wie ich."

Er sah ihr freundlich ins ernste Gesicht.

„Vielleicht leuchten bald die Augen eines Gatten auf Ihnen. Und vielleicht sagt dann auch seine liebevolle Stimme den Kosenamen becque-fleur. Wissen Sie, Fräulein, dass der Kolibri, von dem ich träumte, menschliche Gestalt hatte?"

„Menschliche? Ja, der Gott des Traumes zeichnet mit fantastischen Stiften. Aber, Herr Haller, wollen wir hier vor der Treppe stehen bleiben? Haben Sie es sehr eilig?"

„Nein, gar nicht."

„Nun, ich möchte gern von meiner Schwester etwas hören. Wenn Sie nichts versäumen, so bitte ich Sie, für einige Augenblicke bei mir einzutreten."

Sie sagte das so einfach, als sei es gar nicht gegen die Regeln der Gesellschaft, dass ein junges Mädchen einen Herrn, den sie noch dazu erst gestern kennen gelernt hat, bei sich empfängt. Ihre Herrin war verreist. Madelon befand sich allein, aber dennoch fürchtete sie sich nicht, den Maler zu sich einzuladen. Es kam ihr nicht in den Sinn, dabei an eine Gefahr für ihren guten Ruf zu denken.

„Ich stelle mich sehr gern zur Verfügung", sagte er, erfreut über das Vertrauen.

„So kommen Sie!"

Sie öffnete eine Tür und bald stand er in einem vornehm ausgestatteten Salon. Sie winkte ihm, sich niederzulassen, und nahm selbst auf einem Sofa Platz.

„Jetzt sind wir einmal recht vornehme Leute", sagte sie. „Ich empfange Sie in einem gräflichen Salon mit dem Gemüsekorb in der Hand. Da ich allein bin, sehe ich mich gezwungen, selber für meine Küche zu sorgen. – Gefällt Ihnen das Bild?"

Sie bemerkte nämlich, dass er mit einem eigentümlichen Ausdruck seines Gesichts ein Gemälde musterte, das gerade über ihr an der Wand hing. Es stellte einen jungen, bildhübschen Mann in der Tracht eines Husarenoffiziers vor.

„Das Bild muss mir seiner meisterhaften Ausführung wegen auffallen, weil ich selbst Maler bin", antwortete er. „Natürlich ist es nach einem Vorbild gemalt?"

„Ja, etwa vor einem Jahr."

„Wen stellt es vor?"

„Herrn Rittmeister Artur von Hohenthal, den Sohn meiner Dame."

„Hm!", sagte Haller nachdenklich. „Welche Ähnlichkeit! Ich habe vor kurzer Zeit einen Herrn gesehen, den man für das Urbild dieses Gemäldes halten könnte."

„Wo?"

„In Paris, in der Großen Oper. Ich begleite zuweilen meine Ver – – meine Verwandte, nämlich meine Base, in die Vorstellung, und da saß regelmäßig in der Nachbarloge ein Herr, der eine geradezu überraschende Ähnlichkeit mit diesem Bild hat."

Fast hätte er sich versprochen und das Wort „Verlobte" gesagt. Er zog sich durch das Wort „Verwandte" noch rechtzeitig aus der Schlinge; aber seine Stimme hatte doch ein wenig gestockt.

„In Paris war es? So ist diese Ähnlichkeit ganz zufällig. Es soll ja Menschen geben, die man verwechseln könnte und die trotzdem in keiner Beziehung zueinander stehen."

„Welches ist der Standort des Herrn Grafen?"

„Potsdam."

„Dort befindet er sich?"

„Augenblicklich nicht. Er begleitet seine Mutter auf einer Erholungsreise. Sie sind gegenwärtig in Wien. Ich habe erst vorgestern von dorther die Anordnungen meiner Herrin erhalten."

Madelon ahnte nicht, dass die Gräfin allein in Wien weilte. Während ihr Sohn in geheimer Sendung nach Paris gegangen war, mussten selbst seine nächsten Bekannten annehmen, dass er sich bei seiner Mutter befinde.

„Also vor kurzer Zeit waren Sie in Paris?", fuhr Madelon fort. „Wie beneide ich Sie!"

„Um diesen Aufenthalt in Paris beneiden Sie mich? Fühlen Sie sich in Berlin vielleicht unglücklich?"

„O nein!", antwortete sie rasch. „Die Worte, die ich sprach, gaben nur dem längst gehegten Wunsch Ausdruck, einmal die Hauptstadt meines Vaterlandes wieder zu sehen. Ich befinde mich hier so wohl, wie es unter den gegebenen Verhältnissen nur immer möglich ist."

„So ist die Frau Gräfin eine freundliche Dame?"

„Sie ist mir viel mehr Mutter als Herrin und hält mich wie ein Glied der Familie. Aber auch außerhalb dieses Kreises habe ich Freundinnen gefunden, die es mich fast vergessen lassen, dass ich eine Waise bin."

„Sie armes Kind, so haben Sie also keine Eltern mehr?"

„Dass ich keine Mutter mehr habe, das weiß ich; möglich aber ist es, dass mein Vater noch lebt. Ich habe ihn nie gesehen."

„Das lässt ja auf außergewöhnliche Verhältnisse schließen!"

„Ja. Ich spreche nicht gern davon, denn es betrübt mich stets, an das Unglück meiner armen Mutter denken zu müssen. – Es war nämlich einmal ein Herr von altem Adel", fuhr sie nach einer Pause fort, „dessen Herz nichts anderes kannte als die Vorrechte seines Standes. Sein Sohn aber war das Gegenteil des Vaters und hat sich durch Vorurteile nicht abhalten lassen, einer Bürgerlichen seine Liebe zu schenken."

„Ah, ich ahne, diese bürgerliche Dame ist Ihre Mutter!"

„Ja, Sie haben richtig geraten. Vater hat sie geheiratet und wurde deshalb verstoßen. Was nun gefolgt ist, weiß ich nicht. Kurz und gut, Mutter ist eines Tages mit mir und meiner Schwester bei unserem nachmaligen Pflegevater erschienen und hat um Aufnahme gebeten. Leider hat sie nicht mehr lange gelebt."

„War der Pflegevater ein Verwandter von Ihnen?“

„Nein. Sie hatte sich als Fremde bei ihm eingemietet. Als sie starb, hinterließ sie uns so viel, dass wir später eine Schule besuchen und uns auf unseren jetzigen Beruf vorbereiten konnten. Ich fand dann Stellung bei der Gräfin von Hohenthal und meine Schwester in der Familie Sainte-Marie. Wir haben keine Veranlassung gehabt, uns zu verändern.“

„Sie wissen aber, wer Ihr Vater war?“

„Nein. Mutter hat unter ihrem Mädchennamen gelebt, unter dem Namen Köhler, den wir auch jetzt noch führen, und niemals ist ein Wort gefallen, aus dem sich hätte vermuten lassen, wer unser Vater ist.“

„Woher aber wissen Sie, dass Ihr Vater und Ihr Großvater den Kreisen des Adels angehörten?“

„Der Pflegevater hat es uns erzählt. Er hat es aus Verschiedenem geschlossen. Kurz vor dem Tod hat die Mutter ihm manches mitgeteilt; aber wie es scheint, hat er ihr versprechen müssen zu schweigen. Nun wissen wir weiter nichts als das, was ich Ihnen bereits mitgeteilt habe.“

„Das ist merkwürdig. Da gibt es also keinen einzigen Punkt, der Ihnen beim Forschen nach Ihrem Vater und Großvater als Anhalt dienen könnte?“

„Nichts, als dass der Vater mit seinem Rufnamen Gaston hieß.“

„Wenig, sehr wenig! Haben Sie sich nie die Mühe gegeben, in dieses Dunkel einzudringen?“

„Nein.“

„Und Ihr Pflegevater hat Ihnen auch nie irgendeine Andeutung gemacht oder Sie wenigstens auf einen späteren Zeitpunkt vertröstet?“

„Nie.“

„So muss man sich bei ihm erkundigen.“

„Vielleicht ist das bereits zu spät. Wie ich Ihnen schon sagte, erhielt ich einen Brief meiner Schwester. Sie schreibt mir, dass der Pflegevater todkrank darniederliegt und dass die Ärzte keine Hoffnung hegen. Ich habe der Schwester gedrahtet, mich seinen Tod sofort durch eine Depesche wissen zu lassen, da ich ihn zu Grabe geleiten will. – Aber entschuldigen Sie, bei welchem Punkt haben wir vorhin an der Treppe unser Gespräch unterbrochen?“

„Beim Kolibri.“

„Richtig! Sie hatten von einem Kolibri geträumt.“

„Der mich ruhelos umschwirrte und dabei Honig aus den Blüten trank.“

„Und der eine menschliche Gestalt hatte?“

„Das erwähnte ich bereits. Und jetzt bin ich es, der von einer Ähnlichkeit zu reden hat. Wissen Sie, wem dieser Kolibri überaus ähnlich sah?“

„Nun?“

„Sein Gesicht war ganz und gar das Ihrige, Fräulein.“

Da schlug sie leise die Hände zusammen.

„Also von mir haben Sie geträumt? Wie spaßhaft!“

„Finden Sie das wirklich nur spaßhaft?“

„Ja, wie sonst?“

„Nun, Sie selbst sagten ja vorhin, dass der erste Traum in der neuen Wohnung eine Bedeutung für die Zukunft habe.“

Jetzt errötete sie und wendete den Kopf ab.

„Das ist ja nur ein Scherz gewesen. Ich bin keineswegs abergläubisch. Was kann ein Traum für eine Bedeutung haben?“

„Oh, eine doch!“, sagte er langsam und mit hörbarer Betonung. „Er hat die Bedeutung eines Beweises.“

„Was für eines Beweises?“

„Dass der Träumende, bevor er einschlief, an das dachte, wovon er träumte.“

„Sie wollen doch nicht etwa behaupten, dass Sie gestern Abend noch an mich gedacht haben?“

„Ja, gerade das will ich sagen, Fräulein Madelon; erlauben Sie mir etwa nicht, Ihrer zu gedenken?“

Er stand bei diesen Worten auf, trat zu ihrem Sitz und

ergriff ihre Hand. Sie ließ sie ihm und entgegnete völlig unbefangen:

„Kann ich den Gedankengang eines Menschen, der mich gesehen hat und sich folgerichtig meiner erinnert, verhindern oder verbieten?"

„Nein. Aber gleichgültig kann es Ihnen nicht sein, was und wie er von Ihnen denkt."

„Vielleicht."

„Und ob er gern an Sie denkt?"

„Ebenso vielleicht."

Er stand im Begriff, diesen Gesprächsstoff weiterzuverfolgen, als die Klingel ertönte. Sie entfernte sich, während sie sich entschuldigte. Als sie nach einigen Minuten zurückkehrte, hatte ihr Gesicht einen sehr ernsten, fast traurigen Ausdruck angenommen.

„Wovon haben wir soeben gesprochen?", fragte sie. „Hier, mein Herr, lesen Sie!"

Sie hielt ihm die geöffnete Depesche entgegen.

Er las:

‚Pflegevater eben gestorben. Erwarte dich. Nanon.'

„Ich spreche Ihnen aus aufrichtigem Herzen mein Beileid aus, mein Fräulein!", sagte Haller. „Nun werden Sie schleunigst abreisen?"

„Ja. Ich habe mich schon nach dem vorteilhaftesten Zug erkundigt. Ich packe sofort!"

„Wird man Sie bald wieder sehen?"

„Ich folge meiner Pflicht, werde dann aber gleich zurückkehren. Ich darf diese Wohnung nicht lange Zeit ohne Aufsicht lassen. Leben Sie wohl, Herr Haller!"

Er drückte ihr freundschaftlich die Hand und ging.

„Ein herziges Wesen!", murmelte er, während er die Treppe hinabstieg. „Geradeso fein, lieblich und zutraulich wie ein Kolibri, von dem man doch auch erzählt, dass er die Nähe der Menschen nicht fürchtet."

11. Der alte Sonderling

Haller machte seine Einkäufe, und da er sich in der Nähe seines dicken, neuen Bekannten befand, so suchte er ihn auf, um sich dessen ‚Bude' anzusehen.

Die Wohnung des guten Hieronymus zeigte das Bild einer echten Junggesellenwirtschaft. Die Staffelei stand hinterm Bett, auf dem Waschtisch lag ein Stiefel und auf dem Ofen eine alte Geige. So herrschte die schönste Ordnung, die man sich denken kann. Der Kleine saß auf der Diele, hatte eine Menge alter Bilder um sich liegen und machte sich mit ihnen und einem riesigen Schwamm zu schaffen, den er abwechselnd in Wasser und andere Flüssigkeiten tauchte, um dann damit über die Gemälde zu wischen. Er blickte bestürzt, als Haller eintrat; sobald er ihn aber erkannte, atmete er erleichtert auf.

„Gott sei Dank! Ich dachte, es wäre jemand anders! Ich bin gerade nicht in meinem Staatsanzug. Donnerwetter, wo sind meine Hosenträger?"

Er war aufgestanden und kam in Gefahr, seine Beinkleider zu verlieren. Haller warf einen raschen Blick umher und deutete dann nach dem Waschbecken.

„Dort im Wasser, mein Freund."

„Dort? Wirklich! Wie sind sie nur da hineingekommen! Na, lederne Hosenträger und in Wasser eingeweicht! Tut aber nichts. Und die Weste? Wo in aller Welt...?"

„Guckt sie nicht dort aus dem Stiefelschaft?"

„Weiß Gott! Ich wusste wohl, dass ich sie sehr gut aufgehoben hatte. Na, während ich mich ankleide, lassen Sie sich nieder, mein lieber Herr Kollege! Freut mich, dass Sie mich so bald besuchen. Haben Sie Wohnung gefunden?"

„Jawohl. Ich wohne bei einer Witwe. Ihr verstorbener Mann war Ministerialbeamter."

„Gefällt Ihnen die Wohnung?"

„Ja. Die Leute machen einen sehr angenehmen Eindruck."

„Gut geschlafen?“
„Ja!“
„Geträumt?“
„Fein! Von einem hübschen, jungen Mädchen, das ich gestern Abend kennen gelernt habe.“
Der Dicke hatte unterdessen den Rock angezogen. Jetzt stellte er sich vor Haller hin.
„Wunderbar! Ganz auch mein Fall! Habe auch von einer jungen Dame geträumt. Was ist die Ihrige?“
„Stütze!“
„Die meinige ist Gesellschafterin!“
„Doch nicht etwa die aus dem Tharandter Wald?“
„Natürlich die. Welche denn sonst? Dieses Weibsen hat mir's angetan. Das Herz hängt mir wie ein gewaltiger Pudding zwischen den Rippen. Es schwillt auf, es wird von Minute zu Minute größer, als wenn ich für zwanzig Taler Hefe verschlungen hätte. Habe gar nicht geglaubt, dass die Liebe geradeso wie Hefe wirken kann.“
„Poetischer Vergleich!“, lachte Haller.
„Und zutreffend, sehr zutreffend! Wie gesagt, es treibt und bläst mich auf. Ich muss dieses Mädchen kriegen; es muss Frau Hieronymus Aurelius Schneffke werden, sonst falle ich wieder zusammen wie ein Dudelsack, der ein Loch bekommen hat.“
Haller hatte die Kaffeemühle und das Rasierzeug vom Stuhl geräumt und sich gesetzt. Er warf jetzt einen forschenden Blick auf die Bilder.
„Vogelstudien? – Wie es scheint, sind es lauter Kolibris!“
„Ja, Kolibris aller Art und in allen Stellungen.“
„Wem gehören die Bilder?“
„Wem? Dem alten Kolibri natürlich!“
„Wer ist denn das?“
„Ah, richtig! Sie sind hier fremd, Sie können das nicht wissen. Ich habe nämlich einen Bekannten, eine Art Gönner. Er ist ein geradezu unbegreiflicher Kerl. Ich kenne

ihn bereits seit Jahren, aber ich weiß noch immer nicht, ob er verrückt ist oder bei Sinnen, ein Dummkopf oder ein gescheiter Kerl, ein Kunstkrösus oder ein armseliger Knicker."

„Das muss ein merkwürdiger Mensch sein!"

„Ja. Er wohnt auf dieser Straße vier Treppen hoch in einem Hinterhaus, heißt Untersberg und hat den ganzen Stock inne. Ich bin bereits hundertmal bei ihm gewesen, habe aber nur drei Zimmer betreten können. Das eine steckt voll alter Bücher und die beiden anderen sind bekannt wegen der Menge Bilder, die an den Wänden hängen; aber es sind lauter Kolibris. Darum sein Spitzname. Sobald nämlich ein Anfänger der edlen Farbenkunst auftaucht, taucht auch der Gedanke bei ihm auf, sich einen Kolibri von diesem malen zu lassen."

„Seltsam! Zu welchem Zweck?"

„Das weiß ich leider nicht. Übrigens ist er sehr menschenscheu. Ich bin der Einzige, der offene Tür bei ihm hat. Ich weiß wirklich nicht, welchen Narren er an mir frisst."

„Doch vielleicht Sie selber!"

„Danke bestens! Übrigens hat er mich während meiner Abwesenheit vermisst. Als ich nach Hause kam, fand ich von ihm die Weisung vor, ihn sofort zu besuchen. Ich ging. Er lag bereits im Bett. Ich musste diese Bilder mitnehmen, um sie zu reinigen. Er gab mir fünf Taler und eine Flasche Wein. Das Geld steckte ich ein und den Wein habe ich auch bereits gekostet. Wo steckt denn die Flasche? Dunkler portugiesischer Tinto. Prachtvoll! Feurig und durchdringend wie glühendes Eisen. Ah, dort steht die Pulle! Sie müssen ihn kosten."

Er langte unter den Tisch und zog eine Flasche hervor.

„Gläser habe ich leider nicht", fuhr er fort, „aber eine Obertasse. Sie ist die Einzige, die mir die Treue bewahrt hat. Doch für zwei Künstler reicht sie aus. Prosit!"

Er goss die Tasse voll und setzte an, um dem Kollegen

zuzutrinken. Kaum aber war der Schluck hinab, so zog er ein Gesicht, als ob er die Hölle verschlungen hätte.

„Pfui Teufel!", rief er. „Der schmeckt schlecht. Ich glaube, er verdirbt schnell. Die Flasche muss rasch geleert werden, wenn sie einmal angerissen ist. Hier, versuchen Sie es!"

Er hielt Haller die Tasse hin. Dieser warf einen vorsichtigen Blick hinein und fragte:

„Was ist denn das, Kollege?"

„Portugiesischer Tinto! Ich sagte es bereits."

„Hm! Den Tinto kenne ich, ich habe ihn oft getrunken; er verdirbt nicht so leicht. Das, was Sie hier in der Tasse haben, muss etwas anderes sein."

„Was soll es denn sein? Tinto ist es. Hier die Aufschrift an der Flasche wird Ihnen beweisen, dass..."

Er hielt mitten im Satz inne. Er hatte die Flasche empor gehalten, damit Haller den Namen des Weines lesen sollte. Auf der Flasche aber stand: Feinste tiefschwarze Kanzleitinte.

„Heiliges Pech!", rief er nach einer Pause sprachlosen Entsetzens. „Da habe ich ja wirklich und wörtlich Tinte gesoffen. Das ist so klar wie Pudding! Brrr!"

„Prosit!", lachte Haller.

„Ja, lachen Sie nur! Aber ich weiß genau, dass ich die Weinflasche unter den Tisch gestellt habe. Ich glaube gar, meine Wirtin hat sich den Spaß gemacht, sie umzutauschen. Na, da soll sie der Kuckuck reiten!"

„Was guckt denn dort aus dem Muff hervor?", fragte Haller, während er auf die halb zurückgeschlagene Bettdecke deutete.

„Aus dem Muff? Den habe ich mir von meiner Wirtin geborgt; ich hatte ein Bisamtier zu malen und wollte die Farbe des Felles studieren. Der Tausend! Ja, in diesem Muff steckt die Flasche. Da hat also der portugiesische Tinto in seinem Pelzfutteral die ganze Nacht mit mir im Bett gelegen. Na, das schadet nichts. Getrunken wird er doch."

„Danke, Herr Kollege! Trinken Sie Ihren Schlafkameraden

selbst. Ich trinke nur frisch aus dem Keller, nicht aber frisch aus dem Bett."

„Schön! Ist mir desto lieber."

Er zog die Flasche aus dem Muff hervor, öffnete sie und tat einen kräftigen Zug.

„Oh!", rief er dann. „Zwischen Tinto und Tinte ist denn doch ein großer Unterschied. Ich wollte, ich könnte es Ihnen beweisen."

„Es bedarf dieses Beweises nicht. Übrigens sind wir von unserem reizvollen Gesprächsgegenstand abgekommen, nämlich vom Kolibri."

„Richtig! Also gestern habe ich mir diese Bilder, diese Trochilusabbildungen mitnehmen müssen, weil – hm, Herr Kollege, sind Sie Ornithologe, Vogelkenner?"

„Ein wenig."

„Kennen Sie die lateinischen Namen der Vögel? Heißt Kolibri nicht Trochilus?"

„Ja."

„Nun also, der Alte lag im Bett und sagte mir, ich solle mir die sechs eingerahmten Trochilus minimus mitnehmen. Ich habe von der Wand genommen, was mir in die Hände kam. Sind es die richtigen?"

„Nein. Was ich da sehe, ist der Kragenkolibri, der Trochilus selasphorus."

„So, so! Na, schadet nichts. Wird auch abgewaschen. Also ich erzählte Ihnen bereits, dass der Alte, den wir Kolibri nennen, mir ein Rätsel ist. Warum er es einzig auf Kolibris abgesehen hat, kann ich mir nicht erklären."

„Haben Sie ihn nicht gefragt?"

„Ein einziges Mal, aber ich habe es nicht wieder getan. Er wurde toll; er schäumte fast vor Wut, warf mich hinaus wie einen Pudding und ich durfte mich lange Zeit nicht wieder blicken lassen. Jetzt aber sind wir ausgesöhnt, er scheint es vergessen zu haben. Außer dieser Schrulle hat er noch zwei. Er zeichnet nämlich Köpfe."

„Das nennen Sie eine Schrulle?"

„Ja, so wie er es tut, ist es eine, vielleicht gar eine Zwangsvorstellung. Er ist kein Zeichner; er hat nicht das mindeste Geschick, den Stift oder die Kreide zu führen, und dennoch zeichnet er ohne Unterlass."

„Weshalb denn?"

„Das will er jedenfalls nicht wissen lassen, aber er hat es mir einmal doch verraten. Während er zeichnet, spricht er nämlich mit sich selbst. Einst war ich bei ihm, um in den alten Büchern herumzustöbern. Er zeichnete und schien dabei vergessen zu haben, dass ich anwesend war. Ich belauschte sein Selbstgespräch. Er hat einen Sohn, der ihn verlassen hat. Nun will er einen Aufruf erlassen, um ihn wieder zu finden, und diesem Aufruf soll das Bild des Verschollenen beigefügt werden."

„Er selbst will dieses Bild fertig bringen?"

„Ja. Er zeichnet einen Kopf nach dem anderen, bis er einen fertig bringt, der dem Sohn ähnlich ist."

„Diese Mühe wird vergeblich sein, wenn er nicht selber ein Künstler ist."

„Natürlich! Ich halte es für eine Zwangsvorstellung, für Verrücktheit. Und die dritte Schrulle, die er hat, ist ebenso eigentümlich. Er sucht nämlich ohne Unterlass in seinen Büchern nach einer Schrift, die er in einem Buch aufbewahrt haben will. Ich habe selber mit ihm in den alten Bänden herumgeblättert, aber nichts gefunden."

„Was für eine Schrift ist es?"

„Er nennt es ein document du divorce, also eine Ehescheidungsurkunde."

„Was? Sie sprechen Französisch?"

„Sogar ziemlich gut, wie ich Ihnen beweisen könnte. Aber da stehe ich und faulenze, während der Alte die Bilder bereits am Mittag wiederhaben will. Sie erlauben, dass ich weiterwasche, während wir uns unterhalten."

Er setzte sich wieder auf die Diele nieder, spreizte die Beine auseinander und begann von neuem den Schwamm zu handhaben.

„Hier, dieser Kragenkolibri ist verteufelt schmutzig geworden“, sagte er. „Ich reibe beinahe die Farbe ab, und – ah, was ist das? Die Leinwand ist ja doppelt! Und dazwischen scheint etwas zu stecken.“

Er untersuchte das Bild.

„Es ist wirklich so. Doppelte Leinwand. Sollte – ? Hm! Ich werde diesen schmutzigen Kragenkolibri einmal aus dem Rahmen nehmen.“

Er bog die an der Rückseite des Bildes angebrachten Stifte zurück und nahm das Bild heraus. Beide, er sowohl als auch Haller, stießen einen Ruf der Überraschung aus. Der Rahmen enthielt zwei Bilder. Unter dem Kolibri steckte ein zweites Gemälde und zwischen beiden befanden sich einige Papiere. Der Dicke warf den Kolibri beiseite und hielt dann das andere Bild gegen das Licht.

„Ein Porträt“, sagte er. „Das Porträt einer Dame, einer jungen Frau.“

Haller war hinzugetreten und betrachtete den feinen Kopf mit den wunderlieblichen Gesichtszügen.

„Ein Meisterstück!“, bemerkte er.

„Ja, ein Meisterstück des Malers, aber auch ein Meisterstück der Schöpfung. Das Urbild muss geradezu bezaubernd gewesen sein. Nicht?“

„Gewiss! Aber auffallend ist diese Ähnlichkeit.“

„Eine Ähnlichkeit? Mit wem?“

„Mit der – ja, richtig, es ist kein Irrtum möglich: mit der Dame, die ich kenne.“

„Von der Sie geträumt haben?“

„Ja, Fräulein Madelon.“

„So! Hm! Madelon heißt sie also? Sie Glücklicher! Von meiner Gesellschafterin weiß ich zwar auch den Vornamen, aber der Nachname fehlt mir. Ich muss erfahren, wer sie ist, und sollte ich den Mond vom Himmel herunterreißen wie einen Pudding vom Teller.“

„Und was sind das hier für Papiere, die zwischen den Bildern gesteckt haben?“

„Wollen sehen."

Er schlug die zusammengefalteten Blätter auseinander und begann den Inhalt zu mustern.

„Französisch!", sagte er. „Zwei Briefe und eine Urkunde."

„Wirklich? Sollte es vielleicht gar das vielgesuchte document du divorce sein?"

Schneffke las es durch.

„Wirklich! In diesen Zeilen willigt eine Baronin Amély de Bas-Montagne in aller Form in die Scheidung von ihrem Mann. Es ist das Gesuchte."

„Und die Briefe?"

„Ich werde sie einmal vorlesen."

Er las die in französischer Sprache abgefassten Zeilen laut vor. Deutsch würden sie gelautet haben:

„Mein bester, mein teuerster Gaston!

Wenn du von der Reise zurückkehrst, findest du wohl diesen Brief, nicht aber deine Amély, deinen süßen Kolibri, vor. Mein Herz pocht wild, während ich dies schreibe; aber ich kann nicht anders. Du hast mich geliebt und ich fand den Himmel in deinen Armen. Deine Liebe zu mir hat dich von dem Vater getrennt, der unserer Verbindung fluchte. Du hast mir alles geopfert, mir, dem armen, bürgerlichen Mädchen. Jetzt ist die Leidenschaft geschwunden und du beginnst zu denken und zu rechnen. Ich beobachte dich im Stillen und sehe, dass ich dir nicht mehr alles bin.

Gott ist mein Zeuge, dass mein Leben dir allein gehört! Indem ich von dir scheide, wähle ich den Tod, denn ich kann ohne dich nicht sein. Dadurch gebe ich dich frei; ich gebe dich deinem Stand, deinem Beruf und deinem Vater zurück. Ich lege meine von dem Notar gegengezeichnete Einwilligung zur Scheidung bei.

Meine Hand zittert, mein Herz bebt und meine Augen stehen voll Tränen. Ich nehme nichts, gar nichts mit als meine Kinder, meine süße Nanon und meine herzige Madelon. Du hast sie mir geschenkt und sie sind mein Eigentum. For-

sche nicht nach uns, denn du würdest uns doch nicht finden!

Dein Kolibri entweicht. Sein Gefieder wird den Glanz verlieren und sein Flug wird sich bald zum Grab senken. Aber noch im Sterben werde ich dem heißen Wunsch meinen letzten Atem widmen: Sei glücklich, glücklich, glücklich!

Dein Weib, deine Amély, dein armer Kolibri. "

Es war nicht zu beschreiben, welchen Eindruck dieser Brief auf Haller machte. Seine Augen waren weit geöffnet, als wolle er den Vorleser mit seinen Blicken verschlingen.

„Das steht da, wirklich da?", fragte er.

„Natürlich!"

„Und der, an den sie schreibt, also ihr Mann, heißt Gaston?"

„Jawohl."

„Zeigen Sie her! Ich muss völlige Gewissheit haben!"

Er riss dem Dicken den Brief aus der Hand, um ihn selber zu lesen. Als er zu Ende war, rief er:

„Seltsam, seltsam! Ja geradezu wunderbar!"

„Was denn?"

„Diese Namen? Der Kosename Kolibri!"

„Ich will doch nicht befürchten, dass auch Sie in diesen verteufelten Kolibriwahnsinn verfallen!"

„Nein. Ganz gewiss nicht."

„Na, es will mir aber so vorkommen. Was haben denn gerade Sie mit diesem Gaston und dem Kosenamen, wie Sie es nennen, zu tun?"

„Das werde ich Ihnen schon noch mitteilen. Jetzt aber bitte ich, auch den zweiten Brief zu lesen."

„Hm! Eben fällt mir ein: Sind wir nicht im Begriff, eine unverzeihliche Taktlosigkeit zu begehen?"

„Ach was, Taktlosigkeit! Wo es sich um so viel handelt, gibt es keine Rücksicht!"

„So? Und worum handelt es sich denn?"

„Um – nun, um etwas, woran meine Bekannte den höchsten Anteil nehmen wird."

„Träumen Sie etwa noch? Ihre Bekannte mag sich für Sie begeistern! Alles andere ist überflüssig. Ich habe zwar vorhin Tinte gesoffen, aber von einem Kolibri lasse ich mich trotzdem nicht aus der Fassung bringen."

„Ich habe meine Fassung vollständig; doch Sie werden sie mir nehmen, wenn Sie sich noch länger weigern, auch den anderen Brief zu lesen!"

Der Dicke warf einen besorgten Blick auf den Kollegen und schüttelte den Kopf.

„Eigentlich sollte ich es wohl nicht tun, aber wir sind ja Kameraden und Leidensgefährten. Wir haben in Tharandts ‚Heiligen Hallen' mitsammen die berühmte Rutschfahrt unternommen, so wollen wir auch hier Hand in Hand gehen. Also hören Sie!"

Er las folgende Zeilen vor:

„Dem Herrn Baron de Bas-Montagne.

Herr Baron!

Ihr Unterhändler ist bei mir gewesen. Sie sind ein harter, ein grausamer Mann. Ihre Forderungen zerreißen mir das Leben. Aber ich bin ein Weib, ich habe ein Herz, ich habe zwei Kinder. Ich fühle, was es heißen mag, ein Kind verlieren, einen Sohn aufgeben zu müssen. Es war nie meine Absicht, Ihnen Gastons Herz zu rauben; Sie haben es von sich gestoßen. Aber ich will es Ihnen trotz der Grausamkeit wiedergeben: Ich trete zurück und willige in die Scheidung unserer Ehe, obgleich ich weiß, dass ich damit mein Todesurteil unterzeichne.

Gott allein mag Richter sein zwischen Ihnen und
Amély de Bas-Montagne, geb. Köhler."

Auch diesen Brief nahm Haller dem Leser aus der Hand, um die Zeilen mit eigenen Augen zu überfliegen.

„Es ist so; es ist richtig, ich kann mich kaum irren!", sagte er dann, während er eifrig vor sich hinnickte.

„Was ist denn richtig?", fragte der Dicke. „Ihr Kopf etwa? Daran zweifle ich gegenwärtig sehr."

„Ich kann Ihnen nicht alles sagen; ich weiß nicht, ob ich überhaupt zu Ihnen davon sprechen darf. Aber eine Andeutung will ich Ihnen geben. Nämlich die Dame, von der ich sprach..."

„Nein, von der Sie träumten!", fiel Hieronymus ein.

„Meinetwegen! Dieses Mädchen ist eins der beiden Kinder, von denen hier die Rede ist."

„Schau, schau! Ist es die süße Nanon oder die herzige Madelon, verehrtester Herr Kollege?"

„Die Madelon, wie ich schon vorhin erwähnte."

„Ah, richtig! Also nicht süß, sondern herzig! Aber wie kommt denn diese herzige Dame hier in den Rahmen?"

„Vielleicht erkläre ich Ihnen das einmal. Jetzt habe ich keine Zeit. Jetzt sind nämlich die Augenblicke gezählt. Madelon wird noch heute verreisen."

„Wohin denn?"

„Nach Frankreich."

„Kommt sie wieder?"

„Auf alle Fälle."

„Nun, so ist sie ja nicht verloren und wir haben Zeit. Weiß Gott, diese Madelon hat es Ihnen gewaltig angetan. Sie sind verliebt bis über die Ohren. Sie stecken in der Liebe wie die Fliege im Quark. Arbeiten Sie sich wieder heraus, Kollege! Die Liebe bringt den stärksten Menschen um, und Sie sind noch nicht einmal der Stärkste!"

„Larifari! Fällt Ihnen übrigens bei der Überschrift des letzten Briefes gar nichts auf?"

„An der Zeichensetzung oder der Rechtschreibung?"

„Unsinn! Wie heißt Ihr Sonderling, dem diese Bilder gehören?"

„Herr Untersberg."

„Und wie heißt der Baron, an den dieser Brief gerichtet ist?"

„Monsieur de Bas-Montagne."

„Übersetzen Sie den Namen ins Deutsche!"

„Hm! Niederberg oder Unter – alle Teufel, Untersberg!

Das ist ja höchst auffällig! Das stimmt ja ganz und gar! Fast möchte man annehmen, dass dieser Untersberg mit diesem französischen Baron in ein und derselben Haut steckt!"

„Natürlich nehme ich das an!"

„So wäre er ja der Schwiegervater des Kolibri?"

„Ja."

„Und der Großvater Ihrer Bekannten?"

„Ja!"

„Heilige Leinwand! Und von meiner Gesellschafterin kenne ich weder den Groß- noch den Schwiegervater! Das nenne ich Pech! Aber ich werde mir Klarheit verschaffen. Ich laufe so lange kreuz und quer durch Berlin, bis ich auf die Gesellschafterin stoße, und da soll sie mir beichten, alles, alles; sie muss sich ausweisen, sie muss mir alles zeigen, das Dienstbuch, den Meldeschein, das Geburts- und das Taufzeugnis; sogar den Impfschein will ich sehen. Der Hieronymus Aurelius Schneffke lässt die Maus, wenn sie nochmals in die Falle geraten sollte, sicherlich nicht wieder entwischen."

„Lieber wagen Sie nochmals eine Rutschfahrt oder einen Purzelbaum vom Pferd herab, nicht wahr?"

„Ja. Alles wage ich, aber heiraten will ich sie. Das ist so klar wie Pudding!"

„Schön! Meinen Segen und meine Hilfe sollen Sie dabei haben; nun aber hoffe ich, dass ich jetzt auch auf Ihre Unterstützung rechnen darf."

„Doppelt und dreifach! Einen Berufsgenossen, der sich in Not befindet, unterstütze ich gern! Wie viel wollen Sie gepumpt haben?"

Er griff in die Tasche und zog den Beutel hervor.

„Lassen Sie die schlechten Witze! Ich bin sehr ernsthaft gestimmt. Beantworten Sie mir lieber meine Fragen!"

Hieronymus steckte den Beutel wieder ein.

„Das ist ganz nach meinem Geschmack. Antworten gebe ich immer noch lieber als Geld. Also fragen Sie!"

„Hat Ihr Bekannter, der sich Untersberg nennt, das Benehmen eines vornehmen Menschen?"

„Er hat das Benehmen eines Barons, der alle zwei Jahre drei lichte Augenblicke hat, oder das Betragen eines Verrückten, der alle zwei Jahre dreimal Baron ist."

„Spricht er besser Französisch als Deutsch?"

„Er brummt beides gleich gut."

„Wie alt ist er?"

„Einige sechzig Jahre, schätze ich."

„Ich muss ihn sehen, ich muss mit ihm sprechen! Können Sie mich ihm vorstellen?"

„Ja, aber er wird Sie hinauswerfen!"

„Das sollte ihm schwer werden!"

„Na na! Er hat einen Hund, eine riesige Dogge, mit der Sie es gewiss nicht aufnehmen."

„Er wird doch nicht den Hund auf mich hetzen?"

„Er wird dies ganz sicher tun, falls Sie sich nicht sofort entfernen, wenn er Sie nicht bei sich sehen will."

„Es muss dennoch versucht werden!"

„Meinetwegen. Ich werde mit ihm sprechen und Sie dann benachrichtigen, wann Sie mitkommen dürfen."

„Meinen Sie? Ihn erst sprechen? Denken Sie denn, dass ich so viel Zeit habe? Habe ich Ihnen nicht gesagt, dass Fräulein Madelon in kürzester Zeit abreisen wird? Bis dahin muss ich mit dem Irren gesprochen haben."

„Unmöglich!"

„Es ist sehr möglich. Sie brauchen mich nur als Maler vorzustellen."

„Ich habe jetzt nichts bei ihm zu suchen."

„Sie haben ja seine Gemälde hier!"

„Die müssen erst gereinigt werden."

„Gut, ich helfe Ihnen dabei. Vorwärts!"

Haller griff zum Schwamm und machte sich eifrig über die Bilder her; aber die Sache war nicht nach dem Geschmack des Dicken. Dieser kratzte sich nachdrücklich hinter den Ohren und sagte:

„Bei dieser Geschichte werde ich abermals sein Wohlwollen verlieren. Ich werde seine Bude nie wieder betreten dürfen."

„Das tut nichts. Ich entschädige Sie."

„Nanu? Ist Ihre Kasse denn gar so voll und groß?"

„Für Sie reicht es zu. Kommen Sie! Arbeiten wir!"

„Na, denn meinetwegen. So will ich in des Himmels Namen mit beiden Beinen ins Verderben springen! Trage ich meine Haut zu Markt, so wird's Ihrem Fell nicht viel besser ergehen."

Die beiden wischten und polierten, putzten und pinselten fieberhaft an den Bildern herum. In kurzer Zeit waren sie fertig.

„Also vorwärts jetzt!", sagte Haller. „Ist's weit?"

„Ein Stück die Straße hin, in Nummer sechzehn, Hinterhaus vier Treppen."

„Geben Sie das Frauenbild und die Briefe her!"

Er wollte bereits zulangen, aber der Dicke klopfte ihm auf die Hand.

„Oho! Langsam! Diese Gegenstände gehören zunächst mir. Der Alte ist nicht immer zurechnungsfähig. Man darf nicht zu jeder Zeit und über alles mit ihm sprechen. Ich muss erst sehen, ob er in der Stimmung ist, meine Mitteilung ohne Schaden entgegenzunehmen."

„Er wird aber doch das Bild und die Briefe sehen."

„Nein. Ich werde das Doppelbild geradeso wiederherstellen, wie es vorher war."

„Das ist unnötig, da ich mit ihm gerade über das Bild zu sprechen habe."

„Das werden Sie bleiben lassen, Verehrtester. Ein geistig Kranker muss mit größter Vorsicht behandelt werden. Ich sehne mich nicht nach einer Wiederholung dessen, was ich damals erlebte, als ich zudringlich war. Ich will Ihnen zwar den Willen tun und Sie zu ihm führen, das Weitere aber müssen Sie mir überlassen."

„Meine Zeit ist kostbar!"

„Unsinn. Die Dame kehrt ja wieder zurück. Dann können Sie ihr auch noch mitteilen, was Sie ihr zu sagen haben. So! Das Bild ist fertig! Kommen Sie! Ah, wo ist mein Hut?"

Schneffke sah sich in der Stube um, ohne die gesuchte Kopfbedeckung zu finden. Haller kam ihm wieder zu Hilfe.

„Dort in der Ecke liegt er!"

„Richtig. Es geht doch nichts über Ordnung!"

Er holte den Hut, stülpte ihn auf den Kopf und belud sich dann mit den Bildern.

„Also gehen wir!", sagte er. „Gern tu ich's nicht. Es liegt mir in allen Gliedern, dass dieser Gang mir nichts Angenehmes bringen wird."

Sie traten den Weg an. Die Straße war sehr belebt und auf dem Fußsteig gingen viele Menschen. Kurz vor ihrem Ziel wollten sie an einem Tor vorüber, gerade als ein Wagen herauskam. Der Dicke schritt voran. Er hatte alle Bilder unter dem Arm und keuchte, nicht etwa, weil sie zu schwer gewesen wären, sondern weil seine kurzen, fleischigen Arme sie nicht zu umspannen vermochten.

Alle Augenblicke wollte ihm das eine oder das andere entrutschen.

Er sah die Pferde, die im Begriff standen, ihn umzureißen. Zurück konnte er nicht mehr, darum machte er einen gewaltigen Sprung vorwärts. Der Wagen fuhr hinter ihm vorüber – er war der ihm drohenden Gefahr glücklich entgangen, hatte sich aber in eine andere gestürzt, buchstäblich gestürzt.

Seine kleine, dicke Gestalt eignete sich nämlich nicht zu einem solchen Riesensprung; er brauchte dabei unbedingt die Arme, um sich im Gleichgewicht zu erhalten. Daher streckte er sie während des Sprungs ganz unwillkürlich weit von sich ohne daran zu denken, dass er die Bilder trug. Diese flogen nun natürlich rechts, links und vor ihm zur Erde. Als seine Beine den Boden berührten, bekam er eins der Bilder zwischen die Füße, verlor dadurch das Gleichgewicht und stürzte in seiner ganzen Körperfülle zu Boden.

„Himmeldonnerwetter! Diese verdammten Kolibris!“, fluchte er.

Fußgänger blieben stehen und lachten laut.

„Was gibt's da zu lachen?“, grollte er.

Dabei blickte er, noch am Boden, zornig hoch. Wen sah er da gerade vor sich stehen, mit dem einen Fuß auf seinem Kalabreser, der ihm vom Kopf gefallen war? Emma von Greifenklau, die vermeintliche Gesellschafterin. Sie war im Begriff, Madelon zu besuchen, um ihr zu sagen, dass sie gestern von der Reise zurückgekehrt sei. Mit Geistesgegenwart richtete er den kurzen Oberkörper auf:

„Verzeihung, mein Fräulein, dass ich es gewagt habe, die Gelegenheit zu benutzen, mich Ihnen zum dritten Mal zu Füßen zu legen. Es ist dies das allergrößte Glück, das es für mich gibt!“

„Darum benutzen Sie diese Gelegenheiten so eifrig?“, lachte sie.

Das klang so golden, so freundlich, dass auch er in ein lustiges Gelächter ausbrach. Er erhob sich von der Erde und klopfte Rock und Hosen ab.

„Erlauben Sie mir gütigst meinen Hut! Es ist für ihn die größte Seligkeit, von diesem Füßchen berührt worden zu sein.“

„Nun, wenn ich ihn so glücklich mache, so brauche ich mich nicht zu entschuldigen, dass ich ihn aus Versehen mit Füßen trat?“

„Im Gegenteil – ich wollte, ich wäre mein Hut! Aber was stehen Sie da und halten Maulaffen feil, Kollege? Ich habe mit dieser Dame dringend zu sprechen. Heben Sie bitte unterdessen die Bilder auf, damit wir die Kolibris nicht zum zweiten Mal waschen müssen!“

Haller hatte vor Emma seinen Hut gezogen. Jetzt zuckte er bei der nicht sehr freundlich ausgesprochenen Aufforderung des Kleinen die Achseln, gab einem Dienstmann einen Wink und schritt langsam weiter, um dann auf den Freund zu warten.

Schneffke hob seinen Kalabreser auf, behielt ihn höflich in der Hand und sagte, während der Dienstmann sich mit den Bildern zu schaffen machte, zu der Dame:

„Ja, ich habe mit Ihnen zu sprechen, und zwar sehr notwendig."

Sie war bisher, festgehalten durch die Heiterkeit der Lage, stehen geblieben. Jetzt aber machte sie ein ernsthaftes Gesicht.

„Ich habe keine Ahnung, welche Veranlassung Sie zu einem Gespräch mit mir haben könnten."

Er blickte sich um. Die Fußgänger waren weitergegangen. Es gab niemanden, der hören konnte, was hier gesprochen wurde. Der Dicke machte ein sehr erstauntes Gesicht.

„Das wissen Sie nicht? Das ahnen Sie nicht einmal? Ein Herr, der sich dreimal, unter Gottes freiem Himmel sogar, einer Dame in aller Ehrfurcht und Ergebenheit zu Füßen wirft, kann doch nur einen einzigen Stoff haben, über den er sprechen möchte."

„Ah, ja, ich begreife. Ich errate diesen Stoff."

„Wirklich?", fragte er erfreut. „Nun, worüber kann ich denn beabsichtigen, mit Ihnen zu sprechen?"

„Über Ihr schauderhaftes Pech, das Sie unglücklicherweise immer gerade dann zu haben scheinen, wenn Sie mir begegnen."

„Pech?", fragte er mit enttäuschter Miene. „Pech soll das sein? O nein! Es ist im Gegenteil Glück. Diese Vorfälle müssen Ihnen doch beweisen, wie gern ich lebenslang unter Ihren Füßen liegen möchte."

„Gerade wie Ihr Hut?"

„Ja, gerade wie mein beneidenswerter Kalabreser. Ein Tritt von Ihren Füßen muss jeden mit himmlischer Seligkeit durchsäuseln. Von Ihnen gestoßen und getrampelt zu werden, muss die beglückendste Tändelei der Erde sein!"

„Ah, Sie sind Dichter!"

„Ich bin Hieronymus Aurelius Schneffke. Damit ist alles gesagt. Ich habe mich Ihnen bereits vorgestellt; aber ich habe noch nicht das Glück gehabt, Ihren Namen zu erfahren."

„Sie haben ihn ja schon im Eisenbahnwagen gehört."

„Nicht ganz. Ich entsinne mich nur, dass Sie von der alten Dame, bei der Sie sich befanden, Emma genannt wurden."

„Das ist mein Vorname."

„Und der andere, der Familienname?"

„Greif", entgegnete sie zurückhaltend. „Genügt Ihnen das?"

„Und ob! Warum sollte mir dieser Name nicht genügen? Er klingt ja ebenso poetisch wie der meinige, Schneffke, nur dass dieser noch germanischer, noch teutonischer ist. Aber, darf ich erfahren, wo Sie wohnen?"

„Ist das nicht etwas – allzu neugierig?"

„Nein, denn es gehört zur Sache. Wer war die Dame, mit der Sie in Tharandts ‚Heiligen Hallen' saßen?"

„Frau Gräfin von Eschenrode. Das haben Sie wohl bereits gehört?"

„Ja, aber ich habe mir den Namen der alten Dame nicht so genau gemerkt. Den Ihrigen hätte ich aber sicherlich nicht vergessen. Und Sie sind Gesellschafterin in ihrem Dienst?"

„Wenn Sie es so nennen wollen, ja. Guten Tag, Herr Hieronymus Aurelius Schneffke!"

Sie wendete sich schnell ab und setzte ihren Weg fort.

„Auf Wiederschaun!", rief er hinter ihr her. „Wir sprechen uns schon wieder!" Und während nun auch er weiterging, fügte er zu sich selbst hinzu: „Ein verdammtes Mädel! Schön, vornehmes Getue, freundlich, ein wenig herablassend und schnippisch. Das ist würzig wie russischer Salat oder Ziegenkäse. Die muss ich kriegen, auf alle Fälle kriegen!"

Er eilte Haller nach, der, den Dienstmann neben sich, auf ihn wartete.

„Sind die Kolibris verletzt?", fragte er bereits von Weitem.

„Nein; Sie etwa?"

„Körperlich nicht, aber im Herzen. Diese Emma Greif ist ein Prachtgeschöpf. Der liebe Gott kann stolz darauf sein, sie geschaffen zu haben."

„Und Sie können sich ebenso viel darauf einbilden, bei einem jeden Zusammentreffen ihr zu Füßen gelegen zu haben."

„Ja, das scheint nun einmal meine Angewohnheit zu sein."

„Und wie nimmt sie es auf?"

Sie schritten nebeneinander auf dem Bürgersteig dahin.

„Wie sie es aufnimmt?", fragte der Dicke. „Gut, sehr gut!"

„Ja, es wird ihr Spaß machen!"

„Unsinn! Eine Gesellschafterin, die mit einem Junggesellen auf der Straße stehen bleibt, ist in ihn verliebt. Auch hat sie mir die erschöpfendste Auskunft gegeben: Das ist ein gutes Zeichen."

„Hm! Also Greif heißt sie?"

„Ja."

„Ist sie wirklich Gesellschafterin bei der Generalin?"

„Ja."

„Woher stammt sie?"

„Das weiß ich nicht."

„Was sind ihre Eltern?"

„Das alles geht mich jetzt nichts an. Sobald sie meine Frau ist, werde ich es erfahren."

„Herzlichen Glückwunsch!"

„Danke! Die Sache ist so gut wie abgemacht. Aber hier ist die Nummer sechzehn. Bezahlen Sie Ihren Dienstmann! Ich werde die Bilder nun selber wieder nehmen."

„Und mit ihnen die vier Treppen hinauffallen."

„Na, wenn Sie so besorgt sind, so wollen wir teilen. Jeder trägt die Hälfte. Das wird Sie zugleich bei dem Alten empfehlen."

Der Dienstmann wurde abgelohnt. Sie begaben sich mit den Bildern nach dem Hinterhaus und stiegen die vier

Stockwerke hoch. Oben an einer Tür, an der kein Name zu lesen war, klingelte der Dicke. Es dauerte eine Weile, dann ließ sich ein Schlürfen vernehmen und die Tür wurde um ein Lückchen geöffnet, während die Sicherheitskette hängen blieb.

„Wer ist draußen?“, fragte eine halblaute, harte Stimme.

„Ich, Hieronymus Aurelius Schneffke.“

„Gut, gut. Sie kommen wie gerufen.“

Die Kette wurde abgenommen und die Tür völlig aufgestoßen. Vor ihnen stand ein hagerer, graubärtiger Mann. Er war in einen alten Schlafrock gekleidet und trug an den Füßen zerfetzte Pantoffel. Er hatte kein Haar mehr auf dem Kopf. Sein Gesicht war eingefallen und in seinen tief liegenden Augen zuckten irre Lichter. Er erblickte Haller, griff sofort nach der Sicherheitskette und rief mit völlig veränderter, heiserer Stimme:

„Unerhört! Sie bringen ja einen Zweiten mit!“

„Ich konnte doch die Bilder nicht allein tragen, mein verehrtester Herr Untersberg“, entschuldigte sich der Dicke.

„Sie haben sie ja auch allein fortgetragen.“

„Nein, ich musste mir gestern einen Dienstmann nehmen. Macht fünf Silbergroschen.“

„Die sollen Sie erhalten. Warum haben Sie denn heute nicht auch einen Dienstmann genommen?“

„Weil dieser Herr zufällig bei mir war und mir seine Hilfe anbot. Wenn man fünf Silbergroschen sparen kann, soll man es tun. Das ist klar wie Pudding.“

„Ich werde ihm das Geld geben, dann mag er sich entfernen!“

„Das geht nicht. Er würde sich beleidigt fühlen. Er ist ein Kollege von mir.“

„Ah, das ist etwas anderes! Er mag also einstweilen hereinkommen.“

Untersberg trat zurück und die beiden folgten ihm. Sie befanden sich in einer Stube, an deren vier Wänden hohe, mit Büchern gefüllte Gestelle aufgerichtet waren. Der Wirt schloss die Tür, legte die Kette vor und langte nach den Bildern.

„Zeigen Sie her!“, sagte er.

Er betrachtete eins nach dem anderen.

„Ich bin zufrieden! – Können Sie auch Kolibris malen?“

Die Frage war an Haller gerichtet.

„Ja.“

„Und wie fallen sie aus?“

„Gut. Ich hatte bisher Erfolg damit.“

„Ah! So sind Sie also kein Anfänger?“

„Nein!“

Da trat der Alte einen Schritt zurück. Sein vorher bleiches Gesicht rötete sich vor Zorn und in seinen Augen leuchtete es unheimlich auf.

„Haben Sie das gewusst?“, fragte er den Dicken.

„Nein. Er hat sich mir als Maler Haller vorgestellt und mich einige Zeichnungen sehen lassen. Da diese nicht viel taugten, habe ich angenommen, dass er ein Anfänger ist.“

„Das ist Ihr Glück! Ich hätte Sie von meinem Hund zerreißen lassen. Sie wissen, dass ich nur Anfängern behilflich bin. Leute, die schon einen Namen haben, fordern zu hohe Honorare; das übersteigt meine Mittel. Wie heißt dieser Mann?“

„Haller, aus Stuttgart.“

„Schön! Herr Haller, ich ersuche Sie, meine Wohnung zu verlassen.“

„Aber, mein Herr“, versuchte Haller ihn zu beruhigen, „ich komme in der besten Absicht und bin mir nicht bewusst…“

„Wes Sie sich bewusst sind oder nicht, das ist mir gleich“, rief der Alte. „Für mich ist die Hauptsache, dass ich weiß, was ich will. Gehen Sie!“

„Ich versichere aber, dass…“

„Verschwinden Sie, oder…!“

„Aber so lassen Sie sich doch sagen, dass ich…“

„Tiger!“

Er rief diesen Namen laut und gellend und ließ dann einen Pfiff hören. Sofort kam durch die offene Tür des Nebenzimmers eine riesige Dogge herbeigesprungen.

„Diesen da meine ich.“

Als der Alte diese Worte sagte und dabei auf Haller zeigte, stellte sich das Tier zähnefletschend vor den Genannten hin.

„Nun – werden Sie gehen oder nicht?“, fragte Untersberg. „Mein Türhüter hier weiß genau, was er in diesem Fall zu tun hat.“

Haller erkannte, dass er es mit der Dogge nicht aufzunehmen vermöge. Selbst wenn er geglaubt hätte, den Hund meistern zu können, wäre es doch nicht geraten gewesen, den Zorn des Alten zu vergrößern. Darum antwortete er:

„Ich versichere, dass ich in der freundlichsten Absicht kam. Ich hörte von Ihrer berühmten Kolibrisammlung und...“

„Was gehen Sie meine Kolibris an!“, rief da der Alte voller Wut. „Was wissen Sie, warum ich Kolibris malen lasse! Sehen Sie den Hund! Wenn Sie noch ein einziges Wort sagen, wird er sich auf Sie stürzen. Hinaus! Pass auf, Tiger!“

Diese Worte waren in einem Zorn geschrien, der nicht natürlich genannt werden konnte. Das Wort Kolibri hatte ihn noch mehr aufgeregt; es hatte einen unheimlichen, einen geradezu teuflischen Eindruck auf ihn gemacht. Seine Stimme bebte, seine Gestalt zitterte und seine Augen sprühten Blitze.

Haller sah, dass hier jede Entgegnung vergebens sein werde.

„Guten Tag“, sagte er und ging.

„Kommen Sie mir nicht wieder!“

Bei diesen Worten schloss der Alte Tür und Kette wieder. Dann wendete er sich zu dem Dicken:

„Warum bringen Sie diesen Menschen mit?“

„Ganz ohne Absicht, Herr Untersberg“, antwortete der Gefragte in möglichst unbefangenem Ton.

„Wirklich?“

Sein Blick schien bei dieser Frage das Gesicht des Kleinen durchbohren zu wollen. Dieser machte eine gleichgültige Miene.

„Pah! Ich möchte wissen, welche Absicht ich hätte haben können.“

„Das will ich hoffen. Ich hasse die Schleicher. Ich dulde keine Spione, die nur kommen, um bei mir zu sehen und zu horchen. Sie sind ein lustiger Kauz und lustige Leute sind niemals heimtückische Katzen. Deshalb dulde ich Sie bei mir. Aber ich befehle Ihnen, mir niemals wieder einen Fremden zu bringen. Ich würde Sie selbst durch Tiger hinausbeißen lassen und nie dürften Sie wieder zu mir kommen.“

„Ich werde mir das merken.“

„Ich hoffe und verlange es. Eigentlich wollte ich heute mit Ihnen nach dem document du divorce suchen; auch habe ich die ganze Nacht an meinem Kopf gezeichnet; aber ich habe etwas anderes für Sie.“

„Wenn sich die Urkunde nun fände?“, fragte Schneffke. Der Alte zog den Kopf zurück und blickte den Fragenden misstrauisch an.

„Warum fragen Sie? Was geht es Sie an, was ich tun will, wenn sich das Schreiben findet? Sollte ich mich doch irren? Sollten Sie doch ein Spion sein?“

„Unsinn! Ich bin Ihr Freund und Helfer. Weiter nichts.“

„So fragen Sie auch nicht! An die Urkunde denke ich jetzt nicht. Sie mag verborgen bleiben; ja, sie soll und darf gerade nicht ans Tageslicht kommen. Sie würde mich irremachen. Ich würde vielleicht etwas tun, was ich nicht soll. – Nicht wahr, Sie sind bereits viel gereist.“

„Ich bin erst gestern wieder von einem größeren Ausflug zurückgekehrt.“

Der Alte blickte ihn wie abwesend an, nickte langsam und meinte:

„Ja, mir ist so, als ob ich davon gehört hätte, dass Sie abwesend waren. Aber zum Reisen gehört zuweilen mehr, als man denkt. Es gibt Zufälle, Hindernisse und Störungen, auf die man nicht vorbereitet ist. Da gilt es, stets das Richtige zu tun und zu finden. Sind Sie erfahren?"

„Ich denke es."

„Und geistesgegenwärtig?"

„Das habe ich bei meinem letzten Ausflug sogar dreimal durchschlagend bewiesen."

„Das ist mir lieb. Ich brauche einen entschlossenen, geistesgegenwärtigen Mann, der zu reisen versteht. Aber noch eins: Sind Sie des Französischen mächtig?"

„Ja. Wir haben uns doch in dieser Sprache schon unterhalten."

„Möglich! Ich kann mich nicht darauf besinnen. Und nun die letzte Frage: Haben Sie jetzt Zeit, in meinem Auftrag eine Reise nach Frankreich zu machen?"

„Eigentlich nicht."

„Was haben Sie vor?"

„Ich habe notwendige Skizzen auszuführen."

„Dazu ist später Gelegenheit."

„Aber ich muss leben, und wenn ich nicht arbeite, so verdiene ich nichts."

„Ich werde Sie bezahlen, sehr gut bezahlen!"

„Oh, ich habe noch anderes vor als meine Skizzen!"

„Was?"

„Hm!", brummte der Dicke, einigermaßen verlegen.

„Das ist keine Antwort. Ich will wissen, was Sie vorhaben!"

„Nun, ich habe gerade jetzt Veranlassung, mich mit einer jungen Dame zu beschäftigen."

„Was ist sie?"

„Gesellschafterin."

Die Blicke des Alten sprühten wieder auf. Er richtete das Auge forschend auf den Maler.

„Eine Gesellschafterin? Nur eine?"

„Ja."
„Es sind nicht zwei?"
„Nein."
„Sie befindet sich hier in Berlin?"
„Ja."
„Auf welcher Straße?"
„Auf der unsrigen."

Da ballte der Alte die Hände, trat hart an Schneffke heran und fragte in drohendem Ton:

„Hat sie eine Schwester in Frankreich?"

„Das weiß ich nicht."

„Das wissen Sie! Das müssen Sie wissen! Wie ist ihr Vorname?"

„Emma."

„Emma? Ah! Nicht Madelon?"

„Nein."

Bei dieser Frage des Alten wurde der Maler stutzig. Hallers Vermutungen schienen das Richtige zu treffen.

„Dient sie in der Familie eines Offiziers?", fragte Untersberg weiter.

„Ja."

„Mille tonnerres! Wer ist dieser Offizier? Etwa der Graf Hohenthal, der ebenfalls in der Nähe wohnt?"

„Nein. Es ist der General von Eschenrode."

Da ließ der Alte die bereits erhobenen Fäuste wieder sinken. Er stieß einen Seufzer der Erleichterung aus:

„Ah, bereits glaubte ich, auch Ihnen nicht mehr trauen zu dürfen. Was haben Sie denn mit dem Mädchen?"

„Was soll ich mit ihm haben? Ich liebe es."

„Nun, es wird Ihnen nicht davonlaufen, wenn Sie sich für kurze Zeit entfernen."

„Wie lange würde ich abwesend sein?"

„Vielleicht eine Woche."

„Na, das wäre gerade keine Ewigkeit!"

„Und ich gebe Ihnen fünfzehnhundert Francs Reisegeld."

„Alle Teufel! Das ist ein schöner Tropfen!"

„Nicht wahr? Und was Sie übrig behalten, das gehört Ihnen."

„Das ist noch besser! Wohin soll ich denn? Etwa nach Paris?"

„Nein. Vor einer halben Stunde empfing ich eine Drahtnachricht, die mich eigentlich veranlasst, die Reise selbst zu unternehmen. Aber ich bin alt und morsch; ich würde diese Anstrengung wohl nicht aushalten. Darum bin ich gezwungen, einen Stellvertreter zu senden. Sie sind der einzige Mensch, zu dem ich Vertrauen habe, und daher will ich Sie schicken. Hier, lesen Sie!"

Er trat an den Tisch und nahm das Blatt zur Hand, das er dem Dicken hinreichte. Dieser las:

„Melde Ihnen, dass soeben mein Vater gestorben ist. Er befahl dies noch im Sterben. Charles Berteu."

„Nun?", fragte der Alte. „Was sagen Sie dazu?"

„Dass einer gestorben ist!"

„Wer aber?"

„Der alte Berteu."

„Der alte Berteu, sagen Sie?", fragte der Irre rasch und mit wieder neu erwachendem Misstrauen. „Sie kennen ihn etwa?"

„Keine Spur!"

„Aber es klang so. Wie können Sie vom alten Berteu sprechen, wenn Sie ihn nicht kennen?"

„Es steht ja hier. Wenn der Sohn meldet, dass der Vater tot sei, so ist ja wohl der alte gestorben, nicht aber der junge."

„Ach so! Ich wiederhole, Sie sollen nicht immer Worte bringen, die mich an Ihnen zweifeln lassen. Ahnen Sie nun, was Ihre Aufgabe sein wird?"

„Vielleicht soll ich den jungen Berteu aufsuchen?"

„Ja. Weiter!"

„Und fragen, woran sein Vater gestorben ist, ob an den Tuberkeln oder an der Rachenbräune?"

„Nein. Woran er gestorben ist, das ist mir gleichgültig.

Mag er sich erhängt oder ersäuft haben, das geht mich gar nichts an. Haben Sie vielleicht einige Anlage zum Geheimpolizisten?"

„Ja."

„Schön! Sie getrauen sich also, irgendeine verborgene Tatsache zu erforschen?"

„Ich und die Sonne, wir beide bringen alles an den Tag."

„Sie sollen mir dieses verdammte Sprichwort nicht bringen! Was meinen Sie mit Ihrer Sonne? Denken Sie etwa, dass sie auch bei mir etwas an den Tag bringen wird?"

„Ganz und gar nicht!"

„So lassen Sie diese Redensarten! Ich werde Ihnen jetzt Ihre Anweisungen geben. Der verstorbene Berteu nämlich hatte zwei Pflegetöchter..."

„Hübsche Mädels wohl?"

„Unsinn! – Niemand wusste, wer der Vater dieser beiden war."

„Das kommt zuweilen vor. Na, wenn ihn nur die Mutter kennt."

„Die eine heißt Nanon und die andere Madelon."

„Werde mir's merken."

„Die erste ist blond und die zweite schwarz."

„Eigentümliches Naturspiel! Vielleicht hat die erste als Kind nur Milch und die zweite nur Kaffee getrunken."

„Lassen Sie diese Scherze! Diese beiden Mädchen sind Gesellschafterinnen geworden."

„Wo?"

„Das geht Sie den Teufel an! Sie haben übrigens nicht zu fragen, sondern nur zuzuhören. Der Alte, nämlich der Pflegevater, hat natürlich das Geheimnis ihrer Abstammung gekannt. Nun will ich wissen, ob er es vor seinem Tod ausgeplaudert hat."

Der Maler merkte natürlich, worum es sich handelte. Dieser verrückte Mann war der Großvater der beiden Mädchen. Er hatte unrecht an ihnen gehandelt und nun fürchtete er sich. Sein Gewissen ließ ihm keine Ruhe.

Aber erwähnen durfte der Dicke kein Wort, das sah er ein.

„Ich soll also hin, um vom Sohn zu erfahren, ob sein Vater aus der Schule geschwatzt hat?"

„Ja. Getrauen Sie sich das?"

„Natürlich! Ich bin überzeugt, es wird mir gelingen."

„Sie werden sein Vertrauen erwerben."

„Ja, ganz unbemerkt und leise."

„Und ihm alles abfragen?"

„Alles."

„Sie werden auch bei seiner Umgebung horchen?"

„Natürlich! Ich werde ihn aber keineswegs ahnen lassen, was ich beabsichtige."

„Das wäre der größte Fehler, den Sie begehen könnten."

„Ich werde ihm nicht einmal meinen wirklichen Namen nennen."

„Gut. Ich sehe, dass Sie der Rechte sind."

„Auch dass ich aus Berlin bin, darf er nicht wissen?"

„Durchaus nicht."

„Oder dass Sie mich gesandt haben?"

„Wenn Sie das verraten, so drehe ich Ihnen das Gesicht auf den Rücken."

„Verflixt! Dann wäre es mit dem Malen aus. Aber ich weiß ja noch nicht einmal, wohin ich reisen soll."

„Nach Schloss Malineau."

„Kenne ich nicht."

„Es liegt in der Gegend von Etain."

„Kenne ich auch nicht."

„Zwischen Metz und – oder genauer: im Nordosten von Verdun. Ich habe nachgeschlagen und Ihnen den Weg aufgezeichnet. Hier ist das Papier."

Er nahm einen Zettel vom Tisch und gab ihn dem Maler.

„Schön. Wird alles bestens besorgt."

„Sie reisen aber sofort."

„Ah! Heute schon?"

„Jawohl. Die Sache eilt. Um ein Uhr geht der Zug."

„Mittags ein Uhr? Heiliger Raffael! Da bin ich ja der reine Eilbote!“

„Ich hoffte, dass Sie kommen würden, und habe alles vorbereitet. Auch das Geld ist bereits gezählt und eingepackt. Hier, nehmen Sie!“

Er nahm eine Brieftasche vom Tisch und gab sie ihm. Der Dicke schob sie schleunigst in den Rock.

„Das ist das Nötigste! Also fünfzehnhundert Francs!“

„Ja vielleicht noch etwas darüber, zur Aufmunterung für Sie. Ich darf mich auf Sie verlassen?“

„Wie auf sich selbst.“

„Ich hoffe das. Sie werden nicht zurückkehren, bevor Sie den Auftrag erledigt haben?“

„Natürlich. Ich gehe nicht eher fort, als bis ich weiß, ob der Verstorbene das Geheimnis ausgeplaudert hat oder nicht. Leben Sie wohl!“

„Guten Tag!“

Der Alte schloss hinter ihm die Tür und setzte sich dann an den Tisch, um stundenlang die Drahtnachricht anzustarren. Der Maler aber hatte kaum den Hausflur erreicht, so zog er die Brieftasche heraus und öffnete sie.

„Alle Wetter!“, sagte er freudig. „Fünfzehnhundert Francs. Juchhei! Das lass ich mir gefallen. Jetzt kaufe ich mir schnell noch einen Anzug nebst Wäsche und einen Reisekoffer. Die Welt sehen, nach Frankreich reisen, ohne dass es mich einen Pfennig kostet! Ah, ich durchschaue den alten Halunken. Er hat zwar das Frauenbildnis mit den Schriftstücken wieder; da er aber nicht weiß, wo sie stecken, so sind sie mir sicher.“

12. Verschlungene Fäden

Emma von Greifenklau hatte bei Madelon vergebens geklingelt. Da sie annehmen durfte, dass die Gesuchte sich bei der Beamtenwitwe befinden werde, so ging sie ein Stockwerk höher.

Madelon ebenso wie die Witwe begrüßten die Freundin herzlich.

„Wundern Sie sich nicht", sagte die Witwe im Verlauf der Unterhaltung, „wenn heute vielleicht ein Herr an unserer Unterhaltung teilnimmt."

„Sie meinen Ihren Sohn?"

„Nein, meinen neuen Zimmerherrn."

„Ah, so haben Sie vermietet?"

„Ja, seit gestern und wie es scheint, recht glücklich."

„Was ist er?"

„Ein Künstler."

„Schauspieler, Schriftsteller?"

„Nein, Maler."

„So, so! Ich liebe diese Klasse von Menschen gerade nicht sehr."

„Oh", bemerkte Madelon, „Herr Haller scheint ein sehr anständiger, sogar feiner Herr zu sein!"

„Auch auf mich hat er diesen Eindruck gemacht", bestätigte die Wirtin eifrig.

Emma horchte auf.

„Haller heißt er? Woher stammt er?", fragte sie.

„Aus Stuttgart."

Über Emma von Greifenklaus Gesicht zuckte ein eigentümliches Leuchten.

„Also ein feiner Herr scheint er zu sein?"

„Unbedingt!", antwortete Madelon.

„Hat er nicht vielleicht etwas Soldatisches an sich?"

„Ja, das ist wahr. Er macht ganz den Eindruck eines Offiziers in Bürgerkleidung. Aber kennen Sie ihn denn?"

„Nein. Doch habe ich stets die Erfahrung gemacht, dass

ein Mann, den man gleich auf den ersten Blick für ‚fein' erklärt, immer etwas Militärisches an sich hat."

„Sie werden sich wundern, wie ähnlich er dem Wachtmeister Fritz sieht."

„Dem Wachtmeister?", fragte Emma, während sich auf ihrer Stirn eine leichte Falte zeigte. „Wirklich?"

Bei dem Namen Haller hatte sie natürlich an den Brief gedacht, den ihr der Bruder aus Ortry geschickt hatte, um ihr die Ankunft eines französischen Spürers, der sich Haller nenne, anzuzeigen. Jetzt, da von der Ähnlichkeit gesprochen wurde, musste sie an den Maler denken, der ihr öfter begegnet war, und zwar allemal unter absonderlichen Verhältnissen.

„Ja, zum Sprechen ähnlich sehen sich die beiden", beteuerte die Wirtin.

„Nun, vielleicht werde ich ihm gelegentlich begegnen. Vorher aber muss ich Ihnen beiden eine vertrauliche Mitteilung machen."

„Sie tun ja ganz feierlich", scherzte Madelon, „als ob es sich um etwas ungeheuer Wichtiges handle."

„Das ist es auch. Ich muss Ihnen etwas anvertrauen, worüber gegen andere kein Wort gesprochen werden darf. Sie lieben Ihr Vaterland, nicht wahr, meine liebe Madelon?"

„Oh, sehr!"

„Mehr als Deutschland?"

Das hübsche Mädchen wiegte den Kopf hin und her und zögerte eine Weile.

„Wie soll ich da entscheiden? Frankreich ist mein Vaterland, aber Deutschland ist meine Heimat geworden."

„Nun, dann darf ich wagen, zu sprechen, denn Sie werden nichts tun, was Ihrer jetzigen Heimat schädlich ist."

„Nein, niemals!"

„So sagen Sie mir zunächst, ob Herr Haller sich schon mit Ihnen unterhalten hat."

„Ja, hier, gestern Abend."

„Dabei hat er sich wohl nach meiner Familie erkundigt?"

Die beiden anderen blickten sich fragend an. Haller hatte ja gebeten, nichts davon zu erwähnen.

„Aufrichtig!“, bat Emma. „Ich hoffe, dass Sie mir die Wahrheit sagen werden!“

„Nun“, sagte die Witwe widerstrebend, „ich will Ihnen gestehen, dass er sich angelegentlich nach der Familie Greifenklau erkundigt hat.“

„Besonders nach meinem Bruder?“

„Ja.“

„Er fragte, wo dieser sich befindet?“

„Ja.“

„Ob der Zutritt zu uns schwer zu erlangen sei?“

„Ganz recht.“

„Dabei ist jedenfalls davon gesprochen worden, dass ich zuweilen hier zu treffen bin?“

„Woher wissen Sie das alles?“

„Ich vermute es nur. Und meine gute Madelon hat wohl erwähnt, dass wir einander befreundet sind?“

„Ich habe es gesagt, liebe Emma. War es ein Fehler?“

„O nein! Aber ich vermute weiter, dass er Sie gebeten hat, ihm die Bekanntschaft mit mir und den Meinen zu erleichtern?“

Madelon errötete, doch sie antwortete aufrichtig:

„Ja, das habe ich ihm auch versprochen.“

„So ist er wohl ein angenehmer Gesellschafter?“

„Gewiss.“

„Ich glaube, dass es ihm nicht schwer fallen sollte, sich einzuführen. Wer so schnell die Teilnahme meiner guten Madelon zu erringen weiß, den sollte man eigentlich einen recht gefährlichen Menschen nennen!“

„O nein! Das ist er nicht.“

„Ah, wie Sie ihn verteidigen! Aber doch bleibe ich dabei, ihn gefährlich zu nennen.“

Sie war dabei ganz ernst geworden.

„Haben Sie Gründe dazu, Fräulein von Greifenklau?“, forschte die Witwe gespannt.

„Ja, sehr triftige, und ich muss bei meiner Behauptung beharren, dass er ein außerordentlich gefährlicher Mensch, und zwar für uns alle, ist."

Madelon erblasste. Sie kannte die Freundin genau; sie wusste, dass diese nicht ohne gute Ursache so sprach.

„Dann ist er wohl gar ein Verbrecher?"

„Nein. Aber das, was er tut, kann für uns verhängnisvoll werden."

„Und wir haben ihn für einen so feinen, anständigen Herrn gehalten! Wie man sich doch irren kann! Er hat so gute, treue Augen und so ehrliche Züge. Man könnte ihm gut sein, wenn man ihm nur ins Gesicht blickt."

„Und doch ist es so. Er ist einfach – ein Spion, ein französischer Kundschafter."

Da sprang die Witwe vom Stuhl auf. Sie, die gute Deutsche, beherbergte einen Spion bei sich. Das war ja entsetzlich! „Ein Spion?", schrie sie auf. „Wissen Sie es genau?"

„Ganz genau. Der Maler Haller ist mir von meinem Bruder angemeldet worden."

„Das genügt. Ihr Herr Bruder ist ein tüchtiger Mann. Dieser Haller muss fort, sogleich fort von hier. Ich sage es ihm, sobald er kommt. Ja, ich lasse ihn sogar verhaften."

„Das darf auf keinen Fall geschehen!"

„So? Wirklich? Was soll ich denn tun?"

„Sie werden ihn bei sich behalten, ihn gut bedienen und ihn nicht merken lassen, was Sie von ihm wissen."

„Das ist ja eine Unmöglichkeit!"

„Nein, das ist sogar Ihre Pflicht und Schuldigkeit. Soll ich Ihnen das erklären?"

„Ich bitte sehr darum, Fräulein von Greifenklau."

„Nun, so hören Sie! Ich kann, ohne auszuplaudern, Ihnen sagen, dass mein Bruder das Vertrauen der höchsten militärischen Behörden genießt..."

„Das ist nicht ausgeplaudert, denn das wissen wir ja alle. Ihr Herr Bruder erfährt Dinge, von denen vielleicht mancher hoch gestellte Offizier nichts zu hören bekommt."

„Nun, so muss ich Ihnen anvertrauen, dass ein baldiger Krieg mit Frankreich zu befürchten ist."

„Man spricht davon."

„Frankreich will vorsichtig sein und sich vorher überzeugen, ob seine Kräfte den unseren gewachsen sind. Auf öffentlichem Weg kann es dies aber nicht erfahren und so greift es zu dem einzigen Mittel, das noch bleibt: Es überschwemmt Deutschland mit seinen Kundschaftern."

„Und dieser Haller ist ein solcher? Er ist also ein Franzose?"

„Ja."

„Und nicht aus Stuttgart?"

„Keineswegs. Man weiß in Paris ebenso gut wie hier, dass mein Bruder das Vertrauen seiner Vorgesetzten besitzt und dass man ihm Arbeiten aufträgt, die eine bedeutende Einsicht in Deutschlands Verhältnisse zu Frankreich voraussetzen. Bei ihm ist also am besten und – wie man denkt – am leichtesten etwas zu erfahren. Daher hat man diesem Haller den Auftrag gegeben, nach Berlin zu gehen und meinen Bruder auszuhorchen. Er soll sich in unsere Familie einführen lassen und so viel wie möglich zu erforschen suchen."

„Und ich soll ihn trotzdem bei mir wohnen lassen?"

„Unbedingt. Ich selbst werde ihn zu uns einladen. Wir werden uns aushorchen lassen und ihm dabei manchen Bären aufbinden. Verstehen Sie mich?"

„Ah, jetzt begreife ich. Er wird nach Paris berichten, und zwar stets Falsches!"

„Ja. Auf diese Weise ringen wir ihm die Trümpfe ab und bekommen sie in unsere Hand."

„Aber wenn er mich aushorchen will?"

„Sie können ihm doch nichts mitteilen!"

„Das ist wahr. Aber etwas muss ich doch erzählen."

„Nun, sagen Sie nur immer, dass wir Angst vor Frankreich haben, dass wir mit den Süddeutschen uneinig sind, dass der Russe und der Engländer uns hassen und dass der

Österreicher uns wegen Anno sechsundsechzig auch nicht wohl will. Unsere Soldaten mögen nichts vom Krieg wissen, unsere Offiziere desgleichen; unser Pulver taugt nichts; die französischen Chassepots schießen sicherer und weiter als unsere Zündnadelgewehre, und gegen die Mitrailleuse gibt es nun ganz und gar kein Aufkommen. Ist das genug?"

Die beiden anderen sahen Emma verwundert an.

„Das ist ja eine ganze, lange Litanei!", erwiderte die Wirtin. „Also Sie meinen wirklich, dass ich ihn behalten soll?"

„Selbstverständlich! Er wird bei uns sogar als Freund des Hauses behandelt werden. – Aber meine liebe Madelon, jetzt erst fällt mir Ihre Kleidung auf. Sie sind ja wie zur Reise vorbereitet!"

„Ja, ich muss verreisen. Unser Gespräch war bisher so spannend, dass ich noch von nichts anderem reden konnte."

„Wohin wollen Sie? Doch nicht weit?"

„Sogar sehr weit – nach Frankreich."

Emma machte eine Bewegung des Erstaunens.

„Nach Frankreich? Und gerade jetzt? So plötzlich? Warum?"

„Meine Schwester drahtete, dass unser Pflegevater gestorben ist. Ich habe die Pflicht, an seinem Grab zu sein."

„Ihre Schwester in Ortry?"

„Ja, sie ist mit Fräulein von Sainte-Marie von ihrer Reise dorthin zurückgekehrt."

„Wohnte Ihr Pflegevater nicht bei Etain?"

„Ja, auf Schloss Malineau."

„Welch eine lange, weite Reise! Wer begleitet Sie?"

„Niemand."

„Dann sind Sie sehr mutig. Weiß Frau Gräfin Hohenthal davon?"

„Ich habe es ihr sofort brieflich gemeldet."

„Wie schade! Ich hatte mich so sehr darauf gefreut, Sie nach meiner Wiederkehr recht oft zu sehen."

„Meine Abwesenheit wird nicht lange dauern."

„Nun, so muss ich mich darein schicken. Eins freut mich

aber doch dabei, nämlich, dass Sie das Glück haben werden, Ihre Schwester zu begrüßen."

„Es sind Jahre vergangen, seit wir uns trennten, und ihre Briefe sind sehr kurz."

„Sie schreibt aber doch öfter?"

„Nicht zu oft. Der letzte Brief war ausnahmsweise einmal sehr spannend. Er handelte von einem Menschen, dessen Schicksale ganz den unsrigen gleichen."

„Darf ich neugierig sein?"

„Warum nicht? Es handelt sich nämlich um einen armen Kräutersammler aus Thionville."

Emma wurde aufmerksamer. Sie wusste ja, dass der brave Fritz als Kräutersammler in Thionville angestellt war.

„Das klingt sehr romantisch!", sagte sie.

„Es ist auch wirklich romantisch. Der arme Teufel hat keine Eltern, er ist ein Findelkind. Er wurde als Knabe im Schnee gefunden und darum Schneeberg genannt."

Jetzt wusste Emma genau, dass tatsächlich von Fritz die Rede war.

„Ihre Schwester scheint aus diesem Grund Teilnahme für ihn zu finden?"

„Sogar sehr; wir sind ja ebenfalls Waisen. Kürzlich nun hat sie mit ihm gesprochen und von ihm erfahren, dass er ein Erkennungszeichen bei sich trägt, durch das es möglich wäre, seine Eltern zu finden. Nanon hat einst in Paris von einer Dame gehört, der zwei Knaben, Zwillingsbrüder, geraubt worden sind."

„Zwillingsbrüder? Wer war diese Dame?"

„Nanon hat leider den Namen vergessen und die Freundin in Paris, die ihr Auskunft geben könnte, ist nach Italien gereist. Die Schwester glaubt sich zu erinnern, dass diese Dame eine Deutsche gewesen sei. In diesem Falle ließe sich vielleicht hier in Berlin etwas erfahren. Darum schreibt mir Nanon, mich doch zu erkundigen, ob es hier nicht eine Familie gibt, der vor etwa zwanzig Jahren ein Zwillingsknabenpaar entführt worden ist."

Mit dem Gesicht Emmas war eine große Veränderung vor sich gegangen. Es zeigte den Ausdruck der allergrößten Spannung.

„Schreibt Nanon nichts weiter von der Dame?", fragte sie.

„Nichts, als dass sie den schweren Verlust selbst nach so langer Zeit nicht verschmerzt habe, da sie stets in tiefer Trauer gehe."

„Gott! Und worin besteht das Erkennungszeichen?"

„In einem Löwenzahn an einer feinen, goldenen Kette."

Emma sprang vom Stuhl auf.

„Weiter, weiter! Wie ist der Zahn beschaffen?"

„Er ist hohl. Wenn man die Grafenkrone, die am unteren Ende befestigt ist, abschraubt, kommen die kleinen Bilder eines Herrn und einer Dame zum Vorschein."

„Er ist's! Es ist der Zahn!", rief Emma, während sie entzückt die Hände zusammenschlug.

Die beiden anderen sahen sie erstaunt an.

„Wissen Sie auch etwas von diesem Zahn?", fragte Madelon.

„Natürlich! Mehr als Sie denken und ahnen! Habe ich Ihnen noch nie etwas davon erzählt?"

„Kein Wort."

„Und von Tante Eschenrode?"

„Nichts."

„Dass Tante stets in Trauer geht?"

„Das weiß ich, aber den Grund kenne ich nicht."

„Nun, sie hat vor zwanzig Jahren zwei Knaben, die Zwillinge waren, verloren. Die Kinder waren verschwunden und alle Nachforschungen sind vergebens gewesen; selbst hohe Belohnungen, die der Onkel ausgeschrieben hat, haben nichts gefruchtet."

„Sie ist es. Die Mutter ist gefunden! Wie wird Nanon sich freuen, wenn ich ihr das erzähle!", rief Madelon jubelnd. „Und Sie, Sie müssen sofort zu Ihrer Tante eilen, um ihr die Botschaft zu bringen. Ich gebe Ihnen den Brief meiner Schwester mit, damit sie ihn lesen kann. Ich eile, ihn zu holen."

Das Mädchen war ganz Glück und Jubel. Sie wollte das Zimmer verlassen. Die ältere und bedachtsamere Emma aber hielt sie zurück.

„Warten Sie noch!", bat sie. „Diese Sache ist zu wichtig, als dass man übereilt handeln darf. Die Trauer der Tante um die Verlorenen ist mit den Jahren ruhiger geworden. Also Schneeberg ist wirklich der Träger des Zahns?"

„Ja."

„Wissen Sie, für wen er Kräuter sammelt?"

„Warum fragen Sie?"

„Weil ich besondere Gründe habe."

„Er steht im Dienst eines Doktor Bertrand in Thionville."

„Mein Gott, welch ein Zusammentreffen! Wir haben ihn so lange gekannt, ohne zu ahnen, dass er im Besitz dieses Zahnes ist."

„Wie? Sie haben ihn gekannt?"

„Sie auch!"

„Was? Wie? Ich wüsste nicht! Ich kenne keinen Menschen namens Schneeberg. Wo soll ich ihn denn gesehen haben?"

„Hier in Berlin. Er ist erst seit ganz kurzer Zeit in Thionville. Ein Wort von mir würde Sie sofort aufklären, aber ich darf dieses Wort nicht sprechen. Sagen Sie mir, ob Schneeberg zu Ihrer Schwester keinen Bruder erwähnt hat?"

„Er hat nie einen Bruder gekannt."

„Ist es der rechte Zahn oder der linke?"

„Der rechte Reißzahn eines Löwen, schreibt mir Nanon."

„Sind denn keine Buchstaben vorhanden?"

„Davon schreibt mir die Schwester leider kein Wort. Darum denke ich, dass es keine gibt."

„Nun will ich Ihnen sagen, dass Onkel Eschenrode in Algerien einen Löwen geschossen hat. Nach arabischer Sitte hat er ihm die Reißzähne ausgebrochen und sie seinen beiden Zwillingsknaben später an einer Kette um den Hals gehängt. Die Kinder wurden geraubt. Wir glaubten sie bisher tot, nun aber taucht neue Hoffnung auf."

„Mir ahnt, dass dieser Schneeberg einer der Knaben ist."

„Das wäre großartig. Aber nun sagen Sie mir: Wann reisen Sie ab?"

„Mit dem Einuhrzug."

„Da haben wir noch Zeit. Wollen Sie mit mir gehen, um Großpapa zu erzählen, was Sie mir berichtet haben?"

„Gern, sehr gern! Und soll ich den Brief Nanons mitnehmen?"

„Ich bitte darum!"

„Wir wollen ihn holen. Kommen Sie schnell!"

Sie standen schon im Begriff, sich eiligst von der Witwe zu verabschieden, als die Tür sich öffnete und Haller eintrat. Er erblickte Emma; eine leise, feine Röte trat ihm auf die Wange; sonst war aber kein Zeichen der Überraschung, der Verlegenheit oder gar des Schrecks an ihm zu bemerken.

„Ich nenne mich Emma Greif", flüsterte Emma schnell und unbemerkt der Freundin zu.

Diese verstand und wendete sich mit freundlichster Miene zu Haller.

„Bereits wieder zurück? Ich dachte, Sie würden, um Berlin kennen zu lernen, Ihren Spaziergang weiter ausdehnen."

„Die Stadt kann ich mir ja später betrachten", antwortete er lächelnd. „Von Ihnen aber hörte ich, dass Sie im Begriff stehen, zu verreisen."

„Da bin ich es etwa, der Sie zu einer schnellen Rückkehr veranlasste?", fragte sie mit einer Betonung, die doch ein wenig Spott anzudeuten schien.

„Ich kam, um Ihnen eine gute Reise und glückliche Wiederkehr zu wünschen", entgegnete er ernst.

Man merkte ihm an, dass er den Spott herausgehört hatte und durch seinen Ernst zurückweisen wollte.

„Das ist wirklich freundlich von Ihnen! Erlauben Sie mir, Sie einander vorzustellen. Herr Maler Haller – Emma Greif, meine Freundin!“

Er verbeugte sich und wandte sich wieder an Madelon. „Ist es Ihnen nicht möglich, mir vor Ihrer Abreise noch zehn Minuten zu schenken?“

„Wozu?“

„Ich habe Ihnen eine Mitteilung zu machen, die für Sie vielleicht von großer Wichtigkeit ist.“

„Können Sie damit nicht bis zu meiner Rückkehr warten, Herr Haller?“

„Was mich betrifft, so würde dieser Aufschub mich weder schmerzen noch schädigen; aber für Sie dürfte es besser sein, wenn Sie mich noch vor der Abreise hören wollten.“

„Und doch müssen Sie mir erlauben, es bei der ersten Bestimmung zu lassen. Meine Zeit ist mir heute so kurz zugemessen, dass ich wohl kaum über zehn Minuten verfügen kann.“

„Selbst dann nicht, wenn ich Ihnen sage, dass der Gegenstand meiner Bitte in Beziehung zu Ihrer Familie steht?“

Jetzt stutzte sie doch; sie blickte ihn forschend an. „Zu meiner Familie? Ich habe ja keine.“

Er zuckte die Achseln.

„Vielleicht doch.“

Sie war jetzt auf einmal so anders gegen ihn als vorher. Warum? Hatte diese Freundin Emma Greif vielleicht von ihrer mehrmaligen Begegnung mit ihm gesprochen? Doch für die Veränderung ihres Benehmens musste Madelon bestraft werden; das stand bei ihm fest. Er war nicht der Mann, sich zum Gegenstand einer Laune machen zu lassen.

„Vielleicht doch?“, fragte sie, indem sie seine Worte wiederholte. „Nanon und ich sind Waisen; selbst der Pflegevater ist nun tot.“

„Aber Ihr Vater kann noch leben, Ihr Großvater ebenso.“

„Wie kommen Sie darauf?“

„Vielleicht habe ich einen Grund dazu. Nicht wahr, Ihr Vater trug den Vornamen Gaston?“

„Ja. Das sagte ich Ihnen bereits.“

„Ist Ihnen der Name Bas-Montagne bekannt?“

„Bas-Montagne? Mein Gott, ja! Es ist mir, als ob ich ihn öfter gehört hätte, früh, sehr früh in meiner Jugend. Was ist's mit diesem Namen?“

„Er steht in sehr enger Beziehung zu dem ‚süßen Kolibri‘. Aber Sie haben ja keine Zeit.“

„Sie sprechen in Rätseln. Bitte, erklären Sie sich doch!“

„Dazu hätte ich eine längere Zeit nötig, als Sie mir heute widmen können. Sie hatten die Güte, mir vorhin einiges über Ihre Jugendverhältnisse mitzuteilen. Nun fragen Sie Fräulein Greif! Sie ist zwei Personen begegnet, die mehrere Abbildungen von Kolibris bei sich trugen. Vielleicht steht auch dieser Umstand in Beziehung zu dem Dunkel, das Sie so gern durchdringen möchten.“

„Sie sind garstig!“, rief Madelon ungeduldig. „Sie wissen etwas und wollen es mir nicht sagen!“

„Ich bin keineswegs garstig. Fräulein Köhler, seit Sie von Ihrem Geschick zu mir gesprochen haben, möchte ich das Meinige dazu beitragen, das Rätsel Ihres Lebens zu lösen. Es scheint, dass der Zufall so freundlich war, mir einen kleinen Wink zu geben. Ich kann mich irren, aber ich glaube, eine Person getroffen zu haben, die zu Ihren Schicksalen in näherer Beziehung steht.“

„Wer ist das?“

„Lassen Sie mich darüber noch schweigen! Ich muss forschen und überlegen. Die von mir gewünschte Unterredung sollte mir den Stoff dazu liefern; aber ich sehe selbst ein, dass kein Grund zu großer Eile vorhanden ist. Sie werden bald wieder zurückkehren und dann können wir diesem Gegenstand mehr Zeit und Aufmerksamkeit widmen.“

Das klang so zurückhaltend und frostig, dass sie ihm

forschend in die Augen blickte. Seine Bemerkungen hatten ihre höchste Neugier erregt; sie hätte ihm gern eine halbe Stunde geschenkt anstatt der erbetenen zehn Minuten, aber der Ton seiner letzten Worte verletzte sie.

„Wie Sie wollen, Herr Haller", sagte sie. „Ich gebe Ihnen ganz Recht, die Zeit abzuwarten, in der ich aufmerksamer sein kann als heute. Ade!"

Sie nickte ihm kurz zu und ging. Emma folgte ihr. Er blickte noch einige Sekunden lang nach der Tür; als diese sich hinter den beiden geschlossen hatte, strich er sich nachdenklich über die Stirn und wendete sich dann an seine Wirtin.

„Fräulein Greif hat Ihnen erzählt, dass wir einander begegnet sind?"

„Ja."

„Wir sahen uns wiederholt in eigentümlichen Lagen, doch war nicht ich deren Urheber. – Aber dieses Handtäschchen hier, wem gehört es? Vielleicht Fräulein Köhler?"

„Nein. Ah, das hat ihre Freundin vergessen. Wie schade!"

„Spricht sie öfter hier vor?"

„Nein. Darum wird sie das Täschchen vermissen."

„Aber sie kann noch nicht weit sein. Vielleicht gelingt es mir noch, sie einzuholen."

Haller nahm die Tasche und ging. Die Witwe machte keinen Versuch, ihn zurückzuhalten. Als er aus dem Haus trat, konnte er die Gesuchte nicht erblicken; aber nachdem er eine Strecke rasch zurückgelegt hatte, sah er sie und Madelon von Weitem. Er verdoppelte seine Schritte. Sie gingen jetzt an dem Torweg vorüber, wo der Dicke seine heutige Niederlage erlitten hatte, bogen noch mehrfach in Seitenstraßen ein und traten dann in ein Haus.

In dem Augenblick, da er die Tür erreichte, hörte er oben das Glockenzeichen geben; sie befanden sich also jedenfalls noch auf dem Vorsaal. Er eilte rasch die Treppe hinauf.

Als er oben ankam, sah er bereits die Flurtür offen stehen und die Damen im Begriff, einzutreten. Der Diener, der geöffnet hatte, blickte ihn fragend an, er aber sagte laut:

„Fräulein Greif, Entschuldigung!"

Sie hörte es und wandte sich zurück. Als sie ihn mit dem Täschchen erblickte, glitt es wie ein rascher Entschluss über ihr Gesicht; sie blieb im Vorzimmer halten und winkte ihm mit der Hand.

„Da habe ich meine Tasche vergessen und Sie sind so gütig, sich damit zu belästigen. Bitte, treten Sie näher!"

Er dachte nicht daran, den Namen auf dem Türschild zu lesen, und trat ein; der Diener verbeugte sich und zog die Tür hinter sich zu. Haller war gefangen, ohne zu ahnen, wo er sich befand. Er glaubte bei der Herrschaft der vermeintlichen Gesellschafterin zu sein.

Emma nahm die Handtasche entgegen und bedankte sich mit einem freundlichen Nicken.

„Bitte, treten Sie ein!"

Dabei hatte sie auch bereits den Drücker der nächsten Tür in der Hand. Er beeilte sich, Einspruch zu erheben.

„Unmöglich, Fräulein!", entgegnete er. „Erlauben Sie mir vielmehr, mich zurückzuziehen."

Jedenfalls wohnte hier Frau Eschenrode. Wie sollte er vor ihr erscheinen, die Zeugin der unglückseligen Rutschpartie gewesen war! Auch trug er nur einen einfachen Straßenanzug.

„Warum?", fragte sie, während ein Lächeln ihr Gesicht erhellte, das er sich nicht zu deuten wusste.

„Ich bin im Haus des Herrn Generals von Eschenrode ein Fremder", antwortete er.

„Von Eschenrode? Sie befinden sich ja gar nicht im Haus dieses Herrn, sondern bei mir, bei meinen Verwandten."

„So habe ich mich geirrt. Das ist etwas anderes."

Bei den Verwandten einer Gesellschafterin, bei einer bürgerlichen Familie Greif brauchte er sich nicht zu sträuben, meinte er.

Sie öffnete die Tür. Rechts am Eingang stand sie, links Madelon. Als er, zwischen ihnen hindurchgehend, in das nächste Zimmer schritt, fing er von beiden einen sonderbaren Blick auf. Solche Augen beobachtet man auf der Bühne in Auftritten, wo Ränkespinnerinnen einen Sieg errungen haben.

In dem Zimmer befand sich nur eine einzige Person. Ein alter Herr mit eisgrauem Haar und ebensolchem Schnurr- und Backenbart ruhte in einem weich gepolsterten Sorgenstuhl. Dieser Greis hatte das ehrwürdigste Gesicht, das Haller in seinem Leben gesehen hatte. Die kräftigen und doch fein geschnittenen Züge, das lebensvolle Auge, die hohe, breitschultrige Gestalt, alles ließ vermuten, dass dieser Mann in seiner Jugend ein Bild männlicher Schönheit gewesen war.

Dieser nun hoch betagte Herr war der Rittmeister Hugo von Greifenklau, der einstige Liebling des alten Blücher.

„Großpapa, gestattest du mir, dir diesen Herrn vorzustellen?", sagte Emma und nickte dem Greis lächelnd zu. „Herr Haller, Maler aus Stuttgart!"

Die Lider des alten Herrn sanken augenblicklich herab. War es, um nicht merken zu lassen, dass dieser Name ihn überraschte?

Dann aber hoben sie sich wieder und die Augen des Greises richteten sich mit einem scharfen, forschenden Blick auf den Vorgestellten.

„Willkommen, Herr Haller! Nehmen Sie Platz! Willkommen auch, liebe Madelon. Der Herr kennt mich doch, Emma?"

Haller winkte mit der Hand.

„Oh, bitte, es bedarf keiner Vorstellung. Die Dame nannte Sie ja Großpapa."

„So ist's."

„Also wohl Herr Greif?"

„Greif?", staunte der Rittmeister. Und nach einem Blick auf Emma, um deren Lippen ein verhaltenes Lachen zuckte, fuhr er, sich leise den Schnurrbart streichend, fort: „Gewiss wieder einer deiner kleinen Streiche! Mein Name ist nicht Greif, sondern Greifenklau. Oder sollten Sie die letzten Silben überhört haben?"

Haller zuckte zusammen.

„Greifenklau?", fragte er. Er deutete auf Emma und fuhr fort: „Fräulein Köhler hat mir Ihre Enkelin als Fräulein Greif vorgestellt."

„So handelt es sich also wirklich um jugendlichen Übermut. Emma, Emma! Wie soll ich dich da strafen?"

„Ich bitte um Gnade, bester Großpapa! Es war so lustig, für eine Gesellschafterin gehalten zu werden."

„Für eine Gesellschafterin?"

„Ja, nämlich für die der Tante Eschenrode."

„Wer hält dich dafür?"

„Dieser Herr und sein Freund, der Maler Hieronymus Aurelius Schneffke. Ich habe es dir ja gestern erzählt."

Haller wurde rot bis hinter die Ohren. Das war ja eine ganz schauderhafte Lage, in die er da geraten war, er, ein Offizier der französischen Garde.

„Entschuldigung, meine Herrschaften! Nicht ich war es, der die Dame für eine Gesellschafterin hielt, und ich habe auch keineswegs Veranlassung, diesen Kollegen für meinen Freund auszugeben. Mein Zusammentreffen mit ihm war rein zufällig und wird auf jeden Fall auch nur vorübergehend bleiben."

„Nicht Sie haben um Entschuldigung zu bitten, Herr Haller", meinte der Greis. „Das ist vielmehr die Pflicht dieser übermütigen Damen. Über die eine habe ich leider keine Macht, aber die andere werde ich bestrafen. Sie soll sechs Tage Hausarrest erhalten, damit sie wenigstens für diese Zeit nicht im Stande ist, neue Streiche auszuführen."

„Großpapa! Gnade!"

„Herr Haller mag entscheiden."

„Auch ich bitte um Gnade für die Damen!"

„Nun, so will ich von meinem Recht zu verzeihen noch

einmal Gebrauch machen, keineswegs aber aus Nachsicht für dich, du wilder Vogel, sondern aus Rücksicht auf unseren Gast, dem ich doch seine Bitte nicht abschlagen darf. Greif anstatt Greifenklau! Wer sollte das denken!“

„Gestatten Sie!“, bat Haller. „Greifenklau oder von Greifenklau?“

„Von, von, mein Herr! Ich bin ehemaliger Rittmeister.“

Ah, da befand er sich ja inmitten der Familie, an die er gewiesen war. Welch ein glücklicher Zufall! Er hatte freilich keine Ahnung, dass er allen bereits bekannt war und dass das neckische Mädchen nur sein Spiel mit ihm getrieben hatte. Mit Emma und dem Alten hoffte er bald fertig zu werden. Ging er nur einigermaßen auf ihr munteres Gemüt ein und schmeichelte er dem Alten dadurch, dass er dessen Kriegserlebnisse mit Begeisterung anhörte, so glaubte er leichten Sieg zu haben. Er wusste freilich nicht, dass Emma ein sehr ernster Charakter war, dass sie von dem Großvater nur im Scherz als Spaßvogel bezeichnet worden war und dass er auch dem Greis nicht beizukommen vermochte, weil dieser längst wusste, welche Absicht ihn herbeigeführt hatte.

„Rittmeister also!“, sagte er. „So sind Sie wohl jener bekannte Herr von Greifenklau, der sich während der Befreiungskriege in der unmittelbaren Nähe des Marschalls Vorwärts befand?“

„Ja; ich hatte das Glück, sein Wohlwollen zu besitzen. Wir haben es damals den Franzosen heiß gemacht.“

„Und gehörig! Hoffen wir, dass sie es sich gemerkt haben!“

„Hm! Der Mensch ist vergesslich und die Herren von jenseits des Rheins sind ja auch nur Menschen.“

„Sie denken, dass sie auf Wiedervergeltung sinnen?“

„Wegen der Napoleonischen Kriege wohl schwerlich, vielleicht eher wegen Sadowa. Aber das wäre ein Unglück für Deutschland.“

„Wieso?“

„Weil uns der Franzose einfach in die Pfanne hauen würde."

„Ich als guter Deutscher möchte das denn doch bezweifeln!"

„Meinen Sie, dass ich ein weniger guter Deutscher bin als Sie, Herr Haller? Aber Sie sind Künstler und ich bin Militär. Unsereiner sieht alles anders als Sie. Und selbst wenn ich mich nicht mehr mit den Verhältnissen der deutschen Heere beschäftigen wollte, so bietet mir doch mein Enkel oft Gelegenheit, zu hören und zu urteilen."

„Dieser Enkel ist Offizier?"

„Er ist Ulanenoberleutnant und beim Generalstab tätig. Leider ist er gegenwärtig verreist, auf Urlaub. Die Aufgaben, die er zu lösen hatte, haben mir den Beweis geliefert, dass wir auf jeden Fall den Krieg mit Frankreich vermeiden müssen. Die schriftlichen Arbeiten meines Enkels liegen noch in seinem Arbeitszimmer. Ich würde mich mehr mit ihnen beschäftigen, aber meine Augen sind schwach geworden und Emma besitzt nicht die nötige Geduld, mir solche militärische Aufsätze, Gutachten und so weiter vorzulesen. – Man lebt zu einsam. Vielleicht haben Sie die Güte, sich zuweilen blicken zu lassen."

Das war es ja, was Haller ersehnt hatte. Eine Einladung. Vielleicht durfte er dem Alten die wichtigen Aufsätze und Gutachten vorlesen.

„Herzlichen Dank, Herr Rittmeister! Ich bin hier fremd und also in der Lage, gesellschaftlich erst Fuß fassen zu müssen. Ihre freundlichen Worte erfüllen mich mit Dankbarkeit."

„Das freut mich. Sie sind willkommen, so oft und wann es Ihnen beliebt. Wir spielen Schach, wir lesen und plaudern. Hast du heute Abend passende Küche, Emma?"

„Ich denke, dass wir nicht darben werden, Großpapa!"

„Das ist schön! Wollen Sie Ihr Abendbrot bei uns einnehmen, Herr Haller? Wir müssen den Streich, der Ihnen gespielt worden ist, möglichst gutmachen."

„Ich stehe gern zur Verfügung, Herr Rittmeister."
„Acht Uhr wollen wir sagen?"
„Wie Sie befehlen."
Der Greis hatte sich erhoben, zum Zeichen, dass er die gegenwärtige Unterredung zu beendigen wünsche. Darum fügte Haller hinzu:
„Für jetzt bitte ich um die Güte, mich zu beurlauben. Ich empfehle mich den Damen. Nochmals innigen Dank, Herr von Greifenklau!"
Er gab dem Rittmeister die Hand, küsste Emma die Fingerspitzen, nickte Madelon einen Abschied zu und ging. Unten auf der Straße murmelte er leise vor sich hin:
„Bei Gott, das ist ein Glückstag! Es hat sich alles so leicht, so glatt gemacht. Dieser alte Kriegsmann scheint sehr umgänglich zu sein. Er hält mich für einen militärischen Stümper, vor dem er kein Geheimnis zu haben braucht. Er wird sicher plaudern, ganz ohne Rückhalt. Ich merke bereits jetzt, dass ich gewonnenes Spiel habe."

*

„Also das ist deine Begegnung aus dem Tharandter Wald!", sagte Hugo von Greifenklau, als sich der Maler Haller entfernt hatte. „Und du hast wirklich keine Ahnung gehabt, was er war?"
„Nicht die mindeste. Wie sollte ich auch?"
„Und wie trafst du denn jetzt wieder mit ihm zusammen?"
„Er wohnt ja bei Geheimrats in Hohenthals Haus, wo ich zuweilen bin. Ich war soeben dort und hatte meine Handtasche zurückgelassen."
Sie erzählte, wie alles gekommen war.
„Ausgezeichnet! Jetzt wollen wir ihm Auskunft geben, dass ihm vor Freude Wermut wie Zucker schmecken soll! Ich freue mich auf heute Abend. Mach deine Sache gut in der Küche! Die Herren Franzosen pflegen Leckermäuler zu sein."

„Vielleicht bin ich heute Abend gar nicht da, mein lieber Großpapa."

„Wo denn?"

„Verreist."

„Wohin willst du denn?"

„Weit, sehr weit! Nach Frankreich hinein."

„Bist du toll?"

„Nein. Madelon reist auch."

„Nach Frankreich?"

„Ja, zum Begräbnis ihres Pflegevaters."

„Und du willst sie begleiten? Daraus wird nichts, Kind. Madelon mag reisen. Der Mann hat sie erzogen, sie ist ihm die letzte Ehre schuldig. Aber was geht er dich an?"

„Oh, du denkst, dass ich seinetwegen reisen will? Nein. Ich habe einen anderen, einen viel wichtigeren Grund. Nicht wahr, liebe Madelon?"

Die Gefragte warf ihr einen halb zweifelnden, halb frohen Blick zu.

„Aber mir haben Sie von der Absicht, zu reisen, ja noch kein einziges Wort gesagt."

„Das war nicht nötig; ich wollte warten, bis wir hier sein würden. Ja, lieber Großvater, denk dir, es hat sich einer mit dem Löwenzahn gefunden."

„Mit dem Löwenzahn? Ich verstehe dich nicht!"

„Lies hier diesen Brief!"

Sie ließ sich von Madelon den Brief geben und reichte ihn dem Rittmeister hin. Dieser hatte keineswegs so schwache Augen, wie er Haller glauben gemacht hatte. Er faltete das Schreiben auseinander und begann sich hinein zu vertiefen.

Während des Lesens nahm sein Gesicht den Ausdruck einer sich immer vergrößernden Spannung an. Als er fertig war, sagte er kein Wort, aber er fuhr aus dem Stuhl auf und begann mit großen, raschen Schritten das Zimmer zu durchmessen. Das pflegte er stets zu tun, wenn irgendetwas seine Gedanken oder Gefühle mehr als gewöhnlich in Anspruch nahm. Man durfte da nicht auf ihn einsprechen, man musste ihn gewähren lassen.

Hatte er dann Klarheit gewonnen und einen Entschluss gefasst, so begann er schon selbst, sich darüber zu äußern.

Darum schwiegen die beiden Damen jetzt und warteten, bis er selber sprechen werde. Endlich blieb er vor ihnen stehen, schlug mit der Rechten auf den Brief, den er in der Linken hielt, und sagte:

„Ist das nicht wunderbar?"

„Gott tut noch Wunder, Großpapa."

„Ja. Glaubst du, dass er es ist?"

„Die Buchstaben fehlen anscheinend und die Jahreszahl."

„Wenn auch! Wir suchen die Jungens seit Jahren, und einer von ihnen ist vermutlich ganz in unserer Nähe gewesen. Habe ich nicht immer behauptet, dass Fritz dem General ähnlich sieht?"

„Stets."

„Und was nun fast noch wunderbarer ist: Hast du dir diesen Maler genau betrachtet?"

„Natürlich. Du meinst wegen seiner Ähnlichkeit mit Fritz?"

„Ja. Die ist auffallend. Sie gleichen einander fast wie ein Ei dem anderen. Aber das ist jedenfalls bloßer Zufall. Ein Naturspiel. Also den rechten Löwenzahn hat der Wachtmeister. So wäre er der Erstgeborene. Aber dürfen wir dem General oder der Generalin etwas sagen?"

„Unmöglich!"

„Du hast Recht", nickte der Alte. „Die alten Wunden klaffen dann auf, und wir wissen nicht, ob wir im Stande sind, sie zu heilen. Man müsste den Zahn sehen und die Bilder, die sich darin befinden. Aber was steht denn da von einer Seiltänzerin? Jammerschade, dass sie verunglückt ist!"

„Sie könnte Auskunft geben."

„Oder der Bajazzo! Er muss unbedingt gesucht und gefunden werden. Es ist doch am besten, wir schreiben Richard!"

„Nein. Am besten ist's, es reist jemand hin", schlug Emma vor.

„Aber wer denn? Eschenrodes dürfen nichts wissen; so bleiben nur du und ich. Soll ich diese Reise unternehmen?"

„Du nicht, aber ich! Sieh mal, Großpapa, wir wollten doch sowieso im nächsten Monat zusammen hinüberfahren, um die Heimat der Großmama zu besuchen. Ist es nicht wie eine Fügung, dass wir unsere Pässe schon haben?"

„Mädchen, du bist nicht bei Trost! So ein Vogel, der noch gar nicht flügge ist, will allein nach Frankreich flattern!"

„Madelon flattert doch auch!"

„Ja, eine Begründung hast du sofort bei der Hand! Aber bedenke die Gefahr!"

„Wo sollte es eine Gefahr geben? Man hat ja nichts zu tun, als nach Thionville zu fahren und mit Fritz zu sprechen."

„Und in der Mosel zu ersaufen, wie es Richard beinahe ergangen wäre."

„Ich fahre nicht mit dem Schiff."

„So entgleist der Zug!"

„Aber, Großpapa, bist du denn wirklich einer von den berühmten Zietenhusaren gewesen?"

„Freilich! Und ich glaube, Mädel, in dir spukt auch das alte, verwegene Husarenblut."

Sie lachte.

„Ich bin eben eine Soldatentochter!"

„Das ist wahr, ich will es gern glauben, dass du dich vor dieser Reise nicht scheust."

„Ich darf also fahren, Großpapa?"

„Bist du denn wirklich so darauf versessen?"

„Ganz und gar!"

„Hm!"

Er brummte einiges vor sich hin, was die beiden Mädchen nicht verstehen konnten, und begann dann seinen Spaziergang durchs Zimmer von neuem. Das dauerte eine geraume Weile; dann drehte er sich scharf auf dem Absatz herum, so recht nach altgewohnter Husarenweise.

„Gut! Du sollst fahren!“

Sie flog ihm jubelnd an den Hals und küsste ihn und streichelte ihm die Wangen.

„Na gut! Schon gut!“, schmunzelte er. „Du hast wirklich ein Stück von meiner seligen Margot. Gerade so machte sie es auch, wenn sie mich einmal herumgekriegt hatte. Aber klug musst du sein“, fügte er hinzu.

„Oh, da habe nur keine Angst!“

„Willst du nur nach Thionville oder vielleicht gar nach Ortry?“

„Das muss sich zeigen, Großpapa. Ich werde tun, was ich für notwendig halte.“

„So nimm dich um Gottes willen in Acht! In Ortry darf kein Mensch ahnen, dass du eine Greifenklau bist.“

„Das weiß ich.“

„Und Richard darfst du nicht in Verlegenheit bringen. Ein Erkennungsauftritt könnte alles verraten, euch beide in die größte Gefahr versetzen und sein ganzes Werk zunichte machen. Darum sei vorsichtig!“

„Keine Sorge! Aber das Reisegeld, Großpapa?“

„Das gebe ich dir. Aber wann fährst du denn?“

„Um ein Uhr geht der Zug, den Madelon benutzen muss.“

„Und da willst du mit?“

„Freilich.“

„Schon? Das geht ja...“

„...wie Zieten aus dem Busch! Ich bin eben von deinem Blut!“

„Kleine Hexe! Na, mir soll es recht sein. Auf diese Weise haben wir nicht mehrere Tage lang den gewöhnlichen Lärm, den bei euch Damen das Einpacken verursacht.“

„Oh, ich bin augenblicklich fertig. Den Koffer her, Wäsche und einige Kleider hinein, in die Droschke und dann fort.“

„Basta! Abgemacht, sagte Blücher. Und Mutter wird sich heute Abend wundern, wenn das Nest schon wieder leer ist."

Jetzt ging es sogleich ans Einpacken und auch Madelon eilte fort, um ihre Vorbereitungen zu vollenden. Kurz vor Abgang des Zuges trafen sie sich auf dem Bahnhof. Sie freuten sich königlich, miteinander reisen zu können.

Das Gepäck wurde aufgegeben, die Karten waren gelöst. Der alte Rittmeister, der seine Enkelin zum Bahnhof begleitet hatte, brachte beide in den Wagen. Man läutete bereits zum zweiten Mal, da wurde die schon geschlossene Tür abermals geöffnet und man hörte die Stimme des Schaffners:

„Abteil für Nichtraucher. Hier herein!"

Der Einsteigende war sehr kurz und dick. Er trug einen hechtgrauen Reiseanzug und einen neuen riesigen Kalabreser. In der einen Hand hatte er einen großen Koffer, in der anderen eine ziemlich umfangreiche Mappe.

„Ihr Diener, meine Damen!", grüßte er. „Bitte, nicht zusammenrücken. Ich brauche wenig Platz."

Emma ließ ein leises, aber bezeichnendes Räuspern hören, wodurch Madelon aufmerksam gemacht wurde.

„Kennen Sie ihn?", flüsterte Letztere unter ihrem dichten Schleier hervor.

„Oh, nur zu gut!"

„Wer ist er?"

„Herr Hieronymus Aurelius Schneffke."

„Wirklich?"

„Ich befürchte sehr, dass der Wagen zusammenbrechen wird, nur um dem Pechvogel Gelegenheit zu geben, mir zu Füßen zum vierten Mal seine Huldigung darzubringen."

„Verlassen wir doch das Abteil!"

„Nicht doch, versuchen wir es eine Weile! Er ist zu drollig. Vielleicht fährt er nicht sehr weit mit."

Der Dicke hatte sein Gepäck untergebracht und sich

zurechtgesetzt. Da machte er plötzlich eine Bewegung des Schrecks.

„Na ja, mein Regenschirm“, sagte er ergeben. „Der liegt an der Kasse. Das ist so klar wie Pudding.“

Er fuhr von seinem Sitz auf, langte durch das offene Fenster, öffnete die Tür und drängte seinen umfangreichen Körper hinaus.

„Das Pech geht an!“, lachte Emma.

„Wir sind ihn los!“, meinte Madelon. „Es läutet zum dritten Mal. Er kommt nicht zur Zeit zurück.“

„Himmel, Pinsel und Palette!“, rief es draußen. „Wer hält mich denn da hinten?“

Herr Schneffke war mit einer inneren Seitentasche seines Rocks hängen geblieben. Ein kräftiger Ruck, und sein gewichtiger Leib war frei; er plumpste auf die Erde nieder. Aber der rechte Schoß seines neuen Rockes hing oben über ihm. Er raffle sich auf, ohne den Verlust zu bemerken, und wollte davonspringen, um den Schirm zu holen. Da aber fasste ihn ein Schaffner beim Arm.

„Wohin denn noch?“

„An die Kasse. Ich habe meinen Schirm dort stehen lassen.“

„Dazu ist keine Zeit. Es hat zum dritten Mal geläutet.“

„Aber ich muss ihn haben.“

„So versäumen Sie den Zug!“

„Heiliges Pech! Das ist der reine Pudding. Und da hängt, weiß Gott, mein Rockschoß.“

„Also hinein oder nicht? Hören Sie, die Maschine gibt bereits das Zeichen.“

„Na, denn in Gottes Namen wieder hinein.“

„Aber schnell, schnell!“

So rasch, wie es wünschenswert war, ging das bei dem dicken Maler nicht. Er drückte und quetschte sich vorwärts und der Schaffner schob aus Leibeskräften. Der Zug kam bereits ins Rollen. Da endlich stand Hieronymus Aurelius wieder im Wagen und die Tür ward hinter ihm zugeworfen.

Emma hatte, um diesen vergnüglichen Auftritt beobachten zu können, den Schleier aufgeschlagen. Der Maler erkannte sie jetzt. Über sein Gesicht zog ein breites, wonniges Lächeln.

„Habe die Ehre, Fräulein Greif! Freut mich ungemein! Ihr ergebenster Diener – – Himmeldonnerwetter!"

Er hatte ihr eine tiefe Verbeugung machen wollen, wurde jedoch misslicherweise daran verhindert. Es hielt ihn abermals jemand an der hinteren Front seines Körpers. Er versuchte sich umzudrehen. Es gelang ihm nur sehr schwer und da sah er denn zu seinem Entsetzen, dass der Schaffner ihm den zweiten Schoß seines neuen Rocks in der Eile zwischen die Tür geklemmt hatte.

„Na, nun hört mir aber alles auf!", sagte er. „Die Reise fängt allerliebst an. Wo fahren die Damen hin?"

Die Gefragten mussten sich die größte Mühe geben, ein lautes Lachen zu unterdrücken.

„Nach Frankreich, mein Herr!", sagte Emma.

„Das ist prächtig! Ich auch! Da bleiben wir natürlich beisammen!"

Im Übermaß seiner Freude versuchte er abermals eine tiefe Verbeugung, mit dem Erfolg, dass der eingeklemmte Zipfel sich aus der Türspalte löste und seinen Herrn mit unerwartetem Ruck freigab. Durch diesen Schwung geriet das beträchtliche Gewicht des Dicken ins Schwanken, und ehe es sich der Maler versah, lag er – es war wohl in diesem Leben seine Bestimmung – abermals dem angebeteten Mädchen zu Füßen.

13. In der Schenke von Thionville

Es war ein wunderschöner Morgen über der Gegend von Ortry aufgegangen. Die Sonne hatte den Tau von den Blättern und Halmen getrunken, nur hier und da glänzte noch ein silberner Tropfen aus dem tiefen Kelch einer Blume hervor.

Um diese Zeit pflegte Marion de Sainte-Marie, dem Unterricht beizuwohnen, den Doktor Müller ihrem Bruder Alexander gab. War es die Schwesterliebe oder die Teilnahme an den Lehrgegenständen, was sie dazu veranlasste? Sie wusste es sich vielleicht selbst nicht zu sagen.

Nanon aber benutzte diese Zeit meist zu einsamen Spaziergängen im Wald. Da war es freier und schöner als im Zimmer bei den Büchern – – da draußen gab es allerlei Kräuter und Gräser, und zuweilen kam einer, um diese abzupflücken und in seinen großen Sack zu stecken.

Ein Plätzchen gab es, wo sie gar zu gern verweilte. Es war der Ort, an dem sie zum ersten Mal mit Fritz ausgeruht hatte. Und wunderbar, so oft dieser in den Wald kam, er streckte sich gewiss nicht eher ins Moos nieder, als bis auch er dieses Fleckchen erreicht hatte.

So strich sie langsam zwischen den Bäumen dahin und trällerte vor sich hin:

„Fern im Süd das schöne Spanien,
Spanien ist mein Heimatland,
wo die schattigen Kastanien
rauschen an des Ebro Strand.
Wo die Mandeln rötlich blühen,
wo die süße Traube winkt,
wo die Rosen schöner glühen
und das Mondlicht goldner blinkt.“

Sie blieb stehen und lauschte. Kein Widerhall! Und sie war doch eine so große Freundin des Echos, sie hörte es so gern.

Sie setzte also ihren Weg fort und sang weiter:

„Längst schon wandr' ich mit der Laute
traurig hier von Haus zu Haus,
doch kein einzig Auge schaute
freundlich noch zu mir heraus.
Spärlich reicht man mir die Gaben;
mürrisch heißet man mich gehn.
Ach, mich armen, braunen Knaben
will kein einziger verstehn!"

Sie hielt abermals inne, um zu lauschen. Über ihr Gesicht glitt ein glückliches Lächeln, denn jetzt, ja, jetzt ließ sich das Echo hören. Aber kam das von einem Berg oder von einer Felswand zurück? Wohl nicht, denn die Töne lagen um eine volle Oktav tiefer und die Worte waren auch ganz andere. Gibt es denn auch Echos, die nicht von Felswänden zurückgeworfen werden und die ihre eigenen Töne und Worte haben? Jedenfalls, denn das Echo, das sich jetzt hören ließ, sang:

„Als beim letzten Erntefeste
man den großen Reigen hielt,
habe ich das allerbeste
meiner Lieder aufgespielt.
Doch, als sich die Paare schwangen
in der Abendsonne Gold,
sind auf meinen dunklen Wangen
heiße Tränen hingerollt!"

Eine volle, kräftige Baritonstimme sang diese Verse. Nanon lauschte, und erst als das letzte Wort verklungen war, setzte sie sich wieder in Bewegung, aber schneller als vorher. Sie kam dem erwähnten Plätzchen immer näher, und als sie es erreichte, da – da lagen zwei im Moos, nämlich der volle Kräutersack und Fritz, der Besitzer dieses medizinisch höchst wichtigen Gegenstandes.

Er lag da und blickte zum Himmel auf wie einer, der sich auf der Erde sehr wohl befindet und dies denen, die da oben wohnen, von ganzem Herzen auch wünscht.

„Guten Morgen, Herr Schneeberg!", erklang es hinter ihm.

Er sprang auf und tat, als ob er im höchsten Grade überrascht worden sei.

„Ah, Sie sind es!“, meinte er dann. „Guten Morgen, Mademoiselle Nanon! Ich dachte, ich wäre ganz allein im Wald.“

„Darum haben Sie auch so schön gesungen.“

„Schön, wie eben die Stimme eines Kräutermanns sein kann.“

„Sie sind sehr bescheiden. Und was Sie da sangen, das war mein Lieblingslied.“

„Wirklich? Das hätte ich wissen sollen!“

Und doch wusste er es schon längst, dieser Schwerenöter!

„Ich habe sogar, bevor ich Sie hörte, auch zwei Strophen desselben Liedes gesungen.“

„Drum! Drum hörte ich so etwas aus der Ferne, gerade, wie wenn es vom Himmel käme. Es war so schön!“

„Ach!“

„Sind Sie nicht ermüdet, Mademoiselle Nanon?“

„Nicht sehr.“

„Wollen Sie nicht Platz nehmen?“

„Wieder auf den Kräutern? Ich werde Ihnen noch den Sack durchsitzen und dann wird Ihr Doktor zanken.“

„Was geht mich der Doktor an, wenn Sie nur gut sitzen?“

Nanon ließ sich endlich auf den Kräutersack nieder.

„Sie werden mich gewiss noch ganz und gar verwöhnen.“

„Ich wollte, ich könnte Ihnen noch weit mehr dienen, als ich es vermag.“

„Ich glaube es Ihnen. Und gerade weil Sie so nett sind, habe ich nicht das Herz, eine Bitte auszusprechen, von der ich heute eigentlich reden wollte.“

„Versuchen Sie es doch einmal!“

„Nun, so will ich es wagen. Denken Sie, mein Vater ist gestorben.“

„Ihr Vater?“, fragte er erschrocken, „Herrgott, das ist ja traurig!“

„Obgleich er nicht mein eigentlicher Vater, sondern nur mein Pflegevater, mein Vormund war."

„So haben Sie keine Eltern mehr, Mademoiselle?"

„Nein. Ich bin ein Waisenkind."

„Geradeso wie ich."

„Ja, geradeso wie Sie. Also mein Pflegevater ist gestorben und soll übermorgen beerdigt werden. Ich will hin und auch meine Schwester kommt."

„Eine Schwester haben Sie?"

„Ja. Ich habe ihr gedrahtet und sie wird morgen auf dem Bahnhof sein. Dort empfange ich sie und wir fahren weiter nach Metz und von da nach Schloss Malineau bei Etain. Denken Sie sich, so weit, wir zwei!"

„Ja, das ist nun freilich schlimm. Zwei Damen, so allein."

„Zwar fürchte ich keine Gefahr, aber man weiß doch niemals, was geschehen kann. Denken Sie an das Unglück auf der Mosel!"

„Ja, wer sollte meinen, dass man da Schiffbruch erleiden könne."

„Und doch mussten gerade Sie mich retten! Seit jener Zeit ist es mir –", sie stockte ein wenig, „– nun, darum meine heutige Bitte, lieber Herr Schneeberg – aber es fällt mir wirklich schwer, sie auszusprechen."

Er lächelte sie zärtlich an.

„Wissen Sie, was mich recht froh und glücklich machen könnte?"

„Was denn?"

„Wenn ich Sie begleiten dürfte. Aber so eine Dame wie Sie wird sich mit einem armen Kräutersammler nicht abgeben wollen. Nicht wahr?"

„Wo denken Sie hin! Das war es ja gerade, worum ich Sie bitten wollte. Werden Sie denn auch Zeit haben?"

„Soviel Sie wünschen. Ich werde es meinem Herrn melden und dann wird alles abgemacht sein."

„Gut! Werden Sie mit dem Mittagszug fahren können?"

„Natürlich!“

„So treffen wir uns auf dem Bahnhof. Wie freue ich mich, meine Schwester wieder zu sehen! Es sind Jahre vergangen, seit wir uns trennten. Wissen Sie, dass ich ihr von Ihnen geschrieben habe, von Ihnen und dem Löwenzahn? Ich dachte, sie könne sich erkundigen; sie wohnt in Berlin.“

„In Berlin?“, fragte er. „Ist sie da verheiratet?“

„O nein; sie ist Gesellschafterin, geradeso wie ich. Es geht ihr sehr gut. Ihre Herrin ist eine Gräfin von Hohenthal.“

„Von Hohen – Hohenthal?“, fragte er, wobei er Mühe hatte, seinen Schreck zu verbergen.

„Ja, ihr Sohn ist Husarenrittmeister.“

„So, so! Darf ich den Namen Ihrer Schwester wissen?“

„Madelon heißt sie. – Also Sie kommen gewiss?“

„Ganz gewiss.“

„Dann will ich mich sputen! Marion wird mich erwarten.“

Sie erhob sich und reichte ihm die Hand.

„Leben Sie wohl, mein bester Herr Schneeberg!“

„Adieu, Fräulein Nanon!“

Sie trennten sich; sie ging und er blieb zurück. Als sie sich entfernt hatte, schüttelte er den Kopf.

„Na, na, was soll daraus werden! Hohenthals Madelon ist ihre Schwester! Die kennt mich genau; sie wird gleich ahnen, weshalb wir uns hier befinden. Was ist da zu tun? Es wird am besten sein, ich frage den Herrn Oberleu – wollte sagen, den Herrn Doktor Müller. Was der vorschlägt, das wird gemacht. Auf mich allein kann ich es nicht nehmen.“

Fritz nahm seinen Sack auf die Schulter und schritt davon. Er war ja keineswegs wirklich verpflichtet, für Doktor Bertrand Pflanzen zu sammeln; oft aber, wenn es seine eigenartigen Geschäfte zuließen, brachte er Kräuter mit heim. Auch heute sagte er sich, dass er Muße zum Suchen solcher Tees habe, und so verweilte er noch längere Zeit in Wald und Feld. Es war bereits weit über Mittag, als er mit den Ergebnissen seines Sammelns nach Thionville kam. Er begab sich, als er das Grünzeug abgeliefert hatte, nach dem Gasthof, in dem damals die fahrenden Künstler wohnten und in dessen kleinem Zimmer er den Auftritt mit der Seiltänzerin erlebte.

Als er quer über die Straße schritt, sah er Müller langsam daherschlendern. Ein kurzer Wink zwischen beiden genügte zur Verständigung und Fritz trat in den Gasthof. Im Gastzimmer befand sich kein Mensch, dennoch begab er sich nach dem erwähnten Stübchen, um von etwa noch ankommenden Gästen ungestört zu sein. Müller war so vorsichtig, die Straße vollends hinaufzugehen und durch zwei Nebengassen zurückzukehren. Auch er schritt nach dem hinteren Zimmerchen, da er in der vorderen Stube niemand erblickte. Bei einem Schluck Wein unterhielten sie sich in halblautem Ton.

„Du hast mir etwas zu sagen?"

„Ja, Herr Doktor. Ich brauche sehr notwendig einen kurzen Urlaub."

„Weshalb?"

„Weil der Pflegevater von Mademoiselle Nanon gestorben ist."

„Das verstehe ich nicht!"

„Nun, sie hat in der Gegend von Etain auf Schloss Malineau einen Pflegevater, der gestorben ist. Sie will ihm die letzte Ehre geben und ich soll sie begleiten."

„Du, du!", drohte Müller mit dem Finger. „Was soll ich davon denken? Ich will doch nicht hoffen, dass..."

Er hielt inne und Fritz fiel schnell ein:

„Dass ich etwa nicht der Kerl bin, eine Dame zu begleiten und zu beschützen?"

„Eine alte, eine recht alte, ja; aber eine so junge und zugleich hübsche? Nein!"

„Verzeihung – ein preußischer Ulanenwachtmei..."

„Pst!", warnte Müller.

„Ach so! Ich wollte sagen, ein französischer Kräuterfex,

der mit Blumen und Blüten umzugehen weiß, wird wohl auch verstehen, eine junge Dame zart genug anzufassen! Aber das Haupterfordernis fehlt mir, um auf junge Damen Eindruck zu machen."

„Was?"

„Der Buckel, den Sie haben."

„Du bist ein Galgenstrick! Aber deine Bekanntschaft mit Nanon Köhler kann uns sehr nützlich werden. Wie lange soll der Urlaub währen?"

„Das weiß ich noch nicht. Doch wahrscheinlich nicht länger als bis übermorgen Abend oder den nächsten Vormittag."

„Wann fahrt ihr ab?"

„Morgen mit dem Mittagszug."

„Du sollst den Urlaub haben und hier auch das Reisegeld. Da, nimm!"

Er zog die Börse und reichte Fritz einige Goldstücke hin.

„Großen Dank, Herr Doktor! Auf diese Weise kann ich gut auftreten und mich sehen lassen. Das ist mir besonders deshalb lieb, weil eine alte, gute Bekannte mitfahren wird."

Müller horchte auf.

„Eine Bekannte?", fragte er. „Von hier?"

„Nein, sondern von Berlin."

„Das wäre?"

Fritz streckte behaglich die Beine aus und machte ein höchst wichtiges Gesicht.

„Ja, mein verehrtester Herr Doktor, das ist eine ganz verteufelte Geschichte. Wer hätte so etwas denken können?"

„Du machst mich besorgt. Was gibt es denn?"

„Sie kennen doch die Familie des Herrn Husarenrittmeisters von Hohenthal?"

„Natürlich! Ich bin ja mit dem Rittmeister eng befreundet. Wir besuchen uns oft."

„Das weiß ich. Sie kennen also auch die Gesellschafterin seiner Frau Mutter?"

„Die kleine Madelon?
„Ja."
„Fällt Ihnen nicht auf, dass sie gerade Madelon heißt?"
„Warum sollte mir das auffallen? Wohl weil dieser Vorname französisch ist?"
„Ja. Nanon und Madelon, Madelon und Nanon. Ist Ihnen vielleicht der Familienname dieser kleinen Dame bekannt?"
„Ich glaube, ihn gehört zu haben. Ah, jetzt fällt mir ein, dass der Rittmeister ‚Fräulein Köhler' zu ihr sagte."
„So ist es. Und Nanon heißt auch Köhler. Daraus folgt, dass..."
„...dass sie verwandt sind!"
„Sogar, dass sie Schwestern sind!"
„Zum Kuckuck! Ist das wahr?"
„Ja. Nanon hat es mir selbst gesagt. Madelon wird morgen mit dem Mittagszug in Thionville eintreffen, um sich ihrer Schwester anzuschließen."
„Das ist unangenehm!"
„Allerdings."
„Du wirst Nanon nicht begleiten können."
„Das habe ich mir auch gesagt. Man dürfte sich eigentlich gar nicht blicken lassen, aber – hm – ich habe mir das Ding genau überlegt und bin zu der Ansicht gekommen, dass es doch wohl besser ist, wenn ich mich vor ihr zeige. Die beiden Schwestern haben einander seit Jahren nicht gesehen. Madelon wird dieser kleinen Nanon einige Tage widmen; sie wird nach dem Begräbnis ganz sicher mit nach Schloss Ortry kommen, und dann ist es ja nicht zu vermeiden, dass Sie von ihr bemerkt werden."
„Das ist leider sehr richtig."
„Das kann alles verraten. Im Augenblick des Erkennens hat man sich nicht so wie zu anderer Zeit in der Gewalt. Wie nun, wenn die kleine, junge Dame vor Überraschung mit Ihrem wirklichen Namen herausplatzte?"
„Das wäre verteufelt!"

„Das meine ich auch, und darum ist es besser, dass ich mich vor ihr sehen lasse und sie vorbereite."

„Das mag sein, aber womit wollen wir unsere Anwesenheit begründen?"

„Dies zu bestimmen, überlasse ich Ihnen. Die Wahrheit dürfen wir auf keinen Fall sagen."

„Natürlich nicht. – Du kennst wohl einiges aus der Vergangenheit meiner Familie?"

„Ja, was ich so hier und da gehört und aufgeschnappt habe."

„Der alte Kapitän spielt da eine große Rolle..."

„Ich weiß es. Sie meinen, dass ich ihr auf diese Weise unsere Anwesenheit erklären soll?"

„Ja, es wird das Beste sein."

„Jedenfalls. Aber was soll ich ihr da sagen?"

„Das überlasse ich dir. Du bist klug und vorsichtig genug, um das Richtige zu finden. Ich kann dir keine Vorschriften machen, da ich ja nicht weiß, wie sich euer Zusammentreffen gestalten wird."

„Und darf Nanon davon hören?"

„Kein Wort!", antwortete Müller schnell.

„Sie darf also nicht wissen, dass ihre Schwester mich kennt. Das erschwert die Sache."

„Ich halte diese Madelon für klug, verschwiegen und gewissenhaft."

„Ich auch. Ich hoffe, dass sie selbst gegen ihre Schwester nicht plaudern wird. Aber, hm, da macht mir eben der Augenblick des Zusammentreffens Sorge."

„Du hast dich mit Nanon auf dem Bahnhof verabredet?"

„Freilich. Ihre Schwester weiß, dass sie dort von ihr erwartet wird. Da wird sich das Abteil öffnen, die beiden Schwestern fliegen sich in die Arme; ich stehe dabei wie eine Ölgötze, Madelon erkennt mich und schreit: Ei potz Blitz, bist du nicht die Gustel von Blasewitz? Ich bin erkannt und entlarvt, die Butter fällt mir vom Brot; Nanon staunt mich an und fragt nach meinem Heimatschein –

es wird ein Auftritt, den wir auf alle Fälle vermeiden müssen."

„Sehr richtig."

„Aber das Mittel! Es will mir augenblicklich nichts einfallen."

„Es gibt da nur ein einziges Mittel, vorzubeugen, dass wir nicht verraten werden: Du musst ihr entgegenfahren."

„Alle Wetter das ist richtig. Aber wie weit?"

„Der Zug trifft nach zwölf Uhr hier ein. Auf einem kleinen Haltepunkt, wo es keinen Aufenthalt gibt, hast du keine Zeit, sie zu entdecken. Du musst ihr unbedingt bis Trier entgegenfahren, und das ist nur mit dem Morgenzug möglich."

„Gut. In Trier hält der Zug zehn Minuten; das genügt, um eine Reisende ausfindig zu machen."

„Du steigst bei ihr ein, und bis du hier eintriffst, ist die Angelegenheit in Ordnung gebracht. Ich weiß, dass ich keine Befürchtung zu hegen brauche, da ich mich auf dich verlassen kann."

„Keine Sorge, Herr Doktor! Aber warum sind Sie jetzt in der Stadt?"

„Ich kam, um einige Bücher zu kaufen. Horch! Es scheinen Gäste gekommen zu sein."

Die Kellnerin hatte die nach dem großen Zimmer führende Tür nicht fest geschlossen, sondern nur angelehnt. Die beiden hörten Schritte und eine Stimme fragte:

„Ist der Wirt zu Haus?"

„Ja", antwortete das Mädchen.

„Gib mir einen Absinth und ruf ihn! Dich aber brauchen wir nicht dabei."

Das Mädchen ging.

„Ah, eine heimliche Unterredung, wie es scheint", flüsterte Müller.

Er trat an die Tür, warf einen Blick durch die Spalte und gewahrte einen Mann, dessen Gesicht durch einen dunklen Vollbart verhüllt war. Er trug ganz gewöhnliche

Kleidung, doch machte er einen soldatischen Eindruck. Er hatte sich auf einen Stuhl gesetzt und trank von dem Schnaps, den ihm das Mädchen gegeben hatte.

Müller und Fritz verhielten sich unwillkürlich ganz schweigsam. Es währte eine ziemliche Zeit, bis der Wirt eintrat.

„Du lässt mich lange warten“, sagte der Mann zu ihm. „Meine Zeit ist kurz bemessen.“

„Kann ich dafür? Was gibt's?“

„Versammlung.“

„Ach so. Dann hast du allerdings gehörig zu laufen. Versammlung für alle?“

„Nein, nur die Anführer sollen kommen.“

„Wann?“

„Punkt elf Uhr.“

„In den Ruinen?“

„Nein; das ist nicht mehr möglich, seit wir damals belauscht worden sind. Möchte nur wissen, welchem Kerl es geglückt ist, sich einzuschleichen. Einen Verdacht hat man.“

„Ah! Wirklich? Wer?“

„Es läuft ein fremder Kerl den ganzen Tag im Wald herum, um Kräuter zu sammeln. Man hat ihn auch bei den Ruinen gesehen. Vielleicht ist er es gewesen.“

Der Wirt schüttelte den Kopf.

„Der? Das fällt ihm nicht ein.“

„Kennst du ihn?“

„Ja. Er ist der Pflanzensammler vom Doktor Bertrand. Ich kenne ihn genau, da er bei mir viel verkehrt.“

„Was ist er für ein Mensch?“

„Der ist ebenso dumm, wie er lang und stark ist. Saufen kann er wie ein Loch. Aber sonst ist gar nichts mit ihm. Er tut das Maul nicht auf, spielt weder Billard noch Karten; der hat nichts im Sinn als seinen Kräutersack.“

„Das ist sein Glück. Wollte er seine Nase in unsere Angelegenheit stecken, so würde sie ihm bald breitgedrückt werden. Woher stammt er?“

„Aus Genf, glaube ich. Um den brauchen wir uns nicht grämen.“

„Schön. Der Kapitän hat ihm misstraut und will ihn beobachten lassen. Ich werde den Alten beruhigen.“

„Das kannst du getrost tun. Also in den Ruinen kommen wir nicht zusammen? So bleibt nur noch der Trou du bois, wo wir uns versammeln könnten?“

„Ja. Heute Abend zehn Uhr im Trou du bois. Doch ich muss weiter.“

„Ist etwas mitzubringen?“

„Nein. Wir werden einige Befehle erhalten, das ist alles. In einer Viertelstunde ist's abgemacht. Adieu!“

Er gab dem Wirt die Hand und ging. Dieser begleitete ihn hinaus und kehrte nicht wieder zurück. Die beiden Lauscher blickten einander an. Dann nickte Fritz wohlgefällig vor sich hin und sagte mit gedämpfter Stimme:

„Bien! Das war famos! Nicht?“

„Sehr gut!“

„Der Wirt scheint von unserer Anwesenheit nichts zu wissen.“

„Jedenfalls. Darum wollen wir die Tür zumachen, damit er, wenn er unsere Gegenwart bemerkt, nicht auf die Vermutung kommt, dass wir es hören konnten.“

Fritz drückte die Tür leise ins Schloss, nahm wieder Platz und sagte:

„Also auf mich haben diese Kerls Verdacht! Wie gut, dass ich es weiß! Jetzt kann ich mich danach verhalten.“

„Und ich freue mich sehr, dass nicht ich es bin, auf den ihr Augenmerk gefallen ist. Seit mich der Kapitän in den Ruinen sah, fürchtete ich, dass sich der Verdacht gegen mich richten werde.“

„Heute Abend wieder eine Zusammenkunft! Alle Wetter! Wenn man die belauschen könnte!“

„Den Ort wüssten wir. Im Trou du bois.“

„Das heißt auf Deutsch: im Waldloch. Kennen Sie vielleicht den Platz, Herr Doktor?“

„Nein, aber ich muss ihn zu erfahren suchen."

„Wir werden das schon heraustüfteln! Nehmen Sie mich mit?"

„Du musst ausschlafen."

„Etwa der morgigen Reise wegen?"

„Natürlich!"

„Das fehlte noch! Ich bitte wirklich von ganzem Herzen, nicht ohne mich zu gehen."

Das klang so treu und dringend, dass Müller nicht zu widerstehen vermochte.

„Gut! Wenn ich dir damit einen so großen Gefallen erweise."

„Einen sehr großen. Wo treffen wir uns?"

„Punkt zehn Uhr da, wo vom Schloss aus der Fußweg in den Wald führt."

„Gut. Inzwischen werden wir ermitteln, wo das Waldloch zu suchen ist."

„Ich hoffe es. Natürlich bewaffnest du dich!"

„Das versteht sich von selbst. Soll ich mich nun zurückziehen?"

„Nein. Wir warten noch. Gehen wir jetzt und der Wirt erblickt uns, so schöpft er Verdacht. Sieht er uns aber später, so meint er vielleicht, dass wir erst vor Kurzem gekommen sind. Da fällt mir etwas ein: Hast du Abu Hassan wieder getroffen? Er ist seit jener Nacht spurlos verschwunden."

„Aber seine Sachen befinden sich noch hier im Gasthof."

„So kehrt er sicher zurück."

„Auf alle Fälle. Sonst müsste er gewärtig sein, dass man ihn steckbrieflich verfolgt. Er hat ja vor Gericht seine Aussage über den Tod der Schauspielerin zu machen."

„Solltest du ihn sehen, so benachrichtigst du mich sofort. Ich muss mir über einiges klar werden und bedaure jetzt, nicht aufrichtiger mit ihm gewesen zu sein."

Da wurde die Tür geöffnet, der Wirt lugte herein. Er machte, als er die beiden erblickte, ein verdutztes Gesicht.

„Sind Sie schon lange hier?“, wandte er sich an Fritz. Fritz machte das dümmste Gesicht, das er fertig zu bringen vermochte.

„Sie wissen es ja.“

„Ich? Ich sah Sie nicht eintreten.“

„O doch! Als ich zum ersten Mal bei Ihnen einkehrte, standen Sie unter der Tür.“

„Ah, wer fragt denn danach?“

„Sie doch. Sie fragten mich, wie lange ich in Thionville bin.“

„Da haben Sie mich falsch verstanden. Ich meine, wie lange Zeit Sie bereits hier sitzen, nämlich heute.“

„Hm! Ich habe nicht nach der Uhr geschaut.“

„War jemand im vorderen Zimmer?“

„Die Kellnerin.“

„Kein Gast?“

„Nein.“

Jetzt schien der Wirt beruhigt zu sein und wendete sich an Müller.

„Sie waren noch nie bei mir, Monsieur. Darf ich erfahren, wer Sie sind?“

„Aus welchem Grunde fragen Sie? Muss man sich, um ein Glas Wein bei Ihnen zu trinken, vorher erst ausweisen?“

„Nein, das nicht, aber ich liebe es, die Herren zu kennen, die bei mir verkehren. Sie wissen ja, Monsieur, es ist Pflicht eines Wirtes, jeden nach seinen begründeten Ansprüchen zu behandeln.“

„Möglich! Was mich betrifft, so sind meine Ansprüche nicht groß. Ich bin Erzieher auf Schloss Ortry.“

Ein leises Zucken ging über das Gesicht des Wirtes. Er ließ sein Auge von dem einen auf den anderen herüber und hinüber schweifen.

„So sind Sie Herr Doktor Müller? Sie haben das gnädige Fräulein gerettet? Und auch den jungen Baron Alexander?“

Müller beschränkte sich auf ein Nicken.

„Sie müssen ein sehr mutiger Mann sein."
Dabei streifte er ihn mit musterndem Blick.
„Man tut seine Pflicht", meinte Müller kalt.
„Haben die Herren sich zufällig getroffen?"
„Zufällig."
„Kennen Sie sich vielleicht?"
Das war denn doch zu unverschämt. Müller stand auf und warf ein Geldstück auf den Tisch.
„Bringen Sie Ihre Fragen bei Schulknaben an, nicht aber bei einem, der selbst gewohnt ist, Antworten zu hören. Hier die Bezahlung. Adieu!"
Er ging. Der Wirt blickte ihm nach und meinte dann, zu Fritz gewendet:
„Ein grober Mensch!"
„Ja", meinte der Kräutersammler kurz.
„Finden Sie das auch?"
„Sogar sehr. Ich hätte ihn beinahe ohrfeigen mögen."
„Wieso?"
„Er trat hier ein, als ich mich eben niedergesetzt hatte. Meinen Sie etwa, dass er grüßte?"
„Nicht?"
„Fiel ihm nicht ein. Ich wollte ein Gespräch beginnen..."
„Er mochte nicht?"
„Nein. Ich fing vom Wetter an, aber er gönnte mir nicht einmal einen Blick. Ich brachte Verschiedenes vor, lauter unterhaltliche Sachen. Wissen Sie, was er da zu mir sagte?"
„Nun?"
„Ich sollte meinen Schnabel halten."
„Das ist stark."
„Sehr! Mich wundert es, dass er es nicht auch zu Ihnen gesagt hat. Dieser Kerl wird dem jungen Baron eine schauderhafte Bildung beibringen."
„Ja, das scheint so! Aber ist wirklich niemand in der vorderen Stube gewesen? Sie haben nicht gehört, dass jemand gesprochen hätte?"
„Kein Wort."

„Gut. Ich erwarte nämlich den Briefträger; er ist aber demnach noch nicht da gewesen. Waren Sie heute bereits nach Pflanzen aus?"

„Allüberall, in Wald und Feld."

„Wo sind da Ihre liebsten Stellen?"

„Wie meinen Sie das?"

„Ich meine, wo Sie sich am allerliebsten aufhalten?"

„Im Bett!"

Fritz sagte das, während seine Miene die größte Unbefangenheit zeigte. Der Wirt warf ihm einen zornig forschenden Blick zu.

„Monsieur, wollen Sie mich etwa zum Narren haben?"

Fritz sah erstaunt zu ihm auf.

„Wieso? Sie fragen mich, wo ich mich am allerliebsten aufhalte, und ich gebe Ihnen Auskunft nach bestem Wissen und Gewissen."

Der Wirt sah ein, dass er es mit einem Menschen zu tun habe, dem die Geistesgaben nicht mit Scheffeln zugemessen worden seien.

„Ich meinte, ob Sie vielleicht im Wald ein Plätzchen haben, wo Sie sich am liebsten aufhalten."

„Ich gehe dahin, wo ich meine Pflanzen finde; andere Plätze können mich nicht fesseln."

„Sind Sie oft beim alten Turm?"

„Brrr! Dort geht es um!"

„Wer sagte Ihnen das?"

„Alle Welt weiß es ja."

„Oder geraten Sie zuweilen nach der großen Ruine, die mitten im Wald liegt?"

„Was soll ich in Ruinen? Dort wächst das, was ich suche, jedenfalls nicht."

„Oder kennen Sie den Trou du bois?"

Je mehr der Wirt in ihn drang, ein desto dümmeres Gesicht machte Fritz. Jetzt horchte er aber doppelt auf, als der Ort erwähnt wurde, von dem er gern wissen wollte, wo er liege.

„Den Trou du bois? Was ist denn das?“
„Ein Loch im Wald.“
„Das heißt, ein Ort, wo sich keine Bäume befinden?“
„Nein, es ist ein großes Loch in der Erde.“
„Es gibt viele Löcher im Wald, bei denen ich gewesen oder vorübergekommen bin.“
„Es liegt auf der geraden Verlängerung des Weges vom großen Steinbruch nach der nächsten Waldecke.“
„Was verstehe ich von dem Steinbruch und der Waldecke? Wer soll das begreifen?“
„Ich meine, wenn Sie in gerader Richtung von dem ersten Ort über den anderen hinausgehen, gelangen Sie in der Zeit einer guten halben Stunde nach dem Loch.“
„Meinetwegen. Fällt mir nicht ein, eines alten Loches wegen, das mich nicht kümmert, von einem Steinbruch quer durch den Wald zu laufen. So eine blöde Sache! Da habe ich mehr zu tun!“
Der Wirt lachte laut auf.
„Sie sind köstlich! Also Sie waren noch nicht an dieser Höhlung?“
„Nein.“
„Finden Sie nicht, dass der Wald, gerade dieser Wald, sehr einsam ist?“
„Wie jeder andere auch.“
„Oh, es gibt doch Wälder, in denen viel Verkehr ist. Dieser Wald wird aber wohl selten von Menschen besucht.“
„Sie mögen Recht haben. Wenigstens sind dort nicht so viele Menschen, dass sie geradezu mit den Köpfen zusammenrennen.“
„Aber man spricht davon, dass manchmal zur Nachtzeit...“
„Unsinn! Welcher vernünftige Kerl läuft des Nachts im Wald herum?“
„Oh! Man redet Eigentümliches!“
„Dummheiten! Das sind Ammenmärchen. Gäbe es hier eine Grenze, die sich durch den Wald zieht, so wäre es

möglich, dass sich Pascher dort herumtrieben. Wenn man aber da von Leuten redet, die sich des Nachts im Wald aufhalten, so befindet man sich auf dem Holzweg. Ich weiß das viel besser."

Der Wirt stutzte. Sollte dieser dumme Bursche dennoch vielleicht etwas ahnen?

„Nun, wer könnte es denn sonst sein, wenn es keine Leute sind, Monsieur?"

„Hm! Davon darf man eigentlich nicht laut sprechen. Kommen Sie her!"

Der Wirt trat näher. Fritz fasste ihn am Arm, zog seinen Kopf zu sich nieder und flüsterte ihm ins Ohr:

„Die wilde Jagd."

Dann ließ er den Arm des Wirtes wieder los, schüttelte sich, als ob es ihn schaudere, machte ein ernstes Gesicht, nickte einige Mal sehr bedeutungsvoll und fügte dann hinzu, während er drei Kreuze schlug:

„Ja, so ist es, wenn man auch nicht laut davon reden darf. Aber des Nachts brächte mich keine Macht der Erde in den Wald."

Der Wirt nickte dem unschädlichen, harmlosen Menschen verständnisinnig zu.

„Ja, davon habe ich auch schon gehört."

„Wissen Sie auch, dass dem, der während der wilden Jagd in den Wald geht, der wilde Jäger das Gesicht auf den Rücken dreht?"

„Man erzählt allerlei Schauergeschichten!"

„Und dann muss er mit jagen und hetzen bis in alle Ewigkeit. Der Himmel behüte mich davor!"

„Ja, das ist schlimmer als selbst das Fegefeuer und die ewige Verdammnis. Es graut einem, wenn man nur daran denkt. Ich will lieber zu meiner Arbeit."

Der Wirt ging. Als er sich im vorderen Zimmer befand und die Tür hinter sich zugemacht hatte, drehte er sich um und schlug ein Schnippchen.

„Oh, du tausendfacher Blödian, du! Du wirst im ganzen

Leben nicht gescheit. Und diesen albernen Menschen haben wir für gefährlich gehalten!“

Und drinnen im kleinen Zimmer lächelte Fritz leise vor sich hin. Dann verließ er die Stadt, indem er die Richtung nach dem ihm wohlbekannten Steinbruch einschlug.

14. Die Schatten der Vergangenheit

Auf Schloss Ortry hatte sich unterdessen ein aufregender und etwas stürmischer Auftritt abgespielt.

Noch befanden sich nämlich die beiden Rallions hier, Vater und Sohn. Die Wunde, die Fritz bei seiner Flucht aus der Ruine dem Vater in der Hand beigebracht hatte, war als nicht bedeutend erkannt worden. Der Schnitt jedoch, den er dem Sohn versetzt hatte, war misslicher. Erstens verursachte er eine heftige Entzündung und große Schmerzen und sodann entstellte er das Gesicht, auf das der Oberst sehr eitel gewesen war.

Es verstand sich von selbst, dass die beiden Grafen sich nicht in der besten Laune befanden. Ihre heimlichen Angelegenheiten waren zwar anscheinend im Fluss, aber in Bezug auf Marion wollte sich kein Fortschritt zeigen. Darum hatte Rallion, der Vater, am Morgen, als Marion beim Unterricht ihres Bruders weilte, den alten Kapitän aufgesucht.

Er fand ihn über Briefen und Rechnungen. Der Alte reichte ihm die Hand und fragte ihn nach dem Grund des unerwarteten Besuches.

„Hier“, entgegnete Rallion, „lesen Sie die Botschaft, die mir durch die Morgenpost zugegangen ist.“

Der Kapitän nahm das Papier. Es enthielt nur wenige Zeilen:

„Dem Grafen Jules Rallion auf Ortry!

Kommen Sie sofort! Ihre Gegenwart ist dringend notwendig, um Gegenströmungen zu bekämpfen.

Herzog von Gramont.“

Der Befehl war also vom Minister des Auswärtigen unterzeichnet, der, ein Vertrauter der Kaiserin, zur Kriegspartei gehörte.

„Was sagen Sie dazu?“, fragte Rallion.

„Dass Sie reisen müssen. Diese Gegenströmung...“

„...kümmert mich augenblicklich nicht. Sie selber sagen, dass ich reisen müsse – aber denken Sie dabei auch an die Absichten, die mich zu Ihnen führten?“

„Natürlich.“

„Sie sind bisher unerfüllt geblieben.“

Der Alte blickte verwundert auf. Er legte die Feder weg und zupfte an den Spitzen seines Schnurrbartes.

„Dass ich nicht wüsste! Sie haben feststellen können, dass der Aufbau unserer Verschwörung nahezu vollendet ist. Sie haben ferner die Vorräte gesehen, die sich täglich vergrößern und...“

Rallion schnitt ihm mit einer raschen Handbewegung das Wort ab.

„Das ist es nicht, was ich meine; ich denke vielmehr an unsere eigene Angelegenheit.“

„Nun, ist sie nicht in Ordnung?“

„Was nennen Sie Ordnung, bester Kapitän?“

„Den gegenwärtigen Zustand der Dinge.“

„Pah, ich finde ihn höchst unbefriedigend!“

Der Alte blickte ihn groß an, auf seiner Stirn zeigte sich eine Falte des Unmuts.

„Mein lieber Graf“, sagte er, „es gibt Gründe, die uns eine Verbindung unserer Kinder dringend wünschen lassen. Ich habe Ihnen zugesichert, dass Marion die Gemahlin Ihres Sohnes wird. Beide haben sich hier eingefunden, um sich kennen zu lernen. Ist das nicht genug?“

„Nein, leider nicht.“

Ein eigentümliches Lächeln zog über das Gesicht des Alten.

„Hm!“, sagte er. „Sollten Sie so heißblütig sein, an eine sofortige Vermählung zu denken?“

„Das kann mir nicht einfallen. Aber eine Sicherheit wünsche ich doch zu erhalten.“

„Sie haben mein Wort. Genügt Ihnen das nicht?“

„Wie hoch Ihr Wort mir steht, das wissen Sie. Sie haben es oft erfahren. Aber in diesem Fall kommt es genauso, vielleicht noch mehr, auf das Wort einer anderen Person an."

„Wen meinen Sie? Den Baron? Oder die Baronin?"

Der Graf kannte die Verhältnisse des Hauses genau. Er lachte verächtlich.

„Nach dem Willen oder den Wünschen dieser beiden fragen Sie doch auf keinen Fall!"

„Sie meinen also nur Marion selbst!"

„Ja."

„Oh, da beruhigen Sie sich nur! Marion wird gehorchen."

„Sie erlauben mir, das zu bezweifeln. Beobachten Sie doch, wie sie sich meinem Sohn gegenüber verhält."

„Nun, wie denn?"

„Kalt, abweisend, fast möchte ich sagen verächtlich."

„Ja, das Mädchen hat Rasse und Ihr Sohn gibt sich keine Mühe, ihr zu gefallen. Er mag versuchen, sie zu gewinnen!"

Der Graf schüttelte den Kopf.

„Dazu habe ich keine Zeit. Ich bin herbeigeeilt, Sicherheit mit hinwegzunehmen. Jetzt muss ich reisen. Was bieten Sie mir?"

„Ah! Denken Sie an eine sofortige Verlobung?"

„Vielleicht!"

„Bei dem Zustand Ihres Sohnes? Er hütet das Bett, er ist krank, er ist entstellt."

„Nun, so mag mir die Zusage Marions genügen. Diese aber muss ich haben, wenn ich beruhigt abreisen soll."

„Sie ist nicht nötig, Graf."

„Und dennoch verlange ich sie."

„Graf, Sie sind wirklich unbegreiflich! Aber aus alter Freundschaft will ich Ihnen den Willen tun. Ich werde mit Marion sprechen."

„Aber es eilt!"

„Wann fahren Sie?"

„Morgen früh."

„Ihr Sohn bleibt hier?"

„Ja. Sein Zustand verträgt nicht, dass er seinen hiesigen Aufenthalt unterbricht."

„Nun gut, so werde ich nach der Tafel mit Marion reden und dann können Sie deren Zustimmung aus ihrem eigenen Mund vernehmen."

„Ich will es hoffen!"

„Übrigens habe ich Ihnen außer dieser Angelegenheit eine erfreuliche Mitteilung zu machen. Unter den heutigen Briefen befindet sich einer, den wir längst mit Sehnsucht erwarteten."

Der Graf horchte auf.

„Aus New Orleans?", fragte er rasch.

„Ja."

„Gott sei Dank! Wie lautet er? Zustimmend?"

„Ja. Das Unternehmen sendet uns einen seiner Beamten, einen Mister Deephill, der den Auftrag hat, mit uns abzuschließen. Der Mann hat die Millionen bei sich und wird morgen mit dem Mittagszug hier eintreffen."

„So haben wir gewonnen! Das soll mir ein günstiges Vorzeichen sein, dass auch die eigene Angelegenheit sich glücklich ordnen lassen wird."

„Verlassen Sie sich auf mich!"

An der Mittagstafel ging es sehr einsilbig, fast möchte man sagen, düster her. Der Baron speiste wie eine Puppe, er war geistesabwesend und sprach kein Wort. Dem jungen Grafen war es nicht möglich zu erscheinen; sein Vater hatte keine Lust, ein Gespräch zu beginnen. Der alte Kapitän konnte es noch immer nicht verwinden, dass er gezwungen worden war, den Erzieher mit am Tisch zu dulden. Die Baronin, Marion und Nanon berücksichtigten diese Verhältnisse durch tiefes Schweigen, und wenn ja ein lautes Wort gehört wurde, so waren es nur Müller und Alexander, die miteinander sprachen. Nach Tisch, als sich alle erhoben, bestellte der Kapitän Marion und die Baronin auf sein Zimmer. Dies geschah in jenem harten, befehlenden Ton, der nie etwas Gutes verhieß.

Der Alte ging langsam im Raum auf und ab. Die Baronin erschien zuerst. Sie nahm Platz und beide warteten, bis endlich Marion ins Zimmer trat. Sie machte Miene, nach einem Sessel zu greifen, er aber hielt sie durch eine gebieterische Handbewegung davon ab.

„Das ist nicht nötig!“, sagte er. „Was ich dir mitzuteilen habe, ist zwar wichtig, aber kurz. Die Unterredung ist in einer Minute beendet.“

Er fuhr sich mit der Hand über die kahle, glänzende Stirn und wendete sich an die Baronin:

„Sie wissen, Madame, weshalb ich Marion zu mir gerufen habe?“

„Ja, Herr Kapitän.“

Auf ihrem Gesicht lag ein Lächeln unbeherrschter Befriedigung. Sie wusste, worüber jetzt gesprochen werden sollte. Sie hasste Marion und freute sich, sie loszuwerden, und ebenso großes Vergnügen gewährte ihr der Gedanke, dass das schöne Mädchen einem Mann gehören werde, den es nicht liebte.

„Und weshalb Graf Rallion mit seinem Sohn sich gegenwärtig auf Ortry befindet?“, fragte der Alte weiter.

„Auch das ist mir bekannt.“

„Ich denke mir, dass diese Anordnung nicht gegen Ihren Geschmack sein wird?“

„Ich fühle mich vielmehr sehr befriedigt davon. Oberst Rallion hat eine Zukunft und ist überdies eine sehr einnehmende Persönlichkeit.“

„Hörst du, Marion? Der Brief, durch den ich dich zurückrief, enthielt bereits einen ziemlich deutlichen Wink. Seit deiner Rückkehr wirst du die Güte und Zweckmäßigkeit meiner Absichten erkannt haben, und so bin ich überzeugt, dass du dem Grafen eine freudige Antwort geben wirst, wenn er dich jetzt besucht, um dich zu fragen, ob er dich von heute an als die Verlobte seines Sohnes betrachten darf.“

Das ernste, blasse Gesicht Marions war sich während

dieser Rede vollständig gleich geblieben. Noch stand sie an der Tür. Sie hatte auf ihre Absicht, einen Sessel zu nehmen, verzichtet. Auf ihre Stiefmutter hatte sie nicht einen einzigen Blick geworfen, dem Alten aber schaute sie fest und offen in die Augen.

„Du meinst, dass ich Oberst Rallion heiraten soll? Welche Gründe hast du dazu?"

„Viele und triftige Gründe!"

Sie nickte vor sich hin.

„Nun, so will ich die kurze Unterhaltung nicht unnützerweise in die Länge ziehen und dir sagen, dass ich zweierlei einzuwenden habe."

Es zuckte über des Alten Gesicht wie Wetterleuchten.

„Nun, was ist es, was meinst du?"

Seine Stimme hatte einen kalten, spöttischen Ton.

„Zweierlei, woran du nicht zu denken scheinst", antwortete sie, „nämlich meine Menschenrechte und meinen persönlichen Willen!"

Da zog sich sein Bart drohend empor.

„Was soll das heißen?"

„Dass ich den von dir anbefohlenen Bräutigam zurückweise. Ich werde Oberst Rallion nie heiraten!"

„Ah, das ist lustig", lachte er. „Wie willst du das anfangen, Marion?"

„Frage dich vielmehr, wie du es anfangen willst, mich zur Frau eines Mannes zu machen, den ich verabscheue!"

„Das ist sehr einfach: Ich werde dich zwingen! Ich werde dich einsperren, bist du dich fügst!"

„Das darfst du nicht. Das Gesetz bestraft die Freiheitsberaubung."

„Was frage ich nach dem Gesetz! Hier gilt einzig und allein mein Wille. Den deinigen werde ich zu brechen wissen. Du hast mir sofort zu erklären, ob du mir gehorchen willst!"

Die Baronin hatte Widerstreben erwartet, aber keinen festen Widerstand. Sie erhob sich, besorgt vor dem Auftritt, der sich jetzt entwickeln würde. Der Alte hatte sich bei den letzten Worten Marion genähert. Sie zeigte dennoch keine Spur von Furcht, sondern entgegnete ohne die mindeste Scheu:

„Es bleibt bei dem, was ich gesagt habe!"

„So kommen die Folgen über dich. Her mit dir, Mädchen!"

Er wollte mit beiden Händen nach ihr fassen, fuhr aber mit einem Schreckensruf zurück. Auch die Baronin sprang in die äußerste Ecke des Zimmers. Marion hatte die rechte Hand in einer Handtasche verborgen gehalten. Als der Alte sie anfassen wollte, zog sie diese hervor; eine züngelnde Schlange fuhr ihm mit weit geöffnetem Rachen entgegen.

„Was ist denn das?", rief er. „Woher hast du diese Bestie?"

„Ein Gruß aus Algerien ist sie!", antwortete sie. „Fass mich an, wenn du den Mut dazu hast!"

„Ah! Die hast du von Abu Hassan, dem Zauberer!"

„Ja!"

„Wo steckt er?"

„Such ihn doch! Und nun zwing mich, Rallion zu heiraten!"

Sie drehte sich um und verließ das Zimmer. Die Baronin atmete auf.

„Mein Gott!", sagte sie. „Welch ein Auftritt! Dieses Mädchen wagt es, ein so giftiges, scheußliches Tier anzurühren!"

Der Alte wendete sich ihr barsch zu.

„Jammern Sie nicht! Dieses Mädchen hat mich überrumpelt. Es ist das erste Mal in meinem Leben, dass es geschehen ist. Die Schlange ist nicht giftig; die Zähne sind ihr genommen, sonst würde sie zunächst ihre Trägerin beißen und töten."

„Warum flohen Sie denn?"

„Aus Überraschung. Aber es soll ihr nichts nützen. Wann

und wo hat sie mit Abu Hassan gesprochen? Was hat er ihr erzählt? Das muss ich erfahren!"

„Kennen Sie diesen Menschen?"

Jetzt erst merkte er, dass er sich eine Blöße gegeben hatte. Darum fuhr er sie zornig an:

„Was geht Sie das an? Begeben Sie sich zu Marion und erklären Sie ihr, ich erwarte ganz bestimmt, dass sie bis zur Dämmerung des heutigen Tages ihren Entschluss ändert. Tut sie das nicht, so wird sie erkennen müssen, dass ich mächtiger bin als sie."

Er schob die Baronin zur Tür hinaus und schloss sich ein. Niemand wusste, was er jetzt vornahm. Und selbst, als nach einiger Zeit der Graf klopfte, wurde nicht geöffnet, sondern es ertönte nur die Frage:

„Wer ist draußen?"

„Ich, Graf Rallion."

„Was wollen Sie?"

„Antwort!"

„Warten Sie bis zur Dämmerung! Ich habe jetzt keine Zeit."

Der Graf musste ohne Ergebnis zurückkehren.

Als Marion in ihr Zimmer kam, fand sie dort Nanon ihrer harrend.

„Mein Gott, wie bleich du bist!", rief sie ihr entgegen. „Was ist geschehen?"

„Was ich längst erwartete."

„Oberst Rallion?"

„Ja."

„Dein Großvater verlangte es – und was hast du geantwortet?"

„Das, was ich mir vorgenommen hatte: Ich werde nie Gräfin Rallion sein!"

Sie setzte sich neben Nanon aufs Sofa. Die Freundin brannte vor Neugier, über die Besprechung unterrichtet zu werden, erinnerte sie aber doch vorher:

„Weißt du, was du über den Oberst sagtest, als du ihn zum ersten Mal gesehen hattest?"

„Nun?“

„Er sei nicht übel.“

„Das war nicht ein Urteil von mir, sondern ich hatte nur die Absicht, den ersten Eindruck zu bezeichnen, den er auf mich machte.“

„Und dieser Eindruck hat sich verwischt?“

„Vollständig. Der Oberst ist ein Laffe, und nicht nur das, er erscheint mir jetzt als ein herz- und gewissenloser Mensch. Und sein Vater macht einen Eindruck auf mich, der mich zum Fürchten bringen könnte. Denk an das Verhalten des Obersten gegen Doktor Müller!“

Nanon nickte.

„Ihm sein Gebrechen vorzuwerfen! Es war niederträchtig!“

„Doktor Müller hat die Beleidigung nur aus Rücksicht für mich so ruhig hingenommen. Er ist ein außergewöhnlicher Mensch und zwingt mir die größte Achtung ab.“

„Und dazu seine sonderbare Ähnlichkeit mit – mit deinem Traumbild“, bemerkte Nanon lächelnd.

„Es mag sein, dass dieses Naturspiel einen ganz zufälligen Eindruck äußert; aber auch abgesehen davon ist dieser Müller ein Mann, den man achten und vielleicht sogar – lieben könnte.“

„O weh! Und das Traumbild?“

Marion blickte trübe vor sich hin.

„Es wird mir unerreichbar bleiben“, sagte sie. „Wo ist er, den ich damals erblickt habe? Ist er Mann, ist er Jüngling? Es ist eine Torheit, sein Herz an ein Trugbild zu hängen. Ich bestehe jetzt aus zwei Einzelwesen, die ich beide nicht begreife. Die Wirklichkeit wird mich leider bald zur Selbsterkenntnis bringen. Ich fürchte, dass ich einer dunklen Zeit entgegengehe.“

Nanon legte den Arm um die Freundin.

„Ich werde dich nicht verlassen.“

„Ja, du Liebe, du Gute, das wirst du. Ich muss leider annehmen, dass der Großvater auf Schlimmes sinnt. Er ist rücksichtslos und gewalttätig: Er wollte mich einsperren."

„Einsperren? Mein Gott, wie bist du dem entgangen?"

„Ich habe ihm gedroht."

„Womit?"

„Mit dem Gesetz."

Das war allerdings richtig, aber die volle Wahrheit wollte sie doch nicht sagen. Der Besitz der Schlange war der Freundin bisher noch Geheimnis geblieben.

Eben wollte Marion weitererzählen, da klopfte es an die Tür und die Baronin trat ein.

„Fast hätte ich es vergessen", sagte sie. „Mich sendet der Herr Kapitän."

Marion erhob sich, blieb aber in gemessener Haltung stehen.

„Da ist der Bote dessen würdig, der ihn sendet."

Die Baronin tat, als ob sie die Beleidigung nicht verstünde.

„Er gibt dir bis zur Dämmerung Zeit zum Überlegen."

„Danke!"

„Gehorchst du dann noch nicht, so hast du dir selbst die Folgen zuzuschreiben."

„Ich werde sie nicht mir, sondern euch zuschreiben. Hoffentlich ist diese Angelegenheit nun für immer erledigt!"

Die Baronin verließ das Zimmer. Marion trat ans Fenster und blickte hinaus. Sie konnte nicht sagen, welche Gefühle sie bewegten.

„So hat man dir also noch eine Frist gegeben", sagte Nanon, nur um das drückende Schweigen zu brechen.

„Eine sehr unnötige Frist, denn ich werde meinen Entschluss auf keinen Fall ändern."

„Aber was wird dann geschehen?"

„Das mag Gott bestimmen. Mir ist so eigentümlich zu Mute. Ich muss nachdenken und werde deshalb einen Spaziergang unternehmen."

„Wohin? Darf ich dich begleiten?“

„Ich setze mir kein Ziel. Willst du mir einen Gefallen tun, so lass mich allein wandern. Es gibt Zeiten, in denen man nur mit sich selber zu Rate gehen darf.“

„Aber dann bitte ich, dass du dich sogleich nach deiner Rückkehr bei mir blicken lässt.“

Sie verabschiedete sich und ging.

Erst jetzt griff Marion in die Tasche und zog die Schlange hervor. Frauen hegen gewöhnlich eine unüberwindliche Abneigung gegen Kriechtiere. Es war erstaunlich, dass das Mädchen keinen Abscheu fühlte. Das Blut der Wüstentochter regte sich in ihr.

„Er hat Recht gehabt: Du hast mich beschützt!“, sagte sie. „Komm, ich werde dich wieder verbergen.“

Sie trat zu ihrer kleinen Bücherei und versteckte das Tier hinter die Bände, wo sie ein Lager von Watte bereitet hatte. Dann kleidete sie sich zum Ausgehen an und verließ das Schloss, ohne daran gehindert zu werden.

Ihr Weg führte sie in den Wald, zum alten Turm, an das Grab der Mutter. Dort in der Ruine, auf den Stufen, hatte sie mit Müller gesessen an jenem Gewittertag.

Wie kam es doch nur, dass sie immer und immer an den Erzieher denken musste? Machte die Art seines Unterrichtes einen solchen Eindruck auf sie? Gab es gewisse seelische Beziehungen, die kein Mensch begreifen kann? Sie überließ sich diesen Regungen, ohne sich darüber Rechenschaft zu geben.

Am Grab kniete sie nieder und betete. Sie ahnte nicht, dass es geöffnet gewesen war. Während des Gebetes fiel ihr Blick auf die eingefallene Zinne des Turmes und es war ihr, als müsse jene geheimnisvolle Gestalt erscheinen, die damals das islamitische Gebet hinaus in Wind und Wetter gerufen hatte. Es war darauf heller Sonnenschein geworden.

Gibt es auch Gebete, die die Stürme des Herzens und des Lebens beschwichtigen können?

Fast war es so, denn als sie sich jetzt erhob, war eine wunderbare Ruhe über sie gekommen. Sie schritt weiter, aus dem Wald hinaus, über das freie Feld. Der Weg senkte sich und dann stand sie unten im Steinbruch, dessen Wände senkrecht in die Höhe stiegen. Sie maß mit den Augen den jähen Absturz. Da oben auf diese fürchterliche Kante war ihr Bruder zugeflogen. Sie schauderte. Müller hatte ihn gerettet. Wieder dieser Müller! Warum doch?

Ein großer Stein lag in der Nähe, auf dem sie sich niederließ. Sie hatte dasselbe Täschchen am Gürtel hängen wie damals auf dem Dampfschiff. Sie öffnete es und langte hinein. War es unwillkürlich oder mit Absicht? Sie zog das Lichtbild hervor, das sie in Berlin erbeutet hatte.

Das Bild hatte im Wasser der Mosel nicht gelitten, da der Verschluss des Täschchens dicht war. Sie richtete den Blick darauf. Wie oft war dies in letzter Zeit geschehen! Und dann war es nicht jener glänzende Reiter gewesen, an den sie dachte, sondern Müller, der unscheinbare Erzieher.

Da hörte sie nahende Schritte. Schnell steckte sie das Bild wieder ein und wendete sich um, dem Mann entgegen, der soeben um die Ecke trat. Es war – Doktor Müller.

Sie erhob sich. Eine tiefe Röte breitete sich über ihr Gesicht. Er war überrascht, als er sie hier erblickte, und zog grüßend den Hut.

„Sie hier, gnädiges Fräulein? Verzeihung! Mein Weg führte zufällig vorüber und da trat ich in den Bruch, um...“

„...um den Schauplatz einer kühnen Tat wieder zu sehen“, fiel sie ihm in die Rede. „Ich erkenne erst jetzt, was wir Ihnen zu danken haben.“

Er verbeugte sich und antwortete höflich ablehnend:

„Man handelt nur im Drang des Augenblicks.“

„Ja, ein jeder Mensch tut das. Aber der eine kämpft und der andere flieht im Drang dieses Augenblicks. Und hierbei fällt mir ein, dass ich Sie um Verzeihung bitten muss.“

Er blickte sie fragend an.

„Erinnern Sie sich meiner Verwunderung darüber, dass Sie die Beleidigung des Obersten Rallion so ruhig hinnahmen?“

„Gewiss.“

„Was ich damals für Mangel und Mut hielt, war Heldentum: Sie siegten über sich selber.“

Seine Augen blitzten auf und er sagte im Ton herzlicher Freude:

„Nehmen Sie meinen Dank, Mademoiselle! Sie bieten mir da eine Gabe, die für mich von höchstem Wert ist.“

„Und Sie brachten mir ein Opfer, das Sie große Überwindung kostete, ohne mir eine Freude zu machen.“

„Wie? Sollte es Ihnen lieber gewesen sein, wenn ich den Oberst niedergeschlagen hätte?“

„Ich hätte Ihnen wirklich nicht zürnen können.“

Er blickte sie forschend an. Tief hinter seinen blauen Augen funkelte etwas, als ob die helle Sonne durch dunkle Wolken brechen möchte.

„Das konnte ich nicht ahnen“, sagte er. „Es wurde mir mitgeteilt, dass der Oberst beabsichtigt, zu Ihrer Familie in Beziehungen zu treten...“

„...die niemals bestehen werden!“, unterbrach sie ihn. „Bitte setzen Sie sich hier neben mich, Monsieur! Ich möchte eine Frage an Sie richten.“

Er gehorchte. Sie langte in die Tasche und zog ein Papier hervor, aber nicht nur dieses, sondern auch die Fotografie mit, die zur Erde fiel. Sie hatte es nicht bemerkt; er aber sah es und bückte sich nieder, um sie aufzuheben.

Sein Blick fiel auf das Bild. Was war denn das? Sein Bild! Wie kam sie in dessen Besitz?

Jetzt erst bemerkte sie es. Sie erglühte, wurde aber nicht verlegen und streckte die Hand aus.

„Ah, da ist mir das Lichtbild mit in die Hand gekommen. Ich danke! Bitte, betrachten Sie sich dieses Bild!“

Er tat, als habe er noch keinen Blick darauf geworfen, musterte sein eigenes Konterfei.

„Wie finden Sie es?“, fragte sie.
„Hm! Ein preußischer Offizier“, sagte er vorsichtig.
„Ja. Ich kenne ihn nicht. Halten Sie das für möglich?“
„Wenn Sie es sagen, so ist es wahr.“
„Ich ließ mich in Berlin aufnehmen. Der Fotograf hat mir aus Versehen das Bild dieses Offiziers mit unter meine Abzüge gesteckt.“
Es war ein feines Lächeln, das um die Lippen Müllers spielte. Eine Fotografie, die man nur dem Zufall verdankt, trägt man nicht beständig bei sich.
„Bemerken Sie nichts Auffallendes an dem Bild?“, fragte sie.
Er forschte nach dem, was sie meinte, schien es aber nicht finden zu können.
„Ich gestehe meine Ungeschicklichkeit ein“, lächelte er.
„Das ist wunderbar. Finden Sie nicht die große Ähnlichkeit mit Ihnen heraus?“
Er betrachtete das Bild jetzt scheinbar aufmerksamer als vorher.
„Es gibt allerdings einige ähnliche Züge. Die Natur treibt oft damit ihr Spiel.“
„Einige Züge? Das ist zu wenig gesagt. Es scheint genau Ihr Gesicht. Nur Ihr Haar ist anders, Ihre Farbe ist dunkler, auch tragen Sie keinen Bart. Aber nicht dieses Bild ist es, über das ich mit Ihnen sprechen wollte, sondern dieses Papier. Bitte, wollen Sie es sich einmal ansehen?“
Es war ein zusammengefalteter und voll geschriebener Bogen.
„Kennen Sie diese fremde Schrift?“
„Ja, es ist Arabisch.“
„Verstehen Sie diese Sprache?“
„Soweit, dass ich diese Zeilen lesen kann, ja.“
Ihr Auge ruhte mit einem bewundernden Blick auf ihm.
„Monsieur Müller, ich erstaune“, sagte sie. „Bis jetzt fand ich nichts, was Sie nicht kennen und verstehen. Wie kommen Sie zur Kenntnis dieser Sprache?“

„Mein Vater ist in der Sahara gereist. Der Sohn pflegt aus den Kenntnissen des Vaters Nutzen zu ziehen."

„Das ist richtig. Ich muss Ihnen zunächst sagen, dass diese Zeilen ein Geheimnis enthalten, welches, das weiß ich selbst nicht. Ich will es kennen lernen; ich habe Veranlassung dazu. Kennen lernen aber kann ich es nur durch Sie. Werden Sie es bewahren?"

„Ich bitte dringend, nicht an meiner Verschwiegenheit zu zweifeln."

„Gut. Ich vertraue Ihnen. Wollen Sie das Schriftstück übersetzen?"

„Gern. Doch erlauben Sie mir zuvor, diese Zeilen einmal zu überfliegen."

Sie nickte ihm zu und er las. Das Schreiben hatte folgenden Wortlaut:

Allah il Allah we Mohammed rasuhl Allah! Vor vielen Jahren hat Abu Hassan, der neben seinem Bruder Saadi der einzige Überlebende der Beni Aïssa ist, das Land seiner Väter verlassen: Ed dem b' ed dem – Blut um Blut. So lautet das Gesetz der Wüste. Er ist ausgezogen, um die verruchten Verderber seines Stammes, die Entführer Liamas, der Tochter der Beni Aïssa, zu suchen und zu erfahren, ob das Weib seines Bruders noch unter den Lebenden weile. Die Namen dieser Verruchten, die die Dschehenna verschlingen möge, waren Malek Omar und Mahmud Ben Ali. Sie gaben sich für Söhne des Landes und gläubige Anhänger des Propheten aus, obgleich sie Giaurs und verfluchte Spione der Franzosen waren. Der Ältere von ihnen, der Fruchthändler Malek Omar, wurde sogar, wie sich später herausstellte, das ‚Auge der Franzosen' genannt. Sie verleumdeten den Stamm der Beni Aïssa bei den Franken wegen Schandtaten, die sie selber begangen hatten. Die Soldaten der Franken kamen und metzelten die Männer des Stammes nieder, ohne Untersuchung und ohne Gnade und Barmherzigkeit. Auch Abu Hassan blieb für tot am Ort des Gemetzels liegen, aber die Wunde an seiner Schulter war nur leicht und ungefährlich. In der Nacht erst erhob er sich und suchte im Sand der Wüste nach anderen, die ebenfalls bloß verwundet seien. Sie alle, alle waren tot, ermordet durch die Schlechtigkeit zweier Schurken. Aber als er zu seinem Bruder Saadi kam, in dessen Brust das französische Blei stak, bemerkte er, dass das Leben noch nicht ganz aus seinem Körper entflohen war. Mit unsäglicher Mühe gelang es ihm, den Schwerverwundeten zu verbinden und zu heilen. Monate vergingen, bis Saadi soweit hergestellt war, dass er zu einem befreundeten Stamm ziehen konnte. Abu Hassan aber nahm Abschied von den Seinen. Er ging nach dem Land der Franzosen und spielte den ‚Zauberer', der sich durch seine Künste die Mittel erwarb, um nach den beiden Verbrechern forschen zu können.

Viele Jahre suchte er in allen Städten und in allen Dörfern des Landes. Keine Matrosenschenke, keine Verbrecherkneipe entging seiner Aufmerksamkeit, denn Abu Hassan wähnte, dass die Verbrecher der niedrigsten Gesellschaftsklasse angehörten. Doch darin hatte er sich geirrt. Ma scha Allah kan, wa ma lam jascha Allah lam jekun – was Allah will, geschieht, und was Allah nicht will, geschieht nicht. Allah wollte, dass Abu Hassan erst vor kurzer Zeit seinen Todfeind wieder sehen sollte. Er brachte in Erfahrung, dass der Fruchthändler Malek Omar und der alte Kapitän Richemonte ein und dieselbe Person waren. Vor vielen Jahren sei er mit dem Sohn eines Hadschi Omanah nach Frankreich gekommen und habe sich in Ortry angekauft. Hadschi Omanah sei in Wirklichkeit kein Nachkomme des Propheten, sondern ein Baron der Franken gewesen, und sein Sohn habe nunmehr das Recht der Erbfolge geltend gemacht.

Abu Hassan erstaunte. Hadschi Omanah, der heilige Marabut, ein Franke! Und sein Sohn, den Abu Hassan mehr als einmal gesehen hatte, wenn er mit einer Botschaft des Marabut zu den Söhnen der Beni Aïssa kam, ein Genosse ihres schlimmsten Feindes! Das konnte nicht sein, dahinter steckte sicherlich eine neue große Schurkerei. Abu Hassan richtete es so ein, dass seine Truppe in die Nähe von Ortry kam. Dort stand er zum ersten Mal seit vielen Jahren seinem Todfeind Auge in Auge gegenüber. Aber dieser erkannte ihn nicht mehr; der Gram hatte seine Züge gefurcht und die Zahl der Jahre hatte seine Haare gebleicht. Abu Hassan hatte indes das verräterische ‚Auge der Franzosen' auf den ersten Blick erkannt. Am liebsten hätte er sich auf ihn gestürzt und ihm das Messer ins Herz gestoßen. Aber er beherrschte sich. Die Rache musste noch schweigen, solange nicht seine Verbrechen offen vor dem Licht der Sonne lagen. Noch galt es, sich über das Schicksal Liamas, der Blume der Beni Aïssa, zu vergewissern; noch galt es zu erkunden, was es mit dem angeblichen Sohn des Hadschi Omanah für eine Bewandtnis hat.

Das Erste war bald in Erfahrung gebracht: Liama, die Blume der Wüste, war längst tot und begraben. Nicht so leicht war es aber, den angeblichen Baron zu Gesicht zu bekommen. Dieser Mann ging nie unter die Leute und man erzählte sich von ihm, dass seine Seele von ihm gewichen sei.

Doch Abu Hassan wusste Rat. Am zweiten Tag seiner Anwesenheit in Ortry gelang es ihm, die Schlossmauer an einer niedrigen Stelle zu übersteigen und sich in einem Gebüsch des Gartens auf die Lauer zu legen. Vielleicht konnte er von hier aus eine wichtige Entdeckung machen. Abu Hassan hatte Glück. Er hatte sich nicht lange in dem Gebüsch verborgen, so nahten sich Schritte. Es waren zwei Männer, von denen der eine den anderen führte. Der eine war der Fruchthändler Malek Omar, der sich jetzt Kapitän Richemonte nennt, und der andere war Mahmud Ben Ali, der Genosse seiner Schandtaten, der Räuber Liamas, des Weibes Saadis. Es war wirklich Mahmud, kein anderer, am wenigsten der Sohn des Hadschi Omanah. Nun war Abu Hassan alles klar. Wenn Hadschi Omanah wirklich ein Franke und ein Baron war, Allah bjarif – Allah weiß es, dann haben sich die beiden Männer sicher durch ein Verbrechen in den Besitz gewisser Papiere gesetzt, durch die allein der falsche Baron seine Erbansprüche beweisen konnte. Hadschi Omanah wurde gerade um die Zeit, da sich die beiden Fremden in der Nähe befanden, tot in seiner Hütte aufgefunden. Sein Sohn war von diesem Tag an spurlos verschwunden; nie mehr hat man von ihm gehört. Für Abu Hassan besteht kein Zweifel, dass ihn die beiden ermordet haben. Vielleicht haben sie Hadschi Omanah in seinen letzten Atemzügen belauscht. In diesen Augenblicken ist die Seele offen und die Zunge beredt. Vielleicht haben sie die letzten Mitteilungen des Vaters an seinen Sohn gehört und aus diesen ein Geheimnis erfahren, das sie sofort auszunützen beschlossen. Mahmud sollte an die Stelle des Sohnes des Hadschi Omanah treten und dessen Erbe beanspruchen. Wahrscheinlich liegt der Verschwundene irgendwo im Sand der Wüste verscharrt, mit einer Kugel im Kopf oder dem Messer in der Brust. Ja, vielleicht befindet sich sogar sein Grab nahe der Stelle, an der der Marabut seine fromme Seele ausgehaucht hat.

Abu Hassan wird in das Land seiner Väter zurückkehren und an der Stelle nachgraben, um den Beweis für seine Behauptung zu erbringen. Ohne diesen vermag er nichts gegen den mächtigen Kapitän der Franzosen. Denn wer ist Abu Hassan, dass er es wagen dürfte, gegen ihn aufzutreten? Das Gericht der Franken ist nachsichtig bei Verbrechen, die an rechtlosen Arabern verübt worden sind. Aber hier handelt es sich nicht um einen Araber, sondern um einen Sohn des Landes, wenn es wahr ist, dass Hadschi Omanah ein Franke gewesen ist. Und dann muss der Mörder der Strafe des Landes verfallen.

Also zuerst der Beweis! Abu Hassan wird ihn bringen, er fühlt es in seiner Seele. Und dann sollen alle Teufel der Dschehenna die Verruchten nicht retten können. Das schwört beim Bart der Propheten und allen heiligen Kalifen

Abu Hassan, genannt der Zauberer.

Während Richard las, ruhte Marions Auge auf ihm. Hätte er sich nicht mit Walnussabkochung die Haut gefärbt, so hätte sie gewahren müssen, dass die Schrift einen ungewöhnlichen Eindruck auf ihn machte.

„Verstehen Sie diese Worte?“, fragte sie.

„Vollkommen, Mademoiselle“, antwortete er, während er tief Atem holte.

„Und was enthalten sie? Bitte, übersetzen Sie es mir!“

Er schüttelte langsam den Kopf, las noch bis zu Ende und faltete dann das Papier zusammen.

„Haben Sie eine Ahnung von der Wichtigkeit, die das Papier für Sie hat?“

„Dass es wichtig ist, wurde mir gesagt, in welchem Grad aber, das ist mir nicht bekannt.“

„Von wem haben Sie es?“

Marion zögerte.

„Mademoiselle, haben Sie mich bisher Ihres Vertrauens für würdig gehalten und mir die Schrift gezeigt, so bitte ich nunmehr inständig, alle kleinlichen Bedenken zurückzustellen und mir Auskunft zu geben. Ich versichere Ihnen, dass diese Zeilen nicht nur für Sie, sondern auch für mich von größter Bedeutung sind.“

„Wirklich?“

„Ich selbst wäre gern bereit, Ihnen alles anzuvertrauen, doch sind diese Geheimnisse nicht allein mein Eigentum.“

„Das lasse ich gelten. – Also fragen Sie, Monsieur! Sie werden jede Antwort erhalten, die mir möglich ist.“

„Ich danke Ihnen, mein Fräulein.“ Und in bittendem Ton fuhr er fort: „Doch muss ich noch etwas vorausschicken: – Erschrecken Sie nicht, wenn ich Ihnen sage, dass es einen Menschen gibt, der Sie liebt. Sie sind sein Leben, seine Seligkeit. Er ist bereit, für Sie alles zum Opfer zu bringen, nur seine Ehre nicht. Dieser Mann bin ich!“

Er hielt inne. Sie war sehr bleich geworden. Sie blickte ihn mit großen Augen an und sprach kein Wort. Er nahm dies für die Erlaubnis, weiterzusprechen.

„Ein Mann, der keinen anderen Gedanken hat als nur Sie, wird es ehrlich mit Ihnen meinen. Bitte, Mademoiselle, von wem haben Sie die Schrift erhalten? Von Abu Hassan, dem Zauberer?“

„Ja.“

„Wann sprachen Sie mit ihm?“

„Am Abend des zweiten Tages nach jener unglücklichen Vorstellung in Thionville trat er mir plötzlich im Garten von Ortry entgegen.“

„Darf ich erfahren, was er mit Ihnen sprach?“

„Er sagte mir, Liamas, meiner Mutter Geist sende ihn zu mir, mich zu beschützen.“

„Er meint es gut mit Ihnen, er ist ein braver, ein ehrlicher Mann. Bitte, weiter!“

„Er sagte auch, dass mir vom Kapitän Unheil drohe.“

„Da hatte er Recht.“

„Um dieses Unheil abzuwenden, vertraute er mir zwei Talismane an: diese Schrift und eine Schlange.“

„Ah! Eine von seinen Uräusschlangen?“

„Ja. Er sagte mir, wenn der Kapitän mich zu etwas zwingen wolle, was gegen mein Glück sei, so solle ich mich mit dieser Schlange verteidigen. Ihr bloßer Anblick sei geeignet, einen Angriff zurückzuweisen. Sie sei zwar nicht mehr giftig, aber ihr Mund sei doch mit Zähnen besetzt, die Wunden verursachen, die nur sehr schwer heilen.“

„Sie haben die Schlange wirklich in Empfang genommen, ohne sich vor ihr zu fürchten?“

„Dieser Mann flößte mir ein großes Vertrauen ein.“

„Er hat es verdient. Haben Sie die Schlange noch?“

„Ja. Ich habe ihr ein verborgenes Nestchen hergestellt. Sie ist bereits ganz an mich gewöhnt.“

„Und niemand hat sie gesehen?“

„O doch! Der Kapitän und die Baronin haben sie heute nach Tisch erblickt. Ich ahnte, dass mir Gefahr drohe, und nahm das Tier mit mir.“

„Und diese Gefahr trat auch wirklich ein?“

„Leider. Der Kapitän wollte mich zwingen, mich mit dem Oberst Rallion zu verloben. Ich widerstand; der Kapitän wollte mich, wie es schien, der Freiheit berauben. Er streckte die Hände nach mir aus, um sich meiner zu bemächtigen; da hielt ich ihm die Schlange entgegen und er ließ ab von mir."

„Ich danke Ihnen für das Vertrauen, das sich in dieser Mitteilung ausspricht. Aber werden Sie nicht auch weiterhin des Schutzes bedürfen?"

„Ich habe Grund, dies zu vermuten, denn man hat mir nur eine Bedenkzeit bis heute zur Dämmerung gegeben."

„Ah! Dann wird die Schlange Ihnen nichts mehr nützen. Der Kapitän wird sich denken, dass sie nicht giftig ist."

„So greife ich zum zweiten Talisman."

„In welcher Weise soll er helfen?"

„Abu Hassan sagte, wenn ich in eine sehr große Gefahr käme, solle ich die Schrift der Behörde übergeben."

„Er ist Orientale, also mehr oder weniger Schwärmer, und kennt die hiesigen Verhältnisse nicht. Die Zeilen reichen nicht aus, zu Ihren Gunsten zu wirken."

„Er versprach es mir aber."

„Das glaube ich gern. Aber wie nun, wenn der Kapitän Sie einsperrt, sodass Sie die Schrift nicht an die Behörde gelangen lassen können? Wie nun, wenn er sie Ihnen abnimmt und vernichtet?"

„Ah, daran dachte ich nicht!"

„Abu Hassan hat ebenso wenig damit gerechnet. Und selbst wenn diese Zeilen in die Hände des Richters gelangen, sind sie vollständig wertlos. Es ist da eine Geschichte erzählt, aber es fehlt vollständig die Bürgschaft der Wahrheit. Ich glaube, ein Rat von mir ist Ihnen nützlicher als diese beiden Talismane. Erwarten Sie heute einen abermaligen Angriff?"

„Mit Bestimmtheit."

„Dann gibt es ein prächtiges Mittel, den Angreifer sofort

niederzuschmettern. Aber bitte erlauben Sie mir die Frage, ob Sie den Alten lieben!“

„Mir graut vor ihm. Ich berühre lieber eine Giftschlange als die Hand dieses Mannes. Und doch ist er mein Verwandter.“

„Vielleicht täuschen Sie sich da. Und wie stehen Sie zur Baronin?“

„Ich verachte sie.“

„So haben Sie auch durchaus keine Veranlassung, diese beiden zu schonen. Hören Sie also meinen Rat! Wenn heute der Kapitän einen Zwang anwenden will, so fragen Sie ihn, ob er folgende Personen gekannt habe: den Hadschi Omanah, dessen Sohn, ferner den Fruchthändler Malek Omar und dessen Gefährten, der sich Mahmud Ben Ali nannte. Haben Sie sich diese Namen gemerkt, Mademoiselle?“

„Ja. Hadschi Omanah, dessen Sohn, den Fruchthändler Malek Omar und dann Mahmud Ben Ali, seinen Gefährten.“

„Gut! Der Sohn des ersten wurde wahrscheinlich von den beiden letzten ermordet, gewisser Papiere wegen, die die Mörder an sich nahmen.“

„Mein Gott! Steht der Kapitän vielleicht in einer Beziehung zu diesem Mord?“

Der Gefragte wiegte den Kopf hin und her und erkundigte sich anstatt der Antwort:

„Halten Sie ihn eines Mordes für fähig?“

„Ich weiß es nicht zu sagen.“

„So lassen wir es einstweilen dahingestellt sein, warum ich Ihnen diese Namen nenne. Kennen Sie die Vergangenheit des Kapitäns?“

„Ja. Er war Offizier der alten Kaisergarde.“

„Haben Sie einmal den Namen Eschenrode gehört?“

„Nein.“

„Oder Greifenklau?“

„Ja. Ich besinne mich, dass dieses Wort vom Grafen

Rallion ausgesprochen wurde und der Kapitän darauf in eine entsetzliche Aufregung geriet."

„Hat der Kapitän Geschwister gehabt?"

„Ich weiß es nicht."

„Hat Ihr Papa, der Baron, in Deutschland vielleicht Verwandte?"

„Auch das ist mir völlig unbekannt."

„Das ungefähr sind die Fragen, die ich an Sie zu richten hatte. Ich bin jetzt im Bild, soweit dies notwendig ist, und ich möchte nur noch wissen, wohin der Zauberer gegangen ist."

„Nach der Sahara, sagte er."

„Wird er wiederkommen?"

„Ja. Er sprach von Beweisen, die er bringen wolle."

„Wofür oder wozu?"

„Das verschwieg er mir."

„So will ich Ihnen ein großes Geheimnis mitteilen. Erinnern Sie sich des Gewitters, währenddessen wir uns im alten Turm befanden?"

„Noch sehr genau", antwortete sie.

„Wir sahen da die Gestalt, die an uns vorüberging und die Turmtreppe bestieg."

„Den Geist meiner Mutter", nickte Marion, während ein scheuer Schimmer ihr Gesicht überflog.

„So dachten Sie; ich aber teilte Ihnen mit, dass ich nicht an die überirdische Natur dieser Erscheinung glaube. Ich wollte die Gestalt verfolgen. Sie hielten mich zurück."

„Alle Welt erzählt sich, dass meine arme Mutter im Grab keine Ruhe habe, weil sie keine Christin gewesen sei."

„Und alle Welt täuscht sich, denn Ihre arme Mutter ist wahrscheinlich gar nicht gestorben. Ich möchte wetten, dass Liama, die Tochter der Beni Aïssa, noch lebt."

Marion hatte ihm zugehört, die weit geöffneten Augen auf ihn gerichtet.

„Großer Gott!", sagte sie jetzt. „Haben Sie vielleicht Gründe zu dieser Vermutung?"

„Sogar sehr triftige. Ich will Ihnen aufrichtig gestehen, dass ich der Verbündete des Zauberers war. Er kam von Afrika, um Liama, die Tochter seines Scheiks, zu suchen. Er hörte, dass sie tot sei, und er wollte sich überzeugen, ob man ihre Überreste wirklich bestattet habe. Wir haben des Nachts ihr Grab geöffnet."

Marion stand da, starr wie eine Tote. Ihre Lippen bebten und erst nach längerer Pause stieß sie hervor:

„Das haben Sie getan? Und was haben Sie gefunden?"

„Einen mit Steinen gefüllten Sarg, eine Leiche hat nie darin gelegen."

„Mein Heiland! Das ist ja entsetzlich! Sollte sie anderswo beerdigt sein?"

„Das glaube ich nicht. Welchen Grund hätte man dann gehabt, dieses Grab als das ihre auszugeben?"

„Ich war als Kind selbst dabei, als man den Sarg in die Erde senkte. Sie ist nirgend anderswo begraben."

„So bleibt nur die Annahme, dass sie damals gar nicht gestorben ist."

„Sie lebt also noch? – Aber wo? Wo?"

Das schöne Mädchen befand sich in einer unbeschreiblichen Aufregung; er legte ihr beruhigend die Hand auf den Arm.

„Ich vermute, dass Liama ihre Zustimmung zu dem Streich gegeben hat, der da ausgeführt worden ist. Welche Gründe sie dabei gehabt hat, das werden wir jedenfalls noch erfahren."

„Und mein Vater weiß es auch?"

„Vielleicht. Ich möchte behaupten, dass sein gegenwärtiger Geisteszustand zu diesem Geheimnis in inniger Beziehung steht. Man hat Ihre arme Mutter veranlasst, zu verschwinden, damit die jetzige Baronin ihre Stelle einnehmen könne. Warum, das werden wir noch entdecken."

„Aus alledem ersehe ich, dass ich die Verhältnisse meiner eigenen Familie nicht kenne und dass ich von Geheimnissen und von – Verbrechen umgeben bin."

„Wahrscheinlich vermuten Sie das Richtige."

„Gott, mein Gott! An wen soll ich mich denn da halten?"

„An den, den Sie soeben genannt haben, nämlich an Gott. Und wenn es Ihnen möglich sein sollte, zu mir ein wenig Vertrauen zu fassen, so stelle ich mich Ihnen mit allem, was ich habe und bin, zur Verfügung."

Da streckte sie ihm die Hände entgegen:

„Ich danke Ihnen von ganzem Herzen. Ich habe die Meinigen nie lieben und achten und mich nie in der Heimat wohlfühlen können. Es hat in mir gelegen wie eine Ahnung, dass alles um mich her eine einzige große Lüge sei. Und nun geben Sie mir Gewissheit und zugleich die Hoffnung, dass dieses Dunkel klar werden könne. Ja, ich habe Vertrauen zu Ihnen. Sie selbst kommen mir vor wie ein Rätsel, das ich noch zu lösen habe, aber Sie werden mir dabei helfen."

Er trat zurück, ohne die ihm dargebotenen Hände zu ergreifen.

„Sie haben in allen Ihren Vermutungen Recht. Aber wenn auch ich Ihnen ein Rätsel bin, so werde ich Sie doch wenigstens überzeugen, dass Sie mir vertrauen dürfen."

„Ich bedarf keines Beweises", fiel sie ein.

„Nun, so möge das, was ich sage, als einfache Bemerkung gesprochen sein. Ich habe Ihnen anvertraut, wie teuer Sie mir sind, aber ich weiß, dass meine Liebe hoffnungslos ist, ja hoffnungslos sein muss; nur deshalb konnte ich von ihr sprechen, ohne lächerlich zu werden. Mein aufrichtiges Geständnis wird nur die Folge haben, dass ich mich noch mehr zurückziehe. Aber sobald Sie meiner bedürfen, werde ich mit Freuden alles tun, was meinen Kräften möglich ist. Das mag der Vertrag sein, den wir schließen."

Sie zauderte eine Weile. Dann ging ein eigentümliches Leuchten über ihr Gesicht, sie streckte ihm abermals die Hände entgegen.

„Nun gut! Ganz wie Sie wollen. Sie erlauben mir also, Sie für meinen Freund zu halten?"

„Ich bitte inständig darum."

„Ein solcher Vertrag muss aber bekräftigt werden, wenigstens durch einen Handschlag. Wollen Sir mir wirklich Ihre Hand verweigern?"

„Gegen Ihre Befehle kann ich nicht. Hier ist die Hand. Verfügen Sie über mich!"

„Zunächst muss ich mich für heute Abend rüsten. Glauben Sie wirklich, dass die Namen, die Sie mir nannten, geeignet sind, den Kapitän zurückzuweisen?"

„Ich bin überzeugt davon!"

„Und diese arabische Handschrift! Darf ich nicht erfahren, was sie enthält?"

„Für jetzt liegt es in Ihrem eigenen Vorteil, dass ich Ihnen die Übersetzung vorenthalte. Auch möchte ich das Papier nicht in Ihrer Hand lassen, weil es mir da nicht sicher erscheint."

„Sie meinen, die Schlacht, die ich dem Kapitän zu liefern habe, könne einen für mich unglücklichen Ausgang nehmen?"

„Heute werden Sie siegen, was aber dann geschieht, ist bei dem Charakter dieses Mannes nicht vorauszusehen. Also darf ich dieses Schriftstück behalten?"

„Ja", nickte sie, „heben Sie es auf! Ich vertraue mich Ihnen an wie damals, als Sie mit mir ins Wasser gingen. Leben Sie wohl, mein Freund!"

Sie reichte ihm die Hand, die er an seine Lippen zog. Als sie sich entfernte, blickte er ihr nach, solange er nur konnte. Dann legte er beide Hände auf das Herz.

„Marion! Sie hat mein Bild. Aber woher? Woher?"

„Vom Fotografen gemaust!", erklang es hinter ihm.

Rasch und betroffen drehte er sich um. Fritz kam hinter einem Felsenstück hervorgekrochen und in diesem Augenblick seinem Herrn wahrlich nicht sehr erwünscht.

„Donnerwetter!", sagte Müller. „Mensch, hast du gehorcht?"

„Ja", nickte Fritz ganz unverfroren.

„Weshalb bist du mir nachgeschlichen?“
„Ich Ihnen nachgeschlichen? Ist mir nicht eingefallen.“
„Aber wie kommst du denn nach dem Steinbruch?“
„Um den Weg nach dem Trou du bois zu suchen.“
„Ah, du kennst die Richtung nach dem Waldloch?“
„Genau.“
„Von wem hast du es erfahren?“
„Vom Wirt. Herr Doktor, dieser Kerl ist ein Erzschlingel. Ich bin überzeugt, dass er in der Franktireurgeschichte keine gewöhnliche Rolle spielt. Er wollte mich ausfragen, ich aber habe mich so dumm und albern gestellt, dass ihm vor Vergnügen das Herz überlief. Er kam ins Reden und beschrieb mir die Lage der Höhlung.“
„Das ist prächtig! Ich habe mich noch nicht danach erkundigen können. Wo finden wir es?“
„Auf dem geraden Weg von hier über die Waldecke hat man eine gute halbe Stunde zu wandern, bis man es erreicht.“
„Du hattest die Absicht, es aufzusuchen?“
„Ja. Ich wollte mich auf heute Abend vorbereiten. Ich eilte durch dick und dünn und war eher da als Sie. Eben als ich mich zwischen diesem Steingewirr durchwinden musste, kam die Dame. Ich durfte mich nicht blicken lassen und steckte mich hinter den Felsen. Dann erschienen Sie und so war ich gezwungen, alles anzuhören. Aber jetzt müssen wir uns auf die Suche machen!“
Sie klommen an der Seite des Bruches hinauf, gerade wie Müller damals, als er Alexander rettete, und entdeckten die bezeichnete Ecke des Waldes in der Ferne. Sie hielten gerade auf sie zu und folgten auch dann noch derselben Richtung, als sie sich im Wald befanden.
So mochten sie wohl eine halbe Stunde durch Büsche und Sträucher gestrichen sein, als Müller sagte:
„Nach deinem Bericht müssen wir in der Nähe sein.“
„Ich denke es. Von der Richtung sind wir nicht abgekommen.“

„So lass uns jetzt größere Vorsicht anwenden. Ein Ort, der zu heimlichen Versammlungen dient, ist wichtig genug, um bewacht zu werden. Wir müssen immer annehmen, dass irgendjemand hier steckt, vor dem wir uns nicht blicken lassen dürfen."

„Wollen wir uns nicht lieber trennen?"

„Ja. Aber verlieren dürfen wir uns trotzdem nicht. Wer das Loch zuerst findet, der gibt dem anderen ein Zeichen."

„Welches?"

„Kannst du Vogelstimmen nachahmen?"

„Nur den Kuckuck."

„Das genügt. Also wer den Trou zuerst findet, der schreit kuckuck."

Sie trennten sich und schlichen nun so vorsichtig wie möglich weiter. Die Bäume traten dichter zusammen und zwischen den Stämmen wucherte üppiges Unterholz. Nach einer Weile ertönte der Ruf des Kuckucks. Müller wandte sich nach der Seite zu, von der er erschollen war, und stieß bald auf Fritz, der vor einem Gebüsch hielt, dessen Zweige er auseinandergeschoben hatte.

„Hast du es?", fragte Müller.

„Ja. Das muss es sein."

Sie standen vor einer ziemlich tiefen, trichterförmigen Bodensenkung, die einen Durchmesser von wenigstens sechzig Metern hatte. Ihr Rand war von Strauchwerk eingefasst und selbst bis auf den tiefsten Punkt hinab stand Baum an Baum, und zwischen diesen wucherten Brombeerranken und Farnkräuter. Hier und da lag ein großer, mit grünem Moos bedeckter Stein. Das Ganze hatte das Aussehen, als sei vor Jahrhunderten hier das Mundloch eines Schachtes zugefüllt worden und die Erde dann nachgesunken.

„Ja, es ist's! Wir sind an Ort und Stelle", sagte Müller. „Nicht übel als Versammlungsort!"

„Eigentlich wäre es am besten, wir blieben gleich da."

„Aber leider muss ich heim, da man von meinen nächtlichen Ausflügen keine Ahnung haben darf."

„Mich erwartet kein Mensch, ich kann also gleich hier bleiben."

„Recht so. Es ist jedenfalls besser, den Ort gleich von jetzt an im Auge zu behalten, damit uns nichts zu entgehen vermag. Vorher aber lass uns genau nachforschen, ob wir auch wirklich die einzigen Menschen sind, die sich hier befinden."

Sie suchten erst die Umgebung ab, konnten aber nichts Verdächtiges bemerken. Dann stiegen sie in die Vertiefung hinunter und auch hier war keine Spur zu finden, dass sich vielleicht jemand versteckt habe.

„Ob man hier öfter Versammlungen abhält?", sagte Fritz.

„Wohl nicht."

„Warum nicht?"

„Sonst müsste das Moos und das Gerank mehr niedergetreten sein."

„Das ist richtig. Aber schau! Siehst du, wie regelmäßig hier auf dieser Seite alles wächst und wie jedes Blättchen liegt, als ob es gerade so und nicht anders stehen dürfe?"

„Wahrhaftig! Es ist, als ob man alles mit der Hand geordnet habe."

„Nun, mit der Hand wohl nicht, aber mit einem Rechen."

„Das ist wahr, Herr Doktor! Hier wird sehr oft gerecht, das sieht man."

„Diese Entdeckung ist wichtig. Erstens lässt sich daraus schließen, dass derartige Versammlungen häufiger vorkommen, als wir erst dachten, und sodann geht man dabei so vorsichtig um, das niedergetretene Gewächs mit dem Rechen wieder aufzurichten."

„Aber warum nur auf dieser Seite und nicht auch anderswo? Die Rechenspur ist nur hier zu bemerken, auch ist sie kaum zwei Ellen breit. Sie führt vom Rand der Mulde herab und hier hört sie schon auf."

„Das bringt mich auf den Gedanken, dass es hier einen Weg gibt, der nach Gebrauch stets wieder verdeckt wird.

Das kann uns heute Abend von Nutzen sein. Jetzt aber wird es unter den Bäumen bereits dunkel. Ich muss aufbrechen."

Nachdem sie aus der Vertiefung gestiegen waren, fragte Fritz:

„Aber wo treffen wir uns am Abend?"

„Das lässt sich nicht auf die Elle bestimmen. Stelle dich hier an den Rand und blicke nach der Blutbuche hinüber. Auf dieser geraden Linie werde ich mich heranschleichen. Ich hoffe, dass ich gegen halb elf Uhr an der Buche sein werde. Treffe ich dich nicht da, so bin ich überzeugt, dass du dich auf der angegebenen Linie der Senkung genähert hast, und ich werde dann folgen, bis ich dich finde."

„Und ein besonderes Erkennungszeichen?"

„Brauchen wir nicht. Es könnte uns gefährlich werden. Du hast Waffen bei dir?"

„Genug."

„Und etwas gegen den Hunger?"

„Das hab' ich vergessen."

„So werde ich dir etwas mitbringen. Also halte gute Wacht, aber lass dich ja nicht erwischen!"

Sie trennten sich. Fritz suchte sich ein gutes Versteck unter den Sträuchern und Müller wanderte raschen Schrittes dem Schloss zu.

Die Dämmerung war bereits angebrochen, und als er die Freitreppe emporstieg, sah er Marion aus der Tür ihres Zimmers treten. Während sie an ihm vorüberschritt, raunte sie ihm zu:

„Zum Kapitän befohlen!"

„Nur Mut!"

Dann begab er sich hinauf in sein Zimmer, ließ aber die Tür offen, um hören zu können, wenn Marion den Alten wieder verließ.

Als das Mädchen beim Kapitän eintrat, befand sich, gerade wie vorher, die Baronin bei ihm. Er zeigte seine finsterste Miene.

„Du hast gehört, dass ich dir nur bis zu dem gegenwärtigen Augenblick Zeit zur Entscheidung gegeben habe."

„Das war überflüssig!"

„Ich werde dir das Gegenteil beweisen. Also, was hast du beschlossen?"

„Ich habe meinen Entschluss nicht geändert."

„So werde ich ihn zu ändern wissen!"

Sie wandte sich zur Tür.

„Hast du noch etwas zu bemerken?"

„Jawohl!", donnerte er sie an. „Ich habe dir nämlich zu bemerken, dass ich dich heute Abend mit Rallion in aller Form und Gültigkeit verloben werde!"

Sie zuckte kalt die Achseln.

„Ich möchte doch wissen, wie du das fertig bringen wolltest."

„Ich werde es dir zeigen! Du bleibst jetzt hier bei mir, bis ich dich selbst in den Salon führe. Setz dich!"

Da klang ein spöttisches Lachen von ihren Lippen.

„Mach dich nicht lächerlich!", sagte sie. „Heute Mittag war es mir nicht erlaubt, Platz zu nehmen, und jetzt beliebt es dir, mich zum Sitzen zu befehlen. Wann wirst du nun endlich einmal einsehen, dass ich nicht mehr in die Kinderschule gehe? Solche Fehler solltest du unterlassen!"

„Das ist stark! Das ist zu stark!", rief die Baronin, zitternd vor Empörung.

Der Alte stand starr und steif mitten im Zimmer. So etwas war ihm noch nicht vorgekommen, so etwas wagte man ihm in seinem eigenen Zimmer zu sagen! Die Haare seines Schnurrbartes sträubten sich wie die Mähnenborsten einer Hyäne, seine Zähne knirschten aufeinander und dann stieß er mit vor Grimm heiserer Stimme hervor:

„Das wagst du mir, mir zu bieten? Auf der Stelle leistest du Abbitte!" Er deutet mit der Hand auf den Boden, gerade vor sich hin. Er zitterte vor Wut.

„Ich knie vor Gott", antwortete sie, „nie aber vor einem Menschen, am allerwenigsten vor dir!"

Da stieß er einen geradezu tierischen Laut aus und fasste sie am Arm.

„Gut, nicht hier! Ganz wie du willst! Aber unten, unten sollst du kniend Abbitte leisten, öffentlich vor den Gästen und vor aller Dienerschaft! Du sollst gezwungen werden, laut zu erzählen von..."

Mit einem kräftigen Ruck befreite sie den Arm aus seiner Hand.

„Gezwungen werden? Ich brauche zum Erzählen nicht gezwungen zu werden. Ich werde freiwillig erzählen, laut und öffentlich, ganz so, wie du es hier verlangt hast, so laut, dass jedermann es hören kann: von dem Fruchthändler Malek Omar..."

Sie machte hier mit Bedacht eine Pause. Die Baronin blickte erstaunt auf. Der Alte fuhr erschrocken zurück.

„Von Mahmud Ben Ali, seinem Gefährten!", fuhr Marion fort.

„Was weiß du von Malek Omar?", rief er.

„Gerade soviel, wie von Hadschi Omanah, dessen Sohn ermordet wurde!"

Da fuhr er sich mit beiden Händen nach dem Kopf. Es wurde ihm blau und rot vor den Augen, es summte und brummte ihm in den Ohren, und er griff nach dem Tisch, um einen Halt zu finden.

Aber seine eiserne Natur war des Anfalls bald Herr geworden.

„Bitte, verlassen Sie uns!", sagte er zur Baronin. „Es ist nicht nötig, dass Sie Zeuge der Züchtigung sind, die ich dieser Person erteilen werde."

Welch eine Genugtuung für die Frau, die so eifersüchtig auf ihre Stieftochter war! Sie erhob sich mit einem schneidend höhnischen Blick auf das Mädchen.

„Verdient hat sie die schärfste Strafe. Nachsicht wäre hier Sünde!"

Damit rauschte sie zur Tür hinaus.

Der Alte wartete wortlos, bis ihre Schritte verklungen

waren, sodann kreuzte er die Arme über der Brust und fragte in einem Ton, der fast pfeifend aus der Kehle drang:

„Jetzt heraus! Was weißt du von Hadschi Omanah?"

„Dass sein Sohn ermordet wurde!"

„Ah! Von wem? Von wem?"

„Von Malek Omar und Mahmud Ben Ali."

„Das ist Lüge, dreifache, zehnfache Lüge!"

„Das ist Wahrheit, die lautere Wahrheit!"

„Welchen Grund sollten sie gehabt haben, ihn zu ermorden?"

„Der Papiere wegen, die sie ihm abnehmen wollten!"

Er holte tief Atem.

„Woher weißt du das?", fragte er. „Wer hat es dir gesagt?"

„Das ist mein Geheimnis! Aber sprich noch einmal von meiner Verlobung oder von einer Züchtigung, so wird auch der Richter alles erfahren. Du hast niemals Erbarmen gehabt, nun erwarte auch keins von mir!"

Bei diesen Worten drehte sie sich um und verließ das Zimmer. Die Tür der Baronin war geöffnet; sie hatte hören wollen, welcher Art die angedrohte Züchtigung sein werde. Sie fand gar nicht Zeit zurückzutreten, als Marion vorüberging, die sie keines Blickes würdigte. Sie begann zu ahnen, dass der Alte abermals unterlegen sei.

Dieser ging in seiner Stube zähneknirschend auf und ab. Er ballte die Fäuste, stieß halblaute Flüche aus und murmelte in sich hinein.

„Sie ist mir entgangen, aber nur für heute, höchstens noch für morgen! Wer hat ihr das gesagt? Wer weiß von jener Nacht am Atlasgebirge? Kein Mensch war dabei. Sollte er selber geplaudert haben, der Baron, der Verrückte? Ich glaube es nicht. Er verrät nie etwas, selbst in seinen schwächsten Stunden nicht. Aber sie wird beichten müssen, und dann wehe ihr! Ich werde sie doch einsperren, um sie unschädlich zu machen, und dann wird sie nur als Gräfin Rallion ihre Freiheit wiedererlangen."

15. Auf unterirdischer Fährte

Unterdessen lag Fritz im Dickicht und harrte der Dinge, die da kommen sollten. Es war dunkel geworden. Die Zeit verrann; es mochte gegen zehn Uhr sein, da ließ sich das Rascheln nahender Schritte vernehmen. Zwei Männer gingen an Fritz vorüber und blieben dann am Rand der Schlucht stehen. Der eine stieß einen halblauten Pfiff aus. Als keine Antwort erfolgte, meinte er zu dem anderen:

„Wir kommen zu zeitig, es ist bestimmt noch kein Mensch da."

„Das ist gut, denn so können wir vorher mit unserer Angelegenheit fertig werden."

„Also bist du einverstanden?"

„Wie viel für jeden Mann?"

„Fünftausend Francs."

„Das ist wenig. Der Kerl soll ja Millionen bei sich haben!"

„Aber das Geld kommt ja alles in unsere Kasse."

„Es ist verteufelt gefährlich!"

„Schwachkopf! Welche Gefahr bringt es denn, einem Toten in die Taschen zu greifen, um ihm die Brieftasche wegzunehmen!"

„Wenn er aber noch Leben hat?"

„Nun, so tut ein Messerstich, ein Griff an die Gurgel das Übrige."

„Wie viele sind wir?"

„Drei Personen, das ist genug."

„Allerdings. Doch wisst ihr auch genau, mit welchem Zug er eintrifft?"

„Mit dem Mittagszug von Trier aus. Er kommt aus New Orleans, hat einen englischen Namen und heißt, glaube ich, Deephill."

„Wunderlicher Name!"

„Na, also, machst du mit? Oder soll ich einen anderen..."

„Nein! – Fünftausend Francs sind ein schönes Stück Geld!"

„Das mein' ich auch. Es ist ein großer Unterschied, sie zu haben oder nicht. Entschließe dich kurz, bevor die anderen erscheinen!"

„Also der Alte verlangt es?"

„Er hat es befohlen."

„Na, da mag es denn sein. Ich mache mit."

„Endlich wirst du klug. Komm! Ich glaube, ich höre Schritte."

Sie stiegen miteinander in das Loch hinab. Jetzt trafen nach und nach andere ein. Fritz hatte bereits über zwanzig gezählt, als er plötzlich am Arm gezupft wurde. Er lag unweit der Senkung unter dem Gebüsch.

„Fritz?", flüsterte es.

„Herr Doktor?"

„Schon viele hier?"

„Vierundzwanzig."

„Man hört sie doch nicht reden."

„Ja, das weiß der Teufel. Sobald sie da hinunter sind, merkt man nichts mehr von ihnen."

„Vielleicht verhalten sie sich still, bis alle beisammen sind."

„Das ist möglich. Dann aber können wir wohl lauschen."

„Von welcher Seite kommen sie?"

„Von dieser. Alle hart an mir vorüber."

„Ah, wo der abgerechte Weg hinunterführt! Donner – hast du das jetzt gesehen?"

„Was?"

„Einen Lichtschein."

„Man wird eine Laterne anbrennen."

„Nein. Das kam wie aus der Erde. Wenn ich es mir recht überlege, dass ein richtiger Weg hinunterführt und man doch im ganzen Loch sonst keine Spuren findet, so komme ich auf den Gedanken, dass es da eine Höhle oder irgendein Versteck geben muss."

„Der Gedanke ist nicht schlecht. Dann aber stäken jetzt alle in der Höhle, während wir denken, sie sitzen unten zwischen den Bäumen."

„Freilich. Wir müssen uns überzeugen, es ist keine Zeit zu versäumen. Ich krieche leise hinab."

„Ich auch?"

„Ja. Aber vorsichtig, damit wir nicht bemerkt werden. Das kleinste Steinchen kann uns verraten."

„Und wenn sie uns doch bemerken, was tun wir denn da?"

„Fliehen und wehren. Ergreifen lasse ich mich auf keinen Fall. Eher schieße ich einige nieder."

„Ich einige und mehrere, je nachdem sie es haben wollen."

Sie legten sich auf den Bauch und krochen nach Indianerart an der Seite der Mulde hinab, nach jedem Fußbreit, den sie zurücklegten, wartend und lauschend, ob sie sich weiter wagen könnten. So hatten sie beinahe den tiefsten Punkt erreicht, als sie beide erschrocken anhielten. Ein rascher, heller Lichtstrahl war über sie hinweggeglitten.

„Woher kam das?", flüsterte Fritz.

„Da, gerade vor uns! Halten wir weiter links, damit er uns nicht trifft. Schau!"

Wirklich fiel jetzt aus der Erde heraus ein ziemlich greller Blitz gerade auf die Stelle, wo sie sich eben befunden hatten.

„Ob man uns bemerkt hat?", fragte Fritz.

„Nein. Dass uns das Licht streifte, war sicher nur Zufall. Aber da haben wir es, hier ist eine Höhle. Der Eingang ist nur für einen Mann eingerichtet und wird durch diesen Stein verschlossen."

„Doch auf welche Weise?"

„Irgendeine Vorrichtung gibt es, das ist sicher. Ich werde morgen hergehen und untersuchen."

„Schade, dass ich nicht dabei sein kann. Übrigens finde ich vielleicht auch bald Gelegenheit, ein Abenteuer zu erleben."

„Wo?"

„Auf dem Bahnhof zu Thionville. Es kommt nämlich

ein Amerikaner, der Millionen bei sich führt, dem soll dieses Geld abgenommen werden."

„Von wem?"

„Von drei dieser Burschen hier. Zwei belauschte ich. Es soll jeder fünftausend Francs von dem Raub erhalten. Der Amerikaner ist aus New Orleans und heißt Deephill."

„Das hast du alles deutlich gehört?"

„Ja. Der Alte hat es anbefohlen."

„Der Alte? Das wäre ja der Kapitän. Ich wollte schon sagen, dass du die Polizei benachrichtigen sollst. Hat jedoch der Alte seine Hand im Spiel, so lassen wir die unsrige davon. Höchstens kannst du dich auf dem Bahnhof nach diesem Mann aus New Orleans erkundigen und ihn unter vier Augen unbemerkt warnen. Horch! Hörst du reden? Sie scheinen beisammen zu sein, denn es kommt keiner mehr und nun hat die Verhandlung begonnen."

Man hörte durch die Öffnung, aus der das Licht fiel, dumpfes Stimmengewirr. Dann plötzlich verschwand der Lichtschein und es war nichts mehr zu vernehmen.

„Man hat den Eingang verschlossen", flüsterte Müller. „Es war ein Geräusch, als ob Steine aneinander gestoßen würden."

„Es befindet sich kein Mensch im Freien", antwortete Fritz. „Nicht einmal eine Wache hat man hier ausgestellt."

„Desto leichter wird es uns sein, zu untersuchen, in welcher Weise der Verschluss zu handhaben ist."

„Man könnte es innen bemerken!"

„Wie sollte man? Wir vermeiden jedes Geräusch. Und selbst wenn dieses nicht ganz zu umgehen wäre, würde man es kaum vernehmen, da ja laut gesprochen wird. Komm!"

Sie schlichen sich zu der Stelle hin, wo der Schein aus der Erde gedrungen war. Dort befand sich einer jener mit Moos bewachsenen Steine, die sie am Tag bemerkt hatten.

„Dieser Block scheint die Tür zu sein", sagte Müller, während er das Felsstück vorsichtig mit den Fingern betastete.

Fritz tat dasselbe und flüsterte dabei:

„Der Stein steht nicht frei, sondern er ragt nur mit der einen Seite aus der Wand der Höhle hervor. Man muss also annehmen, dass er beweglich ist und demnach mit seiner Umgebung nicht sehr fest verbunden sein kann."

„Ist er wirklich beweglich, so ist er nicht nach außen, sondern nach innen fortzunehmen."

„Natürlich. Würde er herausgezogen, so wäre ja eine Spur davon zu bemerken. Er würde mit seiner Schwere das Moos zerdrücken. Aber wie bewegt man ihn? Wollen wir es einmal versuchen?"

„Ja, aber vorsichtig. Wir dürfen ihn nur ein ganz klein wenig von seiner Stelle rücken. Komm, stemme an und lass uns schieben."

Sie knieten nieder, legten die Achseln an und schoben, aber der Stein bewegte sich nicht.

„Es muss inwendig einen Verschluss geben", meinte Müller. „Es bleibt uns nichts übrig, als das Ende der Versammlung abzuwarten. Vielleicht hören wir, wenn die Leute gehen, etwas, was uns auf die Spur bringt."

„Oder wir sehen es sogar! Wir müssen uns nur so nahe wie möglich verbergen. Etwa hier unter den Büschen?"

„Ja. Sie stehen kaum eine Elle entfernt und sind so dicht, dass man uns schwerlich bemerken wird."

„Ich hätte nicht gedacht, dass diese Franzosen gar so dumm sind, keine Wachen auszustellen. Bei so geheimen Zusammenkünften ist das unumgänglich notwendig. Nicht einmal auf den Gedanken sind sie gekommen, einen Hund mitzubringen!"

„Hm, ja! Wünschen wir, dass auch im Kriegsfall von den Soldaten der Großen Nation kein größerer Scharfsinn entwickelt wird! Komm, verstecken wir uns!"

Sie krochen miteinander unter die Büsche. Das Versteck war so gut, dass man nichts von ihnen bemerkt hätte, selbst wenn es nicht so dunkel gewesen wäre wie am heutigen Abend.

Etwa eine Stunde verging. Da ließ sich ein leises, knirschendes Geräusch vernehmen. Die beiden stießen einander an.

„Jetzt! Pass genau auf!", raunte Müller.

Wirklich erschien im nächsten Augenblick der Lichtschein wieder. Man gewahrte genau, dass der Stein weg war, und zwar war er nach innen verschwunden. Der Ausgang verdunkelte sich in kurzen Zwischenräumen. Die Leute kamen, einer nach dem anderen, herausgekrochen und entfernten sich.

Zwei nur waren stehen geblieben. Zuletzt kam noch einer hervorgekrochen und trat, nachdem er sich aufgerichtet hatte, zu ihnen.

„Nun", sagte er vernehmlich, „glaubt ihr nicht, dass alles so richtig ausgedacht ist?"

„Der alte Kapitän!", flüsterte Müller.

„Ganz gewiss", antwortete der eine. „Die Leute brauchen Übung, und Waffen nebst Munition sind ja mehr als reichlich vorhanden."

„Sobald sich etwas ereignet und ich euch brauche, werde ich euch das Zeichen geben. Wir kommen von heute an stets nur hier zusammen."

„Ich wollte, es ginge bald los!"

„Man hat noch keinen Grund zur Kriegserklärung!"

„Sollte ein Anlass so schwierig zu finden sein?"

„Hm!", brummte der Alte. „Das halte ich nicht für so sehr schwierig; viel schwieriger scheint mir, den rechten Augenblick zu wählen. Der Kaiser will den Krieg; die Kaiserin wünscht ihn noch viel mehr. Gramont steht an der Spitze der auswärtigen Angelegenheiten; er ist ein ausgemachter Feind der Deutschen, er hasst sie und tut alles, um das Feuer zu schüren. Darum haben wir Grund zu erwarten, dass unsere Hoffnungen sich baldigst erfüllen. Dann werden wir die Zeit schon für uns nutzen. Die glorreiche Armee hat die allgemeinen Gesetze der Kriegsführung zu beachten; der Franktireur aber ist ein freier Mann. Wir werden tun, was uns beliebt!"

„Hoffentlich machen wir unser Geschäft. Wir haben bisher nur Ausgaben gehabt!"

„Der Deutsche wird bezahlen müssen! Ich habe allen Grund, diese Rasse zu hassen! Aber bleiben wir lieber bei der Gegenwart. Ihr beide habt morgen einen wichtigen Streich auszuführen. Habt ihr meine Anordnungen verstanden?"

„Vollständig!"

„Also brecht zeitig auf, dass ihr nicht etwa den Zug versäumt!"

„Das versteht sich von selbst."

„Lefleur wird bereits vor euch da sein, um seine Pflicht zu tun. Die Hauptsache ist, dass er sich schnell zurückzieht und dass ihr dafür sorgt, dass kein Verdacht auf euch fällt."

„Das lassen Sie uns schon machen, Herr Kapitän! Wir werden den Bahnwärter aufsuchen. Wenn wir uns mit ihm unterhalten, wird Lefleur desto ungestörter seine Schuldigkeit tun können."

„Gut!"

„Und der Bahnwärter kann bezeugen, dass wir bei ihm gewesen sind. Dadurch wird aller Verdacht von uns abgelenkt."

„Nun, ich will zugeben, dass ihr euch das gut überlegt zu haben scheint; ihr haltet euch aber nicht unnötig auf!"

„Wir kommen sofort nach Ortry!"

„Ich werde euch erwarten. Macht ihr eure Sache gut, so könnt ihr auch auf eine Sonderbelohnung rechnen. Ihr wisst, dass ich nicht knausere, wenn ich sehe, dass meine Leute ihre Pflicht erfüllen. Gute Nacht!"

„Gute Nacht, Herr Kapitän!"

„Zieht den Keil richtig an, damit der Stein gut schließt!"

„Sie brauchen keine Sorge zu haben!"

Der Alte bückte sich und kroch in die Höhle zurück, die sich dann hinter ihm schloss. Einer der beiden Männer kauerte sich nieder und machte sich mit dem Stein zu schaffen. Dann entfernten sie sich. Erst als ihre Schritte schon längst nicht mehr zu hören waren, flüsterte Müller seinem Begleiter zu:

„Komm, jetzt können wir von der Stelle!"

Sie krochen unter den Büschen hervor und dehnten die steif gewordenen Glieder.

„Zwei nette Kerle!", flüsterte Fritz.

„Galgenvögel!"

„Was mögen sie eigentlich beabsichtigen?"

„Nun, doch sicher einen Mordversuch auf diesen Amerikaner Deephill."

„Gewiss – aber wann und wie soll er ausgeführt werden?"

„Das ist eben die Frage. Er kommt mit dem Mittagszug in Thionville an?"

„Ja, das habe ich genau gehört."

„Auf dem Bahnhof können sie ihn doch nicht überfallen?"

„Ganz unmöglich. Aber unterwegs."

„Wie es scheint, wird er sich nach Ortry zum Kapitän begeben."

„Sicher. Und bis dahin will man ihn kaltmachen. Man muss das auf alle Fälle verhindern!"

„Natürlich! Das wirst du tun."

„Es wird schwer gehen. Ich fahre ja mit demselben Zug weiter und habe also eigentlich keine Zeit!"

„Es wird sich finden. Vielleicht kannst du den Amerikaner während der Fahrt ausfindig machen und warnen."

„Schön, so wird es sich machen lassen. – Gehen wir jetzt?"

„Nein. Es kann mir nicht einfallen, diesen Ort zu verlassen, ohne mich ein wenig umgeschaut zu haben. Wer weiß, wozu es gut ist, wenn ich Bescheid weiß. Wollen einmal nach dem Eingang sehen."

„Ah, nach dem Keil, von dem der Alte sprach?"

„Ja. Aus seinen Worten schließe ich, dass die Höhle nur

mit einem Keil verschlossen und geöffnet werden kann. Dieser muss sich also in einer Ecke des Steines befinden. Suchen wir danach!"

Sie traten an das Felsstück, der eine rechts und der andere links, und betasteten die Kanten.

„Hier muss es sein!", sagte nach kurzer Zeit Fritz. „Hier unten in der Ecke. Ich drückte und da gab es nach."

„Lass sehen!"

Müller untersuchte die Stelle, zu der Fritz ihm die Hand leitete, und fand allerdings, dass etwas dem Druck seines Fingers nachgab.

„Das ist's!", sagte er. „Das ist ein Keil, den man zurückschieben kann. Es ist das Ende einer Schnur daran befestigt, um ihn wieder heranziehen zu können. So – jetzt habe ich ihn hineingeschoben. Und nun wollen wir sehen, ob auch der Stein zu bewegen ist."

Er schob an dem Felsstück: Es ließ sich durch einen leichten Druck aus seiner Lage bringen und wich in waagerechter Richtung zurück.

„Bravo!", flüsterte Müller. „Jetzt können wir hinein. Komm, Fritz, das Sesam ist geöffnet!"

Der Eingang war groß genug, um einen Mann einzulassen. Das Loch ging kaum drei Fuß tief, dann fühlte Müller, dass er sich erheben könne. Einige Augenblicke später stand Fritz neben ihm.

„Haben Sie Ihre Laterne mit?", flüsterte er.

„Natürlich! Aber wir müssen uns erst überzeugen, ob wir Licht machen dürfen."

„Es scheint niemand hier zu sein."

„Wir wissen ja nicht, wo wir uns befinden. Es kann ein tief fortlaufender Gang, ein Stollen sein. Machen wir hier Licht, so kann es im Hintergrund bemerkt werden. Untersuchen wir also vorher den Raum im Finstern. Ich rechts und du links. Aber leise und auch mit aller Vorsicht, damit wir nicht irgendwie verunglücken."

Müller tastete sich fort, fühlte eine steinerne Wand, kam

an eine Ecke, glitt über sie hinweg und traf dann mit Fritz zusammen.

„Du schon hier?“, sagte er. „Wir sind also in einem viereckigen Keller, wie es scheint. Nicht?“

„Ganz sicher. Haben Sie eine Tür bemerkt?“

„Nein.“

„Ich auch nicht.“

„Aber es muss dennoch eine solche da sein. Der Kapitän kann doch nicht durch die Mauer verschwinden. Brennen wir an!“

Er zog seine Blendlaterne aus der Tasche und machte Licht.

Jetzt sahen sie, dass ihre Vermutungen richtig gewesen waren. Sie befanden sich in einem viereckigen Raum; die Mauern bestanden aus hartem, gut zusammengekittetem Gestein. Eine Tür war nirgends zu entdecken.

„Wollen wir sie suchen?“, fragte Fritz.

„Natürlich.“

„Wo mag sie sein? Auf dem Fußboden?“

„Schwerlich! Es muss hier einen Gang geben. Dieser führt in der einzig möglichen Richtung fort: also geradeaus. Folglich kann die verborgene Tür sich nur in der Rückwand befinden, dem Loch gegenüber, durch das wir hereingekommen sind.“

„So werden wir sie wohl auch finden.“

„Hoffentlich. Vorher aber wollen wir den Stein zurückschieben und den Keil ins Loch stecken. Verschließen wir es, so können wir von draußen nicht beobachtet werden.“

Dies wurde getan. Es ließ sich leicht ausführen. Dann untersuchten sie den Fußboden.

„Der Boden ist wirklich fest“, sagte Fritz. „Es gibt keine lockere Stelle, eine Falltür ist also nicht vorhanden. Nun aber die hintere Mauer!“

Er begann zu klopfen.

„Halt!“, warnte Müller. „Nicht klopfen! Wir wissen ja nicht, was sich hinter dieser Mauer befindet.“

„Aber wie wollen wir entdecken, wo eine hohle Stelle ist, Herr Doktor?"

„Denke nur nach, lieber Fritz! Du hast hier Stein und überall Stein. Eine Tür im gewöhnlichen Sinn kann es also nicht geben. Ich vermute vielmehr, dass die Tür, die wir suchen, gerade in einem solchen Loch besteht wie der Eingang. Forschen wir!"

„Also unten am Boden."

„Und so ziemlich gewiss in der Mitte der Mauer."

Müller leuchtete in der angedeuteten Richtung bis nahe an die Erde hinab.

„Hoppla! Das nenne ich Scharfsinn!", flüsterte Fritz.

„Siehst du etwas?"

„Ja. Hier die Schnur! Bitte, halten Sie das Licht näher heran!"

Nun bemerkte auch Müller die dünne Schnur, die dort befestigt war.

„Siehst du!", sagte er erfreut. „Das ist der Keil. Und hier dieser Mauerstein bildet die Tür. Er geht jedenfalls auch auf einer Rolle wie der andere Eingang. Versuchen wir, ob sich beides bewegen lässt!"

Der Versuch gelang. Sie standen jetzt vor einer Öffnung, die fast genau der glich, durch die sie eingedrungen waren.

„Kriechen wir hindurch?", fragte Fritz.

„Natürlich! Doch will ich vorher die Laterne verbergen. Man weiß ja nicht, ob es da drüben offene Augen gibt."

Er verschloss das Lämpchen, dessen Licht jedoch fortbrannte, und kroch voran. Fritz folgte ihm. Drüben fühlten beide, dass sie sich in einem schmalen Gang befanden.

„Wohin wird er führen?", flüsterte Fritz.

„Wir müssen es zu erfahren suchen. Dazu brauchen wir die Laterne, wollen aber erst prüfen, ob ich das Licht zeigen darf. Horchen wir einmal!"

Erst nachdem sie sich einige Minuten lautlos verhalten

und trotzdem nichts Beunruhigendes gehört hatten, zog Müller die Laterne hervor und ließ ihr Licht vor sich hinfallen.

„Man sieht kein Ende", sagte Fritz leise.

„Der Gang führt geradeaus. Folgen wir ihm! Und vorher schließen wir hier dieses Loch."

Der Stein wurde zurückgeschoben und dann schritten sie vorwärts, aber so leise, dass kaum sie selbst das Geräusch vernahmen, das sie verursachten. Nach einiger Zeit bemerkten sie rechts eine Tür, die aus starkem, hartem Holz gefertigt war, dann zur linken Hand eine zweite, später eine dritte und vierte. Alle waren mit Eisen beschlagen und mit festen Schlössern versehen.

„Was mag dahinter stecken?", flüsterte Fritz.

„Das möchte ich auch wissen. Wir werden es erfahren, wenn auch nicht gleich heute. Für jetzt ist mir die Hauptsache, zu erkunden, wo dieser Gang mündet."

Sie setzten ihren Weg fort. Dabei gebrauchte aber Müller die Vorsicht, nur zuweilen einen blitzartigen Lichtstrahl vor sich hinzuwerfen. Er musste ja immer den Fall annehmen, dass sich vor ihnen Menschen befanden.

So waren sie eine beträchtliche Strecke vorwärts gedrungen, als Müller plötzlich stehen blieb und, nach rückwärts greifend, Fritzens Hand erfasste.

„Pst!", wisperte er. „Was ist das?"

Sie waren abermals an einer Tür angelangt. Diese war geöffnet und angelehnt. Müller steckte schnell die Laterne in die Tasche und zog die Tür ein wenig zurück. Er erblickte nichts, tiefes Dunkel lag vor ihm. Nun öffnete er die Tür noch etwas weiter und trat ein. Fritz folgte ihm auf dem Fuß.

Sie lauschten.

Wieder verging eine Weile, dann bemerkte Fritz:

„Da hinten links wird gesprochen."

„Ja. Ich höre es auch."

„Ob das ein Zimmer ist oder wieder ein Gang?"

„Ein Gang wohl nicht, ich fühle keine Seitenwände. Aber doch – nein, das ist keine Mauer; das sind Kisten, die übereinander stehen."

„Hier rechts bei mir auch."

„Wagen wir es einmal!"

Er zog die Laterne hervor und ließ einen schnellen Schein vor sich hinfallen.

„Hast du gesehen?", fragte er.

„Ja. Es muss ein großes Gewölbe sein. Kisten stehen bis zur Decke empor. Der Gang führt gerade zwischen ihnen hindurch."

„Und dann scheint er nach links abzubiegen, nach der Richtung, wo gesprochen wird."

„Wollen wir es wagen, Herr Doktor?"

„Ja. Komm!"

Die aufeinander geschichteten Kisten bildeten einen schmalen Gang, dem die beiden folgten. Dieser bog später links ab. Und als sie dort anlangten, gewahrten sie ziemlich weit entfernt eine erleuchtete Stelle.

„Auch das wird gewagt!", entschied Müller. „Ich muss wissen, was hier getrieben wird."

Sie schritten leise weiter und näherten sich der hellen Stelle mehr und mehr. Nun drangen auch die Stimmen immer deutlicher an ihr Ohr. Noch konnten sie keinen Menschen sehen, aber Müller raunte doch seinem Gefährten zu:

„Der alte Kapitän und Graf Rallion, der Vater. Ich erkenne sie an der Sprache. Bleibe hier stehen! Sollte ich aber rufen, so kommst du sofort nach."

Er setzte den Weg Schritt um Schritt fort, bis er bemerkte, dass sich zwischen dem Kistenlager ein Viereck öffnete. Dort saßen die beiden auf einer Truhe. Auf einem Brett vor ihnen stand Wein neben einer hellen Laterne. Sie rauchten Zigarren und unterhielten sich in unbekümmert lautem Ton.

„Und dadurch wollen Sie das Mädchen wirklich zwingen?", fragte Rallion.

„Sicher!“

„Sie wird, befürchte ich, nur noch widerspenstiger werden.“

„Das treibe ich ihr schon aus. Die Finsternis, Durst und Hunger brechen auch den stärksten Willen. Sie muss ‚ja‘ sagen!“

„Und wann soll das geschehen?“

„Sobald es passt. Heute, morgen, übermorgen!“

„Und wenn sie sich dennoch nicht entschließt?“

Der Alte deutete mit dem Daumen über seine Achsel nach rückwärts und lachte höhnisch.

„Da drinnen? Sich nicht entschließen? Sie wird mir noch gute Worte geben, mir meinen Willen tun zu dürfen. Ich bin meiner Sache vollkommen sicher und Sie können ruhig abreisen.“

„Leider muss ich. Wer weiß, wann wir uns wieder treffen werden! Jeder Tag kann jetzt das Erwartete und auch das Unerwartete bringen.“

„Nun, wir sind gerüstet, wie Sie sehen. Diese Gewölbe voller Waffen und Munition, ich wollte, es ginge bereits morgen los!“

„Man wird nicht ermangeln, sich zu beeilen, denn man fängt keinen Krieg im Dezember an, und jetzt haben wir bereits den Sommer vor der Tür.“

„Richtig! Sie können melden, dass wir hier durchaus gerüstet sind. Was mich betrifft, so bin ich bereit, die Rechnung mit Deutschland endlich zu begleichen. Nun aber trinken wir aus und gehen. Es gab heute viel Arbeit, viel Ärger und Verdruss. Ich bin müde!“

„Schließen Sie aber die Lieferbücher und den Wein hier vorher in den Kasten!“

„Selbstverständlich! Ah, wo habe ich denn nur die Schlüssel?“

Müller hatte genug gehört. Er huschte zu Fritz zurück und zog diesen mit sich fort.

„Rasch! Sie brechen auf.“

Als sie um die Ecke gebogen waren und sich der Tür näherten, konnte Müller es wagen, einen Schein aus der Laterne fallen zu lassen, um den Weg ohne Anstoß zu finden.

„Ei!", flüsterte Fritz. „Da liegen zwei Schlüssel!"

„Wo?"

„Hier auf dem Kistenrand!"

„Her damit!"

Müller nahm die Schlüssel an sich und trat durch die Tür, die sie offen gelassen hatten, in den Gang hinaus. Fritz lehnte sie wieder an, so wie es zuvor gewesen war.

„Nun schnell fort!"

Er ließ die Laterne voll auf den Gang scheinen. Sie eilten den Weg wieder zurück, den sie gekommen waren, aber nur bis zur nächsten Tür, an der sie vorher vorübergeschritten waren. Dort zog Müller die Schlüssel hervor.

„Sie wollen doch nicht gar hinein?", fragte Fritz.

„Jawohl!"

Er versuchte es in fieberhafter Eile. Welch ein Glück – der eine der Schlüssel öffnete das Schloss. Müller riss die Tür auf und zog den Schlüssel ab, trat mit Fritz in den Raum, der ihnen finster entgegengähnte, und zog die Tür von innen wieder zu.

„Was wollen wir denn hier?", fragte Fritz.

„Der Kapitän suchte die Schlüssel und wir haben sie. Es ist möglich, dass er glaubt, sie verlegt zu haben; aber ebenso möglich ist es auch, dass er Verdacht schöpft. In diesem Fall kehrt er sicher zurück, um zu sehen, ob sich eine Spur finden lässt, dass ein Unberufener hier gewesen ist. Ich muss möglichst wissen, was er dann denkt, und darum verstecke ich mich hier."

„Aber wir spielen ein gewagtes Spiel."

„Nicht so sehr, wie du meinst. Hier herein kann er nicht, und übrigens sind wir bewaffnet."

„Na, ich fürchte mich auch nicht etwa; aber, Herr Doktor, Sie hatten es so eilig; ich dachte, die beiden Kerle wären hart hinter Ihnen her, und nun hört man nichts von ihnen."

„Sie werden nach den Schlüsseln suchen. Horch!"

Er öffnete die Tür ein wenig. Durch diese Lücke bemerkte er den Grafen und den Kapitän, die jetzt in den Gang hinausgetreten waren. Sie spachen laut miteinander, jedenfalls ein gutes Zeichen für Müller. Hätten sie Verdacht gehabt, so wäre ihre Unterhaltung wohl leiser gewesen.

Die beiden Türen waren nur etwa fünfzehn Meter voneinander entfernt.

„Nein", sagte der Kapitän, „ich habe sie nicht hierher gelegt. Ich habe sie mit nach hinten genommen. Ich musste doch die Zelle und auch die Truhe aufschließen."

„Ja. Aber dann gingen wir vor nach der Tür, um die Kisten zu zählen."

„Da hätte ich die Schlüssel mitgehabt?"

„Sie haben sie da auf eine der Kisten gelegt, wie ich glaube."

„Sie irren sich. Ich habe sie mit hinten gehabt. Sie sind mir jedenfalls zwischen zwei Kisten hinabgefallen. Es ist mir unangenehm, aber ich habe keine Zeit, zu suchen und alles umzustürzen."

„Doch was wird hier mit der Tür?"

„Die bleibt einstweilen angelehnt. Ich muss wieder zurück, um sie zu verschließen."

„Haben Sie denn noch andere Schlüssel?"

„Gewiss! Ich besitze doppelte Hauptschlüssel."

„Donnerwetter! Hauptschlüssel waren es? Ist das nicht ziemlich unvorsichtig von Ihnen?"

Die Frage mochte den Alten wohl ärgern.

„Ich bin kein Schulknabe, sondern alt genug, um zu wissen, was ich tue. Wenn sich unser Lager leert, werden sich die verlorenen Schlüssel sicher wieder finden! Basta! Gehen wir!"

Der Alte zog den Grafen mit sich fort.

„Wünsche Glück, Herr Doktor!“, flüsterte Fritz. „Hauptschlüssel! Donnerwetter!“

„Ja, das ist ein Umstand, dem wir vielleicht sehr viel zu verdanken haben werden.“

„Nun können wir alles genau durchsuchen.“

„Für heute werden wir das unterlassen.“

„Wie schade! Warum?“

„Hast du nicht gehört, dass der Alte zurückkehren wird? Ich werde mich sehr hüten, mich von ihm überraschen zu lassen.“

„So gehen wir also?“

„Nein, wir bleiben!“

„Aber diese beiden sind ja fort!“

„Ganz richtig! Aber ich bleibe dennoch, bis der Alte wieder da gewesen ist. Es kommt viel darauf an, zu wissen, ob er Unruhe oder gar Bedenken hegt.“

„Schön! So können wir uns einstweilen hier umschauen.“

Müller schloss die Tür wieder und öffnete dann die Laterne vollständig. Auch hier befanden sie sich in einem großen Gewölbe, das bis an die Decke mit Kisten und Fässern angefüllt war.

„Jedenfalls Waffen und Pulver“, meinte Fritz. „Brrr – ein einziges Lichtfünkchen in eines dieser Fässer, und die ganze Anlage flöge in die Luft.“

„Es wäre jammerschade um diese reichen Vorräte.“

„Jawohl! Und um uns!“

„Wir werden diese Gänge und Gewölbe genau untersuchen“, erklärte Doktor Müller. „Freilich gehört dazu viel Zeit.“

„Und dabei werden wir dann von dem Alten überrumpelt.“

„Ich dachte eben auch daran. Man müsste ein Mittel finden, ihn abzuhalten, herunterzukommen.“

„Ein solches Mittel ist leicht gefunden.“

„Meinst du?“

„Ja. Ich habe bereits eins."
„Das geht ja ungeheuer schnell."
„Schnell denken und gut denken, das ist ein Vorzug, den der Soldat haben muss."
„Nun, schieß los!"
„Man macht den Alten krank und bettlägerig, sodass er sein Zimmer nicht zu verlassen vermag."
„Der Gedanke ist nicht schlecht. Aber wie willst du das schaffen?"
„Sie vergessen, dass ich ein ausgezeichneter Kräutersucher bin."
„Ja, und außerordentlicher Pflanzenkenner. Aber du wirst deine Studien wohl schwerlich weiter ausgedehnt haben als bis zum Wegebreit und zur Brennnessel."
„Oho! Ich kenne meine Mittel. Ich würde dem Alten ein Tuch voll Stechäpfel geben."
„Nicht übel!"
„Oder eine Schürze voll Tollkirschen."
„Das wirkt."
„Einen Tragkorb voll Taumellolch."
„Immer besser."
„Oder einen Sack voll Bovist und Fliegenschwamm."
„Dann wären wir den Kapitän ganz los. Nein, eines solchen Gewaltmittels wollen wir uns lieber nicht bedienen."
„Nun, so weiß Doktor Bertrand gewiss etwas Besseres. Ich wende mich an ihn und bitte ihn um ein Mittel, durch das der Mensch unfähig wird, das Bett zu verlassen."
„Das ist zu gefährlich. Ich weiß nicht, ob man sich dem Doktor mitteilen dürfte."
„Oh, der ist verschwiegen! Ihm können Sie Ihr ganzes Vertrauen schenken."
„Möglich! Aber er gehört jetzt zur hiesigen Bevölkerung, und da ist es jedenfalls besser, dass man sich nicht an ihn zu wenden braucht. Aber horch – man kommt."
Er öffnete leise die Tür. Er hatte sich nicht geirrt, denn er sah den Kapitän zurückkehren mit einer offenen Later-

ne in der einen Hand und einem Schlüssel in der anderen. Er schloss die Nachbartür zu und entfernte sich wieder.

„Ob er wirklich ohne allen Verdacht ist?“, fragte Fritz.

„Ganz und gar! Er hat das Aussehen und Tun eines Mannes, der nicht die geringste Ursache zu irgendeiner Befürchtung zu haben glaubt.“

„Nun, dann segne ihn die Hölle für dieses Vertrauen! Wir werden uns alle Mühe geben, es zu täuschen. Und wann untersuchen wir diese Räume?“

„So bald wie möglich.“

„Das ist mir unangenehm, da ich morgen und übermorgen nicht anwesend bin.“

„Nun, es ist mir auch lieber, dich dabei zu haben. Wenn also nicht ein Grund zur Eile eintritt, so werde ich warten, bis du zurückkehrst.“

„Ich danke! Wissen Sie, welche Ansicht ich über den Gang da draußen hege?“

„Nun?“

„Dass er in kerzengerader Richtung nach Schloss Ortry führt.“

„Das ist auch meine Meinung. Das Schloss und das Waldloch liegen in derselben Richtung, die der Gang einschlägt. Meine Vermutung geht sogar noch weiter als die deinige. Ich meine, dass er zwei Seitengänge in sich aufnimmt.“

„Ah! Woher und wohin?“

„Rechts nach dem alten Turm und links nach der Ruine, wo du beinahe ergriffen worden wärst.“

„Das ist sehr leicht möglich. Es hat früher eine Ritterburg hier gegeben und man weiß ja, dass sich unter diesen Raubnestern gewöhnlich viele Gänge, Gewölbe und Verliese befanden. Wie gut, dass wir die Schlüssel haben!“

„Halte dich nicht zu lange in Malineau auf! Man weiß nicht, was geschehen kann, und in unserer Lage muss jede Minute ausgenutzt werden. Nun aber wird der Alte verschwunden sein. Wir wollen also gehen.“

Sie brachen auf. Müller verschloss die Tür und steckte den Schlüssel ein. Auf dem Rückweg bediente er sich ganz ohne Scheu der Laterne; er war überzeugt, dass jetzt ein Grund zu übertriebener Vorsicht nicht vorhanden sei. Sie gelangten, nachdem sie den beiden Zugangssteinen ihre ursprüngliche Lage wiedergegeben hatten, ins Freie und traten den Heimweg an.

Bald trennten sie sich ohne viele Worte.

Müller erreichte auf seinem gewöhnlichen Weg, nämlich am Blitzableiter, sein Zimmer. Und auch Fritz legte sich auf ein Stündchen nieder, als er nach Hause gekommen war.

Er war Soldat und hatte die Gewohnheit, stets dann zu erwachen, wenn es notwendig war. In aller Frühe war er wieder munter, machte sich reisefertig und bestieg den Zug nach Trier.

16. Eine Tat aus der Hölle

In Trier hatte Fritz so viel Zeit, dass es ihm nicht einfallen konnte, auf dem Bahnhof zu warten. Er machte also einen Rundgang durch die Stadt und begab sich dann in eine Wirtschaft, wo er sich eine Flasche Wein geben ließ. Außer ihm befand sich nur noch ein Gast im Zimmer.

Dieser war ein Mann von entschieden fremdländischem Aussehen. Seine Gesichtsfarbe war dunkel und sein Haar kraus. Ein stattlicher Schnurrbart zierte seine Oberlippe. Der Fremde machte einen vornehmen Eindruck und war ein wirklich schöner Mann. Sein Blick war feurig und seine Bewegungen zeugten von Kraft und Gewandtheit. Seine Kleidung und Wäsche waren die eines reichen Mannes, der sich zu tragen weiß. Er mochte vierzig oder wenig mehr Jahre zählen, hätte aber, um das Herz einer Dame zu erobern, getrost mit einem Jüngling in die Schranken treten können.

Er las die Zeitung, langweilte sich jedoch offenbar, denn er legte das Blatt von Zeit zu Zeit fort und warf einen Blick zum Fenster hinaus. Während einer solchen Lesepause musterte er Fritz. Dieser schien einen befriedigenden Eindruck auf ihn zu machen, denn er erhob sich, schritt einige Male im Zimmer auf und ab und wendete sich dann mit einer Frage an ihn.

„Entschuldigung, Monsieur, auch Sie scheinen nicht von hier zu sein."

„Nein. Ich bin hier fremd."

„Sind Sie aus dem Süden oder dem Norden?"

„Aus dem Süden, Monsieur."

„Weit von hier?"

„Nicht sehr."

„Dann sind Sie zu beneiden. Das Reisen ist zuweilen eine viel größere Anstrengung für den Geist als für den Körper. Die Einförmigkeit der Fahrt, die Gleichheit des Wirtshauslebens ist geradezu schrecklich. Da sitze ich und warte, bis der Zug nach Metz abgeht. Welche Langeweile! Was tut man dagegen?"

Seine rasche Sprache, seine ungeduldigen Bewegungen, das lebhafte Spiel seiner Mienen, alles dies zeigte den Südländer an.

„Sie fahren nach Metz?", fragte Fritz.

„Nicht ganz. Ich steige in Thionville aus."

Fritz stutzte.

„Dorthin gehe ich zunächst auch. Ich bin aus Thionville, obgleich ich heute weiterfahre."

„Aus Thionville, Monsieur? Ah, erlauben Sie, dass ich bei Ihnen Platz nehme?"

„Gewiss. Man langweilt sich zu zweien weniger."

„Mit welchem Zug fahren Sie?"

„Um zehn Uhr."

„Ich ebenso. Ist Ihnen die Umgegend von Thionville bekannt?"

„Einigermaßen."

„Kennen Sie den Namen Ortry?"

„Ja. Es ist ein Schloss in der Nähe der Stadt und gehört einem Baron de Sainte-Marie."

„Wohnt dort nicht ein alter Herr, der Kapitän der Garde des ersten Kaiserreichs gewesen ist?"

„Sie meinen Kapitän Richemonte? Er wohnt auf Schloss Ortry."

„Ist er jetzt dort?"

„Ja. Ich habe ihn erst gestern gesehen."

„Das ist mir lieb. Ich muss zu ihm. Sind Sie ihm vielleicht persönlich bekannt?"

„Nein. Wir stehen einander ziemlich fern."

„Aber seine Verhältnisse kennen Sie?"

„Nur vom Hörensagen."

„Er soll ein großer Patriot sein."

„Das ist wahr, vornehmlich ein Feind der Deutschen."

„Das hörte ich. Man sagt, dass er sogar mit Personen des kaiserlichen Hofes in Verbindung stehe."

„Haben Sie dabei einen gewissen Namen im Sinn?“

„Graf Rallion.“

„Ja, sie kennen sich. Der Graf war jetzt einige Tage hier, wird aber heute abgereist sein.“

„Wie schade!“

„Sein Sohn, der Oberst, ist noch dort.“

„Nun, das beruhigt mich. Es wurde mir erzählt, dass der alte Kapitän Richemonte den Mittelpunkt gewisser Bestrebungen bilde.“

Bei dieser Frage blickte er Fritz durchdringend an.

„Ja. Er versammelt alle um sich, die sich auf einen Krieg mit Deutschland freuen.“

„Sind Sie auch dabei?“

„Nein.“

„Warum nicht?“

„Weil ich nicht zu denen gehöre, die sich überhaupt über einen Krieg freuen können, Monsieur.“

„Aber man ist doch Patriot.“

„Und kann dabei die schönsten Hiebe erhalten.“

„Frankreich wird siegen!“

„Möglich.“

Fritz sagte das, während er so gleichgültig mit der Achsel zuckte, als ob ihn das alles ganz und gar nichts angehe.

„Möglich, sagen Sie?“, fuhr der Fremde fort. „Wahrscheinlich, ja, sogar gewiss ist es, dass Frankreich siegt! Wer das Gegenteil sagt, der kennt die Franzosen nicht.“

„Vielleicht aber die Deutschen umso besser.“

Der Fremde fuhr erschrocken auf.

„Meinen Sie etwa, dass die Preußen den Franzosen überlegen seien?“

„Was lässt sich da sagen? Beide haben sich noch nicht gemessen. Der Preuße hat sich mit den Dänen und dem Österreicher geschlagen und hat gesiegt. Der Franzose hat sich dem Österreicher, dem Russen, dem Mauren, dem Chinesen und dem Mexikaner als überlegen gezeigt. Nun aber lassen Sie diese beiden wirklich aneinander geraten, so wird sich zeigen, wer den anderen niederringt."

„Monsieur, Sie sind ein schlechter Patriot."

„Wir befinden uns hier auf deutschem Boden. Man muss vorsichtig sein."

„Wir sprechen unter uns. Ich bin so überzeugt von dem Krieg zwischen Frankreich und Preußen und von unserem Sieg, dass ich von sehr weit herkomme, um dem Vaterland meine Kräfte anzubieten."

„Vielleicht bringen Sie da ein Opfer, das Sie später bereuen werden."

„Ich werde es nicht bereuen. Ich bin stolz auf mein Vaterland, obgleich ich in ihm sehr unglücklich gewesen bin. Ich hasse die Deutschen! Aber Sie – Sie sind wohl ein Freund der Deutschen?"

Fritz streckte sich behaglich und zog die Achseln hoch.

„Ich lasse alle Völker gelten. Ich bin kein Menschenfresser. Jedes Einzelwesen und so auch jedes Volk hat die Berechtigung zu leben. Man behandelt, wenn man ein vernünftiger Mann ist, jeden Menschen höflich; in ganz derselben Weise verkehren ja auch die Völker untereinander."

„Was Sie da sagen, klingt ganz gut. Aber dazu gehört ein Blut, das sehr langsam durch die Adern rollt. Wir Südländer lieben mit Feuer und hassen mit verzehrenden Flammen. Haben Sie einmal geliebt?"

„Hm! Ja!"

„Sind Sie verheiratet gewesen oder noch verheiratet?"

„Nein."

„Haben Sie Kinder gehabt, schöne, liebe, herzige Kinder, die Ihre Abgötter gewesen sind?"

„Folglich auch nicht."

„Nun, dann dürfen Sie auch nichts sagen; dann können Sie zwischen Frankreich und Deutschland nicht unterscheiden."

Der Fremde war aufgesprungen und schritt erregt im Zimmer auf und ab. Er war das echte Beispiel des Südländers: schön, rasch, glühend, mutig, sogar herausfordernd, aufrichtig, unmittelbar, ohne Rückhalt und Bedenken.

Fritz ließ ein breites Lächeln sehen.

„Welchen Unterschied gibt es denn eigentlich zwischen diesen beiden? Ist das eine verheiratet und das andere nicht? Hat das eine schöne, liebe, herzige Kinder, die man wie Abgötter liebt, und das andere dumme, hässliche Missgeburten und Wechselbälge, die nicht wert sind, dass man sie anblickt?“

„Sie übertreiben! Sie verstehen mich falsch! Wissen Sie, ich hatte eine Frau, sie war eine Deutsche. Ist damit nicht alles gesagt?“

„Ja. Man sagt, dass die deutsche Frau ein Muster der Treue, Häuslichkeit, Sparsamkeit und Unbescholtenheit sei, eine zärtliche Frau und eine liebevolle, verständige Mutter, die sich keine Abgötter erzieht.“

„Monsieur, da haben Sie mit schlechten Pferden gepflügt. Ich liebte meine Frau abgöttisch und...“

„Ah, wieder ein Abgott!“, lächelte Fritz.

„Ja, das war sie. Ich sollte meinem Vater eine andere bringen; ich gehorchte ihm nicht, da ich diese Deutsche liebte, und wurde verstoßen.“

„Bloß deshalb, weil sie eine Deutsche war? Da möchte ich ein Wörtchen mit Ihrem Vater sprechen, aber im Vertrauen, so unter vier Augen, ohne Zeugen, damit man später nicht in Ungelegenheiten kommt.“

„Herr, er hatte Recht.“

„Wieso?“

„Sie schenkte mir zwei Töchter, zwei sonnige, liebliche Töchter. Eines Tages musste ich verreisen. Ich blieb lange Zeit fort, fast ein ganzes Jahr. Als ich zurückkehrte, war meine Frau verschwunden und die Kinder mit.“

„Verschwunden? Wohin?“

„Weiß ich es?“

„Haben Sie nicht gesucht und geforscht?"
„Monatelang, jahrelang, Tag und Nacht."
„Und nichts gefunden?"
„Keine Spur."
„Da haben Sie jedenfalls nicht richtig gesucht. Eine Frau und zwei Kinder verschwinden nicht, ohne eine kleine Fährte zurückzulassen."
„Sie hatte alle Ursache, jede Spur zu verbergen und zu vertilgen."
„Wieso?"
„Sie ging mit einem anderen durch."
„Alle Teufel!"
„Ja, sie war eben – eine Deutsche."
„Hören Sie, Monsieur, haben Sie etwa die Ansicht, dass alle deutschen Frauen ihren Männern durchgehen?"
Der Fremde hob vielsagend die Schultern.
„Dann sind Sie es freilich wert, dass Ihnen die Ihrige durchgebrannt ist", sagte Fritz voll Ärger.
„Monsieur!"
„Ach was, Monsieur hier und Monsieur dort! Sie sagen, was Sie denken, und ich sage, was mir beliebt, damit sind wir fertig. Haben Sie denn übrigens Beweise, dass Ihre Frau mit einem anderen durchgegangen ist?"
„Ja! Mein Vater und andere bewiesen es mir."
„Ihr Vater? Der Sie ihretwegen verstieß? Ah, das ist ja recht nett! Wer war denn der Halunke, der sie Ihnen entführte?"
„Ein Unbekannter."
„Also der berühmte Unbekannte, dem all das aufgebürdet wird, was andere getan haben. Haben Sie denn alles reiflich nachgeprüft?"
„Alles, alles!"
„Na, dann werde der Teufel daraus klug! Ich will mich fressen lassen, wenn eine Deutsche so leicht durchbrennt wie eine Südländerin! Sodann ist Ihr Vater Ihr Zeuge und Gewährsmann, Ihr Vater, der nicht gewollt hat, dass Sie

diese Deutsche heiraten sollten? Das ist wenigstens bedenklich. Und endlich hat Ihre Frau die Kinder mitgenommen? Eine leichtsinnige Frau, die ihrem Mann davonfliegt, pflegt ihm die Kinder zurückzulassen."

„Sie hat sie eben lieb gehabt."

„Schön; sie hat also Herz besessen, sie ist eine Mutter gewesen. Eine brave Frau aber nimmt einem guten Mann seine Kinder nicht weg. Geht sie mit den Kindern von ihm fort, so hat sie ihre Gründe dazu und tut es sicherlich mit blutendem Herzen. Haben Sie denn keinen Abschiedsbrief von ihr erhalten?"

„Nur ein elendes, kaltes, völlig nichtssagendes Schreiben."

„Das haben Sie sich natürlich heilig aufgehoben?"

„Wozu? Das ist mir nicht eingefallen. Ich habe ihr Bild und ihren Brief meinem Vater zum Vernichten zurückgelassen und bin ausgezogen, meine Kinder zu suchen."

„Verzeihung! Wie alt waren Sie denn, als Sie heirateten?"

„Zwanzig Jahre."

„Und als Ihre Frau Sie verließ?"

„Dreiundzwanzig."

„Und Ihre Frau war noch jünger?"

„Zwei Jahre."

„Ja, so etwas kann, wie es scheint, einem Südländer recht gut zustoßen. Er verliebt sich mit achtzehn Jahren, macht seinem Mädchen Wunder was vor, heiratet mit zwanzig gegen den Willen des Vaters, verreist mit zweiundzwanzig auf ein Jahr, lässt die arme Frau mit zwei Kindern während dieser langen Zeit schutzlos zurück, allen Angriffen und Ränken preisgegeben, findet sie dann verschwunden, glaubt den Schwindel, den man ihm vormacht, und schimpft nun auf – Deutschland! Wohin sind Sie denn gelaufen, um Ihre Kinder zu suchen?"

„Durch ganz Frankreich, durch England und Amerika."

„Ohne allen Anhalt? Ohne den Namen des so genannten Verführers zu kennen?"

„Wie sollte ich ihn erfahren haben?“

„Und nachher? Was haben Sie dann angefangen?“

„Warum wollen Sie das wissen?“, fragte der Fremde, ärgerlich über Fritzens Verhalten.

„Weil Sie selbst mit diesem Gespräch begonnen haben. Sie verurteilen ein ganzes Volk, nur weil Sie eine unglückliche Ehe geführt haben – und nun ich aus reiner Höflichkeit an der Unterhaltung festhalte, tun Sie beleidigt! Ist das im Süden so gebräuchlich?“

„Monsieur, sparen Sie Ihre Fragen!“

„Gut, so brauchen Sie nicht zu antworten. Gehen Sie zu Ihrer Zeitung zurück und lassen Sie mich in Ruhe!“

„Ja! Brechen wir ab! Sie sind mit den Regeln des Anstandes noch nicht bekannt.“

„Das ist Ihr Glück, denn sonst würde ich mich versucht fühlen, Ihnen diese Regeln beizubringen.“

Er wendete sich kaltblütig ab. Der Fremde aber konnte nicht zur Ruhe kommen. Er ging im Zimmer auf und ab, seine Brust arbeitete und seine Augen sprühten Blitze.

Endlich setzte er sich doch wieder zu seiner Zeitung nieder.

Fritz trank langsam seine Flasche aus, bezahlte und ging fort, ohne dem anderen einen Gruß zu gönnen.

Er begab sich auf den Bahnhof, um dort die Ankunft des Zuges zu erwarten.

Einige Zeit, nachdem er es sich im Wartezimmer bequem gemacht hatte, kam auch der Südländer. Beide nahmen keine Notiz voneinander.

Das Zeichen ertönte, der Zug nahte. Alles eilte zum Bahnsteig. Der Zug fuhr vor und die Wagen wurden geöffnet.

„Fünf Minuten Aufenthalt!“, riefen die Schaffner.

Eben wollte Fritz auf den Bahnsteig treten, als ein anderer durch die Tür geschossen kam. Es war ein kleiner, dicker Kerl mit einem riesigen Kalabreserhut auf dem Kopf. Er hatte es so eilig, dass er sich keine Zeit nahm, Fritz zu bemerken. Darum rannte er mit aller Gewalt gegen ihn an, taumelte zurück, glitt aus und setzte sich mit großer Anpassungsfähigkeit auf den Boden.

„Himmeldonnerwetter!", fluchte er. „Was stehen Sie denn da wie ein Ölgötze! Können Sie nicht Platz machen?"

„Männchen, Männchen!", antwortete Fritz lachend. „Stehen Sie auf, gehen Sie heim und sündigen Sie hinfort nicht mehr, sonst wird Ihnen noch etwas viel Ärgeres widerfahren!"

Der Dicke erhob sich langsam und nicht ohne Missvergnügen.

„Dieses Pech!", rief er. „Und Sie alter, großer Urian sind an dem ganzen Unglück schuld!"

„Das ist wahr, denn wenn ich nicht dagestanden hätte, so wären Sie so gütig gewesen, an einen anderen zu rennen. Welchen Namen darf ich denn eigentlich beim heutigen Erlebnis in mein Tagebuch schreiben?"

„Ich heiße Hieronymus Aurelius Schneffke! Ich bin – Herrjesses, ich soll ja einen kleinen Imbiss für die Damen bestellen. Es läutet bereits zum zweiten Mal!"

Er raffte sich, so schnell es ging, vom Boden auf, eilte weiter auf die nächste Tür zu, öffnete und rief hinein:

„Zwei kalte Schnitzel mit Zubehör! Aber schnell! Es hat Eile!"

„Wollen Sie das telegrafieren, mein Lieber? Wohin denn?", fragte eine Stimme.

Schneffke riss die Lider hoch und entdeckte allmählich, dass er ins Telegrafenbüro geraten war. –

Unterdessen war Fritz auf den Bahnsteig getreten und auf die Wagen erster und zweiter Klasse zugeschritten. Ein Abteil stand offen; er warf einen Blick hinein und – erkannte Madelon. Ja, das war sie, an der Seite einer anderen, aber verschleierten Dame. Rasch stieg er ein.

„Ihr Diener, Fräulein Köhler!", grüßte er.

„Herr Wachtmeister!", rief sie. „Ist es möglich? Was tun Sie hier in Trier?"

„Fritz, Fritz!“, rief da die andere, während sie schnell den Schleier zurückwarf.

„Fräulein von Greifenklau! Oh, das ist eine Überraschung! Aber, wie ich sehe, sind Sie nicht allein? Hier befindet sich ein fremder Handkoffer.“

„Ein kleiner, dicker Maler reist mit uns. Er will uns mit kalten Schnitzeln ergötzen.“

„Ah, der Dicke, der mit mir zusammenrannte und dabei zu Boden fiel.“

„Ist er wieder gestürzt?“

„Ja.“

„Von Berlin aus das dritte Mal! Aber, Fritz, sind Sie nur zufällig hier?“

„Nein. Ich habe von Fräulein Nanon den Befehl, ihre Schwester zu empfangen und – ah, da kommt noch ein Reisender! Unterwegs das Weitere! Erlauben Sie mir, mich Ihnen gegenüberzusetzen, Fräulein Köhler!“

Der, der jetzt in den Wagen stieg, war der Fremde, der mit Fritz im Gasthof die Unterredung gehabt hatte. Er grüßte artig und nahm Platz. Fritz war darüber nicht ärgerlich, denn er hegte die Überzeugung, dass auch dieser Besuch auf Schloss Ortry mit Richemontes heimlichen Vorbereitungen im Zusammenhang stand. Vielleicht konnte er während der kurzen Dauer der Fahrt etwas herausbekommen.

Hieronymus hatte während dieser Zeit endlich das Schild: ‚Wartezimmer zweiter Klasse‘ gefunden. Eben wollte er die Tür öffnen, da läutete es zum dritten Mal und die Maschine ließ einen gellenden Pfiff hören.

„Donner und Doria, jetzt ist höchste Eisenbahn!“, rief er und flog ins Zimmer. Er riss einen Stuhl um und segelte in größter Eile auf den Schanktisch zu.

„Zwei Schnitzel! Aber schnell, schnell! Es ist keine Sekunde zu verlieren!“

„Warm oder kalt?“

„Kalt natürlich! Was kosten sie?“

„Zwölf Groschen."
„Hier!"
Er warf das Geld auf den Tisch und griff nach den Tellern.
„Ade!", rief er und sprang davon.
„Halt! Sollen die Schnitzel in den Zug?"
„Ja!", brüllte er zurück.
Seine Stimme klang wie die eines verwundeten Löwen.
„So lassen Sie Porzellan und Besteck hier, mein Herr!"
„Habe keine Zeit!"
Damit war er zur Tür hinaus. Ein Kellner sprang ihm nach. Sämtliche Abteile waren bereits geschlossen und der Zug setzte sich eben in Bewegung. Die beiden Damen hatten dem Schaffner gemeldet, dass ein Fahrgast fehle; er hatte auch so lange wie möglich gewartet, aber nun war es nicht länger gegangen. Den Mädchen tat der Reisegefährte leid. Sie standen am Fenster. Da kam er aus der Tür gesprungen und in jeder Hand einen Teller.
„Halt! Halt! Die Schnitzel!", schrie er. „Ich muss auch noch mit!"
Alle Köpfe fuhren neugierig an die Fenster.
„Zurück!", rief der Bahnvorstand. „Zu spät!"
„Unsinn! Ich habe bezahlt!"
Er stürzte vorwärts.
„Die Teller her, die Teller", rief es hinter ihm.
Der Kellner war es, der ihn einzuholen trachtete. Herr Hieronymus Aurelius Schneffke blickte sich wütend um; das war die Ursache, dass ihn sein Verhängnis abermals ereilte. Der pflichteifrige Schaffner hatte nämlich, als der Maler nicht erschien und es die höchste Zeit gewesen war, den Koffer des Säumenden – aber nicht auch seine Mappe – aus dem Abteil gerissen und ihn auf den Bahnsteig gestellt. Hieronymus sah ihn nicht und stolperte darüber hinweg. Hut, Teller, Messer, Gabeln und Schnitzel flogen fort, er selbst aber kollerte eine ganze Strecke auf dem Boden hin; als er endlich fest auf dem Bauch lag, kam ihm

die oft bewährte Geistesgegenwart. Er richtete sich halb empor und rief, während er den Blick auf das offene Fenster seines verlorenen Paradieses richtete:

„Meine verehrten Damen, es ist mir eine Genugtuung, in Ihrem Dienst…"

Die übrigen Worte konnte man nicht mehr hören. Sie verhallten im Kreischen der Räder und im Gelächter der zahlreichen Zeugen seiner Niederlage.

„Armer Kerl!", sagte Emma und nahm wieder Platz.

Ihr gegenüber saß der Fremde, während Fritz bei Madelon Platz genommen hatte. Diese konnte sich noch immer nicht das Wunder seiner Anwesenheit erklären, während er nicht wusste, wie er es sich zu deuten habe, dass Fräulein von Greifenklau mitgekommen war.

„Sie sagen, Nanon habe Sie geschickt?", fragte Madelon in gedämpftem Ton.

„Ja, so ist es, Fräulein", antwortete er leise.

„Kennen Sie sie denn?"

„Jawohl, sehr gut."

„Sind Sie etwa in Ortry gewesen?"

„Vorübergegangen bin ich. Werden Sie hinkommen?"

„Auf der Rückreise, ja."

„Dann bin ich gezwungen, Ihnen ein Geheimnis mitzuteilen. Wollen Sie mir Ihr Ehrenwort geben, darüber zu schweigen?"

„Gern!"

„Herr Oberleutnant von Greifenklau ist dort."

„Ich weiß es."

„Wirklich? Wer hat es Ihnen gesagt?"

„Fräulein Emma."

„Wissen Sie auch die Gründe seiner Anwesenheit?"

„So ziemlich."

„Um Gottes willen!"

„Haben Sie keine Sorge! Ich halte es mit Deutschland, lieber Herr Wachtmeister!"

„Pst! Ich bin nicht Wachtmeister, sondern Pflanzensammler! Die Hauptsache ist, dass Mademoiselle Nanon keine Ahnung haben darf, wer ich bin und wer der Oberleutnant ist."

„Darf sie auch nicht wissen, dass wir uns kennen?"

„Auf keinen Fall!"

„Ich habe sie nach dem Bahnhof von Thionville bestellt."

„Sie wird Sie dort erwarten."

„Und gleich mitfahren?"

„Ja. Ich werde das Vergnügen haben, sie zu begleiten."

„Ah! Aber wie kommt das?"

„Mademoiselle Nanon war so gütig, sich meinem Schutz anzuvertrauen."

„Das sind Rätsel, auf deren Lösung ich sehr gespannt bin."

„Ich hoffe, dass diese Lösung nicht übermäßig lang auf sich warten lassen wird. Aber bitte, sagen Sie mir, was die Gegenwart des Fräuleins von Greifenklau zu bedeuten hat."

„Das ist ein Rätsel für Sie, auf dessen Lösung Sie ebenso warten müssen wie wir auf die der Ihrigen."

„Ich füge mich. Aber will sie nach Ortry?"

„Ich glaube."

„Ei verfl...! Das ist gefährlich. Weiß der Herr Oberleutnant, dass sie kommt?"

„Kein Wort!"

„So ist das – verzeihen Sie mir – eine Unvorsichtigkeit! Ah, sehen Sie doch nur einmal – dieser Kerl macht sich an das gnädige Fräulein!"

„Wer ist er?"

„Ein Südländer, der die Deutschen hasst, weil seine Frau eine Deutsche war und ihm mit zwei Kindern davongelaufen ist."

„Oh, der Arme!"

Der Fremde hatte bisher Emma schweigend gemustert und es schien, als habe ihre Schönheit einen tiefen Eindruck auf ihn gemacht.

Emma, ein wenig beirrt, wendete sich an Madelon.

„Wie heißt die nächste Haltestelle?"
„Wellen, mein Fräulein", antwortete schnell der Fremde. „Über Karthaus sind wir schon hinweg."
„Ich danke Ihnen, Monsieur!"
Sie nickte bei diesen Worten leicht. Er zog sogleich ein Täschchen und reichte ihr eine Besuchskarte. Sie las den Namen: ‚Benoit Deephill, New Orleans'.
Auch sie griff, indem sie einer plötzlichen Laune folgte, in ihr Täschchen. Sie hatte noch die Karte einer Freundin, einer Engländerin, bei sich und reichte ihm diese hin. Er las: ‚Miss Harriet de Lissa, London'.
„Ah, Sie sind Engländerin, Mademoiselle?", fragte er, sichtlich erfreut.
„Ja", antwortete sie, während sie leicht errötete.
„Das weckt sehr liebe Erinnerungen in mir. So oft ich in London war, habe ich mich der wahrhaft großartigen Gastfreundschaft Ihrer Landsleute zu erfreuen gehabt. Das tut so wohl, wenn man ein Fremdling ist allüberall."
Das klang sehr traurig und sein Auge nahm dabei einen trüben Ausdruck an. Sie fühlte, dass dieser Mann sehr viel gelitten haben müsse.
„Fremdling?", wiederholte sie. „Das kann man doch nur sagen, wenn man seine Heimat verloren hat."
„Heimat und Familie."
„Oh, wie traurig! Aber man kann Verlorenes ja wieder finden und Eingestürztes von neuem errichten!"
„Wer möchte auf Trümmern bauen? Ein echtes Glück ist da nicht mehr zu erwarten."
Er richtete den Blick durchs Fenster. So konnte sie seinen Gesichtsschnitt bewundern. Was war es doch, das an diesem Mann einen solchen Eindruck auf sie machte? Sie bemerkte, dass auch Madelon den Blick kaum von ihm wendete.
Emma spielte mit seiner Karte; dabei entglitt diese ihrer Hand, ohne dass er es bemerkte. Fritz sah es und bückte sich, um sie aufzuheben. Dabei las er neugierig den Na-

men. Er machte eine Bewegung der Verwunderung und gab die Karte dann zurück. Der Fremde war nun doch aufmerksam geworden; er bemerkte den Blick, den Fritz auf ihn warf, und zuckte, wenn auch fast unmerklich, spöttisch die Achsel.

„Entschuldigung!“, sagte Fritz, ein wenig verletzt. „Ist das Ihre Karte, Monsieur?“

„Wessen sonst?“, antwortete Deephill rau.

„Sie heißen wirklich Deephill?“

„Ja.“

„Sie kommen aus New Orleans?“

„Was berechtigt Sie zu diesen Fragen, nachdem wir uns bereits zur Übergenüge ausgesprochen haben?“

„Sie werden mir schon erlauben müssen, dass ich Ihnen meine Aufmerksamkeit widme. Ich habe Sie gesucht, konnte allerdings bei Ihrem südländischen Äußeren nicht ahnen, dass Sie der erwartete Amerikaner sind. Jedenfalls ist es ein großes Glück für Sie, dass ich Sie gefunden habe.“

Deephill konnte sein Erstaunen nicht verbergen.

„Ein Glück für mich, dass ich Sie treffe?“

„Allerdings.“

„Das ist eigentümlich. Sie erlauben wohl, dass ich das nicht begreife.“

„Ich glaube es und werde mich Ihnen näher erklären. Zunächst entschuldigen Sie eine zudringliche Frage: Sie tragen bedeutende Summen bei sich?“

„Woher wissen Sie das?“

„Auf diese Summen hat man es abgesehen!“

„Mein Herr, Sie sprechen gerade so, als sei ich unter die Räuber gefallen!“, sagte Deephill verdutzt und tastete mit beiden Händen die Stelle ab, wo er die Brieftasche trug.

„Nein“, lachte Fritz gemütlich. „Unter die Räuber sind Sie noch nicht gefallen, mein Herr – wenn Sie aber auf meine Warnung nicht hören, wird es nicht lange dauern und die Herren Räuber haben Sie beim Genick!“

„Sie scherzen!“, rief Emma ungläubig.

„Mon Dieu!“, stieß Madelon hervor.

„Ich spreche im vollsten Ernst.“

„Wie kommen Sie zu Ihrer Behauptung?“, fragte Deephill unsicher.

„Ich weiß genau, dass man Sie töten will, um Ihnen Ihr Geld abzunehmen.“

Die beiden Damen schrien leise auf.

„Ah! Das sollte einem doch schwer werden!“, lächelte der Amerikaner.

„Auch zweien oder dreien?“

„Ich bin bewaffnet!“

„Was hilft ein Schießzeug gegen die List und bei einem unerwarteten Überfall?“

„Damned! Wer ist es denn, der sich so um meine werte Person bemühen will?“

„Das lässt sich nicht ohne nähere Erklärung sagen. Ich glaube nicht, dass Sie Ortry lebendig erreichen würden, wenn ich Sie nicht getroffen hätte. Ich bin Ihnen eigens zu dem Zweck entgegengereist, Sie zu warnen.“

Die beiden Damen schauten sich erschrocken und verwundert an. Der Amerikaner wurde jetzt doch bedenklicher.

„Aber wie wollen Sie von dem Anschlag erfahren haben?“

„Gestern Abend befand ich mich im Wald. Ich hatte mich verspätet und belauschte zufällig das Gespräch zweier Männer, die in meine Nähe kamen. Sie sprachen davon, dass ein Mister Deephill aus New Orleans heute mit dem Mittagszug in Thionville eintreffen werde und Millionen bei sich trage. Sie redeten von einem Messerstich, einem Griff an die Kehle. Sie sprachen ferner von einem Dritten, der schon vor ihnen an Ort und Stelle sein sollte.“

„An welcher Stelle?“

„Das weiß ich leider nicht. Das Gespräch bewegte sich meist in Ausdrücken, die vermuten ließen, dass der Plan bis ins Einzelne vorher besprochen worden war.“

„Haben Sie nicht die Polizei benachrichtigt?"

„Nein. Konnte sie mehr tun als das, was ich getan habe: Ihnen entgegenfahren, um Sie zu warnen?"

„Aber man konnte die Kerle schon ergriffen haben!"

„Das bezweifle ich, da ich sie nicht kenne!"

„Mir ist es ein Rätsel, wie diese Strolche erfahren haben können, dass ich mit Millionen komme. Nur zwei Personen haben davon gewusst."

„Ich kenne diese beiden. Der alte Kapitän Richemonte und Graf Rallion!"

„Monsieur, wenn Sie das wissen, so sind Sie ganz sicher einer der Unsrigen!"

„Darüber habe ich mich nicht zu äußern", antwortete Fritz zurückhaltend.

„Aber der Ort, wo ich überfallen werden soll? Das wäre die Hauptsache! Haben Sie darüber gar kein Wort aufgefangen?"

„Man sprach von einem Bahnwärter."

„Bahnwärter gibt es auf der Strecke, nicht aber auf dem Bahnhof. Gibt es zwischen Thionville und Ortry dergleichen Beamte?"

„Nein. Dort ist keine Bahn."

„Sonderbar! In welcher Weise wurde dieses Bahnwärters Erwähnung getan?"

„Die beiden wollten zu ihm gehen und sich mit ihm unterhalten, um dann beweisen zu können, dass nicht sie die Tat begangen hätten."

„Und doch wollen sie mich berauben?"

„Es schien ganz so, als ob vor der Beraubung etwas zu geschehen habe. Die beiden Männer mussten annehmen, Sie bereits in einem Zustand zu finden, der die Beraubung erleichtert. Für den Fall, dass Sie noch lebten, wurde der Messerstich oder der Griff an die Gurgel in Betracht gezogen."

„Herrgott!", rief der Amerikaner entsetzt. „Jetzt wird es Licht, ich beginne zu ahnen. Aber das wäre ja fürchterlich!"

„Was, was, was?“, fragten die drei anderen wie aus einem Mund.

„Sollte der Dritte, von dem Sie sprechen, den Zug entgleisen lassen wollen?“

Da fuhr Fritz auf, dass er mit dem Kopf an die Decke stieß.

„Das ist's, das ist's! Er will Steine auf die Schienen legen. Die beiden anderen kommen wie ganz zufällig hinzu. Wagen werden zertrümmert, Menschen verwundet und getötet. In der entsetzlichen Verwirrung ist es nicht schwer, den Amerikaner herauszufinden. Man nimmt ihm die Brieftasche aus dem Rock. Ist er tot, so geht das sehr leicht; ist er nur verwundet, so genügt ein Druck auf die Kehle, ihn vollends kaltzumachen!“

„Um Gottes willen – keine Zeit verlieren!“, rief Emma. „Wo befinden wir uns?“

Fritz riss sein Fenster hüben und der Amerikaner das seinige drüben auf.

„Königsmachern ist schon vorüber!“

„Wie viele Haltestellen haben wir noch?“

„Königsmachern ist die letzte vor Thionville. Wenn etwas geschieht, so geschieht es hier, bald gleich! Wir müssen ein Zeichen geben!“

„Auf mit den Türen!“, rief Fritz. „Ich laufe auf dem Trittbrett hin!“

Er langte zum Fenster hinaus und öffnete die Tür. Der Amerikaner tat auf seiner Seite das Gleiche. Sie stiegen auf die Trittbretter hinaus und in demselben Augenblick ertönte von der Maschine das schrille, entsetzliche Not- und Warnungszeichen.

Der Zug durchfuhr eine Krümmung. Fritz befand sich an der inneren Seite und konnte infolgedessen einen Teil der Bahnstrecke vor der Maschine übersehen.

„Herrgott, Steine auf den Schienen!“, rief er. „Monsieur, hinaus mit den Damen! Abspringen und sofort zur Seite eilen!“

Er griff in das Abteil, erfasste Madelon und riss sie heraus. Er war stark und sie nicht schwer. Er tat einen Satz vorwärts – und rutschte mit dem Mädchen die hohe Böschung hinab.

Deephill war ebenso geistesgegenwärtig und entschlossen wie der Deutsche.

„Heraus, Miss!“, rief er.

Emma stand schon hinter ihm an der Tür. Sie sah, dass es keine andere Rettung gab; kaltblütig schob sie die Hand des Amerikaners beiseite, stieg selber auf das Trittbrett, ließ mit einem leisen Schrei den Griff los und – sprang hinab.

Die Maschine heulte, die Bremsen kreischten und knarrten, die Räder brüllten. In den Abteilen erschollen vielstimmige Rufe des Grauens.

Ein Krach, ein fürchterlicher Krach, als brächen Berge von Erz und Stein zusammen. Ein rasendes Rollen, Pfeifen, Heulen, Dröhnen und Stampfen – das Entsetzliche war geschehen. Der Zug war entgleist, rollte noch eine kurze Strecke neben den Schienen über die Bohlen – die Wagen bäumten sich auf – und nun stürzten sie, die Maschine voran, den Damm hinab.

Ein Berg von Trümmern – die Wagen waren ineinander gerammt, lagen auf der Seite oder standen hinten oder vorn in die Höhe.

Von Menschenstimmen war einige Sekunden lang nichts zu hören. Dann aber begann ein Wimmern, Stöhnen, Rufen, Schreien, Heulen, Brüllen und Beten, das jeder Schilderung spottet.

Hart hinter der Unglücksstelle lag Emma ohnmächtig im Gras und der Amerikaner kniete bei ihr.

Trotz der aufregenden Minuten hatte er seine Geistesgegenwart nicht verloren, und sein besonnen prüfender Blick sagte ihm, dass auch seine Schutzbefohlene gerettet war.

Und auf der anderen Seite des Dammes kniete Fritz bei

Madelon. Auch sie hatte die Augen geschlossen, öffnete sie aber jetzt und blickte verwirrt um sich.

„Lebe ich denn noch?“, fragte sie.

„Ja, ich glaube, Fräulein!“, antwortete Fritz. „Wir sind der Gefahr noch im letzten Augenblick entronnen. Gott sei Dank für diese Rettung!“

„Und wo ist...?“

„Drüben auf der anderen Seite jedenfalls.“

„Ist auch sie gerettet?“

„Ich hoffe es.“

„Sie hoffen es nur? Sie wissen es nicht genau?“

„Nein. Ich konnte ja noch nicht hinüber. Der Zug ist da drüben hinabgestürzt. Gott – er wird sie doch nicht noch gepackt und zerschmettert haben?“

„Wir müssen hinüber, hinüber!“

Sie hatte alle Spannkraft zurückerhalten und klomm sofort den Damm hinan.

Fritz vermochte ihr kaum zu folgen. Von oben erblickten sie die beiden anderen. Emma lag noch immer bewusstlos.

„Sie ist tot!“, schrie Madelon auf.

„Nein!“, rief der Amerikaner. „Sie lebt, sie atmet. Kommen Sie!“

Jetzt ging es schnell hinab und Madelon kniete bei ihr nieder.

„Ja, sie atmet! – Lassen Sie uns allein, Messieurs! Ihre Hilfe wird da vorn mehr gebraucht!“

„Das ist wahr. Kommen Sie!“, sagte Fritz.

Sie eilten der Schreckensstelle zu. Die Lokomotive hatte sich tief in die Erde gewühlt. Sie zischte, dampfte und ächzte noch jetzt, wie ein sterbender Drache. Heizer und Maschinist lagen in der Nähe, fast bis zur Unkenntlichkeit entstellt.

Auch in und bei den Wagen sah es fürchterlich aus. Die Geretteten und Leichtverwundeten hatten sich zum Teil unter den Trümmern mühsam hervorgearbeitet und begannen nun die Nachforschungen nach den Armen, die noch unter den Wagen lagen. Fritz arbeitete mit dem Amerikaner allen voran.

Da blickte er zufällig auf. Von weiter vorn kamen drei Männer gerannt, einer im Rock eines Bahnwärters, die beiden anderen in Bürgertracht.

„Monsieur“, raunte Fritz dem Amerikaner zu, „jedenfalls sind das die beiden!“

„Ja, sie müssen es sein. Wir nehmen sie fest.“

„Aber auf frischer Tat.“

„Wieso? Die Tat ist vorüber und wird ihnen wohl kaum bewiesen werden können.“

„Und dennoch werden wir sie überführen.“

„Auf welche Weise?“

„Haben Sie den Mut, den Toten zu spielen?“

„Das wäre nicht schwer; aber der Messerstich, der Griff an die Gurgel!“

„Ohne Sorge! Ich werde Sie scharf überwachen.“

„Gut! Dann habe ich Ihren Plan verstanden und bin bereit, ihn mit auszuführen.“

„Nehmen Sie vorher die Wertpapiere aus der Brieftasche!“

„Das ist nicht nötig. Diese Teufel haben sich getäuscht. Meine Papiere haben nur in meinen eigenen Händen Wert. Selbst wenn ihnen der Streich geglückt wäre, hätten sie keinen Cent erhalten, da auf den Schecks meine Unterschrift noch fehlt.“

„Dann also rasch! Die Kerle sind vorn bei der Lokomotive, Sie jedoch dürfen von ihnen vorher nicht bemerkt werden.“

„Wohin aber?“

„Hier in dieses Abteil erster Klasse! Es ist ziemlich beschädigt. Ich bedecke Ihren Körper; so bemerkt man nicht, dass Sie unverletzt sind. Durch das Lampenloch von oben beobachte ich die Halunken. Tut einer etwas nur im geringsten Bedrohliches für Sie, so schieße ich ihn über den Haufen. Also hinein!“

Der Amerikaner kroch in das arg beschädigte Abteil und Fritz bedeckte ihn so, dass nur der Kopf und ein Teil des Oberkörpers zu sehen war.

„So! Und nun hole ich vorerst noch einen Zeugen."

Der Oberschaffner war unverletzt geblieben. Er leitete jetzt die Rettungsarbeiten, während man die Hilfe erwartete, nach der gesandt worden war. Fritz näherte sich ihm und gab ihm einen Wink, abseits hinter einen umgestürzten Wagen zu kommen, wo sie von den Verbrechern nicht beobachtet werden konnten.

„Was wünschen Sie?", fragte der Beamte.

„Wollen Sie die Täter haben, die den Zug zum Entgleisen brachten?"

„Herr, wenn Sie mir die verschaffen könnten!"

„Sie sind hier."

„Hier? Unmöglich!"

„Es ist keine Zeit zu Auseinandersetzungen; hören Sie nur kurz Folgendes: Ich belauschte gestern im Wald zwei Männer, die davon sprachen, dass mit diesem Zug ein Amerikaner komme, der ein Riesenvermögen in seiner Brieftasche trage. Sie wollten ihn ermorden – nach seiner Ankunft in Thionville, wie ich vermutete. Ich fuhr ihm entgegen, um ihn zu warnen. Ich traf ihn. Aber diese Schurken hatten einen anderen Plan, als ich erraten konnte. Sie ließen den Zug entgleisen und kommen jetzt, scheinbar, um Hilfe zu leisten, in Wirklichkeit aber, um den Amerikaner zu suchen und ihm noch rechtzeitig die Brieftasche abzunehmen."

„Ah, wir werden sie bedienen! Wo ist der Herr?"

„Er hat sich dort in das Abteil erster Klasse gesteckt, um den Toten zu spielen."

„Ich muss ihn sprechen."

Der Beamte trat zu dem Amerikaner und bat, die Brieftasche sehen zu dürfen. Deephill zog sie hervor und reichte sie ihm hin.

„Gut", meinte der Oberschaffner. „Jetzt kenne ich sie. Wollen sehen, ob die Kerle die Probe bestehen."

„Aber warten Sie noch einen Augenblick", bat Fritz. „Ich muss auf den Wagen, um zu verhindern, dass sie ihn töten."

„Ausgezeichnet! Da liegt ein Fetzen Wachsleinwand. Werfen wir ihn hinauf, damit Sie sich darunter verstecken können. Ich werde die Schufte hier herlocken. Das Weitere wird sich dann finden."

Der Oberschaffner entfernte sich. Fritz kroch auf den Wagen unter das Glanzleinen und zog den Revolver. Er konnte durch das Laternenloch alles genau beobachten. Der Amerikaner lag wie eine Leiche unter den Trümmern. Sein Rock war vorn geöffnet, sodass man leicht zur Tasche gelangen konnte.

Der Beamte war an seinen früheren Standort zurückgekehrt, um seines Amtes weiter zu walten. Er beobachtete die beiden Burschen, die sich scheinbar eifrig bei der Rettungsarbeit beteiligten, aber nur wenige Augenblicke an ein und derselben Stelle verweilten. Jetzt, da er aufmerksam gemacht worden war, konnte er beobachten, dass sie nach etwas Bestimmtem suchten. Er trat näher.

„Zur zweiten Klasse, Leute! In der zweiten saßen einige Weinreisende und in der ersten ein Amerikaner!"

Er sah deutlich, wie sie sich zublinzelten, und wendete sich wieder ab.

Die beiden hasteten auf den Wagen der ersten Klasse zu und traten an das Abteil.

„Der muss ganz zerquetscht sein", flüsterte der eine.

„Tot – umso besser!"

„Schnell! Zugegriffen!"

Der Sprecher fuhr nach der Rocktasche des Amerikaners und zog die Brieftasche heraus.

„Rasch weg damit!"

„Und nun auf und davon!"

„Nicht doch. Das würde auffallen. Sehen wir erst in die zweite Klasse! Man hat nach Thionville und Königsmachern Nachricht gegeben. Es kann jeden Augenblick Hilfe kommen. Erst wenn sie eintrifft, drücken wir uns unauffällig."

„Dann also vorwärts!“

Sie entfernten sich und machten sich an anderen Wagen zu schaffen. So gelang es Fritz, unbemerkt von dem seinigen herabzuklettern.

„Haben sie es?“, fragte der Oberschaffner.

„Ja.“

„Das klappt! Hören Sie? Man sendet von Thionville Hilfe. Ich höre das Rasseln der Räder. Warten wir, bis diese da ist, und dann nehmen wir die beiden Burschen fest.“

„Auch sie wollen nur die Hilfe abwarten, um sich dann sogleich zu drücken.“

„Wir müssen sie bewachen. Wollen Sie das tun?“

„Gern.“

„Sie haben einen Revolver, wie ich bemerke, Monsieur? So schießen Sie, ehe Sie einen der Kerle entkommen lassen, ihn lieber kaputt. – Ah, da ist schon eine Maschine mit Wagen. Gott sei Dank!“

Er eilte fort. Fritz aber machte sich an die beiden Männer und tat, als ob er sie bei ihrer Arbeit unterstützen wolle.

Glücklicherweise stand beim Eintreffen der Unglücksnachricht in Thionville ein Sanitätszug zu einer Übungsfahrt bereit und schon nach wenigen Minuten konnten die Wagen abgelassen werden. Kaum hielten sie an der Stelle des Grauens, so sprangen auch schon die Truppen und Sanitäter von den Trittbrettern. Der Oberschaffner eilte auf den führenden Offizier zu.

„Mein Kapitän, ich ersuche sie dringend, zunächst dafür zu sorgen, dass von den Personen, die bisher hier gegenwärtig gewesen sind, keine den Ort verlassen darf.“

„Warum?“, fragte der Hauptmann.

„Die Urheber des Unglücks befinden sich darunter.“

„Sacrébleu! Ist denn dieser grässliche Sturz des Zuges vom Damm...?“

„...ein Verbrechen. Ja.“

„Und Sie kennen die Täter?“

„Ja. Ich werde sie Ihnen nachher bezeichnen.“

„Gut, mein Lieber! Diese Kerle werden ihren Lohn finden."

Die Soldaten erhielten den Befehl so laut, dass es jedermann hören konnte, jeden niederzuschießen, der ohne Erlaubnis ihres Führers versuchen sollte, den Platz zu verlassen. Sie verteilten sich infolgedessen so, dass sie das ganze Gelände vollständig beherrschten.

Die beiden Verbrecher waren eben beschäftigt, einen Toten unter den Trümmern eines Wagens hervorzuziehen. Fritz stand an der anderen Seite dieser Trümmer, um zu versuchen, diese ein wenig anzuheben. Er konnte also gerade in diesem Augenblick nicht hören, was sie sprachen.

„Tausend Donner!", fluchte der eine halblaut. „Hast du gehört?"

„Der Kerl hat ja laut genug geschrien. Was sagst du dazu?"

„Verdammt!"

„Sie müssen die Täter noch hier vermuten!"

„Was ist da zu machen?"

„Sie können doch nichts wissen."

„Aber wenn sie die Brieftasche bei uns finden?"

„Wie können sie denn auf den Gedanken kommen, uns zu durchsuchen? Das ist unmöglich!"

„Es ist sogar sehr leicht möglich. Es gibt hier unter den zerstreut umherliegenden Gegenständen manches, was zum Einstecken reizt. Wie nun, wenn man den Gedanken fasst, alle, die mithelfen, dann zu durchsuchen?"

„Das wird man nicht tun. Das wäre eine Beleidigung, ein offensichtlicher Undank gegen diejenigen, die herbeigeeilt sind, um zu retten und zu helfen."

„Besser ist besser. Ich werde doch lieber versuchen, mich davonzumachen."

„Das ist allerdings das Sicherste. Aber wie wollen wir es bewerkstelligen, ohne dass es auffällt?"

„Sehr einfach: Wir tragen einen Verwundeten nach den Wagen, die oben auf dem Damm stehen. Dann jenseits hinab und davon."

„Sollte da oben nicht auch ein Wächter stehen?"
„Bis jetzt noch nicht."
„Dann los! Der Kerl hier ist tot. Unsere Bemühung um ihn ist völlig nutzlos. Heda, Kamerad!"
Dieser Ruf galt Fritz. Dieser hatte sie nicht aus den Augen gelassen. Wenn er auch ihre Worte nicht zu verstehen vermochte, so konnte er doch zwischen den Trümmerstücken hindurch ihre Gestalten bemerken und sich also von ihrer Anwesenheit überzeugen.
„Was gibt es?", fragte er zurück. „Zieht doch! Bringt ihr ihn nicht heraus?"
„Nein. Übrigens ist er mausetot. Gehen wir also dahin, wo unsere Hilfe nötiger ist."
Sie entfernten sich in der Hoffnung, von ihm fortzukommen. Aber im nächsten Augenblick stand er wieder bei ihnen.
„Recht habt ihr. Da vorn sind wir notwendiger. Also kommt!"
„Verdammter Kerl!", dachte der eine, sah sich aber doch gezwungen, gute Miene zum bösen Spiel zu machen.
Unterdessen hatte Emma von Greifenklau ihre Besinnung wiedererlangt. Es war ein wahres Wunder, dass der gefährliche Sprung vom Trittbrett herab ohne Schaden geglückt war. Doch im Augenblick des Abspringens hatten die Bremsen bereits gewirkt, sodass sich die Wagen schon langsamer bewegten.
Als sie die Augen aufschlug, erblickte sie Madelon. Ein zweiter Blick zeigte ihr die grässliche Verwüstung und sofort war ihr das schreckliche Erlebnis wieder gegenwärtig.
„Gott sei Dank!", rief sie. „Du bist gerettet!" In ihrer Herzensfreude brauchte sie zum ersten Mal das vertrauliche Du.
„Und du auch!", jubelte die Freundin. „Kannst du aufstehen?"
Es gelang. Zwar war es beim Herabstürzen vom Bahndamm nicht sanft hergegangen und sie fühlte an mehre-

ren Stellen ihres Körpers Schmerzen, doch nicht bedeutend.

„Ja, es geht!", antwortete sie, während sie ihre Gelenke prüfend bewegte. „Aber wo ist der Fremde?"

Es lag im Ton ihrer Frage und ihrem bleichen Gesicht ein Ausdruck von Besorgnis, wie man sie fremden, gleichgültigen Personen gegenüber nicht zu hegen pflegt.

„Auch er ist gerettet", antwortete Madelon.

„Und Fritz?"

„Ebenfalls!"

„Aber all die anderen armen Menschen! Himmel, wie sieht es dort aus! Entsetzlich!"

„Man wird unserer Hilfe bedürfen."

„So müssen wir eilen!"

„Gern! Aber – du hast dem Amerikaner vorhin nicht deine richtige Karte gegeben, wie ich bemerkte."

„Nein."

„Welche denn? Ich muss wissen, wie ich dich zu nennen habe."

„Es stand auf dem Kärtchen: Harriet de Lissa, London."

„Gut, so bist du also Engländerin und wir haben uns zufällig im Abteil getroffen. Aber weiß Fritz auch davon?"

„Nein. Unterrichte ihn, wenn du eher mit ihm sprechen solltest als ich."

Sie verwendeten noch einen kurzen Augenblick dazu, ihre Kleidung in Ordnung zu bringen, dann begaben sie sich zu den Trümmern des verunglückten Zuges, wo ein trostloser Anblick ihrer harrte. –

Nanon hatte sich nach Thionville fahren lassen, um dort ihre Schwester zu erwarten und zu ihr gleich in dasselbe Abteil zu steigen. Der Zug war angekündigt worden, aber die bestimmte Zeit verging, ohne dass er eintraf. Es musste unbedingt etwas geschehen sein, und zwar in nicht zu weiter Entfernung von der Stadt.

Da plötzlich hörte sie laute Rufe, die sich wiederholten und im Ton des Schreckens beantwortet wurden.

„Der Zug ist verunglückt! Zwischen hier und Königsmachern!“

Diese Worte konnte sie noch verstehen; dann schwand ihr das Bewusstsein. Als sie es wiedererlangte, sah sie einige Personen um sich beschäftigt.

„Sie erwarten wohl Bekannte?“, fragte ein Bahnbeamter.

„Ja, meine Schwester“, hauchte sie.

„Gerade mit diesem Zug?“

„Ja. Und ich hörte, er sei verunglückt.“

„Das ist wahr. Es soll entsetzlich sein.“

„Gott, mein Gott! Ich muss hin!“

Sie wollte fort, aber sie zitterte an allen Gliedern und sank wieder auf ihren Sitz nieder.

„Fassen Sie sich, Mademoiselle!“, sagte der Mann in beruhigendem Ton. „Jedenfalls sind nicht alle verletzt und man darf hoffen, dass Ihre Schwester sich unter den Geretteten befindet.“

Das gab ihr Trost und Kraft.

„Ich danke, Monsieur!“, sagte sie. „Aber ich muss fort, ich muss hin, und zwar sogleich!“

Sie erhob sich, um fortzueilen, er aber hielt sie zurück: „Warten Sie, Mademoiselle! Man hat bereits nach Hilfe geschickt. Militär und Ärzte, eine geheizte Maschine sind vorhanden. In ein paar Minuten werden einige Wagen nach der Unglücksstätte abgehen.“

„Wird man mich mitnehmen?“

„Eigentlich würde man dies wohl kaum tun, aber ich werde dafür sorgen, dass Sie einen Platz finden.“

Der Mann hielt sein Versprechen. Er selbst brachte Nanon in ein Abteil.

So kam es, dass sie mit dem Militär zugleich an dem Schreckensort ankam. Als einen der Ersten erblickte sie jemand, den sie hier nicht erwartet hätte, zumal sie auf dem Bahnhof vergeblich nach ihm gesucht hatte – Fritz Schneeberg, den Pflanzensammler.

Im Nu stand sie bei ihm. Er kniete mit zwei Männern

bei einem Verwundeten an der Erde. Sie ergriff ihn am Arm:

„Monsieur Schneeberg, Sie hier? Gott sei Dank! Wo ist meine Schwester?"

Er erhob sich mit vor Freude glänzendem Gesicht und deutete den Damm entlang.

„Keine Sorge, Mademoiselle Nanon! Dort kommt sie eben!"

Sie stieß einen Schrei der Erleichterung aus und eilte mit weit geöffneten Armen der Geretteten entgegen.

„Madelon, Madelon! Du bist gerettet!"

Sie lagen sich in den Armen; sie herzten und küssten sich, sie streichelten einander liebkosend die Wangen und weinten dabei vor Freude und Glück.

„Ich glaubte dich tot und verloren", schluchzte Nanon.

„Gott sei Dank! Ich bin gerettet."

„Welch ein Wunder!"

„Ja, es war ein Wunder, das nur die Kühnheit vollbringen konnte."

„Die Kühnheit? So ist es nicht ein Zufall, dass ich dich so unversehrt vor mir sehe?"

„Nein. Der Zug war noch im Fahren und die Maschine gab das Notzeichen, da ergriff mich einer der Reisenden, riss mich aus dem Wagen und sprang mit mir vom Trittbrett herab."

„Welch eine Verwegenheit! Und welch eine Geistesgegenwart! Ist dein Retter ebenso unverletzt wie du?"

„Ja, und ich danke Gott und allen Heiligen dafür."

„Wo steckt dein Held denn?"

Über Madelons Gesicht breitete sich ein spitzbübisches Lächeln.

„Der große, kräftige Herr, der dort bei den Verwundeten beschäftigt ist", sagte sie und deutete dabei nach vorn.

Nanon blickte auf.

„Der? Wirklich der?"

„Ja, freilich."

Da schlug sie in höchster Überraschung und Freude die Hände zusammen.

„Das ist ja Monsieur Schneeberg, mein Freund und Bekannter!“

„Allerdings!“

„Und der hat dich gerettet, der? Das ist ja gar nicht möglich!“

„Warum sollte es nicht möglich sein?“

„War er denn im Zug? War er mit in deinem Abteil?“

„Ja. Er stieg in Trier zu uns ein.“

„Das begreife ich nicht. Ich hatte ihn doch nach dem Bahnhof in Thionville bestellt. Ich muss sofort hin zu ihm!“

„Einen Augenblick – lass dir vorher diese Dame vorstellen. Meine Schwester Nanon – Miss de Lissa aus London, die auf ganz dieselbe Weise gerettet worden ist wie ich.“

Fragen und Antworten waren einander so schnell gefolgt, dass vom ersten bis zum letzten Wort nur Sekunden vergangen waren. Erst jetzt wandte sich Nanon an Emma von Greifenklau und verneigte sich.

„Auch Sie sind durch Monsieur Schneeberg gerettet worden, Miss?“

„Wenn auch nur mittelbar. Wäre er nicht in unser Abteil gestiegen, so lägen auch wir beide zerschmettert unter den Wagen.“

„O Gott! Ich muss wirklich sogleich hin zu ihm.“

Sie eilte fort und die beiden folgten ihr.

Fritz war eben beschäftigt, beim Verbinden eines Verunglückten mit Hand anzulegen, als Nanon seinen Arm berührte.

„Sie haben Madelon gerettet?“, sagte sie. „Das werde ich Ihnen nie, niemals vergessen!“

Er nickte ihr fast verlegen zu.

„Es war kein Verdienst von mir, sondern der reine Zufall, Mademoiselle. Sprechen wir später davon! Jetzt müssen wir diesen armen, beklagenswerten Leuten unsere ganze Aufmerksamkeit zuwenden.“

„Ja, ja, Sie haben Recht! Nun ist der Schreck vorüber und ich kann helfen."

Die drei Mädchen wendeten sich an die beiden Ärzte, die mit dem Zug gekommen waren, und baten um Anweisungen.

Die beiden Verbrecher befanden sich noch bei Fritz oder vielmehr: Dieser befand sich noch bei ihnen; er war nicht von ihrer Seite gewichen. Jetzt hatten sie den Verwundeten ergriffen, um ihn wegzutragen. Fritz wollte mit anfassen, allein der eine wehrte ab.

„Das ist nicht nötig. Wir bringen ihn allein fort."

„Den steilen Damm hinauf?"

„Ja. Wir sind keine Schwächlinge."

„Aber nicht ins Abteil hinein. Dazu gehören drei."

Bei den Worten fasste er mit an. Es fiel ihm nicht ein, zurückzubleiben, und die beiden anderen konnten nichts dagegen tun, obgleich sie ihn innerlich verwünschten. Aber sie verständigten sich gegenseitig durch einen kurzen Blick, dass jetzt die geeignete oder wohl gar die höchste Zeit zur Flucht gekommen sei.

Fritz aber hatte diesen Blick aufgefangen und fühlte sich Manns genug, ihre Flucht zu vereiteln. Als sie langsam mit dem Verwundeten die Böschung emporstiegen, trat der Oberschaffner, der erst jetzt Zeit dazu fand, zu dem Offizier.

„Kapitän", sagte er, „die beiden Männer dort sind es, die ich meine."

„Ah! Nicht der hohe, starke Mensch bei ihnen?"

„Nein. Ihm vielmehr haben wir ihre Entdeckung zu verdanken. Er hält sich bei ihnen auf, um sie zu beobachten."

„Schön. Sie werden den Verwundeten in den Wagen schaffen. Dabei können sie aber Gelegenheit zum Entkommen suchen. Ich werde das verhindern."

Er winkte zwei Soldaten und gab ihnen einen leisen Befehl. Sofort machten sie ihre Gewehre schussfertig.

„Aber nur feuern, wenn sie auf meinen Zuruf nicht achten“, fügte er hinzu. „Sucht dann, sie nur zu verwunden. Wir müssen sie lebendig haben.“

Die drei waren jetzt beim Abteil angekommen.

„Hier kann nur einer voran“, sagte einer der beiden zu Fritz. „Sie sind der Stärkste von uns, wie es scheint. Steigen Sie ein und nehmen Sie den Verwundeten bei den Schultern.“

„Hm!“, dachte Fritz. „Wartet, ihr Burschen, mich betrügt ihr nicht. Ich will euch den Willen tun, aber das wird eine Falle, in die ihr selber springt.“

Er fasste den Verwundeten an und stieg langsam und vorsichtig, um ihm keine Schmerzen zu verursachen, rückwärts hinauf in das Abteil. Die beiden anderen hoben und schoben nach. Aber als der Verunglückte noch nicht ganz auf der Bank lag, flüsterte der eine:

„Jetzt oder nie! Vorwärts!“

Er wendete sich um und schritt gemächlich und unbefangen an den Wagen entlang, um dann beim letzten herumzubiegen und auf die andere, unbewachte Seite zu kommen. Der Offizier aber hatte sie nicht aus den Augen gelassen.

„Halt, ihr beiden da oben!“, rief er.

Sie taten, als ob sie den Ruf nicht gehört hätten, und schritten weiter.

„Steht oder ich lasse schießen!“

Da erst blickte der eine zurück.

„Sie haben uns im Verdacht. Wir sind verloren, wenn wir gehorchen. Drei schnelle Sprünge, so sind wir um die Wagen herum und den Damm drüben hinab. Los!“

Im nächsten Augenblick flogen sie am letzten Wagen vorüber.

„Feuer!“, kommandierte der Kapitän.

Fritz hatte, im Abteil noch mit dem Verwundeten beschäftigt, das Verschwinden der beiden sofort bemerkt. Rasch warf er ihnen einen Blick nach.

„Richtig!", brummte er. „Sie wollen auf die andere Seite! Wartet – dort werde ich euch ‚guten Tag' sagen."

Er öffnete die jenseitige Tür, sprang hinaus, zog den Revolver und eilte bis zur Ecke des letzten Wagens. In demselben Augenblick hörte er das Kommando des Kapitäns. Die Schüsse krachten, aber die Kugeln schlugen durch die beiden Wagenwände, ohne zu treffen. Die Flüchtigen hetzten um die Ecke.

„Willkommen!", rief Fritz ihnen entgegen. „Ihr habt's ja merkwürdig eilig!"

Die beiden stutzten, aber nur eine Sekunde; dann holte der vordere aus, um Fritz den Revolver aus der Hand zu schlagen, erhielt aber einen solchen Fausthieb, dass er zu Boden stürzte und für einige Augenblicke das Bewusstsein verlor. Der andere riss sein Messer heraus; aber Fritz empfing ihn mit einem Fußtritt an den Unterleib, sodass auch er niederstürzte und das Messer fallen ließ. Im Nu hatte Fritz seinen Revolver in die Tasche gesteckt und kniete auf den beiden.

In diesem Augenblick kamen mehrere Soldaten und hinter ihnen der Kapitän um die Wagenecke gerannt.

„Ah!", rief er außer Atem. „Da sind sie ja."

„Ja, da liegen sie", lachte Fritz. „Die Arbeit ist schon getan. Am besten ist's, Sie lassen sie binden."

Dieser bestimmte Ton missfiel dem Offizier.

„Ich denke, dass ich es bin, der anzuordnen hat, was hier geschehen soll!"

„Ich habe nichts dagegen", antwortete Fritz und nahm die Hände von den Gefangenen, setzte seinen Hut, der ihm entfallen war, wieder auf und erhob sich. „Aber bitte keine Unvorsichtigkeit wieder!"

„Was meinen Sie mit Ihrer Unvorsichtigkeit?", fragte der Kapitän zornig.

„Die beiden Kugeln, die diese Männer treffen sollten, sind durch den Wagen gegangen. Wie nun, wenn ich getroffen worden wäre?"

„Sie wären selber schuld gewesen! Wussten wir, dass Sie hinter dem Wagen steckten? Wer hat Sie überhaupt geheißen, nach dieser Seite zu gehen?“

„Ich, Herr Kapitän! Hätte ich das nicht getan, so wären die beiden Schurken entkommen. Bevor Ihre Leute erschienen wären, hätten diese Kerle da unten im Gebüsch Deckung gefunden.“

„Das fragt sich sehr, Monsieur.“

„Und überdies liegen in dem Wagen, durch den die Kugeln gegangen sind, Verwundete, die sehr leicht getroffen werden konnten. Das hätte man sich überlegen sollen.“

„Ah, wer sind Sie, dass Sie einen solchen Ton anschlagen?“

„Das tut hier nichts zur Sache. Die Hauptsache ist vielmehr, dass Sie sich dieser zwei Männer versichern, sonst gehen sie abermals durch.“

Er nickte grüßend und kletterte wieder den Damm hinab.

Der Offizier gab sich Mühe, seinen Ärger zu verbeißen, ließ die Gefangenen binden und in ein leeres Abteil bringen.

Die beiden Verbrecher glaubten, sich nur durch die größte Dreistigkeit retten zu können.

„Herr Kapitän!“, sagte der eine. „Was haben wir getan, dass Sie auf uns schießen und uns dann ergreifen und fesseln lassen? Wir sind uns keines Unrechts bewusst.“

In diesem Augenblick brachte Fritz den Oberschaffner und den Amerikaner herbei.

„Fragt diese Herren!“, erwiderte der Offizier.

Als sie den Ausländer sahen, war es ihnen, als ob sie einen Geist erblickten.

„Ihr habt diesen Herrn bestohlen“, sagte der Oberschaffner, während er auf Deephill deutete.

„Wer wagt es, uns...“

„Oho!“, meinte Fritz. „Gerade du hast die Brieftasche dort auf der Brust stecken!“

Er stieg in den Wagen und nahm sie ihm heraus.

„Hier ist sie, Monsieur Deephill. Sehen Sie nach, ob etwas fehlt!"

Deephill öffnete, zählte nach und lächelte.

„Es fehlt nichts. Übrigens hätten die Räuber sich sehr geirrt. Das hier sind keine Banknoten, sondern Anweisungen an meinen Kassierer, die ich erst noch zu unterschreiben hätte, ehe sie eingelöst würden. Jetzt sind sie noch keinen Sou wert."

„Das vermindert aber nicht die Schuld dieser Menschen", bemerkte der Oberschaffner. „Sie haben Steine auf die Schienen gelegt, um den Zug entgleisen zu lassen und dann diese Tasche zu stehlen. Sie sind schuld an dem Tod und dem Elend so vieler Menschen. Sie sind ohne Gnade dem Henker verfallen."

„Man beweise uns das!", rief der eine. „Wir können unser Alibi bringen. Wir haben beim Bahnwärter gestanden, als das Unglück geschah."

„Das wissen wir bereits. Aber euer Kamerad legte die Steine, während ihr um das Alibi besorgt wart. Ihr werdet uns nicht entgehen. Wo ist dieser Kamerad?"

„Wir haben keinen."

„Man wird euch schon zum Reden bringen!"

Sie begaben sich alle wieder hinab zu den Wagentrümmern, wo es noch so vieles zu tun gab; vorher aber befahl der Offizier einen Soldaten vor das offene Fenster des Waggons. Dieser Posten musste sich auf das Trittbrett stellen, um die beiden Verbrecher unausgesetzt im Auge zu behalten.

„Du, wir sind verloren!", raunte der eine verzweifelt.

„Der Teufel hole den Hund, der uns angehalten hat! Wer mag er sein?"

„Ich kenne ihn nicht!"

„Es wäre geglückt – nun aber ist's aus!"

„Man scheint alles zu wissen."

„Auch von Lefleur, der im Buchsbaum jetzt vergeblich auf uns wartet. Wie mag man das nur erfahren haben?"

„Es gibt nur eine Möglichkeit: wir sind belauscht worden!“

„Aber von wem?“

„Das werden wir vor Gericht erfahren.“

„Hölle und Teufel! Sind wir einmal dort, so gibt es keine Rettung mehr.“

„Hier auch nicht. Oder hast du einen Gedanken?“

„Ja, aber leiser, viel leiser! Wir dürfen die Lippen gar nicht bewegen, sonst merkt dieser vermaledeite Posten, dass wir uns unterhalten.“

„Na, die da unten machen genug Lärm, sodass unser Flüstern unhörbar wird. Also sprich schnell – sonst gehen wir einem schauderhaften Tod entgegen.“

„Bisher scheint niemand uns erkannt zu haben. Wenn wir entkämen, wüchse mit der Zeit Gras über die Geschichte. Wir müssten auf einige Jahre verschwinden.“

„Natürlich! Aber wie hier hinaus und fort?“

„Wir werden nur auf der einen Seite bewacht...“

„Was nützt uns das?“

„Wenn wir die Tür öffnen könnten...“

„Der Kerl wendet doch kein Auge von uns!“

„Man müsste seine Aufmerksamkeit ablenken!“

„Das wäre zwar möglich, aber wir sind gefesselt. Wie wollen wir das Fenster niederlassen, um die Tür zu öffnen?“

„Und selbst wenn wir hinausgelangten, zu entwischen wäre doch nicht möglich – mit diesen gefesselten Händen.“

„Hätten wir nur ein Messer!“

„Das ist’s ja! Das meinige ist mir entfallen. Lass uns nachdenken! Jetzt ist die einzige, die letzte Zeit!“

„Denkst du, dass uns der Kapitän im Stich lassen wird?“

„Eigentlich sollte man vermuten, dass ihm an unserer Befreiung ebenso viel liegt wie uns selber.“

„Freilich! Aber dieser Kerl ist unberechenbar.“

„Er muss sich doch sagen, dass wir ihn verraten werden, wenn er uns aufgibt.“

„Es fragt sich, ob er sich etwas daraus macht. Man wird uns auslachen – wir haben doch nichts gegen ihn in Händen!"

„Ruhe da drinnen!", gebot jetzt der Posten. „Sprecht ihr noch einmal, so erhaltet ihr einen Knebel in den Mund!"

Sie warfen ihm wuterfüllte Blicke zu, mussten aber seinem Befehl Gehorsam leisten. –

17. Satan hilft den Seinen...

Frau Baronin des Sainte-Marie war sehr verärgert. Sie hatte sich darauf gefreut, dass ihre Stieftochter sich dem Willen des alten Kapitäns werde fügen müssen. Das war eine Täuschung gewesen und nun hatte sie Migräne.

Bertrand, als Hausarzt auf Schloss Ortry, war deshalb von Thionville durch einen Boten gerufen worden. Er befand sich noch auf dem Schloss, als ein Mann auf schäumendem Pferd in den Hof sprengte und nach dem Arzt fragte.

„Herr Doktor, Sie sollen sofort kommen! Es werden alle Ärzte gebraucht. Es ist ein Zug entgleist."

Man hatte sich gerade beim zweiten Frühstück befunden; darum waren alle zugegen außer der Baronin, die sich angegriffen fühlte. Der alte Kapitän hob den Kopf und blickte den Boten mit gespannter Erwartung an.

„Ein Zug entgleist?", fragte der Arzt. „Wo?"

„Kurz vor der Stadt, hinter Königsmachern. Es hat jemand Steine auf die Schienen gelegt."

„Herrgott, welch ein Verbrechen! Ist das Unglück groß?"

„Es sollen nur ganz wenig Menschen davongekommen sein."

„So muss ich fort, augenblicklich! Herr Kapitän, Sie werden mich entschuldigen!"

In den Augen des Alten glühte ein eigentümliches Flackern. Zum Teufel, man wusste bereits, dass das Unglück auf ein Verbrechen zurückzuführen war – hatten diese Kerle ihre Sache nicht klug genug gemacht? Dann stand viel auf dem Spiel. Er musste sich selber überzeugen, ob der Anschlag geglückt war oder nicht.

„Eilen Sie!", antwortete er. „Sie bedürfen keiner Entschuldigung. Ich begleite Sie. Bei einem solchen Fall können nicht Helfer genug sein. Wir reiten gleich querfeldein auf die Unglücksstätte zu."

Er öffnete das Fenster und rief den Befehl hinab, sein Pferd zu satteln.

Marion de Sainte-Marie war tödlich erschrocken.

„Mein Gott! – Das ist ja der Zug, mit dem Madelon kommt!"

„Madelon? Wer ist das?", fragte der Alte scharf.

„Nanons Schwester."

„Ah! Die Germanisierte? Das deutsche Hausfräulein?"

Marion sprang vom Stuhl auf.

„Madelon in Gefahr! Dann reite auch ich sofort zur Bahn!"

„Du bleibst!", gebot er.

„Ich reite!", beharrte sie. „Herr Doktor Müller, begleiten Sie mich?"

Der Gefragte verbeugte sich.

„Ich stehe zur Verfügung!"

Der Alte wendete sich ihm drohend zu.

„Wenn ich es Ihnen nun verbiete?"

„Wollen Sie die Komtesse ohne Begleitung lassen, Herr Kapitän?"

Der Alte zupfte heftig an seinen Schnurrbartspitzen.

„Gut. Es mag sein! Lässt sie sich nicht halten, so ist es allerdings besser, Sie reiten mit. Aber in Zukunft werde ich mir mehr Gehorsam zu verschaffen wissen. Kommen Sie, Doktor Bertrand!"

Zwei Minuten später ritten sie im Galopp davon. Sie schlugen einen Feldweg ein, der sie viel schneller zur Bahn brachte als die Straße, der sie durch die ganze Stadt hätten folgen müssen. Sie erreichten den Damm an der Unglücksstätte, sprangen von den Pferden, stiegen die Böschung hinauf und drüben wieder hinab.

Bertrand griff sofort mit zu.

Er beugte sich über einen Verunglückten, neben dem eine Frau kniete, um seine Wunde zu untersuchen.

„Der Ärmste", sagte sie. „Er ist vor Schmerz besinnungslos."

„Wohl ihm!", antwortete der Arzt. „Lassen wir ihn! Hier können wir ihm nicht helfen. Das Bein muss abgenommen werden."

Jetzt erst konnte er ihr voll ins Gesicht blicken.

„Ist es möglich?", sagte er im Ton höchster Überraschung. „Das kann keine bloße Ähnlichkeit sein. Sie sind..."

Er stockte, blickte sich vorsichtig um, ob seine Worte gehört werden könnten, und fuhr dann leise fort:

„Fräulein von Greifenklau?"

„Ja", nickte sie. „Und Sie sind Herr Doktor Bertrand, der im Jahr sechsundsechzig..."

„...von Ihrem Herrn Bruder gerettet wurde und dadurch die Ehre hatte, Sie kennen zu lernen. Aber, um Gottes willen, dürfen Sie wagen, hierher zu kommen?"

„Ich muss es wagen und habe, offen gestanden, dabei auch ein wenig auf Sie gerechnet."

„Ich stelle mich Ihnen zur Verfügung!"

„Ich wollte zu Ihnen nach Thionville, erlitt aber hier diesen Unfall, dessen Folgen..."

„Wie?", unterbrach er sie erschrocken. „Sie waren mit in dem Unglückszug?"

„Ja, Herr Doktor. Aber meine persönlichen Angelegenheiten später! Darf ich um eine kurze Gastfreundschaft in Ihrem Haus bitten?"

„Mit Freuden!"

„So erfahren Sie zunächst, dass ich eine Engländerin aus London bin und Harriet de Lissa heiße."

„Weiß Ihr Herr Bruder, dass Sie kommen?"

„Kein Wort."

„Und sein Diener, mein Kräutersammler, den ich dort sehe?"

„Mit ihm habe ich mich bereits verständigt. – Nun aber zu den Hilfsbedürftigen!"

Nach dieser kurzen Unterhaltung nahmen sie ihre Beschäftigung wieder auf.

Der Offizier hatte Kapitän Richemonte die Hand entgegengestreckt.

„Auch Sie haben schon von dem Unfall gehört?"

„Ja. Leider ist es nicht nur ein Unfall zu nennen."

Dabei blickte er sich um und tat, als ob er sich eines Schauderns gar nicht erwehren könne.

„Eine unerhörte Schurkentat!“, antwortete der Offizier.

„Und es musste gerade einen Personenzug treffen!“

„Das war ja beabsichtigt!“

„Beabsichtigt?“

„Ja. Der Zug wurde zum Entgleisen gebracht, um einen geplanten Raub ausführen zu können.“

„Ist so etwas möglich?“

„Teuflisch, nicht wahr? Aber wir haben die Kerle glücklicherweise erwischt.“

Die Augenwinkel des Kapitäns zogen sich zusammen, aber nur für einen ganz kurzen Augenblick.

„Das wäre gut! Aber sind es die richtigen?“

„Ja. Wir haben ihnen den Raub wieder abgenommen.“

„Sind Ihnen die Leute bekannt?“

„Nein.“

„Darf man sie einmal betrachten? Vielleicht, dass ich – man kennt doch die Bewohner der Gegend!“

„Sollte mich sehr freuen.“

„Wo befinden sie sich?“

„In einem Abteil des vorletzten Wagens. Ich stehe sofort zur Verfügung, Herr Kapitän! Habe nur da drüben vorher eine Kleinigkeit zu ordnen.“

Er eilte davon.

Der Alte warf einen forschenden Blick nach dem bezeichneten Wagen. Er sah die Wache auf dem Trittbrett, und da er, tiefer stehend, unter dem Wagen hindurchblicken konnte, bemerkte er, dass sich auf der anderen Seite des Bahndammes kein Posten befand. Sofort war sein Plan fertig. Und ebenso entschlossen ging er an die Ausführung.

Er holte aus seinem Überrock ein kleines Einschlagemesser, öffnete es und hielt es so in der rechten Hand, dass es von dem Ärmelaufschlag verdeckt wurde. Ein Blick nach dem Offizier zeigte ihm, dass dieser in einiger Entfernung mit einem Sergeanten sprach.

Langsam stieg er die Böschung hinan, als ob ihm die Rückkehr des Befehlshabenden zu lange dauerte. Aber anstatt dann zu dem Posten zu treten, ging er prüfend um den letzten Wagen herum.

Drüben war kein Mensch. Ein rascher Umblick überzeugte ihn, dass er unbeobachtet sei.

Er öffnete die Tür des Abteils, in dem sich die beiden Gefangenen befanden, vorsichtig und nur so, dass ein Stoß von innen nötig war, um die Tür aus ihrer Lage zu bringen.

Dann kehrte er auf die andere Seite zurück, immer mit der Miene eines Mannes, der die Festigkeit der Wagen prüfen will.

Kein Mensch hatte sein Tun beachtet und das Öffnen des Schlosses war so leise geschehen, dass es auch der Posten nicht bemerkte. Aber die beiden Gefangenen hatten das Geräusch doch vernommen.

„Du, was war das?", flüsterte der eine.

„Die Tür ist offen!"

„Wirklich?"

„Ja. Ich sehe eine schmale Spalte."

„Wer mag das gewesen sein?"

„Wer weiß!"

In diesem Augenblick näherte der Alte sich dem Abteil nun von diesseits. Der Posten machte ihm die Ehrenbezeigung.

„Kennen Sie mich?", fragte Richemonte.

„Zu Befehl, Herr Kapitän."

„Lassen Sie einmal die Gefangenen betrachten!"

Der Posten sprang vom Trittbrett herunter und der Alte trat hinauf. Als ob er sich festhalten müsse, langte er mit seiner rechten Hand zum geöffneten Fenster hinein und rückte dann so nahe heran, dass sein Oberkörper die ganze Öffnung füllte.

„Also das sind die Halunken, die solches Unheil angerichtet haben!", sagte er laut. „Die sollten mit glühenden Zangen gezwickt werden."

Während dieser Worte hatte er mit einem Ruck seiner Hand, der von außen gar nicht bemerkt werden konnte, das Messer auf den Schoß des einen Gefangenen geworfen. Dann sprang er wieder ab. Im nächsten Augenblick nahm der Posten wieder den Platz ein, hielt es aber für eine Pflicht militärischer Aufmerksamkeit, seine Augen auf den einstigen Offizier der Kaisergarde gerichtet zu halten.

Dies gab den beiden Verbrechern Spielraum zu einem abermaligen Gedankenaustausch.

„Der Alte", flüsterte der eine.

„Wir werden frei!"

„Hast du das Messer?"

„Ja. Ich werde erst deinen Strick durchschneiden und du darauf den meinigen."

„Dann aber hinaus! Wenn nur der verteufelte Soldat auf zwei Augenblicke verschwinden wollte."

„Keine Sorge – der Alte ist klug. Er wird's schon machen – da kenne ich ihn."

Jetzt kam auch der Offizier die Böschung des Dammes heraufgestiegen.

„Nun, Herr Kapitän?", fragte er. „Haben Sie sich die Kerle betrachtet?"

„Flüchtig."

„Kennen Sie die Leute?"

„Ich glaube nicht."

„Aber vielleicht sind Sie ihnen bekannt. Will sie einmal fragen. Vielleicht fangen sie sich."

Er schob den Posten auf die Seite und nahm auf dem Trittbrett Platz.

„Hört, Kerle", meinte er, „kennt ihr den Herrn, der jetzt hereingeblickt hat?"

Keiner sprach.

„Wenn ihr nicht reden lernt, werde ich euch die Zunge lösen. Ich frage euch, ob ihr den Herrn kennt!"

„Nein."

„So seid ihr nicht aus der hiesigen Gegend? Woher denn?"

Bevor eine Antwort kam, ertönte ein lautes Rollen und der Alte rief warnend:

„Herr Kapitän, der Zug!"

Der Offizier blickte um sich. Die vorhin wieder abgegangene Lokomotive kehrte mit mehreren Wagen zurück.

„Pah! Ich stehe fest!"

Er hatte die Verbrecher zum Sprechen gebracht und so wollte er diese gute Gelegenheit nicht unbenützt vorüber lassen. Er wendete sich also in das Innere des Wagens zurück.

„Also, woher ihr seid, frage ich!"

„Aus der Gegend von Verdun."

„Ihr habt Helfershelfer?"

„Nein."

„Lügt nicht!"

In diesem Augenblick schob die Maschine die neu angekommenen Wagen heran. Dies geschah zwar vorsichtig, verursachte aber doch einen Stoß, dem der Offizier nicht widerstehen konnte. Er sprang ab und lief, da die Wagen sich eine kurze Strecke weit bewegten, neben dem Abteil her.

„Jetzt!", sagte drinnen der eine zum anderen.

„Her deine Hände!"

„Hier! So! Und nun die deinigen."

Abermals ein Schnitt und die beiden konnten Arme und Hände gebrauchen.

„Ist jemand hüben auf deiner Seite?"

Der andere öffnete ein wenig und spähte hinaus.

„Kein Mensch – schnell!"

Er sprang hinaus. Der andere folgte ihm und schlug, während die Räder und Bremsen kreischten, die Tür zu. Dann flohen beide den Bahndamm hinab und in die Büsche hinein.

In diesem Augenblick sagte der Offizier zu Richemonte:

„Aus der Gegend von Verdun wollen sie sein!"

„Möglich. Aber bitte, fragen Sie doch weiter, Herr Kamerad!"

Dabei zuckten seine Schnurrbartspitzen auf und nieder.
„Sie haben Recht; man muss das Eisen schmieden, solang es heiß ist. Ich werde dem Untersuchungsrichter ein bisschen vorarbeiten."
Er stieg wieder auf das Trittbrett.
„Hört, ihr Halunken, ihr sollt mir – heiliges...!"
Er hielt bestürzt inne.
„Nun?", fragte der Alte. „Was gibt's?"
„Fort!", schrie der Offizier verblüfft und wütend, während er unbeweglich ins Innere des Abteils starrte.
„Fort? Wer denn?"
„Die beiden Kerle."
„Alle Wetter!"
Erst jetzt drehte der Offizier sich um. Sein Gesicht war kreideweiß geworden. Er blickte Richemonte mit weit geöffneten Augen an.
„Können Sie das begreifen?"
„Dass sie fort sind? Nein. Das kann ich nicht glauben! Zeigen Sie!"
Der Alte schob ihn fort, stellte sich hinauf und blickte ins Abteil.
„Unmöglich!", rief er. „Ich glaube, die Kerle haben sich unter die Sitze verkrochen."
„Unter die Sitze?", atmete der andere auf, dem bei diesen Worten das Blut in die Wangen zurückkehrte.
„Jedenfalls", entgegnete Richemonte.
Er gab sich Mühe, den Auftritt zu verlängern, damit die beiden Flüchtlinge Zeit zu einem genügenden Vorsprung finden möchten.
„Weshalb aber?"
„Das ist doch leicht einzusehen: damit wir glauben sollen, dass sie fort sind. Während wir nun auf der einen Seite suchen, würden sie auf der anderen ausreißen."
„So dumm sind wir denn doch nicht! Holen wir sie unter den Sitzen hervor!"
Sie öffneten die Tür und der Offizier blickte unter die

Bänke. Als er den Kopf wieder zurückzog, war sein Gesicht wutverzerrt.

„Sie sind fort!", knirschte er.

„Ist denn das Fenster drüben offen?"

„Nein."

„Oder gar die Tür?"

„Sie ist noch geradeso verschlossen wie vorher."

„Daraus werde der Teufel klug! Oder können Sie die Leute da drüben vielleicht laufen sehen?"

Der andere ließ das Fenster herab und blickte hinaus.

„Kein Mensch weit und breit!"

„So stehen wir vor einem blauen Wunder!"

„Blaues Wunder!", lachte grimmig der andere, während er aus dem leeren Abteil sprang.

„Eine verteufelte Sache!"

„Der Satan hat ihnen geholfen! Unter meinen Augen sind sie spurlos verschwunden! Das muss während der zwei Augenblicke geschehen sein, in denen ich neben dem Wagen herging, weil er in Bewegung war..."

Er wollte weitersprechen, wurde aber daran gehindert. Mit den neuen Wagen war außer zahlreichem Hilfspersonal auch die Gerichtskommission angelangt. Die Herren hatten sich sofort zur Unglücksstätte begeben; da sie dort aber hörten, dass die Täter entdeckt und in ein Abteil eingesperrt worden seien, kamen sie soeben zurück. Richemonte zog höflich grüßend den Hut.

„Ah, Herr Prokurator, Sie!", sagte er.

„Guten Tag, Herr Kapitän. Eine der traurigsten Pflichten hat mich herbeigerufen. Ergebener Diener!", grüßte er auch den jüngeren Offizier. „Man hat die Bestien schon gefasst?"

„Allerdings, Herr Prokurator", antwortete der Gefragte, während er das Tuch zog, um sich den Schweiß abzuwischen.

„Sie sind Ihrer Obhut anvertraut worden?"

„Ja – leider – gewiss!", stotterte der Arme.

„Wieso: leider?“

„Ich habe sie nicht mehr. Nämlich, sie – sie – sind – fort“, erklärte er in höchster Verlegenheit.

„Fort? Abgeführt also?“

„Nein, sondern entflohen!“, fiel Richemonte ein.

„Herr Kapitän!“

„Ja, es ist so!“, nickte der Alte in seiner bestimmten Weise.

„Nun, es wird wohl ein Licht für dieses Dunkel geben. Die Verbrecher sind fort, das ist Tatsache. Herr Kapitän, haben Sie die Güte, in der Umgegend, besonders auf der anderen Seite, nach Spuren suchen zu lassen. Ich begebe mich zunächst wieder zur Stätte des Grauens hinab.“

Er hatte diese Worte in strengstem Ton gesprochen. Es war ja klar, dass irgendein Fehler begangen worden war. Der Kommandant eilte fort, um der erhaltenen Weisung zu gehorchen, und Richemonte stieg gleichfalls zu den Trümmern nieder.

Unten erblickte er Nanon mit einem Verwundeten beschäftigt.

„Nun, ist Ihre Schwester auch verunglückt?“

„Nein. Sie lebt. Dank sei den Heiligen!“

„Pah, die Heiligen! – Wissen Sie nicht, ob sich ein Herr aus Amerika im Zug befunden hat?“

„Ja, ein Herr Deephill.“

„Den meine ich. Lebt er?“

„Dort neben der Engländerin steht er, eben im Begriff, einen der Verwundeten zu verbinden.“

„Eine Engländerin?“, fragte er, während er sein Auge musternd auf Emma von Greifenklau haften ließ. „War sie mit im Zug?“

„Sie hat mit meiner Schwester im Abteil gesessen.“

Er schritt auf die Gruppe zu und zog den Hut.

„Man sagt mir, dass ein Monsieur Deephill hier zu finden sei.“

Der Amerikaner wendete den Kopf.

„Allerdings, Monsieur. Deephill ist mein Name.“

„Sie kommen aus New Orleans und sind an einen Kapitän Richemonte gewiesen?“

„So ist es.“

„Nun, so sind Sie am Ziel. Mein Name ist Richemonte. Ich kannte den Zug, der Sie bringen sollte; ich vernahm vor wenigen Minuten, dass er verunglückt sei, und eilte natürlich sofort herbei, mich nach Ihnen zu erkundigen. Zu meiner unendlichen Freude höre ich, dass Sie wohlauf sind. Lassen Sie sich aus vollstem Herzen Glück wünschen!“

Er reichte dem Amerikaner die Hand.

„Herr Kapitän, Ihre Besorgnis rührt mich. Darf ich bitten, Ihnen heute oder morgen meine Aufwartung machen zu dürfen?“

„Geben Sie mir die Ehre, mein Gast auf Schloss Ortry zu sein!“

„Verbindlichen Dank!“

„Ich kam, um Sie abzuholen und zu geleiten. Wann dürfen wir aufbrechen?“

„Für jetzt werde ich wohl noch um Urlaub bitten müssen.“

Dabei fiel sein Auge auf Emma, die um den Verunglückten bemüht war. Richemonte deutete den Blick nach seiner Weise.

„Ah, die Schönheit hat doch stets ihre Fesseln!“

Emma errötete, tat aber nicht, als ob sie diese dreisten Worte auf sich münzte. Der Amerikaner zog die Augenbrauen zusammen.

„Ich kann diesen Ort unmöglich eher verlassen, bis ich meine Pflicht gegen die armen Menschen hier getan habe.“

Der Alte zuckte die Achseln.

„Es sind ja genug berufene Helfer da!“

„Das ist kein Grund, mich zurückzuziehen. Je mehr Hände tätig sind, desto eher werden die Schmerzen gestillt.“

„Sie mögen vielleicht Recht haben. Verzeihung, gehört

diese Dame zu Ihnen? Dann bitte ich, mich ihr vorzustellen!"
„Wir sahen uns erst im Zug. Herr Kapitän Richemonte – Miss de Lissa aus London."
Der Alte zog den Hut und verbeugte sich.
Jetzt stand Emma Auge in Auge dem langjährigen Todfeind ihrer Familie gegenüber, aber ihrem Gesicht war keine Spur der Gefühle anzumerken, die sie gegen ihn hegte. Sie sah ihm forschend ins Gesicht, als ob sie sich dessen Züge für immer einprägen wollte, und verneigte sich unter einem seltsamen Lächeln.
„Es bereitet mir eine Genugtuung, den Herrn kennen zu lernen, von dem ich so oft sprechen hörte!"
Es war ihr in dieser Sekunde ein Gedanke gekommen, ein Gedanke gleich einer Eingebung, der sie sofort Folge leisten musste.
Er blickte sie überrascht an.
„Von mir hörten Sie sprechen, Miss? Sollte das nicht eine Verwechslung sein? Der Name Richemonte scheint nicht selten vorzukommen."
„Ich meine Kapitän Albin Richemonte auf Schloss Ortry."
„Nun, der bin ich. Darf ich fragen, bei welcher Gelegenheit und wo mein Name Ihnen genannt wurde?"
„Darüber später einmal, falls wir uns wieder sehen sollten. Ich bin Mitglied des Klubs der Barmherzigen."
Das Auge des Alten leuchtete auf.
„Ah!", sagte er. „Reisen Sie vielleicht in Angelegenheiten dieses Klubs, Miss de Lissa?"
„Allerdings."
„Das ist mir freilich höchst wichtig! Darf ich nach dem Ziel Ihrer Reise fragen?"
„Thionville."
„Thionville? Sind Sie da vielleicht an eine bestimmte Anschrift gebunden?"
„Nein, ich besitze meine völlige Selbstbestimmung, werde aber bei Herrn Doktor Bertrand absteigen."

„Steht Ihre Familie in Beziehung zu ihm?“

„Nein. Er wurde mir empfohlen.“

„Haben Sie ihn verständigt? Denn er befindet sich hier, augenblicklich steht er da oben auf dem Damm bei den Wagen.“

Er deutete hinauf. Sie nickte dankend.

„Ich weiß es, Herr Kapitän. Ich habe schon mit ihm gesprochen.“

Richemonte konnte seine Augen kaum von ihren Zügen wenden. Es wurde ihm ganz eigentümlich zu Mute.

„Verzeihung, wenn ich Sie mit meinen Fragen belästige“, sagte er. „Es ist in Ihren Zügen, in Ihrem ganzen Wesen, ein Etwas, das mich zu dem Gedanken zwingt, wir hätten uns bereits einmal gesehen. Waren Sie früher schon in Frankreich?“

„Noch nie!“

„So irre ich mich. Aber vielleicht habe ich das Glück, Ihnen wieder zu begegnen. Verweilen Sie längere Zeit in Thionville?“

„Das ist unbestimmt. Jetzt aber bitte ich um die Erlaubnis, zu meiner Pflicht zurückkehren zu dürfen.“

Sie nickte dem Alten zu und wendete sich ab.

Der Kapitän trat mit dem Amerikaner einige Schritte abseits.

„Sie haben die Worte dieser Dame gehört?“

„Natürlich, Kapitän!“

„Fast scheint es, als ob diese Engländerin aus – besonderen Gründen nach Frankreich gekommen sei. Ich werde sie in Thionville wieder finden müssen. Sie haben sich jedenfalls im Zug mit ihr unterhalten. Und ich dächte, dass selbst die kürzeste Unterhaltung einen Anhaltspunkt bietet!“

„Wir haben von ihr gar nicht gesprochen. Ich stellte mich ihr vor und dann kam die Rede sofort auf die Entgleisung, die wir zu erwarten hatten.“

Der Kapitän horchte erstaunt auf.

„Zu erwarten hatten? Das klingt ja gerade, als ob Sie gewusst hätten, dass der Zug entgleisen werde?“

„So ist es auch.“

„Aber ich bitte Sie – das ist ja unmöglich!“

„Ich habe es aus Verschiedenem geschlossen, kam aber mit meinem Schluss erst dann zu Stande, als wir uns dem Ort bereits so nahe befanden, dass das Unglück nicht mehr zu verhüten war.“

Des Alten bemächtigte sich eine Aufregung, die er nur durch seine ganze Selbstbeherrschung verbergen konnte.

„Darf ich wissen“, fragte er, „welche Verdachtsgründe Sie hatten, um diesen Schluss zu ziehen?“

Der Amerikaner zögerte mit der Antwort, er blickte eine Weile hinaus ins Weite. Seine Züge hatten einen Ausdruck der Starrheit angenommen. Er ging mit sich über das zu Rate, was er antworten solle. Endlich sagte er:

„Man hatte es bei dieser Entgleisung nicht auf den Zug, sondern auf mich abgesehen!“

Der Kapitän erschrak.

„Auf Sie? Das ist nicht denkbar!“

„Oh, im Gegenteil, leicht erklärlich! Man wusste, dass ich mit diesem Zug kommen werde und dass ich sehr bedeutende Summen bei mir trage.“

„Nun? Weiter!“

„Man beschloss, den Zug entgleisen zu lassen, um dann bei meiner Leiche die volle Brieftasche zu finden.“

Der Alte zog erregt an den Spitzen seines Schnurrbarts.

„Das klingt wie Wahnsinn.“

„Ist aber die nackte, wahre Wirklichkeit! Man hat mich sogar schon für tot gehalten und mir, während ich im umgestürzten Wagen lag, die Brieftasche abgenommen.“

„Aber das beweist doch noch nichts für Ihre Vermutung! Man hat die Brieftasche wahrscheinlich zufällig bei Ihnen gefunden.“

Der Amerikaner zögerte, mehr zu sagen. Das Gesicht des Alten gefiel ihm gar nicht.

„Möglich“, setzte er deshalb hinzu. „Übrigens hätte ich mir nicht erklären können, wie man von meiner Brieftasche erfahren konnte.“

„Es wissen ja nur zwei, dass Sie erwartet werden, nämlich Graf Rallion und ich.“

„Und Sie beide werden sich jedenfalls gehütet haben, unser Geheimnis auszuplaudern!“

„Gewiss! Aber wie steht es denn mit Ihrer Brieftasche? Sie ist fort?“

„Sie war fort. Ich habe sie wieder!“

„Man hat sie dem Dieb abgenommen?“

„Den Dieben. Es waren zwei.“

„Ah! Dieselben, die entkommen sind?“

Der Amerikaner blickte erstaunt auf. Er war in Gesellschaft Emmas von Greifenklaus so sehr mit Hilfeleistungen beschäftigt gewesen, dass er auf die anderen Vorgänge gar nicht geachtet hatte.

„Entkommen?“, fragte er.

„Ja. Der Offizier hat sie entwischen lassen. Jetzt steht man im Begriff, ihnen nachzujagen.“

„Welch eine unbegreifliche Nachlässigkeit! Das ist...“ Er hielt inne und blickte nachdenklich vor sich hin, dann fuhr er fort: „Doch ich hoffe, dass man sie wieder ergreift.“

„Jedenfalls, Monsieur! Also Sie werden mein Gast sein. Leider habe ich nicht Zeit, länger hier zu verweilen. In welcher Weise werden Sie diesen Ort verlassen?“

„Jedenfalls in einem der Bahnwagen.“

„Schön! So werde ich Ihnen meinen Kutscher zum Bahnhof senden!“

„Ich bin Ihnen sehr verbunden.“

„Dann leben Sie wohl für jetzt!“

Sie reichten sich höflich die Hände und der Alte entfernte sich, um zu seinem Pferd zurückzukehren, das jenseits des Dammes ruhig graste.

Als sich die Nachricht verbreitete, dass die Gefangenen verschwunden seien, und eine Anzahl Soldaten abgeschickt wurde, ihre Spur zu suchen, schloss Fritz sich ihnen an. Er fühlte sich in einer grimmigen Stimmung über den Streich, musste aber bald einsehen, dass er zum Wiedereinbringen der Entsprungenen nichts beizutragen vermöge. Er hatte keine Zeit, nach ihnen in der Gegend herumzulaufen, und kehrte also zur Unglücksstätte zurück.

Gerade als er zwischen den Büschen hervortreten wollte, erblickte er den alten Kapitän, der vom Damm herabkam, um zu seinem Pferd zu gehen. Zu gleicher Zeit sah man einen Reiter und eine Reiterin quer über die Wiese herbeisprengen. Es waren Doktor Müller und Marion.

Der Alte bemerkte sie und blieb stehen, um sie zu erwarten. Sie hielten vor ihm und Müller sprang ab, um der Baronesse beim Absteigen behilflich zu sein.

Der Alte führte seine Enkelin auf den Damm und tat dabei gar nicht, als ob es vorher zwischen ihm und ihr eine Szene gegeben hätte.

Oben blieb er halten, um ihr einen Überblick zu lassen. Sie schauderte zusammen. Er fühlte es.

„Nun, jetzt kommt wohl die Ohnmacht?“, spottete er.

„Nein“, antwortete sie. „Es gehört jedoch ein ganz entmenschtes Herz dazu, hier nicht mitzuleiden!“

Sie wandte sich hinab.

„Wohin?“, fragte er.

„Wie kannst du noch fragen!“, sagte sie empört. „Ich werde mithelfen Verbände anlegen.“

„Hm, ich will nichts dagegen haben, stelle jedoch eine Bedingung. Blicke einmal gerade vor uns hinunter – siehst du den Herrn und die Dame, die soeben einen Arm in die Binde legen? Der Herr ist ein Amerikaner namens Deephill. Er wird bei uns wohnen. Die Dame neben ihm ist eine Engländerin, eine Miss de Lissa. Sie wird bei Doktor Bertrand wohnen. Ich habe Grund zu der Vermutung, dass sie in diplomatischen Aufträgen hier ist. Ich wünsche nun, dass du ihre Bekanntschaft zu machen suchst und dich bestrebst, sie auszuhorchen.“

„Zum Aushorchen habe ich nicht die mindeste Begabung."

„Du wirst dich nicht sträuben, denn es ist eine vaterländische Pflicht. Ich hoffe, bei deiner Heimkehr zu hören, dass du mit dieser Dame gesprochen hast. Adieu!"

Er ging.

Als er unten beim Pferd ankam, war Doktor Müller verschwunden; das kümmerte ihn aber nicht. Er stieg auf und ritt davon. –

Vorher, als der Alte mit Marion die Böschung emporgestiegen war, hatte Müller folgen wollen. Während er aber die beiden Pferde an einem der Bäume befestigte, horchte er auf. Es hatte wie ein unterdrückter Zuruf geklungen.

Er trat ins Gebüsch hinein und erblickte Fritz.

„Du hier?", fragte er. „Es ist dir also nicht gelungen, das Unheil zu verhüten?"

„Nein. Wer hätte an eine Entgleisung des Zuges gedacht?"

Nun gab Fritz einen gedrängten Bericht über seine Reise und das Unglück, schwieg aber einstweilen noch darüber, wer die ‚Engländerin' eigentlich war.

„Also du bist der Retter der schönen Madelon?"

„Ja. Und der Amerikaner ist der Retter der Engländerin."

„Das gönne ich ihm und ihr, es kümmert mich aber weniger."

Fritz machte ein erstauntes Gesicht.

„Weniger?"

„Ja. Ich kenne beide nicht!"

„Das möchte ich doch bezweifeln!"

„Wieso?"

„Diese Engländerin reist nämlich unter falschem Namen und heißt in Wirklichkeit Emma von Greifenklau."

„Mensch, Fritz! Bist du verrückt?"

„Fällt mir nicht ein."

„So sei ernst und lass den Witz! Sag aufrichtig: Wer ist die Dame, von der du sprichst?"

„Nun, es bleibt doch dabei, wie ich gesagt habe; es ist Ihr Fräulein Schwester."

„Emma?“

Bei dieser Frage machte Müller ein Gesicht, das keineswegs geistreich genannt werden konnte.

Fritz weidete sich daran.

„Ja, Fräulein Emma von Greifenklau.“

„Herrgott! Was will sie denn hier?“

„Keine Ahnung.“

„Ich könnte mir keine andere Erklärung denken, als dass sie ihre Freundin zum Begräbnis begleitet. Aber der Großvater und die Mutter...“

Er hob ratlos die Schultern.

„...würden dem gnädigen Fräulein wegen eines Trauerfalls bei einer Gesellschafterin, obgleich diese ihre Freundin ist, keine so weite Reise gestatten“, ergänzte Fritz kopfschüttelnd.

„Ja, das meine ich! Es muss also einen anderen Grund geben.“

„Ich denke, dass wir ihn erfahren werden.“

„Sicherlich. Aber wenn ich ihr jetzt begegne, wird sie sich in der Überraschung verraten.“

„Ganz gewiss nicht. Sie wird vielmehr befürchten, dass der Herr Doktor sich aus Überraschung verraten könne.“

„Dem hast du vorgebeugt. Ich muss hinüber zu ihr. Ich muss wissen, was sie zu dieser Reise bewogen hat. Uns beide, lieber Fritz, braucht man nicht beisammen zu sehen. Lass mich voran!“

Er stieg die Böschung hinauf. Oben wollte man ihn zurückweisen, da jetzt der Volksandrang zu groß geworden war; als er aber erklärte, dass er der Erzieher auf Schloss Ortry sei, ließ man ihn durch.

Er hatte Schlachten mitgemacht; der Anblick, der sich ihm hier bot, war ihm also nichts Neues. Seine Augen suchten Marion und er fand sie neben einer blonden Frauengestalt an der Leiche eines Kindes.

Als sie seine Schritte hörten, drehten sie sich um. Ja, die Blonde war seine Schwester. Sie tat aber nicht im Mindesten, als ob sie ihn kenne. Beider Augen standen voller Tränen.

„Schauen Sie, Herr Doktor!“, sagte Marion, während sie auf die Leiche deutete.

„Der arme Knabe“, sagte er im Ton herzlichen Mitgefühls.

„So schön und lieblich“, klagte sie. „Es hat ihm die kleine Brust eingedrückt.“

„Wo mögen seine Eltern sein?“, fügte Emma hinzu.

„Wahrscheinlich ebenfalls verunglückt“, bemerkte Doktor Müller.

„Warum vermuten Sie das?“

„Vater oder Mutter würden, wenn eins von beiden mit dem Leben davongekommen wäre, nach dem Kind suchen!“

„Das ist richtig“, meinte Marion. „Wenn sich niemand des Knaben annimmt, werde ich für die kleine Leiche sorgen.“

„Ja“, fügte Emma hinzu, „dem Knaben sollen nicht die Blumen am Hügel fehlen.“

Müller stand einige Schritte zurück und betrachtete mit Rührung das schöne Mädchenpaar.

Errötend stand Marion auf.

„Verzeihung, Herr Doktor, dass ich meine Pflicht versäumte. Herr Doktor Müller, Erzieher meines Bruders – Miss Harriet de Lissa aus London.“

Beide verneigten sich voreinander, als ob sie sich noch nie gesehen hätten. Emma suchte vergeblich nach einem unbefangenen Wort.

„Wenn die Damen für diese kleine Leiche sorgen wollen“, kam Müller ihr zu Hilfe, „so gibt es behördliche Schritte und dergleichen zu tun, die für eine Dame nicht immer angenehm sind. Darf ich bitten, mich mit diesen Vorbereitungen zu betrauen?“

„Gern, lieber Herr Doktor“, antwortete Marion. „Ah, dort kommt einer der Retter. Ich muss ihm Dank sagen, dass er die Schwester meiner Nanon...“

Damit eilte sie Fritz entgegen. Müller blieb allein mit Emma zurück.

„Emma!", sagt er. „Weshalb kommst denn du hierher?"

„Wer hat dich auf meine Anwesenheit vorbereitet?"

„Fritz."

„Nun, die Veranlassung zu meiner Reise heißt auch Fritz."

„Wieso denn?"

„Er hat den Löwenzahn!"

„Das weiß ich längst!", lachte er mit gutgespielter Gleichgültigkeit.

„Himmel! Du weißt es und hast es uns noch nicht mitgeteilt?"

„Durfte ich euch in Unruhe versetzen? Kennst du den Zusammenhang?"

„So ziemlich."

„Durch wen?"

„Nanon hat ihrer Schwester davon geschrieben."

„Nun, ich wollte erst den Bajazzo auffinden und ihn zum Geständnis bringen. Dann war es die richtige Zeit, mit unserem Fund hervorzutreten."

„Hatten deine Nachforschungen Erfolg?"

„Noch nicht. Aber hast du dir auch überlegt, welche Störung du mir bereiten kannst?"

„Gewiss! Übrigens kannst du ohne Sorge sein; ich werde mich sehr in Acht nehmen und überhaupt nicht lange hier bleiben."

„Ah, du gedenkst in Thionville abzusteigen?"

„Ja. Wo sonst?"

„Ich glaubte, der Zweck deiner Reise sei, Madelon zu begleiten."

„Das hätte Großpapa nicht zugegeben."

„Aber wo wirst du wohnen?"

„Bei Doktor Bertrand."

„Warum bei ihm? Ich bin ihm schon sehr verpflichtet."

„Es ist nicht mehr zu ändern. Er hat mich eingeladen

und ich habe angenommen. Aber, lieber Richard, wenn wir uns nicht an einem so schrecklichen Ort befänden, ich würde endlos über dich lachen müssen."

„Wieso?"

„Dieser Buckel!"

„Oh, der kleidet mich gut!"

„Und dieses Zigeunergesicht!"

„Das macht mich männlich."

„Dieses falsche Haar!"

„Die Damen mögen sich an ihrem eigenen Haar zupfen."

„Du bist recht streitbar!"

„Meine körperlichen Vorzüge lasse ich nicht mit Spott behandeln; in diesem Punkt bin ich empfindlich! – Ich werde versuchen, dich bei Doktor Bertrand sprechen zu können."

„Oh, nicht nötig!", meinte sie mit großer Entschiedenheit. „Wir werden uns auf Ortry unterhalten."

„Nein! Das ist zu gefährlich. Wenn dich der Alte erblickt und die Familienähnlichkeit erkennt?"

„Keine Gefahr – er hat schon mit mir gesprochen."

„Wirklich?"

„Er hält mich für ein Mitglied des Frauenklubs der Barmherzigen in London."

„Ah, vielleicht denkt er, dass du eine Abgesandte bist, um dir Klarheit über die Kriegsabsichten zu holen!"

„So etwas scheint er anzunehmen."

„Wie verhielt er sich?"

„Oh, er sprach sogar die Hoffnung aus, mich wieder zu sehen. Und nun, da ich mit Marion bekannt bin, werde ich sicher nach Ortry eingeladen."

„Dann aber die allergrößte Vorsicht!"

„Das versteht sich von selber!"

„Sei nicht so siegesgewiss! In Ortry gibt es Gefahren, die du noch nicht kennst, die ich dir erst erklären muss. Doch da kommt Marion. Wir werden nicht mehr lange bleiben können. Die Maschine gibt das Zeichen zum Einsteigen."

Er hatte Recht. Die Abteile waren gefüllt; der Hilfszug ging in kurzer Zeit ab, um nochmals zurückzukehren und die übrig gebliebenen nachzuholen – Gesunde, Verwundete und Tote.

Man arbeitete an den Trümmern, um die Gepäckstücke auszuschneiden, und während dieser Zeit wurden die zerstörten Dammteile wenigstens soweit wiederhergestellt, dass ein Gleis zu befahren war.

Als Emma mit Madelon und Nanon einstieg, ahnte Marion de Sainte-Marie nicht, dass jene beiden Freundinnen waren. Sie nahm von Emma herzlichen Abschied und stellte ihr einen baldigen Besuch bei Doktor Bertrand in Aussicht. Dann ritt sie mit Müller nach Ortry zurück.

Dort trat ihr der Kapitän entgegen.

„Hast du den Amerikaner und die Engländerin gesehen?", fragte er.

„Jawohl, sie ist ein angenehmes Wesen von hoher Bildung."

„Ah, sie gefällt dir? Umso besser."

„Sie wohnt bei Doktor Bertrand. Ich werde sie vielleicht morgen schon besuchen."

„Das rate ich dir!"

„Und wenn du es erlaubst, bitte ich sie um einen Gegenbesuch bei mir."

„Natürlich! Ich habe auch nichts dagegen, wenn du sie einlädst, unser Gast zu sein. Weshalb soll sie bei Bertrand wohnen? Wir haben Raum genug." –

18. Man legt eine Gegenmine

Als Herr Hieronymus Aurelius Schneffke auf dem Bahnhof zu Trier mit seinen beiden kalten Schnitzeln hinstürzte, blieb er ruhig liegen, bis der Zug vorüber war. Er ergab sich mit einer gewissen Seelengröße in die Tatsache, dass er auch durch kein noch so großes Jammern den Gegenstand seiner Verehrung zu halten vermöchte. Um ihn herum lagen die Scherben des Porzellanzeugs.

„So stehen Sie doch endlich auf! – Esel!"

Er blickte sich um und erkannte den Kellner, diesen Menschen, der eigentlich schuld war an dem verhängnisvollen Sturz.

„Esel? Ah, sehr liebenswürdig, dass Sie sich vorstellen. Gestatten Sie: Schneffke ist mein Name!", sagte er verbindlich, nachdem er mit einer überraschenden Behändigkeit aufgesprungen war. Stolz wandte er sich ab und ging zur Wirtschaft, um das zerbrochene Geschirr zu bezahlen; dann begab er sich in die Stadt, um in einem anderen Gasthaus den Ärger mit einem Glas Bier hinabzuspülen. Gemächlich wanderte er zum Bahnhof zurück.

Da erst fiel ihm ein, dass er ja seine Mappe im Zug zurückgelassen habe. Er begab sich ins Telegrafenamt und drahtete nach Thionville:

‚Mittagszug Wagen Nummer 125 Malermappe zurückgelassen. Wird 4 Uhr 31 abgeholt.

Schneffke, Kunstmaler aus Berlin.'

Bei dieser Gelegenheit erfuhr er, dass der Zug kurz vor Thionville verunglückt sei und dass man viele Reisende tot oder verwundet unter den Trümmern hervorgezogen habe.

Das versetzte den guten Hieronymus in die größte Aufregung. Er eilte auf dem Bahnsteig hin und her, gebärdete sich wie ein Irrer und redete laut mit sich selber.

„Die Gesellschafterin! Die Gesellschafterin! Wie haben sie die herausgezogen? Tot, halbtot, verwundet, ohnmächtig, lebendig oder gesund? Dieser verdammte Zug will immer noch nicht kommen. Wenn die Gesellschafterin tot ist, sprenge ich sämtliche französische Bahnen in die Luft!"

Endlich lief der Zug ein. Schneffke rannte in ein Abteil und freute sich, dass er es allein behalten durfte. Seine Angst ließ ihm keine Ruhe. Er schritt in dem engen Raum hin und her wie ein Tiger im Käfig.

„Verdammter Bummelzug!", fluchte er ein über das andere Mal. „Ich laufe zehnmal schneller!"

So ging's an Karthaus, Wellen, Wincheringen, Nennig, Sierck vorbei und endlich auch an Königsmachern. Da öffnete er das Fenster und blickte hinaus.

Der Zug begann langsamer zu fahren. Er hatte das kaum wiederhergestellte Gleis der Unglücksstätte erreicht. Unten am Damm standen die Menschen Kopf an Kopf, oben auf dem Damm waren noch immer Bahnarbeiter beschäftigt.

Die Wagen rollten vorüber und bald darauf hörte Schneffke die Bahnsteigglocke zweimal läuten; die Maschine pfiff, die Räder kreischten – der Zug hielt in Thionville.

„Thionville! Eine Minute Aufenthalt! Schnell einsteigen!"

Der Maler hörte nur das erste Wort, ohne auf das Übrige zu achten. Er musste nach der Mappe fragen. Deshalb sprang er hinaus.

„Herr, es ist nur eine Min...", rief der Schaffner.

Schneffke beachtete ihn nicht. Er eilte in den Flur des Bahngebäudes. Dort stand ein Mann mit weißen Tressen an der Mütze.

„Sind Sie die ‚Auskunft'?"

„Ja, mein Herr."

„Meine Mappe!"

„Welche Mappe?"

„Ich habe sie im vorigen Zug liegen gelassen."

„Ach so! Sie hatten sich verspätet und haben dann nach hier gedrahtet?"

„Ja."

„Dort ist das Amt."

Schneffke trat ein und grüßte.

„Ist meine Mappe da?"

Der anwesende Herr blickte ihn forschend an, griff nach einem Papier, blickte darauf und fragte dann:

„Sind Sie Herr Schneffke?"

„Kunstmaler aus Berlin, von Trier aus gedrahtet", fiel der Gefragte ein.

„Schön. Die Mappe ist geborgen worden. Hier ist sie!"

Er griff in einen Kasten und zog etwas hervor, was ungefähr aussah wie Schnitzel von Papier und Pappe, die mit einem alten Strick umwunden sind. Schneffke griff zu und starrte das Ding mit weit geöffneten Augen an.

„Wa – wa – was ist das?"

„Ihre Mappe, Herr Schneffke!"

„Mei – mei – meine M – ma – ppe? Aber das ist ja gar keine Mappe!"

„O doch! Sie ist freilich ein wenig beschädigt, weil sie mit verunglückt ist, aber Sie müssen froh sein, dass wir sie überhaupt noch gefunden haben."

„Na, das ist eine schöne Christbescherung! Hören Sie einmal, Herr, Herr – Herr..."

„Halt, mein bester Herr Schneffke! Bleiben Sie in Thionville oder wollen Sie weiter?"

„Weiter!"

„Wann?"

„Nun jetzt, mit diesem Zug."

„O weh! Der Zugführer hat ja bereits das Zeichen gegeben. – Gleich zu dieser Tür hinaus!"

Schneffke sprang hinaus. Kein Wagen war mehr offen und alle Räder in Bewegung.

„Halt! Halt!", brüllte er. „Ich gehöre noch mit dazu."

„Zurück!", rief ihm der Stationsvorstand zu. „Zu spät!"

„Herr Schneffke!", hörte er da eine laute Frauenstimme rufen.

Er erkannte Madelon, die am Fenster stand und ihm ein rotleuchtendes Taschentuch herauswarf. Ei, das war ja sein eigenes! Er hatte es bei seiner Hilfsbereitschaft, die Schnitzel zu besorgen, ebenfalls liegen lassen. Wie ein Wiesel schnellte er neben dem Zug her, um Madelon näher zu kommen.

„Ist sie mit unter den Toten?"

„Wer?"

„Die Gesellschafterin."

„Sie ist nicht tot! Sie lebt, sie wohnt in Thionville bei Herrn..."

Das Übrige wurde von dem Rollen der Räder verschlungen.

Schneffke blieb stehen und holte Atem.

„Gott sei Dank, sie lebt!", sagte er. „Sie ist mir nicht verloren! Eine Schickung Gottes vielleicht, dass ich diesen Zug auch noch versäumt habe."

Sinnend schritt er den Bahnsteig zurück. Da sah er sein Taschentuch liegen; er hob es auf und steckte es ein. Was nun tun? Der nächste Zug ging erst nach neun Uhr abends. Schneffke beschloss, die fünf Stunden zu Nachforschungen zu benützen. Er durchlief Straße auf Straße, er kehrte in allen Kneipen ein, er ging hinaus nach der Unglücksstelle, wo es noch Menschen in Masse gab – es gelang ihm nicht, von der Gesuchten ein Wörtchen zu erfahren.

So nahte die Zeit des Zuges. Es war bereits neun Uhr und er hatte nur noch dreizehn Minuten. Er lenkte nach dem Bahnhof ein und gelangte dabei in die Straße, wo Fritz Schneeberg wohnte. Zwei Damen kamen ihm entgegen. Er blieb stehen. Wahrhaftig – das war ‚sie'!

Er eilte auf sie zu und zog den Hut.

„Tausendelement, Fräulein, dem Himmel sei Dank! Ich hörte, Sie wären verunglückt, und da bin ich vor Schmerz..."

Er hielt inne. Sie hatte ihn ganz fremd angesehen, als ob sie ihn nicht kenne, und war dann mit ihrer Begleiterin in das nächste Haus getreten. Was bedeutete das? Hatte er sich vielleicht geirrt und es war gar nicht die Gesellschafterin gewesen?"

Jenes Haus hatte zwei Türen, außer dem eigentlichen

Eingang noch eine Glastür, über der das Wort ‚Apotheke' stand. Diese Glastür war offen und unter ihr lehnte ein halbwüchsiger Bursche, der den Vorgang beobachtet hatte. Schneffke grüßte ihn herablassend.

„Haben Sie die beiden Damen gekannt, mein Lieber?"

„Ja", antwortete der Gefragte, während er den Dicken neugierig musterte.

„Wer waren sie?"

„Hm!", brummte der Mensch und rieb sich den Rücken an der Türpfoste.

„Nun, ich denke, Sie haben sie gekannt?"

„Allerdings. Aber – wollen Sie vielleicht etwas kaufen?"

„Ich brauche nichts."

„Dann gute Nacht!"

Er trat zur Tür hinein und wollte sie schließen. Schneffke griff schnell zu. Er sah ein, dass es besser sei, eine Kleinigkeit zu kaufen, als ohne Auskunft zu bleiben, und trat in den Laden.

„Womit kann ich dienen?"

„Mit rotrussischem Seifenpflaster und nebenbei mit der erbetenen Auskunft."

„Für wie viel?"

„Fünfzig Centimes."

„Schön!"

Während der Apothekergehilfe das Pflaster einpackte, fragte der Maler:

„Wer wohnt hier?"

„Herr Doktor Bertrand."

„Wer noch?"

„Ich und der Pflanzensammler Schneeberg."

„Also Sie kennen jene beiden Damen wirklich?"

„Ja. Hier haben Sie das Pflaster: Ist auf Papier zu streichen, auf die kranke Stelle zu legen und nicht wegzunehmen. Wenn Besserung eintritt, fällt es von selber ab."

„Schön. Wer war die blonde Dame?"

„Brauchen Sie noch etwas?"

„Für heute nicht."
„Dann empfehle ich mich Ihnen. Gute Nacht, Monsieur!"
„Halt! Ich will mir noch ein Viertelpfund gelbe Salbe mitnehmen."
„Sehr wohl."
„Also die blonde Dame?"
„Ist bei uns auf Besuch."
„Wie heißt sie?"
„Miss de Lissa."
„Das ist unmöglich!"
„Ich weiß es nicht anders. Hier ist die gelbe Salbe. Wird am besten auf Schafleder gestrichen. Sobald es wirkt und das Loch groß genug ist, zieht man den Eiterstock mit einem geeigneten Gegenstand heraus."
„Das kenne ich bereits. Was ist die Dame?"
„Brauchen Sie noch etwas?"
„Donnerwetter! Meinen Sie, dass ich die ganze Apotheke auskaufen soll?"
„Nein. Aber ich darf mit den Herrschaften nur dann verkehren, wenn sie geschäftlich hier sind."
„Nun gut. Geben Sie mir eine Tüte Wurmhütchen! Aber sagen Sie mir dabei gefälligst, was die Dame ist."
„Eine Engländerin."
„Auch das ist unmöglich! Wer war die andere Dame?"
„Frau Doktor Bertrand!"
„Ist die Blonde heute mit dem Zug verunglückt?"
„Ja. Hier sind die Hütchen, Monsieur. Drei auf einmal. Besser aber ist es, Sie nehmen vorher eine Obertasse Rizinusöl und nachher eine tüchtige Abkochung von Aloe und Sennesblättern."
„Wenn ich dies beides nehme, brauche ich jedenfalls Ihre Hütchen nicht. Wie lange wird diese Dame hier bleiben?"
„Ich weiß es nicht. Brauchen Sie noch etwas?"
„Nun wirklich nichts mehr."
„Macht zwei Francs achtzig Centimes."

„Sapperment! Teure Erkundigungen! Ich benötige ja dieses Giftzeug gar nicht."

Dabei legte Schneffke das Geld hin. Der Gehilfe griff zu und sagte dann gleichgültig:

„Warum haben Sie es denn verlangt?"

„Nur, um mit Ihnen sprechen zu können."

„Gut. Wenn Sie die Waren nicht brauchen, so will ich sie Ihnen für fünfzig Centimes wieder abnehmen."

Schneffke riss den Mund auf und starrte den Sprecher eine Weile an.

„Kerl, dich sollte man vergolden! Auf Ehre und Pudding! Wenn ich wüsste, dass du dich dieser Pflaster und der Hütchen gleich selber bedientest, würde ich auf deinen Vorschlag eingehen; aber vielleicht kann ich diese schönen Sachen auch noch brauchen. Gute Nacht!"

Er ging und das war sein Glück, denn er kam gerade noch zur rechten Zeit, um in den Wagen zu springen. Eine halbe Minute später setzte sich der Zug in Bewegung.

Auch jetzt hatte er ein Abteil für sich allein und so streckte er sich lang aus und schlief, bis der Zug in Metz hielt.

Dort begab er sich in den nächsten Gasthof, wo er übernachtete. Früh fragte er nach der Fahrgelegenheit nach Etain. Die Post war bereits abgegangen und der Hausknecht meinte, dass es am besten sei, von hier bis Etain zu laufen, da es ein sehr kurzer Tagesmarsch sei und man dabei die herrliche Gegend genießen könne.

Schneffke ließ sich verleiten. Er kaufte sich eine neue, kleinere Mappe zum Umhängen und einen Feldstuhl. Mit beidem ausgerüstet, machte er sich auf die Wanderung. Abends spät kam er in Etain an, so ermüdet, dass er sich sofort ein Zimmer anweisen ließ und sich zur Ruhe legte. Er hat niemals einem Menschen von diesem Marsch erzählt. Vielleicht war er so schön, dass er selbst den Genuss durch die Schilderung niemand gönnte. –

*

Fritz hatte auf der Unglücksstätte der Gerichtskommission seine Aussage gemacht und dann war er mit den Damen zur Stadt gefahren. Auf dem Bahnhof hatte sich Emma von den anderen getrennt, um sich zu Doktor Bertrand zu begeben, der seine Frau durch einen Boten von dem Eintreffen eines Gastes benachrichtigt hatte.

Fritz wartete mit Nanon und Madelon, bis der nächste Zug aus Trier anlangte. Sie stiegen in das erstbeste offen stehende Abteil zweiter Klasse. Da lag ein gelb und rot gewürfeltes seidenes Taschentuch.

„Dieses Tuch kenne ich", sagte Madelon. „Das wird jedenfalls einen Spaß geben."

„Wem gehört es?"

„Herrn Hieronymus Schneffke, von dem ich euch erzählt habe. Er ist mit diesem Zug nachgekommen und hier ausgestiegen. Hoffentlich versäumt er die Gelegenheit nicht abermals."

Aber diese Hoffnung wurde doch zu Schanden. Madelon musste ihm das Tuch hinauswerfen.

„Den Mann muss ich mir betrachten", meinte Fritz, während er einen Blick über die Schulter des Mädchens hinausgleiten ließ.

„Ah, dem muss ich schon mal begegnet sein", sagte er.

„Wirklich? Nicht wahr, der ist köstlich?"

„Ich entsinne mich. Doch glaube ich, dass er gar nicht so einfältig ist, wie er scheint. Er liebt es, sich veralbern zu lassen."

„Wo haben Sie ihn kennen gelernt?", fragte Nanon.

Diese durfte noch nicht wissen, was und woher Fritz eigentlich war; daher brachte diese Frage ihn einigermaßen in Verlegenheit, doch er zog sich schnell heraus.

„Ich habe ihn während meiner Wanderjahre getroffen. Er war damals auf Studienreisen."

Der Umstand, dass die beiden Schwestern nicht offen über Fritzens Verhältnisse sprechen konnten, war ein Hemmnis der Unterhaltung.

Sie erreichten Metz gegen sechs Uhr. Dort sorgte Fritz für ein Fuhrwerk nach Etain. Da die beiden Mädchen immerhin einiges Gepäck bei sich führten, so sah der Pflanzensammler sich genötigt, auf dem Bock neben dem Kutscher Platz zu nehmen.

Die Pferde waren frisch, griffen gut aus, und so gelangten die Reisenden noch vor Mitternacht an ihr heutiges Ziel. Sie stiegen im besten Gasthof des Ortes ab, wo Fritz Zimmer bestellte.

„Endlich sind wir seit unserem Zusammentreffen einmal allein", sagte Madelon, als sich Fritz nach dem Abendbrot auf sein Zimmer begeben hatte. „Und nun können wir ungestört miteinander sprechen."

„Oh", meinte Nanon, „vor Herrn Schneeberg brauchen wir kein Geheimnis zu haben."

„Meinst du? Du schenkst ihm also dein ganzes Vertrauen?"

Nanon errötete ein wenig.

„Ja, denn er verdient es auch in vollstem Maß."

„Wer ist er denn eigentlich?"

„Ein Waisenknabe, geradeso wie auch wir beide Waisen sind. Ich habe dir einiges über ihn geschrieben, was ich jetzt vervollständigen will."

Sie erzählte nun ausführlich, was sie von ihm wusste und wie sie mit ihm zusammengetroffen war. Doch sie war ihrer Schwester gegenüber nicht ganz so aufrichtig wie gegen ihre Freundin Marion de Sainte-Marie.

„Eigentümlich!", sagte Madelon. „Ich habe vor einigen Tagen einen Menschen kennen gelernt, der Herrn Schneeberg außerordentlich ähnlich sieht."

„Ich auch. Welch ein Zusammentreffen!"

„Wer war das?"

„Ein Maler namens Haller, der für einen Tag bei uns auf Ortry weilte."

Madelon nickte leise vor sich hin.

„Hat dir dieser Mann gefallen?"

„Ja."
„Es ist derselbe, den ich meine."
„Wie? Derselbe? Dieser Haller ist jetzt in Berlin?"
„Ja. Er ist aber kein Maler, sondern ein französischer Offizier."
„Was du sagst!"
„Ja, ein Offizier. Frankreich steht vor einem Krieg mit Deutschland; darum sendet es Leute zu uns, das Land und unsere Verhältnisse zu erkunden."
„Das hätte ich ihm nicht zugetraut."
„Mir hat es leid getan. Er wohnt mit mir in demselben Haus."
„Ach!"
„Ich habe ihn freundlich und mit Vertrauen empfangen und, denke dir, deine und meine Verhältnisse scheinen ihm nicht ganz unbekannt zu sein."
„Sonderbar."
„Er sprach von Aufklärungen, die er mir nach meiner Rückkehr geben will."
„Glaubst du daran?"
„Ich weiß nicht, was ich denken soll. Man muss es geduldig abwarten. Ich habe einige Hoffnung auf morgen gesetzt."
„Ich gar keine."
„Warum? Ich kann mich des Gedankens nicht erwehren, dass der Pflegevater doch gewusst hat, wer wir sind. Er wird nicht gestorben sein, ohne es seinem Sohn mitgeteilt zu haben. Das ist so meine Meinung."
„Und du denkst, dass dieser uns das Geheimnis offenbart?"
„Ja."
„Das wird er nicht tun. Diesen Charles Berteu kenne ich besser als du."
„Er war zwar immer ein eigenwilliger, mundfauler Junge, aber wirklich zu Leide getan hat er uns wohl nichts."
„Bis zu unserer Trennung, ja. Du gingst eher in Stellung

als ich. Ich blieb auf Schloss Malineau zurück. Kannst du dich erinnern, dass er mich immer auszeichnete?"

„Das weiß ich noch."

„Nun, nach deinem Weggang trat das noch viel bestimmter hervor. Er machte mir – Liebesanträge."

„Das hätte ich von Charles allerdings nicht geahnt."

„Dann ging ich nach Ortry und mit Marion auf Reisen. Kurz nach meiner Rückkehr bekam ich einen Brief, der mich benachrichtigte, dass er nächstens kommen werde, um mit mir zu sprechen. Ich würde nicht wagen, einen Schritt vor die Tür zu tun; aber ich habe einen Schutz, auf den ich mich verlassen kann."

„Wer ist das?"

„Fritz Schneeberg, der Kräutersammler. Ich würde nicht zum Begräbnis kommen, wenn ich diesen Schutz nicht hätte."

„Willst du Herrn Schneeberg mit ins Schloss nehmen?"

„Nein."

„Wie also soll er dich beschützen?"

„Ich muss es ihm überlassen. Es ist am besten, ich spreche aufrichtig mit ihm, und zwar noch heute Abend."

„Heute Abend noch? Wo denkst du hin? Nach Mitternacht! Ein junges Mädchen mit einem einzelnen Herrn im Gasthof!"

„Liebe Madelon, bei euch in Berlin muss es doch recht schlimme Menschen geben, weil du so wenig Vertrauen hast. Dieser Herr Schneeberg ist so gut, so ehrlich und bescheiden. Er wird nicht ein Wort sagen, was mir unangenehm sein könnte."

Madelon konnte natürlich nicht verraten, dass gerade dieser gute, bescheidene und ehrliche Herr Schneeberg aus Berlin sei, noch dazu von den Ulanen. Sie meinte also nur:

„Tu, was dir recht und klug erscheint! Du kennst ihn ja besser als ich."

„So gehe ich zu ihm. Wer weiß, ob ich morgen Zeit finde, unter vier Augen mit ihm zu sprechen."

„Dann spute dich! Ich will schlafen, denn ich bin sehr müde. Von Berlin bis hierher habe ich kein Auge schließen können."

Nanon verließ das Zimmer und begab sich einige Türen weiter hin. Fritz saß noch am offenen Fenster und blickte in die Nacht hinaus.

Da klopfte es leise an seine Tür. Er fuhr erstaunt herum, bevor er antwortete:

„Herein!"

Die Tür wurde ein wenig geöffnet.

„Sind Sie noch munter?"

Diese Stimme kannte er. Er sprang überrascht auf.

„Ich bin noch nicht zur Ruhe gegangen, Mademoiselle Nanon! Bitte, kommen Sie und setzen Sie sich!"

Sie ließ sich auf dem Sofa nieder. Er schloss das Fenster und zog sich einen Stuhl heran.

„Sie haben heute wieder eine Probe Ihrer Tatkraft und Entschlossenheit gegeben, indem sie Madelon vom Tod erretteten. Wie sollen wir Ihnen das vergelten, Monsieur Schneeberg?"

Er sah fast beschämt vor sich hin.

„Mademoiselle Nanon, ich wollte, ich könnte Ihnen täglich solche Dienste leisten. Ich fühle mich glücklich, wenn Sie mit mir zufrieden sind."

„Und jetzt komme ich schon wieder, um Sie um eine Gefälligkeit zu bitten, die Ihnen jedenfalls unangenehm sein muss."

„Oh, was denken Sie? Jede Gefälligkeit, die ich Ihnen erzeigen kann, ist mir willkommen!"

„Nun gut, lieber Monsieur Schneeberg; ich werde einmal recht aufrichtig mit Ihnen sein. Es gibt nämlich einen Menschen, den ich nicht leiden kann und der mich zwingen will, seine Frau zu werden."

Sein Gesicht verfinsterte sich.

„Der soll sich sehr in Acht nehmen, Mademoiselle Nanon. In dieser Hinsicht verstehe ich keinen Scherz."

„Und leider", fuhr sie fort, „ist dies gerade der, bei dem ich morgen sein werde."

„Darf ich erfahren, wer es ist, Mademoiselle?"

„Der Sohn des Toten."

„Also Ihr Pflegebruder?"

„Ja."

Sie erzählte ihm, dass er ihr geschrieben hatte, nächstens nach Ortry kommen zu wollen.

„Nun denken Sie sich", fügte sie hinzu, „dass ich morgen den ganzen Tag bei ihm sein muss!"

„Wann ist die Begräbnisfeierlichkeit?"

„Um drei Uhr nachmittags."

„So ist es ja Zeit, wenn Sie kurz vorher erscheinen."

„Als Pflegetochter? O nein, da muss man eher kommen. Die Leute würden erfahren, dass wir zögerten, obgleich wir anwesend waren."

„Es sind doch sicherlich auch andere Trauergäste vorhanden."

„Sehr viele jedenfalls."

„So brauchen Sie ja nichts zu fürchten."

„Meinen Sie das nicht! Er wird ganz gewiss die Gelegenheit ergreifen, mich allein zu sprechen."

„Und das fürchten Sie?"

„Am Tag nicht."

„Sie bleiben auch des Abends dort?"

„Ja, wenn auch nicht bis zur Nacht. Es wird ein Trauermahl geben und wir dürfen nicht eher gehen, als bis dieses beendet ist."

„Ich verstehe, Mademoiselle Nanon. Wie weit ist es von hier bis nach Schloss Malineau?"

„Noch anderthalb Stunden."

„Steht das Gebäude allein?"

„Zehn Minuten davon befindet sich eine alte Pulvermühle einsam im Wald, und auf der anderen Seite, ebenso weit vom Schloss, liegt das Dörfchen, das zum Schloss gehört."

„Wie heißt es?"
„Auch Malineau. Man kommt hindurch, wenn man von hier nach dem Schloss will."
„Gibt es einen Gasthof dort?"
„Nein, aber eine Schenke mit Ausspannung."
„Wie wollen Sie morgen von hier aus nach dem Schloss gelangen?"
„Zu Fuß. Irgendjemand könnte unser kleines Gepäck, dessen wir bedürfen, nachbringen."
„Ich bitte Sie, das anders zu machen. Sie nehmen von hier einen Wagen für den ganzen Tag und fahren geradewegs zum Schloss. Wenn Sie ausgestiegen sind, kehrt der Kutscher in der Schenke ein und wartet, bis Sie ihm einen Boten schicken, dass er Sie abholen und nach Etain zurückbringen soll. Der Wagen, der uns von Metz hergebracht hat, bleibt hier, damit die Pferde sich ausruhen können."
„Und Sie fahren mit?"
„Nein, das werde ich nicht tun!"
„Warum nicht? Gerade weil ich nicht auf Ihren Schutz verzichten wollte, kam ich heute so spät noch zu Ihnen."
„Haben Sie keine Sorge! Ich werde viel eher als Sie an Ihrem Ziel sein, ohne dass mich jemand bemerkt, und Sie werden den ganzen Tag unter meinem Schutz stehen."
„So bin ich beruhigt in Beziehung auf mich. Und da Sie so gut und freundlich gegen uns sind, will ich Ihnen auch eine Hoffnung mitteilen, die wir für morgen hegen."
„Möge sie in Erfüllung gehen!"
„Wir denken nämlich, dass unser Pflegevater von unserer Abstammung unterrichtet gewesen ist und dass er das darauf Bezügliche vor seinem Tod dem Sohn mitgeteilt hat."
„Und Sie meinen, dass dieser es Ihnen nun seinerseits morgen offenbaren wird?"
„Ja. Madelon gegenüber habe ich einige Zweifel geäußert, damit sie nicht allzu sehr enttäuscht wird, wenn sich

unsere Hoffnung nicht erfüllen sollte. Was denken Sie davon?"

„Ich will Ihnen keine Unwahrheit sagen: Sie werden nichts erfahren."

„Aber was kann ihm das Geheimnis nützen?"

„Viel, sehr viel!"

„Ich sehe es nicht ein."

„Weil Sie eben das Geheimnis nicht kennen, Mademoiselle. Eins aber ist sicher: Es bildet in seiner Hand eine Waffe gegen Sie, und ich denke, dass er sie in Anwendung bringen wird, um Ihren Widerstand gegen seine bisher erfolglose Werbung zu besiegen."

„Es wird ihm nicht gelingen!"

„Das kann man nicht wissen. Wie nun, wenn er Ihnen Reichtümer verspricht?"

„Er ist nicht reich."

„Oh, ich spreche nicht von seinem Reichtum, sondern ich meine damit das, was Ihnen gehört. Ihr Vater kann reich gewesen sein."

„Das ist möglich, denn Mutter hat sehr viele wertvolle Sachen gehabt, die sie aber nach und nach verkaufen musste."

„Sehen Sie! Nun fordert dieser Charles Berteu Ihre Liebe oder wenigstens Ihre Hand. Sagen Sie ‚ja', so enthüllt er Ihre Abstammung und Sie werden reich; sagen Sie aber ‚nein', so teilt er Ihnen nichts mit, Sie bleiben arm."

„Das zöge ich alsdann vor."

„Und müssen Sie nicht auch auf Mademoiselle Madelon Rücksicht nehmen?"

Sie blickte nachdenklich vor sich nieder.

„Madelon wird lieber arm bleiben, als mich unglücklich sehen zu wollen!"

„Gott segne Sie beide! Noch eins: Wo wohnt dieser Charles Berteu? Im Schloss selber?"

„Nein, sondern in einem Nebengebäude, das für den Verwalter bestimmt ist."

„Ist es groß?"

„Neun Fenster in der Vorderseite und vier Fenster in der Tiefe“, entgegnete sie nach einigem Nachdenken.

„Wie hoch ist es?“

„Erdgeschoss und ein Stockwerk.“

„Hat es Läden?“

„Nur im Erdgeschoss.“

„Blitzableiter?“

„Ja.“

„Balkon?“

„Nein, aber eine Veranda, die um das ganze Gebäude führt und mit Wein bepflanzt ist.“

„Ah, diese reicht bis an das Stockwerk? Das Haus steht also frei und hat keinen Garten?“

„So ist es. Warum fragen Sie aber nach all diesen Dingen?“

„Nur aus Vorsicht, nicht nach einem bestimmten, fertigen Plan. Man muss sich bei solchen Veranlassungen alles zu vergegenwärtigen suchen. Um wie viel Uhr beabsichtigen Sie morgen aufzubrechen?“

„Im Laufe des Vormittags.“

„So werde ich Ihnen einen Wagen besorgen.“

Nanon erhob sich.

„Ich wusste, dass Sie sich unserer noch weit mehr annehmen würden, als wir höflicherweise erbitten dürfen. Wir wachsen von Stunde zu Stunde in Ihrer Schuld, mein lieber Monsieur Schneeberg.“

Er schüttelte den Kopf und machte mit der Hand eine abwehrende Bewegung.

„Man sagt, dass es Geschöpfe gibt, die ihre Kraft gar nicht kennen. So ist es auch mit den Menschen. Es gibt Menschen, die unendliche Reichtümer besitzen, ohne dass sie es ahnen. Ich kenne eine junge Dame, die so reich ist, dass jeder freundliche Blick ihres Auges aus lauter Diamanten zusammengesetzt ist. Soll mir ein solcher Blick nicht tausendmal mehr wert sein als das, was Sie Ihre Schuld nennen?“

Sie ließ ein leises Lachen hören.
„Darf ich wissen, wer diese junge Dame ist?"
„Sie selber sind es, Mademoiselle Nanon."
„So werde ich Sie von nun an nur mit diamantenen Blicken bezahlen. Gute Nacht, Monsieur Schneeberg!"
Damit war sie zur Tür hinaus. Fritz blieb allein zurück etwas verblüfft über den schnellen Abschied und doch mit einem unbeschreiblichen Glücksgefühl im Herzen.

19. In der Pulvermühle

Schloss Malineau war gegen Ende des 18. Jahrhunderts niedergebrannt und wurde von dem damaligen Besitzer im Renaissancestil schöner und größer wieder aufgebaut.

Der Eigentümer hatte nicht gewollt, dass ein Untergebener mit ihm unter demselben Dach hause, und darum die Wohnung des Verwalters von dem Hauptgebäude abgezweigt. Das Häuschen war ganz so, wie Nanon es beschrieben hatte; höchstens muss noch hinzugefügt werden, dass es ein flaches Dach besaß, gerade wie das Schloss selbst.

In dieser Wohnung herrschte heute ein Geruch, der lebhaft an Firnis oder Kienöl erinnerte. Es war jener Duft, der neuen Särgen zu entströmen pflegt.

In einer zweifenstrigen Stube saß Charles Berteu, der Sohn des verstorbenen Verwalters. Er mochte etwa sechsundzwanzig Jahre zählen. Seine Gestalt war nicht hoch, aber überaus breit und kräftig gebaut. Ein dicker Kopf, ein Stiernacken und kleine, starre Augen machten zwar den Eindruck des körperlich Kräftigen, aber des geistig Tiefstehenden.

Er hatte ein Wirtschaftsbuch vor sich liegen und brütete in übler Laune über den Ziffern.

Eine Frau in Trauer trat ein. Sie war klein, aber starkknochig, hatte keine Zähne mehr, und eine lederartige, gelbe Haut machte ihr Gesicht unangenehm.

„Nun, Charles“, sagte sie, „wie viel Wein?“

„Schon wieder dieser verdammte Wein!“, fuhr er auf. „Wir selbst haben keine einzige Flasche!“

„Aber drüben im herrschaftlichen Keller.“

„Nun, ich berechne ja bereits seit einer Stunde, wie viel wir nehmen könnten und wie viel Dreien aus Fünfen zu machen wären; aber es ist verteufelt schwierig.“

„So berechne es später! Heute ist keine Zeit dazu.“

„Aber wenn uns nun die Herrschaft plötzlich überfällt und die Bücher sind nicht in Ordnung?“

„Das hat noch gute Weile.“

„Oho! Der General hat geschrieben, dass er in vier Wochen kommen werde. Das wäre gut und schön. Aber nun haben wir den Tod des Vaters melden müssen und da steht zu erwarten, dass er früher eintreffen wird, um die Bücher und Bestände zu prüfen."

„Auch das würde uns nicht in Verlegenheit bringen. Der General ahnt doch nicht im Entferntesten, dass Vater zweierlei Buchführung hatte, eine für sich und eine für den gnädigen Herrn."

„Das ist's ja eben, was mir Schmerzen macht. Vater war bewandert in solchen Kniffen; da er mir aber stets nur halben Einblick gestattete, so ist mir jetzt die Sache fast zu schwierig. So viel habe ich herausgefunden, dass wir Ersparnisse nicht gemacht haben."

Die Frau stieß einen Seufzer aus.

„Reich sind wir nicht", sagte sie.

„Gar nicht. Bevor der General kommt, müssen neunhundert Francs in die Kasse. Woher aber nehmen?"

„Ich denke, der alte Kapitän...?"

„Nun ja, diese Pulverbestellung wird Geld bringen, doch das ist auch nur ein größeres Loch, das man gräbt, um ein kleines auszufüllen."

„Ich hatte mir das anders ausgedacht. Wir hätten beim Tod des Vaters unsere Wolle trocken haben können."

„Das war ja stets auch seine Absicht – aber diese verdammten Geburtsscheine und Taufzeugnisse! Wo in aller Welt sie nur stecken mögen?"

„Wir finden sie nicht mehr, nachdem wir bereits alles umgestürzt haben."

„Sie waren aber da, wirklich da?"

„Ja. Die Mutter der beiden Mädchen hat sie selbst aufbewahrt, und zwar an einem sicheren Ort."

„Vater hat diesen Ort gewusst?"

„Natürlich."

„Wusste er auch, welches der wirkliche Name der beiden Mädchen ist?"

„Er wusste alles."

„Desto ärgerlicher, dass er so schnell sterben musste, ohne noch ein Wort äußern zu können."

„Was könnten wir für die Papiere bekommen! Gewiss große Summen", sagte die Frau.

„Dummheit!", antwortete der Sohn. „Du würdest wohl wirklich die Papiere an die beiden Mädchen verkaufen? Das fehlte noch. Nein, alles für uns!"

„Und nun hast du nichts."

„Unsinn! Die Schriftstücke werden sich früher oder später doch noch finden; die Hauptsache sind die Mädchen. Ich heirate Nanon, dann bin ich des Erbes sicher."

„Seit wann hast du sie denn eigentlich heiraten wollen, ohne dass sie ‚ja' gesagt hat?"

„Halt den Mund! Sie wird mich doch noch nehmen müssen!"

„Ich glaube nicht daran."

„Ich werde es dir beweisen. Wäre Vater nicht gestorben, so hätte ich mich jetzt zu ihr nach Ortry auf den Weg gemacht, da wir sowieso die Pulverlieferung haben. Der Alte hätte mir geholfen; denn es kann ihm nur lieb sein, dass Nanon von der Baronesse wegkommt, die in ihr eine Stütze hat. Doch durch den Todesfall kann ich es nun anders anfangen. Heute muss es sich entscheiden."

„Nur Vorsicht, Charles!"

„Wer mit zum Anführer der Franktireurs gewählt wurde, kann schließlich kein unebener Kerl sein."

„Und wenn sie nun deine Frau ist – was dann?"

„So wird das ganze Haus umgerissen, um die Papiere zu finden. Horch!"

Man hörte das Rollen eines Wagens und Pferdegetrappel.

„Wer mag das sein?", fragte die Mutter.

„Geh hinab und sieh nach!"

„Wenn sie es nun ist, willst du sie nicht selber empfangen?"

„Nein. Das passt nicht in meine Hausrolle. Sie ist das

Ziehkind und ich bin der richtige Sohn. Sie hat zu mir zu kommen, um mich zu begrüßen."

Die Frau ging, dann hörte man unten helle Mädchenstimmen erschallen. Nach einer Weile nahten Schritte. Die Mutter öffnete die Tür und rief:

„Hier hast du eine Überraschung – alle beide."

Er drehte sich hastig um und erblickte Nanon und Madelon. Seine Stirn wurde kraus. Das war nicht nach seinem Sinn. Madelon war ihm im Weg. Er stand auf und reichte beiden die Hand.

„Ich heiße euch willkommen. Es ist ein Trauerhaus, in dem ihr seid. Auf Nanon hatte ich gerechnet, auf dich nicht, Madelon. Wie kommst du aus Deutschland, von Berlin hierher?"

Die beiden Mädchen waren sehr ernst. Man sah ihnen an, dass sie sich in der Nähe dieses Menschen nicht wohl fühlten.

„Nanon hat mir gedrahtet und ich bin sofort aufgebrochen."

„Das konntet ihr beide bleiben lassen, nämlich du das Drahten und du das Reisen."

„Deinetwegen ist es auch nicht geschehen!", rief Nanon. „Wir selber wollten uns gern einmal wieder sehen."

„Schau, welches Mundwerk du dir angeschafft hast! Na, geht hinunter; ich habe zu tun und unten gibt es Arbeit für euch. Mutter wird euch anstellen."

Sie wendeten sich bereits zum Gehen, da aber rief er noch:

„Halt! Ihr seid mit einem Fuhrwerk gekommen?"

„Ja", antwortete Nanon.

„Wem gehört es?"

„Einem Kutscher aus Etain."

„Er fährt doch sogleich zurück?"

„Nein. Er wartet bis heute Abend in der Schenke."

„Wollt ihr heute Abend wieder fort? Daraus wird nichts. Ihr bleibt länger da."

„Das geht nicht. Unser Urlaub ist so kurz, dass wir schon heute wieder abreisen müssen."

„So. Der Kutscher bleibt also wirklich in der Schenke, und wer bezahlt ihn?"

„Wir."

„Gut. Ihr könnt gehen!"

Sie zogen sich zurück und er schrieb und rechnete weiter. Nach längerer Zeit beauftragte er seine Mutter, sie solle Nanon zu ihm schicken.

„Du willst sie jetzt um ihre Einwilligung fragen? Sie wird sich weigern."

„Abwarten."

„Sie scheint ein ganz anderes Mädchen geworden zu sein, viel fester, sicherer und verständiger."

„So bin auch ich ein anderer Kerl geworden. Wollen doch sehen, wer der Herr bleiben wird."

Die Alte ging und gleich darauf trat Nanon ein. Sie wusste, worum es sich handelte, doch zeigte sie nicht die geringste Spur von Verlegenheit oder gar Furcht. Berteu hatte auf dem Sofa Platz genommen, er deutete neben sich.

„Da bist du ja. Komm, setz dich her zu mir!"

„Danke!", antwortete sie. „Ich mache leichte, schnell zu erledigende Angelegenheiten gern stehend ab."

„Du denkst, es handelt sich um eine so leichte Sache? Da irrst du dich. Es ist vielmehr eine sehr ernste und wichtige Angelegenheit, die ich mit dir zu besprechen habe. Setz dich also!"

„Gut."

Sie setzte sich auf einen Stuhl, abseits von ihm.

Er zog die Stirn in Falten und musterte ihre Gestalt vom Kopf bis zu den Füßen.

„Das muss man sagen", begann er dann, „ein sauberes Mädchen bist du geworden. Meinst du nicht auch?"

In ihren Augen leuchtete es auf.

„Ja, das meine ich allerdings."

Er war überrascht von dieser Antwort.

„Donnerwetter!", stieß er hervor. „Wirklich? Da bist du wohl von deinem Wert überzeugt?"

„Genauso wie du von dem deinigen."

„Gut, so passen wir zusammen. Zwei sehr wertvolle Personen."

„Ich habe an dir noch keinen Wert bemerkt."

„Nun, du wirst ihn schon noch erkennen. Zu Tage liegt nur das taube Gestein, nach Diamanten aber muss man graben."

„Zum Graben habe ich keine Lust. Es werden einem Steine genug angetragen, die bereits geschliffen sind."

„Hölle und Teufel! Du bist wahrhaftig eine gefährliche Katze! Machen wir also keine unnützen Worte, sie führen doch zu nichts. Behandeln wir die Sache vollständig sachlich und geschäftsmäßig! – Ich möchte dich heiraten."

„Dachte es mir. Ich habe aber keine Lust."

„Das ist sehr offen. Ich hoffe, dass du auch ferner so aufrichtig bleibst. Dann gelangen wir schneller zur Klarheit. Hast du etwa bereits einen Bräutigam?"

„Nein. Zwar bin ich dir keineswegs eine Antwort schuldig, aber ich will sie dennoch geben, damit wir früher zu Ende kommen."

„Warum also magst du mich nicht?"

„Weil ich dich nicht für den Mann halte, mit dem ich glücklich sein kann."

„Man täuscht sich. Weißt du, was mein Vater an euch beiden getan hat?"

„Es ist uns so oft vorgerechnet worden, dass diese Frage überflüssig ist. Ich weiß alles auswendig."

„Du solltest dankbar sein."

„Ich sehe keinen Grund dazu. Mutter hat ihre Juwelen und alles verkauft, um euch zu bezahlen. Ich hege sogar die Vermutung, dass sie irgendeine Summe bei euch hinterlegt hat, die aber unterschlagen worden ist."

„Unglaublich! – Aber es wäre doch gut, wenn du deine Zunge zügeltest!"

„Ich habe keinen Grund zur Furcht, dich aber habe ich am allerwenigsten zu scheuen."

„Lassen wir das! Also du heiratest mich weder aus Liebe noch aus Dankbarkeit. Wie steht es denn mit der Klugheit? So eine recht klug angelegte Verbindung muss doch..."

„Danke!"

„Ihr kennt euren Namen nicht..."

„Kennst du ihn?", fragte sie schnell.

„Hm."

„Gib eine bestimmte Antwort!"

„Gut. Wenn du meine Frau wirst, gebe ich euch euern Namen, eure Papiere und somit eure Ansprüche auf die Erbschaft."

„Ah, du willst durch mich erben?"

„Natürlich. Das leugne ich gar nicht."

„Beweise mir erst, dass du im Besitz unserer Papiere bist!"

„Du glaubst mir nicht?"

„Nein. Ich kenne dich als Lügner."

„Dich werde ich nie betrügen."

„Spare diese Versicherungen! Zeige die Urkunden her!"

„Fällt mir nicht ein."

„Nun, so sind wir fertig!"

Sie erhob sich und hatte im nächsten Augenblick das Zimmer verlassen.

Er ballte ihr drohend die Fäuste nach.

„Das sollst du mir entgelten! Mein musst du werden, und wenn auch nur, damit ich mich für deinen Hochmut räche!"

*

Die Zeit verging wie an jedem Trauertag. Verwandte und Bekannte kamen, um an dem Leichenbegräbnis teilzunehmen, und als der Sarg in die Grube gesenkt worden war, kehrte man ins Trauerhaus zurück, um sich nach altem Brauch zur Tafel zu setzen.

Als Pflegekinder des Verstorbenen hatten Nanon und Madelon die Verpflichtung, die Gäste zu bedienen.

Kurz nach der Rückkehr vom Kirchhof suchte Charles Berteu den Kutscher auf, der seine Stube in einem nur zum Gebrauch des Verwalters errichteten Stallgebäude hatte. Dieser Bursche war von gleichem Schlag wie sein Herr; sie hatten schon manchen Streich miteinander ausgeführt.

„Hast du den fremden Kutscher gesehen, der die beiden Schwestern gebracht hat?“, fragte Berteu.

„Nein.“

„Auch das Geschirr und die Pferde nicht?“

„Ebenso wenig.“

„So geh zur Schenke, wo er ausgespannt hat, und sieh dir alles an – die Pferde, das Geschirr, den Kerl, seine Kleidung, kurz, alles!“

„Wozu? Gilt es einen Streich?“

„Ja, einen Streich und zwanzig Francs für dich.“

„Dann bin ich gern dabei!“

„Es liegt mir daran, zu erfahren, ob du abends in der Dunkelheit für diesen Kutscher gelten könntest, unser Wagen für den seinigen – und so weiter.“

„Also eine Komödie der Verwechslungen? Das wird gemacht! Ich eile. Aber, Monsieur, ich bitte um einige Francs voraus. Denn ich muss in der Schenke einkehren. Sie werden Einsicht haben.“

Er steckte das Draufgeld, das er empfing, schmunzelnd ein und entfernte sich, um zur Schenke zu gehen.

Dort saß unter den wenigen anwesenden Gästen – Fritz. Er war zu Fuß hergekommen, hatte das Schloss umschlichen und wollte nun, nachdem er einen Labetrunk zu sich genommen hatte, die Pulvermühle aufsuchen, von der Nanon gesprochen. Er bemerkte, dass der Eingetretene den Kutscher Nanons auffällig musterte, dann längere Zeit im Stall verweilte und endlich auch den vor der Tür stehenden Wagen betrachtete.

Das machte ihn stutzig. Als der Mann wieder Platz genommen hatte, trank er ihm zu und zog ihn in ein Gespräch, aus dem er hörte, dass er der Kutscher von Charles Berteu sei.

Nun schöpfte er Verdacht. Hier war höchstwahrscheinlich etwas in Vorbereitung, ein Streich, der den Wagen betraf. Er glaubte, der Spion würde bald nach dem Schloss zurückkehren; das war aber nicht der Fall, vielmehr setzte er sich zu den anderen Gästen, um ein Kartenspiel mit ihnen zu machen.

Die Sache wurde langweilig und so brach Fritz auf, um sich noch ein wenig in der Gegend umzuschauen. Es war sicher, dass, sofern etwas gegen die beiden Mädchen geschehen sollte, dies erst abends unternommen werden würde.

Er entdeckte die Pulvermühle mitten im Wald. Es war ein Walzwerk, das ein ziemlich breiter Fahrweg mit dem Schloss verband. Es stand heute still. Am Tag der Beerdigung des Verwalters wurde nicht gearbeitet.

Nun begann es dunkel zu werden und Fritz kehrte zur Schenke zurück. Dort saß der Kutscher zwar noch immer, aber er blieb nicht mehr lange. Fritz folgte ihm bis nach dem Schloss. Er hatte sich mit einigen Geräten versehen, für den Fall, dass er sie bei seinem Lauscher und Wächterposten brauchen sollte.

Der Kutscher verschwand und Fritz begab sich auf Kundschaft. Es war jetzt so finster, dass man schon etwas wagen konnte. Er kletterte an den Stangen der Veranda, die sich um das ganze Gebäude zog, empor, und befand sich nun auf einer mit Zinkblech gedeckten Plattform, von der aus man in jedes Fenster des Stockwerks zu blicken vermochte.

Vorsichtig schlich er sich von einem Fenster zum anderen, rund herum.

Er zählte die Trauergäste und sah auch die beiden Mädchen; er betrachtete sich alle erleuchteten Zimmer genau und erkannte auch sofort, welches das von Charles Berteu sei.

Dieser saß bei seinen Gästen. Solange er sich dort befand, stand nichts zu befürchten; darum behielt Fritz ihn von draußen aus scharf im Auge.

Erst nach langer Zeit erhob sich Berteu und ging hinaus. Fritz bückte sich nieder und kroch auf der Veranda leise nach der Gegend hin, wo sich das Zimmer befand, das er für das Berteus hielt. Er hatte diesen Punkt noch nicht erreicht, als er aus dem geöffneten Fenster einen Ruf vernahm.

„Mathieu!"

„Ja, Herr!"

Diese Antwort kam von der Kutscherwohnung.

„Komm herauf!"

Fritz blieb vorsichtig liegen. Unten hörte er die Schritte des Gerufenen. Nachdem diese im Innern des Hauses verklungen waren, kroch er weiter und gelangte ans Fenster, das der warmen Abendluft wegen offen stand. Berteu saß, eine Zigarre rauchend, daran. Der Kutscher trat ein.

„Nun, hast du die Augen aufgetan?", hörte er Berteu fragen.

„Und wie! Je besser man bezahlt wird, desto schärfer kann man sehen."

„Wie ist das Geschirr?"

„Na, Mittelsorte, so ungefähr wie das unsrige."

„Die Pferde?"

„Zwei Braune, gerade wie wir auch haben."

„Der Kutscher?"

„Von meiner Gestalt, lang und stark."

„So glaubst du also, dass es beim Dunkel der Nacht möglich ist, unser Gespann mit dem fremden zu verwechseln?"

„Ganz sicher. Nur müsste man sich vor Beleuchtung hüten."

„Das versteht sich von selber! Kannst du dir vielleicht denken, um wen es sich handelt?"

Der Kutscher zog eine Grimasse.

„Natürlich um die, die mit dem fremden Geschirr gekommen sind. Wenn es anders wäre, müsste ich mich sehr irren."

„Du hast richtig geraten, alter Schlaukopf. Es handelt sich um einen Streich, den ich meinen Pflegeschwestern spielen will, von dem aber niemand etwas ahnen darf. Wir wollen ihn beraten. Deine Rechnung wirst du schon dabei finden."

Der Kutscher knurrte etwas, was der Lauscher nicht verstehen konnte. Jedenfalls aber sollte es eine Zustimmung bedeuten.

„Ich muss dir sagen", fuhr Charles Berteu fort, „dass ich etwas von den beiden Mädchen erfahren möchte, was sie mir nicht freiwillig mitteilen wollen. Ich muss sie also dazu zwingen. Das kann aber nur dadurch geschehen, dass ich sie in Furcht jage, natürlich ohne ihnen wirklich ein Leid anzutun. Dabei sollst du mir nun behilflich sein. Die Schwestern wollen heute wieder abreisen. Sie werden ihren Wagen kommen lassen und wegfahren. Da ist nun mein Plan, dass sie nicht nach der Stadt gebracht werden, sondern an einen Ort, von dem aus sie gezwungen sind, wieder nach hier zurückzukehren. Auf diese Weise setze ich meinen Willen durch, sie länger hier in der Heimat zu behalten."

„Oh, ich begreife. Ich soll wohl an Stelle ihres Kutschers fahren?"

„Ja. Sobald ich merke, dass sie abreisen wollen, lasse ich es dich wissen. Du spannst ein und bringst dein Geschirr an einen Ort, den wir verabreden werden. Hast du das verstanden?"

„Sehr gut."

„Die Schwestern werden in das Dorf nach ihrem Geschirr senden. Der Bote aber geht nicht dorthin, sondern zu dir."

„Dann fahre ich hier vor. Sie müssen denken, ich sei ihr Mann."

„So ist es."

„Gut. Ich werde also meinen alten Mantel umnehmen müssen, da ihr Kutscher auch einen solchen hat."

„Ja. Du schlägst natürlich den Kragen hoch. Wenn du dann so vorfährst, dass dich der Schein der Laterne nicht treffen kann, so werden sie sich leicht täuschen lassen."

„Wohin aber fahre ich sie?"

„Nach der Pulvermühle. Es ist heute kein Mensch dort."

„Aber das liegt zu nahe. Man könnte nicht sagen, dass man sich verirrt hat."

„So macht man einen Umweg dahin. Wenn die Schwestern einsteigen, nehme ich von ihnen Abschied und begebe mich sodann schnell nach der Mühle. Ich nehme Freund Ribeau mit, damit es nicht so einsam ist. Wenn du nach deinem Umweg dort eintriffst, sind wir bereits da."

„Ah, gut! Ich werde so tun, als ob ich gar nicht wüsste, wo ich mich befinde. Ich klopfe also an und Sie öffnen."

„Ja. Wir schließen die Durchfahrt auf. Du fährst herein und hinter dir sperren wir wieder zu, sodass uns die Mädchen nicht entwischen können. Wir haben natürlich kein Licht, während wir euch öffnen, und führen die beiden nach meiner Schreibstube. Sie erkennen mich und die Überraschung, die es dabei geben wird, kannst du dir denken."

„Und ich?"

„Nun, du wartest eine Weile, bis ich dich benachrichtige, ob wir mit dir nach Hause fahren oder ob wir gehen. Im zweiten Fall fährst du natürlich eher zurück, denn wir werden den Scherz mit einigen Flaschen Wein begießen, die wir mitnehmen."

„So handelt es sich nur noch um den Ort, wo ich mit dem Geschirr warten muss."

„Nun, auf dem Weg nach der Pulvermühle. Da sieht dich kein Mensch. Es kommt niemand hin und überdies ist ja links und rechts der dunkle Wald, sodass dich einer, der zufällig hingeriete, gar nicht erkennen könnte. Also mache deine Sache gut! Auf keinen Fall aber darfst du die Mädchen aussteigen lassen, bevor du die Mühle erreicht hast. Es ist ja möglich, dass sie Verdacht schöpfen. Da musst du klug sein."

„Keine Sorge! Ein Frauenzimmer steigt so leicht nicht aus, solange der Wagen in Bewegung ist."

Er ging.

Fritz hatte genug gehört. Daher kletterte er an dem Spalier wieder hinab und entfernte sich unbemerkt. Endlich blieb er überlegend stehen.

„Hm!", sagte er sich. „Ich könnte den Streich vereiteln, ohne die beiden Damen in Gefahr zu bringen. Berteu hat dann den Ärger und das Nachsehen. Aber soll er wirklich so billig davonkommen? Übrigens spricht mich diese alte Mühle sehr an. Es ist mir, als ob dort etwas zu holen sei. Und der Kutscher hat auch einen anderen Lohn verdient, als er sich einbildet."

Fritz war ein verwegener Bursche, aber doch nicht unvorsichtig. Er legte sich alle Für und Wider zurecht und kam endlich zu dem Entschluss:

„Gut, es wird gewagt! Zwei Revolver und zwei kräftige Fäuste sind genug, um mit diesem Berteu und seinem Freund Ribeau fertig zu werden, den Spaß, den ich mir persönlich machen werde, gar nicht mit in Rechnung gestellt."

Er begab sich ins Dorf und suchte wieder die Schenke auf. Dort versah er sich mit einem Licht und sagte dem wartenden Kutscher, er sei ein Bote der beiden Damen, die ihn ersuchen ließen, in einer Stunde mit dem eingespannten Geschirr auf sie zu warten. Das war eine Vorsichtsmaßregel, die er für etwaige Zufälligkeiten traf. Sein Streich konnte ja anders ausfallen, als er dachte. Dann trat er in den Stall und suchte einige kurze Stricke, die er zu sich steckte.

Nach dem Schloss zurückkehrend, bog er in den Fahrweg ein, der nach der Pulvermühle führte, wo der Kutscher warten sollte. Mathieu war noch nicht da, doch dauerte es nicht lange, so hörte Fritz Pferdegetrappel und das langsame Rollen von Rädern. Er befand sich an einer etwas breiteren Stelle der Straße, weil er sich gesagt hatte, dass hier der Kutscher jedenfalls umlenken und dann warten werde. Das geschah auch. Der Mann stieg vom Bock, befestigte die Zügel und öffnete den Wagenschlag, um hineinzusteigen und es sich dort bequem zu machen.

Das war der geeignete Augenblick. Fritz huschte unhörbar hinzu und legte dem Kutscher beide Hände so fest um die Kehle, dass der so unerwartet Überfallene keinen Laut auszustoßen vermochte. Der Mann war vor Schreck ganz steif und bewegungslos, und als Fritz seine Finger noch fester zusammenschloss, stieß er ein tiefes Röcheln aus und sank dann zur Erde. Er hatte die Besinnung verloren.

Fritz nahm ihm den Mantel und den breitkrempigen Hut ab, legte beides einstweilen zur Seite, fasste dann den Mann und schleifte ihn eine Strecke in den Wald hinein. Dort fesselte er ihn mit Hilfe seiner Stricke an einen Baum und band ihm sein eigenes Taschentuch vor den Mund, damit er, zur Besinnung gekommen, sich nicht durch Rufen Hilfe verschaffen könne.

Darauf kehrte er zum Wagen zurück, nahm den Mantel um, vertauschte den breitkrempigen Hut mit dem seinen, den er einstweilen im Sitzkasten versteckte, löste die Zügel, griff zur Peitsche und stieg auf den Bock.

Nun war er bereit und wartete auf den Boten, der ihn holen sollte. Nach einer Viertelstunde erschien er.

„Pst!“, machte er, als er die Kutsche erreicht hatte.

„Ja“, antwortete Fritz halblaut. „Ist's Zeit?“

„Ja, aber nicht zu schnell, denn vom Dorf ist es weiter hin als von hier.“

Die Pferde zogen an. Bald darauf hielt Fritz vor der Tür, aber so, dass ihn das Licht nicht treffen konnte. Er hatte den Mantelkragen aufgeschlagen und die Hutkrempe weit heruntergebogen, damit man sein Gesicht nicht erkenne.

Nanon und Madelon traten aus der Tür, von Berteu, seiner Mutter und einigen Gästen begleitet. Sie nahmen Abschied und stiegen ein. Berteu näherte sich den Pferden und flüsterte dem Kutscher zu:

„Umweg mindestens eine halbe Stunde!“

Fritz nickte und fuhr ab, natürlich in der Richtung zum Dorf. Die beiden Damen hatten nichts bemerkt und waren ganz ohne Ahnung der Gefahr, die ihnen gedroht hatte. Eine kurze Strecke vor dem Dorf hielt der Wagen und sie gewahrten, dass der Kutscher vom Bock stieg. Nanon öffnete das Fenster.

„Was gibt's? Warum halten Sie?!“

„Weil ich mit Ihnen zu sprechen habe!“

Den beiden wurde ein wenig angst. Was konnte dieser Mensch hier mit ihnen zu reden haben?

„Steigen Sie nur wieder auf!“, gebot Madelon. „Im Dorf ist es auch noch Zeit, uns Ihre Mitteilung zu machen!“

„Nein, Mademoiselle Madelon!“, antwortete Fritz mit seiner richtigen Stimme.

„Mein Gott!“, rief Nanon. „Das ist ja gar nicht der Kutscher! – Monsieur Schneeberg!“

„Ja, kein anderer! Fürchten Sie sich nicht!“

„Gott sei Dank! Mir begann bereits bang zu werden! Aber, Monsieur, wo ist denn unser Kutscher?“

„Im Dorf wartet er auf Sie mit seinem Wagen.“

„Ah! Ist denn das nicht der seinige?“

„Nein, dieser Wagen nebst Pferden gehört Ihrem lieben Bruder Charles Berteu. Sie sollten entführt werden.“

„Entführt!“, riefen beide.

„Ja. Aber ich hatte Ihnen doch versprochen, über Sie zu wachen.“

„Wir danken Ihnen, Monsieur. Aber inwiefern sollten wir denn entführt werden?“

„Man wollte Sie nach der Pulvermühle schaffen, wo Berteu und Ribeau Sie erwarten.“

Fritz erzählte ihnen, bis der Plan ihres Ziehbruders klar vor ihren Augen lag.

Sie schauderten.
„Welche Schlechtigkeit!", meinte Madelon. „Fahren wir schnell nach dem Dorf!"
„Fürchten Sie sich wirklich so sehr vor diesen beiden Menschen?"
„Nun Sie bei uns sind, haben wir keine Angst mehr."
„Das ist mir sehr lieb, denn das gibt mir den Mut, eine große Bitte auszusprechen."
„Reden Sie, lieber Monsieur Schneeberg!", sagte Nanon.
„Ich möchte am liebsten nicht nach dem Dorf, sondern nach der Mühle fahren."
„Mein Gott – zu diesen beiden Menschen? Warum? Ich begreife das nicht."
„Um die Kerle vor Ihren Augen zu bestrafen. Und außerdem habe ich noch einen besonderen Grund, mir das Innere dieser Mühle einmal anzusehen."
„Aber, Monsieur, welche Gefahr!"
„Nicht die mindeste! Oder haben Sie kein Vertrauen zu mir?"
„Wie können Sie nur so fragen? Auf Sie kann man sich stets verlassen."
„Danke!", lachte er verlegen. „Aber ich werde Sie gewiss nicht einer Gefahr aussetzen, der ich nicht zu begegnen vermag."
„Was sagst du dazu, Madelon?"
„Ich würde ihnen einen Denkzettel gönnen."
„Du hast also den Mut, mit hinzufahren?"
„Ja, da Herr Schneeberg uns versichert, dass er uns schützen wird."
„Aber was wird dort geschehen? Und was können wir dabei tun?"
„Ich werde", antwortete Fritz, „die Rolle des Kutschers spielen. Ich fahre bei der Mühle vor und tue so, als ob wir uns verirrt hätten. Man wird uns im Dunkeln öffnen und dann hinter uns die Tür verschließen."
„Dann sind wir ja gefangen!"

„Das ist mir lieb. Man wird Sie sodann nach der Schreibstube Ihres Bruders bringen."

„Uns allein? Ohne Sie?"

„Ja, aber Sie stehen trotzdem unter meinem Schutz. Haben Sie bereits einmal einen Revolver in der Hand gehabt?"

„Ja", antworteten beide.

„Hier sind zwei, stecken Sie diese zu sich, um sie im Notfall zu gebrauchen. Schießen Sie jeden nieder, der Sie nicht mit Achtung behandelt! Ich werde die Folgen auf mich nehmen."

„Einen Menschen erschießen? Nie!", rief Madelon schaudernd.

„Oh, so weit wird es nicht kommen. Wenn diese beiden Kerle die Waffen sehen, werden sie den Mut verlieren. Solch niederträchtige Menschen pflegen Feiglinge zu sein. – Wo liegt die Schreibstube? Sie haben ja hier gewohnt. Sie werden es wissen."

„Entgegengesetzt der Durchfahrt. Sie werden also nicht in unserer Nähe sein."

„Haben Sie keine Sorge! Ich werde auf jeden Fall bei Ihnen sein, wenn Sie meiner bedürfen. Also wollen Sie sich mir anvertrauen? Es soll Ihnen niemand ein Haar krümmen!"

„Nun, so fahre ich sogar gern mit, um diesen beiden Burschen zu sagen, wie sehr ich sie verachte. Die Gefahr scheint mir nicht sehr groß, da wir die Waffen haben. Brechen wir also auf!"

Fritz lenkte um, kehrte auf der Dorfstraße zurück und bog dann in den zur Mühle führenden Fahrweg ein. Er war am Tag hier gewesen und hatte sich bei dieser Gelegenheit genugsam umgesehen. Als er das Gebäude erreichte, sodass die Pferde mit den Köpfen beinahe an das Tor stießen, klatschte er einige Male mit der Peitsche.

„Heda! Holla! Wohnt hier jemand?", rief er dann.

Erst als er diesen Ruf, natürlich mit verstellter Stimme,

wiederholt hatte, ließ sich im Innern des Gebäudes eine Bewegung vernehmen. Dann wurde das Tor ein wenig geöffnet und man fragte:

„Wer ist draußen?"

„Verirrte! Wo befinden wir uns hier?"

„Alle Teufel! Verirrte? Und mit einem Wagen! Wohin wollen Sie denn?"

„Nach Etain."

„Und woher kommen Sie?"

„Von Schloss Malineau."

„Da sind Sie allerdings bedeutend abseits geraten. Wenn Sie für eine Viertelstunde absteigen wollen, werde ich mich nachher gern auf den Bock setzen, um Sie auf den richtigen Weg zu bringen."

„Das wollen wir tun. Die Damen werden es erlauben."

„Ah, Damen sind es! Umso mehr ist der kleine Unfall zu bedauern. Bitte, fahren Sie herein! Wir haben leider hier kein Licht, aber wir werden die Damen führen."

Diese Verhandlung zwischen Ribeau und Fritz war beiderseits mit verstellter Stimme geführt worden. Jetzt wurde das Tor weit geöffnet, aber, nachdem Fritz eingefahren war, sogleich wieder verschlossen. Die beiden Damen stiegen aus, jedenfalls jetzt mit dem innigen Wunsch, dass sie sich doch lieber nicht in die Gefahr begeben haben möchten. Man fasste sie bei der Hand und zog sie durch eine Tür.

Fritz blieb zunächst auf dem Bock sitzen. Sobald er jedoch die Schritte der sich Entfernenden nicht mehr hörte, stieg er ab, band die Zügel fest und zog dann sein Licht hervor, um es anzubrennen. Bei seinem Schein bemerkte er, dass das Tor durch einen langen, hölzernen Riegel verschlossen war, den er leicht entfernen konnte.

Nun folgte er den anderen. Er befand sich jetzt in dem eigentlichen Mühlenraum, den er der Länge nach durchschritt, und vernahm auch bald laute männliche und weibliche Stimmen, die auf einen ernsten Wortwechsel deuteten. Als er die Tür erreichte, hinter der sich die sprechenden Personen befanden, verlöschte er sein Licht und lauschte.

Die beiden Schurken hatten sich eingebildet, nach dem Betreten des Zimmers die verworrensten Ausrufe des Schreckens und der Angst zu hören; darum waren sie nicht wenig erstaunt, als die Mädchen wortlos nach dem kleinen Sofa schritten und sich nebeneinander darauf niederließen.

Das war eine gute Berechnung. Sie hatten dadurch die eine Wand im Rücken, die andere an der Seite und den Tisch vor sich.

Berteu blickte Ribeau an und dieser ihn, einer geradeso verwundert wie der andere. Sie vergaßen ganz, sich den beiden Mädchen zu nähern. Endlich sagte Berteu:

„Donnerwetter, ihr seid es? Wer hätte das gedacht! Aber sagt doch nur, wie ihr euch verirren konntet!"

„Und zwar hierher!", fügte Ribeau hinzu.

„Die Schuld liegt jedenfalls am Kutscher", antwortete Nanon.

„So habt ihr euch einen sehr dummen Menschen gemietet."

„Oder du hast uns einen sehr verschlagenen Kerl auf den Bock gesetzt!"

Berteu lachte laut auf.

„Was kann das Leugnen nützen! Wir wollten euch für einige Stunden hier bei uns sehen. Nun können wir es euch erzählen, wie wir das angefangen haben. Machen wir es uns aber erst ein bisschen bequemer! Auf dem Sofa ist noch Platz genug für mich. Ich hoffe, dass ihr nichts dagegen habt."

Er schickte sich an, den Tisch zur Seite zu schieben.

„Bitte", antwortete Nanon, „vorausgesetzt, dass ihr auch nichts hiergegen habt!"

Sie zog dabei den Revolver hervor und Madelon tat dasselbe.

„Alle Teufel!", rief Berteu.

„Das habt ihr nicht erwartet, nicht wahr? Ich sage euch,

dass wir den, der uns anzurühren wagt, niederschießen werden!"

„Unsinn! Tut die Dinger weg! – Woher habt ihr die Waffen?"

„Leuten eures Schlags gegenüber muss man stets auf der Hut sein."

„Aber", bemerkte Ribeau, „man muss auch verstehen, mit Schießeisen umzugehen."

Er schien ein gewandter Turner zu sein. Ein Schritt an den Tisch, und sich schnell überbiegend, hatte er mit einem kühnen Griff die beiden Revolver gepackt und den schwachen Frauenhänden entrissen.

Ein zweistimmiger Schreckensschrei erscholl. Die beiden Männer lachten.

„So", sagte Ribeau, „jetzt sind wir die Herren der Lage und werden euch unsere Gesetze vorschreiben!"

„Noch nicht!"

Diese beiden Worte wurden hinter ihm gesprochen. Er wollte sich umdrehen, kam aber nicht dazu, denn eine Latte sauste, von starker Hand geführt, auf seinen Kopf herab, sodass er wie ein Klotz zu Boden fiel. Berteu fuhr zurück; er glaubte, seinen eigenen Kutscher vor sich zu haben.

„Mensch! Schurke!", rief er. „Was fällt dir ein? Ich jage dich auf der Stelle aus..."

Er verstummte, denn ein ebensolcher Hieb hatte ihn getroffen, sodass er nun neben seinem Kumpan auf der Diele lag. Jetzt erst warf Fritz Hut und Mantel beiseite.

„So! – Diese beiden ehrenwerten Messieurs werden eine Zeit lang kein Wort mehr reden. Ich kenne meine Pfote. Zunächst wollen wir einmal von dieser Sorte kosten!"

Er öffnete eine der Flaschen, goss ein Glas voll ein und trank es aus. Dann hob er die beiden Revolver auf, die Ribeau entfallen waren.

„Wie gut, dass Sie kamen!", sagte Nanon. „Plötzlich waren wir ohne Waffen. Was tun wir jetzt? Am besten wird es sein, wenn wir diesen schrecklichen Ort sofort..."

„Ich bitte, doch noch ein wenig zu warten!“

Er öffnete das Pult und blickte hinein. Zunächst zog er die übrigen mitgebrachten Stricke hervor, mit denen er die beiden Besinnungslosen band. Dann legte er sie so, dass sie, selbst wenn sie erwachen würden, nicht sehen konnten, was im Zimmer vorging.

Nun untersuchte er den Inhalt des Pultes sorgfältig. Dabei nahm sein Gesicht den Ausdruck steigender Genugtuung an. Madelon wusste, dass er preußischer Wachtmeister war; sie kannte also auch den Grund, weshalb er diese Bücher und Papiere so genau durchmusterte. Nanon aber hatte keine Ahnung davon. Sie war erstaunt über die Aufmerksamkeit, die er darauf verwendete.

„Haben Sie so viel für die Pulverherstellung übrig?“, fragte sie.

„Nein, aber desto mehr für die Handschriften, die ich hier finde. Ist Ihnen diese Unterschrift bekannt?“

Er legte ihr einige Briefe hin.

„Ah, der alte Kapitän!“, sagte sie.

„Und hier?“

„Graf Rallion.“

„Diese Sachen fesseln mich so, dass ich wünsche, eine Abschrift davon zu haben. Ich werde Ihre Geduld nicht lange auf die Probe stellen.“

Er nahm Bleistift und Papier und begann zu schreiben. Nanon verwunderte sich schier über die Umsicht, die dieser Pflanzensammler besaß.

Es war eine eigentümliche Lage: dort die beiden Gefesselten, denen die Besinnung noch nicht zurückgekehrt war; hier die beiden Mädchen, die soeben aus einer großen Gefahr gerettet wurden und nun dem schreibenden Kräutermann mit einer Ruhe zusahen, als wenn sie sich in bester Sicherheit befänden.

„So“, sagte Fritz nach einiger Zeit, „jetzt bin ich fertig, und wir können aufbrechen!“

Er steckte die Abschrift zu sich und brachte die Papiere

wieder an Ort und Stelle. Eben wollte er sein Licht anstecken, um dann die Lampe verlöschen zu können, als er aufhorchte.

„Man klopft!", sagte Nanon.

„Das ist kein Klopfen", meinte Fritz. „Man hämmert förmlich gegen das Tor. Und da, dieses Rufen! Ich glaube gar, man belagert uns. Sollte es dem Kutscher gelungen sein, sich zu befreien und die Gäste zusammenzutrommeln?"

„Das kann uns nichts schaden!", entgegnete Nanon. „Öffnen wir!"

Aber Madelon verstand die Lage besser: Fritz befand sich in größter Gefahr.

„Nein, nicht öffnen!", bat sie.

„Aber warum nicht?"

„Davon später!"

Fritz nickte.

„Sie beide befinden sich wohl weniger in Gefahr", sagte er, „aber wenn man sich meiner bemächtigt, so erwartet mich nichts Gutes. Ich habe den Kutscher gefesselt und diese beiden Messieurs niedergeschlagen."

„Das ist sehr schlimm!", rief Madelon. „Was ist da zu tun? Man klopft und ruft immer stärker."

„Kommen Sie!", meinte Fritz. „Man muss sehen, was sie wollen!"

Er ließ Hut und Mantel des Kutschers liegen. Die Revolver hatte er zu sich gesteckt. Er nahm die beiden Mädchen bei den Händen und führte sie im Dunkeln bis zum Wagen. Draußen bemühten sich anscheinend viele Menschen, das Tor aufzusprengen.

„Man wird doch sehen, ob diese Messieurs es fertig bringen werden, uns festzuhalten. Ein Glück, dass dieser Raum hier groß genug ist, um mit dem Wagen wenden zu können. Bitte, steigen Sie ein!"

„Herrgott!", sagte Nanon. „Es wird wohl gefährlich?"

„Für Sie nicht."

„Aber für Sie?"

„Auch das befürchte ich nicht. So. Jetzt sitzen Sie fest. Nun wollen wir ein Wort mit diesen Leuten reden!“

„Wer ist draußen?“, fragte er laut.

Viele Stimmen erschollen. Fragen, Drohungen, Flüche.

„Was wollt ihr denn eigentlich?“

„Wo ist Monsieur Berteu?“

„Im Schreibzimmer.“

„Und Monsieur Ribeau?“

„Auch dort!“

„Und der Fremde, der mich gewürgt und gebunden hat?“

„Der bin ich.“

Erst ein verdutztes Schweigen, dann ein wütendes Gebrüll.

„Öffne, du Hund!“

„Sogleich!“

Fritz hatte den Wagen umgelenkt und die Zügel in der Hand. Das Tor ging nach außen auf; daher gelang es den Leuten nicht, es mit Gewalt zu öffnen. Während sie erfolglos pochten und hämmerten, konnten sie nicht hören, dass er den Holzriegel zurückschob. Im nächsten Augenblick saß er auf dem Bock, die Peitsche in der Rechten, die Zügel und den einen Revolver in der Linken. Ein Hieb mit der Peitsche und die Pferde zogen an, das Tor prallte auf und riss mehrere der draußen Stehenden über den Haufen.

„Zurück! Platz frei!“, befahl er.

Sechs Revolverschüsse krachten; die erschrockenen Pferde bäumten sich, aber er hatte sie fest im Zügel. Noch einige Peitschenhiebe und die Kutsche flog zum Tor hinaus und im Galopp auf dem Waldweg dahin.

Hinter ihr ertönten Flüche.

„Nach, ihm nach!“, hörte er rufen.

Fritz lachte spöttisch auf. Seine Pferde konnte kein Fußgänger einholen. Er lenkte im Galopp aus dem Waldweg heraus und in die Straße ein, die zum Dorf führte. In kaum fünf Minuten war es erreicht.

Vor der Schenke hielt der Kutscher aus Etain.

„Schnell umsteigen und dann fort!“, befahl Fritz.

Das geschah und in flottem Trab ging es weiter. Berteus Wagen aber blieb zurück, nachdem Fritz seinen Hut wieder an sich genommen hatte.

Es war nicht geraten, heute Nacht in Etain zu bleiben. Darum beschlossen sie, als sie dort ankamen, sofort wieder abzureisen. Der Kutscher aus Metz, mit dem sie gekommen waren, musste unverzüglich anspannen.

Das ging nicht ohne einiges Geräusch ab. Eben wurde das Gepäck aufgeladen; Fritz stand mit den Mädchen am Wagen, beleuchtet von der Hauslaterne. Da wurde über ihnen ein Fenster geöffnet und ein Kopf erschien, gerade als Madelon im Begriff war, einzusteigen.

„Halt! Heda! Halt!“, rief es von oben.

Fritz blickte empor, ob der Zuruf ihnen gelte.

„Halt! Heda! Warten!“, wiederholte es.

Dann verschwand der Kopf.

„Es scheint, dass wir gemeint waren“, sagte Nanon.

„Wahrscheinlich!“

Der Hausflur war hell erleuchtet und die Treppe ebenso. Die Stufen kam eine kurze, dicke Gestalt herabgeeilt, in eine rote Tischdecke gehüllt und einen riesigen Kalabreserhut auf dem Kopf. In der Eile verwickelte sich der Mann mit den Füßen in der Decke; er verlor das Gleichgewicht und kollerte die letzten Treppenstufen herab.

Bei dieser Gelegenheit flog die Tischdecke auseinander und man sah, dass der Mann nur Unterhose und Hemd trug. Sogar barfuß war er. Er raffte sich schnell wieder auf, stülpte den Hut auf den Kopf und schlang die rote Decke von neuem schamhaft um sich.

„Halt! Warten! Nur einen Augenblick!“

Nun kam er herbei.

„Meinen Sie uns, Monsieur?“, fragte Fritz.

„Natürlich! Ich bin Hieronymus Aurelius Schneffke, Kunstmaler. Gehören Sie zu diesen Damen und erlauben Sie mir vielleicht, mit der einen ein Wort zu sprechen?“

„Gern, sofern es der Dame selber angenehm ist."
Hieronymus trat an den Wagenschlag zu Madelon.
„Oh, mein Fräulein, ich möchte mir gern eine Erkundigung gestatten!"
„Bitte!"
„Ist sie wirklich eine Engländerin?"
„Wer denn?"
„Nun, die Gesellschafterin."
„Ach so!", lachte sie. „Ja, sie ist eine Engländerin."
Sie sah sich durch die Verhältnisse zu einer Unwahrheit gezwungen.
„Scheußliches Pech! Das ist so klar wie Pudding! Und sie heißt wirklich Miss de Lissa?"
„Ja."
„Dann hole der Teufel sämtliche Gesellschafterinnen!"
Er wandte sich zornig ab, um in sein Zimmer zurückzukehren, drehte sich aber doch noch einmal um.
„Darf ich fragen, wo Sie jetzt gewesen sind?"
Das war eine etwas zudringliche Frage, aber Madelon fühlte für den eigentümlichen Menschen eine gutherzige Schwäche. Darum antwortete sie bereitwillig:
„In Schloss Malineau."
„Alle Wetter! Wer hätte das gedacht!"
„Kennen Sie diesen Ort?"
„Ich will ja hin!"
„Ah! Haben Sie die lange Reise nur um dieses Zieles willen unternommen?"
Er besann sich doch, ob er die Wahrheit sagen dürfe; denn er hatte seinem Auftraggeber versprochen, sehr vorsichtig zu sein.
„Nein", sagte er zögernd. „Ich will das Schloss zeichnen, da ich einmal in dieser Gegend bin. Wohnt nicht dort ein Monsieur Berteu?"
„Der ist gestorben und heute begraben worden."
„Hm, hm! Waren Sie mit bei diesem Begräbnis?"
„Ja. Ich war nur deshalb hier."

Es war ein eigentümlicher, verständnisinniger Blick, den er auf sie warf.

„Sie waren wohl mit Monsieur Berteu verwandt?“

„Er war unser Pflegevater. Hier ist meine Schwester.“

„Und wohin reisen Sie jetzt?“

„Wieder zurück. Vorher aber gehe ich mit meiner Schwester nach Schloss Ortry bei Thionville.“

„Ortry, hm. – Mademoiselle, nehmen Sie einmal hier meine Hand! Ich mag Ihnen unbequem geworden sein; ich bitte Sie um Verzeihung. Es ist mir, als ob wir uns wieder sehen müssten, und zwar unter Verhältnissen, die für Sie erfreulich sein werden. Gute Nacht und gute Reise!“

Er kehrte in sein Zimmer zurück, ohne sich weiter um das verwunderte Kopfschütteln der beiden Mädchen und ihres Begleiters zu kümmern. In dem stolzen Gefühl einer gewissenhaft erfüllten Pflicht, das nur wenig getrübt war von dem leisen Bedenken, er hätte sich vielleicht doch etwas deutlicher ausdrücken können, schaute er durchs Fenster dem fortrollenden Gefährt nach. Dann erst entfernte er die Spuren der Zerstörung, die er im Zimmer angerichtet. Er hatte nämlich, da er keine Zeit zum Ankleiden fand, schnell den Kalabreser aufgestülpt und die Decke vom Tisch gerissen, um sie als Nachtmantel um sich zu schlagen, dabei aber alles, was darauf stand, heruntergefegt...

20. Das Geheimnis des Pastellbildes

Es war ein schöner Tag geworden und Hieronymus Aurelius Schneffke benutzte gleich den Vormittag, um zu Fuß nach Schloss Malineau zu wandern. Da er sich Zeit nahm, kam er erst gegen Mittag dort an.

Er war sich einer Art von diplomatischer Sendung bewusst, und da Diplomaten schweigsame Leute sein sollen, so ließ er sich, als er in der Schenke sein Mahl einnahm, mit dem Wirt in kein Gespräch ein, obgleich dieser sich Mühe gab, Aufklärung über die Naturgeschichte des dicken Männchens zu erhalten.

Nach Tisch nahm er Mappe und Feldstuhl und spazierte zum Schloss. Es fiel ihm nicht ein, es zu betreten und seine Erkundigungen zu beginnen. Nach seiner Ansicht musste man mit ihm selber anfangen und damit hatte er Recht.

Er suchte sich also einen passenden Punkt, setzte sich dort auf den Feldstuhl, öffnete die Mappe und begann zu zeichnen. Es dauerte nicht lange, so kam ein junger Mann daher. Er näherte sich, grüßte und trat heran, um einen Blick auf das begonnene Bild zu werfen.

„Ah, Sie sind Maler, Monsieur?“

„Wie Sie sehen“, nickte Schneffke.

„Sind Sie Franzose?“

„Pole“, sagte er kurz entschlossen. Was brauchte der Mann zu wissen, dass er ein Deutscher war?

„Ihr Name?“

„Schneffka.“

„Nehmen Sie Schloss Malineau in irgendeinem Auftrag auf?“

„Nein, ich male nur zum Vergnügen.“

„Verzeihen Sie, dass ich so zudringlich frage. Mein Vater ist gestern beerdigt worden und hat uns einige kleine Gemälde hinterlassen, deren Wert wir nicht kennen. Ein wirklicher Künstler hat sich hier noch niemals sehen lassen. Deshalb wäre es mir lieb, wenn Sie mir erlaubten, Ihnen die Bilder zu zeigen."

„Wo?"

„Im Arbeitszimmer meines Vaters. Mein Name ist Berteu. Würden Sie sich vielleicht einmal in meine Wohnung bemühen?"

„Meinetwegen!"

Sofort klappte er seine Mappe zu, griff zum Feldstuhl und folgte dem Voranschreitenden nach den Verwalterräumen. Er tat dabei, als sei ihm an der Störung nicht viel gelegen.

Charles Berteu führte ihn in das Zimmer, wo er gestern über den Rechnungsbüchern gesessen hatte.

Es hingen da drei kleine Landschaften, von Anfängern gemalt. Sie waren fast nichts wert, aber Hieronymus nahm doch eine Miene an, als ob es sich um nichts Unbedeutendes handle, denn es war ihm darum zu tun, möglichst lange hier verweilen zu dürfen.

„Nun?", fragte Berteu.

„Schade – sehr schade!"

„Wieso?"

„Ich schätze das Stück auf durchschnittlich fünfhundert Francs."

„Wirklich?"

„Das haben sie jedenfalls gekostet, vielleicht noch mehr. Man hat es aber nicht verstanden, sie zu behandeln. Die Bilder haben sehr gelitten."

„O weh!"

„Ja, leider. Jetzt zahlt man Ihnen kaum zehn Francs dafür; sie könnten aber leicht auf ihren früheren Wert und auch höher kommen, wenn sie gereinigt und ausgebessert würden."

„Ist das teuer?"

„Gewiss. Doch gibt es auch Maler, die eine Art Leidenschaft für dergleichen Arbeiten haben; sie tun es dann oft ohne Bezahlung."

„Ah, so einen möchte ich finden!“

Schneffke nickte vor sich hin, tat aber, als ob er die Andeutung nicht verstanden habe, sondern beschäftigte sich noch weiter mit den Gemälden.

„Sagen Sie, Monsieur, müssen Sie diese Gegend bald wieder verlassen?“

„Ich bin Herr meiner Zeit; ich kann kommen und gehen, wie es mir gefällt.“

„So wünschte ich, dass es Ihnen hier bei uns gefallen möchte. Vielleicht könnten Sie sich entschließen, sich ein wenig mit diesen drei Landschaftsbildern zu beschäftigen.“

„Möglich. Nur glaube ich nicht, dass ich länger als einen Tag hier bleibe.“

„Darf ich den Grund wissen?“

„Sagen Sie selber: Kann ein Mensch, der von künstlerischen Stimmungen abhängig ist, in Ihrer Schenke Wohnung nehmen?“

„Oh, wenn es nur das ist! Dem wäre ja ganz leicht abzuhelfen. Ich würde Ihnen hier bei mir ein helles, freundliches Zimmer anbieten. Und wenn Sie mich mit der Bezahlung nicht zu sehr anstrengen, so – ich gehöre nämlich nicht zu den reichen Leuten.“

„Na, wir wollen einmal sehen. Zeigen Sie mir das Zimmer!“

Berteu führte ihn nach dem besten Raum, der ihm zur Verfügung stand.

„Nun, Monsieur?“

„Ich will Ihnen sagen, mein Herr, eigentlich macht man so etwas nicht. Man vergeudet seine Zeit und seine Kraft. Aber Sie selber gefallen mir und Ihre drei Bildchen sind wirklich nicht übel; ich werde also bleiben und sie Ihnen auffrischen, ohne Bezahlung dafür zu nehmen, vorausgesetzt, dass Sie mich nicht geradezu verhungern oder verdursten lassen.“

„Topp, Monsieur; das soll ein Wort sein!“

Sie schlugen ein. Charles Berteu berechnete schon seinen Gewinn aus dem Verkauf der Bilder und außerdem war ihm der dicke Maler nicht unangenehm.

Schneffke begann auch bereits an diesem ersten Tag an den Bildern zu arbeiten, doch nahm er sich vor, sich nicht etwa zu beeilen. Er wollte hier so viel wie möglich für seinen alten Herrn Untersberg erfahren, der ihm ein so reichliches Reisegeld gezahlt hatte. Übrigens hatte sich seine Gesellschafterin plötzlich in eine Engländerin verwandelt. Das musste verschmerzt werden, und es vergisst sich ja bekanntlich am schnellsten entweder bei fleißiger Arbeit oder in neuer Umgebung.

Am anderen Morgen saß er an der Staffelei, die er sich zusammengezimmert hatte, als Frau Berteu bei ihm eintrat, um ihm das Frühstück zu bringen. Er hatte eins der drei Bilder vor sich, und da er gerade darüber war, das Gras noch grüner, den Himmel noch blauer und die Sonne noch gelber zu machen, so war sie entzückt von der prächtigen Errungenschaft, die ihr in diesem Künstler geradezu ins Haus gelaufen war.

Schneffke hatte das Fenster offen und vor seinen Augen lag die wunderbare Seitenansicht des Schlosses.

„Wem gehört eigentlich dieses Schloss?"

„Herrn General Graf von Perret."

„Das muss ein sehr reicher Herr sein."

„Steinreich."

„Wo wohnt er?"

„In Paris."

„Solche reiche Herren vom Adel pflegen sehr oft Freunde der Kunst zu sein. Befinden sich hier im Schloss sonst noch Gemälde?"

„Einige."

„Ah, die möchte ich mir einmal ansehen. Wäre das möglich?"

Ihr Gesicht nahm sofort einen ganz anderen, abstoßenden Ausdruck an.

„Dazu habe ich nicht das Recht."

„Wer sonst?“
„Der Beschließer.“
„Es gibt also außer dem Verwalter hier noch einen Beschließer, selbst wenn die Herrschaft sich nicht hier befindet? Wo wohnt der Mann?“
„Drüben im Erdgeschoss des rechten Flügels.“
„Und wie heißt er?“
„Mélac.“
„Pfui Teufel!“, entfuhr es ihm bei diesem Namen, den einst der General Ludwigs XIV. durch die Verwüstung der Pfalz und das barbarische Niederbrennen des Heidelberger Schlosses, Mannheims, Rastatts und Durlachs sowie vieler anderer blühender Städte zu so verruchter Berühmtheit gebracht hatte: der General Graf von Mélac, der später in der Schlacht bei Malplaquet 1709 fiel.
Sie blickte ihn erstaunt an.
„Was denn?“, fragte sie.
„Ich kann diesen Namen nicht leiden.“
„Und ich die Person nicht.“
„Die Person des Beschließers?“
„Ja, ihn und auch die anderen.“
„So hat er Familie?“
„Ja, aber bitte, wir hier sprechen niemals von diesen Leuten! Wir wohnen auf dieser Seite und die Leute bleiben stets drüben auf der anderen. Wir haben gar nichts miteinander zu tun.“
Damit ging sie fort. Sie hatte zuletzt in einem beinahe rücksichtslosen, ja groben Ton gesprochen und das fiel ihm auf.
Nach Tisch steckte er sein Skizzenbuch zu sich und ging in den Park, der zum Schloss gehörte. Er war, wie jeder echte Künstler, ein Freund und Kenner der Natur. Bei einem Baum, einem Strauch konnte er stehen bleiben, um dessen Eigenart zu erforschen. Daher kam es, dass er nicht auf die Richtung achtete, der er zuletzt folgte, bis er plötzlich aus dem Buschwerk tretend, überrascht stehen blieb.

Ihm gegenüber, am anderen Saum der kleinen Lichtung, stand eine Bank und darauf saß ein Greis, wie so schön der Maler selten einen gesehen hatte: eine hohe Stirn, ein klassischer Schnitt des Gesichts, ein prachtvoller, schneeweißer Bart, der weit über die Brust herabfloss.

Im Nu saß Schneffke hinter einem verbergenden Strauchwerk, schnell war das Skizzenbuch geöffnet und der Stift arbeitete an dem Bildnis dieses edlen Antlitzes.

Als dann des Tages Arbeit vollbracht war, saß er am Abend noch wach, die angefangene Skizze zu vollenden. Er sagte sich selber, dass sie zum Besten gehörte, was er je gezeichnet hatte.

Am frühen Morgen des anderen Tages zog es ihn wieder hinaus in den Park und ganz unwillkürlich suchte er den Ort, wo er gestern den Alten bemerkt hatte. Die Bank war leer und er setzte sich nieder. Nicht lange, so hörte er den Gesang einer vollen frischen Mädchenstimme.

„Der Mensch soll nicht stolz sein
auf Gut und auf Geld;
es lenkt halt verschieden
das Schicksal die Welt.
Dem einen sind Gaben,
die goldnen, beschert;
der andre muss graben
tief unter der Erd'!"

Ein Lied in deutscher Sprache, hier in Frankreich, mitten unter einer französischen Bevölkerung – das war seltsam. Er musste die Sängerin sehen. Er stand auf und schritt der Gegend zu, aus der das Lied erschollen war.

Dort gab es ebenfalls eine Bank und auf ihr hatte die Sängerin, ein Mädchen im Alter von etwas über zwanzig Jahren Platz genommen. Sie war einfach gekleidet – weißer Rock und weißes Jäckchen. Sie war von kleinem, vollem Wuchs und hatte blondes Haar, ein allerliebstes rundes Gesicht, blaue Augen und eine zierliche Nase. Ihr

Schoß lag voller Blumen, aus denen sie einen Strauß zu formen bemüht war, während sie ein neues Lied anstimmte.

„Auf d' Alma geh' i aufi;
es brummelt scho die Kuh.
Und wann der Bua zum Dirndl geht,
da singt er a dazu.
Auf d' Alma is ka Polizei,
da is die schönste Ruh.
Nur wann der Bua zum Dirndl geht,
da singt er a dazu!"

Und nun trillerte sie einen Jodler hinaus, hell und rein, dass sie von einer Tirolerin hätte beneidet werden können.

„Bravo, Bravissimo!"

Schneffke rief's und klatschte in die Hände; er konnte seine Begeisterung nicht zurückhalten und eilte auf das Mädchen zu.

Es errötete, zeigte aber keine Verlegenheit, sondern sah ihm mit hellen Augen entgegen.

„Verzeihung, Mademoiselle, dass ich Sie störe! Aber wenn ich so fröhlich singen höre, so geht mir das Herz auf und ich möchte gern mit fröhlich sein."

Er hatte, jetzt an das Französische gewöhnt, ganz unwillkürlich französisch gesprochen und sie antwortete ebenso.

„Und Sie kommen, weil Sie meinen, dass man zu zweien fröhlicher sein kann als allein?"

„Ja, so scheint es mir. Sie wenigstens, Mademoiselle, haben ganz das Aussehen, als ob man in Ihrer Nähe niemals traurig sein könne."

Sie strich mit den Händen die Blumen in ihrem Schoß zusammen und lachte, dass ihre Zähne leuchteten.

„Sie mögen Recht haben; es ist eine Gottesgabe. Der eine ist glücklich, wenn er weint, und der andere, wenn er lacht."

„Ich schlage mich zu den Lachenden – also zu Ihnen, Mademoiselle!"

„Wirklich? So setzen Sie sich her! Hier, ich mache Ihnen Platz!"

Das geschah so ungesucht, so einfach, dass der gute Hieronymus darüber ganz entzückt war.

„Danke!", sagte er. „Nun sollte ich Ihnen helfen können, aber ich habe wohl kein Geschick dazu."

„Das braucht's gar nicht, denn ich werde sogleich fertig sein. Es ist das eigentlich kein Geburtstagsstrauß, aber Großvater liebt die Feld- und Waldblumen mehr als alle anderen."

„Heute ist der Geburtstag Ihres Großvaters?"

„Ja heute!", nickte sie.

„Sie wohnen wohl nicht weit von hier?"

„Nein, ganz in der Nähe."

„Vielleicht sehen wir uns da noch einmal wieder, bevor ich fortgehe."

„Fortgehen? Sie sind nicht von hier? Und doch sprechen Sie so gut die Mundart dieser Gegend!"

„Und Sie sind Französin und singen deutsche Lieder?"

„Großvater mag die Deutschen gut leiden."

„So ist er wohl ein Deutscher?"

„Nein. Das sagt bereits unser Name."

„Ah, und wie lautet der?"

„Wir heißen Mélac."

„Pfui Teufel!", entfuhr es ihm, geradeso wie gestern.

Und wunderbar, sie nahm ihm das nicht übel; sie zuckte mit keiner Wimper, sondern sie sah ihm offen ins Gesicht.

„Nicht wahr, Sie denken an den Verwüster der Pfalz?"

„Ja. Nach ihm nennt man sogar die bissigsten Bluthunde Mélac."

„Wir stammen von ihm ab, er ist unser Ahne und gerade darum hält Großvater so viel auf die Deutschen. Er denkt, er müsse wenigstens mit dem Herzen die Sünden unseres Ahnen gutmachen, da er sie anders ja doch nicht sühnen kann."

„Dann ist Ihr Großpapa ein sehr braver Mann."

„Ja, das ist er. Ich habe ihn sehr lieb und bin stolz auf ihn. Herr General Perret ist ihm auch gewogen."

„So ist Ihr Großpapa Beschließer des Schlosses? Und Ihr Vater?"

„Ich habe nicht Vater und Mutter, darum bin ich bei den Großeltern."

„Ich wohne bei dem Verwalter Berteu."

„Der ist doch tot."

„Ich meine den Sohn. – Sind Sie mit der Familie befreundet?"

„Sie meiden uns, obwohl wir ihnen nichts getan haben. Ich habe Großvater nach der Ursache gefragt, doch der wusste sie mir auch nicht zu sagen."

„Von wem haben Sie Ihre deutschen Lieder gelernt?"

„Von den Großeltern. Beide sprechen Deutsch. Haben Sie meinen Großvater noch nicht gesehen?"

„Ich bin erst den zweiten Tag hier."

„Nun, wenn Sie einen alten Herrn erblicken mit langem, weißem Bart, der ist es. Sie können getrost eine Unterhaltung mit ihm beginnen; er liebt es sehr, seine Gedanken gegen andere auszutauschen, leider fehlt ihm hier die Gelegenheit dazu. Er schläft des Morgens länger als Großmama und ich. Nun aber wird er bald erwachen und da muss ich mit den Blumen bei ihm sein."

Sie erhob sich, um zu gehen. Schneffke stand ebenfalls auf.

„Ich hätte Ihnen gern einige Blüten mitgepflückt für Ihren Großvater; dazu bin ich jedoch zu spät gekommen. Eins aber könnte ich zu diesem Strauß fügen, wenn ich wüsste, dass es ihm Freude bereitet."

Sie blickte ihn erwartungsvoll an. Eine Bitte oder Frage wollte sie nicht aussprechen.

„Ich bin nämlich gestern ein Dieb gewesen. Ich sah einen alten, ehrwürdigen Herrn, der nach Ihrer Beschreibung Ihr Großvater war. Ihm habe ich etwas geraubt. Hier ist es. Geben Sie es ihm heute zu seinem Geburtstag zurück und bitten Sie ihn, es mir zu verzeihen!"

Er öffnete das Skizzenbuch und übergab ihr die gestern vollendete Zeichnung. Sie stieß einen Ruf des Erstaunens aus.

„Sein Bild! Wie ähnlich! Welch eine Überraschung! Sprechen Sie im Ernst? Ich darf das Bild behalten?"

„Gewiss! Es gehört Ihnen."

Ein Strahl kindlicher Freude huschte über ihr Gesicht.

„Monsieur, die Freude, die Ihr Geschenk bereitet, wird sehr groß sein! Wie soll ich Ihnen danken?"

Er deutete auf die einfache Federnelke an ihrer Brust.

„Gewähren Sie mir diese Blume, Mademoiselle! Ich werde sie als Erinnerungszeichen dieser Stunde treu bewahren!"

Sie erglühte, nahm aber die Nelke und reichte sie ihm.

„Es ist so wenig", sagte sie. „Ich wollte, ich könnte Ihnen noch besser dankbar sein! Aber, bitte, erlauben Sie auch Großpapa, Ihnen Dank zu sagen! Darf er hoffen, Sie heute bei sich zu sehen?"

„Falls es angenehm ist, würde ich mich riesig freuen!"

„Sie werden sehr willkommen sein. – Adieu, Monsieur!"

Sie ging und er blickte ihr nach, solange er sie sehen konnte.

„Hoppla, Hieronymus!", sagte er zu sich selber. „Das wär so etwas für uns – unverdorben, gesund, gemütvoll und eher ein bisschen zu dick als zu dünn. Ich glaube, die wird einmal ganz meine Gestalt bekommen. Alle Wetter, was für ein ansehnliches Paar würde das geben! Ich mag wirklich von keiner Gesellschafterin mehr etwas wissen. Sie verändern sich zu oft; sie werden zu schnell englisch und erhalten andere Namen. Dann läuft man ihnen nach und versäumt Eisenbahnzüge. So ein Naturkind aber wie dieses Mädchen" – er schnalzte mit der Zunge und schwenkte das Skizzenbuch in die Luft – „ei, mein lieber Hieronymus Aurelius, das ist etwas ganz anderes! Diese Parkblume von Schloss Malineau muss mein werden, sonst bleib' ich ledig!"

Nachmittags, zur üblichen Besuchszeit, begab er sich in das Erdgeschoss des rechten Schlossflügels. Er sah den

Namen Mélac an einer der Türen und klopfte. Es wurde ihm von der ‚Parkblume' geöffnet. Sie verriet große Freude über seinen Besuch und führte ihn ins Nebenzimmer. Dort saß der alte, ehrwürdige Herr, dessen Bild er aufgenommen hatte, neben ihm eine gleichaltrige Dame von einer mehr als glücklichen Wohlbeleibtheit. Sie zeigte eine große Ähnlichkeit mit ihrer Enkelin und es stand zu erwarten, dass diese einst denselben Körperumfang wie ihre Großmutter erreichen werde.

„Das ist der Herr, den ich heute früh im Park traf", sagte das Mädchen, „und der so freundlich war, mir dein Bild zu schenken, lieber Großvater."

Die beiden Alten erhoben sich und begrüßten den Maler herzlich wie einen alten Bekannten. Er nannte seinen Namen, nämlich Schneffka, wie er sich auch Berteu vorgestellt hatte, und wurde bald in ein lebhaftes Gespräch gezogen.

Auf dem Tisch stand Wein und eine bereits angeschnittene Torte, jedenfalls dem Geburtstagskind zu Ehren. Die ‚Parkblume' teilte ihm ein Stück Kuchen zu und schob ihm ein Glas Wein hin. Schneffka griff schleunigst zu, um noch eine Berührung der kredenzenden Hand einzuheimsen; und die beiden Alten schienen sich darüber zu freuen, dass er es sich bei ihnen so wohl sein ließ.

An der Wand hing ein ziemlich großes Bild in Pastell. Es stellte einen jungen Mann dar, dessen Gesichtszüge den Südländer verrieten.

Leider hatte es, obgleich es durch ein Glas geschützt war, von seiner ursprünglichen Frische sehr viel verloren. Die Pastellgemälde sind die vergänglichsten, weil bei ihnen die Farben nur wie zarter Staub auf der Fläche kleben. Sie müssen besonders vor der Einwirkung der Luft und der Feuchtigkeit, sowie auch vor Staub und Erschütterungen bewahrt werden.

Der Blick des Malers kehrte während der Unterhaltung immer wieder nach dem Bild zurück, denn er erkannte, dass es von einem Meister stammen müsse. Wie kam ein derartiges Kunstwerk, ein so wertvolles Stück in die Wohnung eines einfachen Beschließers?

Mélac bemerkte die Anziehungskraft, die das Bild auf seinen Besuch ausübte.

„Dieses Bild fesselt Sie, Monsieur?"

„Ja. Es scheint ein Meisterwerk zu sein."

„Wirklich? Ich verstehe nichts davon."

„Wer hat es gemalt?"

„Das weiß ich leider nicht."

„Ist nicht der Name des Künstlers oder irgendein Zeichen zu sehen?"

„Nicht, dass ich wüsste."

„Aber Sie wissen wenigstens, wer der Herr ist, den das Bild vorstellt?"

„Auch das ist uns unbekannt. Das Bild ist nämlich ein Geschenk, oder vielleicht darf ich auch das nicht sagen, da ich noch unsicher bin, ob ich mich als seinen Eigentümer bezeichnen darf."

„Das klingt ja recht geheimnisvoll!"

„Ist es wohl auch."

„Ah, das liebe ich. Den Maler zieht nichts so an wie ein Bild, mit dem irgendein Geheimnis verknüpft ist."

„Leider bin ich nicht im Stande, es aufzuklären. Ich erhielt das Bild von einer Sterbenden oder doch wenigstens von einer Kranken, die am nächsten Tag starb."

„Und wissen Sie nicht, auf welche Weise sie in dessen Besitz gekommen war?"

„Nein. Die Dame wohnte hier. Sie hieß Köhler und hatte zwei Töchter

„Köhler?", unterbrach ihn der Maler, der sofort an Madelon Köhler dachte.

„Ja, Köhler", antwortete der Alte. „Sie wohnte beim Verwalter und schien bessere Tage gesehen zu haben. Sie sprach niemals von ihrer Vergangenheit, obgleich sie täglich hier bei uns war. Sie schloss sich nämlich mehr an uns als an die Familie des Verwalters an. Als sie dann krank wurde, ließ sie sich von meiner Frau pflegen. Wir dachten keineswegs, dass die Krankheit zum Tode führen würde. Sie schickte mir damals das Bild und ließ mir sagen, dass sie mit mir darüber sprechen möchte. Am anderen Tag aber war sie tot."

„Ohne Ihnen eine Erklärung gegeben zu haben?"

„Leider. Sie hat in ihren letzten Augenblicken davon sprechen wollen, aber nur noch stammeln können. Meine Frau ist nicht im Stande gewesen, ein Wort zu verstehen."

„Hm! Sie wissen also nichts über die Vergangenheit der Dame?"

„Nein. Sie ist eines schönen Tages nach Schloss Malineau gekommen und hat sich beim Verwalter ein Stübchen gemietet. Dann, als sie starb, hat dieser sich der Kinder angenommen. Die beiden Mädchen sind Erzieherinnen geworden."

Schneffke hatte Mühe, nicht zu verraten, wie sehr ihn diese Angelegenheit fesselte.

„Ein eigentümlicher Fall. Ich habe eine gewisse Leidenschaft für dergleichen geheimnisvolle Geschichten. Vielleicht hat der Verwalter seinen Sohn eingeweiht."

„Das ist sehr unwahrscheinlich. Ich glaube, dass der junge Berteu nicht das Mindeste weiß."

Das war es ja, was Schneffke erkundschaften sollte.

„Sie haben den toten Verwalter mit zu Grab geleitet?", fragte er, damit das Gespräch nicht ins Stocken kam.

„Nein, ich hätte das nicht wagen dürfen, da wir mit den Berteus entzweit sind. Sie wohnen bei ihnen; haben Sie nichts davon bemerkt?"

Schneffke zuckte nur stumm die Achseln.

„Wir sind nicht schuld daran. Der junge Berteu ist ein roher, rücksichtsloser Geselle. Er stellte unserer Enkelin nach, und zwar in einer Weise, dass Marie um meinen Schutz bitten musste. Ich wies den Menschen zurecht und seit jener Zeit leben wir in Feindschaft."

„Würden Sie mir erlauben, das Bild einmal zu betrachten?"

„Bitte. – Marie, nimm es einmal herab!“

Das Mädchen stellte sich einen Stuhl an die Wand, konnte aber das Gemälde noch nicht gut erreichen; darum nahm Schneffke einen zweiten, um ihr zu helfen. So standen sie nebeneinander, und gerade, als es ihnen gelungen war, das Bild vom Nagel zu nehmen, wackelte Mariens Stuhl.

Schneffke glaubte, sie würde fallen, und bog sich zu ihr hinüber, um sie zu halten. Dadurch verlor er das Gleichgewicht und – stürzte selber herab. Er hielt noch im Fallen das Bild fest. Marie ließ auch nicht los, da sie das Glas nicht zerbrechen wollte, und so kam es, dass auch sie das Gleichgewicht verlor und im nächsten Augenblick auf den Maler fiel.

„Mein Gott!“, rief der Alte und kam herbeigeeilt.

„Es ist doch nichts zerbrochen?“, fragte die Beschließerin voller Angst.

„Nein“, antwortete Schneffke, noch am Boden liegend. „Das Glas ist ganz, es ist nicht zerbrochen.“

Marie hatte sich schnell aufgerafft. Ihr hübsches Gesicht glühte vor Verlegenheit. Schneffke stand langsam auf, betastete sich, streckte die Arme aus, hob ein Bein nach dem anderen und lachte.

„Und auch ich bin unbeschädigt!“

„Welch ein Glück!“, meinte die Frau. „Das sah wirklich gefährlich aus.“

Der Maler schüttelte den Kopf und strich sich mit beiden Händen den Teil seines Körpers, auf dem er damals in Tharandts ‚Heiligen Hallen‘ die Schlittenpartie gemacht hatte.

„Es war nicht so schlimm, wie es aussah, Madame; ich habe Schlimmeres erlebt. Nur gut, dass wir das Bild nicht zerbrochen haben. Lassen Sie es mich betrachten!“

Er trug es in die Nähe des Fensters und untersuchte es.

„Sehen Sie?“, sagte er nach einiger Zeit. „Hier unten in der Ecke steht ein M mit einem Strich hindurch. Es ist kaum noch zu erkennen. Das ist das Zeichen des berühmten Porzellanmalers Merlin in Marseille, der seit längerer

Zeit tot ist. Das Bild ist ein Meisterstück, hat aber sehr gelitten, da es von weit hergebracht worden ist. Die Farbe ist ausgestaubt."

„Lässt sich das ausbessern?"

„O gewiss!"

„Vielleicht könnten Sie sich entschließen, die Ausbesserung hier in unserer Wohnung vorzunehmen?"

Das war dem guten Schneffke sehr angenehm. Auf diese Weise fand er ja Gelegenheit, in der Nähe der hübschen Marie zu verweilen.

„Ich bin gern bereit dazu", sagte er, „fürchte aber, Ihnen lästig zu fallen."

„Keineswegs! Sie sind uns herzlich willkommen. Aber einen Punkt müssen wir vorher besprechen...!"

„Sie meinen die Bezahlung? Sorgen Sie sich nicht! Ich unternehme diese Arbeit zu meinem Vergnügen: Ich lerne dabei, ich übe mich. Meinen Sie, dass ich mich dafür auch noch bezahlen lassen soll?"

„Sie sind sehr gütig, Monsieur. Wann dürfen wir Sie da erwarten?"

„Kann ich morgen Vormittag beginnen?"

„Zu jeder Zeit und ganz nach Ihrem Belieben."

„Dann erlauben Sie mir, mich für heute zu empfehlen."

Er reichte Marie die Hand.

„Auf Wiedersehen!", sagte sie mit einem verlegenen Blick zur Seite. „Und entschuldigen Sie bitte..."

„Entschuldigen?"

„...dass ich Sie durch meine Ungeschicklichkeit..."

„Das war eigentlich mehr Geschick oder Schicksal – aber keine Ungeschicklichkeit!" Er lachte laut über seinen Witz. „Das ist doch so klar wie Pudding!"

„Wie...?", fragte Marie unschuldig

„Wie Pudding! – Bei uns gibt's einen alten Aberglauben: Wenn eine Mademoiselle und ein Monsieur gemeinschaftlich stürzen, – so – so – hm, so gibt es bald eine fröhliche Hochzeit!"

Purpurrot entzog sie ihm ihre Hand und wandte sich ab. „Ah, man klopft! Wer mag kommen?“, sagte sie wie erleichtert.

Der Maler wollte sich schnell empfehlen, aber der Beschließer winkte ihm, zu bleiben.

„Bitte, Sie stören gar nicht. Es ist jedenfalls eine unbedeutende Angelegenheit.“

Marie öffnete. Ein vornehm gekleideter junger Mann trat ein. Er grüßte höflich.

„Entschuldigung, meine Herrschaften! Ich heiße Martin und bin aus Roussillon. Ich reise für ein bedeutendes Weinhaus. Haben Sie vielleicht Bedarf?“

„Das ist doch...!“, erklang es da von der Seite her, wo Schneffke stand.

Er hielt die Augen wie in starrer Verwunderung auf den Fremden gerichtet.

Dieser drehte sich zu ihm und auch sein Blick glänzte eigentümlich auf, zeigte aber bereits im nächsten Augenblick keine Spur mehr davon.

„Danke!“, sagte Mélac. „Ich bin nur Beschließer des Schlosses. Meine Mittel erlauben mir nicht, Wein in den Keller zu legen.“

„Aber der Besitzer? Vielleicht...?“

„Er lebt in Paris. Es ist eine Exzellenz, der Herr Graf von Perret!“

„General Graf von Perret?“, fragte der Weinreisende in scheinbarer Verwunderung. „Ah, bei diesem Herrn bin ich in den letzten Tagen öfter gewesen, bei ihm und der Komtesse Ella, seiner Enkelin.“

„Wie? Sie kennen den gnädigen Herrn?“

„Ja. Haben Sie nicht gehört, was sich mit dem gnädigen Fräulein ereignet hat?“

„O doch! Es stand in allen Zeitungen. Heute Vormittag las ich, dass sie gerettet worden ist. Ich danke mit den Meinen Gott, dass dieser Anschlag zunichte wurde. Es soll ein Weinreisender gewesen sein, der...“

Er hielt inne und blickte den Fremden betroffen an.

„Ah, Sie sagen, dass Sie in den letzten Tagen bei dem General gewesen seien? Und Sie sind Weinreisender! Monsieur, Sie sind doch nicht etwa derselbe, der das gnädige Fräulein gerettet hat?"

„Nein, das war mein Herr, nämlich Monsieur Belmonte, aber ich war dabei und habe ihm geholfen."

„Wirklich? Welch ein Zufall, dass Sie nun nach Schloss Malineau kommen! Monsieur, bitte, gehen Sie noch nicht fort! Haben Sie die Güte, uns von diesem Abenteuer zu erzählen!"

„Gern, wenn es Ihnen Vergnügen macht, obgleich ich eigentlich meine Zeit dem Geschäft zu widmen habe."

„Das werden Sie nachholen. Haben Sie diese Gegend schon einmal bereist?"

„Nein."

„Nun, so werde ich Ihnen die Namen aller derer nennen, die Wein kaufen; auf diese Weise kann ich Ihnen erkenntlich sein und Sie holen das Versäumte nach. Monsieur Schneffka, auch Sie dürfen jetzt nicht gehen. Sie müssen die Erzählung dieses merkwürdigen Ereignisses mit anhören. Bitte, setzen Sie sich, meine Herren!"

Man nahm am Tisch Platz und die Gläser wurden frisch gefüllt.

Erst eine Stunde später empfahl sich der Weinreisende, von dem Dank des Beschließers begleitet. Schneffke ging zu gleicher Zeit. Als sie sich im Freien befanden und sich unbeobachtet wussten, packte der Maler den Reisenden beim Arm.

„Heilige Palette! Ich dachte, nicht recht zu sehen. Du hier in Malineau?"

„Und du auch?"

„Du ein Weinreisender aus Roussillon, namens Martin?"

„Martin ist mein Vorname. Aber du als Monsieur Schneffka, als ein Pole! Was soll das heißen? Was tust du hier in Frankreich?"

„Eine Studienreise, während der ich zufällig hierher kam. Und du? Du warst also in Paris?"
„Ja."
„Wer aber ist dieser Belmonte?"
„Der Rittmeister von Hohenthal."
„Ah, da steigt mir eine zarte Ahnung auf!"
„Nun, was ahnst du?"
Der dicke Maler machte ein pfiffiges Gesicht.
„Man munkelt von Krieg zwischen Preußen und Frankreich."
„Natürlich nicht zwischen Preußen und Honolulu."
„Da werden so genannte Aufklärer geschickt."
„Vermutlich."
„So einer ist dein Rittmeister und du auch!" Und da Martin nur die Lippen spitzte und die Schultern hob, fuhr er fort: „Dein Vertrauen ehrt mich ungemein. Aber du brauchst keine Sorge zu haben; ich pflege zarte Ahnungen im Busen zu verwahren, wo er am tiefsten ist. Also ihr denkt wirklich, dass es losgeht?"
„Ja, und zwar bald."
„Da muss ich machen, dass ich nach Hause komme!"
„Ja, trolle dich heim! Man wird dich brauchen."
„Einige Tage muss ich noch hier bleiben, wenigstens zwei. Dann kehre ich nach Thionville zurück. Es gibt da ein Schloss, das Ortry heißt."
Martin Tannert – so war sein vollständiger Name – wurde aufmerksam.
„Ortry?", fragte er. „Was willst du denn dort?"
„Das weiß ich noch nicht; ich werde dort jemand treffen."
„So nimm dich in Acht, damit du keinen Fehler begehst."
„Wieso?"
„Es sind dort zwei – hm – Leute; und solltest du zufällig einen erkennen, so verrate dich nicht!"
„Wer sind sie denn?"
„Der Ulan Richard von Greifenklau und sein Wachtmeister Fritz Schneeberg."

„Hab' wohl die Namen schon gehört, kenne die beiden aber nicht. Doch wo ist Herr von Hohenthal?"

„In – na, in Dingsda, Herr Schneffka!"

„Aber warum kamst du nach Malineau?"

„Hm! Die Gegend hier hat doch auch ihre landschaftlichen Reize! Wo wohnst du hier?"

„Da drüben beim Verwalter, dessen Bilder ich ausbessere. Kommst du mit?"

„Danke!"

„Oder trinken wir ein Glas Wein in der Schenke?"

„Meinetwegen. Aber verbirg deine zarten Ahnungen wirklich im tiefsten Busen!"

„Pah! Ich bin kein Quatschkopf. Komm!"

*

Am anderen Morgen befand sich Schneffke wieder beim Beschließer Mélac. Er hatte Pastellstifte mitgenommen und erhielt einen schönen Platz am Fenster. Natürlich musste er das Glas entfernen und das Bild aus dem Rahmen nehmen. Als er das tat, sahen Marie und ihre Großeltern zu.

Er trennte zunächst die Rückwand los. Kaum war dies geschehen, so fiel sein Blick auf einen Briefumschlag, der zwischen der Wand und dem Bild steckte.

„Ein Brief", sagte er erstaunt. „An wen?"

Er las die Anschrift: „Herrn Beschließer Mélac."

„An mich?", rief der Alte. „Mein Gott, sollte es sich um das Geheimnis handeln, von dem wir gestern gesprochen haben, Monsieur?"

„Wer weiß?"

Die vier Personen befanden sich in größter Spannung. Mélac öffnete den Umschlag. Er enthielt mehrere Papiere, die er auseinander schlug.

„Das Geburtszeugnis eines Kindes, eines Mädchens namens Nanon de Bas-Montage."

„Himmel!", sagte seine Frau. „Das gilt unserer Nanon."

„Und hier ein zweites auf den Namen Madelon de Bas-Montagne. Ja, es gilt den beiden Schwestern. Und hier ist der Trauschein der Eltern: Baron Gaston de Bas-Montagne und Amély, geborene Köhler."

Die Beschließerin schlug die Hände zusammen.

„Das ist es, wovon die Sterbende mit dir noch sprechen wollte!"

„Weiter: hier eine Quittung über 15.000 Francs, die sie dem Verwalter Berteu geborgt hat. Ah, ich habe mir immer gedacht, dass die beiden Mädchen nicht ohne Geld sind! Ihre Mutter musste doch von etwas leben. Das Geld ist nicht zurückgezahlt worden, denn hier ist die Schuldverschreibung. Das werde ich also noch zu ordnen haben."

„Fünfzehntausend Francs!", wiederholte seine Frau. „Der Berteu kann nicht fünfzehnhundert zurückgeben."

„Wir werden sehen. Und hier zuletzt ein Brief, der an mich gerichtet ist."

Dieses Schreiben, das er erst für sich durchflog und dann laut vorlas, hatte folgenden Inhalt:

„Mein guter Herr Mélac!

Wenn diese Zeilen in Ihre Hand gelangen, bin ich nicht mehr. Ich habe dann dieses Land verlassen, wo ich zuerst so große Liebe und dann so bittere Täuschung fand. Ich übergebe Ihnen meine beiden Töchter. Seien Sie ihnen Vormund, Freund und Vater! Beide wissen nicht, was ihre Eltern eigentlich sind. Ob sie es einst erfahren sollen, stelle ich ganz Ihrer Klugheit und Einsicht anheim.

Die urkundlichen Unterlagen erhalten Sie hiermit; aber vielleicht ist es besser, sie erfahren nie, dass ihr Vater ein Baron ist. Lassen Sie sich von dem Verwalter das Geld geben, damit die Kinder es bekommen. Von den Zinsen habe ich bisher leben müssen.

Was soll ich noch sagen? Sie sind ein Ehrenmann und mein Freund. Sie werden tun und beschließen, was zum Besten meiner Kinder ist, deren Vater und Großvater verschollen sind.

Ich segne Nanon und Madelon. Mein letzter Gedanke wird ihnen gelten, und wenn ich bei Gott bin, der die Liebe ist, werde ich ohne Aufhören für sie beten und auch für Sie, dem ich ja anders nicht mehr zu danken vermag.

Amély de Bas-Montagne"

Minutenlang war es still. Alle waren tief ergriffen. Endlich nahm der greise Mélac das Wort:

„Also Vormund sollte ich sein – ich, aber nicht der Verwalter. Warum blieb ihr nicht Zeit, uns zu sagen, wohin sie diese Urkunden gesteckt hatte?"

„Ja, nun ist alles so ganz anders gekommen", meinte seine Frau, der Tränen in den Augen standen. „Wirst du den beiden Mädchen sagen, was sie eigentlich sind?"

„Das muss man noch überlegen."

„Und hier", sagte der Maler, der die Rückseite des Bildes betrachtet hatte, „hier steht der Name ‚Baron Gaston de Bas-Montagne'. Sollte er es sein?"

„Natürlich ist es das Bild des Vaters der beiden Mädchen", meinte der Beschließer. „Ihre Mutter hat es mit sich genommen. Warum aber ist sie von ihm fortgegangen?"

„Ihr Schwiegervater hat sie gezwungen."

Erstaunt blickte der Alte den Maler an.

„Der Schwiegervater?", fragte er. „Woher wollen Sie denn das wissen? Sie sind ja hier fremd. Sie haben die arme Dame nie gekannt und gesehen."

„Das ist wahr. Aber ich kenne diesen Schwiegervater."

„Dann glaube ich noch an Wunder."

„Ja, Gott hat die Schicksale aller Menschenkinder in seiner Hand. Ich will Ihnen sagen, dass ich dieser Angelegenheit wegen nach Malineau gekommen bin. Nach dem, was ich über Sie weiß, bin ich überzeugt, dass ich mich Ihnen anvertrauen kann. In Berlin lebt ein alter, reicher Sonderling, der sich Untersberg nennt. Sie verstehen Deutsch. Wie würden Sie diesen Namen in das Französische übersetzen?"

„Ich würde sagen – Unters – – Bas-Montagne; ah, was

ist das? Sollte zwischen diesem Untersberg und der Familie Bas-Montagne irgendeine Beziehung bestehen?"

„Ganz gewiss. Dieser Untersberg ist der Großvater der Mädchen. Der junge Berteu hat ihm gedrahtet, dass sein Vater verstorben sei."

„So stand der alte Berteu mit ihm in Verbindung?"

„Wie es scheint. Er ist alt und schwach, er kann also nicht selber reisen. Ich bin der Einzige, mit dem er verkehrt, und er gab mir den Auftrag, nach Malineau zu gehen und auszukundschaften, ob der alte Berteu vor seinem Tod seinem Sohn ein Geheimnis mitgeteilt habe."

„Welches Geheimnis?"

„Das wusste ich nicht, nun aber haben wir es ja erfahren: Das Geheimnis, wer die beiden Mädchen sind."

„Mag denn der Großvater nichts von ihnen wissen?"

„Nein. Sie sollten nie erfahren, wer sie sind. Ihre Mutter war eine Deutsche und eine Bürgerliche. Sein Sohn sollte sie nicht heiraten, und als er es trotzdem tat, wusste der Alte es so weit zu bringen, dass sie ihre Kinder nahm und verschwand."

„Mein Gott, das ist ja ein ganzer Roman! Aber ihr Mann, hat er nicht nach ihr gesucht?"

„Er hat nach ihr gesucht und ist ebenso verschwunden wie sie. Sein Vater hat Frankreich verlassen und seinen Namen geändert. Weshalb, kann ich nicht sagen."

„Aber woher wissen Sie das alles?"

„Ich vermute das meiste, einiges aber weiß ich genau."

Er glaubte, das von den Kolibribildern und was damit zusammenhing, noch verschweigen zu müssen.

„Aber Sie sind sicher, dass jener alte Untersberg der Großvater der Mädchen ist?"

„Ganz sicher."

„So muss er sie anerkennen! Ich zwinge ihn dazu, indem ich diese Urkunden vorlege."

„Damit erreichen Sie nichts! Man darf da nicht so hoffnungsfreudig denken."

„So sagen Sie uns, was wir tun sollen!"

„Überzeugen wir uns zunächst, ob wir selber Recht haben oder Unrecht. Sehen wir einmal, ob diese Frau Köhler die Baronin de Bas-Montagne ist."

„Wie wollen wir das anfangen?"

„Sehr einfach: Sie haben Madame Köhler gekannt. Bitte sie mir zu beschreiben."

„Sie war eine sehr schöne Dame, klein, schmächtig, mit Prachtaugen und herrlichem Haar."

„Hm! Ich habe das Bildnis der Baronin gesehen. Wollen doch einmal vergleichen."

Er hatte seine Mappe mit. Er nahm daraus ein Blatt Zeichenpapier und griff zum Bleistift. Nun schloss er die Augen, um sich die Züge jener Zeichnung zu vergegenwärtigen, die er hinter dem Kolibribild gefunden hatte, und als ihm dies geglückt war, warf er den Kopf mit bewundernswerter Leichtigkeit auf das Papier.

„So", sagte er. „Sehen Sie her – ist sie es?"

Die beiden Alten stießen einen Ruf des Erstaunens aus.

„Das ist sie, ja, das ist sie!"

„Gut, sehr gut! Ich bin meiner Sache nun schon gewiss. Diese Mädchen haben eine ungemeine Ähnlichkeit mit ihrer Mutter. Aber man muss dennoch bedächtig verfahren. Ich denke, wir verschweigen ihnen zunächst noch, wer sie sind."

„Aber etwas muss man doch tun!"

„Gewiss! Ich gehe von hier nach Ortry."

„Zu Nanon?"

„Ja. Madelon befindet sich bei ihr. Mit ihr kehre ich nach Berlin zurück. Wer weiß, was sich unterwegs noch ermitteln lässt. In Berlin eile ich sofort zu Untersberg."

„Um ihn zu zwingen, die Wahrheit zu bekennen?"

„Das kann ich noch nicht sagen. Ich werde Ihnen schreiben. Wir müssen Hand in Hand arbeiten."

„Das versteht sich. Monsieur Schneffka, wie gut es ist, dass wir Sie kennen gelernt haben! Und wunderbar, Sie, ein Pole, kommen her zu uns und..." Er stockte. Es kam ihm ein Gedanke. „Monsieur, seien Sie aufrichtig! Sie sind kein Pole!"

„Was soll ich sonst sein? Ein Buschneger?"

„Ein Deutscher! Gestehen Sie es!"

Marie legte die Hand auf seinen Arm.

„Wirklich? Sollten Sie ein Deutscher sein?"

„Nun gut! Ich gebe es zu, ein Deutscher zu sein!"

Da streckten ihm alle drei die Hände entgegen und Mélac fragte:

„Warum haben Sie das verschwiegen?"

„Aus Vorsicht. Die hiesige Bevölkerung spricht von einem Krieg zwischen Frankreich und Deutschland."

„Glauben Sie an dieses Gerücht?"

„So ziemlich."

„Ach, das soll Gott verhüten! Gerade weil mein Ahne so grausame Spuren in Ihrem Vaterland zurückgelassen hat, wünsche ich doppelt, dass Friede sein möge zwischen Frankreich und Deutschland. Noch nie hat ein Krieg wirklich Gutes geschaffen; und wenn ich an die französischen und deutschen Mütter denke, deren Söhne sich auf den Schlachtfeldern gegenseitig vernichten sollen, so blutet mir das Herz."

Schmerzlich berührt starrte der Greis eine Zeit lang vor sich hin, dann wanderten seine Gedanken wieder zurück zu den letzten Geschehnissen und lächelnd meinte er:

„Ihr Name wird nun wohl auch anders lauten?"

„Nicht viel anders: Schneffke anstatt Schneffka, Hieronymus Aurelius Schneffke; das ist so klar wie Pudding!"

„Aber lassen Sie das Berteu ja nicht wissen!"

„Fällt mir nicht ein. Also Sie meinen, dass er von seinem Vater nichts erfahren hat?"

„Wenigstens kurz vor dem Tod nicht, da der Verwalter ganz plötzlich gestorben ist."

„So könnte er von früher her etwas wissen."

„Ja, und das scheint mir sogar sicher zu sein."

„Wieso?“

„Es hat sich am Begräbnistag seines Vaters etwas ereignet, was mir zu denken gibt.“

„Erzählen Sie, bitte!“

„Er hat die beiden Schwestern abends in die Pulvermühle gelockt, um Nanon in seine Gewalt zu bekommen.“

„Will er sie denn heiraten?“

„Man sagt es. Er weiß vielleicht, dass das Mädchen wohl eine Zukunft hat und will daran teilnehmen, indem er Nanon zu seiner Frau macht.“

„Aber sie will ihn nicht?“

„Um keinen Preis. Daher hat er sie in die Mühle gelockt, sie sind ihm aber beide glücklich entronnen.“

„Ein niedriger Mensch. Heiliger Rembrandt, der sollte mir vor die Zündnadel kommen, wenn ich im Falle eines Krieges mal nach Malineau geriete! Dann würde – ei, du grüne Neune!“

Er biss sich auf die Lippen, denn jetzt erst bemerkte er, dass er unvorsichtig gewesen war. Mélac aber beruhigte ihn.

„Erschrecken Sie nicht! Sie sind nicht bei schlechten Menschen. Aber wie ich höre, sind Sie also auch Soldat?“

„Landwehrsoldat.“

Ein Lächeln spielte auf den ernsten Zügen des ehrwürdigen Mannes. Er musterte den Maler vom Kopf bis zum Fuß herab.

„Sind die Landwehrleute alle so wohlgepflegt wie Sie, Monsieur?“

„Alle! Das Kommissbrot wirkt Wunder. Ich sage Ihnen: Kommt ein Bataillon solcher Kerle ins Laufen, so rennt es ein ganzes französisches Heer in Grund und Boden. Lassen Sie es also in Gottes Namen losgehen! Sie werden Ihr blaues Wunder erleben. – Nun aber wollen wir das Bild vornehmen, sonst wird es überhaupt nicht mehr fertig.“

Der Maler begann an dem Bild zu arbeiten. Die drei schauten zu und konnten sich nicht genug über seine Kunstfertigkeit wundern. Dabei wurde die Unterhaltung munter weitergeführt und beim Abschied war es Schneffke, als sei er schon seit vielen Jahren mit der Familie bekannt.

Berteu behandelte ihn mit finsterer Miene.

„Ich habe Sie während des ganzen Tages nicht gesehen", sagte er.

„Ich war nicht daheim."

„Darf ich fragen, wo Sie gewesen sind?"

„Drüben im Schloss."

„Im Schloss? Da wohnt doch nur der Beschließer. Sind Sie etwa bei dem gewesen?"

„Ja, gerade komme ich von ihm."

„Monsieur, was fällt Ihnen ein? Wissen Sie nicht, dass Sie mein Gast sind?"

„Das weiß ich sehr wohl."

„Dann dürfen Sie auch nichts tun, was gegen meinen Willen ist!"

„Oho! Was ist denn gegen Ihren Willen?"

„Ihr Besuch bei diesen Mélacs."

„Nanu – bin ich Ihr Gast oder Ihr Sklave? Übrigens arbeite ich für Sie. Es ist eine Ehre für Sie, einen Künstler bei sich zu haben. Verstehen Sie wohl! Auch handelt es sich nicht um einen Besuch bei Mélacs, sondern um eine Arbeit, die ich da vorzunehmen hatte."

„Gearbeitet haben Sie drüben? Das soll doch heißen, gemalt?"

„Ja, gemalt."

Man sah es Berteu an, dass er erregt war, so erregt, dass er alle Höflichkeit vergaß.

„Wen? Den Alten?"

„Nein, ich habe an einem Bild gearbeitet, aber an einem bereits vorhandenen."

„Es gibt da nur ein Bild, das Sie meinen können, ein Pastellbild."
„Das war es."
„Es stellt einen jungen Mann dar?"
„Stimmt auffallend."
„Sie sind Kenner! Ist das Bild wertvoll?"
„Sehr!"
„Wie hoch schätzen Sie es?"
„Es kann sechstausend Francs gekostet haben."
„Sechst – – Alle Teufel! Und jetzt? Hat es auch heute noch diesen Wert?"
„Gewiss."
„Welch ein Fehler von meinem Vater!"
„Ein Fehler? Was meinen Sie?"
„Wissen Sie denn nicht, wie das Bild in die Hände der Mélacs gelangt ist?"
„Ich hörte, es sei ein Geschenk."
„Nein, das ist nicht wahr! Mélac hat es nur zur Aufbewahrung erhalten. Es gehört meinen Stiefschwestern. Vater hätte darauf bestehen sollen, es zurückzuerhalten. Haben Sie die Ausbesserung vollendet?"
„Nein. Ich werde morgen noch einige Zeit daran arbeiten müssen."
„Und meine Gemälde werden dabei vernachlässigt!"
„Haben Sie keine Sorge! Bevor ich abreise, werde ich auch damit fertig."
Es war noch nicht spät und so hatte der Maler noch keine Lust, schlafen zu gehen. Er befand sich in einer eigentümlichen Stimmung. Ihm war es, als habe er das große Los gewonnen. Er hatte viele Mädchen kennen gelernt und keins war ohne Eindruck auf ihn gewesen; im Gegenteil, er besaß ein empfängliches Herz und er hatte sie alle haben wollen; aber diese Marie – das war doch etwas ganz anderes. Er hatte das Gefühl, als ob er ihr Bild längst im Herzen getragen, es aber verloren und nun wieder gefunden habe.

In der Stube wurde es ihm zu eng. Er brannte eine Zigarre an und begab sich ins Freie. Natürlich ging er in den Park und es verstand sich von selbst, dass er sich nach Kurzem gerade vor der Bank sah, auf der er mit Marie gesessen hatte. Dort ließ er sich nieder.

Er hatte nicht etwa erwartet, sie hier zu treffen, o nein – aber er blieb doch eine längere Zeit, einem unbestimmten Gefühl folgend. Und da – da hörte er nahende Schritte. Er horchte auf.

Da er nicht gesehen werden wollte, stand er auf und trat zwischen die Büsche hinter der Bank. Gleich darauf erschienen zwei Männer.

„Setzen wir uns ein wenig?“, fragte der eine, in dem der Maler seinen Wirt Berteu erkannte.

„Meinetwegen.“

„Du bist heute sehr kurz angebunden.“

„Habe auch Veranlassung dazu.“

„Der Mädel wegen?“

„Weshalb sonst?“

„Pah! Es war ein Scherz, der uns leider misslungen ist.“

„Der mich aber um alle Achtung bei den Leuten gebracht hat.“

„Unsinn, Ribeau! Kein Mensch weiß genau, was geschehen ist.“

„Aber man hat uns doch in der Pulvermühle gefunden, gefesselt auf der Diele liegend, und zwar wegen dieser vertrackten Mädel!“

„Mich kränkt das nicht im Mindesten. Das heißt, dem Volk gegenüber. Dass mir aber die Nanon entwischt ist, darüber könnte ich verrückt werden vor Wut. Wenn man nur eine Ahnung hätte, wer der Kerl gewesen ist.“

„Lang und stark war er, baumstark.“

„Blond. Bist du in Etain gewesen und hast du nichts erfahren?“

„Na, ich will dich nicht auf die Folter spannen. Meine Erkundigungen sind von Erfolg gewesen.“

„Das wäre? Also heraus damit!"
„Am Abend vor dem Begräbnis sind sie dort eingetroffen."
„Wer – sie?"
„Nun, Mademoiselle Nanon Köhler aus Ortry und Mademoiselle Madelon Köhler aus Berlin. Sie sind im Gasthof Napoleonstein abgestiegen. Sie haben eine Kutsche gehabt, die sie in Metz gemietet hatten."
„Das alles ist mir verteufelt gleichgültig. Der Kerl, der Kerl! Wer war der?"
„Als sie angekommen sind, hat ein langer, starker Bursche neben dem Kutscher gesessen."
„Ah! Der war es also."
„Auch er hat seinen Namen ins Fremdenbuch eingetragen."
„Wie heißt er?"
„Fritz Schneeberg aus Thionville."
„Fritz Schneeberg? Ein deutscher Name. Hol ihn der Teufel! Was ist er denn?"
„Pflanzensammler."
„Pflan – das ist ja etwas verdammt Vornehmes! Das stand mit im Fremdenbuch?"
„Ja, ich habe es gelesen."
„Was weiter?"
„Die beiden Mädchen sind am anderen Morgen mit einem Lohnkutscher nach Malineau gefahren, der Kerl ist ihnen zu Fuß gefolgt. Er hat die ganze Gegend ausgekundschaftet."
„Woher weißt du das?"
„Man hat ihn überall gesehen. Auch in der Dorfschenke ist er gewesen und hat mit dem Kutscher gesprochen."
„So geht mir ein Licht auf. Er hat mich auf irgendeine Weise belauscht."
„Jedenfalls. Des Abends spät ist er mit den Mädchen nach Etain zurückgekehrt und sofort wieder aufgebrochen."

„Wohin sind sie gefahren?“
„Nach Metz zurück.“
„Woher weißt du das?“
„Sie haben ja das Metzer Geschirr benutzt. Der Urian ist natürlich auch mit. Vorher aber hat es noch einen Zwischenfall gegeben. Nämlich, es hat da ein kleiner, dicker Kerl gewohnt, ein Maler...“
„Weißt du den Namen?“
„Schneffka, Maler aus Polen, hat im Buch gestanden.“
„Donnerwetter! Das ist ja mein Maler! Er wohnt bei mir und bessert meine Gemälde aus.“
„So wird dich das Ding doppelt bedenklich machen. Nämlich, eben, als die beiden Schwestern in den Wagen steigen wollen, kommt dieser Mensch zur Treppe herab, barfuß und im Hemd, nur eine Tischdecke um sich geschlungen und einen riesigen Künstlerhut auf dem Kopf.“
„Verrückt! Was hat er gewollt?“
„Er hat mit den beiden Schwestern gesprochen und ist dann wieder in sein Zimmer gegangen.“
„Was hat er mit ihnen zu sprechen gehabt?“
„Das konnte ich nicht erfahren; denn niemand hat so nahe gestanden, dass es zu hören gewesen wäre. Verdächtig ist aber doch, dass dieser Kerl die Mädchen kennt und nun bei dir wohnt.“
„Das ist wahr. Sollte das etwa eine abgekartete Sache sein?“
„Ich denke! Ja, ich bin überzeugt davon.“
„Dann soll den Kerl der Teufel holen!“
„Pah, der Teufel! Wir selber werden es sein, die ihn holen!“
„Allerdings! Denn in diesem Fall ist er ein gefährlicher Mensch, der noch ganz andere Absichten hat, als wir jetzt denken.“
„Welche Absichten sollten das sein?“
„Nun, wo wohnt der Kräutermann?“
„In Thionville.“

„Also in der Nähe von Ortry. Und wo wohnt diese Nanon?“
„In Ortry!“
„Gut. Und in Ortry haben wir nicht nur unsere Niederlagen, sondern dort laufen auch alle Fäden unserer geheimen Verbindungen zusammen. Hast du denn noch nichts davon gehört, dass politische Spürhunde diese Gegend durchstreifen?“
„Man spricht davon.“
„Nun, dann möchte man fast denken, dass dieser Kräutersammler solch ein deutscher Spion ist!“
„Verdammt!“
„Dann läge auch die Vermutung nahe, dass der kleine Maler zu ihm gehört.“
„Höre, du kannst Recht haben! Man muss diesem Kerl sehr scharf auf die Finger sehen.“
„Er wird mir gleich morgen Rede stehen müssen.“
„Das musst du aber schlau anfangen!“
„Ich werde mich natürlich hüten, mit der Tür ins Haus zu fallen.“
„Und morgen müssen wir Gewissheit haben.“
„Warum schon morgen?“
„Nun, weil wir übermorgen nicht mehr hier sind!“
„Ah, richtig – wegen der Pulverfracht!“
„Es wäre gut, wenn wir dem Kapitän Richemonte gleich etwas Greifbares melden könnten. Irre ich mich nicht, so haben wir das Pulver diesmal im Steinbruch abzuliefern.“
„Ja. Es ist das der sicherste Ort.“
„Können wir mit dem Wagen hin?“
„Es führt von der Stadt ein Fahrweg dorthin; er ist zwar alt und seit langer Zeit nicht mehr benutzt, bietet aber dem, der ihn kennt, keine großen Schwierigkeiten. Es ist der einzige Steinbruch der ganzen Umgegend.“
„Wann müssen wir dort eintreffen?“
„Punkt zwölf Uhr.“
„Wie aber die Fässer in die Niederlage bringen?“
„Das ist doch Sache des Kapitäns. Ich vermute, dass es

auch dort einen geheimen Gang gibt, der mit den unterirdischen Gewölben zusammenhängt."

„Warst du bereits einmal drin?"

„Nein. Aber nach dem, was man davon im Stillen erzählt, müssen riesige Vorräte von Waffen und Munition vorhanden sein. Sollten die Deutschen wirklich mit uns anbinden, so sind sie verloren. Wir sind vorbereitet, sie aber jedenfalls nicht."

„Nun, wir werden einen Spaziergang nach Berlin machen und unterwegs sehr viel finden, was mitzunehmen ist."

„Das ist die Hauptsache! Ich freue mich auf den Augenblick, in dem uns der Alte die Order schickt."

„Das Beste dabei ist, dass wir beide nicht mit in die Schlachtlinie gezogen werden. Wir bleiben hinter den Truppen, um – um – um..."

„Ja, um auf Ordnung zu sehen."

Ribeau schlug sich die Schenkel und lachte schallend auf.

„Ausgezeichnet, Ordnung! Na, wir werden unser Hühnchen schon rupfen!", sagte er. „Also nimm zunächst gleich morgen den Maler gehörig vor und sorge, wenn er dir wirklich verdächtig vorkommt, dafür, dass er uns nicht entwischen kann!"

„Keine Sorge! Wen ich einmal anfasse, der entgeht mir nicht. Verdächtig hat er sich bereits dadurch gemacht, dass er mit dem Beschließer Mélac verkehrt."

„Hältst du den alten Mélac wirklich für einen Deutschenfreund?"

„Das ist er auf alle Fälle. Aber komm, wir müssen ausruhen, da wir morgen mit der Dämmerung aufzuladen haben, um dann übermorgen pünktlich zur Stelle zu sein. Du weißt, der alte Richemonte ist ein Raubein und versteht keinen Spaß!"

Sie gingen.

Erst als ihre Schritte verklungen waren, trat Schneffke aus seinem Versteck hervor.

„Donnerwetter!", brummte er. „Das war eine wichtige

Kiste! Da hätte mein Freund Martin Tannert, der Telegrafist und Husarenwachtmeister, mit dabei sein sollen! Ich und ein deutscher Spion! Hahaha!“

Er setzte sich auf die Bank und dachte über das Gehörte nach.

„Na“, überlegte er weiter, „eine Art von Spion bin ich doch, da ich ja gekommen bin, diesen Berteu auszuhorchen; aber ein wirklicher – so, was man Aufklärer nennt, das bin ich nun freilich nicht. Ich stehe leider mit unserem Moltke nicht auf so vertrautem Fuß, dass er wissen könnte, was für ein gescheiter Kerl ich bin. Also aushorchen will er mich, ob ich Offizier oder Diplomat bin. Schön! Horche nur zu, Bursche!“ Nach einer Weile lachte er leise vor sich hin. „Vielleicht drehen wir den Spieß um und ich horche euch aus, anstatt ihr mich. Pulver und Waffen in unterirdischen Gewölben in oder bei Ortry! Sieh einmal an! Das ist ja so gefährlich wie Pudding, wenn er mit Dynamit gefüllt ist. Anscheinend werden Franktireurbanden, also Freischaren gebildet! Von dem alten Kapitän? Wartet, ihr Kerle, euch werde ich beschneffken! Und was ich erfahre, das sage ich meinem Freund Martin Tannert, der – ah, sagte er denn nicht, dass auch in Ortry bereits einer ist, nämlich dieser – dieser von Greifenklau? Und dann der Wachtmeister Schneeberg? Sollte das der Kräutermann sein, von dem diese beiden gesprochen haben? Wahrscheinlich! An ihn oder Greifenklau kann ich mich doch auch wenden, wenn Gefahr im Verzug ist. Wartet, ihr Burschen, der Hieronymus Aurelius Schneffke wird euch einen dicken Strich durch eure Rechnung pinseln. Übermorgen bin ich in Thionville und Ortry und suche den Steinbruch auf. Pulverlieferung! Unterirdische Gewölbe! Geheime Gänge! Vorrat an Waffen und Munition! Hinter diese Schliche und Geheimnisse muss ich kommen – ich, Hieronymus Aurelius Schneffke! Na, ich werde dafür sorgen, dass euch euer Spaziergang nach Berlin nicht allzu gut bekommen wird!“

Schneffke wanderte langsam seiner Wohnung, dem Verwalterhaus, zu. Die Tür war bereits verschlossen und er sah sich also gezwungen, zu klopfen. Charles Berteu öffnete. Er machte ein sehr erstauntes Gesicht, als er ihn erblickte.

„Sie?", fragte er. „So spät?"

„Aber ich bitte Sie – jetzt fängt doch der Abend erst an!"

„Nun, dann haben wir wohl auch noch Zeit, ein Glas Wein zu trinken?"

Schneffke sah ein, dass der Wein nur als Vorwand diente.

„Ein Glas Wein?", meinte er gleichmütig. „Den verschmähe ich zu keiner Zeit. Dazu können Sie mich sogar mitten in der Nacht vom Schlaf aufwecken!"

„So kommen Sie!"

„Aber gut muss er sein! Fusel trinkt kein Künstler so kurz vor dem Schlafengehen."

„Haben Sie bei mir schon einmal etwas Schlechtes getrunken?"

„Das kann ich nicht sagen!"

„Na also!"

Berteu führte den Dicken in sein Zimmer und ging, um Wein zu holen. Er kam nach kurzer Zeit zurück und schenkte ein.

„So, nehmen Sie, Monsieur!", sagte er. „Auf das Wohl unseres schönen Frankreich!"

Dabei bohrte er seinen Blick in das Gesicht des Deutschen.

„Das gute Frankreich soll leben!", antwortete der Maler, während er mit ihm anstieß.

„Und auf das Wohl und den Ruhm unseres großen Kaisers!"

„Hoch, Napoleon!"

„Trinken Sie doch aus!"

„Hab' schon. Sehen Sie her! Wenn es sich um den Ruhm Frankreichs und seines Kaisers handelt, da lasse ich keinen Tropfen im Glas."

Berteu goss die Gläser wieder voll.

„Wie ich sehe, lieben Sie Frankreich?"
„Oh, sehr!"
„Warum?"
„Sie wissen wohl, dass Polen stets Frankreichs Freund gewesen ist. Wäre es nach dem Willen des großen Napoleon gegangen, so wäre Polen frei."
„Ja! Also, Sie sind ein Pole?"
„Natürlich!"
„Wohl ein Deutschpole?"
„Welche Frage! Gibt es wohl französische Kirgisen oder gibt es Deutschkalmücken? Pole ist Pole. Verstanden?"
„Sie sprechen sehr kräftig."
„Ja, wenn man mir Polen anrührt, so kann ich sehr leicht in Hitze geraten."
„Und doch sehen Sie gar nicht aus wie ein Pole!"
„Warum?"
„Ihr Bäuchlein, Monsieur!"
„Mein Gott! Welch eine Vorstellung haben Sie denn eigentlich von uns? Glauben Sie, wir Polen seien Hungerleider?"
„Das gerade nicht. Aber ich stelle mir jeden Polen schlank und ebenmäßig vor."
„Da sollte doch gleich der Teufel dreinschlagen, Monsieur!", rief Schneffke zornig. „Bin ich etwa nicht ebenmäßig?"
„Nun, eigentlich doch nicht so ganz."
„Aber was meinen Sie denn eigentlich mit Ihrem ‚ebenmäßig'?"
„Die Verhältnisse des Körpers."
Da stand Hieronymus vom Stuhl auf und stellte sich breitspurig vor Berteu hin.
„Die Körperverhältnisse? Also gut! Sehen Sie doch gefälligst einmal meinen Bauch an! Können Sie so etwas Ausgebildetes, ich möchte beinahe sagen Vollendetes, aufweisen?"
„Nein!", lachte Berteu. „Sie sind mehr als wohlbeleibt: Sie sind dick."

„Schön! Die Beine – sind die etwa dünn?“
„Nein.“
„Die Arme?“
„Auch dick.“
„Der Hals?“
„Dick.“
„Die Wangen?“
„Dick.“
„Also wie ist alles an mir, Monsieur?“
„Dick, dick und abermals dick.“
„Und das nennen Sie nicht ebenmäßig?“
„Ah! Meinen Sie es so?“
„Natürlich! Habe ich etwa einen aufgequollenen Leib und dazu fadenschwache Beine?“
„Nein.“
„Oder gar einen krummen Rücken und schiefe Lenden?“
„Nein.“
„Oder kleine Augen und eine große Nase?“
„Auch nicht.“
„Nun wohl! Sie sehen also, dass kein Mensch ebenmäßiger sein kann als ich. Ich will mich zwar nicht geradezu einen Adonis nennen, denn unter die Götter gehöre ich nicht; aber das Menschenmögliche in Beziehung auf Schönheit und Wohlgestalt, das leiste ich. Glauben Sie nun endlich, dass ich ein Pole bin?“
„Ja. Ich glaube Ihnen. Eigentlich hatte ich freilich einen Grund, Sie mit Misstrauen zu betrachten.“
„Warum?“
„Sind Ihnen zwei Damen mit Namen Nanon und Madelon bekannt?“
„Nein.“
„Und dennoch haben Sie mit ihnen gesprochen.“
„Das ist sehr leicht möglich. Man kann mit Personen sprechen, ohne sie zu kennen oder zu wissen, wie sie heißen.“
„Aber Ihre Unterhaltung hat in einer Weise stattgefunden, die eine nähere Bekanntschaft vermuten lässt.“

„Wieso?“
„Spricht man mit unbekannten Damen barfuß und mit einer Tischdecke um den Leib gewunden?“
„Ah, mir geht ein Licht auf!“
„Und Ihrem Künstlerhut auf dem Kopf?“
„Ja, ja, ich besinne mich.“
„Nun, was hatten Sie mit diesen Damen?“
„Monsieur!“
Der Dicke rief dieses Wort sehr laut und in strengem Ton.
„Was wollen Sie?“, fragte Berteu.
„Ich möchte wissen, was Sie wollen. Seit einer halben Stunde fragen Sie mich aus, als ob ich Ihnen über jede Kleinigkeit Rechenschaft schuldig sei!“
„Ich habe Veranlassung dazu.“
„Wieso?“
„Diese Damen sind meine Schwestern.“
„Ach so! Ich finde aber nicht die geringste Familienähnlichkeit.“
„Das tut nichts zur Sache. Die beiden Mädchen haben sich unter sehr eigentümlichen, ja geradezu erschwerenden Umständen von hier entfernt.“
„Haben Sie gestohlen?“
„Nein. Sie sind ohne meine Erlaubnis gegangen.“
„Das geht mich nichts an!“
„Aber Sie haben mit meinen entflohenen Schwestern gesprochen und haben dann mich aufgesucht. Das ist auffällig.“
„Noch auffälliger wäre es, wenn ich erst zu Ihnen gekommen und dann mit Ihren Schwestern entflohen wäre. Ich habe gar nicht die Absicht gehabt, bei Ihnen zu wohnen. Sie selber haben mich zu sich geladen.“
„Wie aber kommt es dann, dass Sie sich mit ihnen in dieser auffälligen Weise unterhalten haben?“
„Ich hatte sie verkannt. Ich erwartete in Etain meine Braut, die mir nachreisen wollte. Ich lag bereits im Bett,

hörte einen Wagen und blickte durchs Fenster. Beim unbestimmten Schein der Laterne verwechselte ich die eine Dame mit meiner Braut, die einige Ähnlichkeit mit ihr haben mag. Ich raffte in Eile um mich, was ich fand, und lief hinab. Da bemerkte ich nun, dass ich mich getäuscht hatte."

„Wer ist denn Ihre Braut?"

„Auch eine Polin, die aus Paris eintreffen will."

„Hm!"

Er glaubte dem Sprecher noch nicht recht, musterte ihn scharf vom Kopf bis zu den Füßen und fragte dann:

„Und den Menschen, der bei meinen Schwestern war, haben Sie auch nicht gekannt?"

„Ich habe ihn noch nie gesehen."

„Gut, ich bin gezwungen, es zu glauben."

„Glauben Sie oder nicht, das ist mir gleich. Übrigens erkennen Sie wohl, dass ich mich durch Ihre ebenso auffälligen wie zudringlichen Fragen keineswegs erbaut fühlen kann. Ich bin Künstler, aber kein Landstreicher; ich werde also morgen früh Ihr Haus verlassen, da es heute doch zu spät dazu ist."

Das lag nun nicht in Berteus Absicht. Er wollte seine Gemälde vollendet haben und den Maler auch noch weiter überwachen.

„Sie sehen ein, dass der Bruder erregt sein muss, wenn seine Schwestern, ohne sich seiner Zustimmung zu versichern, mit einem fremden Menschen das väterliche Haus verlassen."

„Hm, ja! Mich könnte das sehr in Wolle bringen. Ich würde es nicht dulden."

„Was würden Sie tun?"

„Ich würde diesem fremden Menschen nachreisen, um ihm die Schwestern abzujagen."

„Das beabsichtige ich, hatte nur bisher keine Zeit dazu. Morgen aber will ich's durchführen. Werde ich Sie bei meiner Rückkehr hier noch vorfinden?"

„Eigentlich nicht."

„Also Sie wollen mir wirklich nicht verzeihen? Hier, Monsieur, stoßen wir an! Schließen wir Frieden!“

Er hielt dem Maler das Glas entgegen. Dieser tat, als werde es ihm nicht leicht, so schnell sein Bedenken zu überwinden, stieß aber dann doch mit ihm an.

„Na, da mag es also sein. Bleiben wir einig!“, meinte er.

„Und Sie warten meine Rückkehr ab?“

„Ja, wenn auch nicht hier, so doch in Etain, wo ich, wie ich bereits sagte, meine Braut erwarte.“

Sie saßen noch einige Zeit beisammen und unterhielten sich von gleichgültigen Dingen, erst später trennten sie sich.

Als Schneffke dann in seinem Zimmer angelangt war, klatschte er das Skizzenbuch heftig auf die Tischplatte.

„Der und mich ausfragen!“, knurrte er verärgert. „Da müssen doch ganz andere kommen! übermorgen um Mitternacht bin ich im Steinbruch bei Ortry.“

*

Beim Morgenkaffee am anderen Tag erfuhr Schneffke, dass Berteu das Haus schon verlassen hatte. So machte er sich zunächst mit den alten Bildern des Verwalters zu schaffen und begab sich alsdann hinüber ins Schloss zur Familie Mélac.

Er wunderte sich, dass sämtliche Fenster geöffnet und die Gardinen zurückgeschlagen waren. Der Alte empfing ihn mit fröhlichem Händedruck.

„Monsieur, wenn Sie wüssten, was für eine gute Botschaft wir gestern Abend spät noch erhalten haben!“

„Ich errate es.“

„Nun?“

„Sie lüften das ganze Schloss, folglich kommt der Besitzer.“

„Richtig! Fast gegen Mitternacht erhielten wir noch die Drahtnachricht, dass Graf Perret heute eintrifft. Was sagen Sie dazu?“

„Dass Sie Ihre Herrschaft sehr schätzen müssen; das sehe ich an der Freude, die Sie empfinden. Leider werden Sie jetzt keine Zeit haben, sich mit einem fremden Mann zu beschäftigen."

„Oh, wir haben die ganze Nacht gearbeitet. Mutter und Marie sind droben bei den Gardinen. Wollen Sie einmal mit zu ihnen gehen?"

Der Beschließer führte den Maler hinauf in die gräflichen Gemächer, wo Großmutter und Enkelin beschäftigt waren und ihn herzlich willkommen hießen. Er wusste nicht, wie es kam – aber bald stand er selber auf der Gardinenleiter und die alte Beschließerin schlug immer wieder die Hände zusammen.

„Vater, siehst du es denn auch? So ein Mann! In welcher Weise Monsieur die Falten wirft! Das hat Schick und Schmiss. Man merkt, dass er ein Künstler ist."

Hieronymus Aurelius Schneffke bewegte sich in wahrhaft halsbrecherischer Weise auf der Leiter; heute kam es ihm kein einziges Mal in den Sinn, zu stolpern oder gar herabzufallen.

Gegen Mittag war die Arbeit getan. Die Wohnung stand zum Empfang der Herrschaft bereit. Schneffke wurde zum Essen eingeladen und machte sich dann wieder an das Pastellbild, an dem er nur noch einige vollendende Striche vorzunehmen hatte.

Vater und Mutter befanden sich in den herrschaftlichen Zimmern; nur Marie saß mit einer Häkelarbeit bei ihm, wobei sie von Zeit zu Zeit einen bewundernden Blick auf das Bild warf und auf den Maler, der keine Sekunde und kein Wort für sie übrig zu haben schien.

Endlich legte er den Pastellstift weg, trat zurück und betrachtete die Arbeit.

„Fertig?", fragte sie.

„Ja", nickte er.

Sie kam an seine Seite und ließ ihren Blick auf dem Gemälde ruhen.

„Es ist doch wunderbar, so etwas fertig zu bringen", sagte sie. „Wie macht man so ein Lächeln, so einen Blick, der sich doch eigentlich nicht beschreiben lässt?"

Er sah ihr mit schneller Kopfwendung gerade in die Augen.

„Wie bringen Sie das Lächeln fertig, das soeben um Ihre Lippen spielt?"

Er warf dabei einen so sehnsüchtigen Blick auf ihren Mund, dass sie errötete und sich von ihm abwendete. Sie setzte sich und er zog sich einen Stuhl in ihre Nähe und betrachtete sie, wie ihre Fingerchen gewandt mit der Häkelnadel umgingen. Es kamen ihm da allerlei Gedanken, die aber stets nur auf eins hinausliefen.

„Es müsste herrlich sein!", sagte er plötzlich halb vor sich hin.

Sie hob den Kopf.

„Was müsste herrlich sein?"

Er errötete wie ein Knabe, den man auf einer unrechten Tat ertappt hat. Es dauerte eine ganze Weile, bevor er eine Antwort fand.

„Na, Mademoiselle, ich dachte mir eine Stube..."

„So, so – eine Stube."

„Ja, das wäre nun ganz und gar nichts. Aber in dieser Stube stand ich an der Staffelei. Ich malte."

„Was denn?"

„Hm! So einen allerliebsten kleinen Buben, der in der Wiege lag."

„Mit dem Zulp im Mund?"

„Nein", entgegnete er. „Einen Zulp würde ich als Vater niemals erlauben."

„Ach so! Sie waren also der Vater des kleinen Buben?"

„Ja."

„Malten Sie weiter nichts?"

„Doch, nämlich die Mutter."

„Auch ohne Zulp?"

Abwehrend schüttelte er den Kopf.

„Machen Sie mich nicht irre, Mademoiselle! Das Bild war so schön, und wenn Sie mir einen Witz darüber werfen, dann male ich es gar nicht zu Ende."

„Gut! Malen Sie weiter!"

„Also die Mutter. Sie saß auf dem Stuhl – und – raten Sie, was sie machte?"

„Sie strickte?"

„Nein, sie häkelte, geradeso wie Sie. Soll ich sie Ihnen beschreiben?"

„Ja. Ich möchte die Dame doch zu gern kennen lernen, die die Mutter Ihres kleinen Buben ist."

„Sie ist blond. Gerade wie Sie. Nicht hoch und nicht schlank."

„Also kurz und – und – vollschlank?"

„Ja, gerade wie Sie. Und eigentümlich: Dieser kleine, dicke Bube sieht nicht nur mir allein ähnlich."

„Wem noch?"

„Ihnen."

„Sie scherzen! – Wie könnte das sein?"

„Weil auch die Mutter Ihnen ähnlich sieht, und zwar ganz wie aus den Augen geschnitten."

„Vielleicht ist sie verwandt mit mir."

„Nein! Ich glaube vielmehr, Sie sind es selber. Ja, an dieses Bild dachte ich und da entfuhr es mir: Es müsste herrlich sein! Denken Sie, dass ich da Unrecht habe?"

Ihre Züge hatten jetzt einen träumerischen Ausdruck angenommen; schweigend blickte sie durchs Fenster. Er wartete; er wagte nicht, ihre Gedanken zu stören.

„Ist es nicht zuweilen ein Glück", sagte sie nach einer Weile leise, „wenn uns ein Traum nicht in Erfüllung geht?"

„Gewiss haben Sie Recht; aber die Erfüllung dieses Traumes könnte nie ein Unglück sein. Das gerade macht ja unser Glück aus, dass wir unserem Herzen Glauben schenken dürfen. Umso weher tut es, wenn man von einem Traum lassen muss, nur deshalb, weil – weil – weil..."

„Weil?"

„Heiliger Rembrandt – weil ich heute schon abreisen muss!"

„Heute schon?"

Ihre Wangen waren etwas bleicher geworden.

„Ja, heute schon, Mademoiselle!"

„Muss das denn sein?"

„Leider. Es ist unaufschiebbar."

„Aber gestern sprachen Sie doch nicht in so bestimmter Weise von Ihrer Abreise."

„Es hat sich etwas ereignet, was sie beschleunigt."

„Und kommen Sie wohl wieder in diese Gegend?"

„Wer weiß das? Bin ich einmal fort, so gibt es schwerlich einen Grund, nach hier zurückzukehren. Möglich ist es zwar, dass ich sehr bald wieder nach Frankreich komme, aber – als Ihr Feind."

„Niemals! Mein und unser Feind werden Sie nie sein."

„Selbst im Fall eines Krieges nicht?"

„Nein. Sie kennen ja unsere Gesinnung. Aber glauben Sie denn an diesen Fall? Mein Gott, wenn ich an das Unglück denke! Die Kanonen brüllen, die Kugeln sausen, die Schwerter klirren. Und mitten darin sind..."

Sie hielt errötend inne.

„Weiter! Weiter!", bat er schnell.

„Und mitten darin Sie – – der doch nicht die mindeste Schuld daran trägt."

Sein Gesicht glänzte vor Freude.

„An mich denken Sie dabei? An mich?"

„Ja. Ich habe sonst keinen Menschen, der durch den Krieg so unmittelbar bedroht würde."

„Wenn ich nun fiele? Wenn Sie eines Tages die Nachricht erhielten, dass man mich in ein Massengrab gelegt und...",„

„Bitte schweigen Sie!", wehrte sie ab. „Das wäre doch gar zu traurig."

Sie legte die Hand über die Augen, als ob sie etwas Schreckliches vor sich sähe. Er trat zu ihr und zog ihr die Hand weg.

„Marie – werden Sie an mich denken, wenn ich abgereist bin?“

„Ja.“

„Oft, sehr oft?“

Ein schalkhaftes Lächeln glitt über ihr Gesicht.

„Aber was habe ich davon, Monsieur?“

„Nun, ich erinnere mich dann ebenso an Sie. Oder soll ich nicht?“

„O doch – wir wollen denken, dass unsere Gedanken zueinander fliegen und sich unterwegs treffen.“

„Unsere Gedanken bloß?“

„Was noch?“

„Nicht auch unsere Lie – – ah, wer ist da?“

Draußen ließ sich Wagenrollen und lautes Peitschenknallen hören. Ein herrschaftlicher Wagen mit noch drei Geschirren und einem Küchenwagen kamen angefahren.

„Der Herr! Der gnädige Herr!“, rief Marie. „Ich muss hinaus!“

Im nächsten Augenblick stand Hieronymus allein im Zimmer.

„Bei aller verklecksten Leinwand, schon wieder danebengeschossen! Immer wenn ich im schönsten Schwung bin, eine Liebeserklärung vom Stapel zu lassen, kommt so ein unglückseliger Zwischenfall! Aber ich schwöre es auf Pinsel und Palette: Mein wird sie auf alle Fälle, so wahr ich Hieronymus Aurelius Schneffke heiße!“

Er war indes nicht der Mann, um unangenehmen Gedanken allzu lange nachzuhängen. Die Angekommenen erregten sofort seine Aufmerksamkeit.

Der Wagen hielt. Zwei Diener sprangen ab und öffneten. Ein alter Herr stieg aus.

„Jedenfalls der General“, sagte der Maler. „Ein prächtiger Greis – schön, stolz – militärische Haltung.“

Nach ihm stieg seine Enkelin, Ella von Perret, aus.

„Himmelelement!“, meinte der Maler drin am Fenster. „Ein Engel! Eine Fee! – Halt, wer ist da noch?“

Die jetzt erschien, war – Alice, die Schwester des Sekretärs des Grafen von Rallion, die Verlobte des Telegrafisten Martin Tannert. Man wird sich erinnern, dass Ella von Perret versprochen hatte, sie unter ihren Schutz zu nehmen.

„Ein allerliebstes Kind!“, murmelte Schneffke. „Hübsch, kräftig, doch mild und lieblich, wie holländischer Knaster, Mittelsorte.“

Den anderen Wagen entstieg die Dienerschaft.

Am Tor stand der Schließer mit Frau und Enkelin, um den Herrn zu bewillkommnen. Sie küssten ihm und Ella die Hände und führten sie hinauf in den Salon.

Es dauerte einige Zeit, bis man so leidlich in Ordnung war. Dann zog sich Ella mit Alice in ihre Gemächer zurück und ließ dem Großvater Zeit, an die Geschäfte zu denken.

Hieronymus Aurelius Schneffke hatte mit seinem Scharfblick erkannt, dass nicht alle Wagen dem Grafen gehören konnten. Er ging daher hinaus und machte sich an einen der Kutscher.

„Sie sind im Dienst des Generals?“, fragte er.

„Nein, Monsieur.“

„Woher sonst?“

„Aus Metz.“

„Wann kehren Sie zurück?“

„Noch heute, nachdem ich in Etain gefüttert und den Pferden einige Ruhe gegönnt habe.“

„Wollen Sie mich mit nach Metz nehmen?“

„Gern. Dann bitte ich aber, sich zu beeilen. In einer Stunde geht es fort.“

Der Maler vereinbarte noch den Fuhrlohn und eilte dann nach seiner Wohnung im Verwalterhaus. Seine wenigen Habseligkeiten waren rasch zusammengepackt. Er nahm sich nicht die Mühe, ade zu sagen oder ein Wort über seine Absicht fallen zu lassen. Es war ihm sogar lieb, wenn Berteu heute noch nicht erfuhr, dass er fort sei.

Dann kehrte er zum Schloss zurück, wo er seine Mappe

und den Feldstuhl gelassen hatte. Alles wurde in den Wagen getan und dann wollte er sich verabschieden. Aber von wem? Kein Mensch war in der Stube. Der Schließer befand sich beim Grafen und seine Frau und Marie waren bei dessen Enkelin. Schneffke machte es wie stets: Er tat das, was ihm gerade in den Sinn kam. Er stieg die Treppe empor. Droben fand er einen Diener.

„Wer sind Sie?“, fragte dieser.

„Künstler. Ich suche Monsieur Mélac.“

„Der ist nicht zu sprechen. Befindet sich bei Exzellenz.“

„Madame Mélac?“

„Beim gnädigen Fräulein.“

„Mademoiselle Mélac?“

„Auch beim gnädigen Fräulein.“

„Sehen Sie denn nicht, dass ich keine Zeit habe? Ich muss Abschied nehmen. Der Kutscher wartet nicht.“

Der Diener musterte ihn bedächtig.

„Monsieur, ist es wirklich so eilig?“

„Sehr.“

„Herr Mélac kann nicht, Frau Mélac wohl auch nicht. Genügt es Ihnen vielleicht, wenn ich Fräulein Mélac sende?“

„Heiliger Rembrandt, natürlich! Das genügt vollständig! Aber ein wenig rasch, wenn ich Sie darum bitten darf.“

„Wohin soll sie kommen?“

„Hinunter in die Wohnung.“

„Schön! Es soll gleich besorgt werden!“

Der Maler begab sich hinunter nach der Wohnung des Beschließers und der Diener ging ins Vorzimmer der jungen Gräfin und bat die dort beschäftigte Zofe, Frau Mélac herauszubitten.

„Madame, es war ein Herr hier, der Sie sehr notwendig zu sprechen hat“, meldete er der Beschließerin. „Er nannte sich einen Künstler.“

„Ah, ein kleiner, wohlbeleibter Herr? Wo ist er?“

„In Ihrer Wohnung.“

Sie ging hinab und der Diener entfernte sich, ein verschmitztes Lächeln auf den Lippen. Herr Hieronymus Aurelius Schneffke stand unten vor dem Spiegel und betrachtete sein dickes Bildnis.

„Ein übler Kerl bin ich nicht", meinte er. „Donnerwetter, ich passe doch ganz prächtig zu dieser famosen Marie! Die Länge, die Breite, Charakter, Herz und Gemüt – alles, alles klappt aufs Beste. Jetzt kommt der Abschied! Der soll – – ah, ich höre sie! Das sind Frauenschritte! Sie kommt. Ich werde sie sofort empfangen."

Er stellte sich neben den Eingang. Die Tür öffnete sich.

„Marie, meine liebe, süße – – himmelheiliges Terpentin!"

Er sprang zurück. Er hatte die Großmutter der Erwarteten an sein sehnsüchtiges Herz gedrückt.

Frau Mélac war recht erstaunt.

„Monsieur!", rief sie.

„Madame!", stammelte er, da ihm in diesem Augenblick nichts anderes einfiel.

„Sie umarmen mich?"

„Leider!", stieß er hervor.

„Leider! Das soll also heißen, dass ich eigentlich nicht zum Umarmen geeignet bin?"

Er schwitzte.

„Jetzt wohl nicht mehr", verplapperte er sich.

Erst als diese Worte heraus waren, fühlte er die Taktlosigkeit, die er begangen hatte. Sie sah seine Verlegenheit und hielt es in ihrem guten Herzen für angemessen, die Folter abzubrechen. Sie lächelte.

„Ihre Umarmung hat jedenfalls einer anderen gegolten?"

„Ja."

„Diese andere heißt Marie? Wenigstens glaube ich, diesen Namen gehört zu haben. Meinen Sie meine Enkelin?"

Er nickte geknickt.

„So, so! Also Marie wollten Sie umarmen? Warum schicken Sie aber da zu mir?"

„Zu Ihnen?"

„Ja. Der Diener ließ doch mich rufen."
„Ah! Dieser windige Kerl!"
„Er wird Sie falsch verstanden haben."
„Unmöglich! Ich bin nicht stumm und er ist hoffentlich nicht taub. Ich glaube..."
„Na", sagte Frau Mélac gutmütig, da Schneffke vergeblich nach Worten suchte, „da die Sache nun einmal nicht zu ändern ist, so wollen wir darüber hinweg zur Tagesordnung übergehen."
„Hm", brummte er, ein wenig misstrauisch, während er sie prüfend anblickte. „Was verstehen Sie unter Tagesordnung?"
„Das, was jetzt an der Ordnung ist. Meinen Sie nicht auch?"
Er hatte bereits nach seinem Hut gegriffen, um sich schleunigst zurückzuziehen, falls die Sache für ihn ein schlimmes Ende nehmen werde. Da aber Frau Mélac sich ruhig niederließ und ein keineswegs unfreundliches Gesicht zeigte, so legte er den Kalabreser wieder fort.
„Es ist wahr, Madame, ich bitte Sie herzlichst um Verzeihung."
„Ich verzeihe Ihnen!", antwortete sie lächelnd. „Es gibt nicht leicht eine ältere Dame, die eine Umarmung unverzeihlich findet. Also Marie war es, die Sie umarmen wollten?"
„Ja."
„Aber warum denn?"
„Weil sie – weil ich..."
Er blickte verzweifelt in eine Zimmerecke.
„Nun?", fragte sie kurz und knapp.
Hieronymus Aurelius Schneffke, der vor kurzem noch das ganze französische Heer über den Haufen rennen wollte, zuckte schuldbewusst zusammen.
„Ich bin eine einfache Frau", begann Frau Mélac von neuem. „Trotzdem glaube ich, dass ich Ihr seltsames Verhalten einigermaßen verstehe."

„Nicht wahr?“, fuhr Schneffke hoch. „Marie ist so – so – so...“

„Gewiss ist sie so“, lächelte die Greisin. „Aber dass sie so ist, ist doch schließlich kein Grund, sie so einfach an der Tür zu überfallen und zu umarmen! So etwas tut man doch nur, wenn man...“

Wie ein Stehaufmännchen schnellte Hieronymus Aurelius Schneffke von seinem Stuhl hoch.

„...wenn man liebt, Madame! Wenn man liebt!“

„Ah, Sie lieben sie?“

„Das ist doch so klar wie...“ Er unterbrach sich. Diese seine alte Redensart kam ihm in dieser denkwürdigen Minute denn doch zu abgebraucht vor. Er verbeugte sich tief und sagte: „Ja, ich liebe Marie! Ich liebe sie von ganzem Herzen – und ich bitte Sie hiermit um ihre Hand!“

„Aber, Monsieur, Sie kennen doch Marie erst seit gestern!“

„Ja, es kam ein wenig rasch. Aber während der eine fünfzehn Jahre braucht, um nur zu erfahren, dass man lebt, um zu heiraten, hat der andere bereits die sechste Frau zu Tode geärgert. Die Liebe kommt bei dem einen wie eine Schnecke und bei dem anderen wie ein geölter Blitz. Das geht Puff auf Puff und Knall auf Knall. Es leuchtet, ein Donnerschlag und man ist getroffen und erschlagen für die ganze Lebenszeit.“

Frau Mélac musste lachen.

„Sie verstehen Ihre Bilder vortrefflich zu wählen. An Ihnen ist ein Dichter verloren. Nicht?“

„Vielleicht drücke ich mich in späteren Jahren kräftiger aus. Jetzt ist man noch jung und zart besaitet. Wenn einen später das Leben in die Schule nimmt, so wird man mürrisch, bekommt die Gicht und dichtet nur noch tragische Szenen.“

„So wünsche ich, dass Sie möglichst lange jung bleiben.“

„Ich werde nie alt, Madame! Hier meine Hand. Sind Sie mir böse, dass mein Herz mich getrieben hat, zu Marie von Liebe zu sprechen?“

„Ich kann Ihnen nicht zürnen. Aber wir wohnen in Frankreich und Sie im Ausland. Wollen Sie uns das einzige Kind so weit entführen?“

Er schüttelte lebhaft den Kopf.

„Der Maler ist an keinen Ort gebunden. Überhaupt ist es mir auch noch nicht beigekommen, Marie ein bindendes Wort abzufordern. Wir haben über unsere Zukunft noch gar nicht sprechen können.“

„Ich glaubte, das sei alles schon in Ordnung gebracht?“

„Nein. Ich werde mich natürlich für gebunden betrachten. Kehre ich zurück und Marie ist noch frei, dann werde ich mir Mühe geben, Ihnen zu beweisen, dass ich Ihrer Enkelin nicht ganz unwert bin. Sagen Sie dann ja, so werden Sie mich glücklich machen.“

„Gut, überlassen wir das alles der Zukunft! Weiß mein Mann davon?“

„Noch nicht, und leider fehlt mir auch die Zeit, länger zu verweilen. Bitte empfehlen Sie mich ihm! – Und werden Sie mir erlauben, Marie zuweilen eine Zeile zu senden?“

„Gern, Monsieur. Hoffentlich sehen wir Sie bald wieder.“

„Ich wünsche es. Schreiben werde ich Ihnen so schnell wie möglich, da ich Sie ja über die Familie Bas-Montagne unterrichten muss. Jetzt nehmen Sie bitte eine Hand des Danks und des Abschieds. Seien Sie überzeugt, dass ich es ehrlich meine!“

„Ich glaube es. Leben Sie wohl, Monsieur!“

*

Charles Berteu hatte sich während des ganzen Tages nicht zu Hause blicken lassen. Erst am Spätnachmittag kehrte er zurück. Seine Mutter kam ihm ängstlich entgegen.

„Wo bleibst du so lange?“, fragte sie. „Ich habe mit größter Ungeduld auf dich gewartet.“

„Warum? – Ich hatte in der Pulvermühle zu tun. Da war ich bis jetzt.“

„Ohne es mir zu sagen. Hätte ich es gewusst, so konnte ich zu dir schicken, um dich holen zu lassen."

„War es so notwendig?"

„Ja. Der General ist eingetroffen."

Berteu stand starr.

„Der General?", fragte er. „Allein?"

„Nein, mit dem Fräulein und sämtlicher Dienerschaft."

„So bleibt er hier?"

„Wie es scheint."

„Alle Teufel! Sein Kommen war durch Vaters Tod zu erwarten; aber so bald – das ist bös!"

„Er hat nach dir geschickt. Du sollst die Bücher mitbringen und das Verzeichnis der Vorräte. Er will abschließen."

„Der Schlag soll ihn treffen! Da geht es dem Vater noch im Grabe schlecht!"

„Er ist zu unvorsichtig gewesen. Er konnte und musste es klüger anfangen. Jetzt geht es auch uns an den Kragen."

„Uns? Uns kann kein Mensch etwas tun!"

„Aber unser Posten!"

„Der wäre auch so verloren gewesen. Oder glaubst du etwa, dass der General mich als Verwalter angestellt hätte? Nein, fort müssen wir auf alle Fälle! Jetzt werde ich mich dieser Nanon versichern. Ich denke, dann ist uns geholfen."

„Die bekommst du nie."

„Oh, es gibt schon noch ein Mittel. Ich kenne einen Mann, der sie mir in die Hand geben wird. Jetzt will ich zum General!"

Er begab sich mit einer Menge Bücher zum Schloss, von wo er erst nach längerer Zeit zurückkehrte. Sein Gesicht war finster.

„Wie ist es gegangen?", fragte seine Mutter.

„Schlecht."

„So hat er schon nachgerechnet?"

„Nein. Den Fehlbetrag wird er erst später finden. Aber er empfing mich bereits in einer Weise, aus der ich ersah, dass es auch ohnedies für uns aus sein würde. Ich mache, dass ich fortkomme!"

„Um Gottes willen! Und was wird aus mir?"

„In einigen Tagen bin ich zurück, um dich abzuholen."

„Wohin gehst du?"

„Nach Ortry."

„Ah, zum Kapitän! Der muss sich unser annehmen."

„Muss? Der ist unberechenbar."

„Er hat dem Vater viel zu verdanken. Auch ist er es eigentlich gewesen, der Vater auf Abwege gebracht hat. Er darf uns nicht fallen lassen."

„Zwingen lässt sich der Alte nicht. Aber ich habe Geheimnisse von ihm in der Hand, die er mir abkaufen muss. Ortry heißt deshalb die Losung! Dort will ich mir mein Glück holen: Geld oder Braut – oder beides. Darum auf nach Ortry!"

BAND 51-55,77

Diese beliebte Reihe umfasst den ersten der fünf Lieferungsromane Karl Mays, die er für den Verlag H. G. Münchmeyer in den Jahren 1882 bis 1887 verfasste. Der ursprüngliche Titel des Werkes lautete ‚Das Waldröschen'.

Die Bände 51 bis 55 behandeln die Geschichte zweier spanischer Grafen, der Brüder Rodriganda, deren einer in Mexiko, der andere auf dem Stammsitz der Familie in Spanien lebt. Beide sind von Schurken umgeben, die den Besitz der Rodrigandas an sich reißen wollen und den Mitgliedern der Familie nach dem Leben trachten. Doch finden sich auch starke und ehrliche Freunde, die den Bedrohten zur Seite stehen; unter ihnen der deutsche Arzt Dr. Sternau. Die bunte, spannende Handlung beginnt unter Indianern, Trappern und Vaqueros in Mexiko, wechselt dann hinüber in die spanischen Pyrenäen, nach Frankreich und Deutschland und kehrt schließlich zurück zum Ausgangspunkt des Geschehens, in die wilde und gefährliche Wüste Mapimi im Norden des mexikanischen Landes. Den historischen Hintergrund der Ereignisse bildet der Befreiungskrieg der Mexikaner unter der Führung ihres späteren Präsidenten Benito Juarez. Der Kampf zwischen ihm und seinem Gegenspieler Kaiser Maximilian steigert sich zu einem Drama der Weltgeschichte, das mit dem Untergang und der Hinrichtung Maximilians von Mexiko tragisch endet.

Band 77 enthüllt dem Leser die letzten Geheimnisse um den Ursprung der jahrzehntelangen Fehde gegen die Rodrigandas sowie die erstaunlichen Umstände von Dr. Sternaus wahrer Herkunft.

Unter den berühmt gewordenen Figuren der sechs Bücher ist neben Sternau und den Indianern ‚Bärenherz' und ‚Büffelstirn' besonders ‚Trapper Geierschnabel' zu erwähnen, einer jener urwüchsigen Westmänner, die stets dafür sorgen, dass bei aller Dramatik auch der Humor nicht zu kurz kommt.

BAND 56-59

Der zweite Münchmeyer-Roman Karl Mays trug ursprünglich den Titel ‚Die Liebe des Ulanen' und wurde im Rahmen der Gesammelten Werke in vier Bände gegliedert. In diesem Roman geht es um das weit ausgesponnene Familienschicksal derer von Greifenklau, das vor dem historischen Hintergrund der deutsch-französischen Kriege gegen Napoleon I. und Napoleon III. seine Entwicklung findet. In den ersten der vier Bände spielt die Schlacht bei Waterloo hinein. In bunter Fülle fügen sich in dieses Bild die Gestalten des großen Napoleon und des derb-drolligen Marschalls Blücher. Im zweiten Teil verlässt May – wie er es in seinen geschichtlichen Erzählungen immer, und nie zum Schaden des Ganzen, tut – für einige Zeit den Boden der Geschichte und verliert sich ins Reich der Fantasie. Die Handlung wechselt hinüber nach Algerien und knüpft an dunkle Vergangenheit an, deren Schatten treibend in die Gegenwart herüberfallen und dem Helden und denen, die ihm nahe stehen, harte Hindernisse in den Weg legen. Doch bald treten geschichtliche Ereignisse wieder in den Vordergrund. Die Umwälzung der Befreiungskriege, die mit der Schlacht von Waterloo ihr Ende fanden, weicht der unheilschwangeren Stimmung, die den Ereignissen von 1870/71 vorausgeht. Wieder befindet sich einer aus der Familie Greifenklau als Kundschafter im Feindesland, wo ihn eine neue Liebe erwartet und alter Hass diese zu untergraben sucht. Und nun steigern sich die historischen wie auch die von May ersonnenen Schicksale der Gestalten des Romans zu gewaltigem Geschehen und drängen zur Entscheidung. In rascher Folge gleitet die Handlung nach Paris, nach Algier, nach Berlin und schließlich vor die Tore von Sedan, wo sich der Untergang des dritten Napoleons erfüllt. Und auch die Sache des Helden setzt sich zu ihrem Sieg durch. Kapitän Albin Richemonte, der verbrecherische Gegner der Greifenklaus, findet sein verdientes Ende am Ort seiner Schandtaten. Karl May hat sich mit diesem Werk ein weiteres Mal als ein Meister des Abenteuerromans auf geschichtlicher Grundlage erwiesen.

BAND 61-63

Das einstige Sammelwerk ‚Deutsche Herzen, deutsche Helden' – der vierte Münchmeyer-Roman – gehört zu den spannendsten und buntesten Erzählungen Mays. Der dreiteilige Roman behandelt das abenteuerliche Schicksal einer deutschen Familie, deren Glieder durch feindliche Ränke in alle Welt verstreut worden sind. Das Ringen geht um die Wiedervereinigung der getrennten Geschwister, die da und dort schwer an unverschuldetem Unglück tragen.

Zu den Helden der drei Bücher gehören alte Bekannte: Sir David Lindsay, Krüger-Bei und das ‚Kleeblatt' Sam Hawkens, Dick Stone und Will Parker. Darum lebt der Roman nicht nur von atemloser Spannung, sondern auch von köstlichem Humor, besonders, wenn David Lindsay immer wieder in schwierigste Lagen kommt, weil er sich in den Kopf gesetzt hat, irgendeine Haremsschönheit zu befreien, wozu er als Anleitungsbuch den Text zu Mozarts ‚Entführung aus dem Serail' ständig bei sich trägt... ImWilden Westen trifft das ‚Kleeblatt' mitten im amerikanischen Urwald alte Freunde und die Spur eines der Verschollenen und der Verbrecher. Die Verfolgung beginnt. Im Tal des Todes, einem Ort des Grauens, laufen schließlich die Schicksalsfäden zusammen. Die Not der Bedrängten wächst und damit die Spannung. Doch während die Schurken neue Listen und Anschläge aushecken, versammelt sich auch die Schar der Helden, die auf der Seite des Rechts kämpfen. Winnetou und Old Firehand stoßen zu ihnen und so ist es klar, dass der Leser nach heißem Miterleben von Kampf und Gefahr zu einem glückhaften Ende des Ganzen geführt wird. Die Spur des letzten noch fehlenden Mitglieds der auseinander gerissenen Familie weist nach Russland. Und so führt die Handlung des Schlussbands mitten unter Verbannte, Kosaken und Zobeljäger im Inneren Sibiriens. Wunderbar weiß May auch diese Landschaft mit ihren Bewohnern zu schildern. Das Getriebe des Steppenbrunnens knarrt, Kosakenstiefel klappern beim Tanz, die Balalaika klingt... Einen köstlichen Gegensatz dazu bildet das ‚Kleeblatt', das nach Sibirien gereist ist, um den letzten Verschollenen zu suchen.

BAND 64, 65, 74, 75, 76

Aus dem dritten Lieferungswerk, das Karl May unter dem Titel ‚Der verlorene Sohn' für den Verlag Münchmeyer schuf, wurden fünf in sich abgeschlossene Bände gewonnen.
Der erste enthält eine Schmugglergeschichte, die in Karl Mays Heimat, dem sächsischen Erzgebirge, spielt. Mühselig ist das Tagwerk der ärmlichen Bergleute und Hausweber und doppelt gefährlich daher die Lockung zu Geld versprechenden Schmuggeleien. Der böse Geist aber, der die armen Gebirgler zu dunklen Geschäften verführt oder gar zwingt, ist das mysteriöse *‚Buschgespenst'*.
Der zweite Band bildete ursprünglich den Rahmen des groß angelegten Gesamtwerkes. Der *‚Fremde aus Indien'* ist eine Gestalt, die bisweilen an Alexandre Dumas' berühmten Grafen von Monte Christo erinnert. In der Hand des ‚Fremden' vereinigen sich die Schicksalsfäden all der Menschen, die seinen Weg kreuzen, und werden von ihr mit überlegener Sicherheit gelenkt. Der Kampf aus geheimnisvollem Dunkel gegen den gefürchteten ‚Hauptmann' reißt jeden mit, der das Buch zur Hand nimmt. Schauplatz auch dieser Kriminalgeschichte ist Mays Heimatland Sachsen.
Im dritten Roman, *‚Der verlorene Sohn'*, verfällt ein junger Leutnant, auf dessen Gewissen schwere Schuld lastet, dem Glücksspiel und gerät so in ein Netz von Verbrechen und in die Fänge einer Falschmünzerbande. Aber Detektiv Arndt, dem Leser gut bekannt aus dem ‚Buschgespenst', stellt sich den Übeltätern in den Weg.
Der Band *‚Sklaven der Schande'* führt in die Welt des großstädtischen Theaters. Auch im Künstlermilieu jedoch verbergen sich kriminelle Umtriebe hinter den bunten Masken und der junge Musiker und Schriftsteller Max Holm muss nicht nur um seine große Liebe, sondern auch gegen die Machenschaften abgefeimter Schurken kämpfen.
Im letzten Band, *‚Der Eremit'*, gibt es ein Wiedersehen mit Holm und seinem Freund, dem Paukenschläger Hauck, die erneut den Kampf gegen Intrigen und Verschwörungen aufnehmen. Nach rasanten Abenteuern enthüllt sich schließlich die wahre Identität des finsteren alten Einsiedlers.

BAND 66/67, 68, 73, 78

Bei Karl Mays Lieferungsroman ‚Der Weg zum Glück' handelt es sich um den fünften und letzten der so genannten Münchmeyer-Romane. Die Bände 66/67 enthalten den zusammengehörigen Hauptteil. Gefährliche Abenteuer in den bayrischen Bergen wechseln mit heiteren Episoden, in denen das treuherzig-biedere Gebirglervolk treffend geschildert wird. Die Hauptperson, der Wurzelsepp, gehört zu Mays besten und originellsten Gestalten. Der kernige alte Naturbursche ist stets bereit, den Unglücklichen beizustehen und mit seinem listig-lustigen Gemüt überall Frohsinn zu verbreiten. Mit unbestechlichem Gerechtigkeitssinn enthüllt er altes Unrecht und ungesühnte Schuld und zieht ihre Urheber zur Rechenschaft. Da sind vor allem der unheimliche *‚Peitschenmüller'*, der die Bewohner des Dorfes in Angst und Zittern hält, und sein Kumpan und Genosse früherer Verbrechen, der reiche *‚Silberbauer'*, von dem sich sogar die eigene Tochter lossagt, als sein dunkles Treiben an den Tag kommt. Alle Unterdrückten finden schließlich ihr Recht – immer unter dem Schutz des edlen und vielgeliebten Königs Ludwig II., dessen tragische Gestalt mit besonderer Eindringlichkeit gezeichnet ist. Sein Tod, gleichzeitig mit dem rührenden Ende des Wurzelsepp, verleiht dem gelösten Ausklang des Werks eine nachdenkliche Stimmung. – Band 68 umfasst zwei besonders spannende, aber nicht zur Haupthandlung gehörige Episoden: ‚Der Geldprotz' ist eine Schmugglergeschichte und schildert den verzweifelten Kampf eines mit dem Gesetz in Konflikt geratenen Bauern gegen gewissenlose Erpresser. In ‚Der Samiel' versetzt ein geheimnisvoller Räuber das Grenzland in Furcht und Schrecken, bis er durch die tatkräftige Hilfe des *‚Wurzelsepp'* sein Ende findet. – Band 73 *‚Der Habicht'* bringt eine gleichfalls in sich abgeschlossene Kriminalerzählung aus den bayrischen Alpen mit dem Wurzelsepp als Detektiv. – *‚Das Rätsel von Miramare'*, die Titelgeschichte von Band 78, führt nach Triest. Ludwig II. gerät dort in höchste Gefahr und einmal mehr erweist sich der alte Sepp als Kämpfer für Recht und Ordnung und treuer Beschützer seines Königs.

KARL MAY[s] GESAMMELTE WERKE

1 Durch die Wüste
2 Durchs wilde Kurdistan
3 Von Bagdad nach Stambul
4 In den Schluchten des Balkan
5 Durch das Land der Skipetaren
6 Der Schut
7 Winnetou I
8 Winnetou II
9 Winnetou III
10 Sand des Verderbens
11 Am Stillen Ozean
12 Am Rio de la Plata
13 In den Kordilleren
14 Old Surehand I
15 Old Surehand II
16 Menschenjäger
17 Der Mahdi
18 Im Sudan
19 Kapitän Kaiman
20 Die Felsenburg
21 Krüger Bei
22 Satan und Ischariot
23 Auf fremden Pfaden
24 Weihnacht
25 Am Jenseits
26 Der Löwe der Blutrache
27 Bei den Trümmern von Babylon
28 Im Reiche des silbernen Löwen
29 Das versteinerte Gebet
30 Und Friede auf Erden
31 Ardistan
32 Der Mir von Dschinnistan
33 Winnetous Erben
34 „ICH"
35 Unter Geiern
36 Der Schatz im Silbersee
37 Der Ölprinz
38 Halbblut
39 Das Vermächtnis des Inka
40 Der blaurote Methusalem
41 Die Sklavenkarawane
42 Der alte Dessauer
43 Aus dunklem Tann
44 Der Waldschwarze
45 Zepter und Hammer
46 Die Juweleninsel
47 Professor Vitzliputzli
48 Das Zauberwasser
49 Lichte Höhen
50 In Mekka (von Franz Kandolf)
51 Schloss Rodriganda
52 Die Pyramide des Sonnengottes
53 Benito Juarez
54 Trapper Geierschnabel
55 Der sterbende Kaiser
56 Der Weg nach Waterloo
57 Das Geheimnis des Marabut
58 Der Spion von Ortry
59 Die Herren von Greifenklau
60 Allah il Allah!
61 Der Derwisch
62 Im Tal des Todes
63 Zobeljäger und Kosak
64 Das Buschgespenst
65 Der Fremde aus Indien
66 Der Peitschenmüller
67 Der Silberbauer
68 Der Wurzelsepp
69 Ritter und Rebellen
70 Der Waldläufer
71 Old Firehand
72 Schacht und Hütte
73 Der Habicht
74 Der verlorene Sohn
75 Sklaven der Schande
76 Der Eremit
77 Die Kinder des Herzogs
78 Das Rätsel von Miramare
79 Old Shatterhand in der Heimat
80 Auf der See gefangen
81 Abdahn Effendi
82 In fernen Zonen
83 Am Marterpfahl
84 Der Bowie-Pater
85 Von Ehefrauen und Ehrenmännern
86 Meine dankbaren Leser
87 Das Buch der Liebe
88 Deadly dust
89 *(in Vorbereitung)*
90 *(in Vorbereitung)*
91 Briefwechsel mit F. E. Fehsenfeld I
92 Briefwechsel mit F. E. Fehsenfeld II
93 Briefwechsel mit Sascha Schneider

Karl-May-Atlas, Karl-May-Chronik I-V, Der geschliffene Diamant, Die blaue Schlange
Winnetous Blutsbruder, Mein Hengst Rih, Fürst und Junker I-III, An der Quelle des Löwen
Auf Winnetous Spuren, Mit Kara Ben Nemsi durch den Orient, Karl-May-Filmbuch
Karl-May-Bibliografie 1913–1945, Traumwelten · Bilder zum Werk Karl Mays I-III
Karl-May-Stars, Karl May und die Musik (mit CD), Ich war Winnetous Schwester
Karl May auf sächsischen Pfaden, Durchs wilde Lukullistan, Auf Karl Mays Fährte
Old Shatterhand vor Gericht, Erkämpftes Glück, Der Riesenochsenfrosch
Auf Tod oder Leben, Hadschi Halef Omar, Unter Volldampf

KARL-MAY-VERLAG
BAMBERG·RADEBEUL
www.karl-may.de